Sulitzer

Die Rivalin

Sulitzer

Die Rivalin

Kate 2

Roman

Deutsche Erstausgabe

WILHELM HEYNE VERLAG
MÜNCHEN

Band-Nr. 41/16

Titel der französischen Originalausgabe
KATE
Übersetzt von Rudolf Kimmig

Printed in Germany 1989
Umschlaggestaltung: Atelier Ingrid Schütz, München
Satz: IBV Satz- und Datentechnik, Berlin
Druck und Bindung: Ebner Ulm

ISBN 3-453-03315-9

Für Alejandra,
für meine Töchter Olivia und Joy

»Schwieriges braucht Zeit,
Unmögliches dauert ein bißchen länger.«

H. WEISSMANN

Inhaltsverzeichnis

Sechstes Buch
AUF DEM LAND BEI PAU

Prolog

Der erste Tod des Chat-Huant

In dieser Nacht starb Chat-Huant zum ersten Mal. Natürlich wußte er nicht, daß es sich um eine Generalprobe handelte, und nahm aus diesem Grund sein Hinscheiden sehr ernst. Er machte sich die bittersten, heftigsten Vorwürfe. Nicht daß er sich dagegen aufgelehnt hätte, für immer zu verschwinden; er war viel zu sehr davon überzeugt, daß sein Leben seit seiner Geburt in jeder Hinsicht nutzlos verlaufen war, als daß er sich an das Leben geklammert hätte. Er war jedoch verbittert, da er das Ende von H. H. Rourkes und Kate Killingers Geschichte nicht mehr erleben sollte. Ein unerträglicher Gedanke, der ihm die letzten Minuten vergällte. Denn H. H. und Kate waren ihm die liebsten Wesen auf der Welt. Neben Mimi Rourke natürlich.

Auf dem Pont des Arts überfielen ihn gegen halb sechs Uhr in der Frühe die Schmerzen; Chat-Huant kam vom linken Seine-Ufer zurück. Er war zuerst bei der unerträglichen, feisten Gertrude Stein in deren Wohnung in der Rue de Fleurus gewesen und hatte dann den Rest der Nacht mit Pablo Picasso, Man Ray und vor allem Eugene Jolas, dem Direktor einer französisch-amerikanischen Literaturzeitschrift, der nach einem freiwilligen Aufenthalt auf dem Land wieder nach Paris zurückgekehrt war, verbracht. (Jolas hatte das Wunder fertiggebracht, seine Zeitschrift von einem kleinen, verlorenen Nest in dem Departement Haute-Marne, von Colombey-Les-Deux-Eglises aus zu leiten.) Die Schmerzen strahlten bis in die linke Schulter und den linken Arm des Chat-Huant, der sich an der Metallbrüstung festklammerte und seine Augen aufriß. Es dämmerte. Der Pont-Neuf zeichnete sich ab, der kleine Park beim Vert-Galant und hinter den Dächern die Turmspitze der Sainte-Chapelle und die Türme von Notre-Dame. Chat-Huant fiel auf die Knie. Die folgenden Sekunden waren entsetzlich, doch plötzlich hörte das unerträgliche Brennen auf. Nur ein falscher Alarm, dachte er und zog sich am Geländer wieder hoch. Eigentlich war es gar nicht so schlimm, versuchte er sich zu beruhigen, während er mit kleinen, unsicheren Schritten weiterging, bis er die Brücke hinter sich gebracht hatte.

Auf dem Quai du Louvre zögerte er kurz: Ging er geradeaus weiter, erreichte er in wenigen Minuten die Rue Coquillière, wo Mimi Rourke wohnte; wenn er dagegen um den Louvre herumging, kam er über die Rue de Rivoli zum Palais Royal, wo seine eigene Wohnung lag. Während er langsam weiterging, dachte er an H. H., ohne sich darüber zu wundern. Die einzige Frau, in die sich Chat-Huant während der mehr als siebzig Jahre, die er nun auf der Erde weilte, verliebt hatte, ohne jemals ihr Liebhaber zu werden, war Mimi Rourke gewesen, so daß er deren einzigen Sohn – eben H. H. – logischerweise als seinen eigenen Sohn betrachtete, zumal er keine Kinder hatte.

Langsam schleppte er sich unter den Arkaden an den geschlossenen Geschäften vorbei; es wurde heller. Er stellte fest, daß er Schwierigkeiten mit seinen Augen hatte, gleichzeitig aber seine Vergangenheit schärfer vor seinem inneren Auge sah als sonst. *Merkwürdig.* Einen Augenblick lang glaubte er sogar, H. H. Rourke sei bei ihm – die hagere Silhouette mit dem ewigen, beigen Trenchcoat und dem grauen Filzhut mit dem schwarzen Hutband war einfach unverkennbar. H. H. lief in seinem geschmeidigen Gang neben ihm her, die eine Hand wie immer in der Tasche seines Trenchcoats vergraben und mit der anderen seine englische Reisetasche tragend. Von Zeit zu Zeit warf er Chat-Huant einen aufmerksamen Blick zu, wobei seine grünen Augen kalt waren wie immer – die Augen eines Reporters, der beobachtete, aber keinen Anteil nahm.

Die Schmerzen kamen wieder. Noch heftiger, noch stechender als vorher auf dem Pont des Arts. Zuerst im Arm und dann in der Schulter.

›Ich glaube, ich werde wirklich sterben.‹

»Was machst du eigentlich hier?« fragte Chat-Huant die hagere Silhouette neben ihm, »ich dachte, du wärst in China.«

»Aber ich bin doch in China«, antwortete H. H. wie üblich in gesetztem Ton. »Ich bin nur schnell auf einen Sprung gekommen, zwischen zwei chinesischen Hekatomben; ich konnte Sie schließlich nicht einfach sterben lassen, ohne Sie ein letztes Mal zu besuchen. Ich empfinde immerhin so etwas wie Freundschaft für Sie. Ganz abgesehen davon, daß ich Reporter bin... Sie haben mir schließlich beigebracht, daß der Tod für einen Reporter immer ein gutes Thema ist. Wer weiß, vielleicht komme ich durch Ihren Tod zu einem Knüller.«

Chat-Huant fiel wieder auf die Knie.

›Das ist zu dumm, jetzt ist der Moment gekommen.‹

Diesmal gingen die Schmerzen über den Arm und die Schulter hinaus und erreichten das Herz. Chat-Huant brach vollends zusammen; seine Stirn berührte an der Stelle den Boden, an der, natürlich nur in seinem Wahn, H. H. Rourke stand.

»Offen gestanden«, sagte er zu dem vermeintlichen H. H., »mein Tod erfüllt mich mit Zorn und Indignation. Ich habe dich nie um großartige Dinge gebeten, aber eines könntest du vor meinem endgültigen Dahinscheiden wirklich tun: zwei Fragen beantworten. Ich will zwar meine Situation als Sterbender nicht ausnutzen, aber... Erstens möchte ich gerne wissen, wie du dich mit Kate wieder versöhnst, wenn ihr überhaupt wieder zusammenfinden solltet. Und zweitens, was die beiden Hs deines Vornamens eigentlich bedeuten – diese Frage beschäftigt mich seit zwanzig Jahren.«

H. H. lächelte; mit seinen großen Vagabunden-Schritten ging er stetig weiter, und die Reisetasche schaukelte nonchalant im Takt. Chat-Huant hörte interessiert der Erklärung H. H. Rourkes zu, der bereit war, seinen Herzenswunsch zu erfüllen, verstand aber nichts, denn noch während Rourke erklärte, starb er seinen ersten Tod.

In Wahrheit hieß er natürlich nicht Chat-Huant*; James Gordon Bennett, der Besitzer des *New York Herald* – der Mann, der Stanley mit dem Auftrag, Dr. Livingstone zu finden, nach Afrika geschickt hatte –, hatte ihm den Spitznamen verliehen und sich dabei von seinem Äußeren inspirieren lassen: Chat-Huant war klein und schlank und hatte die Augen eines Nachtvogels; darüber hinaus quollen unter seiner perlgrauen Melone, von der er sich nur in den seltensten Fällen trennte, symmetrisch über jedem Ohr silberne Haarbüschel hervor.

Wenn in Paris zehn, fünfzehn Menschen den wahren Namen des Chat-Huant kannten, dann ist das schon hoch gegriffen. An manchen Tagen hatte er selbst Mühe, sich daran zu erinnern. In diesem Herbst des Jahres 1934, als er zum ersten Mal starb, war er fast einundsiebzig Jahre alt. Zu seinen Angewohnheiten gehörte es, nachts durch Paris zu wandern und die Millionenstadt bis in die verschwiegensten Winkel hinein auszuforschen.

Zwei, drei Monate nach seinem zwanzigsten Geburtstag war er in Paris eingetroffen. Damals hatte man – der Familienrat – beschlossen, ihn nach Indien zu expedieren, wo er in so exotischen Städten wie Bombay, Lahore oder Kalkutta ehrenvolle Ämter übernehmen sollte, aus einem einzigen Grund: Er war der Sohn eines leibhaftigen Lords. Auf seiner Reise in den Fernen Osten ist er jedoch über Paris nicht hinausgekommen. Zwanzig Jahre hatte es allein gedauert, bis er zum erstenmal das unglaubliche Abenteuer auf sich nahm, den auf dem linken Seine-Ufer liegenden Pariser Stadtvierteln einen Besuch abzustatten; natürlich hatte er alle Vorsichtsmaßnahmen ergriffen, die notwendig gewesen waren und die ungefähr denjenigen entsprachen, die bei einer Expedition nach Neu-Guinea angebracht gewesen wären. Bei seinen Ausflügen in den ›Süden‹ drang er nie weiter vor als bis zur Place d'Italie oder den Katakomben bei der Place Denfert-Rochereau. Übrigens hatte er es immer abgelehnt, diese Katakomben zu besichtigen, aus Angst, sich in den unterirdischen Gängen zu verirren und erst in Indien wieder ans Tageslicht zu kommen. Nachdem er 1891 James Gordon Bennett bei ei-

* Waldkauz; wörtlich übersetzt eine ›klagende‹ oder ›buh-rufende‹ Katze. Anmerkung des Übersetzers.

ner Orgie im nächtlichen Paris hilfreich zur Seite gestanden und den Pressezaren sicher nach Hause gebracht hatte, hatte sich dieser nicht lumpen lassen und ihn als Gesellschaftschronisten für die europäische Ausgabe seiner Zeitung eingestellt. Inzwischen waren einundfünfzig Jahre vergangen, und Chat-Huant arbeitete immer noch für die gleiche Zeitung. Während der langen Jahre hatte er Paris nur zweimal verlassen; beide Male – die Reisen führten nach Irland und nach Amerika – wollte er sich vergewissern, daß sein Schützling und Schüler (auf dem Gebiet des Journalismus) H. H. Rourke sich den Gefahren nicht allzu unbekümmert aussetzte. Zwischen 1895 und 1900 hatte seine englische Sippe starken Druck auf ihn ausgeübt; er sollte gefälligst ins heimatliche England zurückkehren, wo das Familienschloß und die Peerswürde verwaist waren – sein Vater war gestorben. Mit letzter Energie hatte er alle derartigen Zumutungen zurückgewiesen und darauf geachtet, auf keinen Fall heimischen Boden zu betreten, denn er hatte eine Art Kidnapping befürchtet, mit dessen Hilfe man ihn unter Umständen zu einem *baronet* oder etwas ähnlich Absurdem machen wollte.

In der Geschichte von Catherine ›Kate‹ Killinger und H. H. Rourke, die sich nun schon über zwei Jahrzehnte erstreckte, war Chat-Huant wohl der wichtigste – da der einzige über mehr als nur Äußerlichkeiten eingeweihte – Zeuge. Er wußte sehr viel mehr als Mimi Rourke, die es immer abgelehnt hatte, ihren Sohn zu kritisieren und konsequenterweise auch die Frau, die dieser liebte. Das Wissen des Chat-Huant entsprach alles in allem so ziemlich der Wahrheit. Und, so erstaunlich es auch sein mag: Er wußte manches, was dem jeweiligen Partner verborgen geblieben war.

»Anscheinend stimmt es doch, daß Katzen sieben Leben haben«, sagte Mimi Rourke.

»Ein Chat-Huant ist keine richtige Katze, sondern ein Vogel.«

»Zoologie hat mich noch nie interessiert, Miau-Miau«, bemerkte Mimi gleichgültig.

Chat-Huant konnte sich einfach nicht entschließen, die Augen zu öffnen, obwohl er seit drei, vier Minuten das Bewußtsein wiedererlangt hatte. Zu seiner Entschuldigung sei gesagt, daß es sich um eine neue Erfahrung handelte: Er war schließlich zum ersten Mal von den Toten auferstanden. Vorsichtig versuchte er – mit Hilfe seines Geruchssinns – sich zu orientieren, und stellte nur vertraute Gerüche fest:

›Ich bin bei mir zu Hause, liege in meinem Bett, in meinem Schlafzimmer mit den Fenstern, die auf den Garten des Palais Royal gehen ... Gott sei Dank hat man mich nicht in ein Krankenhaus gebracht.‹

Jetzt wußte er nicht mehr so recht, welche Frage er stellen sollte, denn die Frage: *Wo bin ich?* fand er unter diesen Umständen unangebracht.

»Wieviel Uhr ist es?«

»Halb sieben. Morgens.«

›Ich war also nur eine Stunde tot, das heißt, nicht einmal eine Stunde...‹

Er entschloß sich, die Augen zu öffnen. Seine Auferstehung kam ihm gar nicht mehr so großartig vor, und im Grunde war er etwas enttäuscht. Er entdeckte Mimi, die neben seinem Bett stand, und hinter ihr einen Mann, der gerade dabei war, eine Tasche zu schließen, die offensichtlich einem Arzt gehörte.

»Wer hat mich ausgezogen?« fragte Chat-Huant.

»Ich!« antwortete Mimi lachend.

Ihre Blicke kreuzten sich; Chat-Huant empfand wieder einmal diese alte Melancholie – das Wort Schmerz wäre zu stark –, die er in der Gegenwart von Mimi so häufig empfand. Seinen eigenen Berechnungen zufolge hatte er Mimi dreiundzwanzigmal gebeten, ihn zu heiraten. Im Grunde hatte er immer noch nicht aufgegeben. Als Todgeweihter sollte er eigentlich an anderes denken... Er fragte den Arzt, der sich als ein gewisser Forissier zu erkennen gab, ob er wirklich zu den Todgeweihten gehöre. Der Arzt meinte, dies sei wohl nicht der Fall, obwohl sein Körper unüberhörbar Alarm geschlagen habe. Madame Rourke habe ihm bereits seine unmäßige Neigung zum Kaffee verraten. Wie viele Tassen er denn in dieser Nacht getrunken habe? Zwischen fünfzehn und zwanzig? Damit sei es wohl nun endgültig Schluß. Auch mit Tee. Kräutertees und Kakao sollte er trinken. Und sich schonen. Im Bett bleiben, Aufregungen vermeiden. Und dann fragte er, ob dieses wunderbare Bild neben dem Cezanne nicht ein Turner sei.

Es war ein Turner. Doktor Forissier ging, nachdem er einige Medikamente verschrieben und versprochen hatte, er würde wieder vorbeischauen. Mimi hob ihren Schleier, nahm dann den Hut ab und setzte sich. Ihr Profil, das sich in dem aus dem Garten eindringenden Licht deutlich abzeichnete, war in allen Punkten mit dem linken Profil H. H. Rourkes identisch. Doch die Ähnlichkeit zwischen Mutter und Sohn beschränkte sich nicht darauf: Ihre Art zu lächeln und diese ruhige, aber unerschütterliche Entschlossenheit, die sie unter keinen Umständen verloren, irritierten mehr als einen Menschen, die nicht wußten, ob es sich um ein oder zwei Wesen handelte. Soweit Chat-Huant wußte – aber er hatte sich nie wirklich darum gekümmert –, war Mimi Rourke um die sechzig Jahre alt; sie wirkte aber zehn bis fünfzehn Jahre jünger.

»Wer hat Sie benachrichtigt?«

»Der Hausmeister hat die Mülleimer hinausgetragen und Sie gefunden. Er hatte die Wahl, die Redaktion des *New York Herald* oder mich zu benachrichtigen; um diese Zeit sind allerdings die Redaktionsräume in der Regel verwaist. Ich bin noch vor dem Krankenwagen eingetroffen. Sie hätten zehnmal sterben können! Ich wußte, daß Sie auf keinen Fall in ein Krankenhaus eingeliefert werden wollten...«

Mimi war wie immer sehr lebendig und ihre dunklen Augen hellwach. Ihre beiden Schuhgeschäfte – das eine in Paris, das andere in Monte Carlo – beanspruchten sie voll. Seit zwei Wochen hatte Chat-Huant sie nicht gesehen; er hatte nicht einmal gewußt, daß sie sich wieder in Paris aufhielt, sondern angenommen, sie sei noch an der Côte d'Azur.

»Ich bin gestern abend wieder zurückgekehrt«, sagte sie lächelnd und beantwortete damit eine Frage, die er noch gar nicht gestellt hatte. Dies kam häufig vor. Sie hatte sogar schon Heiratsanträge abgelehnt, noch bevor er sie gestellt hatte.

›Genau wie H. H., der ebenso mühelos meine Gedanken lesen kann. Bin ich denn gar so durchsichtig?‹

Sie sprach weiter, meinte, er müsse jetzt schlafen und sich nicht um sie kümmern, auch wenn sie hierbliebe. Er hob schon eine Hand, um zu protestieren, doch sie kam ihm zuvor:

»Schlafen Sie jetzt, Miau-Miau! Das ist ein Befehl!«

Müdigkeit übermannte ihn. Um diese Uhrzeit für ihn nichts Außergewöhnliches. Er schlief immer erst ein, wenn der Morgen angebrochen war. Und inzwischen war es taghell.

»Er hat mir zwei Briefe geschrieben«, sagte er bereits im Halbschlaf. »Den ersten aus Schanghai und den zweiten aus Kanton. Er schrieb mir, er wolle sich in der chinesischen Provinz Kiangsi mit einem gewissen Tschou En-lai treffen.«

»Er hält sich in Kiangsi auf und hat sich mit diesem Tschou En-lai bereits getroffen. Er folgt der Roten Armee, die gerade mit einem Marsch begonnen hat.«

Beinahe hätte Chat-Huant die Augen wieder aufgeschlagen. Er konnte einfach nicht begreifen, aus welchem Grund man einer Armee hinterherlief. Vor allem, wenn man ein so außergewöhnlicher Reporter war wie H. H. Rourke.

»Schlafen Sie!« wiederholte Mimi Rourke ihren Befehl.

Er gehorchte.

Wie gewöhnlich wachte er gegen vier Uhr nachmittags auf – sein Tod und seine Auferstehung hatten seine Gewohnheiten anscheinend nicht erschüttern können – und stellte fest, daß er immer noch lebte. Mimi war nicht zu sehen. Er nahm an, sie sei gegangen, und wagte sich bis ins Badezimmer vor. Als er wieder zurückkam, tauchte sie plötzlich auf und reichte ihm mit gebieterischer Geste eine Tasse heiße Schokolade und Gebäck.

»Ich habe keinen Hunger und ich hasse Schokolade!«

»Keine Widerrede! Es wird gegessen und getrunken, Miau-Miau!«

Chat-Huant hatte seinen kleinen Ausflug benutzt, um sich die perlgraue Melone wieder aufzusetzen, ohne die er sich splitternackt vorkam. Daß er nur einen Schlafanzug anhatte, störte ihn weniger. Er hatte sich gewogen; neunundvierzig Kilo und vierhundertzwanzig Gramm. Er hatte folglich das Recht, zweihundertdreißig Gramm zu sich zu nehmen, um sein Idealgewicht zu erreichen.

»Die Post«, verkündete Mimi.

Sie wartete, bis er gehorsam die Schokolade getrunken hatte, bevor sie ihm die Post reichte; unter den vielen Briefen befand sich einer aus Florida und ein anderer aus Schanghai. Es mußte sich um etwas Ungewöhnliches handeln, wie Chat-Huant an dem Blick bemerkte, den Mimi ihm zuwarf. Und wirklich, an einem Tag einen Brief von Kate aus Florida – ihre große, leicht nach rechts geneigte Handschrift war unverkennbar – und einen von H. H. aus China – auch seine kleine und eher harte Handschrift war stark ausgeprägt – zu erhalten, war in der Tat außergewöhnlich. Chat-Huant biß von einem der Gebäckstücke einen großen Happen ab, der ungefähr sechs Gramm wog, und fühlte sich sofort übersättigt. Er setzte sich auf und stützte sich mit seinem großen, mit grauer Seide bezogenen und mit pfauenblauen, mythischen Vögeln geschmückten Kopfkissen ab. Am anderen Ende der Wohnung machte sich die kräftige Frau aus dem Béarn, die von Mimi engagiert worden war, an die Arbeit und putzte geräuschvoll. Erleichtert lehnte sich Chat-Huant zurück:

›*Ich bin also nicht oder zumindest nur kaum tot; der Alltag geht weiter*...‹

»Sie lesen Ihre Briefe und ich lese meine«, schlug Mimi vor.

Gesagt, getan. Sie machten ihre Briefe auf und benutzten dabei den gleichen silbernen Brieföffner, den sie sich, sich freundlich zulächelnd, reichten. Sie schwiegen; sie verstanden sich, ohne große Erklärungen abgeben zu müssen, und mochten sich. Mimi hatte sich, ohne Umstände zu machen, auf sein Bett gesetzt. Ihr Knoten war in leichte Unordnung geraten, und sie hatte den obersten Knopf ihres Korsetts aufgemacht, das sie wohl zu stark eingeschnürt hatte. Natürlich konnte man ihre Brust nicht sehen, aber doch ahnen, so wie man die Linie ihrer Schenkel und ihrer Hüften unter ihrem Kleid erahnte. Diese ruhige Vertrautheit zwischen Mimi und Chat-Huant ließ in ihm ein Gefühl wachsen, das er seit nun mindestens zwanzig Jahren nicht mehr empfunden hatte.

›*Im Grunde bin ich überhaupt nicht tot.*‹

Er beschloß, sich glücklich zu fühlen, zu dieser Stunde, in der er gerade auferstanden war, von Kate und Rourke je einen Brief erhalten hatte und Mimi so dicht bei ihm war. Eines der beiden auf den Garten des Palais Royal gehenden Fenster stand offen. Herbstliche Gerüche drangen herein. Das Gezwitscher der Vögel wurde durch die ansonsten herrschende Stille noch betont.

›Vor elf Tagen‹, schrieb H. H. Rourke, ›hat sich die chinesische Rote Armee in Marsch gesetzt. Einhundertfünfzigtausend Männer, ein menschliches Meer, alle zu Fuß; sie ziehen die Karren, selbst die, auf denen die Kanonen montiert sind. Die meisten von denen, mit denen ich marschiere, sind schwer beladen, dreißig, vierzig Kilo. In ihren gewikkelten Wadengamaschen haben sie die Stäbchen untergebracht, mit denen sie essen. Alle haben Regenschirme aus buntem Papier bei sich. Dieser tollkühne Vormarsch ist offensichtlich selbstmörderisch. Die meiste Zeit halte ich mich in der Nähe von Tschou En-lai auf; den Präsidenten ihrer kommunistischen Regierung, einen gewissen Mao Tsetung – der trotz seines Titels nicht wirklich mächtig ist und sich nur aufspielt –, sehe ich weniger. Von Zeit zu Zeit begleite ich auch den einäugigen General Liu Bor-tscheng. Ich weiß nicht, wohin wir marschieren. Im Augenblick bewegen wir uns hauptsächlich in westliche Richtung; später werden wir wohl nach Norden abbiegen, wenn es dann überhaupt noch Überlebende gibt. Bereits jetzt handelt es sich um einen entsetzlichen, langen Marsch...‹

»Regenschirme aus Papier, wie merkwürdig«, meinte Chat-Huant.

Sie schauten sich an; soviel Exotik verwirrte Mimi und Chat-Huant.

Anschließend lasen sie die Briefe Kate Killingers – beide hatten einen Brief erhalten –, deren Inhalt fast identisch war. Kate schilderte eine kleine und vollkommen unbekannte Stadt, Miami Beach, in Florida. Sie war hierher gereist, so schrieb sie, um Sümpfe zu kaufen, in denen es von Alligatoren nur so wimmelte. Sie machte sich nicht die Mühe, diese sonderbare Absicht zu erklären.

Wieder schauten sich die beiden an; ihre Verwirrung war noch größer geworden.

»Was kann man nur mit Sümpfen und Alligatoren anfangen? Ich dachte, sie wollte in diesen Tagen die erste Nummer ihrer neuen Tageszeitung herausbringen?«

Mimi schüttelte den Kopf; auch sie begriff nicht, was Kate vorhatte.

»Essen Sie Ihr Gebäck zu Ende. Ich verlange nicht von Ihnen, daß Sie sich vollstopfen, aber immerhin...«

Folgsam schluckte er ein Drittel von dem, was noch übrig war, hinunter. Die Dame aus dem Béarn, die ins Zimmer kam, um das Bett zu machen, lenkte Mimi ab, so daß Chat-Huant mit einer schnellen Handbewegung den Rest des Gebäcks hinter den Nachttisch werfen konnte. Nach dieser Glanzleistung ging er, nachdem er sich in einen jadeblauen Brokat-Morgenmantel gehüllt hatte, zu dem am Fenster stehenden Sessel und setzte sich. Mimi gesellte sich zu ihm. Gemeinsam schauten sie den beiden kleinen Jungen zu, die im Garten des Palais Royal Murmeln spielten, praktisch vor der Wohnung, in der die Schriftstellerin Colette lebte und arbeitete. Dafür, daß es schon Ende Oktober war, war es überraschend mild. Mimi sagte, selbstverständlich würde sie nicht in der Wohnung des Chat-Huant übernachten, erklärte sich aber bereit, das Abendessen zuzubereiten und mit ihm zusammen zu essen; genauso selbstverständlich wollte sie am kommenden Tag wieder vorbeischauen. Mimi vermied es jedoch, eine genaue Stunde anzugeben, denn sie wollte sichergehen, daß Chat-Huant die Anweisung des Arztes, die Wohnung nicht zu verlassen, befolgte.

Sie aßen.

Sie hatten vieles gemeinsam. Da war zunächst einmal ihre tiefe Freundschaft, die, was Chat-Huant anbelangte, stark von Liebe geprägt war. Vor allem aber einte sie ihre gemeinsame, schrankenlose Liebe zu H. H. Rourke und – konsequenterweise – Catherine Killinger. Und die unbestimmte Hoffnung – leider nicht die Gewißheit! –, das so außergewöhnliche Paar eines Tages endlich wieder vereint zu sehen.

Gegen ein Uhr morgens brach Mimi auf, nachdem sie Chat-Huant neunmal hatte schwören lassen, in dieser Nacht zum erstenmal seit nunmehr einundfünfzig Jahren auf seinen Streifzug durch Paris zu verzichten. Er hielt Wort. Trotzdem ging er nicht ins Bett. Er blieb in dem Sessel am Fenster sitzen und schaute auf den Garten, der im Mondlicht lag. Von seinen eigenen einmal abgesehen, waren zu dieser späten Stunde nur die Fenster der Colette noch beleuchtet. Chat-Huant hatte die Frau, die – übrigens zu seiner großen Überraschung – eine weltweit bekannte Schriftstellerin werden sollte, in einem Privatsalon eines Pariser Restaurants kennengelernt: Oberkellner schleiften eine riesige Silberplatte herbei, die mit einer genauso großen, riesigen Haube bedeckt war, und stellten sie auf die Mitte des Tisches. Feierlich hoben sie den Deckel hoch, so daß die zusammengekauerte, splitternackte Colette auftauchte, die, Gott sei's geschworen, den schönsten Hintern der Welt ihr eigen nannte!

›... einen entsetzlichen, langen Marsch.‹ H. H. Rourke erwähnte in seinem Brief die Reportage, die er über diesen Marsch schreiben wollte – es konnten auch mehrere Reportagen werden –, ohne, ganz seiner Gewohnheit gemäß, Details anzugeben. Er wollte eigentlich nur wenig über den *Langen Marsch* schreiben – Rourkes Bezeichnung sollte in die Geschichte eingehen –, denn das Thema war für seinen Geschmack zu breit; Rourke war schließlich Reporter und kein Historiker. Er wollte eine einzelne Person herausgreifen. ›Ich habe noch nicht alle Details zusammen, aber es wird nicht mehr lange dauern, und ich habe bereits den vertrauten Geruch in der Nase.‹ Der Titel allerdings stand bereits fest: *Die drei Konkubinen von Hauptmann Song*. Das Ende war noch offen – und hing natürlich nicht von ihm ab.

Die Lichter hinter dem links von seiner Wohnung liegenden Fenster gingen aus; Colette hatte sich hingelegt. Auch Chat-Huant machte das Licht aus, legte sich aber nicht hin, sondern schaute in die Dunkelheit. Fantastische, barbarische Bilder stiegen in ihm auf: Mandarine mit dünnen, langen Bärten, abgehauene Köpfe, die an den Haaren gehalten wurden, wie er sie auf Fotografien gesehen hatte, die in *Illustration* veröffentlicht worden waren. Er hörte sogar chinesische Zimbeln und das dumpfe Dröhnen der Kriegstrommel, wobei er nicht wußte, ob auch die chinesischen Armeen unter Trommelwirbel in die Schlacht zogen, überlegte kurz und beschloß dann, dies sei völlig gleichgültig.

Er wußte, daß es sich bei dem Rourke so vertrauten Geruch um nichts anderes als um den nach Tod und frischem Blut handelte.

Was ihn betraf, so liebte er diesen Geruch nicht über die Maßen.

Erstes Buch

KATE

Kapitel 1

Nick DiSalvo begegnet ihr zum zweiten Mal...

Nick DiSalvo war der erste, der sie wiedersah – wieder erspähte, wäre wohl richtiger. Etwas mehr als vierzig Jahre später kamen ihm, als er an seinen Erinnerungen arbeitete – die er *Kate* nannte –, erhebliche Zweifel, und er fragte sich, ob es wirklich auf einem Zufall beruhte, daß sie sich ›über den Weg gelaufen waren‹.

1934 war DiSalvo fünfundzwanzig und hatte bereits acht Jahre als Journalist auf dem Buckel. Er arbeitete für die *New York Herald Tribune*, die echte, die in New York erscheinende, nicht für die europäische Ausgabe, bei der Chat-Huant beschäftigt war.

Er stammte aus einer geradezu beängstigend zahlreichen italienischen Familie mit unglaublich vielen Brüdern und Schwestern, Onkeln und Tanten, Vettern und Kusinen verschiedenen Grades. Er war in Queens auf die Welt gekommen und hatte sich in der *Queens Gazette* seine ersten Sporen verdient, noch bevor die Killingers, Vater und Tochter, die Zeitung aufgekauft hatten. Während Kates energischer Jagd nach Kunden, bei ihrem Versuch, aus einem von nicht einmal eintausendfünfhundert Menschen gelesenen Vorstadtblatt eine richtige Zeitung zu machen, und bei ihrem dramatischen Sturz war er ihr engster Mitarbeiter gewesen. Seine Erinnerungen an die kaum elf Monate, während der er sie täglich gesehen hatte, waren widersprüchlich. Er wußte nicht so recht, was er von diesem Abenteuer halten sollte, und an manchen Tagen fragte er sich sogar, ob er diesen Wahnsinn wirklich persönlich miterlebt hatte.

Als Kate die *Gazette* aufgab, wurde er arbeitslos. Er fand in einer Eisenwarenhandlung am Queens Boulevard Unterschlupf; die Tatsache, daß das Geschäft einem seiner angeheirateten Onkel gehörte, erleichterte dies beträchtlich. Nicht einmal zwei Wochen waren vergangen, als der Brief von Karl Killinger eintraf. Zuerst wollte er die kurze Notiz des Pressezaren, die eher einer Vorladung glich, in den Papierkorb werfen, doch zehn Minuten später überzeugte er sich selbst, daß er in dem leidenschaftlich geführten Kampf zwischen Vater und Tochter keine Stellung beziehen mußte – von der Tatsache einmal abgesehen, daß er in Kate verliebt war. Weitere zehn Minuten später wurde er sich klar, daß er sich keinen anderen Beruf als den eines Journalisten vorstellen konnte und ein Gespräch mit dem Gründer, Besitzer und Leiter der *Morning News*, der auflagenstärksten Zeitung New Yorks, die ihren

Besitzer zum Milliardär gemacht hatte, ihm nur von Vorteil sein konnte.

Kurz darauf fand er sich in dem Bus wieder, der ihn in die 43. Straße nach Manhattan brachte, in der sich die Verwaltung, die Redaktion und die Druckerei der *Morning News* befanden. Zu seiner großen Überraschung führte man ihn sofort in Karl Killingers Büro; er erkannte Kates Vater auf Anhieb, nicht nur aufgrund der vielen Fotografien, die von ihm veröffentlicht worden waren: Der Pressemagnat war, allerdings nur ein einziges Mal, nach Queens gekommen und hatte die Redaktions- und Druckräume der *Queens Gazette* besucht.

Einundzwanzig Jahre zuvor hatte Karl Killinger seine Zeitung gegründet, als *Selfmademan*. Man behauptete, er besäße mehrere Hundert Millionen Dollar, eine für damalige Verhältnisse fast unvorstellbare Summe, und er räumte ohne falsche Scham ein, die *Morning News* machten ihn jährlich um weitere acht bis zehn Millionen Dollar reicher. Nick DiSalvo, der ihn damals nur flüchtig gesehen, aber nicht mit ihm gesprochen hatte, meinte, sich an einen riesenhaften Despoten zu erinnern. Er war überrascht, als er Karl Killinger gegenüberstand: Gewiß, der Pressemagnat war breitschultrig und überhaupt von beeindruckender Statur, aber seine Stimme war sanft, seine Hände waren feingliedrig und seine Ausstrahlung kultiviert. Alles wies darauf hin, daß er es mit einem ungewöhnlich intelligenten und aufmerksamen Gesprächspartner zu tun hatte. Noch etwas anderes beschäftigte Nick: Während der Unterhaltung – die genau vier Minuten dauerte, wie Killingers Sekretärin angekündigt hatte – wurden sie kein einziges Mal gestört, weder durch das Telefon noch durch irgendeinen Sekretär. Killinger sagte zu Beginn zu Nick, *man* habe ihn darauf hingewiesen – Kate wurde kein einziges Mal direkt erwähnt – er, Nick, sei möglicherweise ein recht brauchbarer Journalist. Er habe einhundertzwanzig Sekunden Zeit, um seine Auffassung vom Journalismus im allgemeinen und seine persönlichen Ziele auf diesem Gebiet im besonderen darzulegen. Killinger schwieg und hörte Nick zwei Minuten lang zu, ohne ihn zu unterbrechen und ohne die Augen von ihm abzuwenden. Dann nickte er mit dem Kopf und erklärte sich bereit, dem jungen Mann behilflich zu sein, als Reporter Karriere zu machen:

»In meiner Zeitung oder in einer anderen. Ich schlage Ihnen vor, ein Jahr für mich zu arbeiten. Anschließend werden wir gemeinsam entscheiden, ob Sie bei den *Morning News* bleiben oder gehen wollen. Da ich Sie in der Zwischenzeit genau kennengelernt haben werde, wird es mir leichtfallen, Ihnen anschließend mit den entsprechenden Empfehlungen weiterzuhelfen. Heute ist Samstag, Sie fangen Montag an.«

Er sollte wöchentlich zwanzig Dollar bekommen; vier Dollar mehr, als sein Onkel, der Eisenwarenhändler in Queens, ihm bezahlte. Wichtiger aber war für Nick, daß er in dem Beruf arbeiten konnte, von dem er immer geträumt hatte.

Er war gerade zwanzig Jahre alt geworden, war groß, schlank und braunhaarig und sah recht gut aus. Er respektierte nichts und niemand, schrieb mit einer atemberaubenden Geschwindigkeit und hatte die Fähigkeit, über jedes Thema präzise berichten zu können. Drei Monate nach seinem Eintritt in die Redaktion der *Morning News* wurde ihm ganz offiziell der Titel eines Reporters verliehen, und er erhielt fünf Dollar pro Woche mehr. Ein Jahr später machte Karl Killinger Nick auf dessen Bitten hin mit Lessing Langham Engelking bekannt, dem Leiter der Nachtschicht der Lokalreporter bei der *New York Herald Tribune*. Nick wurde auf der Stelle engagiert.

Das alles hatte sich vor vier Jahren abgespielt. In der Zwischenzeit hatte Nick Karl Killinger kein einziges Mal getroffen, schickte ihm aber zu jedem Jahreswechsel eine Grußkarte. Obwohl er nicht mehr für ihn arbeitete, nahm Kates Vater in seiner persönlichen Walhalla neben Horace Greeley, dem Gründer der *Tribune*, und Joe Pulitzer den Ehrenplatz ein.

Nachdem er etwas Abstand von den Ereignissen gewonnen hatte, war Nick davon überzeugt, daß bei dem dramatischen Ende der *Queens Gazette*, das er lange Zeit allein dem autoritären, von keinen Gefühlen geprägten Verhalten Karl Killingers zugeschrieben hatte, die Schuld zwischen Vater und Tochter zumindest aufzuteilen war. Weiter trieb er seine Analyse nicht voran. Einerseits hielt ihn seine aufrichtige Bewunderung, der Respekt und sogar die Freundschaft, die er für Karl Killinger empfand, davon ab, andererseits...

Andererseits hatte er Kates saphirblaue Augen seit nunmehr fünf Jahren nicht mehr gesehen, was manches erklärte.

Und: Er war keineswegs darauf gefaßt gewesen, sie unter diesen Umständen wiederzusehen...

Es war allerdings reiner Zufall, daß er sich gerade in Connecticut aufhielt: Er hatte noch sechs Tage Urlaub, und Amanda Lloyd, mit der er die Ferien verbringen wollte, erinnerte sich in letzter Minute an das kleine Hotel, das ihrer Schwester und ihrem Schwager gehörte:

»Pete und Allie haben mir vorgeschlagen, bei ihnen zu wohnen, während sie selbst sich in New York aufhalten. Ihr Hotel ist seit einer Woche geschlossen, und wenn wir hinfahren, dann brauchen sie keinen Wächter zu engagieren... Wir können jeden Abend in ein anderes Zimmer ziehen. Und du, Nick, kochst...«

Reiner Zufall, das stand fest. Mandy und Nick fuhren mit dem Zug nach New Haven und nahmen dort den Bus. Das Hotel verfügte über zwölf Zimmer. Einige Ferienhäuser reicher New Yorker Familien stellten die ganze Nachbarschaft dar, und das nächste war noch gut zwei Kilometer entfernt, während das Meer – das heißt, die Bucht von Long Island – sozusagen direkt vor der Haustür lag. Die vier ersten Tage verliefen denn auch sehr ruhig. In der vierten Nacht läutete das Telefon.

»Telefon!« rief Mandy.

Natürlich hatte auch Nick das schrille Läuten gehört, das jetzt schon fünf Minuten lang die Stille zerriß, doch er tat so, als sei er taub geworden. Dabei war der Lärm in dem leeren Hotel, in dem alle Zimmertüren offenstanden, ganz anders, als man es in Hotels gewohnt war: ohrenbetäubend.

»Nick, das ist ganz bestimmt für dich!«

Mit einem Fußtritt beförderte sie ihn aus dem Bett; Mandy, die Blondine, hatte die muskulösen Beine einer durchtrainierten Tänzerin. Er schwankte leicht, als er die Treppe ins Erdgeschoß hinunterging und den Telefonhörer abnahm:

»Erkennen Sie meine Stimme, DiSalvo?«

Engel war am Apparat, sein Chef Engelking, den alle Welt nur Engel nannte.

»Franklin Roosevelt. In Form, Frankie?«

Engel nahm sich nicht einmal die Mühe, auf Nicks Scherz einzugehen. Lakonisch wie immer erklärte er Nick, nicht, was er machen *sollte*, sondern was er machen *würde*, und zwar nicht in einer Stunde oder einer Minute, sondern in den kommenden Sekunden. Dabei ging er mit derselben Präzision zu Werke, die seine Artikel ausgezeichnet und die Eifersucht aller Nachtreporter geweckt hatte, als Engel noch selbst schrieb.

»Erstens habe ich Ferien und zweitens habe ich keinen Wagen, sondern nur ein Fahrrad«, protestierte Nick.

Völlig umsonst, denn er sprach ins Leere. Engel hatte bereits aufgelegt. Nick ging wieder in den ersten Stock und erklärte Mandy, während er sich anzog, er würde auf der Stelle aufbrechen und unter Umständen nicht vor Ende ihrer Ferien zurückkehren. Auch hier waren seine Bemühungen um Kommunikation relativ erfolglos: Die Tänzerin schlief tief und fest.

Ungefähr siebzehn Kilometer vom Hotel entfernt entdeckte er die Scheinwerfer des Polizeiautos und fuhr direkt darauf los. Da es steil bergab ging und sein Fahrrad keine Bremse hatte, konnte er es nicht vermeiden, einen Sheriff einfach über den Haufen zu fahren. Als sie sich wieder einigermaßen gerappelt hatten, fragte der Beamte, was, um Himmels willen, er um halb drei Uhr in der Frühe an diesem gottverlassenen Flecken suche.

»*New York Herald Tribune*«, antwortete Nick. »Ich komme wegen des Mordes.«

»Mit dem Fahrrad aus New York?«

»Ich bin auf der Stelle losgefahren. Hätte ich nicht auf der Brookly-Bridge einen Platten gehabt und wäre meine Kette nicht mitten in Harlem vom Radkranz gesprungen, dann wäre ich eingetroffen, als das Blut noch frisch war. Wer hat wen aus welchem Grund wann und wie um die Ecke gebracht? Name und Anschrift der Opfer? Und, gibt es hier einen Fotografen?«

Nachdem er seinen Presseausweis gezückt hatte, ließ man ihn hinein. Da er nicht wußte, ob er rechtzeitig einen Fotografen auftreiben konnte – Engel hatte versprochen, sofort einen zu schicken, doch dieser würde wohl erst mit dem Frühbus eintreffen –, machte er von den drei Leichen, die noch an der Stelle lagen, an der man sie gefunden hatte, einige Skizzen: Boyle – ein bedeutender New Yorker Börsenmakler, was Engels Interesse an dem Fall erklärte – war auf der Schwelle zu seiner Bibliothek umgebracht worden. Der Mörder hatte ihm mit einem schweren Gegenstand, vielleicht einem Schraubenschlüssel oder einem Vorschlaghammer, von hinten den Schädel eingeschlagen und mit einem mächtigen Hieb völlig zertrümmert. Anschließend hatte sich der Mörder mit einer seltenen Brutalität über den Körper hergemacht und ihn übel zugerichtet. Nick konnte sieben Stellen ausmachen, an denen der schwere Gegenstand aufgeschlagen war, hauptsächlich im Schulter- und Wirbelsäulenbereich.

»Wie heißen Sie denn?«

Der Beamte erklärte, er hieße Carruthers. Er konnte immer noch nicht fassen, daß ein Reporter der *New York Herald Tribune* kaum zwei Stunden nach dem Bekanntwerden des Verbrechens am Schauplatz eingetroffen war.

»Wir von der *Trib*«, erklärte Nick gelassen, »bewegen uns gemeinhin mit der Geschwindigkeit eines Blitzes von einem Ort zum anderen.«

Das zweite Opfer lag auf seinem Bett, eine Frau, die anscheinend während des Schlafs umgebracht worden war. Es handelte sich vielleicht um Mrs. Boyle, doch das ließ sich nicht so einfach feststellen, denn ihr Gesicht war von dem schweren Gegenstand grauenhaft verunstaltet worden.

»Zum Kotzen«, meinte Carruthers.

»Richtig«, meite Nick, der sich ungerührt über die blutige Masse beugte, in der Hoffnung, wenigstens die Augenfarbe des Opfers feststellen zu können, was sich als unmöglich herausstellte.

»Und die dritte Leiche?«

»Noch eine Frau. Mrs. Boyles Zimmermädchen, das wohl versucht hat, durch die Küchentür zu fliehen. Es kam nicht weit. Ich kann es einfach nicht glauben: Sind Sie wirklich mit dem Fahrrad aus New York gekommen?«

»Was wundert Sie denn daran? Es sind doch nur knapp einhundertsechzig Kilometer«, sagte Nick und stieg die Treppe ins Erdgeschoß wieder hinunter. »Wer hielt sich sonst noch alles im Haus auf? Ich meine, außer den Opfern?«

Angestellte, das heißt, ein verheiratetes Paar und der Chauffeur, deren Zimmer sich über der Garage befanden. Sie hatten tief geschlafen; nur der Chauffeur hatte endlich doch etwas bemerkt und beschlossen, nach dem Rechten zu schauen, da ihm die vielen Lampen auffielen, die im ganzen Haus brannten. Als erstes hatte er das Zimmermädchen entdeckt.

»Sie lebte noch. Doch in den darauffolgenden Minuten, während der Chauffeur telefonisch Alarm schlug und auf die Leiche von Mister Boyle stieß, starb sie, ohne etwas zu sagen.«

Nick beugte sich über die dritte Leiche, die eines siebzehn-, vielleicht auch achtzehnjährigen Mädchens, dessen Gesicht unverletzt war, was man vom Rest seines Körpers wirklich nicht behaupten konnte. Der Mörder hatte es in diesem Fall auf die Kehle, die Brust und vor allem den Unterleib abgesehen. Nick meinte, mindestens zwanzig Schläge seien dem armen Ding versetzt worden. Das Nachthemd war völlig zerfetzt, so daß kein Detail verborgen blieb; der Vorschlaghammer, oder was auch immer der Mörder benutzt hatte, hatte hier besonders intensiv gewütet, so daß Nick nicht einmal die Umrisse eines menschlichen Körpers mehr ausmachen konnte. Das von den Taschenlampen der Polizeibeamten hell angestrahlte Bild war wirklich entsetzlich.

Nick sprach mit dem Chauffeur und dem verheirateten Paar. Dann ging er zu den umliegenden Villen und sprach mit zwei Ehepaaren, die sich einen Morgenmantel übergeworfen hatten. Beide Paare kannten die Boyles, denn sie waren mehrmals in die Villa des Börsenmaklers eingeladen worden oder hatten die Boyles selbst eingeladen. Bei dem einen Paar stieß er auf ein Telefon. Ohne lange zu zögern, rief er die *New York Herald Tribune* an und gab einen ersten, zweitausend Worte umfassenden Bericht durch, ohne sich irgendwelche Notizen gemacht zu haben. Die Nachtstenografen am anderen Ende der Leitung schwitzten Blut und Wasser. Nick unterteilte seine erste Information in drei Abschnitte. Im ersten gab er eine detailgetreue Beschreibung der Villa, der drei Leichen und der Umstände, die zur Entdeckung des dreifachen Mordes geführt hatten. Im zweiten berichtete er alles, was er über die Opfer und die Angestellten wußte. Natürlich arbeitete Engels Team in New York fieberhaft daran, alles über Paul Boyle und dessen Frau Laura, eine geborene Flanagan, herauszufinden; das Paar gehörte schließlich zu den oberen Zehntausend von New York. Im dritten Abschnitt endlich berichtete er über die ersten Ergebnisse der Untersuchung: Die Polizei hätte gerne mit drei Personen gesprochen, wie man sich vorsichtig ausdrückte, nicht direkt als Täter, sondern als Zeugen, drei Männer, darunter der Gärtner, der sich merkwürdigerweise nicht in seinem Zimmer aufgehalten hatte.

Und der Fotograf? Man schwor ihm, er habe nur einige Minuten, nachdem die Redaktion von ihrem Korrespondenten in New Haven informiert worden war, in einem Wagen New York verlassen und müsse jeden Moment eintreffen.

Als er zu der nur knapp hundert Meter entfernt liegenden Villa der Boyles zurückkehrte, war man gerade dabei, die Leichen in eine Ambulanz zu laden. Nick ging wieder in das Haus und stieß auf einen lokalen Fotoreporter, der von der Polizei beauftragt worden war, die Leichen vor ihrem Abtransport von allen Seiten zu fotografieren. Für zehn Dollar bar auf die Hand und weitere vierzig, die von der *New York Herald Tribune* überwiesen werden sollten, war er bereit, Nick je einen Abzug aller Aufnahmen zu liefern. Engel würde wohl keine einzige veröffentlichen – er haßte Mord und Toschlag auf der Titelseite –, doch er hätte sicher Zeter und Mordio geschrien, hätte Nick es versäumt, das Zeitungsarchiv mit den notwendigen Dokumenten zu beliefern.

»Ich hätte gerne eine Quittung über die zehn Dollar«, sagte Nick.

Der Fotograf erfüllte ihm seinen Wunsch. Er schaute Nick neugierig an:

»Warum kaufen Sie mir eigentlich die Fotos ab? Ihr Fotograf hat gerade die gleichen Aufnahmen gemacht.«

»Mein Fotograf?«

Nick ging in den ersten Stock; auf der Treppe mußte er den Männern ausweichen, die die Leiche von Mrs. Boyle heruntertrugen. Kaum war er oben angelangt, da roch er auch schon das verbrannte Magnesium: Der Fotograf der *New York Herald Tribune* nahm in dem Schlafzimmer Laura Bayles deren blutbesudeltes Bett auf. Die Silhouette kam ihm vertraut vor. Der Mann trug einen bis zum Boden reichenden, beigefarbenen Regenmantel, hatte den Kragen hochgeschlagen und sein Haupt mit einem breitkrempigen, braunen Hut geschmückt. Er war beinahe so groß wie Nick DiSalvo, der über die magische Grenze von einhundertachtzig Zentimeter hinausragte.

»Hast du auch das Zimmermädchen aufgenommen? Ich bin überzeugt, daß der Mörder es vor allem auf sie abgesehen hatte.«

Neuer Magnesiumblitz, aber keine Antwort.

»Ich brauche zwei, drei Aufnahmen von dem Zimmer des Gärtners.«

»Ich nehme keine Befehle von einem Pseudo-Reporter an, der für die Konkurrenz arbeitet«, sagte der Fotograf, ohne sich die Mühe zu machen sich umzudrehen.

Nick DiSalvo fuhr zusammen. Die Stimme hatte in einer einzigen Sekunde fünf Jahre ausgelöscht:

»Kate?«

Erst jetzt drehte sie sich um und lächelte ihn an.

Ihre Augen strahlten immer noch genauso saphirblau wie zuvor, doch ihr Lächeln hatte sich geändert: Es war sanfter und zugleich bitterer geworden, von Nostalgie geprägt. Es verblaßte, als sie auf Nick zuging, grazil und weiblich, trotz ihrer Größe und trotz des unförmigen Regenmantels.

»Nick, hast du geheiratet?«

»Nein.«

Sie gingen zusammen die Treppe hinunter – wobei Nick wie gewöhnlich so phlegmatisch wie ein Engländer wirkte – und gingen durch das Haus, in dem sich nur noch wenige Beamte aufhielten, in den Garten. Es hatte geregnet. Die Erde roch stark. Kate atmete tief ein und knöpfte ihren Regenmantel auf. Unter ihrem dünnen Pullover zeichneten sich ihre Brüste ab. Nick schnürte es die Kehle zusammen. Er wandte sich ab und entdeckte vor der Villa einen knallroten Plymouth PB. Auf der Fahrerseite war in großen Buchstaben der Name der Firma aufgemalt, der er gehörte: N. Y. MORNING NEWS. Karl Killinger hatte insgesamt sechs dieser Fahrzeuge gekauft, die Tag und Nacht für Reporter und Fotografen einsatzbereit waren.

»Bist du mit diesem Wagen aus New York gekommen?«

Sie nickte und erklärte: »Nicht allein. Dale Morton begleitet mich. Er sucht ein Telefon, um seinen Artikel durchzugeben. Hast du deinen bereits durchtelefoniert?«

Er lächelte – ja. Sie nickte mit dem Kopf.

»Immer noch so schnell wie früher«, meinte sie dann.

Sie verstaute die Fotografenausrüstung im Kofferraum des Plymouth. Während sie sich vorbeugte, zeichneten sich ihre Brüste noch deutlicher ab als zuvor. Kate hatte auf einen Büstenhalter verzichtet, das war offensichtlich.

»Nick, Dale kennt mich unter dem Namen Christine Black.«

»Und dein Vater?«

Sie lachte.

»Er hat keine Ahnung, daß ich für ihn arbeite. Der große Karl Killinger kennt lange nicht alle seine Angestellten.«

Seit mehr als zwei Monaten arbeitete sie jetzt für die *Morning News*, erklärte sie. Vor zwei Wochen hatte sie sich in der Redaktion aufgehalten, als ihr Vater seinen Rundgang gemacht hatte; in letzter Sekunde hatte sie sich in die Damentoilette flüchten können, denn ihr Vater hätte sie natürlich unweigerlich erkannt. Nick DiSalvo schaute sie im Scheinwerferlicht nachdenklich an. Ihr Gesicht hatte sich in den vergangenen fünf Jahren kaum verändert – sie war ja auch noch nicht älter als achtundzwanzig – und war aufgrund der außerordentlichen Spannung und Intelligenz, die es auszeichnete, immer noch so faszinierend wie früher. Man spürte deutlich, daß Kate weiterhin unter fieberhaftem Druck stand, auch wenn sie sich heute besser in der Hand hatte. Nick wurde sich bewußt, daß er sie immer noch glühend liebte, und wunderte sich nicht.

Völlig außer Atem kam Dale Morton angelaufen. Er grüßte DiSalvo und beleidigte ihn lächelnd: Irgendein Schuft hatte anscheinend das einzige Telefon benutzt, das sich im Umkreis von einem Kilometer Entfernung befand, und anschließend die Drähte aus der Wand gerissen; die Besitzer waren außer sich vor Wut. Er, Morton, hatte kilometerweit laufen müssen, um seinen Bericht durchgeben zu können.

»Nick, kennst du vielleicht diesen Schuft, der das getan hat?«

»Auf dem Land funktionieren Telefone in der Regel immer nur einmal«, erklärte er treuherzig.

Kate-Christine erklärte ihrem Begleiter, sie kehre nicht sofort nach New York zurück. Er könne natürlich den Plymouth nehmen; sie würde schon zurechtkommen. Die Filme befänden sich bereits im Kofferraum und müßten nur noch entwickelt werden...

»In der Redaktion werden sie toben vor Wut. Schließlich bin ich der Reporter! Ich müßte hierbleiben und nicht du.«

»Weißt du was?« fragte Kate nachdenklich. »Ich bin in diesem Augenblick aus dem aktiven Dienst der *Morning News* ausgeschieden. Dale, bitte sei so gut und informiere die New Yorker entsprechend.«

Sie lächelte Nick an: »Hast du einen Wagen?«

»Ein Fahrrad.«

Er deutete auf sein Transportmittel, während der Reporter der *Morning News* wütend losfuhr.

»Trete ich in die Pedale oder du?« fragte Kate.

Sie hatten ungefähr zehn Kilometer hinter sich gebracht, Nick auf dem Sattel und Kate auf dem Rahmen sitzend, als er mit höllischen Muskelschmerzen aufgab. Diese verdammte Straße war nicht einmal eben. Kate bestand darauf, die Plätze zu wechseln, und trat kräftig in die Pedale:

»Nick, was ein Mann kann, das kann ich schon lange, auch wenn du vom Gegenteil überzeugt sein solltest.«

»Ich glaube, du bist zu allem fähig«, meinte er und spürte den Atem der jungen Frau auf seinem Hals; ihre langen Schenkel berührten seine.

Den letzten Kilometer schoben sie das Fahrrad.

»Ich habe vergessen, dir etwas Wichtiges zu sagen: In meinem Bett wartet eine Frau auf mich.«

»Verlobte oder Zufallsbekanntschaft?«

»Erzähl mir lieber von dir.«

»Ich habe Hunger und Durst. Ich habe noch nichts zu Abend gegessen.«

Sie machten es sich in der kleinen Hotelbar bequem. Es war inzwischen halb fünf Uhr morgens. Kate zog ihren Regenmantel aus. Zu ihrem blauen Pullover trug sie eine Hose in dem Braun ihres Hutes. Sie schlang die drei belegten Brote hinunter, die Nick ihr zurechtmachte, und hatte dabei ihre langen Beine auf den Couchtisch gelegt.

»Bitte ein Bier. Wie heißt eigentlich das Mädchen, das im ersten Stock schläft?«

»Mandy. Amanda.«

»Du hast vorher meine Frage nicht beantwortet. Braut oder...«

»Kate, willst du mich heiraten?«

Nicht einmal Nick wußte, ob seine Frage scherzhaft gemeint war oder nicht.

Nur eine einzige Lampe brannte in dem kleinen Raum, dessen eine Wand ganz aus Glas bestand; noch konnte man in der Dunkelheit den Atlantik nicht erkennen. Langsam wandte Kate ihren Blick ab und schaute zu Nick:

»Heiraten sicher nicht.«

›Jetzt zittere um Himmels willen nicht wie ein mit Pickeln übersäter Oberschüler!‹ wies Nick sich zurecht. Er hätte sich am liebsten eine Zigarette angesteckt, um seine Hände zu beschäftigen, obwohl er nicht rauchte. So tat er, als ob er in einem Schrank etwas suche, und stieß auf eine Whiskyflasche. Er goß sich ein Glas ein.

»Ich glaube nicht, daß ich auf das, was unausgesprochen blieb, eingehen werde«, meinte er dann. »Wenn du überhaupt etwas unausgesprochen gelassen hast. Kate, erzähl mir von dir.«

Sie erzählte, schaute abwechselnd auf Nick und auf das Meer, das immer noch im Dunkeln lag, und verkündete, sie würde wieder eine Zeitung gründen. Allerdings hätten sich die Bedingungen grundlegend geändert, denn inzwischen verfüge sie über das notwendige Geld...

»Ich habe bereits mehr als eine Million Dollar zusammen, Nick. Wohlgemerkt, dieses Geld stammt nicht von meinem Vater. Ich habe es verdient. Er weiß nicht einmal, daß ich über diese Summe verfüge.«

Sie lächelte. »Das heißt, ich hoffe es wenigstens.«

Nick setzte sich auf einen der Barhocker.

»Nick, diese Million reicht allerdings nicht aus. Auch wenn mein Vater mich in Ruhe arbeiten ließe. Was sicher nicht der Fall sein wird. Er wird alles versuchen, um mich zum Scheitern zu bringen.«

Er öffnete den Mund und wollte schon protestieren und sagen, er glaube nicht, daß Karl Killinger von neuem einen Krieg gegen seine Tochter vom Zaun brechen wolle, als sie ihn anlächelte und den Kopf schüttelte:

»Nick, sag lieber nichts. Du könntest sonst später stolz darauf sein, als erster behauptet zu haben, mein Vater sei friedfertig geworden, wenn er wie durch ein Wunder wirklich nichts unternimmt. Doch dieses Wunder wird nicht passieren. Wir werden uns wirklich schlagen, er und ich.«

Denn diesmal wollte sie sich nicht damit zufriedengeben, eine zweitrangige Zeitung wie die inzwischen eingestellte *Queens Gazette* zu leiten. Sie wollte den *Morning News* ernsthaft Konkurrenz machen. Und nicht nur der Zeitung ihres Vaters, sondern allen New Yorker Tageszeitungen. Doch ihr wichtigster Gegner war natürlich...

»Nick, aus den verschiedensten Gründen...«

... Karl Killinger. Vielleicht würde er zu Beginn zögern, den Fehdehandschuh aufzunehmen, doch in dem Maße, in dem sie und ihre Zeitung an Gewicht gewännen, mußte der Besitzer der *Morning News* einfach seine Tochter bekämpfen.

»Das wird ein fürchterlicher Kampf werden, Nick. Du hast mich gar nicht gefragt, warum ich zwei Monate lang für die *Morning News* gearbeitet habe. Die Antwort liegt auf der Hand: Ich habe meinen zukünftigen Gegner ausspioniert, Nick. Übrigens, Papas Zeitung ist hervorragend gemacht. In den vergangenen siebzig Tagen habe ich mehr gelernt als in den fünf Jahren zuvor. Aber das war nicht der einzige Grund: Von Fotos verstand ich bisher überhaupt nichts. Ich meine, von Pressefotos, die Reportagen illustrieren. Einiges habe ich inzwischen gelernt. Kann ich noch ein Bier haben? Ich komme um vor Durst.«

Er holte eine neue Flasche aus dem Kühlschrank, machte sie auf und reichte sie ihr. Geschickt trank sie direkt aus der Flasche und ließ das Getränk, ohne abzusetzen, durch die Gurgel laufen.

»Nick, es gibt noch einen dritten Grund. Vor einigen Monaten bereits bin ich aus Europa zurückgekehrt. Ich habe die Räumlichkeiten für meine Zeitung gefunden, die Druckmaschinen, und weiß inzwischen so ziemlich, wen ich einstellen möchte.«

»Mich nicht«, antwortete Nick.

Sie lächelte ihn nur an, ohne näher auf ihn einzugehen.

»Wir werden später darüber reden. Im Augenblick möchte ich dich nur mit meinen Gedanken vertraut machen. Du bist der erste, mit dem ich über meine Pläne spreche. Ich meine, ausführlich... Wir sind uns in dieser Nacht über den Weg gelaufen, aber ich hätte dich auf alle Fälle gesucht. Und zwar schon bald. Der dritte Grund hat direkt mit Geld zu tun. Ich habe dir bereits gesagt, daß ich über etwas mehr als eine Million Dollar verfüge, daß dies aber nicht ausreicht. So habe ich mein Geld investiert und hoffe, in den kommenden Monaten mein Kapital zu verdreifachen. Oder aber alles zu verlieren. Was nicht weiter tragisch ist, denn mein Vater ist schließlich Milliardär. Und während ich auf die Ergebnisse warte, arbeite ich eben für die *Morning News.*«

»Handelst du mit Waffen, Frauen oder Kasinos?« fragte Nick.

»Du bist auf dem falschen Dampfer. Doch im Augenblick ist das auch gar nicht weiter wichtig. Gehen wir einmal davon aus, daß ich über drei Millionen Dollar verfüge. Eine Bank wird mir weitere zwei Millionen leihen. Mein Vater hat immer noch mindestens zwanzigmal mehr zur Verfügung, doch ich müßte trotzdem hinkommen.«

Nick leerte sein Glas und goß sich sofort ein zweites ein. Seine Hände zitterten immer noch.

›Nick DiSalvo, du bist verrückt geworden! Über deinem Kopf schläft eine zärtliche, sanfte und liebevolle Blondine, die dir keine Probleme macht und die Gott sei Dank nicht einmal in dich verliebt ist. Zumindest nicht sehr heftig. Du hast einen guten Platz bei einer der besten Zeitungen der Welt, und man hat dir nicht nur eine Gehaltserhöhung, sondern auch mehr Verantwortung in Aussicht gestellt. Deine Träume scheinen in Erfüllung zu gehen. Und jetzt taucht plötzlich diejenige auf, die du schon fast vergessen hattest, mitten in der Nacht, im tiefsten Connecticut, und erzählt dir von einer Zeitung, die sie gründen will. Sie fordert dich auf, alles aufzugeben, alles in Frage zu stellen. Ganz abgesehen davon, daß du täglich dreißig Stunden wirst arbeiten müssen ...‹

Er leerte sein zweites Glas. Noch war der Tag nicht angebrochen, doch er zeichnete sich bereits am Horizont ab. Vom Meer stieg feiner Nebel auf.

»Wann werden wir über die Mitarbeiter sprechen, die du engagieren wirst, das heißt, über mich?«

»Jetzt, Nick.«

»Ich habe nicht die geringste Lust, die *New York Herald Tribune* zu verlassen.«

»Und deine Blondine?«

Er zuckte nur mit den Schultern. Kate beugte sich mit katzenhafter Geschmeidigkeit vor und zog ihre Schuhe mit den flachen Absätzen aus.

»Nick, wieviel verdienst du zur Zeit?«

»Fünfundachtzig.«

»Dann hat man dein Gehalt vor drei Tagen aufgebessert. Letzten Montag hast du noch fünfundsiebzig verdient.«

»Sie werden mein Gehalt erst noch erhöhen.«

»Ich biete dir einhundertfünfzig pro Woche.«

»Wenn du mir das Doppelte anbietest, werde ich nicht nein sagen.«

»Und ich werde fünfzigtausend Dollar auf ein Konto überweisen und das Geld für ein Jahr blockieren. Wenn du nach Ablauf dieser Zeit, während der du für mich als Chefredakteur arbeiten wirst, mich wirklich verlassen willst, dann kannst du die fünfzigtausend Dollar mitnehmen. Du weißt so gut wie ich, daß die *New York Herald Tribune* dich ohne zu zögern wieder nehmen wird. Oder die *Times*. Behaupte bloß nicht das Gegenteil.«

Zum ersten Mal, seitdem er sie vor dem blutbesudelten Bett entdeckt hatte, wagte Nick es, den saphirblauen Augen der jungen Frau standzuhalten.

»Kate, du weißt ganz genau, daß das Geld die geringste Rolle spielt.«

Sie legte ihren Kopf in den Nacken und schüttelte ihre aschblonden Haare, dann streckte sie sich, so daß sich ihre Brüste deutlich abzeichneten und Nick keinen Zweifel mehr daran haben konnte, daß sie unter ihrem Pullover nur bloße Haut trug. Die Dämmerung brach an. Es wurde hell in der Bar, so daß Nick die Brustwarzen einfach erkennen mußte. Sie spielte ganz offen mit Nick, ohne auch nur den Versuch zu unternehmen, etwas zu verbergen.

»Nick, seitdem wir uns kennen, warst und bist du in mich verliebt. Ich war mir dessen immer bewußt, und du wußtest, daß ich es wußte. Zehn Monate haben wir eng zusammen gearbeitet, Tag und Nacht...«

Langsam und unwiderstehlich lösten sich Kate Killingers Augen vom Meer und richteten sich auf Nick:

»Nick, in Queens haben wir nie zusammen geschlafen. Zwei-, dreimal wäre es fast soweit gekommen. Du erinnerst dich sicher daran.«

Und wie er sich daran erinnerte!

»Ich war damals verheiratet, und es gehört zu meinen Eigenschaften, Verträge zu respektieren. Inzwischen bin ich nicht mehr gebunden.«

Sie schaute ihn weiterhin unentwegt an. Plötzlich stieg in Nick ein Name auf: H. H. Rourke. Er war ihm ein einziges Mal persönlich begegnet, bei Bleek, in der Bar, die als Ersatzredaktionsraum der *New York Herald Tribune* diente. Rourke hatte die Bar betreten und war direkt auf den Tisch zugegangen, an dem Nick saß, hatte sich ihm gegenüber auf eine Bank gesetzt, trotz der Hitze seinen Trenchcoat anbehalten, es auch nicht für notwendig befunden, seinen Filzhut, der mit einem schwarzen Hutband geschmückt war, abzusetzen, und hatte mit ihm einige Gläser getrunken. Das Ganze hatte nicht länger als dreißig, höchstens vierzig Minuten gedauert.

Rourke hatte in Nick die widersprüchlichsten Gefühle ausgelöst. Einerseits war DiSalvo über die so offensichtlich zur Schau getragene Selbstsicherheit wütend geworden, denn Rourke kümmerte sich keine Sekunde darum, welche Empfindungen er in seiner unnahbaren Art bei anderen auslöste; andererseits aber spürte er auch so etwas wie Freundschaft, vor allem dann, wenn Rourkes Augen verrieten, daß sich der Journalist königlich amüsierte. Rourke, der Schuft, der fähig war, die Helden seiner Reportagen in den Tod zu treiben, so wurde zumindest behauptet, hatte einige der aufsehenerregendsten Reportagen der letzten Jahre verfaßt und wurde von vielen Journalisten bewundert. Er arbeitete auf eigene Rechnung, als *free-lance*, und war an keine redaktionellen Weisungen gebunden. Und so wenig er sich um die Menschen kümmerte, über die er seine Reportagen schrieb, so wenig kümmerte er sich um seinen persönlichen Ruhm. Er liebte es, anonym zu bleiben und seine Reportagen sogar mit fremden Namen zu zeichnen, was von neidischen Kollegen oft als übertriebene Geheimnistuerei mißbilligt wurde. Nick, der nicht zu denen gehörte, die leicht vor anderen in die Knie gingen, war von dem aus dem Rahmen fallenden H. H. Rourke beeindruckt.

Er wußte kaum etwas über die Beziehungen zwischen Rourke und Kate. Die beiden hatten zusammengelebt, in China; der China-Korrespondent der *Trib* hatte bei einem Aufenthalt in New York einmal von dem in Schanghai lebenden Paar erzählt, das ein Kind hatte, aber nicht verheiratet war. Inzwischen hatten sich Kate und Rourke getrennt, was in der Schanghaier Gesellschaft großes Aufsehen erregt hatte. Doch was vor und nach China passiert war, darüber wußte Nick so gut wie nichts.

Der Besuch des Korrespondenten lag nun auch schon ein Jahr zurück.

Nick DiSalvo hatte Kate gefragt, wie es inzwischen um die Beziehung zwischen Kate und Rourke stünde.

»Nick?«

Er wurde sich bewußt, daß er, in seine Gedanken versunken, lange geschwiegen hatte. Es war inzwischen taghell geworden. Nick löschte das Licht in der Bar, das nicht mehr gebraucht wurde, verstaute die Whisky-Flasche wieder in dem Schrank und war sich natürlich bewußt, daß er damit nur Zeit gewinnen wollte, aber er hatte nicht die geringste Ahnung, was er hätte sagen können. Sie fragte ihn:

»Wann kehrst du nach New York zurück?«

»Ich habe noch zwei Tage Urlaub.«

Sie stand auf und ging in dem kleinen Raum hin und her; Nick folgte ihr mit den Augen, überwältigt von ihrer Schönheit. Dann blieb sie vor der auf den Atlantik gehenden Fensterfront stehen. Langsam löste sich der Nebel auf. In der Ferne wurde Long Island sichtbar.

»Du kennst mich«, sagte sie, ihre Erregung kaum verbergend, »Geduld war noch nie meine Stärke gewesen. Zur Zeit zähle ich die Tage und die Stunden, bis es endlich soweit ist. Ich sterbe vor Ungeduld, Nick, ich halte es kaum mehr aus. Ich habe schon Angst, krank zu sein, denn es ist einfach nicht mehr normal, es so eilig zu haben.«

»Ich glaube nicht, daß du übergeschnappt bist.«

»Aber du meinst, du selbst seist übergeschnappt.«

Sie hatte ihm den Rücken zugedreht; trotzdem spürte er, daß sie lächelte.

»Denn du wirst mein Angebot annehmen... Schweig. Ich werde Montag nach Florida reisen und fände es schön, wenn du mitkämst.«

Schweigen breitete sich in dem kleinen Raum aus. Kate stand, ohne sich zu rühren, vor der Fensterfront und schaute aufs Meer. Endlich ging sie zu ihrem Stuhl zurück und hob ihre Schuhe auf, ohne sie anzuziehen. Sie verließ den Raum. Beinahe gegen seinen Willen folgte ihr Nick DiSalvo. Er blieb in der Haustür stehen. Der kleine Feldweg, der von der Straße zum Hotel führte, endete hier.

»Dein Regenmantel«, sagte Nick und reichte ihn ihr.

Sie nahm ihn, verpackte ihre Schuhe in dem Mantel und rollte alles zu einer Kugel, die sie unter den linken Arm klemmte. Sie war immer noch barfuß.

»Wie wirst du nach Hause kommen?« fragte Nick besorgt.

Sie antwortete nicht, sondern hob nur ihren rechten Arm.

Ein Motor wurde angelassen. Das Geräusch ließ darauf schließen, daß es sich um ein hochzylindriges Modell handelte. Kurz darauf hielt ein nachtblauer Cadillac Fleetwood vor Kate. Ein kleiner Chauffeur mit Livree und stilgerechter Schirmmütze saß hinter dem Steuer; er sah dem neuen deutschen Reichskanzler, Adolf Hitler, verteufelt ähnlich.

»Nick, erinnerst du dich an Emil Kranefuß?«

»Ja. Guten Tag, Emil.«

»Guten Tag, Mister DiSalvo«, antwortete Kranefuß.

Er war ausgestiegen, um den Wagen herumgegangen, hatte seine Schirmmütze gezogen und die rechte hintere Tür für Kate geöffnet. Eine schwarze Strähne fiel ihm über das Auge und den kantig geschnittenen Schnurrbart, was die Ähnlichkeit mit Hitler noch unterstrich. Kate setzte sich auf die Rückbank aus feinstem Leder.

»Neun Uhr fünfzehn, Nick. Der Zug fährt am Montag um neun Uhr fünfzehn ab.«

Er schwieg. Der Cadillac fuhr los und hüpfte beinahe über den buckligen Weg. Feiner gelber Staub wirbelte auf und blieb lange in der Luft stehen, bevor er sich wieder legte. Dann ging Nick hoch in sein Zimmer, in dem... wie hieß sie noch gleich?... ja, richtig, in dem Amanda Lloyd schlief.

Das Motorboot richtete seinen Bug auf eine weitere Insel. Das heißt, es handelte sich nur um ein Inselchen, das kaum größer war als die beiden zuvor besuchten, sechs-, höchstens siebenhundert Meter lang und vielleicht zweihundert Meter breit. An Bord des Bootes hielten sich neben Kate und Nick Arthur Simpson und ein Seemann auf, augenscheinlich ein Indianer, der sich um den Motor kümmerte. Kate hatte Simpson Nick als ihren Partner vorgestellt. Simpson war um die vierzig Jahre alt, hatte braune Haare, blaue Augen und vor allem einen Tick: Er rieb sich ständig seine Hände. Er redete Kate als Miß Kate an, war ungefähr zehn Zentimeter kleiner als sie und vermittelte, wenn er mit ihr redete, den Eindruck, als begutachte ein Immobilienmakler das Empire State Building von oben bis unten und überlege sich, in welcher Farbe er es wohl neu streichen lassen sollte. Als er ihn kennenlernte, hatte Nick unwillkürlich überlegt, ob er es vielleicht mit einem Betrüger zu tun habe. Inzwischen war er *hundertprozentig* davon überzeugt, daß Simpson ein Betrüger war:

›Ich würde ihm nicht einmal meine Armbanduhr anvertrauen.‹

Nick schaute sich um: Erde und Wasser verschmolzen, denn das kleine Inselchen vor ihm war extrem flach, und die wenigen Konturen, die sichtbar gewesen wären, wurden vom aufsteigenden Nebel praktisch ausgelöscht. Die Stadt Miami lag hinter ihnen. Simpson hatte behauptet, die vor ihnen liegende Insel – die in Nicks Augen eher eine Halbinsel war, aber er wollte sich nicht festlegen – würde ausschließlich von Milliardären besucht. Nick lockerte seine Krawatte, denn es war schwül. Vier Stunden zuvor waren Kate und er aus New York kommend eingetroffen. Seitdem waren sie ohne eine einzige Verschnaufpause von Büro zu Büro geeilt und dann zu dem Landungssteg, an dem sie in das Motorboot gestiegen waren; von der Fähre in Staten Island einmal abgesehen, hatte Nick noch nie in seinem Leben ein Boot betreten. Ohne daß ihm jemand den Grund dafür erklärt hätte. Er hatte ihm übrigens keine Fragen gestellt, denn er stand immer noch voll unter dem, was sich zwischen Kate und ihm im Erste-Klasse-Schlafwagenabteil auf der Reise von New York nach Florida abgespielt hatte. Oder, richtiger, nicht abgespielt hatte. Er hatte total versagt – beinahe wäre er vor lauter Verzweiflung vom fahrenden Zug gesprungen. Wie verständnisvoll sie gewesen war!

(»Oh, Nick, das macht doch nichts, bauschen wir es um Himmels willen nicht auf, das kann jedem Mann passieren, du bist eben etwas zu sehr in mich verliebt!«)

Das dritte Inselchen erinnerte in allen Details an die zwei bereits besuchten. Die Bauarbeiten waren allerdings im Vergleich zu den anderen etwas im Hintertreffen: Ein Heer von Lastwagen verteilte noch die Erde, die über Betonblöcke geschüttet wurde. Arthur Simpson erklärte, ohne den schleppenden Akzent des Südens zu verbergen, man könne, wenn man dem Meer etwas Land abtrotze, eine Gesamtoberfläche von etwa zwanzig Hektar erzielen, allein bei der dritten Insel. Was in etwa fünfzig Morgen entsprach. Die man mühelos, einmal mit den entsprechenden Anschlüssen für Wasser und Elektrizität versehen, für zwanzig- bis zweiundzwanzigtausend Dollar pro Morgen wieder verkaufen könne.

»...ich habe bereits neun Käufer an der Hand«, meinte der Hai mit den blauen Augen.

Simpson schlug allerdings vor, mit dem Verkauf zu warten und die Grundstücke erst zu bebauen: »Dabei können wir zwanzig bis dreißig Prozent Gewinn zusätzlich erzielen.«

Kate schüttelte energisch den Kopf; ihr Nein war eindeutig. Trotz seiner Niedergeschlagenheit hätte Nick beinahe gelacht. Eine Kate Killinger um Geduld zu bitten, das war ungefähr gleichbedeutend mit dem Vorhaben, einen Vulkan, der kurz vor dem Ausbruch steht, aufzufordern, mit der Eruption noch etwas zu warten. Sie verließen die dritte Insel und fuhren Richtung North Bay, besichtigten andere Inseln, und landeten schließlich bei einer Ansammlung von Hütten, die laut Simpson Indiana Creek genannt wurde.

»Nick, alles in Ordnung?«

»Ich habe Hunger.«

Immer düstereren Gedanken verfallend, dachte er: ›Alle halten mich für einen Gigolo, der von seiner schwerreichen Mätresse durch die Gegend geschleift wird. Und sie haben ja recht. Nur: Ich bin ein Gigolo, der seine Männlichkeit auf einen Schlag verloren hat. Nick, jetzt mach aber einen Punkt. Sonst wirst du dich eines Tages noch umbringen!‹

Kate und Arthur Simpson gingen neunzig lange Minuten in einem riesigen, mit Mangroven bestandenen Sumpf herum, bei dem man nie wußte, ob man sich noch im Meer oder bereits auf dem Land befand. Es war entsetzlich heiß, richtig tropisch. Das verwesende Moos, das sich auf den Bäumen festgesetzt hatte, roch süßlich. Allein die Vorstellung, hier eine Immobilienspekulation durchzuziehen, schien Nick hirnverbrannt zu sein, obwohl, an einigen Stellen hatte man bereits Sand aufgeschüttet, und es gab sogar ein kleines, einstöckiges Hotel aus Holz.

›Das alles ist völlig sinnlos‹, dachte Nick, der im Boot geblieben war, immer noch verbittert. ›Ich bin Journalist und habe vor drei, vier Tagen – ich erinnere mich nicht einmal mehr an den genauen Tag! – gekündigt, obwohl ich bei der Zeitung, bei der ich gearbeitet habe, glücklich war, bin im Bett der schönsten Frau, die ich je in meinen Armen habe halten können, nach Florida gefahren... und habe es nicht einmal fertiggebracht, sie zu lieben. Jetzt bin ich in Florida, komme um vor Hunger und Hitze mitten unter den...‹

»Gibt es hier eigentlich Alligatoren?« fragte er den Indianer.

»Jede Menge«, antwortete dieser ungerührt.

»Im Meer gibt es keine Alligatoren«, meinte Nick.

Der Indianer zuckte weiterhin ungerührt mit den Schultern. Es wurde immer heißer; an manchen, von den Bäumen vom Meer abgeschirmten Stellen schien das Salzwasser zu kochen: Dampf stieg auf, und vom Boden lösten sich große, übelriechende Blasen.

»Das muß natürlich alles erst trockengelegt werden«, meinte Simpson und machte eine großartige Geste.

Endlich stiegen Kate und ihr seltsamer Partner wieder ins Boot, das die Richtung zum Heimathafen einschlug, aber nach eintausendfünfhundert Metern bereits an einer nicht gerade sehr vertrauenerweckenden Anlegestelle wieder hielt.

»Hast du immer noch Hunger, Nick?«

»Ich könnte einen lebenden Alligator verschlingen, ohne Senf.«

Behend sprang Kate auf die wurmstichigen Bretter. Nick folgte ihr. Arthur Simpson und sein Indianer fuhren los. Nick schaute sich um: Sie waren an einem völlig verlassenen Flecken gestrandet, wenn man einmal von der Straße absah, die Miami mit Fort Lauderdale verband. Nirgendwo stand ein Haus, von einem Restaurant ganz zu schweigen. Kate Killinger schaute auf ihre Armbanduhr, deren Diamanten in der Sonne funkelten:

»Er hat sich verspätet«, meinte sie. »Um bereits drei Minuten.«

Sie mußten noch etwas warten, bis der staubbedeckte Cadillac direkt aus New York kommend eintraf. Kranefuß war untröstlich: Siebenmal hatte er unterwegs eine Reifenpanne beheben müssen, und einmal war ihm das Benzin ausgegangen, nicht aufgrund eigenen Verschuldens, wie er gleich betonte: In Nordkarolina hatte ein Streik die Tankstellen stillgelegt.

»Emil, ich werde fahren«, ordnete Kate an. »Du läßt dir wirklich zuviel Zeit. Streck dich auf der Rückbank aus und schlaf.«

Sie setzte sich hinters Steuer, bedeutete Nick, sich auf den Beifahrersitz zu setzen, drehte um und fuhr nach Norden.

»Wohin wir fahren?« reagierte sie auf Nicks Frage beinahe ungehalten. »Nach New York natürlich. Wir werden uns unterwegs einige Sachen anschauen und einige Umwege machen; aus diesem Grund nehmen wir nicht den Zug, denn die Anschlüsse sind so schlecht, daß wir viel Zeit verlören.«

Aber ja, aber ja, natürlich würden sie sich die Zeit zum Essen nehmen, sie habe schließlich auch Hunger. Sie drückte das Gaspedal voll durch und holte aus den sechzehn Zylindern alles heraus, was nur möglich war. Der kleine Kranefuß schlief auf der Rückbank; er war völlig erledigt.

»Nick, hast du eigentlich mitbekommen, was ich in Miami Beach unternehme?«

»Immobilienspekulationen.«

Das sei richtig und doch wieder nicht richtig, meinte sie. Eine Viertelstunde zuvor hatte sie endlich eingewilligt, anzuhalten und auf die schnelle etwas zu essen. Kaum hatten sie ihren Kaffee ausgetrunken, da jagten sie auch schon weiter, so schnell es nur ging.

Sie unterhielten sich über Miami, das vierzig Jahre zuvor noch nicht einmal eintausendfünfhundert Einwohner gehabt hatte. Seit eine direkte Eisenbahnverbindung zwischen Miami und New York installiert war, wuchs die Bevölkerung in Florida stetig, wozu auch die Flüchtlinge aus dem amerikanisch-spanischen Krieg beitrugen. 1926 hatte ein Wirbelsturm mit seinen entsetzlichen Verheerungen diese Entwicklung nur vorübergehend aufhalten können.

»Inzwischen sind acht Jahre verstrichen, Nick. Einer meiner Großväter besaß dort unten ein Haus und einige Grundstücke. Du hast hoffentlich nicht vergessen, daß ich aus einer Millionärsfamilie stamme und eigentlich nichts anderes im Leben zu tun habe, als zu erben. Als Fünfzehnjährige habe ich die Weihnachtsferien in Miami Beach verbracht. Letztes Jahr bin ich dorthin zurückgekehrt und wollte eigentlich alles verkaufen, was ich geerbt habe, denn ich hatte nur ein Ziel: über soviel Bargeld wie möglich zu verfügen, um meine Zeitung gründen zu können.«

Sie hätte beinahe alles verkauft. An eben diesen Arthur Simpson. An dem Tag, an dem sie unterzeichnen sollte, hatte sie sich eines Besseren besonnen:

»Ich sagte mir, daß ich mindestens so intelligent bin wie ein Mister Simpson. Es gibt nichts Einfacheres als Grundstücke zu kaufen und zu verkaufen. Dazu benötigt man wirklich keine besondere Ausbildung. Immobilienhändler zu werden, ist noch einfacher, als Bankier zu werden. Man muß nur lesen und schreiben können. Wenn überhaupt...«

Der Cadillac raste durch Daytona Beach. Seit der Essenpause waren sechs Stunden verstrichen, während derer Kate nur einmal angehalten hatte, um aufzutanken.

»Nick, ich weiß, du kannst Arthur nicht ausstehen, deine Augen haben dich verraten...«

»Simpson ist ein Betrüger!«

Sie lachte: »Ein Immobilienmakler. Nick, ich brauchte einen Decknamen, denn ich konnte auf keinen Fall als Kate Killinger auftreten.«

Innerhalb von elf Monaten hatten Simpson und sie insgesamt einhundertzwanzig Morgen oder dreißig Hektar zusammengekauft. Doch in Wirklichkeit wuchs die Fläche aufgrund der laufenden Aufschüttungen und der Trockenlegung des Sumpfes beständig und würde am Ende wohl knapp das Doppelte betragen.

»Nun, sagen wir zweihundert Morgen. Die wir für mehr als vier Millionen Dollar verkaufen werden. Arthur hat bereits einige Kunden an der Hand, und ich habe, was er allerdings nicht weiß, eine Geheimwaffe...«

Auf der Straße nach Jacksonville wurden sie von einem Polizeiwagen angehalten. Kate protestierte lachend: was für eine extravagante Behauptung, sie sei siebzig Meilen pro Stunde gefahren! Schließlich hatte sie das Gaspedal voll durchgedrückt! Knapp hundert Meilen müssen es gewesen sein; wahrscheinlich hatte der Tachometer der Beamten versagt. Hundert und nicht siebzig.

Sie bezahlte die Strafe und fuhr weiter. Nick hatte angeboten, sie am Steuer abzulösen, doch sie hatte abgelehnt, denn sie war überzeugt, daß er nicht so schnell fahren würde wie sie. Natürlich wollte sie ihn damit nicht ärgern. Gut, einverstanden, sie entschuldige sich, sie wäre etwas nervös, doch sie hoffe, er könne den Grund verstehen. Der Besuch in Miami Beach habe sie doch mehr mitgenommen, als sie gedacht habe, obwohl alles zum Besten stünde. Schon bald würde sie über bedeutende Summen verfügen. Arthur Simpson gehörten nur zwanzig Prozent der Anteile, so daß sie achtzig Prozent des Geldes einstreichen könne.

»Nick, mindestens drei Millionen Dollar. Die ich natürlich nicht auf einen Schlag erhalte, sondern nach und nach, das heißt, nach jedem Verkauf einen Teilbetrag. Aber ich habe noch Zeit und werde rechtzeitig im Besitz der notwendigen Summe sein, um mit der Arbeit beginnen zu können. Alles ist genau kalkuliert. Mehr als einmal. Nick, wir können zwei Jahre durchhalten. Dreißig Monate. Innerhalb von dreißig Monaten muß der *Day* aus eigener Kraft leben können. Im Grunde ist das alles viel einfacher, als man glaubt. Was meinst du?«

In Jacksonville hielten sie an und aßen ein Steak. Kranefuß war inzwischen aufgewacht. Er erklärte sich bereit, wieder das Steuer zu übernehmen. Unglaublich, über welche Energiereserven dieser kleine, zarte Mann verfügte! Immerhin hatte er auf der Strecke zwischen New York und Miami zweiundvierzig Stunden ununterbrochen hinter dem Steuer gesessen. Nick wußte nur wenig über ihn: Kranefuß war vor zwanzig Jahren aus Deutschland ausgewandert, kurz vor dem Ausbruch des Ersten Weltkriegs, und war heute amerikanischer Staatsbürger, sprach aber trotz der zwei inzwischen auf dem neuen Kontinent verbrachten Jahrzehnte immer noch gebrochen Englisch, was er, als die *Lusitania* von einem deutschen U-Boot torpediert worden war, sehr bedauert hatte, denn aufgrund seines Akzentes war er als Deutscher behandelt und mehr als einmal verprügelt worden. Seit einiger Zeit – das heißt, seit der Machtergreifung Hitlers – stellte man dem Doppelgänger des deutschen Reichskanzlers wieder nach, und Kranefuß mied, wann immer er nur konnte, das jüdische Viertel New Yorks. Übrigens war genau dies der wahre Grund seiner Verspätung in Florida, wie er Kate während des Essens in Jacksonville gestand: Er war Lastwagenfahrern an einer Tankstelle aufgefallen; sie hatten sofort Jagd auf ihn gemacht. Drei Stunden hatte sich Kranefuß in einem Gott sei Dank leeren Benzintank verstekken müssen, um der Lynchjustiz zu entkommen, die ihm unweigerlich gedroht hätte.

»Kranefuß sollte sich seinen Schnauzbart abrasieren«, meinte Nick.

»Der Bart und die Haarsträhne, die ihm jedesmal ins Gesicht fällt, wenn er seine Schirmmütze abnimmt, das ist einfach zuviel Provokation.«

»Emil hat sich seinen Schnauzbart wachsen lassen, bevor der österreichische Clown an die Macht kam«, meinte Kate. »Wenn einer sich den Bart abrasieren muß, dann der andere.«

Kranefuß hatte nach dem Essen das Steuer übernommen und fuhr in der mondlosen Nacht fast so schnell wie Kate. Ein wirklich guter Fahrer. Nick fühlte sich wohler. Nach und nach verblaßte die Erinnerung an das erniedrigende Fiasko im Nachtexpreß New York–Miami. Er konnte Kate, die rechts neben ihm auf der Rückbank des Cadillacs saß, der mit Höchstgeschwindigkeit Richtung Savannah fuhr, kaum erkennen.

»Arthur Simpson hat einige Käufer an der Hand«, nahm sie den Faden wieder auf. »Ich ebenfalls, und an die hat er nicht gedacht. Wußtest du eigentlich, Nick, daß es sich empfiehlt, ein WASP zu sein, ein weißer, protestantisch getaufter Amerikaner angelsächsischer Herkunft, wenn man in Miami Beach ein Haus oder ein Grundstück kaufen will. Du mit deinem italienischen Namen hättest ziemliche Schwierigkeiten, in dieser Gegend etwas zu erwerben.«

»Ich habe sowieso kein Geld dafür.«

»Das steht doch gar nicht zur Debatte. Nick, ich werde meine Grundstücke den New Yorker Juden verkaufen. Ich hasse es, wenn bestimmte Gruppen oder Rassen anderen vorgezogen werden. Vielleicht liegt das daran, daß ich die Tochter und nicht der Sohn von Karl Killinger bin; denn als Sohn hätte ich es erheblich leichter gehabt, meine eigene Zeitung zu gründen.«

»Zu welchen Preisen wirst du den Juden deine Grundstücke verkaufen?«

»Eine gute Frage. Zu den gleichen wie allen anderen.«

»Und was wird Simpson dazu sagen?«

Sie schaute ihn ironisch an: »Er heißt so wenig Arthur Simpson wie du George Washington. Sein richtiger Name lautet Fleggenheim. Oder auch Fleggenheimer. Auf alle Fälle so ähnlich. Nick?«

»Ja?«

Sie schaute ihn scharf an: »Ich werde mit dieser verdammten Zeitung Erfolg haben oder untergehen.«

»So weit werden wir wohl kaum gehen müssen«, meinte er und versuchte, einen möglichst leichten Ton anzuschlagen.

Das in Kate im verborgenen glühende Fieber irritierte ihn. Manchmal fragte er sich, ob diese Ungeduld, diese latente Kraft, die dauernd auszubrechen drohte, nicht den Wahnsinn streife. Zu Nicks herausragenden Eigenschaften gehörte die objektive Einschätzung seiner Umgebung. In seinen erst später erscheinenden Erinnerungen, die in der Hauptsache Karl Killinger gewidmet waren, schrieb er:

›Ich konnte einfach nicht glauben, daß Karl Killinger auf die Gründung des *Day* brutal reagieren würde. Kates Befürchtungen, ihre Gewißheit, ihr Vater würde sie heftiger bekämpfen als einen x-beliebigen anderen Konkurrenten, schien mir immer übertrieben, wenn nicht gar falsch zu sein. Ich führte sie auf die Haßliebe zwischen Vater und Tochter zurück. Dabei handelte es sich bei beiden um so starke Persönlichkeiten, daß sie sich einfach bekriegen mußten, sobald sich der – oder die – eine auf das Gebiet des – oder der – anderen vorwagte. Nichts hätte Kate daran gehindert, ihren *Day* in Los Angeles oder sonstwo zu gründen. Aber nein, es mußte New York sein, da ihr Vater über den New Yorker Zeitungsmarkt praktisch als Alleinherrscher verfügte. Zwischen dem Karl Killinger, den ich bis zu diesem Tag kannte und der mir in seiner ruhigen, höflichen und ausgeglichenen Art bei meinem beruflichen Werdegang auf entscheidende Weise geholfen hatte und der von seiner Tochter nur lächelnd und mit großer Zärtlichkeit sprach, und Kate, die von ihrer fieberhaften Ungeduld fast aufgefressen wurde, hatte ich meine Wahl getroffen: Ich war überzeugt, daß sie sich irrte... und unterschätzte dabei die beinahe hemmungslose Aggressivität, zu der nicht nur sie, sondern auch er durchaus in der Lage war.‹

»Nick, beinahe hätte ich darauf verzichtet, meine Zeitung zu gründen«, sagte sie plötzlich.

Der Cadillac fuhr weiter durch die Nacht Richtung Raleigh, nachdem er die Grenze zum amerikanischen Bundesstaat Nordkarolina hinter sich gebracht hatte. Nick glaubte, durch das offene Fenster den Geruch von Tabak zu verspüren, aber vielleicht war das auch nur ein Produkt seiner Fantasie. Eine Stunde zuvor hatte Kate sich über die Kälte beklagt. Kranefuß hatte kurz angehalten und Reisedecken aus dem Kofferraum geholt. Auch Nick hatte seine nicht verschmäht, denn die drükkende Hitze Floridas lag schon lange hinter ihnen.

»Nick, bitte verzeih mir. Das, was sich im Zug abgespielt hat, ist wirklich nicht deine Schuld, sondern meine. Es ist gar nicht so überraschend, daß du... nun... gehemmt warst. Die meisten Männer hätten wahrscheinlich anders reagiert, aber du bist nun einmal nicht wie alle anderen.«

Er wollte schon antworten, doch Kate griff schnell nach seiner Hand und hielt sie fest. Er schwieg. Sie überließ ihm ihre Hand.

»Nick, du weißt, daß ich diesen Schuft Rourke immer noch liebe, nicht wahr?«

»Das springt einem doch in die Augen«, meinte Nick sehr traurig.

»Dir springt es in die Augen. Nicht nur, weil du mich gut kennst. Du ahnst diese Dinge. Ich glaube, ich hab' mich wirklich blöd aufgeführt: Ich gabele dich im tiefsten Connecticut auf und dann liegen wir auch schon zusammen im Zug im Bett. Ich bin mir sicher, daß du bis zur letzten Sekunde nicht wußtest, ob du wirklich mit mir nach Florida fahren solltest oder nicht.«

»Das stimmt«, antwortete Nick.

»Und, bedauerst du, daß du mitgekommen bist?«

»Ja und nein.«

»Du weinst nicht deiner Karriere bei der *New York Herald Tribune* nach. Und du hast dich auch nicht für mich aufgrund des Geldes entschieden, daß ich dir biete. Du hast gezögert, weil du mich liebst. Und bist aus dem gleichen Grund letztlich mitgefahren. Das hat sich in den letzten fünf Jahren nicht gelegt, nicht wahr?«

»Nicht wirklich.«

»Soll ich dir von Rourke erzählen?«

»Ich könnte mir etwas Schöneres vorstellen...«

»Ich möchte aber gern von ihm erzählen, ich möchte gern mit dir über ihn sprechen. Einmal. Damit das Thema für immer erledigt ist.«

Er drehte ihre Hand um, so daß die offene Handfläche nach oben zeigte. Kates Hand war fast genauso groß wie seine eigene. Sie begann, ihre Geschichte zu erzählen, von Anfang an, die jetzt zehn Jahre zurücklag.

Ihre erste Begegnung mit H. H. Rourke... Karl Killingers Versuch, ihn als Reporter zu engagieren, nachdem Rourke seinen ersten wirklichen Knüller, die Affäre Karpinen, gelandet hatte... Wie sie sich auf Anhieb in ihn verliebt hatte... Und lange Zeit geglaubt hatte, es handele sich nur um die Schwärmerei eines Backfischs... Und dann mit der Zeit sich eingestehen mußte, daß es sich um mehr, um sehr viel mehr handelte... Obwohl sie, fast von Anfang an, gewußt hatte, daß das sinnlos war, daß sie und Rourke nie wirklich würden zusammenleben können... In einem gewissen Sinne paßten sie zusammen wie Feuer und Wasser... Er würde sein ganzes Leben lang durch die Welt vagabundieren, wobei ihn niemand zurückhalten konnte; eine Frau hatte keinen Platz in seinem Leben... Nicht einmal, nein, vor allem nicht Kate Killinger, die davon träumte, eine Zeitung zu gründen, obwohl sie eine Frau war...

Beide hatten eine Zeitlang mit dem Gedanken gespielt, ihr eigentliches Leben für den Partner aufzugeben. Rourke hatte ihr angeboten, sie auf seine Reisen mitzunehmen, und anschließend sogar, auf seine Reisen zu verzichten und sich einen festen Wohnsitz zu nehmen. Reiner Wahnsinn. Wie lange das wohl gutgegangen wäre? Rourkes Pläne waren von vorneherein zum Scheitern verurteilt...

So hatte sie nachgegeben. Und war mit ihm bis nach China gefahren. Sie hatten in China wie ein verheiratetes Paar zusammengelebt. Kate hatte nie ein Kind haben wollen, vor allem nicht von Rourke, und dann noch einmal nachgegeben... Und mußte nun die Konsequenzen tragen, ein Leben lang. In Schanghai hatten sie sich dann getrennt. Jeder hatte sein Leben wieder aufgenommen. Wenn ihre Informationen zutrafen, dann war dieser Schuft wieder nach China zurückgekehrt...

»Nick, er ist durchaus dazu imstande, sich umbringen zu lassen, durchaus. Er ist nicht ganz normal. Denn er ist felsenfest davon überzeugt, daß ihm nichts passieren kann, daß die Gemetzel, denen er als Zeuge beiwohnt, ihm nichts anhaben können, daß er nur Zuschauer ist, nichts anderes. Papa und er teilen eine Überzeugung: *Für einen Reporter ist Tod immer eine gute Sache.* Der Tod anderer, selbstverständlich. Nicht seiner. O mein Gott, Nick, es ist wirklich entsetzlich. An manchen Tagen rechne ich fast damit, daß die Nachricht von seinem Tod bei mir eintrifft. Und ich so in gewisser Hinsicht meine Freiheit wiedererlange...«

Sie weinte. Nick löste sachte seine Hand aus der ihren und legte seinen Arm um die junge Frau, die sich auf der Rückbank ausstreckte.

Seitdem sie sich in Schanghai getrennt hatten, hatte sie Rourke wiedergesehen. Zweimal. Beide Male in Paris. Beim erstenmal war er zu ihr in die Wohnung gekommen, die sie am Boulevard de La Tour-Maubourg in der Nähe des Invalidendoms gemietet hatte, um seinen Sohn zu sehen. Wie lange er geblieben war? Fünf Minuten vielleicht...

Beim zweitenmal, ein Jahr später, hatte er sie im *Ritz* besucht. Er war gerade aus München zurückgekehrt, wo er Zeuge der Nacht der langen Messer geworden war. Wieder war er nur kurz geblieben.

»Wie üblich machte er sich gleich wieder auf die Socken. Ich habe ihn zum Zug gebracht. Dabei hatte ich mir geschworen, ihn nie wiederzusehen. Jedesmal. Doch der Wunsch war immer stärker als ich. Ich sehe mich heute noch wie eine Blöde auf diesem gottverdammten Bahnsteig flennen. Wie in einem schlechten Film! Eine Schmierenkomödie. Ich weiß nicht mehr, was ich ihm erzählt habe, irgend etwas... Nein, das stimmt natürlich nicht, ich erinnere mich noch ganz genau, an jedes Wort. Ich sagte ihm, daß ich das nächste Mal nicht nachgeben, sondern festbleiben würde. Er antwortete, das nächste Mal würde nicht ich zu ihm, sondern er zu mir kommen...«

Sie schwieg einen langen Augenblick.

»Nick, ich wünsche mir so sehr, daß er zu mir kommt. Und habe gleichzeitig Angst davor. Kannst du das verstehen?«

»Ich weiß nicht so recht«, antwortete Nick, »ja und nein.«

Zwei Stunden später hielt Kranefuß wieder an, sehr sanft, und füllte den Tank mit den mitgeführten Reservekanistern. Und fuhr dann genauso sanft weiter. Das Innere des Wagens wurde nur durch die Beleuchtung des Armaturenbretts erhellt. Im Rückspiegel suchte Kranefuß den Blick Nicks.

»Sie schläft«, sagte Nick leise.

Kranefuß nickte mit dem Kopf.

Das Haus, das sie auf Long Island bewohnte, war klein im Verhältnis zu den umliegenden Villen, verfügte aber immerhin über acht Zimmer, darunter vier Schlafzimmer. Das einstöckige Haus war ganz aus Holz und machte den Eindruck, als sei es erst kürzlich gebaut worden. Die französisch anmutenden Glastüren gingen auf einen relativ weitläufigen Garten, in dem verschiedene, von blühenden Stauden gesäumte Wege zu einem Schwimmbecken führten, das von drei großen Akazien gesäumt wurde. Sonnenschirme in fröhlichen Farben spendeten Metalltischen und orangefarbenen Liegestühlen Schatten. Der englische Rasen fiel sanft zum Meer, genauer, zur Bucht von Hampstead ab. Ungefähr tausend Meter südlich des Hauses lag das kleine Nest Glenwood Landing.

Als Kranefuß den Motor abstellte, ging der Nachmittag bereits seinem Ende entgegen. Vom aufgewühlten Meer her strich die nach verfaulten Algen riechende Abendbrise über das Grundstück. Der kleine, stille Mann parkte den Cadillac in der von einer Glyzinie völlig verdeckten Garage und fuhr dann, nachdem Kate ihn mit einem einfachen Kopfnicken entlassen hatte, in seinem privaten Ford T davon.

Chinesinnen kamen aus dem Haus, drei Frauen, deren größte nicht einmal einhundertfünfzig Zentimeter maß. Zu Nicks größter Verwunderung sprachen sie Kate auf Chinesisch an – falls es sich um diese Sprache handelte, denn das konnte Nick natürlich nicht beurteilen – und Kate antwortete ihnen in ihrer Muttersprache. Sie gingen in das Haus, das heißt, Nick zögerte fast unmerklich, die Schwelle zu überschreiten, von wo aus er ins Wohnzimmer sehen konnte, in dem sich Zeitungen regelrecht stapelten. Die Doppeltüren zum angrenzenden Büro standen offen. Auf dem großen Tisch in der Mitte von Kates Arbeitsraum lagen viele ›Null-Nummern‹, Entwürfe zur äußeren Form ihrer zukünftigen Zeitung. Kate war zusammen mit den Chinesinnen im Haus verschwunden. Nick zögerte nicht länger, sondern ging direkt in Kates Büro. Bei den Null-Nummern handelte es sich in erster Linie um die Titelseiten einer relativ kleinformatigen Zeitung mit dem Titel *THE Queens & Long Island DAY*, wobei ›Queens & Long Island‹ kleingedruckt war, THE und DAY dagegen in die Augen sprangen. Kate hatte eine gerade, einfache Schrift gewählt, die von den damals für Titel und Überschriften üblichen gotischen Schriftarten stark abwich.

Nick breitete einige der Titelseiten nebeneinander aus und stellte fest, daß Kate mit verschiedenen Spaltenanordnungen experimentierte. Sie hatte mindestens drei bis höchstens fünf Spalten auf einer Seite untergebracht.

»Was hältst du davon?«

Er drehte sich um.

Kate war wieder aufgetaucht und hielt ein ungefähr einjähriges Kind in ihren Armen.

»Von deinem Sohn oder von den Titelseiten?«

Sie lächelte ihn an, war wieder so, wie er sie seit jeher kannte, so daß er sich kurz überlegte, ob er nur geträumt hatte, daß sich Kate während der langen Rückfahrt von Florida an seiner Schulter ausgeweint hatte.

»Ich meinte meine Zeitung.«

»Eine völlig neue graphische Aufmachung.«

»Ich glaube, ich werde mich für drei Spalten entscheiden. Hast du etwas dagegen einzuwenden?«

»Nein. Zumindest nicht im Augenblick. Ich weise darauf hin, daß ich seit gestern früh keinen Augenblick geschlafen habe.«

Eine Chinesin kam auf Nick zu und fragte ihn stotternd – sie sprach englisch mit einem starken französischen Akzent, was Nick wieder erstaunte –, ob er etwas essen oder trinken wolle. Er verneinte.

»Unser Gepäck ist in Miami geblieben«, meinte er.

»Es wird morgen früh eintreffen. Simpson hat es in den nächsten Zug gepackt.«

Sie drückte ihr Kind an ihr Gesicht und schaute es zärtlich an.

»Er ist schön, nicht wahr? Diesmal spreche ich von meinem Sohn.«

DiSalvo nickte zustimmend; er fühlte sich unbehaglich. Überraschenderweise – allerdings nur für ihn – war er entsetzlich eifersüchtig.

»Kate, ich gehe nach Hause.«

Sie schaute ihn fest an.

»Wenn du willst, kannst du bleiben und hier schlafen.«

Er schüttelte nur ablehnend den Kopf und ging auf die Doppeltür zu. Beim Vorbeigehen streckte der Kleine ihm seine gut gepolsterte Hand entgegen. Die dunkelgrünen Augen hatte er von seinem Vater geerbt. Nick blieb kurz stehen und strich sanft über das Patschhändchen.

»Kate, er ist wirklich schön.«

Dann ging er durch eine der mit weißem Tüll verhangenen Glastüren über die Veranda, die sich vor dem Wohnzimmer befand, in den Garten und schaute auf das Meer. Kate rief ihm nach: »Kommst du morgen?«

Er begnügte sich mit einem Zeichen seiner Hand: Ja. Dann ging er auf die Straße. Kurz darauf nahm ihn der Lieferwagen eines Feinkostgeschäftes mit und setzte ihn in Queens in der Nähe des Kissena-Parks ab. Er besuchte seine Mutter; sein Vater war achtzehn Monate zuvor auf einer Baustelle bei einem Unfall ums Leben gekommen. Seit dieser Zeit lebte seine Mutter allein. Er hatte sie seit zehn Tagen nicht mehr gesehen. Sie kochte für ihn die traditionellen Spaghetti. Er erzählte ihr, daß er seine Stelle bei der *New York Herald Tribune* aufgegeben hatte. Sie fragte ihn nach dem Grund; vor allem aber wollte sie wissen, warum, um Himmels willen, er eingewilligt habe, wieder für diese Verrückte zu arbeiten.

»Andere haben mir mein Verhalten erklärt«, antwortete Nick. »Anscheinend habe ich diesen Irrsinn begangen, da ich in die Verrückte verliebt bin.«

»Bist du es wirklich.«

»Ja«, meinte Nick einfach.

»Es ist noch etwas *Cima* von gestern übrig. Soll ich sie aufwärmen? Ich hatte für deine Schwestern und Schwager gekocht, doch der Rest reicht noch für mindestens sechs.«

Zerstreut sagte er ja. Merkwürdigerweise hatte ihn der Schlafmangel hungrig gemacht. Bei der *Cima* handelt es sich um eine gefüllte Kalbsbrust, die Füllung besteht aus Kalbsbries und Mett; dazu gibt es mit Pistazien gewürzten Spinat, der mit Parmesan gratiniert wird. Eine von Nicks Leibspeisen.

»Und ist sie es ebenfalls? Ist die Verrückte in dich verliebt?«

»Näher betrachtet, nein«, antwortete Nick traurig.

Mit der letzten U-Bahn fuhr er nach Manhattan zurück, wo er in der Sechzehnten Straße West eine kleine 1-Zimmer-Wohnung gemietet hatte, und schrieb einen Brief an den Besitzer der Wohnung; er kündigte. Auf dem Bett liegend hörte er Radio. Er konnte einfach nicht einschlafen.

Er stand auf, zog sich an und machte sich auf zu einer Sauftour. Zuerst landete er bei *Bleek's* in der Vierzigsten Straße West, in dem weder Frauen noch Farbige zugelassen waren. Die Redaktion der *New York Herald Tribune* hielt den Rekord im Alkoholkonsum in dieser hauptsächlich von Journalisten besuchten Kneipe. Die Kollegen waren verlegen, als sie Nick begrüßten: Es hatte sich inzwischen herumgesprochen, daß er ganz überraschend gekündigt hatte. Man hielt ihn für einen Verräter oder, schlimmer noch, für einen Übergeschnappten, der einfach so, grundlos, seinen Beruf aufgab; in seinem Kündigungsschreiben hatte er nur ›persönliche Gründe‹ angeführt. Er trank mehr als sonst, ohne wirklich betrunken zu werden, verriet aber nichts von seinen wirklichen Plänen. Bleek brachte ihn schließlich höchstpersönlich zur Tür; der Besitzer war leicht beunruhigt, denn Nick hatte hintereinander zwölf Whisky geleert. DiSalvo überquerte die Straße und ging in den *London Grill*, wo er weitertrank. Obwohl er es immer noch nicht schaffte, den riesigen Kummer, der ihn aufwühlte, mit Alkohol zu betäuben, das heißt, völlig betrunken zu sein, wurde er nach einer gewissen Zeit schlichtweg hinausgeworfen.

Kapitel 2

Das Treffen in der Buckingham Street

Hennessey hatte Chat-Huant bei dessen zweiter und letzter Reise in die Vereinigten Staaten die Details des Treffens, das am 15. Oktober 1934 stattgefunden hatte, sowie die Ereignisse der darauffolgenden Tage weitergegeben. Hennessey war etwas jünger als Chat-Huant und gerade achtundsechzig geworden. Er war in Queens auf die Welt gekommen, hatte hier sechsundvierzig Jahre als Volksschullehrer gearbeitet – Nick DiSalvo gehörte zu seinen Schülern – und hatte sich auf die Fauna, vor allem auf die Vogelwelt der Jamaica Bay spezialisiert.

Er traf als erster ein.

Das fünfunddreißig Meter lange und sechzehn Meter breite Gebäude mit dem zentralen Redaktionsraum, dem Maschinensaal und den Nebengebäuden mit den Büros, die Kate an der einen Seite hatte hochmauern lassen, stand noch. Die weiße Farbe war in den vergangenen fünf Jahren leicht gelblich geworden und hatte auf dem Holz besser gehalten als auf den Ziegelsteinen, wo sie an vielen Stellen abgeblättert war. Das große Schild, das die beiden Gebäude miteinander verband und auf dem in Großbuchstaben der Zeitungsname aufgemalt war, THE QUEENS GAZETTE, war noch vorhanden, und die Buchstaben waren auch noch leserlich; es war aber auf der rechten Seite aus seiner Verankerung geraten und hing jämmerlich schief herunter.

Hennessey betrat das ehemalige Redaktionsbüro und setzte sich an den Platz, an dem er elf Monate hindurch als Korrektor gearbeitet hatte. Hinter ihm waren auf den breiten Regalen die einhunderteinundzwanzig Ausgaben der *Queens Gazette* gestapelt, die unter Kate Killingers Regie erschienen waren. Auf dem langen Arbeitstisch lag noch die letzte erschienene Nummer, in der ein Sechzehnjähriger über eine undurchsichtige Abrechnung zwischen Gangstern – es ging um Alkoholschmuggel – genaue Aussagen machte. Kate hatte in ihrer damaligen Verbissenheit, die Auflage ihrer Zeitung zu steigern, koste es, was es wolle, nicht gezögert, den Namen des Jugendlichen zu erwähnen.

Der daraufhin umgebracht worden war.

Vor dem Gebäude erklangen Schritte. Die Türe öffnete sich, und ein riesiger und äußerst magerer Mann kam herein, hinter dessen großer Schildpattbrille sich die mitleidheischenden Augen eines geprügelten Hundes verbargen. Er versuchte, während er den Raum betrat, sich so klein wie möglich zu machen, was ihm nicht leicht fiel, da er knapp zwei

Meter groß war. Er beugte sich noch etwas stärker vor als gemeinhin und rieb sich nervös die Hände. Er sprach so leise, daß man ihn nur mit Mühe verstand:

»Gu... Gu... Guten Tag, Mister Hennessey.«

»Grüß' dich, Al«, antwortete Hennessey lachend.

Hennessey kannte dieses riesige und so ängstliche Skelett, das nicht wirklich stotterte, aber doch Mühe hatte, ungefähr ein Drittel aller Buchstaben richtig auszusprechen, sehr gut. Alvin Rochester Taggart hatte eine besondere Interview-Methode erfunden: Er stotterte und stammelte und setzte systematisch Tränen, zumindest aber Schluchzer als Mittel zum Zweck ein, was zur Folge hatte, daß ihm keine Tür verschlossen blieb und er von jedem empfangen wurde, von dem er empfangen werden wollte. Seine Interviews waren schlichtweg hinreißend. Seine Gesprächspartner sagten in der Regel sehr viel mehr, als sie allen anderen Journalisten verrieten, aus Angst, ihr Interviewer stürbe vor ihren Augen aus Scham und abgrundtiefem Leid. Hinter Al Taggarts großen, melancholischen Augen aber verbargen sich ein außergewöhnlich gutes Gedächtnis und der hinterlistigste Geist, den man sich nur vorstellen kann. Taggart schrieb nicht mit Tinte, sondern mit Vitriol, und er verstand sein Handwerk.

»Wie geht's, Al? Du arbeitest immer noch in der Presse, nicht wahr?«

Taggart gestand, er sei immer noch Journalist; und er tat dies auf eine Weise, als habe er die Vergewaltigung von sechs kleinen Mädchen zu gestehen. Hennessey wußte natürlich, daß Taggart inzwischen für den *New Yorker* arbeitete, wo man ihn für einen der führenden Journalisten der Zukunft hielt, der es vielleicht einmal zum Renommee eines Robert Blenchley bringen konnte.

Ernie Pohl traf als Dritter ein; fünf, sechs Jahre später wurde er einer der bemerkenswertesten Kriegsberichterstatter der englischsprachigen Presse. Der Vierundzwanzigjährige trug ebenfalls eine Brille und verfügte bereits über eine weit fortgeschrittene Glatze. Er war klein und hatte auffallend winzige Hände. Ernie sprach nur wenig, lächelte dafür aber gern und viel, ohne daß seine kastanienbraunen, intelligenten Augen mitlachten. Er unterrichtete Hennessey, er arbeite inzwischen für die *World*, verschwieg aber, ob er von neuem mit Kate Killinger zusammenarbeiten wollte oder nicht.

Kurz darauf tauchte ein junges Mädchen mit einem einfachen, aber angenehmen Gesicht auf, meinte, sie hieße Peggy Hutchins und sei von Miß Killinger zu dem Treffen gebeten worden.

»Sie müssen Mister Hennessey sein; Kate hat mir gesagt, sie träfen sicher als erster ein.«

»Ich wohne nur dreihundert Meter von hier entfernt«, erklärte Hennessey und stellte Al sowie Ernie vor.

Um das Schweigen zu brechen, das sich jeden Augenblick von neuem einstellen wollte – denn weder Al noch Ernie waren gesprächig –, fragte Hennessey die zuletzt Eingetroffene, auf welche Weise sie Kate kennengelernt habe. In Paris, erklärte das Mädchen; sie habe auf eine Kleinanzeige im *N. Y. Herald* geantwortet; 1935 erschien der französische Ableger der New Yorker Tageszeitung noch unter seinem ursprünglichen Namen, obwohl er inzwischen von der *Tribune* aufgekauft worden war. Eine gewisse Miß Killinger suchte ein englischsprachiges, möglichst amerikanisches Kindermädchen für ihren jungen Sohn. Peggy Hutchins hatte sich im Hotel *Ritz* vorgestellt, neugierig geworden auf das Fräulein, das ungeniert eingestand, einen Sohn zu haben.

»Wir haben lange miteinander gesprochen. Ich habe ihr erzählt, daß ich, wie Kate, zwei Jahre in Vassar* verbracht und einige Artikel für unsere Schule verfaßt habe. Sie fragte mich daraufhin, ob ich nicht lieber Journalistin als Gouvernante werden wolle, und ich habe nicht lange gezögert. Ich habe drei Artikel zur Probe geschrieben, darunter ein Interview mit einem Radrennfahrer und eines mit einer Concierge in der Pariser Rue Mouffetard. Kate drückte mir dreihundert Dollar und eine Fahrkarte für die Überfahrt nach New York in die Hand und bat mich, mich heute hier einzufinden.«

Peggy Hutchins schaute sich neugierig um: »Sollen das hier etwa Redaktionsräume sein?«

»Vor einiger Zeit waren das schon Redaktionsräume«, antwortete Hennessey leicht verwirrt. Er selbst hatte von Kate einen Brief erhalten, der von der merkwürdigen Hitler-Imitation, Kates kleinem Chauffeur, höchstpersönlich überbracht worden war.

Drei Minuten später traf Kate ein, begleitet von Nick DiSalvo. Das Folgende spielte sich sehr schnell ab: Kate bedankte sich bei allen Anwesenden, zu dem Treffen gekommen zu sein, und äußerte den Wunsch, mit Hennessey, Al Taggart und Ernie Pohl jeweils unter vier Augen zu sprechen.

»Ich fange mit Ihnen an, Al.«

Hennessey stand auf und verließ, von Ernie Pohl und der jungen Peggy Hutchins kommentarlos gefolgt, das Zimmer. Nick DiSalvo machte keine Anstalten, sich ihnen anzuschließen. Als Hennessey sich auf der Türschwelle noch einmal kurz umdrehte, sah er, daß sich Nick an das Kopfende des langen Tisches gesetzt hatte, wie jemand, der an einer Konferenz teilnimmt, aber nicht eingreift. Hennessey, Ernie und Peggy verschwanden in dem Raum, in dem immer noch die alte Rotationsmaschine stand. Peggy stellte verschiedene Fragen, die Druckpresse betreffend, doch weder Hennessey noch Pohl waren Experten.

* Amerikanische Elite-Schule für höhere Töchter; Anmerkung des Übersetzers.

Vier, höchstens fünf Minuten verstrichen, da tauchte Al bereits wieder auf. Während Ernie zu Kate ging, setzte sich das lange Elend auf einen ›Camenbert‹, das heißt, auf eine angebrochene Papierrolle. Hatten die im Maschinenraum Wartenden bisher schon kaum gesprochen, so verstummten sie jetzt völlig. Peggy Hutchins, die leicht aus der Fassung geraten war, ging hin und her und schaute sich das Material und die Maschinen an, die zur Zeitungsherstellung notwendig waren.

»Mister Hennessey, will sie wirklich eine Zeitung aufmachen?«

»Ich fürchte. Nennen Sie mich doch Hennie, das verjüngt mich.«

Das junge Mädchen nickte zustimmend mit dem Kopf.

»Ich frage mich, ob ich nicht träume«, unterbrach sie dann von neuem die Stille. »Zu Beginn dieses Jahres fuhr ich nach Europa; ich wollte mir dort eine Arbeit suchen und Deutsch sowie Französisch lernen. Jetzt bin ich wieder in meiner Heimat, im tiefsten Queens... Wir befinden uns hier doch in Queens, nicht wahr?«

»Im Viertel Jamaica, um genau zu sein, im Herzen von Queens. Sie stammen nicht aus New York?«

Ihr Akzent hatte sie verraten; sie stammte aus Topeka im Bundesstaat Kansas. Ihr Vater war Arzt. Peggy hatte eine kleine Erbschaft gemacht, die ihr erlaubt hatte, zwei Jahre in Vassar zu verbringen und anschließend nach Europa zu reisen.

»Und jetzt bin ich plötzlich, praktisch über Nacht, Journalistin. Entscheidet sie sich immer so schnell?«

»Wie oft haben Sie sich getroffen, bevor Kate Ihnen die Stelle anbot?«

»Drei-... nein, viermal. Insgesamt vielleicht eine Stunde. Hat sie es immer so eilig?«

»Noch eiliger«, antwortete Hennessey.

Er wollte schon seinen letzten Satz korrigieren, den man als Kritik hätte auffassen können, und Peggy die vielen positiven Seiten Kates schildern, als die Tür aufgemacht wurde. Ernie tauchte auf.

»Hennie, Sie sind dran.«

Hennie ging in das Zimmer und schloß die Tür hinter sich. Kate goß aus einer Thermoskanne Kaffee in silberne Becher.

»Hennie, möchten Sie einen Kaffee?«

»Seit etwas weniger als fünf Jahren trinke ich keinen Kaffee mehr.«

Sie lächelten sich an. Kate reichte Nick einen Becher, der zu zögern schien, bevor er ihn nahm. Hennessey hatte den Eindruck, als ob sich zwischen den beiden jungen Menschen ein Schatten befände, ein Hindernis. Der alte Mann wußte, daß Nick bei der *New York Herald Tribune* eine glänzende Karriere machte und fragte sich:

›Warum ist er wohl hier? Mit welchen Tricks hat sie ihn wohl überredet, wieder mit ihr zu arbeiten? Geld spielt sicher keine Rolle. Nicht bei Nick.‹

»Hennie«, sagte Kate, »ich fange wieder von vorne an. Und versuche, nicht die Fehler zu machen, die ich beim erstenmal gemacht habe.«

»Ich bin zu alt«, sagte er schnell.

»Und ich zu jung, das stellt ein gewisses Gleichgewicht her. Sie wissen ganz genau, daß Sie sich letztlich doch breitschlagen lassen. Unnötig, Zeit zu verlieren.«

Sie lächelte, und ihre Augen strahlten durchtrieben. Hennessey fühlte sich nicht mehr so irritiert wie zu Beginn. Er fragte: »Was werden Ernie und Al machen?«

»Beide haben gleich geantwortet; ob zu recht oder zu unrecht, sei dahingestellt; auf alle Fälle sind sie beide der Überzeugung, daß sie mir etwas schulden. Sie meinen, ich hätte ihnen die Anfangsgründe des Journalismus beigebracht, und mein Vater habe ihnen nach der Katastrophe geholfen, in die Redaktion des *New Yorker* beziehungsweise der *World* einzutreten.«

»Sie werden mit Ihnen arbeiten?«

»Ja; wir haben vereinbart, daß sie sechs Monate lang ganztags und ausschließlich für den *Day* arbeiten. Nach Ablauf dieser Frist werden wir gemeinsam entscheiden, ob sie bleiben oder sich verändern.«

Nick trank seinen Kaffee und vergrub dabei seine Nase in den Becher, als ob ihn das Gespräch nichts anginge.

»Und Nick?« fragte Hennessey.

»Für mich gibt es keine Frist, das ist der ganze Unterschied«, meinte der Betroffene beinahe unbeteiligt.

»Nick wird unser Chefredakteur«, erklärte Kate. »Hennie, sagen Sie um Himmels willen nicht nein.«

Erinnerungen stiegen in dem alten Mann auf. In dem Raum, in dem das Gespräch stattfand, hatte er Hunderte von Stunden verbracht und die ganze Geschichte der *Queens Gazette* hautnah miterlebt. Er wußte, was auf ihn zukam, wenn er Kate zusagte. Er hatte in der Vergangenheit nicht nur einmal in einem der Sessel geschlafen, die in dem Redaktionsraum herumstanden, da er nicht einmal mehr die Zeit gehabt hatte, in seine nahegelegene Wohnung zu gehen.

›Sie fängt von vorne an. Alles fängt von vorne an. Ich werde eben auf die Reise verzichten, die ich nächsten Monat mit meinen ehemaligen Kollegen, die eh' alle senil geworden sind, unternehmen wollte. Mexiko werde ich wohl nie kennenlernen. Und auch sonst keine Reise mehr unternehmen...‹

»Wann fangen wir an?«

Sie trat zu ihm und umarmte ihn:

»Die Arbeiter beginnen morgen früh«, meinte sie. »Ich verspreche Ihnen ein Büro ganz für Sie allein, Herr Chefkorrektor.«

Während der letzten Wochen der alten *Queens Gazette* hatte Kate als Rotationsmaschine eine Hoe zur Verfügung gehabt, die sie an eine Zeitung in Atlanta hatte verkaufen können. Mit Hilfe des Erlöses und eines Bankkredites konnte sie eine Wood anschaffen, die angeblich in einer Stunde bei dreißigtausend Umdrehungen bis zu sechzigtausend Zeitungen druckte.

»Das garantiere ich Ihnen aber nicht«, wandte Abadie ein. »Unter Umständen nur fünfzigtausend.«

Der Franzose Abadie hatte sechs Jahre zuvor das heimatliche Bordeaux verlassen, wo er bei der *Petite Gironde* Chefrotationsdrucker gewesen war. Er hatte wie DiSalvo, Pohl, Taggart und Hennessey auf Kates Aufforderung sofort reagiert und seine Stelle bei der *Chicago Tribune* aufgegeben.

Er ging mehrmals um die Wood herum und kletterte, bevor er sein Urteil abgab, auf die gigantische Maschine.

»Wieviel Seiten soll Ihr Blatt haben?«

»Sechzehn«, meinte Kate ungerührt.

»Das wird kein Kinderspiel«, meinte er dann.

»Was soll das heißen?« fragte Kate, die sich mit Druckmaschinen zwar leidlich auskannte, aber nicht verstand, warum Abadie anscheinend größere Schwierigkeiten befürchtete. Der Franzose kratzte sich nachdenklich am Kopf. Seiner Meinung nach war die Wood einfach zu leistungsstark. Nicht einmal die *New York Times* verfügte über diese Maschine und druckte trotzdem pro Nacht zwischen dreihundert- und fünfhunderttausend Exemplare. Einzig die *Morning News*...

Zufällig schaute er in diesem Moment in Kates saphirblaue Augen.

»Gut, gut...«, beeilte er sich hinzuzusetzen, »ich habe nichts gesagt.«

Er fragte, über wie viele Drucker er als Chef würde verfügen können. Ausgeschlossen, dieses Monster nur zu dritt oder auch zu viert zu bedienen.

»Soviel Sie benötigen.«

Sie wollte sieben Ausgaben pro Woche veröffentlichen; Abadie mußte folglich einen zweiten Chefdrucker anlernen, der ihn vertrat, wenn er seinen freien Tag hatte, und auch sonst für ausreichend Personal sorgen... Kate legte keinen Wert auf heroische Überstunden, sondern auf methodisches und wirkungsvolles Arbeiten. Ihr Nahziel war, in aller Ruhe jede Nacht einhunderttausend Exemplare drucken zu können, ohne auf Biegen und Brechen alle Kapazitäten auslasten zu müssen.

»Lucien, Sie stellen Ihre Mitarbeiter selbst ein. Hier haben Sie eine Liste mit guten Druckern, die vielleicht bereit sind, mit uns zu arbeiten, doch die letzte Entscheidung liegt bei Ihnen. Selbstverständlich können Sie auch Arbeiter einstellen, die nicht auf dieser Liste genannt sind.«

Anschließend diskutierten sie alle Probleme, die mit der Druckvorbereitung und dem Satz zu tun hatten. Kate konnte wieder einmal ihre guten technischen Kenntnisse beweisen; so wußte sie, daß die *Times* erst vor kurzem ein System entwickelt hatte, mit dessen Hilfe man neue Papierrollen einspannen konnte, ohne den Druckvorgang zu unterbrechen, ein enormer Zeitgewinn.

»Die Arbeiter von der *Times* verlangsamen dabei ihre Maschinen auf höchstens sechzehn- bis siebzehntausend Umdrehungen pro Stunde. Wir müssen mindestens so gut werden wie sie.«

Anschließend besprachen sie das Problem, die fertig gedruckten Zeitungen vom Maschinensaal zur Auslieferung zu transportieren und entwarfen ein System aus verschiedenen Förderbändern, die diese Arbeit automatisch erledigen sollten.

Inzwischen war der 9. November angebrochen. Vierundzwanzig Tage zuvor hatten Arbeiter die ehemaligen Zeitungsgebäude in der Buckingham Street Nr. 1144, die sich immer noch in Kates Besitz befanden und in denen die denkwürdige Unterredung zwischen Kate und ihren ehemaligen Mitarbeitern stattgefunden hatte, in eine riesige Baustelle verwandelt. Das Zentralgebäude war mit seinen siebzig auf dreißig Metern inzwischen doppelt so groß; die Druckhalle wies einen soliden Betonboden auf, der die riesige Wood tragen konnte, und in den Nebenräumen waren die Setzerei, verschiedene Büros und die Auslieferung untergebracht.

Inzwischen war es offensichtlich, daß Kate unter größter Diskretion einige der umliegenden Grundstücke aufgekauft hatte; auf zweien davon standen sogar Häuser. Und da sie sich nach vorne über die Buckingham Street nicht hatte ausdehnen können, hatte sie es eben nach hinten getan.

Am 5. hatten die Arbeiter begonnen, die riesige Druckmaschine, die natürlich demontiert geliefert worden war, zusammenzusetzen.

Die Setzerei verfügte über insgesamt dreihundert Quadratmeter; die Arbeitstische, an denen die einzelnen Seiten zusammengesetzt und gegossen wurden, waren insgesamt vierzig Meter lang. Für den Handsatz hatte Kate insgesamt fünfzig Setzkästen angeschafft, die jeweils über das komplette Alphabet in Groß- und Kleinbuchstaben verfügten; drei Maschinen standen für die Andrucke zur Verfügung. In der eigentlichen Setzerei standen zwanzig Setzmaschinen, darunter zwei, die ausschließlich für Überschriften und Schlagzeilen verwendet wurden. Natürlich handelte es sich um die neuesten Modelle, bei denen die Buchstaben von den Maschinen zu Zeilen geformt und diese Zeilen dann automatisch gegossen wurden, sogenannten Linotypes. Die Reserven für die Satzmaschinen wogen zwischen vier und fünf Tonnen, und von den recht empfindlichen Rahmen hielt Kate einen Mindestvorrat von dreißig Stück.

Eine normale Druckerei hätte für einen solchen Maschinenpark dreißig Arbeiter eingestellt. Kate beschäftigte vierzig. Darunter zweiundzwanzig Linotypisten, sieben Spezialisten, die für den Umbruch, das heißt, die graphische Anordnung der Artikel und Seiten zuständig waren, und drei Vorarbeiter, die die Arbeit verteilten und überwachten. Acht weitere Arbeiter waren damit beschäftigt, die Verbindung zwischen Korrekturbüros, Setzerei, Umbruch und Druckerei aufrechtzuerhalten und die Plakate für den täglichen Werbeaushang an den Kiosken im Handsatz zu setzen. Auch die Anzeigen der Kunden wurden für den *Day* im Handsatz hergestellt, um jedem Wunsch entsprechen zu können.

Kate hatte übrigens daran gedacht, der Zeitungsdruckerei von Anfang an eine Lohndruckerei anzuschließen, bei der alle Arbeiten, die nicht direkt mit der Zeitungsherstellung zu tun hatten, ausgeführt werden sollten und die darüber hinaus unabhängig von der Zeitung rentabel sein sollte; diese Druckerei nahm Druckaufträge wie Briefpapier, Visitenkarten und ähnliches an, kümmerte sich aber auch um die achtseitige Sonntagsbeilage des *Day*.

Die eigene Klischeeherstellung lag neben der Papierreserve und dem Druckraum im südlichen Teil des Gebäudes, während im nördlichen die Räume für die Korrektoren – Hennessey bekam drei Gehilfen zugeteilt – und die Büros mit dem Lesesaal für das Publikum, einem Empfangsraum sowie der Werbeabteilung untergebracht waren. Der Werbeabteilung gehörten zu Beginn drei Mitarbeiter an, doch sie entwickelte sich sehr schnell, und nachdem Ed – Edwin – Solomons die Leitung übernommen hatte, vervielfachte sich die Zahl der Mitarbeiter rasch.

Auch die Redaktionsräume waren erheblich erweitert worden, wenn auch nicht so stark wie die technischen. Der zentrale Arbeitsraum wies jetzt einhundertzehn Quadratmeter auf, was eher bescheiden war; übrigens, Privatbüros gab es weder für Nick noch für Kate. Der Chefredakteur und die Generaldirektorin arbeiteten wie die anderen Redaktionsmitglieder an dem langen Eisentisch, der fast den gesamten Raum ausfüllte.

»Und wenn wir beide uns einmal privat miteinander unterhalten wollen? Oder mit Außenstehenden, ohne unbedingt Zeugen zu haben?« hatte Nick gefragt.

»Dann können wir uns immer noch in den Toiletten einschließen.«

An die Redaktion schloß sich die Auslieferung an, in der vor allem nachts reges Treiben herrschte. Viele Lieferwagen, aber auch Motorräder, trafen laufend ein und holten die ausgedruckten Exemplare ab, um sie zu den verschiedenen Verkaufsstellen zu transportieren.

Am 10. Dezember sollte die erste Ausgabe des *Day* erscheinen; so hatten sie gerade einen Monat Zeit, um aus relativ erfahrenen Journalisten wie Nick und Kate selbst, aber auch Al Taggart und Ernie Pohl, den wenig erfahreneren wie Paul Fowler, der aus Montana kommend zu ihnen stieß, wo er nur fünf Monate bei der *Butte Review* gearbeitet hatte, oder Fred McGann, der, gerade einundzwanzig Jahre alt, nur ein Praktikum bei einer Bostoner Wochenzeitung vorweisen konnte, und blutigen Berufsanfängern wie Peggy Hutchins und drei weiteren Männern sowie einer Frau, die alle aus Queens oder aus Nassau stammten, ein Team zusammenzuschweißen – eine schwierige Aufgabe. Nick und Kate hatten die vier Neulinge gemeinsam aus den dreißig Bewerbern ausgesucht, die sich auf kleine Anzeigen in den *Morning News* und der *New York Herald Tribune* gemeldet hatten.

»Nick, du hast meine Frage nicht beantwortet.«

»Du gehst zu schnell voran.«

Seit sie vor etwas mehr als einem Monat aus Florida zurückgekommen waren, hatte Nick kein einziges Mal seine unerschütterliche Ruhe verloren; wie immer sprach er völlig gleichmütig und gelassen. Bei seiner Kritik spielte er nicht auf die Besetzung der Redaktion an, die für eine Zeitung, die sieben Tage in der Woche erscheinen sollte, sicher nicht zu umfangreich war.

»Wir müssen noch weitere Mitarbeiter einstellen«, beharrte sie.

Er schüttelte nur den Kopf; mit seiner Kritik hatte er auf die anderen Abteilungen der Zeitung abgezielt.

»Du hast jetzt schon mehr als siebzig Mitarbeiter fest angestellt. Dabei schlägt die Auslieferung im Augenblick sogar nur mit einer Person zu Buch, und du weißt, daß du damit nie auskommen wirst.«

Er war überzeugt, daß Kate im Augenblick – wie bei der Übernahme der *Queens Gazette* – einen großen Fehler beging, nur eben im genau entgegengesetzten Sinne. Hatte sie damals versucht, mit einer lächerlich kleinen Mannschaft eine Tageszeitung herauszubringen, so stellte sie jetzt zu viele Mitarbeiter ein.

»Kate, dein ganzes Geld steckt noch in Florida. Wir leben im Augenblick nur von dem Kredit, den uns deine Bank eingeräumt hat.«

Sie gab sich damit zufrieden, ihn mit ihren saphirblauen Augen lange zu mustern. Erst in diesem Augenblick wurde sich Nick bewußt, wie stark sich Kate verändert hatte. Die Kate von früher hätte auf seine Bemerkung mit kaum gezügeltem Temperament geantwortet, während diejenige, die ihn da musterte, sich sehr wohl zu beherrschen wußte; ihre ungewöhnliche Selbstsicherheit, die beinahe arrogant wirkte, bestimmte immer noch ihren Charakter. Das Bild, das er von ihr bewahrt hatte, war das Bild einer jungen, gerade verheirateten Frau.

›Wie lange war sie eigentlich mit Douglas Catterham verheiratet gewesen?‹ fragte er sich. ›Ein Jahr?‹

Kurz nach ihrer Hochzeit war in der feinen New Yorker Gesellschaft ein Gerücht weitergereicht worden: Angeblich hatte Kate noch in der Hochzeitsnacht ihrem jungen Bankiersgatten mitgeteilt, ihre Ehe würde ein Jahr halten, auf den Tag genau. Sie hatte Wort gehalten und das gemeinsame Haus auf die Stunde genau ein Jahr nach der Trauung verlassen, um sich nach Ablauf der Frist, die sie ihrem Gatten gesetzt hatte, umgehend nach Europa einzuschiffen. Damals war sie wirklich noch eine sehr junge Frau gewesen, die es nirgendwo lange aushielt, fieberhaft nervös und ungeduldig war und in der einen Sekunde wütend und in der nächsten fröhlich sein konnte. Dabei war sie sehr anziehend gewesen, so daß es niemanden wunderte, daß sie Nick, Al, Ernie und all die anderen in das Abenteuer der *Queens Gazette* verwickelte und sich ihre früheren Mitarbeiter auch nach der Katastrophe immer gern an sie erinnerten.

Die Kate von heute, um fünf Jahre gealtert, unterschied sich in wesentlichen Punkten. Körperlich natürlich nicht. Bedrückt hatte Nick feststellen müssen, daß seine große Liebe eher noch schöner und verführerischer war als früher. Sie strahlte eine Sinnlichkeit aus, die jeden Mann gefangennehmen mußte, und ihr Körper hatte weiche, weibliche Formen angenommen, trotz ihrer Größe. Neu war die kalte Autorität, die sie ausstrahlen konnte, die Härte, die sie kennzeichnete und daran hinderte, die Kontrolle über sich zu verlieren, wie es früher nur allzu häufig vorgekommen war.

In dem höllischen Chaos der letzten Wochen hatte sie beinahe zwanzig Stunden täglich gearbeitet.

In dem unbeschreiblichen Durcheinander auf der Baustelle, auf der Maurer, Zimmerleute, Elektriker und Maler vierundzwanzig Stunden täglich arbeiteten, um in Rekordzeit die Zeitungsgebäude fertigzustellen, hatte sie kein einziges Mal ihre Stimme erhoben.

Vor allem aber hatte sie während der schwierigen Aufgabe, die Redaktion des *Day* zusammenzuschweißen, keine Anzeichen von Müdigkeit oder Irritation gezeigt, sondern war immer ausgeglichen und freundlich geblieben.

Ihre Höflichkeit war durch nichts zu überbieten, obwohl sie nach wie vor von innerem Feuer geradezu nach vorne gepeitscht wurde und unter allen Umständen bei ihrer zweiten Zeitungsgründung erfolgreich sein wollte.

Nick wurde sich plötzlich bewußt, daß Kate immer stärker ihrem Vater ähnelte, nicht nur in ihrem Charakter, sondern auch in der Art sich auszudrücken. Zum erstenmal wurde ihm bewußt, daß ein Krieg zwischen Vater und Tochter einfach nicht zu vermeiden war.

Ein Krieg, der ganz sicher brutal geführt werden würde.

Es war wohl gegen zwei Uhr morgens. Ernie Pohl war als erster der

Redaktionsangehörigen gegangen. Die Setzer und Drucker arbeiteten noch; Abadie und sein Team regelten die Feineinstellung ihrer Rotationsdruckmaschine, vor allem der Walzenführung, während Jerry Hartmann, der Leiter der Setzerei und des Umbruchs – er hatte mehr als zehn Jahre in einer Druckerei der Hearst-Gruppe gearbeitet – Arbeiter, die sich um einen Posten als Linotypisten beworben hatten, in der Praxis auf Herz und Nieren prüfte und gleichzeitig die Herstellung der zweiten Null-Nummer des *Day* vorbereitete. In den Räumen der Auslieferung arbeiteten sogar noch Maurer, während Maler sich um den Außenanstrich der Büroräume kümmerten.

Kate war auf Nicks letzte Bemerkung nicht eingegangen, sondern hatte ihn nur angeschaut, bevor sie sich wieder in den Berg aus Rechnungen vertiefte, die vor ihr aufgestapelt waren.

›Was wohl nicht anderes bedeutet, als ›kümmere dich um deinen eigenen Dreck, DiSalvo‹, dachte er bitter. ›Du bist schließlich nur Chefredakteur; die finanziellen Aspekte der Zeitung gehen dich nichts an.‹

Zwei Wochen vorher hatte er von seiner Bank einen Brief erhalten, in dem ihm mitgeteilt worden war, fünfzigtausend Dollar seien auf seinen Namen bei der Bank eingegangen und den Anweisungen entsprechend auf einem Sperrkonto angelegt worden; erst nach Ablauf eines Jahres könne er über die Summe verfügen.

Er ließ die Entwürfe der Innenseiten der Null-Nummer, an denen er bisher gearbeitet hatte, auf den Tisch fallen, stand auf und ging in dem großen Raum auf und ab. Kate schaute nicht einmal hoch. Zweimal blieb er hinter ihr stehen; sie reagierte nicht. Er bewunderte die Linie ihres Nackens und ihrer Schultern. Er war irritiert. Und wurde wütend. Wozu er auch allen Grund hatte, denn er erinnerte sich daran, wie sie in seinem Leben zum zweiten Mal aufgetaucht war, an die Gewißheit, mit der sie davon ausging, daß er ihr folgen würde, und an seine eigene Kapitulation, die noch in gleicher Sekunde erfolgt war...

Die Natürlichkeit, mit der sie bereit gewesen war, ihm seine Wünsche zu erfüllen, seine Begeisterung darüber... ja, er war nicht nur begeistert, sondern geradezu verzaubert gewesen.

...Und sein lächerliches Versagen im Nachtexpreß New York – Miami.

›Scheiße!‹ dachte er.

Und sagte laut: »Einverstanden.«

Kate hörte auf, mit den Papieren zu rascheln.

»Diesmal werde ich entscheiden«, fuhr Nick fort, »was wir machen werden.«

»Mit der Zeitung?«

Er ahnte, daß sie lächelte.

›Außerdem macht sie sich über mich lustig!‹

»Kate, es ist jetzt zwei Uhr morgens. Das reicht!«

»Niemand hindert dich daran, ins Bett zu gehen.«

»Nicht allein.«

›Endlich hast du es ausgesprochen, Nick! Du hast einmal zu den größten Schürzenjägern von Queens gehört!‹

Sie lehnte sich in ihrem Stuhl zurück; die Hände lagen ruhig auf der Lehne.

»Ich verstehe«, sagte sie.

Endlich gab er sich einen Ruck und legte seine Hände auf Kates Schulter. Zehn, fünfzehn Sekunden verstrichen, die Nick als eine Ewigkeit empfand, bis sie endlich eine seiner Hände packte und festhielt.

»Du hast dir Zeit gelassen, bevor du einen Entschluß gefaßt hast.«

»Ich weiß nicht einmal, ob ich wirklich einen Entschluß gefaßt habe«, meinte Nick. »Im Augenblick habe ich eigentlich eher Lust, dich zu verprügeln.«

Er packte sie unter den Achseln und zog sie zu sich hoch, so daß sie aufstehen mußte. Dann drehte er sie mit sanfter Gewalt um. Während der Arbeit hatte sie das blaue Band abgelegt, mit dem sie normalerweise ihre Haare festband. Zwischen den blonden Haarsträhnen, die über ihr Gesicht gefallen waren, funkelten ihre Augen fröhlich. Impulsiv packte Nick Kates Gesicht mit beiden Händen; er küßte sie beinahe wütend. Er spürte, daß sie lachte, während sich ihr Körper an seinen schmiegte; der aufsteigende Zorn ließ ihn brutal werden. Er packte sie heftig, und ihre Brüste drückten sich fest gegen seine. Überrascht stieß sie einen kleinen Schmerzenslaut aus, während ihr Mund, der bisher passiv geblieben war, sich fieberhaft öffnete. Nick überlief ein Schauer; die Statue bekam Leben. Kates Unterlippe war geschwollen und glänzte vor Speichel; sie hatte die Augen geschlossen. Er umarmte sie, von ihrer Schönheit überwältigt. Sie drückte ihren Körper gegen seinen. Ihre Brustwarzen waren hart geworden. Sie legte ihre Arme um seinen Hals und öffnete ihre Augen weit. Er hätte beinahe das Gleichgewicht verloren, als sich ihre Blicke begegneten; ihre Gesichter befanden sich fast auf gleicher Höhe. Diesmal näherte sie sich seinen Lippen und bot ihm ihre an. Er gab sich damit zufrieden, sie ganz zart zu berühren. Ihr stoßweiser Atem ließ die Haarsträhnen, die über ihr Gesicht gefallen waren, hochfliegen. Sie schmiegte sich wollüstig in seine Arme, überraschend geschmeidig angesichts ihrer Größe, die eher die Vermutung nahegelegt hätte, sie bewege sich ungeschickt, und küßte ihn leidenschaftlich mit offenem Mund. Während Nick ihre Küsse erwiderte, erinnerte er sich an diesen träumerischen Ausdruck auf ihrem Gesicht, der ihn während der Zugfahrt so entwaffnet hatte. Doch die Kate, die ihn jetzt umarmte, war weder träumerisch noch kalt; sie gab sich leidenschaftlich seiner Umarmung hin, so daß er sie beinahe gleich hier, auf dem Arbeitstisch in der

Redaktion, genommen hätte. Gerade noch rechtzeitig konnte er sich zusammenreißen und zurückhalten. Sie sagte mit rauher Stimme: »Nick, laß uns gehen.«

Sie schien es wieder einmal sehr eilig zu haben.

In dieser Nacht war Nick DiSalvo in keiner Weise gehemmt. Ihm fiel auf, daß sie während der Liebe die Augen offenhielt. Immer. Sie zitterte am ganzen Körper und war stark erregt, als ob sie es auch auf diesem Gebiet eilig hätte. Die Nacht war wolkenlos, so daß das Mondlicht, das durch das Fenster eindrang, ihr Gesicht beleuchtete und ihre entfesselte Sinnlichkeit unterstrich. Ihre hoch angesetzten, etwas schweren Brüste mit den für eine Blondine überraschend dunklen Warzen waren schweißüberströmt, genau wie ihre Schultern, ihre Arme und ihre Wangen. Nick hatte sie an den Schultern gepackt und drückte sie aufs Bett, während seine Lippen eine der steil aufgerichteten Brustwarzen suchten. Das Fieber packte sie im gleichen Moment. Er hörte Kate schreien, und je mehr sie schrie, desto größer wurde seine Lust, sie zum Schreien zu bringen, er, der Verführer, der schöne Italiener, der jetzt endlich seine Revanche genießen konnte. Nie zuvor hatte er eine Frau mit einer solchen entfesselten Leidenschaft besessen. Die blonden Haare Kates hatten sich völlig gelöst; sie bewegte ihren Kopf wild von links nach rechts und von rechts nach links, zog ihn mit aller Kraft an sich und schrie. Jetzt war auch er auf dem Höhepunkt angelangt, so schnell und so stark, daß er glaubte, in Ohnmacht zu fallen.

Als die Welt ihn wiederhatte, hörte er als erstes im Garten eine Nachtigall singen. In der Ferne hörte er die Wellen an das Ufer schlagen. Kate lag in seinen Armen, völlig unbeweglich, schweißbedeckt. Nie hatte er sie so friedlich, so ruhig erlebt wie jetzt, nach der Liebe. Doch dieser Zustand hielt nicht lange an. Plötzlich seufzte sie leicht und begann im gleichen Augenblick, verhalten zu lachen. Dann strich sie ihm liebevoll über den Nacken und die Wange und schenkte ihm ein kleines, ironisches Kompliment:

»Ausgezeichnet, Herr Chefredakteur! Dieser Punch! Ich habe Ihren Stil durchaus erkennen können!«

Er mußte sich zusammenreißen, um nicht zu fragen:

›Und wie ist Rourkes Stil im Bett?‹

Doch einer Kate Killinger stellte man solche Fragen nicht, war man nicht selbstmörderisch veranlagt. Zumindest hätte man sich einen dieser grenzenlos verachtenden Blicke Kates eingehandelt, zu denen sie fähig war.

In dieser ersten Nacht – es sollten noch weitere folgen – murmelte Kate nachdenklich, während Nick ihren schweißbedeckten Körper noch in seinen Armen hielt:

»Ich bin mit der neuen Rotationsmaschine noch nicht zufrieden. Man kann sie sicher noch besser einsetzen. Ich muß dringend mit Abadie darüber reden...«

In diesem Augenblick hatte Nick wirklich keine Lust, mit ihr über Druckprobleme zu sprechen. Er löste sich von ihr und legte sich schmollend auf den Rücken. Sie schwiegen. Endlich wurde sein Verlangen, sie anzuschauen, so übermächtig, daß er einfach nicht weiter schmollen konnte. Kate hatte sich auf den Bauch gelegt. Die Arme unter dem Kopfkissen versteckt, lächelte sie ihn an, während das Mondlicht auf ihren nackten Körper fiel. Er spürte wieder diese Furcht in sich aufsteigen, die Frau zu berühren, die er gerade besessen hatte.

»Ich liebe dich.«

Die Worte waren gegen seinen Willen über seine Lippen gekommen.

Ihr Lächeln erlosch. Sie streckte eine Hand aus und strich ihm zärtlich über die Wange.

»Ich weiß. Doch das führt zu nichts. Ich zöge es vor, du wolltest nur mit mir schlafen.«

»Das eine hindert einen schließlich nicht am anderen«, antwortete Nick und war selbst über den leichten Ton überrascht, den er angeschlagen hatte.

Sie lachte verhalten; ihre Hand folgte Nicks Kinnlinie und blieb dann auf seiner Brust liegen.

»Der wahre Nick taucht auf...«

Sie änderte ihre Stellung, drehte sich ihm zu und stützte mit der linken Hand ihren Kopf ab.

»Nick, es gibt zwei Arten, unser Spiel zu spielen. Das hängt ganz von dir ab. Ich weiß nicht, was sich in Zukunft zwischen uns noch alles ereignen wird. Wir können das natürlich alles tragisch nehmen. Ich spreche von dem unglücklichen Umstand, daß du in mich verliebt bist, ich aber nicht in dich. Gut, was wird sich dann ereignen? Du wirst schmollen, wie in letzter Zeit so oft; du wirst mir wahrscheinlich Eifersuchtsszenen liefern und am Ende werden wir uns trennen...«

»Wenn ich dich nicht vorher erwürgt habe«, unterbrach Nick sie, »oder erschossen oder mit einem Küchenmesser zerstückelt. Ich stamme immerhin aus einer italienischen Familie, und wir Südländer werden im allgemeinen für heißblütig gehalten.«

»Das ist die eine Lösung«, fuhr Kate ruhig fort. »Ich ziehe allerdings die zweite vor: Vor dir habe ich andere Liebhaber gehabt. Und werde höchstwahrscheinlich weiterhin nach dir weitere Liebhaber haben. Wohlgemerkt, diese Liebhaber nehmen nicht den gleichen Rang ein wie du; für dich empfinde ich Zärtlichkeit, ja, Zuneigung. Und Freundschaft.«

»Ich bin beglückt!«

»Bitte, sei nicht sarkastisch, das hilft uns nicht weiter.«

»Gut. Ich bin beglückt, ohne sarkastischen Unterton, einfach so.«

»Darüber hinaus gibt es nur einen einzigen Mann auf der Welt, den ich gebeten hätte, mir beim Aufbau meiner Zeitung zu helfen, und das bist du. Übrigens, ich habe dich gebeten.«

Und Rourke? Wieder kam ihm unwillkürlich die Frage in den Sinn, und wieder war er so klug, sie nicht zu stellen.

»Und frag mich bitte nie, ob ich mit dir auch dann geschlafen hätte, wenn ich deine Hilfe nicht bräuchte. Denn in diesem Fall würde ich dir den nächstbesten Gegenstand über den Kopf hauen und augenblicklich einen anderen Chefredakteur ernennen.«

»Einverstanden.«

Er streckte eine Hand aus und strich sanft über Kates Brüste. Kate schaute, gespielt unbeteiligt, dem Spiel der Finger zu, die sich sanft auf die warme Haut legten und mit der Brustwarze spielten, die sich wieder aufrichtete. Nick hatte den Eindruck, als bekäme er einen kleinen elektrischen Schlag, so stark durchströmte ihn wieder das Verlangen. Er beobachtete, wie sich Kates Mund öffnete. Ihre Augen standen wieder weit offen. Ihn beinahe wütend musternd, reagierte sie augenblicklich auf seine Aufforderung. Mit schlangenartigen Bewegungen glitt sie auf ihn zu, drückte ihren Bauch gegen seinen und umschlang ihn mit ihren langen Beinen. Trotz der Lust, die sie ganz offensichtlich empfand, denn sie keuchte bereits, und trotz der kleinen Schreie, die sie ausstieß, wußte er, daß Kate ihm nie ganz gehören würde.

Sonst rührte sich nichts in Kates Haus in Glenwood Landing. Die a-ma, die drei chinesischen Mädchen, hatten sich bei ihrer Ankunft nicht gezeigt; zumindest hatte er sie nicht gesehen. Im Garten war inzwischen jeder Laut verstummt. Nur das Geräusch der an das Ufer schlagenden Wellen drang gedämpft in das Zimmer. Nick DiSalvo verjagte den Anflug von Melancholie, der von ihm Besitz ergreifen wollte, und beschloß, das augenblickliche, gegenwärtige Glück zu genießen. Er drückte Kate Killingers glühenden Körper noch fester an sich. Er war schließlich erst fünfundzwanzig Jahre alt und war, wie alle seine Altersgenossen, davon überzeugt, die Ewigkeit noch vor sich zu haben. Warum sollte er sich geschlagen geben? In den kommenden Wochen und Monaten war er sogar immer stärker davon überzeugt, daß Kate H. H. Rourke zwar nicht völlig vergessen, aber doch aus ihrem Leben ausschließen konnte.

Aus ihrem gemeinsamen Leben.

Zweites Buch

DER LANGE MARSCH

Kapitel 3

Die drei Konkubinen von Hauptmann Song

H. H. Rourke wurde mit dem Gewehrkolben am Oberschenkel getroffen; gezielt hatte man auf eine empfindlichere Stelle zwischen den Beinen. Es tat nicht sehr weh und war durchaus aushaltbar. Trotzdem ließ er sich für alle Fälle fallen, denn er war überzeugt, daß er, wäre er stehen geblieben, nur wenig Aussicht hatte, das Abenteuer zu überleben. Die Soldaten der Kuomintang standen um ihn herum. Es waren wohl sieben oder acht, die in ihrem ziemlich unverständlichen Kauderwelsch beratschlagten, ob sie ihn töten sollten oder nicht. Eine deutliche Mehrheit sprach sich anscheinend dafür aus. Beim letzten Versuch, ihnen zu erklären, er sei Reporter und als solcher neutral, hatte er die Mandarin-Sprache benutzt. Er versuchte es noch einmal, diesmal im Dialekt von Kanton. Doch seine Argumente überzeugten nicht. Man versetzte ihm einen neuen Hieb, der diesmal sein Ziel erreichte. Er krümmte sich zusammen. Tränen traten in seine Augen. Er war nicht mehr gezwungen, die Schmerzen zu heucheln.

Die Soldaten diskutierten weiter, während einer nach dem anderen ihm einen Hieb versetzte, um die Wartezeit bis zur ›Urteilsverkündung‹ etwas abzukürzen. Anscheinend hatte man endgültig seinen Tod beschlossen; die Spitze eines Bajonetts richtete sich auf seine Kehle, direkt unterhalb des rechten Ohres.

»Wir dich töten, wir dir Kopf abschneiden«, verkündete einer unter ihnen mehr als holprig und benutzte dabei den Dialekt aus Schanghai.

»Hat dir deine Mutter eigentlich schon einmal gesagt, wie blöd du bist?« fuhr Rourke ihn an. Er stellte seine Frage in dem gleichen Dialekt und verwünschte sich, daß er diesen nicht schon früher ausprobiert hatte.

Der Druck des Bajonetts verstärkte sich; plötzlich knallte ein Schuß. Der Druck ließ nach und hörte dann ganz auf, als die schrille Stimme von Hauptmann Song einen Befehl ausstieß. Neben Rourke brach ein Körper zusammen und fiel auf den schlammigen Boden. Fliehende Schritte verrieten, daß die Soldaten der Kuomintang das Weite suchten. Nur wenig später konnte Rourke Hauptmann Song sehen, das heißt, dessen sorgfältig auf Hochglanz gewienerte, hübsche Stiefelchen, denn H. H. lag immer noch auf dem Boden.

»Rourke, wirst du sterben?« fragte Hauptmann Song. Seine Stimme verriet echte Angst.

»Bring mich nicht zum Lachen«, meinte Rourke, »das tut weh.«

»Warum bleibst du dann auf dem Boden liegen?«

»Ich werde aufstehen, sobald es mir behagt.«

Endlich schaffte er es, wieder auf die Beine zu kommen, und pißte an die Wand einer Hütte, was seine Schmerzen etwas erleichterte. Immer noch zusammengekrümmt, ging er langsam zum zentralen Platz des kleinen Weilers aus wenigen Hütten – es gab übrigens keinen anderen Platz –, und die Hütten brannten lichterloh. Song hatte sich nicht von der Stelle gerührt. Mit sorgenvoller Miene musterte er die Leiche des Kuomintang-Soldaten, der Rourke hatte töten wollen und der jetzt selbst tot war; die Kugel war ihm direkt in die Schläfe gedrungen.

»Ich hätte nie geglaubt, daß du ein so guter Schütze bist«, kommentierte H. H. »Wo hast du dein Gewehr gelassen?«

»Welches Gewehr?«

»Jemand hat doch diesen Typen da erschossen!«

»Ich nicht.«

Songs Stimme hatte geklungen, als sei der Hauptmann von Panik gepackt. Daß dieser kleine junge Mann jemand mit einem Gewehr erschossen haben soll, zumal er kein Gewehr hatte, schien wirklich unglaublich, denn H. H. Rourke hätte gewettet, daß er jede Zielscheibe verfehlte, auch wenn diese sich nur fünfzig Zentimeter von dem Lauf seines Gewehres entfernt befände. Rourke schaute sich um. Plötzlich entdeckte er in dem nur zwanzig Meter entfernten Gebüsch den Lauf eines Gewehres und dann auch diejenige, die das Gewehr in Händen hielt, Jadeflöte, ihres Zeichens erste Konkubine des Hauptmanns, die, nachdem sie sich vergewissert hatte, daß die Soldaten der Kuomintang wirklich verschwunden waren, ihr Versteck verließ. Mit kleinen Schritten ging sie auf ihren Herrn und Gebieter zu, das Gewehr fest gegen ihre Brust drückend. Die beiden anderen Konkubinen folgten. Die drei trugen lange Seidentuniken, die bis zum Hals reichten und mit Kordel-Verschlüssen gehalten wurden, dazu eine Hose aus schwarzer Seide und eine dicke, gefütterte Jacke. Nur die Farben ihrer Tuniken unterschieden sich: Die von Jadeflöte war zartgrün, die von Morgen-aus-Elfenbein – die zweite Konkubine – veilchenblau und die von Sich-spiegelnde-Morgenröte – die dritte Konkubine – goldgelb. Sie trugen die gleichen Bambushüte wie die Reisbauern der Provinz Kanton und auf dem Rükken Tragegestelle aus Bambus, an denen verschieden große Säcke hingen, in denen das persönliche Gepäck ihres Herrn und Meisters, des Hauptmanns Song, untergebracht war.

Die gefütterten Westen ließen sie dick erscheinen, doch da Rourke sie alle drei bereits nackt gesehen hatte, wußte er, daß sie schlank und sehr feingliedrig waren.

»Woher hat Jadeflöte dieses Gewehr?« fragte er.

Song erklärte, seine Mutter habe vor ihrem Aufbruch in Schanghai das Gewehr gekauft und es Jadeflöte anvertraut, nachdem sie das Mädchen im französischen Sektor der internationalen Stadt im Schießen hatte ausbilden lassen. Mama dachte eben an alles.

»Diesen Eindruck habe ich ebenfalls«, meinte H. H.

Bei dem Gewehr handelte es sich um einen altmodischen Karabiner französischer Fabrikation, einen ›Gras‹ mit einem Kupfer-Kolben, der mit 11-Millimeter-Munition geladen wurde; der Karabiner war insgesamt nicht länger als ein Meter. Jadeflöte verstaute ihn wieder in einem der Säcke, die sie an ihrem Bambusjoch hängend transportierte. Die junge Frau – sie war höchstens achtzehn Jahre alt und zudem die älteste – schaute bescheiden zu Boden, als sie H. H.s Blick bemerkte.

»Mama denkt *fast* immer an alles«, meinte daraufhin Hauptmann Song melancholisch. »Es ist immerhin ihr Fehler, daß ich mich hier mitten unter diesen wüsten Soldaten befinde. Ich wäre lieber in Schanghai.«

»Manchmal gehst du mir ganz schön auf die Nerven«, meinte H. H.

Er schaute sich die abgehauenen Köpfe näher an und zählte insgesamt siebenundzwanzig. Sie waren auf für diese Zwecke zurechtgeschnitzten und in den Boden gerammten Stäben aufgespießt. Unter den siebenundzwanzig befanden sich neun Köpfe von Kindern; bei dem jüngsten handelte es sich um ein fünf-, höchstens sechsjähriges Mädchen. Es fiel Rourke schwer, seine Augen von diesem kleinen Gesicht abzuwenden, das vor Todesangst verzerrt war. Ihre Mörder hatten den Kopf des kleinen Mädchens wie die der anderen Opfer mit roter Farbe angestrichen und nicht einmal vor den Augäpfeln haltgemacht. Rourke spürte wieder diese unbeschreibliche Wut in sich, die eine halbe Stunde zuvor in ihm aufgestiegen war. Mitten während des Massakers in dem Dorf eintreffend, hatte er sich eingemischt und versucht, zumindest die jüngsten Kinder zu retten. Vergebens. Er hatte nichts erreichen können, dafür aber gegen seine persönliche Regel verstoßen, die ihm sonst heilig war: unter allen Umständen unparteiischer Beobachter zu bleiben.

H. H. Rourke fühlte sich oft wie der Betrachter eines Filmes. Und ist je ein Zuschauer von einem Pfeil verletzt worden, den die auf der Leinwand galoppierenden Indianer abschießen? Grausamkeiten zogen ihn nicht besonders an, doch er war sich bewußt, daß eine gute Reportage und vor allem ein Knüller ohne eine gute Portion starker Gefühle nicht möglich ist. Er hielt sich für fähig, auf interessante Reportagen zu stoßen, ohne daß er sich dies hätte erklären können; er wußte nur, daß er in diesen Fällen den ›Geruch von Tod und frischem Blut‹ in die Nase bekam.

Die siebenundzwanzig auf den Stäben aufgepflanzten Köpfe verströmten keinen besonderen Geruch. Es handelte sich um einen für das damalige China ganz banalen Vorgang. Nicht einmal Stoff für zehn Zeilen. Rourke war sich sicher, daß er für ein Foto keinen Abnehmer gefunden hätte. Er schaute in nordwestliche Richtung, in der sich ein beeindruckendes, mit Wäldern bestandenes Gebirge abzeichnete, das Kiulinschan mit der Stadt Ruijing. Diese Richtung würde er wohl einschlagen. Fünf, sechs Tage Fußmarsch. Vielleicht auch länger, vor allem, wenn er noch einmal auf einen Vorposten der Kuomintang stoßen sollte, der ihn aufhalten konnte, so wie die sieben, acht Helden, die vor einer Frau mit einem Gewehr Reißaus genommen hatten.

»Übrigens, vielen Dank«, sagte er zu Jadeflöte, »du hast mir wohl das Leben gerettet.«

Die junge Chinesin verbeugte sich tief, so daß ihr graziler Nacken sichtbar wurde, und ihr bleiches Gesicht rötete sich leicht. Weiter hatte Rourke nichts zu sagen. Er ging zu dem Gestrüpp und holte seine englische Ledertasche, die er seit Jahren bei seinen Reisen mit sich führte; er hatte sie von einem mexikanischen Pfarrer geerbt.* Er war wie üblich vorsichtig gewesen und hatte die Tasche versteckt, bevor er das Dorf betrat, in dem die Soldaten gerade dabeigewesen waren, die Bevölkerung zu massakrieren. Er zog den Gürtel seines beigefarbenen Trenchcoats fest und überprüfte den Sitz seines mit einem schwarzen Hutband geschmückten Filzhutes. Nachdem er eine Zigarette angezündet hatte, machte er sich auf den Weg Richtung Gebirge.

»Wohin gehst du?«

»Ich mache einen Ausflug.«

»Ohne mich?«

Die Stimme Hauptmann Songs klang völlig verzweifelt. Rourke blieb stehen und drehte sich um. Der kleine Chinese aus Schanghai machte vor den brennenden Hütten und den auf den Stangen aufgespießten Köpfen der ehemaligen Bewohner des Dorfes einen jämmerlichen Eindruck. Seine drei Konkubinen, die sich ihre Tragegestelle umgebunden hatten, hielten sich bescheiden etwas hinter ihm, wie es ihnen ihr Rang befahl, und warteten.

»Hör gut zu, Song«, sagte Rourke, »ich brauche dich so notwendig wie das Gelbfieber. Du bist ein Offizier der Kuomintang und auf dem Weg zu deiner Einheit. Daß du diese Einheit nicht kommandieren willst, daß du überhaupt kein Kommando übernehmen willst, das geht nur dich etwas an. Ich dagegen...«

»Ich will bei dir bleiben«, warf Song ein.

»Ich dagegen«, fuhr Rourke fort, »gehe in Richtung Gebirge und werde es überschreiten. Hinter diesem Gebirge befindet sich die Rote Armee, die dich standrechtlich erschießen wird, sobald sie dich in dei-

* Siehe Paul-Loup Sulitzer, Kate, Heyne-Verlag.

ner Operettenuniform erblickt. An deiner Stelle würde ich alle Richtungen einschlagen, nur nicht die, die ich nehme.«

Hauptmann Song erklärte, man würde ihn auf alle Fälle erschießen, ob er sich nach Süden oder Norden wende. Der Oberst mit den großen, bösen Augen hatte ihm, was diesen Punkt betraf, eine eindeutige Auskunft erteilt.

Er begann, bitterlich zu weinen. Schluchzend sagte er, er befände sich wirklich in einer abscheulichen Lage. Die ganze Welt wollte ihn erschießen. Nur wenn er an der Spitze seiner Einheit an die Front ginge, wolle man ihn nicht standrechtlich erschießen, aber man brächte ihn dann eben auf andere Weise um. In diesem Punkt waren die Aussagen der Sterne eindeutig. Und auch in einem anderen:

»Sie haben geweissagt, daß ich eine Langnase kennenlerne, der ich zu folgen habe und die mich retten wird. Ich habe dich kennengelernt, und du bist eine Langnase. Folglich werde ich dir folgen.«

»Wann haben die Sterne dir eigentlich diese Neuigkeit mitgeteilt?« fragte H. H. sarkastisch.

Am Vorabend, drei, vier Stunden, nachdem H. H. Rourke und Hauptmann Song sich kennengelernt hatten, hatte Jadeflöte die Sterne befragt und die entsprechende, durch nichts zu erschütternde Antwort erhalten.

H. H. musterte zum drittenmal die erste Konkubine. Ohne zu einem Ergebnis zu gelangen: Jadeflöte musterte intensiv den Boden vor ihren Füßen.

Plötzlich läutete irgendwo im Kopf von H. H. Rourke eine winzig kleine Glocke. Es handelte sich um keine wirkliche Vorahnung, sondern höchstens um ein kaum hörbares Alarmsignal. H. H. roch weder den Tod noch frisches Blut. Auf alle Fälle war der Geruch nicht ausgeprägt. Und, warum sollte er ein zweites Mal eingreifen und versuchen, den Verlauf der Geschichte zu beeinflussen? Wenn diese Leute ihm unbedingt folgen wollten, wie konnte er sie dann daran hindern – wenn er sie überhaupt daran hindern wollte?

Er packte mit der Linken seine Reisetasche, vergrub die Rechte in seinem Trenchcoat und marschierte los. Er ging direkt auf sein Ziel los und überquerte ein Tragant-Feld, mit dessen Erträgen die Dorfbewohner ihre Tiere ernährt hatten.

Er mußte sich nicht umdrehen; er konnte zwar die Schritte der drei kleinen Chinesinnen, die Filzschuhe trugen, und auch die von Hauptmann Song in seinen feinen Lederstiefelchen nicht hören, doch der einzige Sohn der Schanghaier Blumenhändlerin schnaufte fünfzig Meter hinter ihm dermaßen stark, daß Rourke sich nicht täuschen konnte.

Vor allem aber roch er jetzt, wenn auch noch in unregelmäßigen Abständen, Tod und frisches Blut. Zweifel waren ausgeschlossen.

H. H. Rourke hatte Europa im Juli 1934 – also erst einige Monate zuvor – verlassen und sich in Marseille auf einem Dampfer der Messageries Maritimes eingeschifft. Er hielt sich zum zweitenmal im Reich der Mitte auf. Die erste Reise hatte er mit Kate unternommen; sie hatte zwei Jahre gedauert. Nach einem längeren Aufenthalt in der Mandschurei und in Peking waren sie zur Großen Mauer gefahren, hatten diese hinter sich gelassen und waren bis in die Mongolei vorgedrungen. Zum Abschluß ihres langen Aufenthaltes hatten sie, ganz wie ein Ehepaar, in Schanghai zusammengelebt. In dieser Stadt war auch ihr Sohn auf die Welt gekommen. Kate hatte Rourke dann verlassen. Sie hatten beide gewußt, daß es eines Tages soweit kommen würde, unabhängig davon, ob sie ein Kind hätten oder nicht. Ihre Trennung war einfach unvermeidbar gewesen.

Nach der Trennung von Kate hatte Rourke es geschafft, die Verteidigungsbastionen und das Hauptquartier der chinesischen Kommunisten zu besuchen. In Begleitung des Fotografen Constantin Uricani hatte er einen der wichtigsten Führer der Kommunisten kennengelernt, Tschou En-Lai.

Tschou, der innerhalb des Zentralkomitees der chinesischen kommunistischen Partei für Militärangelegenheiten zuständig war, leitete gleichzeitig die Universität der Roten Armee: ein gebildeter und beeindruckend intelligenter Mann, der wie mehrere Gründungsmitglieder der kommunistischen Partei Chinas in Frankreich studiert hatte. Sein offener Geist, sein völlig unfanatisches Verhalten und sein Humor hatten Rourke beeindruckt. Während ihrer Gespräche hatten sie Erinnerungen an das Quartier Latin ausgetauscht und sich angefreundet.

Normalerweise suchte Rourke für seine Reportagen über wichtige politische Ereignisse eher den Kontakt zu den kleinen, unbedeutenden Leuten. Bei Tschou wollte er aufgrund dessen außergewöhnlicher Persönlichkeit eine Ausnahme machen. Unter den einzelnen kommunistischen Führern Chinas herrschte damals eine beinahe feindselige Rivalität, und Rourke war gespannt, wie Tschou sich aus der Affäre ziehen würde. Bei ihrer letzten Begegnung hatten sie eine lockere Verabredung getroffen; H. H. sollte das Hauptquartier der chinesischen Kommunisten wieder aufsuchen, sobald die Dinge ins Rollen kämen.

Seit zwei Jahren versuchten die nationalistischen Kräfte der Kuomintang Tschiang Kai-scheks, die allgemein nur die ›Weißen‹ genannt wurden, vergeblich, ihre Gegner, die ›Roten‹, zu dezimieren. In letzter Zeit waren die Fronten in Bewegung geraten, ohne daß Rourke hätte sagen können, was wirklich los war. Er hätte nichts gegen ein chinesisches Fort Alamo* einzuwenden gehabt, unter der Voraussetzung natürlich,

* Schauplatz erbitterter Auseinandersetzungen zwischen Texanern und Mexikanern während des texanischen Unabhängigkeitskampfes gegen die Mexikaner. Anm. des Übersetzers.

daß er selbst sich zur rechten Zeit am richtigen Ort aufhielt. Oder auch ein chinesisches Camarón*, bei dem einhundert- bis zweihunderttausend schlitzäugige Legionäre bis auf den letzten Mann ausgerottet würden. Ein etwas weitläufiges Thema, aber er würde schon damit zurechtkommen.

Das chinesische Hauptquartier befand sich in der Provinz Kiangsi, das heißt, ungefähr in der Mitte und etwas westlich der Linie Schanghai-Kanton. Die Provinz ist im Osten, Süden und Westen von relativ hohen Gebirgen umgeben und nur nach Norden hin offen, wo zwei bedeutende Zuflüsse des Jangtsekiang, des Blauen Flusses, sich ihr Bett gegraben haben.

So war es verständlich, daß im Norden die heftigsten Kämpfe stattfanden. Tschiang Kai-schek hatte hier im Sommer 1934 mehr als eine Million Soldaten zusammengezogen.

Rourke versuchte, ebenfalls vom Norden hier zur Roten Armee vorzustoßen und schlug dabei die gleiche Route ein, die er bereits ein Jahr zuvor genommen hatte. Diesmal erfolglos. Er wurde ins Gefängnis geworfen. Man hatte sogar vor, ihn ›streng zu füsilieren‹, um eine damals in China beliebte Wendung zu gebrauchen. Schließlich ließ man es dabei bewenden, ihn eskortiert und mit dem Befehl, augenblicklich das Reich der Mitte zu verlassen, nach Schanghai zurückzuschicken. Er wurde sogar auf ein Schiff gebracht, das Richtung Saigon fuhr; Rourke benutzte eine Zwischenlandung in Kanton, wo ein Teil der Ladung gelöscht wurde, um heimlich von Bord zu gehen.

Von Kanton aus bewegte er sich Richtung Norden, das heißt, er befand sich südlich der Provinz Kiangsi, die er über die ›Hintertür‹ erreichen wollte. Drei Wochen später stieß er zufällig auf Hauptmann Song.

Zwei Tage spielte Rourke bereits mit einer Abordnung der Armee des Kuomintang Verstecken, die unbedingt wissen wollte, was er auf der Höhe ihrer Vorposten, praktisch an der Grenze zum Niemandsland zwischen den beiden feindlichen Armeen, zu suchen hatte. Er hatte gerade eine Handvoll ›Weiße‹ abgeschüttelt, die etwas intelligenter gewesen waren als ihre Kollegen, und sich in einen Hohlweg geflüchtet, der an einem stillen Seitenarm eines Flusses entlangführte, in der Hoffnung, seine Verfolger endgültig loszuwerden. Büsche und hohe Gräser versperrten ihm die Sicht. Rourke hielt sich so genau wie möglich in nördlicher Richtung. Der Nachmittag ging seinem Ende entgegen, und es war entsetzlich heiß. Bei jedem Schritt wirbelte er rötlichen Staub auf, der sich auf seine schweißbedeckte Haut legte, die Poren verstopfte und

* Kriegsschauplatz während des mexikanischen Unabhängigkeitskrieges; französische Fremdenlegionäre zeichneten sich hier gegen die Mexikaner aus. Anm. des Übersetzers.

auch vor den verborgendsten Körperstellen nicht haltmachte. Der Wunsch, ein Bad zu nehmen, wurde immer größer. Auf einmal wurde der Weg etwas breiter, und Bambusstauden ersetzten die hohen Gräser. Der Weg zum Wasser war frei. Als er sich gerade daranmachen wollte, zum Seitenarm zu gehen, hörte er Frauenstimmen. Er blieb auf der Stelle stehen und drückte vorsichtig die Bambusstauden auseinander.

Auf diese Weise sah er zum erstenmal Jadeflöte. Die vollständig nackt war. Bis zu den Knien im Wasser stehend, war sie gerade dabei, ihre Haare auszuwringen. Kaum zwanzig Meter von ihm entfernt hatte sie ihm ihr Gesicht zugedreht. Sie war für eine Chinesin ungewöhnlich groß und außergewöhnlich schön. Es fiel ihm nicht schwer, diese Feststellung zu treffen, denn er nahm sich viel Zeit, den Körper der jungen Frau ausgiebig zu studieren; schließlich mußte er sich vergewissern, daß sie keine Waffen an ihrem Körper versteckt hatte. Die Chinesin scherzte anscheinend mit anderen Frauen, denn Rourke hörte wieder deutlich die verschiedenen Stimmen, die seine Aufmerksamkeit auf sich gezogen hatten, sowie spritzendes Wasser. Er beugte sich etwas weiter vor, um besser sehen zu können, und entdeckte zwei weitere junge Mädchen, die ebenfalls splitternackt waren, im Wasser knieten und etwas, das Rourke nicht genau erkennen konnte, einseiften. In diesem Augenblick entdeckten ihn die Mädchen und verschwanden augenblicklich bis zum Hals im trüben Wasser.

Das Etwas, das von ihnen eingeseift worden war, richtete sich auf; ein kleiner, junger, gut gepolsterter Mann mit einer delikaten Haut, der unter seinem kleinen Schmerbauch mit beiden Händen schamhaft seine noch unbehaarte, winzige Männlichkeit – die eines kleinen Kindes – versteckte: Hauptmann Song.

Man sympathisierte miteinander. Die Mädchen bereiteten, natürlich wieder züchtig gekleidet, mit Hilfe einer Büchse Corned Beef aus H. H.s Vorrat, Reis, getrocknetem Fisch und verschiedenen Gewürzen das gemeinsame Essen zu; natürlich hatte man sich miteinander bekanntgemacht: Hauptmann Song, Jadeflöte, Morgen-aus-Elfenbein, Sich-spiegelnde-Morgenröte, H. H. Rourke. Im ersten Augenblick glaubte H. H., die Damen seien die legitimen Gattinnen des Kriegshelden, ohne sich weiter um sie zu kümmern, denn die Regeln chinesischer Höflichkeit verlangen die strikte Nichtbeachtung des weiblichen Geschlechts. Hauptmann Song und er trieben Konversation.

Die Uniform des Chinesen war hervorragend geschnitten und bestand aus khakifarbenen, weiten Reithosen, einem auberginefarbenen Waffenrock mit steifem Offizierkragen und dazugehörendem Waffengehänge sowie einer flachen, der englischen Armee nachempfundenen Schirmmütze, die er kriegerisch so tief über die Nase zog, daß er das Kinn arrogant heben mußte, um den Weg vor sich zu erkennen.

Schwarze Lederhandschuhe, ein unter die linke Schulter geklemmtes Stöckchen und eine Zigarettenspitze, die er zwischen Zeige- und Mittelfinger der rechten Hand hielt, vervollkommneten den erstaunlichen Aufzug. Doch die Stiefel, hinreißende Stiefel aus feinstem Kalbsleder, die sich wie angegossen um die Waden schlossen und bis zu den Knien reichten, beeindruckten Rourke am stärksten. Noch nie hatte Rourke in China und, wie er nach kurzer Überlegung feststellte, auch außerhalb Chinas derart auf Hochglanz gewienerte Stiefel gesehen: Trotz der mehr als staubigen, ausgetrockneten Gegend konnte er nicht das kleinste Staubkörnchen entdecken, das den funkelnden Glanz beeinträchtigt hätte, was, von rein militärischem Standpunkt aus betrachtet, vielleicht gar nicht so empfehlenswert war. Der Hauptmann schien ein Stiefelfetischist zu sein, denn Rourke entdeckte weitere fünf Paar, die an den Tragegestellen seiner Konkubinen hingen, sorgfältig in braune Wollfilzsäcke verpackt, die mit pflaumenfarbenen Seidenbändern verschnürt waren.

Während er leicht spöttisch die Ausstaffierung des Hauptmanns bewunderte, erklärte Song, für den Fall, daß Rourke nicht von sich aus auf die Idee käme, er sei ein herausragender Offizier der Kuomintang – ein leibhaftiger Held, wie er bescheiden hinzusetzte. Er hatte bereits zwölf Schlachten geschlagen und zweihundertfünfzig rote Banditen eigenhändig abgemurkst. Zur Zeit hatte er den gefährlichen Auftrag, die Vorposten der Weißen Armee zu kontrollieren. Doch da ihn der Tatendrang Tag und Nacht heimsuchte und er vor keiner Gefahr zurückschreckte, war ihm diese gefährliche Aufgabe nur lieb. Gnade Gott demjenigen, der ihm in die Finger geriet, wenn er wirklich gereizt war!

Rourke zögerte natürlich nicht, sein Entzücken zu äußern, den Furcht und Schrecken verbreitenden Hauptmann Song unter für ihn als Langnasen so erfreulichen Umständen kennengelernt zu haben, denn augenblicklich würde er von einem ganzen Bataillon von Kuomintang-Soldaten verfolgt, die sicher nichts lieber täten, als sich von einem so erfahrenen Kriegshelden anführen zu lassen. Der Chinese reagierte so erstaunlich wie unmittelbar: Er brach in heftiges Weinen aus. Nichts von dem, was er erzählt hatte, entsprach der Wahrheit, er hatte bisher an keiner einzigen Schlacht teilgenommen und hoffte inständig, nie an einer teilnehmen zu müssen. Alle anderen Heldentaten waren gleichfalls erfunden. Song hatte nie Offizier werden wollen, nicht einmal Soldat, und alles darangesetzt, dem Krieg aus dem Weg zu gehen. Ob Rourke wirklich von einem Bataillon der Kuomintang verfolgt würde, wollte er besorgt wissen.

»Aber Offizier bist du schon?«

»Ja.«

»Hauptmann?«

»Ja.«

Daran war seine Mutter schuld, erklärte Song, der sich laufend umschaute und ganz bleich geworden war bei dem Gedanken, Soldaten seiner eigenen Armee könnten unvermittelt auftauchen. Mama war Blumenhändlerin; ihr Geschäft in Schanghai lag in der Avenue Foch, an der Grenze zwischen der internationalen und der französischen Konzession. Als die Regierung darauf bestand, daß der einzige und über alle Maßen geliebte Sohn in die Armee eintrat, hatte Mama die Angelegenheit in die Hand genommen. Zuerst hatte sie Song nach Hongkong schicken wollen. Doch das hätte die Trennung von Mutter und Sohn nach sich gezogen. Sie fand eine bessere Lösung: Ein General der Armee der Kuomintang war Mamas Geliebter; er ernannte Song kurzerhand zum Stabsoffizier. Mama hatte sechs sehr schöne Uniformen und die dazu passenden Stiefel in verschiedenen Farben in Auftrag gegeben, die Rourke so bewunderte. Sieben Monate lang stand dann auch alles zum besten: Hauptmann Song mußte nicht jeden Tag in die Kaserne, das heißt, er ging kein einziges Mal dorthin, sondern beschäftigte sich weiterhin in Mamas Geschäft damit, die schönsten Sträuße von Schanghai zu binden.

»Loulke, bist du sicher...«

»Rourke, nicht Loulke.«

»Bist du dir sicher, daß die Soldaten, die du gesehen hast, noch etwas auf sich warten lassen?«

»Sie werden wohl nicht sofort hier eintreffen.«

Rourke war sich sicher, die Wahrheit zu sprechen. Selbst wenn die Soldaten, die ihn verfolgt hatten, überraschend hartnäckig waren, würden sie sich wohl kaum vor einer Stunde in fremdes Gebiet vorwagen.

»Song, erzähl mir lieber, wie es dich hierher verschlagen hat.«

Daran war der General schuld. Er hatte sich eine jüngere Mätresse gewählt und mit einem Schlag aufgehört, den Sohn der Blumenhändlerin zu protegieren. Mama hatte immerhin noch erreichen können, daß ihr Sohn nicht an die Hauptfront nach Norden, sondern in den Süden von Kiangsi abkommandiert wurde, wo es erheblich ruhiger, ja, beinahe gemütlich zuging.

»Und dann bist du desertiert«, kommentierte Rourke, ohne lange zu fragen.

»Ich habe mich verirrt.«

»Du bist desertiert.«

»Gut, wenn du willst, dann bin ich eben desertiert«, räumte Hauptmann Song mit Trauer in der Stimme ein.

»Aber warum hast du deine Frauen mit in den Krieg genommen?«

Welche Frauen? Das waren doch nicht seine Frauen, sondern einfach Konkubinen, die es nicht einmal wert waren, daß man von ihnen sprach. Wer interessierte sich schon für sie? Er, Song, auf alle Fälle nicht. Er mochte Frauen im Grunde kaum. Gut, sie waren ihm treu ergeben, das mußte er einräumen, aber das war ganz normal, denn schließlich waren sie von Mama ausgewählt worden, und die kannte sich in solchen Dingen aus. Wenn er dieses entsetzliche Abenteuer je heil überstehen und unversehrt wieder nach Schanghai zurückkäme, dann würde Mama eine richtige Frau für ihn auswählen. Mama legte großen Wert darauf. Er nicht, aber da Mama...

H. H. musterte die drei jungen Frauen. Oder Mädchen. Die etwas rundliche war sicher noch keine fünfzehn Jahre alt. Sie liefen geschäftig hin und her, zogen dem Hauptmann die Stiefel wieder an, die sie auf Hochglanz poliert hatten, und packten die tausend Sachen zusammen, die sie zu tragen hatten, wobei sie ständig zu Boden schauten.

»In welche Richtung marschierst du, Song?«

»Ich weiß nicht. Kann ich mit dir gehen?«

Die Frage überraschte H. H. Er lächelte: »Was soll ich mit euch vieren?«

Er holte seinen Feldstecher aus der Tasche, denn er meinte, in der Richtung, aus der er gekommen war, am Horizont eine Bewegung zu erkennen. Kaum hatte er den Feldstecher richtig eingestellt, da erkannte er auch schon die Soldaten, die erstaunlich hartnäckig waren, auch wenn sie, wie er schätzte, wohl noch vierzig Minuten brauchen würden, bis sie sich durch das hohe Gras bis zu der Stelle vorgearbeitet hätten, an der Rourke auf Hauptmann Song und dessen Konkubinen gestoßen war. Er stand auf.

»Erfreut, dich kennengelernt zu haben, Song. Viel Glück bei der Desertion.«

Er marschierte direkt im Fluß, der weder sehr breit noch sehr tief war, und war eigentlich überzeugt, daß die Soldaten der Kuomintang schon bald seine Spur verlieren würden, doch er wollte kein Risiko eingehen und keine Spuren hinterlassen. Einen, vielleicht zwei Kilometer wollte er so flußabwärts zurücklegen und dann in den Buchen-, Koniferen- und Bambuswald abbiegen, der sich die Hügel hochzog. Dort oben mußten sich, falls seine Karte stimmte, einige kleinere Dörfer befinden. Auf diese Weise näherte er sich nicht nur seinem Ziel, dem Kiangsi, sondern konnte auch hoffen, sich mit Lebensmitteln zu versorgen. Allmählich konnte er den Geschmack von Corned Beef nicht mehr ertragen.

Hinter ihm plätscherte es rhythmisch; er schloß daraus, daß sich das Quartett ihm angeschlossen hatte.

Rourke störte das nicht weiter.

Er kam wirklich nicht auf die Idee, daß Hauptmann Song und seine Konkubinen, vor allem Jadeflöte, die er zuerst entdeckt hatte, die schönste, ihm Stoff für eine Reportage liefern sollten.

Zwei Kilometer flußabwärts stieß er endlich auf eine Stelle, die ihm für seinen Plan geeignet erschien: flache Felsen, die sich bis in den Wald hinzogen, erlaubten es ihm, ohne Abdrücke seiner derben Stiefel zu hinterlassen, die Richtung zu ändern. Er verschwand zwischen den Bäumen und stieg drei Stunden stetig bergan, ohne eine Pause zu machen. Seit Kanton hatte er fast die ganze Strecke zu Fuß zurückgelegt, von wenigen Kilometern abgesehen, die er auf Militärlastwagen oder Bauernkarren hinter sich gebracht hatte, und war dementsprechend durchtrainiert. Endlich war er davon überzeugt, daß etwaige Verfolger ihn nicht mehr erreichen konnten, falls sie die Stelle entdeckt haben sollten, an der er das Flußbett verlassen hatte, was unwahrscheinlich war. Es wurde langsam dunkel, und er beschloß, sein Nachtlager aufzuschlagen.

»Wollt ihr mir eigentlich noch lange folgen?«

Nicht einmal drei Minuten, nachdem er angehalten hatte, war der Hauptmann mitsamt seinen Konkubinen aufgetaucht.

»Ich sagte dir doch, daß ich nicht weiß, wohin ich mich wenden soll«, erklärte Song mit sterbender Stimme.

Der Sohn der Blumenhändlerin aus Schanghai konnte sich vor Erschöpfung kaum mehr auf den Füßen halten. Er schwankte. Dabei hatten zumindest auf den letzten zweihundert Metern seine Konkubinen die Hauptarbeit geleistet. Nicht nur, daß Song nicht einmal das leichteste Gepäckstück trug; nein, die drei hatten neben dem Gepäck auch noch ihren Herrn und Meister halb geschleift und halb getragen.

Der jetzt zusammenbrach.

»Loulke, wenn ich doch nur in Schanghai wäre!«

Er meinte es völlig ernst. Seine Konkubinen beschäftigten sich bereits mit ihm, zogen ihm die Stiefel aus, knöpften seinen Waffenrock auf, reichten ihm ein frisches Hemd und schließlich einen Morgenmantel aus reiner Seide.

(›Verflucht!‹ dachte Rourke.)

Sie rollten eine doppelte Matte aus, auf der er sich seufzend ausstreckte. Dann kümmerten sich die Mädchen sofort um das Abendessen ihres Herrn.

H. H. Rourke lehnte es ab, das Mahl mit Song zu teilen, sondern begnügte sich mit Corned beef und Kommißbrot, das so hart war, daß er es lange in Wasser tunken mußte, bevor es eßbar wurde. Inzwischen war es dunkel geworden. Die Mädchen hatten eine Petroleumlampe angezündet und waren weiterhin geschäftig.

»Loulke, du bist wirklich gewitzt. Du hast mich dazu gebracht, im Wasser zu laufen und das Wasser an einer felsigen Stelle zu verlassen, so daß mich die Soldaten nicht gefunden haben. Sehr gewitzt!«

H. H. packte seine Ledertasche und die auf der Unterseite mit einer

Schicht aus Gummi geschützte Zeltleinwand, die er bereits ausgebreitet hatte, ging fünfzig Meter zur Seite und streckte sich dort für die Nacht aus.

»Loulke, bist du böse auf mich?«

»Ich habe vor allem die größte Lust, dir kräftig in den Hintern zu treten!« antwortete H. H. »Jetzt halt um Himmels willen den Mund.«

Er wälzte sich lange herum und dachte an Kate, die wahrscheinlich dem Wunsch, dem Hauptmann Song einen schweren Gegenstand über den Schädel zu hauen, nicht lange widerstanden hätte.

Kate.

Der alte Schmerz brach wieder auf.

Endlich schlief er ein.

Als er am nächsten Morgen aufwachte, waren die drei Konkubinen bereits an der Arbeit. Sie boten ihm einen heißen Tee an, den er annahm.

»Danke.«

Sich-spiegelnde-Morgenröte mit den runden Wangen verbeugte sich tief, ohne etwas zu sagen, und verschwand sofort, nachdem er seine Schale ausgetrunken hatte. Er wusch und rasierte sich an einer eiskalten Quelle, die in der Nähe einem Felsen entsprang; als er weitermarschierte, folgte ihm das Quartett selbstverständlich auf dem Fuß. Die drei Mädchen krümmten sich unter dem Gepäck, während Hauptmann Song in einer tadellosen Uniform nur Stöckchen und Zigarettenspitze trug und seine Schirmmütze tief ins Gesicht gezogen hatte.

An diesem Morgen stieß H. H. Rourke auf den Weiler mit den siebenundzwanzig aufgespießten Köpfen; das heißt, als er eintraf, waren nur die Männer und die alten Frauen enthauptet gewesen. Die Soldaten vergnügten sich gerade damit, die vier Bäuerinnen zu vergewaltigen, die übriggeblieben waren. Der Einfachheit halber hatten sie die Hände und Füße der nackten Frauen an vier in den Boden getriebenen Pfählen festgebunden; einer nach dem anderen fiel über sein Opfer her, und ihr Gelächter überlagerte das Schreien der Gequälten. Diejenigen, die sich erleichtert hatten, suchten anschließend in den armseligen Hütten nach möglichem Beutegut oder verfolgten mit gezogenem Säbel Hühner, denen sie im Lauf den Kopf abschlugen. Die ersten Hütten fingen Feuer. Ein Teil der Soldaten befriedigte den den Chinesen innewohnenden Sinn für Dekoratives und bepinselte die bereits aufgespießten Köpfe, die von Bienen und Wespen umschwärmt wurden, mit roter Farbe. H. H. Rourke, der nichts unternehmen konnte, hatte sich im Gestrüpp versteckt und beobachtete das Schauspiel. Die Tragant-Felder, die das Dorf umgaben, hätten ihm bei dem Versuch, die abscheuliche Szene zu verlassen, nicht genügend Schutz geboten. So hatte er beschlossen, das Ende des Massakers abzuwarten.

Kurz nach ihm trafen Hauptmann Song und anschließend Jadeflöte sowie die beiden anderen Konkubinen ein, kauerten sich hin und warteten wie Rourke schweigend das Ende ab. Das Gemetzel ging weiter: Den unglücklichen Frauen wurde zum Schluß der Bauch aufgeschlitzt, bevor man auch sie enthauptete und ihre Köpfe auf Stangen steckte. Dann waren die Kinder an der Reihe; aus einem unbekannten Grund hatte man sie zusammen in einer Hütte eingeschlossen. Als die Soldaten diese Hütte ansteckten, flohen die Kinder schreiend. Die Helden jagten nun hinter den Kindern her wie vorher hinter den Hühnern und schwangen Bajonette, um sie aufzuspießen, oder Säbel, um sie zu enthaupten. Rourke hielt es nicht mehr am Platz. Trotz der beschwörenden, wenn auch geflüsterten Worte Songs und trotz der von ihm selbst aufgestellten Regel, nie in eine Reportage einzugreifen – und für Rourke gab es kein Thema, das sich nicht für eine Reportage geeignet hätte – griff er ein. Vielleicht aufgrund der irritierenden Anwesenheit Songs, die er nun seit vierundzwanzig Stunden ertragen hatte; vielleicht aber auch – und das war wohl ausschlaggebend – aufgrund der Tatsache, daß es sich bei den Opfern jetzt um Kinder handelte und diese Kinder sich nicht so resigniert verhielten wie ihre Eltern; man hätte beinahe glauben können, sie seien keine Chinesen. Als ein kleines Mädchen auf das Gebüsch zugelaufen kam, in dem er sich versteckt hatte, als ob es bei ihm Schutz suche, richtete Rourke sich auf, verließ das Gebüsch und redete auf die Bande ein.

Er hatte, wenn auch nicht sehr bewußt, damit gerechnet, daß das Auftauchen einer Langnase in Trenchcoat und Filzhut, die mit den Händen in den Taschen völlig natürlich auf die Soldaten zuging, eigentlich ausreichen mußte, um diese in ihrem Elan zu bremsen. Seine Rechnung ging nicht auf. Überhaupt nicht. Anscheinend verstanden die Soldaten kein Wort von dem, was er ihnen in der Mandarin-Sprache zurief. Ohne zu zögern, schlugen sie mit Gewehrkolben auf ihn ein, in den Magen, auf den Kopf und schließlich in den Unterleib; und ohne den so gut gezielten Schuß von Jadeflöte hätten sie ihn bestimmt getötet.

H. H. Rourke stieg immer weiter die Berge hoch Richtung Kiangsi. Die Reste des Dorfes, in dem die Soldaten das Massaker veranstaltet hatten, lagen gut sieben Stunden Fußmarsch hinter ihm. Rourke hatte beträchtlich an Höhe gewonnen. Laut seiner Karte waren die vor ihm liegenden Erhebungen, die er zu überwinden hatte, gut tausend Meter hoch.

Hauptmann Song marschierte an seiner Seite. H. H. war inzwischen nicht mehr wütend, sondern eher neugierig – was nicht weiter verwunderlich war, denn inzwischen betrachtete er den seltsamen Sohn der Schanghaier Blumenhändlerin nicht mehr als eine widerwärtige Person, die er zufällig kennengelernt hatte, sondern als ein mögliches Reportagen-Thema. Wobei ihm sein Instinkt sagte, daß seine drei Konkubinen einen noch besseren Artikel abgäben als der junge, kleine und leicht verfettete Mann.

»Song, welche ziehst du vor?«

»Wofür?«

»Für die Liebe«, antwortete Rourke lachend.

Song schaute ihn erstaunt an: Was für eine komische Frage stellte Loulke ihm da? Er verstand nicht so ganz, was die Langnase eigentlich wollte. Liebe? Welche Liebe? Er liebte schließlich keines der Mädchen. Sie dienten ihm, kümmerten sich um ihn, trugen sein Gepäck und kochten sein Essen. Mama hatte ihnen dies schließlich befohlen, und sie führten Mamas Befehle gewissenhaft aus, das war alles. Nun, Loulke wollte sicher von dem sprechen, was... nun ein Mann und eine Frau gemeinsam machen. Song war wie fast alle Chinesen entsetzlich prüde. Von diesen Dingen, nicht wahr? Gut, da zog er keine vor. Das heißt, ihm war das im Grunde vollkommen gleichgültig. Wie? Natürlich hatte er dies schon gemacht. Nein, nicht oft. Einmal mit jeder. In Schanghai. Mama hatte darauf bestanden. Und seither? Was seither? Nichts. Er war sehr beschäftigt gewesen und hatte viele Sorgen gehabt. War sich Loulke eigentlich immer noch nicht der entsetzlichen Lage bewußt, in der er sich befand? Konnte er denn nicht begreifen, daß er, Song, tausend andere, viel wichtigere Dinge im Kopf hatte?

Im allgemeinen ließ sich Rourke kaum von etwas überraschen; Song allerdings war es mühelos geglückt. »Aber wenn sich alle drei ausziehen, um dich zu waschen, und du dabei ebenfalls splitternackt bist, wie kürzlich im Fluß, als ich euch überrascht habe, empfindest du dabei nichts Besonderes?«

»Ich freue mich, daß ich sauber bin.«

H. H. schaute ihn lange und nachdenklich an; er fragte sich unwillkürlich, ob der Sohn der Blumenhändlerin sich nicht über ihn lustig machte. Aber das war anscheinend nicht der Fall.

»Nehmen wir einmal an, daß sie dich verlassen.«

»Meine Konkubinen?«

»Wer denn sonst?«

Sie waren auf einem kahlen Grat angelangt; Rourke beschleunigte die Schritte, denn zwanzig Minuten früher hatte er ein Flugzeug am Himmel entdeckt, das nur zur Kuomintang gehören konnte, denn die Kommunisten verfügten über keine Flugzeuge. Es hatte sie nicht direkt überflogen, sondern war ein ganzes Stück von ihnen entfernt gewesen, doch Rourke fürchtete, es – oder auch ein anderes – könne zurückkommen, die kleine Gruppe auf dem kahlen Grat entdecken und an irgendwelche vorgesetzten Stellen melden. Oder sie auch ein wenig mit einem Maschinengewehr belästigen.

Der kleine Hauptmann Song war empört: Wie konnte er nur auf die Idee kommen, von Mama ausgewählte Konkubinen könnten ihn im Stich lassen, gleich unter welchen Umständen? Man mußte wirklich eine Langnase sein, um an eine solche Unverschämtheit überhaupt nur zu denken! Ein Beweis, daß Rourke China überhaupt nicht kannte! Ein Beweis vor allem, daß Rourke Mama nicht kannte, die die Konkubinen mit solcher Sorgfalt ausgewählt hatte!

Rourke drehte sich um, ohne stehenzubleiben. Die drei Mädchen folgten ihnen in zehn Schritt Abstand im Gänsemarsch, die großen Tragegestelle, die sie auf dem Rücken trugen und an denen die Ersatzstiefel wie Würste baumelten, perfekt im Gleichgewicht haltend. Jadeflöte ging am Ende. Vielleicht wollte sie sich vergewissern, daß ihre Gefährtinnen Schritt hielten. Für Rourke stand es fest, daß sie die drei befehligte. Ohne zu sprechen. Bisher hatte er ihre Stimme kein einziges Mal gehört. Sie beschäftigte Rourke stark. Aufgrund ihrer natürlichen Eleganz, ihrer Klasse und ihrer katzenhaften Sinnlichkeit. Dieses Mädchen paßte wirklich nicht in das Gefolge eines Song, unter dem Gepäck wie ein gewöhnlicher Kuli schwitzend. In einem der vornehmen Salons in Schanghai, am Arm eines europäischen Industriellen, mit bis zur Hüfte geschlitztem, elegantem Kleid aus feinster Seide wäre sie weniger aufgefallen als hier in dieser verlassenen Bergwelt. Als Rourke die drei nackten Mädchen in dem stillen Seitenarm des Flusses entdeckt hatte, hatte sein Blick bei weitem am längsten auf ihrem Körper verweilt. Ihre hoch angesetzten Brüste, der flache, glatte Bauch, die kaum verhüllte Scham, die an einen schwarzen Schwanenschnabel erinnerte, waren in seinem Gedächtnis noch sehr lebendig.

»Song, wußtest du eigentlich, daß sie ein Gewehr bei sich hat?«

Natürlich nicht. Sollte er sich etwa auch noch um das Gepäck kümmern?

»Loulke, du vergißt immer wieder, mit welchen Sorgen ich geplagt bin!«

»Du warst trotzdem sehr mutig gewesen, als die Soldaten mir mit ihren Bajonetten die Kehle durchbohren wollten. Jadeflöte hat den einen erschossen, aber du warst es ja, der geschrien hat, du hast den Soldaten befohlen abzuhauen. Dazu hat viel Mut gehört. Denn die Soldaten hätten dich in dem Zustand, in dem sie sich befanden, ebenfalls umbringen können. Ohne lange zu fackeln.«

Song kämpfte gegen einen plötzlichen Hustenanfall an. Wenn er aus dem Gebüsch aufgetaucht war und den Soldaten Befehle zugerufen hatte, dann hatte das einen guten Grund: Diese idiotische Jadeflöte hatte ihn schlicht und einfach dazu gezwungen! Sie und Morgen-aus-Elfenbein. Diese beiden dummen Gänse. Sie hatten ihn einfach hochgezerrt und aus einem Versteck gerissen und ihm gesagt, welche Befehle er zu rufen hatte. Er hatte solche Angst gehabt, daß seine Stimme beinahe versagt hätte.

Sie stiegen die Abhänge hinunter. Und neue hinauf. Zwei Tage verstrichen. Und zwei Nächte. Rourke versuchte, sich Jadeflöte zu nähern; er wollte mit ihr sprechen, mehr über sie erfahren, denn sie faszinierte ihn immer stärker, doch sie entzog sich ihm. Ganz offensichtlich hatte sie es gespürt, denn sie vermied es, mit ihm allein zu sein.

Sie waren nun schon den vierten Tag zu fünft im Kiulinschan-Gebirge unterwegs, als Rourke durch seinen Feldstecher am Horizont eine dünne Rauchsäule aufsteigen sah. Es mußte sich um ein Dorf oder zumindest um ein Haus handeln. H. H. zögerte. Ging er zum Dorf, nahm er einen beträchtlichen Umweg in Kauf; vielleicht stammte der Rauch ja auch gar nicht von einem Haus, sondern von dem Lagerfeuer kommunistischer oder nationalistischer Soldaten. Auf der anderen Seite ging der Vorrat seiner Corned-beef-Konserven langsam zu Ende und er sollte eigentlich jede Gelegenheit nutzen, seine Lebensmittelreserven aufzufüllen...

Song, der stehengeblieben war, diskutierte, nur dreißig Schritte von ihm entfernt, leise mit seinen Konkubinen. Dann sagte er zu Rourke:

»Morgen-aus-Elfenbein wird vorausgehen und uns sagen, ob wir uns dem Feuer risikolos nähern können.«

H. H. war keineswegs begeistert, eines der Mädchen als Aufklärerin zu mißbrauchen, doch man ließ ihm keine Wahl: Die zweite Konkubine hatte sich bereits leichtfüßig auf den Weg gemacht und ihr Tragegestell sowie das andere Gepäck zurückgelassen.

Eine Stunde später kam sie wieder zurück und nickte nur einfach mit dem Kopf als Zeichen, daß keine Gefahr bestand. Die Gruppe brach auf.

Später schrieb H. H. Rourke in seiner Reportage:

Am Abend des vierten Tages meines Marsches mit Hauptmann Song und seinen drei Konkubinen erreichten wir einige armselige Hütten, in denen ungefähr dreißig Männer, Frauen und Kinder lebten, von der übrigen Welt völlig abgeschnitten. Sie wußten nicht einmal, daß im Land ein Bürgerkrieg herrschte. Ihr Dialekt war mir unbekannt. Sich-spiegelnde-Morgenröte dagegen konnte sich mühelos mit ihnen unterhalten. Sie leitete die Verhandlungen über den Ankauf von zwei Hühnern, einer Ente und Gemüse. Bei einer anderen, für mich völlig undurchsichtigen Verhandlung diente sie Jadeflöte, deren Stimme ich zum ersten Mal vernahm, als Dolmetscherin. Aufgrund der Blicke, die die beiden älteren Konkubinen sich heimlich zuwarfen, hatte ich den Eindruck, es spiele sich etwas höchst Geheimnisvolles und Anomales ab. Ich fragte Hauptmann Song, was los sei, doch dieser tat recht ungeschickt, als erstaune ihn meine Frage. Er log, das war offensichtlich. Die Ereignisse des darauffolgenden Morgens beunruhigten mich noch stärker...

Vor Tagesanbruch verließ Rourke die Scheune, in der er auf einem Lager aus getrockneten Sorgho-Stengeln geschlafen hatte. Er rasierte sich und nahm sogar unter einem kleinen, eiskalten Wasserfall, der sich nur wenige Schritte von dem Dorf entfernt befand, eine Dusche. Als er wieder ins Dorf zurückkam, willigte er zum viertenmal ein, mit seinen Begleitern das von den Konkubinen zubereitete Frühstück zu teilen: dampfenden Tee und gekochte Kastanien, die im Mund zergingen. Er machte sich zum Aufbruch fertig, grüßte so höflich wie nur möglich die Dorfbewohner und überreichte fünf Dollar, eine in China beträchtliche Summe. Er fragte sich allerdings, was die Dorfbewohner in ihrer abgeschnittenen Welt damit anfangen würden.

Er marschierte los. Erst einige hundert Meter weiter warf er beinahe mechanisch einen Blick nach hinten. Und entdeckte, daß sich ein junger, vielleicht dreißig Jahre alter, kleiner und schmächtiger Mann Hauptmann Song und dessen drei Konkubinen angeschlossen hatte. H. H. erkannte ihn, denn er war einer der Männer gewesen, die am Vorabend mit Sich-spiegelnde-Morgenröte die geheimnisvollen Verhandlungen geführt hatte. Er ging neben Jadeflöte, die wie immer den Schluß bildete, und hatte auf einem Tragegestell einen bedeutenden Teil des bisher von den Konkubinen getragenen Gepäcks aufgeladen.

»Wer ist dieser Mann, Song?«

»Meine Ordonnanz. Als Hauptmann benötige ich eine Ordonnanz.«

»Was ist das für eine verrückte Geschichte? Song, ich habe es dir bereits öfter gesagt, aber ich wiederhole es gerne noch einmal: Wir gehen genau auf das Gebiet zu, das von den Roten besetzt ist. Du trägst die Uniform eines Hauptmanns der Kuomintang. Jeden Augenblick können wir auf eine Patrouille oder einen Vorposten der Roten Armee stoßen. In diesem Fall wirst du augenblicklich hingerichtet, daran kann gar kein Zweifel bestehen. Und du erzählst mir, du habest dir eine Ordonnanz aufgeladen?«

Hauptmann Song brach in Tränen aus. Loulkes Grausamkeit erfüllte ihn mit Bitterkeit und Schmerz! Nein, nicht dessen Meinung über seine Ordonnanz machte ihn traurig, sondern der sarkastische Ton Loulkes, die Unbekümmertheit, mit der er über seine mögliche Hinrichtung sprach...

Der Tränenstrom verstärkte sich, bis das Mondgesicht Songs völlig naß war; vielleicht lag das aber auch an dem Regen, der seit drei Tagen drohte und jetzt endlich sanft, beinahe in der Form von Dampf über den ockerfarbenen Bergen niederging, die zum Teil kahl, zum Teil aber auch mit Mischwald aus Buchen, Pinien, Riesenbambus und wildem Rhododendron bestanden waren.

»Loulke, ich hatte so gehofft, daß du nach der langen Zeit, die wir jetzt zusammen reisen, wenigstens ein bißchen Freundschaft für mich empfindest!«

»Ich habe eher wieder das große Verlangen, dich kräftig in den Hintern zu treten«, antwortete Rourke und stürmte mit weit ausholenden Schritten, die Rhododendron-Zweige, die bis zu seiner Hüfte reichten, mit den Händen beiseite schiebend, einen steilen und steinigen Abhang hinunter. Er rutschte und konnte sich gerade noch an einem Pinienstamm festhalten. Song, der gestürzt war, schoß wie eine Rakete auf dem Bauch an ihm vorbei. Viel weiter unten erst wurde seine rasante Fahrt von einem Gestrüpp gebremst.

»Loulke, laß mich nicht im Stich!«

»Verrecke!«

In dem feinen Regen, der die Rhododendron-Blätter glänzen ließ, begann H. H., den gegenüberliegenden Hügel hinaufzuklettern. In den folgenden dreißig Minuten kümmerte er sich um nichts anderes; er versuchte, sich mit seiner Ledertasche so gut wie möglich vor den Regentropfen zu schützen. Oben angekommen, entdeckte er völlig atemlos eine Landschaft, die schlicht und einfach deprimierend war: ein Hügel reihte sich an den anderen. Selbst mit Hilfe seines Feldstechers konnte er nichts anderes entdecken als Hügel, die durch Täler voneinander getrennt waren und sich in dem nebelartigen Regen, der die Konturen nur schemenhaft deutlich werden ließ, wellenförmig aneinanderreihten. Wenn er Glück hatte, würde er in einigen Jahren das Zentrum der Provinz Kiangsi erreichen!

Nach und nach tauchten Morgen-aus-Elfenbein und Sich-spiegelnde-Dämmerung auf, dann Jadeflöte, deren nasse schwarze Seidenhose an ihren Schenkeln klebte, und schließlich die ›Bergdorf-Ordonnaz‹; alle zusammen hatten sich bemüht, ihren Hauptmann Song den Hügel mehr hinaufzutragen als hinaufzuschleifen. Song hatte einen Regenschirm aus Papier aufgespannt und fluchte über den Schlamm, der seine hübschen Stiefelchen beschmutzte.

»Ich wäre so gerne in Schanghai«, meinte Song weinerlich. »Aber ich werde dir folgen, Loulke. Die Sterne haben es prophezeit: Wenn ich in deiner Nähe bleibe, dann werde ich mit dem Leben davonkommen.«

Beinahe automatisch suchte H. H. den Blick von Jadeflöte. Endlich schaute sie ihn einmal an. Ihre schönen, ernsten Augen verrieten eine überdurchschnittliche Intelligenz.

›Jadeflöte hat alles darangesetzt, daß der kleine Trupp mir folgt‹, überlegte Rourke. ›Sie hat mehr Charakter als hundert Songs zusammen. Wenn ich nur wüßte, worauf sie hinauswill…‹

Je weiter der Tag fortschritt, desto stärker regnete es. Merkwürdigerweise verursachte der Regen keine Geräusche. Man mußte sich schon direkt unter einem Baum aufhalten, um das Aufklatschen der Tropfen auf den Blättern hören zu können. Sie durchquerten weitere Wälder und überschritten weitere Hügel, bis es endlich dunkel wurde. Glücklicherweise stießen sie auf verschiedene Felsen, die eine Art Höhle bildeten, in der sie sich notdürftig vor dem Regen schützen konnten. Natürlich reservierten die Konkubinen den besten, das heißt, den einzigen Platz, der wirklich trocken war, für ihren Hauptmann und rollten dessen Matte aus. Sie entkleideten ihn, zogen ihm seinen purpurroten, mit goldenen Drachen bestickten Morgenmantel über und schützten ihn mit zwei Decken vor der Kälte. Morgen-aus-Elfenbein und Sich-spiegelnde-Dämmerung streckten sich rechts und links neben ihm aus, während Jadeflöte sich nur hinsetzte. In ihrer unmittelbaren Nähe befand sich der Sack, in dem der Karabiner verwahrt wurde, wie Rourke inzwischen herausgefunden hatte. Wieder vermied sie die Blicke der Langnase, die sich in ihre gummigeschützte Zeltleinwand rollte und wenigstens den Kopf im Trockenen hatte. Die Ordonnanz legte sich stoisch wie ein Ochse in den Regen und schlief auf der Stelle ein. H. H. wachte während der Nacht zweimal auf. Beide Male stellte er fest, daß Jadeflöte wachte – er konnte sie zwar in der Dunkelheit nicht sehen, war sich aber sicher, daß sie nicht schlief.

Der Tag brach an. Kalter, grauer Nebel stieg von den Tälern auf, so daß die Gipfel der nächsten Hügelkette nicht sichtbar waren. H. H. setzte sich wieder an die Spitze des Zuges. Nach ungefähr einer Stunde stieß er auf einen tiefeingeschnittenen Sturzbach, der ein ernstzunehmendes Hindernis darstellte. Rourke überprüfte den Lauf des Baches mit Hilfe seines Kompasses: Nordnordwest. Er verlief folglich genau in der Richtung, in der seinen Informationen gemäß das Hauptquartier der Ersten Abteilung der Roten Armee liegen mußte, die zwischen achtzig- und zweihunderttausend Mann umfaßte; in diesem Punkt waren die Auskünfte widersprüchlich gewesen.

Diese Truppen sollten, den letzten Meldungen zufolge, unter dem Kommando von Tschou En-lai stehen.

»Loulke, kennst du wirklich diesen Roten Banditen?«

»Ich habe ihn mehrmals getroffen.«

»Bist du mit ihm befreundet? Loulke, bist du wirklich mit einem Roten Banditen befreundet?«

»Ungefähr so, wie ich mit dir befreundet bin. Sag, kannst du meinen Namen wirklich nicht richtig aussprechen? Probier es einmal. Mit zwei r: Rourke.«

»Aber ich spreche ihn doch richtig aus: Loulke.«

Song wiederholte mehrmals Loulke, um die Richtigkeit seiner Aussprache unter Beweis zu stellen. Unter anderen Umständen hätte Rourke sicher gelächelt. Doch Song zerrte an seinen Nerven. Er wunderte sich selbst, daß er auf das merkwürdige Gefühl zu sprechen kam, das Song, seine drei Konkubinen und seine Ordonnanz in ihm seit den geheimnisvollen Verhandlungen in dem abseits gelegenen Weiler weckten, und griff somit direkt in seine Reportage ein, nicht mehr und nicht weniger.

Song musterte ihn:

»Heißt das, daß du über mich und über sie einen Artikel schreiben wirst?«

»Das ist durchaus möglich.«

»Und meine Geschichte wird von Millionen Lesern in Europa und den Vereinigten Staaten gelesen? Die Geschichte von Hauptmann Song?«

»Wenn die Redaktionen mir meinen Artikel abkaufen. Und wenn deine Geschichte viel interessanter wird, als sie es im Augenblick noch ist.«

Sie gingen nebeneinander an dem Sturzbach entlang; das Gelände senkte sich leicht. Früher oder später würden sie das Ufer des Baches erreichen, der unter ihnen nach Norden floß. H. H. hatte die Absicht, dem Bach so lange zu folgen, solange er die gewünschte Richtung beibehielt. Seine Karte war viel zu ungenau, als daß er darauf den Namen des Baches hätte ablesen können, aber es konnte sich durchaus um einen Zufluß des Tao handeln.

»Warum behauptest du, meine Geschichte sei nicht sehr interessant? Ich finde sie außerordentlich.«

»Ausgezeichnet«, meinte Rourke.

Sie schlugen sich einen Weg durch das dichte Gestrüpp und waren immer häufiger gezwungen, steile Böschungen zu überwinden, so daß sie mehr als eine Stunde lang ihr Gespräch unterbrechen mußten. Song nahm es wieder auf, sobald es möglich war:

»Es ist wirklich eine große Ehre für mich, daß du meine Geschichte aufschreiben willst. Ich bin sehr glücklich darüber. Denn das bedeutet ja nichts anderes, als daß du bei mir bleibst.«

»Bei euch.«

»Wie das, bei uns?«

»Bei dir und deinen Konkubinen, nicht bei dir allein.«

»Aber die sind doch völlig bedeutungslos!«

»Genau das Gegenteil ist richtig«, stellte H. H. die Sachlage klar. »Wenn ich die Geschichte von Hauptmann Song und seinen drei Konkubinen schreibe, dann eben, weil der Hauptmann Song glaubt, seine Konkubinen seien völlig unwichtig.«

Song war sichtlich verwirrt.

»Loulke, ich verstehe überhaupt nichts mehr.«

»Das überrascht mich nicht. Wenn ich bei dir bleibe, um deine Geschichte bis zum Ende zu erleben und sie danach aufzuschreiben, wird sich ein Problem ergeben.«

»Wenn du mich verläßt, wird das Problem für mich sicher sehr viel schwerwiegender ausfallen«, meinte Hauptmann Song überzeugt.

»Ja und nein. Ich warne dich: Ich schreibe in der Regel schreckliche Geschichten, die für die Helden oder Heldinnen fast immer schlimm ausgehen. Laß dir das gesagt sein.«

»Du bist ein merkwürdiger Mensch.«

»Das ist durchaus möglich«, meinte Rourke. »Noch etwas: Ich schreibe nur über Dinge, die sich wirklich zugetragen haben, wann, wo, wie und, wenn möglich, aus welchem Grund. Ich erfinde nichts. Ich beobachte die Leute nur, sage ihnen nie, was sie tun oder sagen sollen, und versuche, möglichst neutral zu bleiben. Wenn ihnen etwas Schreckliches passiert, dann ist das nicht mein Fehler.«

»Loulke, wird mir etwas Schreckliches passieren?«

»Keine Ahnung.«

»Trotzdem willst du eine Reportage über mich schreiben. Warum? Glaubst du, daß meine Geschichte schlimm ausgehen wird? Wie kannst du das wissen?«

»Ein Gefühl«, meinte H. H., der sich bewußt war, daß er damit bereits unter Umständen in die Entwicklung der Geschichte eingriff. Doch er konnte sich seinen Kommentar einfach nicht verkneifen; Hauptmann Song ging ihm entschieden gegen den Strich.

Langes Schweigen. Sie verloren immer stärker an Höhe.

»Ich habe plötzlich entsetzliche Angst«, brach der kleine Hauptmann Song das Schweigen. »Hat dir dein Gefühl auch gesagt, wann und wo sich diese schrecklichen Dinge ereignen werden?«

H. H. Rourke meinte, sein Gefühl sei sehr verschwiegen und teile ihm nie besondere Einzelheiten mit. Aus den Augenwinkeln heraus beobachtete er den chinesischen Maulhelden und war nicht weiter überrascht, als sich dieser immer weiter zurückhängen ließ, bis er endlich stehenblieb und auf Jadeflöte wartete, mit der er ein langes Gespräch führte.

Endlich kam der Hauptmann wieder an die Spitze des kleinen Zuges. Anscheinend hatte ihn das Gespräch mit seiner ersten Konkubine beruhigt:

»Loulke, dein Gefühl muß sich täuschen. Die Sterne sagen genau das Gegenteil. Jadeflöte hat sie letzte Nacht noch einmal befragt, und sie haben wieder gesagt, ich riskiere nichts, solange ich bei dir bleibe. Und da du meine Geschichte aufschreiben willst, wirst du mich nicht verlassen. Ich kann also ganz ruhig sein.«

Zwei Stunden später hörte es endlich auf zu regnen. Sie machten eine kurze Rast und aßen eines der Hühner, die sie am Vortag in dem Dorf gekauft hatten. Anschließend erreichten sie das Ufer des Baches. H. H. schätzte, seit dem Bergdorf insgesamt fünfundzwanzig Kilometer vorangekommen zu sein. Er war sich sicher, inzwischen die Provinz Kiangsi erreicht zu haben, und machte sich auf eine baldige Begegnung mit einer Einheit der Roten Armee gefaßt... die das Schicksal von Hauptmann Song besiegeln würde. H. H. war mehr als gespannt, wie sich die Ereignisse entwickeln würden.

Während es noch hell war, folgten sie dem wilden, reißenden Gebirgsbach, der kaum zu überqueren gewesen wäre.

»Der entscheidende Augenblick kommt immer näher, Song. Du hast nur zwei Möglichkeiten: umdrehen oder weitergehen.«

»Du wirst weitergehen?«

»Natürlich. Ich möchte zum Hauptquartier der Roten Armee, das weißt du ganz genau.«

»Dann gehe ich mit dir, Loulke.«

Als H. H. Rourke das Gesicht des kleinen Hauptmanns musterte, war er beunruhigt. Er hatte den Eindruck, als ob Song etwas vor ihm verheimlichte. H. H. wollte schon nachhaken, verzichtete aber dann darauf, denn er hätte höchstwahrscheinlich keine oder aber eine falsche Antwort erhalten. Doch er war neugierig geworden.

Sie machten an einer Stelle halt, an der der Bach die Felsen so weit angenagt hatte, daß der gelb-orangene Lößboden genügend Platz für das Nachtlager bot. Der Streifen war nicht sehr breit, dafür aber gut fünfzig Meter lang, auch wenn er immer wieder von Felsbrocken unterbrochen war. Diese Nacht zum 13. Oktober 1934 war die fünfte, die H. H. Rourke in Begleitung der Chinesen verbrachte, die sich, von ihrem üblichen Verhalten abweichend, hinter einige Felsbrocken zurückgezogen hatten und für Rourke praktisch unsichtbar waren.

Am nächsten Morgen zeigten sich die ersten Soldaten der Roten Armee.

Zuerst hörte er, von flußabwärts kommend, Stimmen. Dann tauchten sieben Männer auf, die alle mit Mosin-Nagant-Gewehren mit aufgepflanzten Bajonetten bewaffnet waren. Nur zwei trugen die graublaue Baumwoll-Uniform der kommunistischen Truppen, Gamaschen und die achteckige Schirmmütze mit dem roten Stern. Sie entdeckten H. H. Rourke, der auf einem Stein saß und seine erste Zigarette rauchte. Er lächelte ihnen zu und fragte sie, wie weit es wohl noch bis Ruijin sei. Und als sie wissen wollten, aus welchem Grund er in diese Stadt wolle, erklärte er ihnen, er sei ein persönlicher Freund der Kameraden Tschou En-lai, Tschu Teh, Lin Piao, Liu Bo-tscheng, Fang Chi Min und anderer. Er wollte sie besuchen und damit die Einladung annehmen, die sie letztes Jahr ausgesprochen hatten.

Sie beratschlagten, ohne ihm zu drohen; anscheinend fragten sie sich, was denn eine so phlegmatische Langnase am Ufer eines reißenden Gebirgsbaches zu suchen habe.

»Und woher kommst du?«

Er sagte die Wahrheit: aus Kanton. Ja, zu Fuß, zumindest die meiste Zeit und vor allem die letzten Tage, als er die Berge überquerte.

»Vielleicht bist du ein nationalistischer Spion?«

Der Anführer der kleinen Truppe schien an der von ihm ausgesprochenen Anklage selbst zu zweifeln. Er war genauso mager wie seine Begleiter, und seine Uniform war vielfach geflickt. Zu Gamaschen hatte es gereicht, weiter aber anscheinend nicht, denn in seinen Strohsandalen ging er barfuß.

»Doch die Rote Armee füsiliert niemand, den sie nicht vorher verurteilt hat...«

»Das freut mich aufrichtig.«

»Wir werden dich mitnehmen und...«

Der Blick des Soldaten fiel auf die Fußspuren, die Rourkes Begleiter am Vorabend in dem weichen Boden hinterlassen hatten.

»Du bist nicht allein.«

»Dort hinten halten sich in der Tat noch andere Menschen auf«, antwortete Rourke, der sich erst in letzter Sekunde entschlossen hatte, nicht zu lügen.

»Gehören sie zu dir?«

»Ich reise immer allein.«

Fünf Männer machten sich auf die Suche und gingen um die Felsen. Drei, höchstens vier Minuten verstrichen, bis Gesprächsfetzen an Rourkes Ohr drangen, die er allerdings nicht verstand. Zum Zeitvertreib schaute er sich die Gewehre etwas näher an. Es handelte sich wirklich um Mosin-Nagants mit langen Bajonetten aus dem Jahre 1891. Die beiden Männer, die zu seiner Bewachung bei ihm geblieben waren, waren ärmlich gekleidet und trugen nicht einmal eine Schirmmütze. H. H. versuchte, ein Gespräch mit ihnen in Gang zu bringen, doch sie schauten ihn nur mit leeren Augen an. Vielleicht verstanden sie ihn wirklich nicht. In China wurden hunderte, wenn nicht tausende verschiedener Dialekte gesprochen, und Rourke hatte häufig feststellen können, daß sich Chinesen aus verschiedenen Provinzen und manchmal sogar die aus der gleichen Provinz nicht verständigen konnten.

Leichte Schritte ertönten. Er drehte sich um und entdeckte Morgen-aus-Elfenbein und Sich-spiegelnde-Dämmerung unter der Obhut von einem Soldaten. Die beiden jungen Frauen waren nackt. Seifenschaum trocknete auf ihrem Busen, ihren Haaren und ihrer Scham. Sie knieten sich gleichgültig nieder und schauten zu Boden, während der junge

Soldat, der dem Jünglingsalter noch lange nicht entwachsen war, sich entsetzlich anstrengte, die beiden nicht mit seinen Augen zu verschlingen.

Wieder verstrichen ein, zwei Minuten, dann kam der Chef der kleinen Truppe zurück und fragte Rourke:

»Kennst du einen Hauptmann Song?«

Wie hätte Rourke dies verneinen können?

»Ich kenne mindestens zehntausend Menschen, die Song heißen«, antwortete H. H. lächelnd.

»Du bist mit ihm gereist und hast mit ihm zusammen das Gebirge überquert.«

»Ich reiste allein. Aber ich kann die Leute schließlich nicht daran hindern, hinter mir herzugehen.«

Das Schweigen zog sich in die Länge.

»Komm mit!« forderte ihn der junge Chef auf.

Dreißig Meter bachaufwärts entdeckte H. H. zuerst Jadeflöte, die von vier Soldaten umringt wurde. Auch sie war splitternackt und ihre Haut naß. Als Rourke eintraf, schaute sie kurz auf, um ihren Blick dann sofort wieder zu senken. Etwas seitlich kniete die vor kurzem erst engagierte Ordonnanz des Hauptmanns auf dem Boden; der kegelförmige Hut aus geflochtenem Bambus verdeckte sein Gesicht. Hauptmann Song lag in seiner schönen Uniform flach auf dem Boden; mit Steinhieben hatte man sein Gesicht unkenntlich gemacht, und eine stark angespitzte Bambusstange hatte offensichtlich sein Herz durchbohrt. Die Wunde hatte kaum geblutet, aber sie war offensichtlich frisch.

»Kennst du diese Frau?«

H. H. nickte zustimmend mit dem Kopf.

»Ein wenig.«

»Sie behauptet, sie habe den Offizier der Kuomintang getötet. Sie behauptet weiter, sie, die beiden anderen Mädchen und dieser Bauer wollten zu unserer ruhmreichen Roten Armee, und sie hätten den Offizier bewußt bis hierher geführt, indem sie ihm weismachten, daß er, dir folgend, sich von unseren Truppen entfernen würde. Als der Offizier bemerkte, daß man ihn betrogen hatte, wollte er alle mit seinem Revolver erschießen. Aus diesem Grund hatte sie keine Wahl gehabt; sie hatte ihn umbringen müssen.«

Während des Berichtes hatte Jadeflöte sich abgetrocknet, als ginge sie dies alles nichts an. Einer der Soldaten, der entsetzlich verlegen war, reichte ihr ihre schwarze Hose und die grüne Tunika, die sie langsam überstreifte, bevor sie sich mit ihrem Zopf beschäftigte.

»Ich möchte gerne wissen, was du von dieser Geschichte hältst«, fragte der Offizier der Roten Armee.

»Ich weiß nicht so recht«, meinte H. H. gedehnt.

»Meinst du, daß sie die Wahrheit sagt? Sie behauptet auch, dieser Offizier sei sehr böse gewesen und habe sie und ihre Schwestern wie Tiere behandelt.«

»Ich habe diesen Offizier nur wenig gekannt«, sagte H. H., »ich mochte ihn nicht sehr gern.«

»Du glaubst ihr also?«

Rourkes Blick begegnet dem von Jadeflöte, die sich anscheinend nicht im geringsten ängstigte.

»Ich bin nur ein Fremder in China«, sagte H. H. nach einer längeren Pause. »Wie kann ich in einem Land, das das älteste der Welt ist und dessen Kultur ich nicht verstehe, behaupten, ich könne die Wahrheit von der Lüge trennen? So viele Dinge sind mir fremd...«

Einer der Soldaten durchsuchte die Uniform des Toten, stieß auf verschiedene Papiere und Fotos, ein sehr schönes Reisenecessaire aus Gold und zwei zierliche Seidentaschentücher. Ein anderer war damit beschäftigt, die fünf Paar Stiefel des verstorbenen Hauptmann Song aus ihren Hüllen zu holen. Der Anführer ließ das Reisenecessaire in einen der Stiefel gleiten und gab dann den Befehl, die Stiefel zusammen mit dem Toten zu begraben.

Das Grab wurde mit Steinen gesichert.

»Wir Kommunisten betreiben keine Leichenfledderei!«

»Ein bewundernswerter Zug«, meinte H. H. Rourke. »Ich werde mit Hilfe meiner Reportage die ganze Welt davon in Kenntnis setzen. Brechen wir jetzt endlich nach Ruijin auf?«

Sie marschierten weiter bachabwärts. Nach ungefähr zwei Kilometern erweiterte sich das Tal. Das erste kommunistische Dorf tauchte auf. Man hatte ein rotes Tuch ungeschickt mit Hammer und Sichel bemalt und diese improvisierte Flagge gehißt. H. H. wartete einen unbeobachteten Augenblick ab, um mit der Ordonnanz von Hauptmann Song ein Wort zu wechseln.

»Song, jetzt behaupte bloß nicht, daß du den Mut gehabt hast, den armen Teufel umzubringen!«

»Ich bin nicht mehr Song«, flüsterte der Sohn der Schanghaier Blumenhändlerin. »Ich heiße jetzt Siu.«

»Ihr Schufte, ihr habt diesen Unglücklichen engagiert, um ihn zu töten und ihm deine Uniform überzuziehen!«

Die Hand des Ex-Hauptmanns Song umklammerte die H. H. Rourkes: »Loulke, du wirst mich doch nicht verraten, oder?«

Jadeflöte marschierte sehr aufrecht hinter den beiden Männern, elegant und locker, als ob sie ihr Tragegestell gar nicht spüre. Rourke zweifelte keine Sekunde, daß sie den Plan ausgeheckt und in die Tat umgesetzt hatte. Bis in die letzten Details hinein. Sie hatte sogar daran gedacht, die Hand der am Bachufer begrabenen Leiche vor dem Eintreffen der Soldaten der Roten Armee zu säubern und die bisher so gepflegten Fingernägel ihres Gebieters mit Lehm zu beschmieren. Und sie war auch auf die Idee gekommen, die Badeszene noch einmal nachzuspielen; sie hatte sich wohl an den Eindruck erinnert, den die drei nackten Mädchenkörper und vor allem ihr eigener, auf Rourke gemacht hatten. Und Rourke war sich sogar sicher, daß sie die Exekution des armen Teufels aus dem Bergdorf selbst in die Hand genommen hatte.

»Loulke, ich bitte dich, verrat mich nicht...«

»Warum sollte ich?« fragte H. H. »Meine Rolle besteht darin, die Ereignisse zu beobachten. Übrigens, da wir gerade vom Beobachten sprechen: Fühlst du dich ohne deine Stiefel nicht etwas nackt, Song?«

Kapitel 4

»Ich möchte nur verstehen«, sagte H. H.

›*Ich befinde mich in einem Dorf ungefähr fünfundvierzig Kilometer westlich von Ruijin*‹, schrieb H. H. Rourke noch am selben Abend an Chat-Huant. ›*Wir haben die Provinz Kiangsi vom Süden aus betreten und sind heute morgen hier eingetroffen. Wir, das heißt der ehemalige Hauptmann Song, seine drei Konkubinen und ich. Eine Botschaft Tschou En-lais wartete auf mich; er bat mich, im Augenblick in dem Dorf zu bleiben, und versicherte mir, sich gerne an mich zu erinnern. Das Schreiben von Kamerad Tschou hat meine Lage erheblich erleichtert; ich werde nicht mehr überwacht und bin voll akzeptiert. Auch meine Reisegefährten profitieren von dieser günstigen Entwicklung. Im übrigen hatte die Rote Armee im Augenblick wirklich etwas Wichtigeres zu tun, als eine Untersuchung über den Tod eines Offiziers der Kuomintang durchzuführen, der von seiner Konkubine ermordet wurde.*

Ich bin in der Hoffnung hergekommen, Augenzeuge bedeutender Ereignisse zu werden. Und in der Tat: Viele Dinge sind im Fluß. Die Gerüchte deuteten schon seit längerem darauf hin, daß die Rote Armee ihre feste Stellung in Kiangsi aufgeben will; inzwischen bin ich mir sicher, daß die Gerüchte auf Wahrheit beruhen. Vergangene Nacht wurden ganze Regimenter, vielleicht sogar Divisionen verlegt. Immer Richtung Westen. Mit anderen Worten: Die Kommunisten fliehen. Die Front im Norden scheint unter dem Druck der von General Tschiang Kai-schek befehligten nationalistischen Truppen zu wanken. Natürlich verrate ich Ihnen hier ein Militärgeheimnis. Ich rechne allerdings mit der Möglichkeit, daß Sie diesen Brief nie erhalten. Ich werde das Einfachste tun, was man in solchen Dingen tun kann, und ihn der chinesischen Post anvertrauen, doch wenn den Roten ihr Ausbruch gelingt, dann bezweifle ich, daß der Postdienst weiterhin normal funktioniert, wenn die Nationalisten im von den Kommunisten aufgegebenen Kiangsi die Macht übernehmen. Die üblichen Massaker werden stattfinden. Seit sechs Jahren wird die Provinz von den Kommunisten verwaltet; diejenigen, die mit ihnen zusammengearbeitet haben, werden große Schwierigkeiten bekommen ...‹

»Was wirst du unternehmen, Song?«

»Siu! Nicht Song!«

»Willst du wirklich mit der Roten Armee abziehen?«

»Wenn ich hierbleibe, wird mich die Kuomintang als Deserteur füsilieren. Oh, wäre ich doch nur in Schanghai, Loulke!«

»Aber wenn du mit den Kommunisten marschierst, wird man dich für einen Roten halten. Und die Rote Armee bricht wahrlich nicht auf, um ein Picknick zu veranstalten; sie wird hart kämpfen müssen, um die Einschließung zu durchbrechen, und genauso hart, um Hunan oder eine andere Provinz einzunehmen, denn irgendwo wird sie ja bleiben müssen.«

»Ich weiß«, sagte Song-Siu sehr traurig. »Das ist wirklich gemein von dir, mir immer wieder so unerträgliche Dinge aufzutischen. Du willst mir wohl Angst einjagen.«

Das recht bedeutende Dorf, in dem Rourke auf Bitten von Tschou Enlai wartete, hieß Pangushan. Ursprünglich war es wohl nichts anderes als eine dieser armseligen, für das chinesische Land typischen Ansammlungen von fensterlosen und strohgedeckten Lehmhütten gewesen, die zum Schutz vor Feinden mit einer Mauer umschlossen werden. Innerhalb der vergangenen sechs Jahre hatte man viel gebaut, vor allem an der Straße nach Yudu, einer kleinen Stadt, in der der Vorsitzende der Zentralen Chinesischen Sowjetregierung sich niedergelassen hatte, ein gewisser Mao Tse-tung, dessen wohltönender Titel täuschte: Er hatte relativ wenig Macht. Man hatte H. H. im übrigen bestätigt, Mao litte an Malaria, sei bettlägerig und sterbenskrank. Bei seinem Eintreffen in Pangushan hatte man Rourke ein Haus zugewiesen, das nur über ein Zimmer verfügte und von einer neunköpfigen Familie bewohnt wurde. Der Herd bestand aus getrocknetem Lehm, und als Möbel gab es nur einen Tisch, Bänke und zwei nicht einmal einen Meter hohe Trennwände aus Reisstroh. Man hatte H. H. bedeutet, er könne hinter einer dieser Trennwände auf einem Strohlager schlafen, während sich das Ehepaar hinter das andere zurückzog und die Kinder vor dem Herd, in dem getrocknetes Laub spärliche Hitze erzeugte, direkt auf dem Boden schliefen. Zum Abendessen hatte man ihm etwas angefeuchteten, gekochten Roggen, der mit einigen Kohlblättern vermischt war, angeboten. Reis war zu teuer. Nur an einem herrschte in der elenden Hütte Überfluß: an Schmutz. H. H. hatte augenblicklich die Flucht ergriffen und die letzte Büchse Corned beef zurückgelassen, die übriggeblieben war, fest entschlossen, im Freien zu schlafen.

Song-Siu, der unter dem Lehm, mit dem Jadeflöte ihn eingeschmiert hatte, mit seinem Bauernhut, seinen tausendfach geflickten Hosen und dem einfachen Kittel unkenntlich war, hatte ihn gefunden.

»Wo sind deine Konkubinen?«

»Dort.«

Der ehemalige Hauptmann machte eine vage Geste. In Pangushan ging alles drunter und drüber. In normalen Zeiten wohnten hier wohl an die fünfzehnhundert Einwohner. In dieser Nacht drängten sich um die zwanzigtausend Menschen hier zusammen, fast alle bewaffnet und mit der berühmten achteckigen Schirmmütze ausgestattet, ansonsten aber jämmerlich ausstaffiert. Die meisten gingen barfuß und hatten nur eine kurze Hose sowie eine zerfetzte Jacke an. Manche waren so erschöpft, daß sie nicht auf ein sowieso fragwürdiges Lager warteten, sondern sich einfach auf den Boden fallen ließen und einschliefen, den Kopf auf ihr Bündel gelegt. Unaufhörlich trafen neue Soldaten ein; der Boden dröhnte von den Schritten einer riesigen, marschierenden Armee.

»Werden sie dich begleiten?«

Entsetzt schaute das Mondgesicht ihn an: »Aber selbstverständlich!«

Song schüttelte den Kopf; Loulke stellte wirklich seltsame Fragen! War es nicht die Pflicht einer jeden Konkubine, ihrem Herrn und Gebieter überallhin zu folgen, solange dieser darauf bestand? Und im Augenblick brauchte er die drei mehr als je zuvor. Zum Essen, Schlafen, um ihm zu helfen und ihn zu beschützen.

H. H. öffnete seine Reisetasche. Er hatte noch ungefähr dreihundert Zigaretten bei sich; ansonsten enthielt die Tasche nicht mehr viel, von einem Hemd und zwei Unterhosen zum Wechseln einmal abgesehen, seinem Rasiermesser, Landkarten Chinas, einem englisch-chinesischen Wörterbuch und zwei Büchern mit Novellen und Märchen aus dem Alten China in der Originalsprache.

Er zündete sich eine Zigarette an. Song jammerte weiter. Mit seiner schrillen, weittragenden Stimme beklagte er sich über sein Schicksal. Seine Naivität grenzte schon ans Wunderbare, bedachte man die Lage, in der er sich befand. Sein alle Grenzen sprengender Egoismus, der Rourke in der ersten Zeit zur Weißglut gebracht hatte, faszinierte ihn inzwischen. Im Herzen des kommunistischen Kiangsi, in der seit langem die Gleichberechtigung von Mann und Frau proklamiert worden war, wollte Song einfach die Tragweite der Ereignisse, die sich abspielten, nicht wahrhaben. Seine Bemühungen, seine frühere Existenz zu verleugnen, waren nachgerade lächerlich. H. H. konnte immer noch nicht begreifen, wie Jadeflöte und ihre zwei Gefährtinnen es geschafft hatten, den Hauptmann von der Stelle, an der sie von den Soldaten der Roten Armee entdeckt worden waren, bis nach Pangushan zu bringen, ein dreitägiger Marsch...

Und was sie sich ausgedacht hatten, um ihn – und auch sich selbst – in die Rote Armee einzuschmuggeln, die versuchte, eine Blockade zu durchbrechen, das war ihm noch schleierhafter.

Drei-, vierhundert Mulis mit Last- oder Tragesätteln wurden im Konvoi vorbeigeführt. H. H. wunderte sich heftig, als er Druckereizubehör erkannte, unbeschnittene Papierbögen und, was ihn noch mehr überraschte, Nähmaschinen, die mit Pedalen angetrieben wurden. Wozu, um Himmels willen, brauchte eine Armee, die sich auf einen verzweifelten Ausbruch vorbereitete, derart viele Nähmaschinen so unbedingt, daß sie sich nicht scheute, sie auf dem langen Marsch mitzunehmen?

»Loulke, du kommst doch mit uns?«

›*...Ich bin kein Kriegsberichterstatter, das wissen Sie. Die Schlachten, die angekündigt werden, lassen mich gleichgültig. Obwohl ich anscheinend der einzige Journalist im revolutionären Lager bin und sicher auch der einzige Europäer, mit Ausnahme des Deutschen Otto Braun, der die Internationale repräsentiert und der hier vor allem unter seinem chinesischen Namen Li De bekannt ist; den letzten Nachrichten zufolge hält er sich immer noch in Ruijin bei Tschou und den anderen Chefs der Roten Armee auf. Ich müßte folglich die Gelegenheit beim Schopf packen...*‹

»Loulke, antworte endlich!«

›*...und das, was um mich herum geschieht, so genau wie möglich beschreiben. Doch das interessiert mich nicht im geringsten. Ich wundere mich selbst darüber. Während ich Ihnen diesen Brief schreibe, steht Hauptmann Song neben mir. Er drängt mich, ihn zu begleiten. Ich werde es tun, schon um zu wissen, wie seine Geschichte enden wird... Ich berichtige: Ich möchte vor allem wissen, wie sich Jadeflöte und die beiden Mädchen aus der Affäre ziehen werden. Es ist kaum zu glauben: In Pangushan, wo jeder Quadratmeter von mehreren Personen in Beschlag genommen wird, ist es den drei Konkubinen gelungen, für dieses unerträgliche, kleine Monster, das nie aufhört, sich zu beklagen, ein Zimmer aufzutreiben, ein richtiges Zimmer mit einem richtigen Bett. Ich bin mir sicher, daß weder Geld noch Liebe die Mädchen zu solchen Glanzleistungen anspornt. Es muß etwas anderes dahinterstecken. Ich habe mir sogar schon überlegt, ob die Schanghaier Blumenhändlerin in irgendeiner Form Druck auf sie ausüben, sie praktisch erpressen kann. Wahrscheinlich sind die Gründe für diese außergewöhnliche Hingabe komplizierter und einfacher zugleich. Ich glaube, es hat etwas mit einer Art mütterlichem Instinkt zu tun; je greinender und fordernder Song wird, desto stärker entwickelt sich dieser Instinkt. – Chat-Huant, lachen Sie, soviel Sie wollen! – Oder aber die mehr als zweitausendjährige Tradition zwingt die Konkubinen, diese demütigende Rolle zu übernehmen. Wenn nicht Jadeflöte – sie ist die Anführerin der drei, da gibt es keinen Zweifel – nicht eine ganz besondere Absicht dabei verfolgt oder sich einfach aufopfern will.*

Kurz und gut, ich finde keine überzeugende Erklärung. Und das ärgert mich! Ich möchte das Verhalten der Konkubinen verstehen können...‹

»Loulke, antworte mir!«
»Ja, ich komme mit euch«, sagte H. H. wütend.

Man berührte ihn an der Schulter. Er schlug die Augen auf und erkannte den Oberst, der ihm am Vorabend den Brief Tschou En-lais überreicht hatte. Ein gewisser Hua Bing. Ein Berufsoffizier, der die berühmte Militärakademie in Huangpu besucht hatte, als sie noch von Tschiang Kaischek geleitet wurde. Tschou En-lai war an der Akademie damals Politkommissar gewesen.

»Kamerad Tschou ist eingetroffen.«

Am 17. Oktober hätte man um vier Uhr morgens glauben können, die Bevölkerung der Provinz Kiangsi habe sich noch in der Nacht geschlossen in Marsch gesetzt. H. H. Rourke hatte sich in dem Seitenwagen des Motorrades, das ihn zu Tschou bringen sollte, klein gemacht und beobachtete amüsiert den *Kleinen Teufel**, der vor dem Motorrad aufgeregt fuchtelte und versuchte, in dem monströsen, nicht enden wollenden menschlichen Strom Platz zu schaffen; dabei setzte er häufig den anscheinend magischen Namen Tschou ein, denn sonst wäre es wohl nie geglückt, ›gegen den Strom schwimmend‹ voranzukommen. Die menschliche Mauer öffnete sich vor und schloß sich hinter ihnen sofort wieder, ohne daß einer aus der schwitzenden Masse protestiert hätte. Die beinahe religiöse Stille, mit der die vielen tausend völlig Erschöpften marschierten, beeindruckte Rourke am stärksten. Anscheinend war das Schweigen befohlen worden, denn mehrmals kamen sie an Verletzten vorbei, die man auf Tragen transportierte und die Taschentücher im Mund hatten, um darauf beißen und die Schmerzensschreie unterdrükken zu können. Die kommunistischen Führer versuchten zweifellos, mit diesen gigantischen, nächtlichen und lautlosen Truppenverschiebungen das wahre Ausmaß ihrer Manöver zu verschleiern.

Der Morgen brach bereits an, als das Motorrad, immer noch von einem Waisenjungen geleitet, plötzlich in einen schlammigen Feldweg abbog, der stark nach Urin roch. Sie fuhren an einem Tragantfeld vorbei und gelangten endlich zu einem einsam gelegenen Bauernhaus, das Ziel vieler Offiziere war, die laufend eintrafen. Das Haus wurde stark bewacht. Stafettenläufer brachten Meldungen und übermittelten die Antworten. Oberst Hua bat H. H. in einen Verschlag, den er mit drei winzigen Schweinen zu teilen hatte. Er verbrachte dort gut eine Stunde damit, seine Ledertasche vor der Freßlust der Tiere zu schützen. Als es taghell geworden war, öffnete sich die Tür endlich, und eine elegante Silhouette zeichnete sich auf der Schwelle ab. H. H. erkannte als erstes die struppigen Augenbrauen Tschou En-lais. Der chinesische Führer erinnerte sich gut an ihre letzte Begegnung, denn er fragte sofort, wie es denn Constantin Uricani, dem Fotografen, ginge, und wollte wissen, auf welche Weise Rourke in die streng bewachte Provinz Kiangsi gelangt sei:

* Bezeichnung für die Waisenkinder, die der Roten Armee überallhin folgten.

»Dabei hatten Sie mir gegenüber behauptet, Sie interessierten sich nicht für die hohe Politik! Übrigens, Ihre Auffassung vom Journalismus, vor allem von der Art, Reportagen zu schreiben, schien mir recht ausgefallen zu sein.«

H. H. antwortete, er habe seine Meinung nicht geändert. Er erklärte, er habe vor, das Schicksal einiger Angehöriger der Roten Armee aus der Nähe zu verfolgen, sich für das individuelle Los zu interessieren...

Er wurde unterbrochen. Eine Gruppe chinesischer Generäle verließ den Bauernhof; Rourke erkannte den deutschen Otto Braun mit seiner kleinen runden Brille und den verfärbten Zähnen. Einige Monate zuvor hatte Rourke versucht, mit dem deutschen Revolutionär ins Gespräch zu kommen, und hatte sich sogar die Mühe gemacht, ihn in seiner Muttersprache anzureden, doch der Agent Moskaus hatte ihm nicht einmal geantwortet.

Es entbrannte eine lebhafte Diskussion, deren Zentrum Tschou bildete. H. H. trat etwas beiseite. Fast augenblicklich wurde er von dem lebhaften Gewimmel des in Ekstase geratenen Ameisenhaufens, mit dem man Tschous Hauptquartier vergleichen konnte, aufgesogen.

›Was mache ich eigentlich hier?‹ fragte sich Rourke.

Es war inzwischen so hell, daß er in der Ferne Artilleriegeschütze erkennen konnte, von denen ein Teil von Mulis, die meisten aber von Männern gezogen wurden. Daneben natürlich der unaufhörliche Strom der Soldaten in den graublauen Uniformen und mit den achtekkigen Schirmmützen. Immer wieder entdeckte er Karren mit Munitionskisten, auf denen Schneider saßen, die kräftig in die Pedale ihrer Nähmaschinen traten und am laufenden Band Uniformen herstellten.

H. H. holte den Feldstecher aus seiner Reisetasche; er konnte deutlich die Berge erkennen, die die Provinz Kiangsi einsäumten. Wohin er seinen Blick auch wendete, überall stieß er auf unzählige Kolonnen, die Richtung Westen marschierten.

»Mister Rourke?«

Oberst Hua reichte ihm ein Papier.

»Kamerad Tschou hat darum gebeten, Ihnen einen Passierschein auszustellen.«

»Danke.«

H. H. zögerte. Er konnte sich dem Generalstab der Roten Armee anschließen, der im Aufbruch begriffen war, und auf diese Weise die künftigen Ereignisse zweifellos am besten verfolgen, oder aber versuchen, Hauptmann Song und seine drei Mädchen aufzustöbern und sie auf ihrem Marsch mit der Roten Armee zu beobachten, um so ihre Geschichte abschließen zu können. Er bot Hua eine Zigarette an.

»Kann ich nach Pangushan zurückkehren?«

»Selbstverständlich. Ich selbst gehe nach Pangushan. Allerdings habe ich kein Motorrad mehr zur Verfügung. Unsere Armee geht zu Fuß.«

Während des langen Marsches unterhielten sie sich. Hua sprach erstaunlich offen; er erzählte, vor einigen Jahren habe er auf der Militärakademie zwischen zwei Männern geschwankt, zwischen Tschiang und Tschou. Er hatte sich dann für Tschou entschieden, der wie er selbst aus einer gebildeten Familie der Provinz Chekiang stammte. Während der kommunistischen Aufstände in den Provinzen Kanton und Nantschang hatten sie Seite an Seite gekämpft; das verband. Seit fünf Jahren hielt sich Hua in Kiangsi auf; er hatte sich hier verheiratet.

»Aber auch ich werde die Provinz verlassen; ich habe gerade meinen Marschbefehl bekommen. Meine Einheit gehört zur Nachhut.«

Ja, er würde allein aufbrechen. Seine Frau und seine vier Kinder blieben in Kiangsi zurück, während er versuchen wollte, sich mit der Armee nach Westen durchzuschlagen; fast alle Marschteilnehmer hielten es so. Allerdings würden nicht alle kommunistischen Truppen die Provinz verlassen; dreißigtausend Mann blieben zurück. Sie hatten die Aufgabe, den Feind abzulenken, während der Großteil der Armee sich auf und davon machte. Der Vizepräsident der Zentralen Chinesischen Sowjetregierung, Hsiang Ying, und General Tsche Yi waren extra in den Osten gekommen, um die militärische und politische Leitung der zurückgebliebenen Truppen zu übernehmen, ein Himmelfahrtskommando, daran zweifelte Hua keinen Augenblick. So wie er auch sicher war, daß die Weißen nach der Machtübernahme in Kiangsi gigantische Massaker veranstalten würden.

Hua lächelte leise, wie alle Chinesen, die Verlegenheit oder Trauer verbergen möchten.

»Für meine Familie habe ich kaum Hoffnung.«

Als H. H. Rourke wieder in Pangushan eintraf, waren fast alle Truppen, die sich am Vortag und während der Nacht dort aufgehalten hatten, abgezogen, und das Dorf hatte sein normales Aussehen wiedergewonnen. Zwei nationalistische Flugzeuge, die es zweimal überflogen, hielten es denn auch nicht für notwendig, ihre Bomben abzuwerfen, und drehten auf der Suche nach lohnenderen Zielen nach Westen ab.

H. H. hatte sich von Hua getrennt. Er ging zu dem einstöckigen, an der Straße nach Yudu liegenden Haus, in dem die Konkubinen ihren Hauptmann untergebracht hatten. Er begegnete nur einer alten Frau, die ihn fragte, ob er Russe sei.

»Soviel ich weiß, nicht«, antwortete H. H. freundlich und lächelte die Alte an.

»Sie sind ganz bestimmt ein Russe«, beharrte diese. »Moskau hat Sie geschickt; aus welchem Grund käme denn sonst eine Langnase in diese Gegend? Die Weißen werden Sie töten, zu Recht.«

»Ausgezeichnet«, meinte Rourke phlegmatisch.

Er fragte, in welche Richtung der kleine Mann und die drei schönen Mädchen gegangen seien, erhielt aber als Antwort nur eine Bestätigung seines grausamen Schicksals: Man würde ihn enthaupten.

»Und ich werde Ihren Kopf bespucken, wenn er im Sand liegt, schmutziger Russe!«

Er verließ das Haus und wanderte ziellos durch das Dorf. In Pangushan herrschte eine einzigartige Stimmung, die er in den folgenden Jahren in vielen Dörfern und Städten antreffen sollte: Alles war im Fluß, denn die einen waren noch nicht ganz abgezogen und die anderen noch nicht eingetroffen. H. H. machte sich keine Illusionen. Es war praktisch ausgeschlossen, den kleinen Song oder Siu wiederzufinden, während die drei Mädchen jemandem aufgefallen sein mußten, sollten sie sich wirklich der Roten Armee angeschlossen haben. Drei Stunden später erhielt er den Beweis, daß seine Überlegungen richtig waren.

»Krankenschwestern«, sagte der verantwortliche Gewerkschaftsboß des Dorfes, »kommunistische natürlich. Ich erinnere mich vor allem an die größte; sie hat auch für die beiden anderen gesprochen. Sie sagte mir, sie habe Verletzte zu transportieren, und bat mich, ihr den Karren zu geben, der mir geblieben war.«

»Und, haben Sie ihr den Karren gegeben?«

»Ja. Auf diese Weise hat er sinnvolle Verwendung gefunden; die schwerverletzten Helden der Roten Armee haben es verdient, daß man sich um sie kümmert.«

»Haben Sie die Verletzten gesehen?« fragte H. H.

»Nein. Warum?«

»Nur so. Wir *imperialistischen* Reporter stellen häufig dumme Fragen. Werden Sie in Ihrem Büro die Ankunft der Weißen abwarten?«

Der Mann erklärte, er sei nun neunundfünfzig Jahre alt und leide an Tuberkulose. Im übrigen stamme er aus Hunan, der westlich an Kiangsi angrenzenden Provinz.

H. H. verstand den Zusammenhang nicht, der zwischen der Tatsache, daß der Gewerkschaftsboß aus Hunan stammte, und dem baldigen Eintreffen von mindestens einer Million Soldaten Tschiang Kai-scheks bestehen sollte.

»Die meisten, die aufgefordert wurden, hier zu bleiben, stammen aus Hunan«, erklärte der Gewerkschaftler bereitwillig, »wie Mao Tse-tung, der Kamerad Präsident, der mit den meisten anderen Führern über Kreuz ist.«

Er wurde von einem trockenen Hustenanfall geschüttelt.

»Ich glaube, die Krankenschwestern, die Sie suchen, sind nach Yudu unterwegs; auf alle Fälle haben Sie sich nach dem Weg dorthin erkundigt.«

In Yudu fand H. H. Rourke nicht die geringste Spur des ehemaligen Hauptmanns Song und seiner Konkubinen. Erst am 18. Oktober war er im Laufe des Nachmittags hier eingetroffen. Die vierzig Kilometer, die Pangushan von Yudu trennten, hatte er zu Fuß zurücklegen müssen, nachdem er vergeblich nach einem Transportmittel Ausschau gehalten hatte. Und an einer Brücke, die von der nationalistischen Luftwaffe zerstört worden war, hatte er lange warten müssen, bis sich ihm eine Gelegenheit, den Fluß zu überwinden, geboten hatte.

Yudu liegt am Zusammenfluß des Kankiangs, des Hauptstroms der Provinz Kiangsi, und eines anderen, nicht so bedeutenden Flusses. H. H. betrat die Stadt durch das Südtor. Man hielt ihn an, musterte den Passierschein Tschou En-lais mißtrauisch – Tschou schien in der Gegend nicht allzu beliebt zu sein – und ließ ihn zwei Stunden warten, bevor man ihm erlaubte weiterzugehen.

Nein, den Soldaten war kein Karren mit drei Krankenschwestern und einem Verletzten aufgefallen, ihnen war überhaupt nichts aufgefallen. Hätte Rourke sie gefragt, ob sie rein zufällig irgendwelche Chinesen gesehen hätten, dann hätten sie die Frage höchstwahrscheinlich ebenfalls verneint. Er erklärte auf französisch, soviel ausgemachte Idioten auf einem Haufen habe er schon lange nicht mehr gesehen, und war recht irritiert, denn er hatte den unangenehmen Eindruck, die Hauptpersonen seiner Reportage entfernten sich zusehends von ihm.

Den Rest des Nachmittags und die Nacht verbrachte er damit, die Stadt zu durchkämmen. Die Vorstellung, Jadeflöte habe wirklich beschlossen – und den Beschluß auch in die Tat umgesetzt –, mit der Roten Armee zu marschieren, kam ihm immer noch absurd vor. Vielleicht hatte die erste Konkubine einen anderen, subtileren Ausweg gefunden; Rourke glaubte, sie sei zu allem fähig. Gegen halb sechs Uhr hatte er sich rein zufällig in der Nähe des Nordtores aufgehalten und beobachtet, wie eine Kolonne aus drei-, höchstens vierhundert Soldaten die Stadt verließ, mengenmäßig natürlich kein Vergleich mit dem menschlichen Strom, der sich unter seinen Augen durch Pangushan gewälzt hatte. Die Soldaten hatten einen Mann eingeschlossen, der auf einer Krankentrage transportiert wurde, die man auf einem von zwei Eseln gezogenen Karren befestigt hatte. Der Kranke war bleich und zitterte heftig; offensichtlich litt er an einem Malaria-Anfall. Eine ältere Frau informierte H. H., daß es sich bei dem Kranken um Mao Tse-tung handelte, was Rourke nicht weiter beschäftigte, denn er kannte Mao nur dem Namen nach, und nichts wies darauf hin, daß dieser Mann in den kommenden Monaten eine bedeutende Rolle spielen würde. Die Bemerkung des Gewerkschaftlers aus Pagushan, ein großer Teil der aus der Provinz Hunan Stammenden – Mao Tse-tung war tatsächlich in Shao Shan, einer kleinen Stadt der Provinz Hunan, auf die Welt gekommen – würde von den kommunistischen Führern geopfert, bestärkte Rourke in seiner Überzeugung.

H. H. hatte seit dem Vortag nichts mehr gegessen. Er trieb nach langem Suchen ein Wirtshaus auf, in dem man ihm für den Preis zweier Pferde Reis und Fisch servierte und für den Preis eines Karrens sogar ein richtiges Bett zur Verfügung stellte. Kaum hatten die Kommunisten begonnen, sich aus der Provinz zurückzuziehen, da war der legendäre Geschäftssinn der Chinesen bereits zu neuem Leben erwacht.

In den kommenden drei Tagen marschierte er zu Fuß, keineswegs davon überzeugt, daß Song und seine Konkubinen die Richtung eingeschlagen hatten, für die er sich entschieden hatte. Er hatte nicht lange überlegt, sondern war einfach der Roten Armee gefolgt. Wie durch ein Wunder bot sich ihm die Gelegenheit, zu einem obendrein vernünftigen Preis ein Maultier zu erwerben. Auf diese Weise näherte er sich Tag für Tag den kommunistischen Truppen, zumal sich diese nur nachts vorwärtsbewegten, um nicht von den Flugzeugen Tschiang Kai-scheks entdeckt zu werden, die weiterhin Bomben über der Provinz abwarfen, aber keineswegs mehr als früher. Rourke hatte den Eindruck, als habe die Kuomintang noch nicht begriffen, was sich in Kiangsi wirklich abspielte.

Was in der Tat der Fall war, wie sich später herausstellte.

Die Rote Armee marschierte Richtung Südwesten, wo sich die drei Provinzen Kiangsi, Hunan und Kwangtung berührten. Endlich erreichte und überholte H. H. Rourke den Truppenteil, der Mao bei dessen Transport beschützte und der unterdessen auf drei- bis viertausend Mann angewachsen war, wie Rourke schätzte.

Der Kamerad Präsident lag nicht mehr auf seinem holprigen Karren, sondern ritt inzwischen auf seinem Esel; anscheinend hatte sich sein Gesundheitszustand gebessert. Als H. H. die Kolonne überholte, warf Mao ihm einen ernsten, eiskalten Blick zu. Besser, diesen Mann nicht zum Feind zu haben, dachte sich Rourke.

Zwei Stunden später stieß H. H. endlich auf eine Spur seiner Krankenschwestern, während er durch eine unbeschreiblich schöne Landschaft ritt, kein wirkliches Gebirge, sondern eine Reihe von Kegeln mit reicher Vegetation, die bald schwarz, bald smaragdgrün war, je nach dem Lichteinfall, der sich aufgrund der aufsteigenden Nebel laufend änderte. Diese Kegel reihten sich unendlich weit aneinander, spiegelten sich in kleinen Seen und verloren sich am Horizont. Nirgendwo konnte er Wege oder sonstige Eingriffe des Menschen ausmachen, und Rourke bekam in der tiefen Stille und grenzenlosen Einsamkeit, die ihn umgaben, den Eindruck, als habe er das Ende der Welt erreicht. Er hielt an und holte seinen Feldstecher aus seiner Reisetasche. In der Ferne wurde die Ruhe und Bewegungslosigkeit durch verschiedene Ameisenheere unterbrochen, die in sauberen Marschkolonnen sich nebeneinander auf das gleiche Ziel zu bewegten. Natürlich handelte es sich nicht wirklich um Ameisen, sondern um die kommunistischen Truppen. Rourke begriff, daß er sich dem Hauptteil der Roten Armee beträchtlich genähert hatte. Bald darauf stieß er auf einen Offizier, der ihm mitteilte, vor ungefähr zwölf Stunden seien drei Krankenschwestern an seinem Kontrollposten vorbeigezogen. Der Offizier hatte die Aufgabe, für die reibungslose Abwicklung des Marsches zu sorgen; die Soldaten seiner Abteilung kannten die Gegend und marschierten an der Spitze, so daß das große Heer nur zu folgen brauchte. Er hatte Rourkes Passierschein sorgfältig geprüft, bevor er sich auf ein Gespräch mit der Langnase einließ, das auf englisch geführt werden konnte, da er zu den wenigen chinesischen Kommunisten gehörte, die damals diese Sprache beherrschten.

»Aus welchem Grund interessieren Sie sich für diese Krankenschwestern?«

H. H. erklärte, er wolle ihnen eine Reportage widmen, denn die Hingabe dieser Frauen, die bis zur Selbstverleugnung ginge, fasziniere ihn. Natürlich wolle er auch über die heroischen Soldaten schreiben, doch das europäische Publikum, dem er die Größe des kommunistischen Unternehmens in allen Ausmaßen schildern wolle, würde sicher von der Geschichte dieser Krankenschwestern, die die Verletzten transportierten, um sie nicht in die Hände der schurkischen Weißen geraten zu lassen, besonders angesprochen.

»Wie recht Sie haben!« meinte der Offizier. »Man muß sie wirklich bewundern. Ich habe drei aus nächster Nähe beobachten können, die einen Schwerverletzten auf einer Trage transportierten. Der Unglückliche schien dem Tod näher zu sein als dem Leben, mit all den Bandagen, die ihn fast unkenntlich machten, doch die Krankenschwestern sagten, sie würden ihn unter keinen Umständen im Stich lassen. Was für ein großartiges Thema für eine Reportage!«

»Ganz richtig.«

Der Offizier versorgte ihn liebenswürdigerweise mit Marschverpflegung, die für zwei Tage reichte, so daß er schneller vorankam. Sie näherten sich der Grenze zu den Provinzen Hunan und Kwangtung, wie Rourke auf seiner Karte feststellte. Er wunderte sich, denn diese Gegend gehörte keineswegs zu den Schwachstellen des Umschließungsringes, den General Tschiang Kai-schek um die Provinz Kiangsi gelegt hatte, um die Sowjetische Republik Kiangsi zu ersticken. Rourke hatte, bevor er in Kanton zu seinem Besuch bei Tschou En-lai aufgebrochen war, möglichst viele Informationen über diesen Ring zusammengetragen, um sich über den gefahrlosesten Weg nach Ruijin klarzuwerden. So wußte er, daß genau an der Stelle, an der die Rote Armee anscheinend ausbrechen wollte, die Nationalisten starke Kräfte zusammengezogen und Verteidigungsanlagen errichtet hatten – unter anderem Minenfelder, Stacheldrahtverhaue und Artilleriegeschütze in versteckten Stellungen, wie es ihnen von ihrem deutschen Berater, General von Falkenhausen, empfohlen worden war. Die Wahl der Gegend, an der der Ausbruch versucht werden sollte, war zumindest überraschend. H. H. Rourke war nun wirklich kein Stratege; trotzdem machte er sich auf eine blutige Auseinandersetzung gefaßt, denn die chinesische Maginot-Linie schien unüberwindlicher zu sein als ihr französisches Vorbild.

Am nächsten Tag erhielt er den Beweis, daß er sich tatsächlich in China befand, wo man seit mehr als dreitausend Jahren die Kunst des Bürgerkrieges vollendet beherrschte. Er hatte einige Stunden gedöst, ohne auch nur eine einzige Sekunde die Zügel seines Maultieres aus der Hand zu geben, aus Angst, sein kostbares Fortbewegungsmittel könne ihm gestohlen werden. Unterdessen hatte die Rote Armee ihren langen Marsch keine Sekunde unterbrochen, und der Takt der müden Schritte hatte Rourke im Halbschlaf begleitet. Noch vor dem Morgengrauen war er endgültig wach geworden und hatte sich wieder in den Sattel gesetzt. Er ritt den nächsten Hügel hinauf; als er oben angekommen war, ging die Sonne auf. Es verschlug ihm den Atem: Vor seinen Augen breitete sich in einem etwas größeren Tal die größte Menschenmenge aus, die er je auf einem Haufen gesehen hatte, obwohl er ja an chinesische Massen gewohnt war. Doch das war noch nicht das Überraschendste: Einige Kilometer vor ihm zeichneten sich deutlich die Befestigungsanlagen der nationalistischen Armee ab, die die Rote Armee daran hindern sollte, die Provinz Kiangsi zu verlassen. Der Umschließungsring wies allerdings ein großes Loch auf, durch das die Armee Tschou En-lais und Mao Tse-tungs ohne Kampf, ja sogar ohne daß ein Schuß gefallen war, den ›Kessel Kiangsi‹ geordnet verließ. Gewiß, es würde Stunden dauern, bevor alle Soldaten die Grenze überschritten hatten, doch anscheinend war keine besondere Eile geboten, denn nirgendwo konnte er Anzeichen für Nervosität oder gar Hetze erkennen. Rourke hatte den Eindruck, als ob die einhundertzwanzigtausend Mann einen Betriebsausflug unternähmen.

Am Himmel hingen tiefe Wolken; trotzdem hätte Tschiangs Luftwaffe, der die Rote Armee ja nichts entgegenzusetzen hatte, mit ihren Bomben Verheerungen anrichten können, doch kein einziges Flugzeug tauchte auf.

H. H. machte es sich auf einem Felsen bequem, ohne das Muli aus den Augen zu lassen, und versuchte, nachdem sich seine erste Überraschung gelegt hatte, sich das sonderbare Verhalten der Weißen Armee zu erklären. Zweifellos hatten die Generäle der Kuomintang mit den kommunistischen Führern ein für beide Teile vorteilhaftes Abkommen geschlossen, ohne Tschiang Kai-schek lange um seine Zustimmung zu bitten. Die späteren Ereignisse bestätigten Rourkes Vermutung; erst einen Monat später erfuhr Tschiang, auf welche Weise ihm seine Gegner durch die Lappen gegangen waren.

Die Stunden verstrichen; die Nacht brach an, ohne daß alle kommunistischen Soldaten die Grenze schon überschritten hätten, das heißt, es handelte sich nicht eigentlich um Soldaten, sondern um von Soldaten bewachte Kulis, die enorme Lasten in die Provinz Hunan schleppten. H. H. fielen von neuem die vielen Näh- und Druckereimaschinen inklusive des dafür benötigten Papiers auf.

Erst während des kommenden Tages floß der menschliche Strom langsam spärlicher und bestand immer häufiger aus voneinander isolierten Einheiten richtiger Soldaten. Die Nachhut. H. H. Rourke wußte nicht so recht, was er unternehmen sollte. Er war sich fast sicher, Song, Jadeflöte und die beiden anderen Mädchen nicht mehr wiederzusehen, und fragte sich sogar, ob er sie überhaupt wiedersehen wollte. Auf der anderen Seite lockte es ihn nicht im geringsten, die Rote Armee auf ihrer Flucht zu begleiten und darüber zu schreiben. Sehr viel später räumte er unumwunden ein, daß er sich im Herbst 1934 zu keinem Zeitpunkt bewußt gewesen war, wie bedeutend der ›Lange Marsch‹ der chinesischen kommunistischen Armee in Wirklichkeit war; die schwerwiegendste Fehleinschätzung, die ihm während seiner langen Karriere unterlief. Einen solchen Knüller nicht zu sehen, das hatte schon etwas Großartiges an sich. Zu seiner Entschuldigung konnte er anführen, daß er diese Reise durch China – neben seiner Liebe zum Land – aus einem ganz persönlichen Grund unternahm, auch wenn er diesen Grund damals nicht wahrhaben wollte: Er versuchte, Kate zu vergessen. Chat-Huant, der H. H. gut kannte, hatte nie daran gezweifelt, daß Rourkes Absicht, Tschou En-lai in Kiangsi zu besuchen, nur ein Vorwand war. Ganz abgesehen davon, daß sich damals nur wenige europäische und amerikanische Chefredakteure für die chinesischen Kommunisten interessierten, denn 1934 galten diese eher als Abenteurer, die man nicht zu ernst nehmen sollte. Nur Nachrichten aus den internationalen Konzessionen in Schanghai stießen auf Interesse. Wer interessierte sich außerhalb Chinas für die Probleme eines Tschiang Kai-schek?

»Mister Rourke?«

H. H. schlug die Augen auf; Oberst Hua, der ihn eine Woche zuvor mit dem Passierschein ausgestattet hatte, stand vor ihm.

»Ich sichere mit meiner Einheit die Nachhut. Hinter mir befindet sich niemand mehr. Kommen Sie mit?«

Das vor ihnen liegende Tal war nahezu menschenleer. Die Ameisen waren hinter den Bergen der Provinz Hunan verschwunden.

»Ich weiß noch nicht«, meinte H. H. »Wohin gehen Sie?«

Hua lächelte: »Ich habe nicht die geringste Ahnung; die neuen Befehle sind noch nicht eingetroffen.«

Erneutes Lächeln.

»Mister Rourke, offen gesagt, hätte ich die größte Lust, einfach umzukehren.«

Die letzten Mitglieder der Nachhut, nicht einmal fünfhundert Mann, hatten inzwischen den Paß überschritten und begannen, in das Tal abzusteigen.

»Aber selbstverständlich werde ich nicht umkehren und nach Hause gehen, sondern weitermarschieren«, meinte Hua leise.

Unter seiner etwas groß geratenen Uniformweste, die keinerlei Rangabzeichen aufwies, holte er einen überraschenden Gegenstand hervor: ein silbernes Zigarettenetui, das mit einem roten Drachen aus Email geschmückt war. Er bot Rourke eine Zigarette an.

Sie rauchten schweigend. Hua warf einen Blick zurück in die Provinz, in der er Frau und Kinder wußte.

»Ich glaube, ich werde Sie ein Stück begleiten«, brach Rourke das Schweigen.

Kurz darauf stieß er unverhofft auf die Konkubinen.

Kapitel 5

Oberst Huas Zigarettenetui

»Ich bin wirklich verletzt«, beteuerte Hauptmann Song. »Wirklich. Hier.«

Er deutete auf seinen rechten Knöchel.

»Wie kam denn diese schreckliche Verletzung zustande? Granatsplitter? Eine Kugel?«

Weder... noch, mußte Song-Siu bedauernd einräumen. In Pangushan war er in eine ausgefahrene Karrenspur geraten und hatte sich dabei den Knöchel verstaucht. Er litt entsetzliche Schmerzen und mußte die Zähne zusammenbeißen, um nicht laut zu schreien. Es war wirklich kaum aushaltbar. Er hätte nicht gedacht, daß er zu solchen Heldentaten fähig war.

Jadeflöte und Morgen-aus-Elfenbein hatten sich die Krankentrage aufgeladen, während Sich-spiegelnde-Morgenröte einige Schritte hinter ihnen hertaumelte und unter der riesigen Last, die an ihrem Tragegestell hing, stöhnte. Ihr Gesicht war vor Anstrengung verzerrt. Das Gelände fiel steil ab, und der Weg, der in Serpentinen zum Tal hinabführte, war nur schmal. So weit H. H. Rourke nach oben und nach unten schauen konnte, entdeckte er Soldaten, die gleichmäßig hintereinander im Gänsemarsch marschierten und sich unter ihren schweren Lasten krümmten; jeder hatte zwischen vierzig und fünfzig Kilo Gepäck zu transportieren. Es war stockdunkel. Jeder zehnte Soldat trug eine Fackel aus harzigem Fichtenholz, was der Nacht einen gespenstischen Anstrich verlieh: Die lange Lichterschlange, die auf der einen Seite den Abhang hinab- und auf der anderen wieder hinaufkletterte und dabei eine fünfzehn bis zwanzig Kilometer lange Spur aus sich bewegenden Lichtpunkten erzeugte, war beeindruckend. Mit ein wenig Fantasie konnte man sich mühelos vorstellen, daß dieses Lichterband den ganzen Globus umschloß. Kompanieweise sangen die Soldaten immer wieder Lieder, und es kam öfter vor, daß die eine Gruppe im Tal den Refrain zu einem Lied sang, das von einer anderen oben auf dem Berg angestimmt worden war.

Dabei handelte es sich nur um die Nachhut. Die von Oberst Hua geführte Abteilung war inzwischen bis zu dem letzten Regiment vorgerückt, sicherte aber weiterhin den Abzug der kommunistischen Armee. Kurz davor hatten Hua und Rourke die Lücke passiert, die sich wie durch ein Wunder innerhalb der Verteidigungsanlagen der Kuomintang aufgetan hatte. Die Soldaten Tschiang Kai-scheks hatten ostentativ zur Seite geschaut, als die Roten die Lücke passierten, und so getan, als ginge sie das alles überhaupt nichts an. Einer der Offiziere hatte Hua angerufen und gefragt, ob nach seiner Abteilung noch weitere Truppen kämen. Nachdem dies verneint wurde, hatten die wachsamen Verteidiger die Lücke in den Stacheldrahtverhauen wieder sorgfältig geschlossen und sich auf ihre Beobachtungsposten begeben, um die Provinz Kiangsi nicht mehr aus den Augen zu lassen, für den Fall, daß die Rote Armee einen Ausbruchsversuch unternähme. Rourke war sich sicher, daß alle anwesenden weißen Soldaten bei einer Befragung Stein und Bein schwören würden, noch nie in ihrem Leben so etwas Exotisches wie einen kommunistischen Soldaten gesehen zu haben...

H. H. hatte Hua viele Fragen gestellt; kannte der Oberst die Gründe für das erstaunlich freundliche Verhalten, das die Todfeinde an den Tag gelegt hatten? Hua bedauerte; anscheinend war das unter den Führern direkt abgesprochen worden, und die hatten es nicht für notwendig befunden, ihre Unterführer einzuweihen.

»Der Mann, der wissen wollte, ob nach uns noch weitere Truppen die Provinz Kiangsi verlassen würden, besuchte mit mir zusammen die Militärakademie Huang Pu.«

So befand sich H. H. wieder in der Provinz Hunan, in die er eigentlich gar nicht hatte reisen wollen. In den letzten Wochen hatte er viele Kilometer zurückgelegt und war durchtrainiert. Trotzdem hatte er Mühe, den körperlich kleineren und schmächtigeren Männern zu folgen, die das Heer der chinesischen Kommunisten bildeten und sich fast im Laufschritt vorwärtsbewegten. Hua hatte ihm erklärt, die Rote Armee bewege sich jetzt auf feindlichem Gebiet und müsse Straßen und Städte vermeiden. Man marschiere nur nachts, um nicht gesehen zu werden. Seine Aufgabe wäre es, Männer, die sich hängenließen und zurückfielen, aufzumuntern und notfalls mit Gewalt vorwärtszutreiben. Und Desertion soweit wie möglich auszuschließen. Kurz darauf stießen sie auf die ersten, die sich hatten zurückfallen lassen, in der Regel Kulis, die man nicht lange gefragt hatte, ob sie die Uniform tragen wollten oder nicht, aber auch reguläre, in der Provinz Kiangsi geborene Soldaten, die sich um ihre Familien sorgten und unbedingt in ihre Heimat zurückwollten.

Hua hatte drei Soldaten mit seiner Mauser standrechtlich erschossen. Doch im Schutz der Dunkelheit wuchs die Ziffer der Deserteure so stark an, daß der Oberst schon bald den Versuch aufgab, dagegen anzugehen. Kurz darauf war von der Leitung der Befehl ergangen, die Fackeln anzuzünden, so daß den Deserteuren ihr Vorhaben erschwert wurde. Der Weg wurde im Gebirge immer enger, so daß die Armee immer häufiger im Gänsemarsch an schwindelnden Abgründen entlangmarschierte. H. H. war gezwungen, abzusteigen und sein Maultier an der Leine zu führen.

Gegen Mitternacht waren sie auf einen der zahlreichen reißenden Flüsse gestoßen, die aus dem Gebirge kamen. Die Vorhut hatte aus schnell gefällten Bäumen eine Notbrücke gebaut, die inzwischen bereits wieder halb eingefallen war; nur die Seile, an denen man sich über den Bach hangeln konnte, hielten noch.

»Sie werden Ihr Maultier aufgeben müssen«, meinte Hua.

H. H. schickte sich ins Unvermeidliche; kaum hatte er zustimmend mit den Kopf genickt, da knallte auch schon der Schuß aus Huas Pistole. Die Soldaten seiner Kompanie stürzten sich auf das Tier und zerlegten es unglaublich schnell.

»Selbstverständlich bekommen Sie Ihren Anteil«, beruhigte Hua Rourke.

Der Bach stellte ein großes Hindernis dar, ein kaum zu überwindendes Nadelöhr, vor dem sich die Truppen stauten. Trotz der Fackeln konnte man nicht recht abschätzen, wie viele Soldaten sich noch auf dem diesseitigen Ufer befanden, doch es mußte sich um mehrere Tausend handeln. H. H. hielt sich etwas abseits und fragte sich zum wiederholten Male, was er hier wohl zu suchen hatte. Er schaute zerstreut zu den Silhouetten, als sich das Wunder ereignete. Nur fünfzehn Meter von ihm entfernt war eine Fackel ausgegangen; sofort hatte der betreffende Soldat eine neue angezündet und dabei eine Stichflamme verursacht, die nur wenige Sekunden anhielt. Trotzdem war sich Rourke sicher, das geheimnisvolle Profil der schönen Jadeflöte gesehen zu haben. Sie schaute unbeteiligt auf die Masse der Soldaten und wirkte dabei so ausgeglichen und höflich, als hielte sie sich in einem Teesalon in Schanghai auf. Hinter ihr hatte man eine Krankentrage abgestellt.

»Ich möchte mit Ihnen sprechen«, sagte H. H. leise.

Jadeflöte reagierte nicht. Sie saß auf dem Boden und lehnte sich gegen einen Stein. Inzwischen hatte sie die Augen geschlossen. H. H. war sich sicher, daß sie ihn beobachtet hatte, als er sich ihr näherte. Es war Tag. Stunden zuvor hatte Hua in einem kleinen Wald, in dem er den Großteil seiner Truppe vor eventuellen feindlichen Flugzeugen verstecken konnte, befohlen, das Lager aufzuschlagen. Tschiang Kai-scheks Armee verfügte über immerhin vierhundert Flugzeuge, hatte aber nur relativ wenige Bomben zur Verfügung, so daß sie sich hütete, kleine, versprengte Abordnungen des Feindes damit zu belästigen.

Jadeflöte trug inzwischen Männerkleidung, Hose und Jacke, und hatte sich ihre Schlafdecke umgehängt. Ihre langen, schönen Haare hatte sie geopfert und kurzerhand abgeschnitten. Doch die Schönheit ihres Gesichtes hatte dadurch nicht gelitten. Rourke suchte in ihm vergeblich nach Anzeichen einer möglichen Erschöpfung. Dabei hatte sie die Krankentrage mit dem unerträglichen Song in den letzten Tagen mindestens einhundertfünfzig Kilometer weit geschleppt, als die Wege so schmal geworden waren, daß sie die Karre hatte aufgeben müssen, die die Konkubinen in Pagushan aufgetrieben hatten. Sie hatte nicht einmal den langen Sack aus grauer Leinwand abgelegt, in dem sich der Karabiner befand.

»Wie lange werdet ihr dieses ausgemachte Schwein Song noch tragen?«

Keine Antwort.

»Ich versuche nur, Sie zu verstehen«, versuchte Rourke, das Eis zu brechen.

»Gehen Sie.«

Er streckte sich neben ihr aus, wahrte allerdings einen gewissen Abstand. Er wollte nicht das Risiko auf sich nehmen, von den Soldaten, die sich in der Nähe gelagert hatten, in seinen Absichten mißverstanden zu werden. Sie und die beiden anderen Konkubinen Hauptmann Songs waren immerhin die einzigen Frauen, die mit der Nachhut der Roten Armee marschierten, gut fünftausend Mann. In jedem anderen Land hätte diese Situation wohl zu Schwierigkeiten geführt, doch nicht in China.

»Ich versuche nur, Sie zu verstehen«, nahm Rourke den Faden wieder auf. »Nichts weiter. Morgen-aus-Elfenbein und Sich-spiegelnde-Morgenröte stammen aus Bauernfamilien. Sie nicht. Ein Blick auf Ihre Hände genügt, um sich davon zu überzeugen.«

Die sehr schönen Hände von Jadeflöte bewegten sich, auf Rourkes Bemerkung reagierend, unwillkürlich, als ob die Chinesin sie verstecken wollte.

»Dieser Idiot namens Song hat mir weismachen wollen, seine Mutter habe Sie zu seiner Konkubine bestimmt; angeblich kennt er den Grund für die mütterliche Entscheidung nicht. Er schwört, daß er nichts über Sie weiß, daß er Ihre Vergangenheit vor Ihrem Konkubinendasein nicht kennt. Und ich glaube ihm. So wie ich auch davon überzeugt bin, daß Sie nicht in Song verliebt sind. So wenig wie Ihre Gefährtinnen, die Ihnen aufs Wort gehorchen und alles machen, was Sie von ihnen verlangen. Sie treffen alle Entscheidungen. Ich bin davon überzeugt, daß Morgen-aus-Elfenbein und Sich-spiegelnde-Morgenröte Song in den nächsten Bergbach werfen, wenn Sie es befehlen. Die beiden sind erschöpft und werden nicht mehr lange durchhalten.«

H. H. verstummte und wartete auf eine Antwort oder einen Kommentar, doch Jadeflöte versagte sie ihm. Song lag nur wenige Meter von ihnen entfernt auf seiner Krankentrage. Die Mädchen hatten, bevor sie ihn für die Nacht umzogen und sein Essen zubereiteten, Fichtennadeln zusammengekehrt, um ihm ein möglichst angenehmes Lager zu bereiten.

Glückselig lächelnd schlief Song. Auch die beiden anderen jungen Frauen schliefen, rechts und links neben ihm liegend, völlig erschöpft.

Kurz bevor Hua den Befehl erteilt hatte, das Nachtlager aufzuschlagen, war Rourke aufgefallen, daß die zweite Konkubine, die kleinste und zarteste, die höchstens vierzig Kilo wog, kurz vor dem endgültigen Zusammenbruch stand.

»Bitte erzählen Sie mir doch von Ihnen«, brach H. H. das Schweigen. »Ich bin nur ein Fremder, der bald wieder aus Ihrem Leben verschwindet: Wenn Sie mit mir sprechen, verpflichtet Sie das zu nichts.«

Er musterte sie und spürte, ohne überrascht zu sein, daß er sie begehrte. Verwirrend, wie genau sich das Bild ihres nackten Körpers in seine Erinnerung eingegraben hatte! Selbst hier, in den Männerkleidern, mit kurzgeschnittenen Haaren, erschöpft und verdreckt, strahlte sie noch eine faszinierende Weiblichkeit, ja, Sinnlichkeit aus: Unter dem groben Leinenhemd trug sie keinen Büstenhalter, so daß man die Brustwarzen ahnte, und durch die unförmige Hose zeichneten sich die Linien ihrer Hüften und Schenkel deutlich ab. Trotz der außergewöhnlichen Umstände, in denen sie sich befand, mußten ihr feingeschnittener Mund, die delikat geformten Nasenflügel, die etwas stark ausgeprägten, mongolisch anmutenden Wangenknochen und die langen, schwarzen Lider jedem Mann auffallen.

»Wie alt sind Sie?«

H. H. versuchte, sie mit bewußt banalen Fragen aus der Reserve zu locken. Bei ihrer ersten Begegnung hatte er sie auf achtzehn, neunzehn Jahre geschätzt. Inzwischen war er sich sicher, daß sie zwei, wenn nicht drei Jahre älter sein mußte, denn alles, was sie unternommen hatte, um ihrer Aufgabe als Konkubine gerecht zu werden, hatte deutlich gezeigt, daß sie die Schwelle zum Erwachsenensein überschritten hatte. So war es noch weniger verständlich, aus welchem Grund eine Frau, für die die Hälfte aller Männer in Schanghai – Chinesen oder Europäer – Unsummen ausgegeben hätten, sich hier in dem urwaldartigen Gebirge befand und sich verzweifelt bemühte, diesem verwöhnten, sich ewig beklagenden, greinenden und völlig undankbaren Kind alle Schwierigkeiten aus dem Weg zu räumen.

Es war wohl inzwischen vier Uhr nachmittags geworden. H. H.s Armbanduhr hatte die kurze Begegnung mit dem eiskalten Wasser in einem der vielen Gebirgsbäche, die er zu überwinden hatte, nicht überstanden. Es wurde langsam dunkel. Oberst Hua hatte sich bereits aufgerichtet und erteilte, kaum zweihundert Meter von Rourke etwas erhöht stehend, Befehle. Die Soldaten bereiteten sich auf den Abmarsch vor und gingen hin und her. Manche warfen Rourke einen versteckten Blick zu; manche fragten sich wohl, was diese Langnase auf dem Langen Marsch zu suchen hatte und warum sie sich ausgerechnet in der Nähe einer der wenigen Frauen, die den Marsch mitmachten, aufhielt. Rourke beschloß, ebenfalls aufzustehen.

»Werden Sie Oberst Hua Sius wahre Identität verraten? Und ihm mitteilen, daß Song keineswegs verletzt ist?« Jadeflöte hatte zum zweiten Mal den Mund aufgemacht. Beim ersten Mal hatte sie ihn nur gebeten wegzugehen. Sie benutzte die Mandarin-Sprache und nicht den Schanghaier Dialekt, den Song in der Regel verwendete. Der Satzbau verriet, daß sie die Sprache vollkommen beherrschte – soweit Rourke das beurteilen konnte –, fast wie ein Gelehrter, und wir müssen wohl kaum hinzusetzen, daß die Aussprache von keinem Akzent getrübt war.

Ohne Verlegenheit schaute sie Rourke fragend an.

Er schüttelte verneinend den Kopf und lächelte:

»Ich glaube, Sie wissen sehr wohl, daß ich nichts dergleichen unternehmen werde.«

Sie nickte zustimmend, wobei die Bewegung ihres Kopfes kaum wahrnehmbar war. Dies konnte bedeuten, daß sie, wie Rourke vermutet hatte, von dieser Annahme ausging, oder aber, daß sie Rourkes Antwort akzeptierte.

Er entfernte sich. Und drehte sich nach einigen Schritten um. Jadeflöte war aufgestanden; sie weckte ihre Leidensgefährtinnen, die sich, ohne eine Sekunde zu verlieren, an die Arbeit machten und das Essen für Ihre Majestät Song zubereiteten, der weiterhin selig schlummerte.

Drei Wochen lang marschierten sie nun. In jeder Nacht desertierten Männer. Manchmal verschwanden auf einen Schlag mehrere Hundert. In der Regel handelte es sich allerdings um Einzelgänger, die sich immer weiter zurückhängen ließen, sei es, weil sie einfach nicht mehr konnten oder weil sie in ihre heimatliche Provinz Kiangsi zurück wollten. Viele wurden von der Nachhut Oberst Huas aufgefischt. Der Oberst hatte inzwischen darauf verzichtet, Deserteure hinzurichten. Zum einen hätte er in manchen Nächten bis zu dreihundert Mann erschießen müssen. Zum anderen war er so ernüchtert und gleichzeitig traurig, daß er einfach nicht mehr zum äußersten Mittel greifen wollte, obwohl er seine Truppe nach wie vor mit eiserner Hand zusammenzuhalten versuchte.

Der Versuch war vergebens, denn die Zahl der unter seinem Befehl stehenden Soldaten schrumpfte beständig. Einmal aufgrund der trotz aller Überwachung laufend vorkommenden Desertionen, vor allem aber aufgrund der häufigen Unfälle. Die Nachhut konnte nicht den gleichen Weg einschlagen, den der Hauptteil der Roten Armee genommen hatte, die auf den Überraschungseffekt und ihre doch recht beträchtliche Feuerkraft rechnen und in der Tat die Provinz Hunan ohne allzu viele Probleme durchqueren konnte. Der von Oberst Hua kommandierten Abteilung war dieser Weg versperrt, da der Feind hier inzwischen in Stellung gegangen war. Hua, der drei, vier Tage hinter der Hauptabteilung hermarschierte, war gezwungen, sich auf haarsträubenden Wegen durchs Gebirge zu schlagen; manchmal konnte man nicht einmal mehr von Ziegenpfaden sprechen. Der die ganze Zeit über auf die Truppe niedergehende starke Regen erschwerte noch das Vorwärtskommen. Jede Nacht stürzten mehrere Soldaten in die Tiefe und erlitten tödliche Verletzungen. Dazu kam, daß die Kuomintang und die Miliz-Truppen der Provinzverwaltung immer häufiger Hinterhalte legten und Feuerüberfälle unternahmen; sie kannten selbstverständlich den ungefähren Weg, den die Nachhut einschlagen würde. Am 14. November – Rourke nahm zumindest an, daß es sich um dieses Datum handelte, war sich aber nicht sicher, ob seine Zeitrechnung noch stimmte – wurden ganz in der Nähe Rourkes, der sich in einem kleinen See wusch und rasierte, einige der Soldaten Huas von Gewehrkugeln tödlich getroffen. Nachdem ihn selbst eine Kugel gestreift hatte, wußte er keinen andern Ausweg mehr, als ins eiskalte Wasser zu springen und unterzutauchen. Erst vierzig Meter weiter tauchte er unter vorspringenden Felsen wieder auf.

Dem ehemaligen Hauptmann Song ging es prächtig. Um seine angeblichen Verletzungen glaubhafter zu machen, willigte er ein, an Stellen, an denen das Gelände nicht zu abschüssig und zu schlammig war, von seiner Krankentrage versuchsweise abzusteigen. Niemand hätte die schauspielerischen Fähigkeiten vermutet, die in ihm schlummerten! Überzeugend spielte er die Komödie des verletzten Helden, der mit äußerster Macht gegen die Schmerzen ankämpft, die ihn zu überwältigen drohen, um wie alle Welt zu Fuß zu gehen, solange ihm seine schwachen Kräfte dies erlaubten – in der Regel nur wenige Meter.

Inzwischen haßte Rourke ihn.

Song verfügte nur noch über zwei Konkubinen, die ihm das Leben angenehm gestalteten.

Morgen-aus-Elfenbein hatte sich mit ihren Ahnen vereint.

Sie starb am 17. oder 18. November gegen sechs Uhr morgens. Seit zwei Tagen regnete es in Strömen. Der Weg führte in steilen Serpentinen bergaufwärts und wäre bei trockenem Wetter und Tageslicht bereits äußerst gefährlich gewesen. Nun aber, in ein schlammiges und von Tausenden von Stiefeln ausgetretenes Bachbett verwandelt, war er geradezu lebensgefährlich, zumal ihn Erdrutsche immer wieder unpassierbar machten. Rourke hatte mehr als ein Dutzend Männer beobachtet, die einfach in der Tiefe verschwanden, und war dabei apathisch, gleichgültig geblieben, denn auch er war am Ende der Kräfte angelangt, obwohl er nur seine Reisetasche zu tragen hatte. Während der letzten dreißig Stunden hatte er nur eine Kräutersuppe gegessen, die mit einigen nicht identifizierbaren Körnern angereichert gewesen war; kurz nach dem Befehl Oberst Huas anzuhalten, hatten mehr als hundert versteckte Scharfschützen das Feuer auf die Truppe eröffnet, so daß diese sich nicht einmal hatte ausruhen können. Sie waren gezwungen gewesen, die sanften Täler zu verlassen und im Hochgebirge Schutz zu suchen. So hatten sie auch darauf verzichten müssen, in den Dörfern, die sie in weiter Entfernung erkannten, nach Nahrungsmitteln zu suchen.

H. H. ging ungefähr fünfzehn Meter hinter Songs Krankentrage her. Lange hatte er seinen Weg nur mit Hilfe des weißen Stoffetzens gefunden, der am Gepäck des vor ihm gehenden Soldaten befestigt war. Er selbst hatte sich einen ebensolchen Fetzen auf dem Rücken an den Gürtel seines Trechcoats gebunden und wies so dem nach ihm kommenden Soldaten den Weg durch die Dunkelheit. Langsam brach die Dämmerung an; in dem nun grauen Licht sah man etwas besser...

Plötzlich blieb die Kolonne abrupt stehen. Rourke versuchte nicht einmal, die Gründe dafür herauszubekommen, sondern lehnte sich erschöpft an einen Felsen und schloß die Augen. Die Stimme von Jadeflöte riß ihn aus dem Dämmerzustand: Die Chinesin wies jemanden energisch zurecht und befahl ihm, aufzustehen und weiterzugehen. Die Menschenschlange setzte sich wieder in Bewegung. Rourke folgte ihr automatisch. Durch den Regenvorhang hindurch beobachtete er, wie sich die Schlange den Berg hinaufwand; die an der Spitze Marschierenden, wohl zwei Kilometer von ihm entfernt, verschwanden in den Wolken. Plötzlich entdeckte er die Krankentrage, die auf dem Boden abgestellt war. Die Soldaten gingen einfach um sie herum und drückten sich gegen den Bergrücken, ohne ein Wort oder einen Blick zu verlieren. Jadeflöte stand aufrecht und hielt das hintere Ende der Krankentrage fest, während Morgen-aus-Elfenbein auf ihre Knie gefallen war, auf den Boden schaute und sich nicht rührte.

»Steh auf und geh weiter!« befahl Jadeflöte.

Obwohl man ihr die Erschöpfung anmerkte und sie um Luft rang, klang die Stimme der ersten Konkubine immer noch kraftvoll, ja wütend. Die Soldaten passierten den kleinen Trupp gleichgültig; sie hatten keine Kraft, sich für irgend etwas anderes zu interessieren als für den nächsten Schritt, den sie zu tun hatten. H. H. machte Platz, um die hinter ihm Kommenden vorbeizulassen, und befand sich so nur wenige Zentimeter vom Abgrund entfernt. Ein Blick hinunter, und er fuhr erschrocken zusammen: Mindestens drei-, wenn nicht vierhundert Meter ging es steil in die Tiefe. Sich-spiegelnde-Morgenröte war dabei, ihr Tragegestell abzusetzen, und sagte zu Jadeflöte:

»Ich übernehme die Krankentrage.«

Jadeflöte machte sich nicht einmal die Mühe, sie anzuschauen: »Du behältst dein Gepäck auf und marschierst weiter. Sie ist an der Reihe.«

Einige Sekunden verstrichen.

»Steh auf!«

Morgen-aus-Elfenbein hob mühsam den Kopf; sie schien die Reihe der langsam an ihr vorbeimarschierenden Soldaten zu fixieren, die sich in der Höhe verlor. Nirgendwo war ein Grat zu erkennen, der ein leichteres Vorwärtskommen versprochen hätte. Nur mühsam richtete sie sich auf, bis sie taumelnd zum Stehen kam. Plötzlich durchfuhr es H. H.: Er wußte instinktiv, was Morgen-aus-Elfenbein vorhatte, konnte aber nicht eingreifen. Der Pfad war entschieden zu schmal, und die Soldaten sowie Jadeflöte, die immer noch das eine Ende der Krankentrage in der Hand hielt, auf der es sich Song unter einer Decke gemütlich gemacht hatte, versperrten ihm zudem vorne und seitlich den Weg.

Morgen-aus-Elfenbein hatte nur zwei Schritte zu tun. Ohne einen Schrei auszustoßen, fiel sie in die Tiefe.

Im gleichen Augenblick wurde H. H. von einem der Soldaten angerempelt. Er rutschte auf dem schlammigen Pfad aus; um ein Haar wäre er ebenfalls in die Schlucht gefallen. Er schwankte und kniete sich schnell mit klopfendem Herzen nieder. Eine Hand packte ihn am Arm:

»Beinahe wären Sie ebenfalls in die Schlucht gestürzt!« meinte Hua.

Der Oberst half Rourke, sich aufzurichten.

»Was ist los?«

»Eines der Mädchen«, sagte H. H. nur.

Hua nickte mit dem Kopf. Die Ereignisse gingen ganz offensichtlich über seine Kräfte. Seine Uniform, die von einem breiten Gürtel um den Bauch gehalten wurde, in der seine Pistole steckte, war blutbefleckt: eine Wunde an seiner linken Brustkorbseite hatte kräftig geblutet. Doch die Wunde schien ihn nicht weiter zu beeinträchtigen, denn er trug mit beiden Händen ein Mauser-Gewehr, das er hinter seinem Nacken quer über die Schultern gelegt hatte. Während des letzten Angriffs auf die Nachhut hatte er als letzter das umkämpfte Gebiet verlassen und dabei gegenüber den Scharfschützen, die es auf ihn abgesehen hatten, nur resignierte Gleichgültigkeit an den Tag gelegt. H. H. Rourke kannte diese Verhaltensweise von früher: Er hatte sie bei Männern erlebt, die überzeugt waren, schon bald sterben zu müssen.

Hua bemerkte: »Mister Rourke, ich hoffe, Sie finden ausreichend Stoff für eine gute Reportage.«

Huas Stimme hatte weder bitter noch sarkastisch geklungen. H. H. sah sich nicht veranlaßt zu antworten. Jadeflöte erteilte neben ihm einen kurzen Befehl. Sich-spiegelnde-Morgenröte gehorchte: Sie setzte ihr Tragegestell ab, reichte Jadeflöte einen der beiden Säcke, die daran hingen, und befestigte den anderen auf ihrem Rücken. Jadeflöte legte sich den Riemen des Sackes um die Stirn, so daß er auf ihrem Rücken hing. Dann nahmen die beiden Frauen die Krankentrage auf und reihten sich in die Kolonne der marschierenden Soldaten ein.

Eine Stunde stiegen sie schweigend aufwärts. Endlich erreichten sie den Grat. Hua befahl seiner Truppe, eine Pause einzulegen.

H. H. war auf sich wütend. Weil er den beinahe unüberwindbaren Drang verspürt hatte, Song mitsamt seiner Krankentrage in die Schlucht zu befördern.

Vor allem aber, weil er seinem Drang nicht nachgegeben hatte.

Zehn Tage später erst gewann die Nachhut wieder Anschluß an einen der zentralen Truppenteile der kommunistischen Armee, die weiter südlich marschiert war, durch einige Flüsse, die aufgrund des andauernden Regens viel Wasser führten, behindert worden war, ansonsten aber keine nennenswerten Probleme bei ihrem Vormarsch gehabt hatte. Drei- bis viertausend Kulis, die für die Schlepperei bezahlt wurden, hielten sich noch bei der Truppe auf. Die Nahrungsmittelvorräte waren so bedeutend, daß Huas Abteilung seit Tagen zum ersten Mal wieder richtig versorgt werden konnte.

»*... Ich weiß nicht, wo wir uns befinden, und welcher Tag heute ist*«, schrieb H. H. Rourke, »*ich weiß nur, daß ich noch nie im Leben so müde war wie heute. Die vergangenen sechs Tage waren entsetzlich. Es ist kein Tag verstrichen, nicht einmal der Teil eines Tages, an dem wir nicht in einen Kampf verwickelt waren. Der letzte Zusammenstoß mit dem Feind hat zwölf Stunden gedauert und mit einer wilden Flucht der von Oberst Hua Bing befehligten Nachhut der Roten Armee geendet. Bei den Scharfschützen handelt es sich nicht mehr um vereinzelte Kommandos oder Milizen, sondern um mindestens eine Division gut bewaffneter Kuomintang-Soldaten. Seit einer Woche verfolgt uns diese Division, ohne uns auch nur eine Stunde zur Ruhe kommen zu lassen. Hua und seine Männer sind nur aufgrund einer schier übermenschlichen Leistung mit dem Leben davongekommen: Drei Tage und Nächte marschierten sie, ohne zu schlafen, ja sogar, ohne eine einzige Pause einzulegen und ohne etwas zu essen.*

Gestern nachmittag brach die Verfolgung in dem Augenblick, in dem Huas Vorhut mit der Hauptarmee Kontakt aufgenommen hatte, recht unvermittelt ab. Es handelt sich anscheinend um das Zweite Korps der kommunistischen Armee oder zumindest um einen Teil dieses Korps. Diese plötzliche Apathie der Truppen der Kuomintang scheint niemanden zu verwundern.

Jadeflöte und Sich-spiegelnde-Morgenröte haben überlebt. Somit auch der ehemalige Hauptmann Song. Während ich meinen Bericht schreibe, schläft der Herr ungefähr zwanzig Meter von mir entfernt auf seiner bequemen Krankentrage, während die dritte Konkubine versucht, mit ihrem Leib seinen zu wärmen. Jadeflöte legt Kompressen auf die Stirn Songs. Folgendes hat sich er-

eignet: Der Mann, der seit nun fast vierzig Tagen unter den unwahrscheinlichsten Umständen durch die widrigsten Gebirge getragen wird, der umhätschelt wurde und die besten und größten Bissen abbekam, ist tatsächlich krank geworden. Zuerst glaubte ich, er führe eine neue Komödie auf, um zu rechtfertigen, daß er weiterhin auf der Krankentrage transportiert wird. Doch weit gefehlt. Er hat hohes Fieber und glüht im Delirium. Offensichtlich hat er sich bei einem unfreiwilligen Bad in einem der kalten Gebirgsbäche, die zu überwinden waren, eine Lungenentzündung geholt.

Vor einer Stunde kam Jadeflöte, die weggegangen war, mit sechs männlichen Begleitern zurück. Nicht mit Soldaten, sondern mit einfachen Kulis. Anscheinend hat sie sie überredet, ab sofort den Transport der Krankentrage zu übernehmen. Sie trieb auch Medikamente auf, die sie dem Hauptmann einflößte. Unglaublich, was sie alles leistet.

Ich versuche nicht einmal mehr, mich mit ihr zu unterhalten. Rein körperlich gesehen hält sie den Anforderungen besser stand als die meisten Männer, mit denen sie nun seit Wochen unterwegs ist.

Ich habe immer noch nicht die geringste Idee, was sie zu ihrem Handeln treibt...«

Ganze Regimenter des Zweiten Korps waren in der Nacht verschwunden. Bevor es dunkel wurde, hatte Rourke beobachtet, wie sie sich in südöstliche Richtung aufmachten, und auf seiner Karte nachgeschaut: Sie bewegten sich auf eine Stadt namens Dao Siang zu, die an einem der bedeutendsten Zuflüsse des Blauen Flusses lag.

»Hier werden wir den Fluß überqueren«, erklärte Hua.

Er erklärte auf Rourkes Landkarte den Weg, den die Truppe einschlagen würde.

»Das Gebirge links von uns ist der Yangming; wir haben uns in den letzten Tagen zweimal dort oben vor unseren Verfolgern retten können.

Und das ist der Hsiang, den wir überqueren müssen und den ein Teil der Roten Armee zur Zeit bereits überquert. Man hat mir versichert, daß es eine Furt gibt, die keine besonderen Schwierigkeiten bietet, und daß unsere Feinde keine Ahnung haben, wo wir uns zur Zeit aufhalten.«

Er setzte sich erschöpft auf den Boden. Er war bis zum Hauptquartier geeilt, um von seinen Vorgesetzten neue Befehle zu bekommen, und der zusätzliche Marsch hatte seine letzten Kräfte aufgezehrt.

»Sie sollten etwas schlafen«, meinte Rourke.

Hua nickte müde mit dem Kopf. Er hatte die Augen geschlossen und sich ausgestreckt. Rourke setzte sich neben ihn. Er meinte schon, der Oberst sei eingeschlafen, da fragte dieser:

»Mister Rourke, ist Ihnen eigentlich aufgefallen, daß unsere Verfolger uns ohne jeden ersichtlichen Grund auf einen Schlag in Ruhe gelassen haben?«

»Sicher.«

»Wie erklären Sie sich dieses merkwürdige Verhalten?«

»Ich bin kein Experte«, begann Rourke vorsichtig, »vor allem nicht auf dem Gebiet chinesischer Bürgerkriege. Vielleicht hat der Generalstab der Kuomintang seine Strategie geändert und ist inzwischen der Ansicht, die Ausrottung der Nachhut sei nicht mehr so wichtig. Oder...«

Er zögerte. Er hatte bereits einige Stunden geschlafen, seit der Oberst den Befehl zum Lagern gegeben hatte, doch er war noch keineswegs frisch.

»Fahren Sie fort«, munterte Hua ihn auf.

»Oder stellt ihr anderswo eine Falle. In diesem Fall muß der Generalstab Tschiang Kai-schecks über Informationen verfügen, die mir unbekannt sind. Ich bin zwar davon überzeugt, daß die Rote Armee nicht die Provinz Kiangsi verlassen hat, um sich in Hunan einzunisten. Aber ich weiß nicht, wohin sie marschiert. Sie sind dabei, Hunan wieder zu verlassen und nach Kwangsi zu marschieren. Oder aber nach Kweitschou oder Szetschuan.«

Mit der Anhäufung verschiedener Provinznamen wollte Rourke den Oberst aus der Reserve locken, in der Hoffnung, dieser verriete unter Umständen das Ziel des Langen Marsches. Hua durchschaute natürlich Rourkes Manöver. Ohne aus der Schule zu plaudern, meinte er, die Rote Armee sei dabei, in eine Falle zu gehen. Ihre Führer seien erbärmliche Strategen. Es sei völlig stupide gewesen, den Hunan in diesem unbeschreiblichen Gewaltmarsch auf erbärmlichen Ziegenpfaden zu durchqueren, während die Truppen der Kuomintang die bequemen Straßen benutzen konnten – und dazu noch ihre Luftwaffe zur Verfügung hatten. Genauso stupide war es gewesen, die Initiative dem Gegner zu überlassen und dessen Angriffe abzuwarten, anstatt selbst anzugreifen.

»Vor einem Monat haben wir die Provinz Kiangsi durch die Hintertür verlassen. Inzwischen weiß Tschiang selbstverständlich, wo wir uns befinden, und hat seine Truppen zusammengezogen. Wir haben ihm schließlich Zeit dazu gelassen. Zumal Tausende mit uns ziehen, die nicht zur kämpfenden Truppe gehören, sondern ganze Druckereien und die verschiedenartigsten Maschinen transportieren; ein beträchtlicher Zeitverlust. Tschiang wird uns massakrieren.«

Oberst Hua hatte seine Schirmmütze über die Augen gezogen. Er schwieg. Rourke glaubte, er sei eingeschlafen, als der Chinese ihm eine Frage stellte: »Warum folgen Sie uns, Mister Rourke?«

»Ich bin Journalist.«

»Sie interessieren sich nicht für das Schicksal der Roten Armee. Nicht einmal für mich und für die Reste meiner Nachhut. Sie folgen den Frauen und dem Mann, den sie transportieren.«

»Das stimmt.«

»Was sind das für Menschen? Mehrere meiner Soldaten haben mit mir gesprochen und behauptet, der Verletzte sei gar nicht verletzt, sondern simuliere nur. Aus welchem Grund opfern sich die Frauen für ihn auf? Bis zum Tod?«

»Jetzt ist er wirklich krank.«

»In den ersten drei Wochen war er es nicht. Mister Rourke, ich wiederhole meine Frage: Aus welchem Grund sind die Frauen diesem Mann so treu ergeben? Vor allem die größte, die so ausnehmend schön ist? Aus welchem Grund sind sie bereit, für ihn zu sterben?«

»Ich weiß es nicht. Wirklich nicht.«

»Sie haben sich die Frage sicher auch schon gestellt?«

»Ja.«

»Und Sie folgen den Frauen, um die Antwort herauszufinden?«

»Ja.«

»Ich habe beobachtet, wie Sie versucht haben, mit der Größten ein Gespräch anzuknüpfen...«

»Sie heißt Jadeflöte.«

»Sie haben versucht, mit ihr zu sprechen, doch sie hat sich geweigert, Ihre Fragen zu beantworten. Ich könnte versuchen, sie gesprächsbereiter zu stimmen. Wenn man den Menschen den Lauf eines Revolvers an die Schläfe drückt, werden viele überraschend gesprächig. Geschwätzig sogar. Ich kann ihr natürlich auch drohen, den Mann auf der Trage zu erschießen. Übrigens, als die dritte Frau sich im Gebirge in die Tiefe stürzte, weil sie keine Kraft mehr hatte, den Kerl weiter zu tragen, hatte ich die größte Lust dazu.«

»Sie haben es aber nicht getan«, meinte Rourke und erinnerte sich, daß er selbst Song mitsamt seiner Krankentrage in den Abgrund hatte stürzen wollen.

»Ich habe es nicht getan«, meinte Oberst Hua leise. »Er ist kein Soldat und untersteht nicht meinem Befehl. Auch die drei Frauen nicht. Sie haben das Fortkommen meiner Truppe nicht gestört und zu keinem Zeitpunkt um Hilfe gebeten...«

»Vor allem aber wollen Sie genau wie ich eine Antwort auf die Frage, die Sie sich gestellt haben«, unterbrach ihn Rourke.

»Ich habe meinen Soldaten befohlen, sich nicht einzumischen. Diese Jadeflöte ist dabei, in die Legende einzugehen. Und wir Chinesen lieben Legenden geradezu leidenschaftlich. Werden Sie mir die Antwort mitteilen, falls Sie sie herausbekommen?«

»Versprochen.«

H. H., der sich unterdessen in seine Zeltleinwand gewickelt hatte, die leider nicht mehr ganz dicht war, denn eine Kugel hatte sie unschön durchlöchert, schlief ein. Oberst Hua begann, die Geschichte des Drachens mit der Porzellanform zu erzählen. H. H. meinte zuerst, er träume, bevor er sich bewußt wurde, daß Hua wirklich eine Geschichte erzählte, allerdings keinem Zuhörer, sondern sich selbst.

Sie handelte von einem Drachen, der vor Tausenden von Jahren in China lebte – ein großartiger Drache in den Farben des Regenbogens, der schönste, der je unter dieser Sonne gelebt hatte. Die Bewohner der Gegend, in der er auftauchte, hatten entsetzliche Angst vor ihm, doch schon bald stellten sie fest, daß der Neuankömmling sich keineswegs mit seinen Kollegen verbündete, die die Gegend verpesteten, sondern ganz im Gegenteil einen dieser schurkischen Drachen nach dem anderen mit Hilfe der gewaltigen Flammen, die er bis zu zwölf Li – das waren ungefähr siebentausend Meter – weit speien konnte, ausrottete. Niemals hatte er sich gegen Menschen gewandt. Er war nicht nur der schönste Drache, den man sich vorstellen konnte, sondern auch der sanftmütigste. Die dankbaren Bewohner hatten ihn mit Geschenken überhäuft, mit Edelsteinen, die von Drachen sehr geschätzt werden, Pelzen, Geschirr und den köstlichsten Gerichten, die von den fünf Geschmacksrichtungen, sechs Gerüchen und vier verschiedenen Beschaffenheiten der Speisen inspiriert waren. Außerdem hatten sie ihm fünftausendvierhundertdrei Konkubinen zur Verfügung gestellt, doch der schöne Drache hatte von diesem Angebot kaum Gebrauch gemacht. Ungefähr zweihundert Jahre verstrichen in schönster Harmonie und tiefstem Frieden.

Eines Tages hatte der Drache die Bewohner der Gegend sehr höflich gefragt, ob es ihnen vielleicht möglich sei, für ihn eine Porzellanform zu bauen, in der er Platz finden konnte und die, wenn möglich, einen Dekkel aufweisen sollte. Der Drache war nicht besonders groß, nicht einmal das Sechzehntel eines Li – so um die fünfunddreißig Meter. Die Menschen, die sehr glücklich waren, ihm endlich einen Dienst erweisen zu können, machten sich an die Arbeit. Nachdem die Form fertig war, betrachtete der Drache sie gerührt und bedankte sich mit ausgesuchter Höflichkeit: Die Form entsprach in allen Einzelheiten seinen Wünschen, und er schnaubte vor Zufriedenheit kleine Flämmchen aus den Nasenlöchern. Er setzte sich in die Form und machte den Deckel zu. Die Bewohner der Gegend, die sich dieses Schauspiel natürlich nicht entgehen lassen wollten, hörten, wie er in seiner Form fröhlich sang. Dann verstummte er. Die Stille wurde nach einiger Zeit durch das entsetzliche Brausen unterbrochen, das immer dann erklang, wenn der Drache seine Flammen so weit spie, wie es ihm nur möglich war. Die Hitze war unerträglich. Zwei Wochen mußten die Bewohner warten, bevor sie die Form öffnen konnten, denn sie war glühend heiß gewesen und beinahe geschmolzen, obwohl sie ja aus Porzellan war.

Sie klopften lange gegen den Deckel, bekamen aber keine Antwort.

Als sie es endlich wagten, den Deckel zu öffnen, stellten sie zu ihrem Entsetzen fest, daß der Drache sich völlig verbrannt hatte; in der Form befand sich nur noch Asche. Die Menschen waren sehr unglücklich. Das Schlimmste für sie war sicher, daß sie einfach den Grund nicht verstehen konnten, der den schönen Drachen, der ja praktisch unsterblich war, außer wenn er von einem anderen Drachen zu Asche verwandelt wurde, dazu getrieben hatte, sich zu töten.

Oberst Hua verstummte. H. H. Rourke hatte mit weit offenen Augen zugehört. Er ließ einige Sekunden verstreichen, bevor er fragte, obwohl er die Antwort bereits kannte: »Und, haben sie über die Tausende von Jahren hinweg eine Antwort gefunden?«

»Sie haben Millionen Antworten gefunden«, meinte Oberst Hua, »doch keine ist wirklich befriedigend.«

Am nächsten Morgen marschierte die Nachhut weiter; sie schlug die Richtung in das Tal ein, die das Zweite Korps genommen hatte. Die steil aufsteigenden Hügel waren stark bewaldet und ab der Hälfte von grauem Nebel bedeckt. Kaum hatten sie sich weiter in die Schlucht vorgewagt, da eröffneten gut plazierte Scharfschützen das Feuer. Es waren kaum mehr als fünfzig, aber sie verstanden ihr Handwerk. Fast jede Kugel traf. Oberst Hua beschloß, die Feinde einfach nicht zur Kenntnis zu nehmen. Völlig unsinnig, das Feuer zu erwidern. Er hatte einen Moment überlegt, ob er kleinere Kommandos Jagd auf die Scharfschützen machen lassen sollte, doch diese Kommandos wären unter Umständen in lebensgefährliche Fallen geraten. Und schützen konnte man sich gegen das Feuer ebenfalls nicht, denn die Feinde hatten sich auf den umliegenden Höhen so geschickt verborgen, daß man sich wohl oder übel zumindest in der Schußbahn von einem, wenn nicht von mehreren befand. Es gab nur zwei Möglichkeiten: Umkehren oder mit aller Gewalt durch den Kugelhagel stürmen. Hua entschloß sich zur zweiten Möglichkeit. Seine Truppe rückte vor, während mit bestürzender Regelmäßigkeit sich ihre Reihen lichteten. Nur die Leichtverletzten wurden mitgenommen.

H. H. hielt sich in der Nähe von Jadeflöte auf, die neben der Krankentrage herging, auf der Song lag; das Fieber war so stark, daß der Hauptmann bewußtlos war. Jadeflöte hatte für sich den gefährlichsten Platz ausgesucht, während ihre Gefährtin, leicht hinter ihr gehend, durch ihren Körper geschützt wurde. Zweimal wurden Kulis, die die Krankentrage transportierten, von Kugeln getroffen und brachen zusammen. Ein herrischer Wink Jadeflötes, die völlig aufrecht ging, als ob die Kugeln ihr nichts anhaben könnten, wies den nächsten Kuli an seinen Platz.

Im nachhinein hatte H. H. Rourke versucht, die Übersicht über die chronologische Reihenfolge wieder zu gewinnen, die er während der Ereignisse verloren hatte. Seinen Berechnungen zufolge gerieten sie am Abend des 29. Novembers, kurz bevor sie am Ufer des Hsiang ankamen, in den ersten wirklichen Hinterhalt. Die Scharfschützen, die sie zu Beginn belästigt hatten, waren im Vergleich zu dem, was auf die Soldaten noch zukommen sollte, recht harmlos gewesen, auch wenn das unglaubwürdig erscheinen mag.

Achtundvierzig Stunden zuvor war Huas Truppe noch gut zweitausend Mann stark gewesen. Fünfzehnhundert kampffähige Soldaten waren vielleicht noch dabei, als sie auf wütendes Maschinengewehrfeuer stießen. Drei, vier Stunden lang versuchten Huas Männer, die großen Verluste mißachtend, eine Bresche in die Stellung des Feindes zu schlagen, waren aber endlich doch gezwungen, die direkte Straße nach Dao Siang zu verlassen, das vielleicht noch eineinhalb Tagesmärsche von dieser Stelle entfernt lag, und von neuem auf halsbrecherische Gebirgspfade auszuweichen. Obwohl er nicht zu dramatischen Schilderungen neigte, erklärte er später Chat-Huant, die ersten Dezember-Tage des Jahres 1934 seien wohl das Schlimmste gewesen, das er je erlebt hatte. Zumindest in China.

Die tausend Männer, die diesen Hinterhalt überlebten, mußten noch zwei weitere überstehen, jedesmal von neuem gezwungen, anstrengende Wege durch das Gebirge einzuschlagen, um ihre Haut zu retten. Schon bald handelte es sich nur noch um eine völlig desorganisierte Truppe, der es an Munition mangelte und deren Überlebende in der Regel gezwungen waren, sich barfuß durchs Gestrüpp zu schlagen.

Jadeflöte allerdings hatte nicht locker gelassen; sie hielt sich immer noch bei Huas Nachhut auf. Und mit ihr natürlich Sich-spiegelnde-Morgenröte sowie die beiden letzten Kulis, die sich mit Songs Krankentrage abquälten.

Die Flugzeuge der Nationalchinesen flogen ohne Unterlaß Patrouille, machten sich aber nicht einmal die Mühe, sich mit diesem Haufen näher zu beschäftigen, der aus der Luft wohl wie eine Bande von Deserteuren wirken mußte. Einer allerdings raste im Sturzflug auf sie zu, warf aber keine Bombe ab, sondern bunte Propaganda-Zettel. H. H. bückte sich neugierig und hob einen auf. Es handelte sich um eine Verlautbarung des Generalstabs der Kuomintang, der die »Roten Banditen« warnte, am Ufer des Hsiang würden sie von bedeutenden Truppenkonzentrationen erwartet, und sie drängte, in die Falle zu gehen, die für sie aufgestellt worden war:

»Beeilt euch! Wir flehen euch an! Wir haben für euch eine äußerst charmante Falle vorbereitet!«

Mit diesen Worten schloß die besagte Verlautbarung ab.

In der Nacht vom 5. zum 6. führte Hua die achthundert Mann, die ihm geblieben waren, zu einem verzweifelten Angriff, der die Gegner, die ihm große Schwierigkeiten bereitet hatten, völlig überraschte. Der Vorstoß gelang. Als es dämmerte, waren die Reste der ehemaligen Nachhut der Roten Armee noch ungefähr drei Kilometer von dem Flußufer entfernt, an dem sie sich mit der restlichen Truppe vereinen sollte. Seit Stunden hörte man in der Ferne schwere Artilleriegeschütze. Der Hsiang war im Oberlauf nicht einmal hundert Meter breit und so flach, daß man ihn in der Tat zu Fuß durchqueren konnte; doch die Kuomintang hatte ihre auf den Propaganda-Zetteln angekündigten Drohungen wahrgemacht: Tschiang Kai-scheck hatte riesige Truppeneinheiten zusammengezogen und versuchte mit allen Mitteln, die Rote Armee am Überqueren des Flusses zu hindern. In den kommenden Jahren sollte H. H. Rourke noch an vielen wichtigen Schlachten mit wütendem Trommelfeuer durch die Luftwaffe teilnehmen, doch die entsetzliche Schlacht am Hsiang in der Nähe der Stadt Dao Siang grub sich als die blutigste, die er je erlebte, in sein Gedächtnis ein.

Die Rote Armee hatte fünfzigtausend Tote zu beklagen, mehr als die Hälfte ihrer ursprünglichen Stärke. Die drei Kilometer, die Oberst Hua noch von dem Ufer trennten, waren mit Leichen übersät. Nicht nur von Menschen, auch von Tieren, die die Armee als lebende Nahrungsmittelreserve mit sich führte. Dazwischen türmten sich Druckerpressen und alle möglichen Maschinen, mit deren Hilfe man Munition und Waffen herstellen konnte, aber natürlich auch die unvermeidlichen Nähmaschinen. Und Bücher, unendlich viele Bücher, die man seit vierzig Tagen unverständlicherweise mit sich geschleppt hatte.

Erst am sechsten und letzten Tag der Schlacht trafen die Reste der unter Oberst Huas Befehl stehenden Abteilung am Ufer des Hsiang ein. Die Vorhut der Roten Armee war auch hier vom Feind nicht behelligt worden, der sich erst dann zeigte, als der Hauptteil der Roten Armee im Fluß den Angreifern wehrlos ausgeliefert war.

Die beiden Soldaten, die vor H. H. marschierten, brachen zusammen, und die Maschinengewehrsalve, denen sie zum Opfer gefallen waren, schlug Rourke seine englische Reisetasche aus der Hand. Als er sich bückte, um sie wieder aufzuheben, schlug eine Granate nicht einmal dreißig Meter von ihm entfernt ein. Steine und Erdbrocken regneten auf ihn nieder. Er fiel auf die Seite und war, als er sich wieder aufsetzte, völlig benommen. Alle um ihn herum rannten, so schnell sie nur konnten. Er entdeckte Jadeflöte, die bereits bis zur Mitte des Flusses vorgedrungen war und halb gebückt, aber ohne äußeres Zeichen von Erregung, die Krankentrage hinter sich durchs Wasser zog, auf der Hauptmann Song lag. Sich-spiegelnde-Morgenröte konnte er nirgends entdecken. Wieder schlugen Granaten in seiner unmittelbaren Nachbarschaft und im Fluß ein und verursachten riesige Wasserfontänen.

»Laufen Sie doch!«

Jemand schrie direkt in sein Ohr. H. H. zündete sich zuerst gemächlich eine Zigarette an, bevor er hochschaute: Oberst Hua beugte sich über ihn und versuchte, ihn hochzuziehen.

»Ich glaube, ich werde hierbleiben«, meinte H. H., der, als er mit seiner Hand über seinen Nacken strich, bemerkte, daß er blutete. Er fand die ganze Situation ganz und gar irreal. Wie konnte er, der Reporter, der andere beim Sterben beobachtete, selbst getroffen worden sein?

»Stehen Sie endlich auf und rennen Sie!«

Oberst Hua hielt sich nicht weiter bei Rourke auf. Er rannte zum Ufer und ins Wasser. Artilleriegeschosse schlugen hinter und neben ihm ein, als ob die Schützen der nationalchinesischen Armee und Luftwaffe es höchstpersönlich auf ihn abgesehen hätten. H. H. rührte sich nicht, sondern diskutierte im Sitzen mit sich selbst. Der eine H. H. Rourke behauptete steif und fest, es sei am besten, einen Schlußstrich unter die Geschichte zu ziehen. Zum Teufel mit Hauptmann Song und seinen Konkubinen, zum Teufel mit der Roten Armee und zum Teufel mit ganz China!

›Jetzt fahr endlich nach Hause, in die Vereinigten Staaten, nach New York oder in irgendeine andere Stadt, Hauptsache, Kate hält sich dort auf! Du nimmst sie in deine Arme und läßt sie nie wieder los!‹

Dann war da der andere H. H. Rourke, dem es langsam wieder besser ging, das heißt, der einen klaren Kopf bekam, denn die Nachwirkungen des Schlages, den er auf seinen edelsten Körperteil bekommen hatte, ließen zusehends nach. Dieser Rourke meinte, es sei sicher nicht unsinnig, sich aus dem Schlachtfeld zurückzuziehen oder, anders ausgedrückt, die Beine in die Hand zu nehmen und um sein Leben zu rennen!

Der zweite H. H. gewann das Duell. Leicht schwankend und immer noch benommen stand er auf. Er hob seine Reisetasche hoch und ging zum Fluß, wobei er sich fragte, wie dieser denn wohl hieße. Als ihm der Name wieder einfiel, wußte er, daß sein Gehirn langsam wieder normal funktionierte. Auf dem Weg zum Fluß und im Fluß türmten sich so viele Leichen, daß die Kraft des fließenden Wassers nicht ausreichte, um sie alle fortzuschwemmen; an manchen Stellen bildeten sie regelrechte Staudämme, die von Zeit zu Zeit brachen, um sich an einer anderen Stelle neu zu bilden. Er watete durch den Fluß, seinen Filzhut auf dem Kopf behaltend und eine Zigarette im rechten Mundwinkel. Rourke hielt seine Ledertasche über den Kopf, da er fürchtete, sie würde sonst naß. An einer Stelle reichte das Wasser bis auf Brusthöhe. Ab und zu schüttelte er den Kopf, wie um den Schleier zu vertreiben, der sich zuweilen noch über seine Augen legte. Er erreichte das gegenüberliegende, hochliegende, sich über zwei terrassenförmige Böschungen erstreckende Ufer, kletterte die erste und dann die zweite hoch und fand sich unter Bäumen wieder, deren dicke Stämme viele Einschläge von Maschinengewehrkugeln aufwiesen. Auch hier lagen Leichen, allerdings weniger als auf der anderen Seite. Dafür aber stieß er auf eine große Anzahl von Schwerverletzten, die bereits im Sterben lagen, zumindest aber nicht mehr weiter konnten, auch wenn sie sich mit letzter Kraft auf das Ufer gezogen hatten.

H. H. wurde zusehends wacher. Weiterhin schlugen Artilleriegeschosse in seiner Umgebung ein, Äste und ganze Baumstämme mit dumpfem Knall in die Luft sprengend, doch lange nicht mehr so häufig. Zwischen den einzelnen Einschlägen herrschte Totenstille, nur durch das Brummen von Milliarden dicker, blauer Schmeißfliegen unterbrochen, die von den Leichen unwiderstehlich angezogen wurden. Ein Teil der Soldaten war ja schon vor sechs Tagen gefallen.

Endlich drang auch der bestialische Geruch bis zu Rourkes Bewußtsein durch: Er war wieder im Besitz seiner Kräfte. Vorsichtig tastete er die blutige Stelle im Nacken ab und stellte fest, daß die Wunde bereits trocken war. Er spürte eine große Beule; anscheinend hatte ihn ein Stein oder ein Erdbrocken, der von einem Granateinschlag aufgewirbelt worden war, getroffen. Er schaute sich gründlich um: Nirgendwo konnte er Soldaten sehen; Rourke hatte den Eindruck, als sei die Rote Armee einfach ohne ihn weitermarschiert.

Richtung Westen – der Hsiang floß nach Osten – schien der Wald dichter zu werden. Hügel zeichneten sich ab, die auch zu einem Gebirge gehören konnten. Die Spuren wiesen darauf hin, daß die Überlebenden des Massakers diese Richtung genommen hatten.

Jadeflöte. Er sah sie wieder vor sich, wie sie die Krankentrage mit Hauptmann Song durch das Wasser zog. Nichts bewies, daß es ihr gelungen war, den Fluß ganz zu überqueren. Vielleicht lag irgendwo ihre Leiche. Was nichts anderes als das brutale Ende seiner Reportage bedeutet hätte.

Er ging zwischen den Leichen und Sterbenden auf und ab und kehrte dann zum Fluß zurück zu der Stelle, an der Jadeflöte das Wasser verlassen haben mußte. Er warf einen Blick über den Fluß: Auf dem gegenüberliegenden Ufer bewegte sich nichts mehr; nur noch die Leichen zeugten von dem Gemetzel. Das Trommelfeuer hatte inzwischen ganz aufgehört. Im Süden allerdings, Richtung Dao Siang, klangen weit entfernt schwere Geschütze. Später erfuhr er, daß die Hauptkorps der kommunistischen Armee sich in der Richtung, aus der der Lärm der Geschütze zu ihm drang, durchgeschlagen hatte.

»Mister Rourke?«

H. H. drehte sich um. Nur wenige Meter von ihm entfernt saß Oberst Hua mit ausgestreckten Beinen auf dem Boden; er lehnte sich gegen einen Erdhügel, der von dem Einschlag einer Granate aufgeworfen worden war. Seine linke Hand verschwand in seinem Bauch, der nichts anderes mehr war als eine blutige Brühe.

»Mister Rourke, ich habe Sie beim Überqueren des Hsiang beobachtet. Ihr Phlegma war wirklich äußerst beeindruckend.«

»Ich war nicht ganz bei Sinnen«, antwortete H. H. »Das ist die einzige Erklärung.«

H. H. ging zu ihm und setzte sich ihm gegenüber auf den Boden.

»Kann ich etwas für Sie tun?«

»Nichts, danke. Sollten wir nicht ein westliches Ritual ausführen? Sie bieten mir eine Zigarette an, rauchen selbst eine, und dann sterbe ich.«

»Möchten Sie eine Zigarette?«

»Bitte bedienen Sie sich aus meinem Zigarettenetui. Es steckt in meiner Tasche.«

H. H. erfüllte den Wunsch und zündete zwei Zigaretten an.

»Bitte behalten Sie das Etui. Ich bestehe darauf.«

In dem zerfetzten Unterleib des Obersten gurgelte es; ein Blutschwall, mit Fäkalien durchsetzt, floß über die Schenkel Huas. H. H. und Hua zogen tief den Rauch ihrer Zigaretten ein.

»Die Frau lebt noch«, erklärte Hua. »Ich habe sie gesehen. Zweimal. Das erste Mal zog sie den Mann auf einer Krankentrage ans Ufer und verschwand aus meinem Blickfeld. Dann tauchte sie wieder auf, um ihre Gefährtin zu holen. Die Gruppe verschwand dort hinter den Felsen. Ich habe ihren Namen vergessen.«

»Jadeflöte.«

Huas Augen schlossen sich.

»Mister Rourke, Sie sollten jetzt aufbrechen. Ich versichere Ihnen, daß ich völlig ruhig bin. Erinnern Sie sich noch an meine Geschichte mit dem Drachen, oder haben Sie bereits geschlafen, als ich sie Ihnen erzählte?«

»Ich erinnere mich noch an jede Einzelheit.«

»Ich nicht. Ich habe sie während des Erzählens nach und nach erfunden.«

Wieder gurgelte es in seinem Bauch und wieder floß eine übelriechende Masse über Huas Schenkel. H. H. rauchte langsam seine Zigarette zu Ende und verstaute das silberne Zigarettenetui mit dem roten Email-Drachen in der Innentasche seines Trenchcoats, stand auf und ging.

Die Felsen, auf die Oberst Hua gedeutet hatte, befanden sich gut vierhundert Meter vom Ufer entfernt und lagen wohl vierzig bis fünfzig Fuß höher. Ein kleiner Bambushain schirmte sie von den Pfaden ab, die die Soldaten den Fußspuren zufolge genommen hatten. Aufmerksam um sich schauend, ging H. H. immer weiter. Zuerst schien alles normal, doch dann fiel ihm auf dem Boden ein etwas dunklerer Fleck auf. Als er näher hinschaute, entdeckte er einen Stoffetzen. Genauer betrachtet, wies der Fleck die Form eines ausgestreckten menschlichen Körpers auf.

Song? Hatte sie ihren Herrn und Meister, Hauptmann Song, hier begraben?

Vorsichtig löste Rourke die Erde mit den Händen. Ein winzig kleiner, graziler Fuß tauchte auf, der eindeutig zu dem Körper einer Frau gehörte. H. H. schaute ihn lange an und preßte die Zähne aufeinander, bevor er sich überwand und an der entgegengesetzten Seite des länglichen, dunklen Fleckes, der eindeutig ein Grab war, mit den Händen die Erde beiseite schaufelte. Das Gesicht und der Oberkörper von Sich-spiegelnde-Morgenröte, der dritten Konkubine, kamen zum Vorschein. Ihre nackte Brust wies den Einschlag von drei Kugeln auf. Jadeflöte mußte das Massaker wirklich überlebt haben, denn es war völlig ausgeschlossen, daß Song seine Konkubine begraben hatte. Da die Fliegen, von dem getrockneten Blut angezogen, sich auf die Leiche stürzten, beeilte sich H. H. Rourke, sie wieder mit Erde zu bedecken und mit Steinen zu sichern.

Nur wenige Schritte von dem improvisierten Grab entfernt entdeckte er in dem Bambushain eine Stelle, an der man zwei dicke Bambusstangen gefällt hatte. Rourke konnte anhand der Höhe des Hains davon ausgehen, daß die zwei Stangen wohl an die drei Meter lang sein mußten.

›Sie hat die bisher benutzte Krankentrage aufgegeben und aus den Bambusstangen eine Nottrage gebaut; vielleicht hatte die alte das Massaker nicht überlebt. Song lebt noch, das steht wohl fest, und Jadeflöte kümmert sich weiterhin um ihn.‹

Etwas weiter entfernt entdeckte er in dem aufgeweichten Boden zwei parallel verlaufende Striche, die relativ tief eingegraben waren. Die deutliche Spur bewies, daß er mit seiner Vermutung recht hatte. Sie lief genau auf das Gebirge zu. H. H. zündete sich eine der Zigaretten Oberst Huas an, warf sich seine Reisetasche über die Schulter und folgte der Spur mit entschiedenen, weitausholenden Schritten. Die Reportage war noch nicht zu Ende.

Kapitel 6

Auf der Spur von Jadeflöte

Er brauchte neun Tage, bis er sie wiedergefunden hatte. Nach der Überquerung des Hsiang hatten sich die Truppen der Roten Armee in kleine Abteilungen aufgelöst, um den verheerenden Bombenabwürfen der nationalchinesischen Luftwaffe, denen sie nichts entgegenzusetzen hatten, wenigstens teilweise zu entgehen. Weitere Verluste konnte sich die Rote Armee, die bereits um die Hälfte geschrumpft war, nicht mehr leisten.

Warum er neun Tage brauchte, bis er Jadeflöte wiedergefunden hatte? Ganz einfach: Er hatte sich in der Spur geirrt. Zu Beginn war er ihr eine Zeitlang gefolgt; doch dann hatte sich ihre Spur mit der anderer vermengt, und Rourke war sich nicht mehr sicher, ob er der richtigen folgte, denn die vielen Soldaten, die den gleichen Weg eingeschlagen hatten, hatten mit ihren Füßen die Doppelspur der auf dem Boden schleifenden Bambusstangen ausgelöscht. So hatte er sich, wenn sich mehrere Pfade kreuzten, immer für den entschieden, den die meisten genommen hatten. In regelmäßigen Abständen stieß er auf Verletzte oder Sterbende, die von der Armee zurückgelassen worden waren.

Dann gab es natürlich noch die Deserteure, die die Spuren verwischten, Abteilungen der Kuomintang, die die dem Massaker Entkommenen verfolgten, eine lokale Armee, die mehr oder weniger privat war – und auf alle Fälle die Autorität Tschiang Kai-schecks, der in Nanking residierte, nicht anerkannte, aber auch nicht zulassen wollte, daß sich die Rote Armee auf ihrem Gebiet häuslich niederließ –, und schließlich Banditen, die die Verwirrung ausnützten und sich bei Freund und Feind bedienten.

Dann gab es da die Tsuang, die Yi, die Mulao, die Dong, die Yao, die Miao, die Maonan, die Jing, die Hui (Moslems), die Gelao, die Shui und noch viele weitere ethnologische Splittergruppen mit den merkwürdigsten Dialekten, die oft nur mehrere Tausend Köpfe zählten, aber einhellig für die Han, die wahren Chinesen, Mißtrauen und Abneigung empfanden, ob diese nun rot oder weiß waren, und keine Lust hatten, für die eine oder andere Partei, die sich auf ihrem Territorium bekriegten, Stellung zu beziehen.

Während seiner Reise mit Kate hatte H. H. Rourke nur die großen Straßen benutzt – oder eben die Feldwege, die als Ersatz für nichtvorhandene Straßen dienten; seine noch bescheidenen Sprachkenntnisse hatten die Verständigungsmöglichkeiten mit der Bevölkerung beeinträchtigt, und er war davon überzeugt gewesen, daß es an ihm lag, wenn er sich nicht mit allen unterhalten konnte. Heute wußte er, daß auch Chinesen oft Schwierigkeiten hatten, miteinander zu sprechen.

Auf seiner Suche nach Jadeflöte durchquerte er von Osten nach Westen den ganzen Norden der Provinz Kwangsi und befand sich, eigener Einschätzung zufolge, acht bis zehn Tagesmärsche hinter dem Hauptteil der Roten Armee.

Die Landschaft, die er zu Fuß durchquerte, war von beinahe übernatürlicher Schönheit. Die Karstformationen, die er zum Teil schon in den Gebirgsregionen der Provinz Kiangsi bewundert hatte, waren hier noch wilder und ausgeprägter und erinnerten an polierte, blendend weiße Zuckerhüte, die häufig von Wolken umhüllt waren. Die Kalkhochebenen erinnerten an riesige weiße Tische aus Kreide. Manchmal waren sie im unteren Teil vom abfließenden Regenwasser ausgewaschen, hingen drohend über die Pfade und stellten Resonanzkästen dar, in denen der geringste Lärm wie in einer Kathedrale ein tausendfaches Echo auslöste. Unwillkürlich drückte man sich unter diesen Überhängen gegen die Wände und beschleunigte seinen Schritt, um so schnell wie möglich wieder ins Freie zu gelangen. H. H. ging es nicht anders als den Nachzüglern der Roten Armee, die er laufend überholte. Nach und nach wurden die Wege breiter, und die merkwürdigen Kalkkolonnaden machten immer mehr einem ursprünglichen, kaum berührten Wald Platz: So hatte sich Rourke immer die Welt kurz nach ihrer Erschaffung vorgestellt.

Wie durch ein Wunder konnte er in dieser fast menschenleeren Gegend einer Gruppe halb verhungerter Zhuangs ein Muli abkaufen, sein zweites, das einmal zu der kommunistischen Truppe gehört haben mußte, denn es trug noch eine Schreibmaschine und Propagandamaterial. Die gleichen Zhuangs informierten ihn, der Großteil der Roten Armee sei vor einer Woche weiter nördlich vorbeigezogen, kleinere Einheiten hätten aber ganz in der Nähe gelagert, an einem kleinen Weiher. Die Verständigung war recht schwierig, denn keiner der Bergbewohner sprach ein Wort Mandarin oder Kantonesisch, doch mit Hilfe von Gesten und in den Boden geritzten Zeichnungen konnte H. H. Rourke die entscheidende Frage stellen: Ja, sie hatten jemanden gesehen, der eine lange, aus Bambusstangen bestehende Krankentrage zog.

Ja, ein Mann hatte auf der Trage gelegen...

Ja, derjenige, der zog und am Ende seiner Kräfte war, der weit hinter den Soldaten hermarschierte, die selbst schon lange den Anschluß an den Hauptteil der Roten Armee verloren hatten – dieser jemand war eine Frau.

Wann sie vorbeigekommen war? Die gestische Antwort war eindeutig: Dreimal war inzwischen die Sonne aufgegangen. (Da es ununterbrochen regnete, hatte diese Geste natürlich nur reinen Symbolcharakter.)

Auf seinem Muli reitend ließ er eine kleine Stadt südlich liegen, die den Aussagen einer kleinen Gruppe kommunistischer Soldaten zufolge, mit denen er ein Stück Wegs zurücklegte, Shuiku hieß. Er fand diese Stadt auf seiner Karte und stellte fest, daß er die Provinz Kwangsi verlassen hatte und sich in der Provinz Kweitschou befand. Wenn er die in den letzten Tagen eingeschlagene Richtung beibehielt, würde er direkt in den Himalaya gelangen, außer er bog links ab, um in das französische Tongking zu gelangen, eine Idee, die ihm verlockend erschien, zumal er nur vier- bis fünfhundert Kilometer hätte zurücklegen müssen.

Die Landschaft änderte sich stark; am Horizont reihten sich kahle, abweisende Hochplateaus aneinander. Als er sich die Landschaft durch das Fernglas näher anschaute, bekam er den Eindruck, als handele es sich um ein völlig ausgedörrtes Gebirge; dabei galt die Provinz Kweitschou als die regenreichste Chinas. Er entdeckte eine kleine Abordnung aus sieben-, vielleicht achthundert Angehörigen der Roten Armee, wie er aufgrund der achteckigen Schirmmützen mit dem roten Stern und der graublauen Uniform unschwer erkannte.

Obwohl er schon in seinem Fernglas festgestellt hatte, daß sich Jadeflöte nicht bei ihnen aufhielt, beeilte er sich, zu der Gruppe zu kommen. Er erkannte einige, die zur Nachhut Oberst Huas gehört hatten. Sie sagten ihm, sie hätten sich verlaufen. Nach dem Überqueren des Hsiang hatten sie sich, da ihnen niemand einen genauen Befehl gegeben hatte, immer in westlicher Richtung gehalten. Der Hauptteil der Roten Armee war wohl, so vermuteten sie, weiter nördlich marschiert und hatte vielleicht noch nicht einmal das Yungtsung-Gebirge und den Fluß Wu überschritten. Sie wußten nicht so recht, was sie tun sollten. Vielleicht nach Szetschuan ziehen...

Endlich löste sich einer der Soldaten aus der Gruppe und kam zu ihm: »Ich habe die Frau gesehen, die Sie suchen.«

Am Vorabend hatte sich Jadeflöte noch in der Nähe der Gruppe aufgehalten.

»Sie folgte uns mit zwei Li Abstand. Wir, das heißt, ein Freund und ich, gingen zu ihr und fragten, ob wir ihr nicht helfen sollten. Sie lehnte ab.«

»War der kranke Mann immer noch bei ihr?«

Ja. Sie trug ihn inzwischen auf ihrem Rücken.

H. H. fragte mehrmals nach der Stelle, an der sie die Frau zum letzten Mal gesehen hatten, bis er sicher war, die Stelle auch zu finden, die acht bis neun Kilometer südlich lag. Dann verabschiedete er sich.

Es regnete immer noch.

Stunden später lenkte er sein Muli in eine Schlucht mit steil aufragenden Seitenwänden, in der ein ungefähr sechs Fuß breiter Bach floß. Die Talsohle, die zu Beginn wohl dreißig Meter breit gewesen war, wurde immer enger, bis die Wände schließlich so dicht nebeneinander aufragten, daß ein Karren keinen Platz mehr gehabt hätte. Rourke traf immer wieder auf Fußspuren, ohne die er seit langem umgekehrt wäre, denn die Schlucht machte ansonsten einen völlig verlassenen Eindruck.

Er unterschied zwei verschiedene Abdrücke deutlich: Die einen stammten von Füßen, die mit einer Strohsandale bekleidet waren, während die anderen, viel kleineren, von nackten Füßen stammten und ohne weiteres zu Kindern gehören konnten.

Die Schlucht wurde noch enger. H. H. mußte sein Muli energisch antreiben, das es mit der Angst zu tun bekam und nicht mehr vorwärts wollte. Am Ende dieses natürlichen Engpasses verbreiterte sich das Tal abrupt auf gut dreihundert Meter, während die Felswände weiterhin steil und nahezu unüberwindlich mindestens sechzig Meter hoch aufragten. Am überraschendsten war die üppige Vegetation, die mit der bisherigen Kargheit der Landschaft stark kontrastierte. Unwillkürlich erinnerte sich H. H. Rourke an die *barrancas*, die er im Norden Mexikos kennengelernt hatte, wilde, tiefe und vor allem feuchte und mit Pflanzen bewachsene Täler mitten in einer Wüstenlandschaft. In einer dieser mexikanischen *barrancas* hatten Jesuiten vor vielen Jahrhunderten eine Kirche, einen Bauernhof und Ställe gebaut und Obst- sowie Gemüsegärten angelegt.

H. H. setzte sich auf sein Muli und ritt los. Das breite Tal war anscheinend einige Kilometer lang; bereits seit einiger Zeit folgte er einem Pfad, der anscheinend von vielen Generationen ausgetreten war. Endlich entdeckte er, hinter Bäumen versteckt, Hütten, die mit Stroh gedeckt waren. Aufgrund des häufigen Regens war das Stroh ganz schwarz geworden. Die Hütten wiesen sorgfältig aus Bambusstangen gefertigte Türen auf; die Zwischenräume zwischen den Stangen hatte man mit Maisbast ausgefüllt. Der Weg führte direkt zu dem kleinen Dorf. Inzwischen hatte der starke Regen nachgelassen; nur noch vereinzelt fielen Tropfen auf Rourke und das Muli, bis es ganz aufhörte zu regnen. H. H. ritt nun schon eine geraume Zeit durch dieses offensichtlich bewohnte Tal, ohne daß er einen Menschen gesehen hätte. Doch der typische Geruch von schwelendem Feuer, das mit feuchtem Holz geschürt wird, begleitete ihn die ganze Zeit über.

Endlich war er bei den Hütten angekommen. Er hatte gemeint, Kinder zu erkennen, doch jetzt entdeckte er, daß es sich um Männer und Frauen aller Altersstufen handelte, die auf jegliches Kleidungsstück verzichtet hatten; sie musterten ihn. Ihre Gesichter verrieten nichts von dem, was sie dachten. Auch als er sein Maultier anhielt und abstieg, verzogen sie keine Miene. Er schätzte, daß es sich wohl um hundert Menschen handelte. Die Männer waren mit Pfeil und Bogen, kurzen Wurfspießen und großen Messern bewaffnet. Trotz ihres Zwergenwuchses zweifelte Rourke keine Sekunde an ihrer Gefährlichkeit. Gulliver bei den Liliputanern. Er hatte sogar das stark ausgeprägte Gefühl, daß es ihnen absolut nichts ausmachte, ihn zu massakrieren. Rourke zündete sich eine Zigarette an.

»Ich suche einen Mann und eine Frau«, sagte er. »Die Frau ist größer als der Mann und trägt ihn auf dem Rücken.«

Bevor er seinen Satz noch zu Ende gesprochen hatte – er hatte die Mandarin-Sprache gewählt –, ahnte er, daß er in der Wüste predigte: Man verstand ihn nicht. So versuchte er es auf Kantonesisch. Wieder ohne Erfolg. Auch der in Schanghai gesprochene Dialekt wurde nicht verstanden.

Er schickte sich an, sich mit Gesten auszudrücken, und mimte einen H. H. Rourke, auf einem Schiff die weiten Meere überquerend nach China reisend. Gleichzeitig verdeutlichte er sein Mimenspiel mit Hilfe von Zeichnungen, die er in den Boden ritzte. Auch wenn man ihn nicht verstand – in diesem Punkt machte er sich keine Illusionen –, so gewann er doch Zeit und überstand die in solchen Fällen immer sehr delikaten ersten Minuten. Seine Mimik und seine Zeichnungen wurden immer schillernder und poetischer – er schilderte mit allem Nachdruck die Schlacht am Hsiang –, und er konnte zum ersten Mal einen gewissen Erfolg verzeichnen: Die nackten Dorfbewohner scharten sich um ihn und schauten ihn neugierig und auch verblüfft an. Wahrscheinlich fragten sie sich, was dieser komische Vogel eigentlich von ihnen wollte.

Erst jetzt wagte er es, einige Schritte zu tun. Sanft die Menschen beiseite schiebend, bahnte er sich einen Weg zu den Hütten und schaute sich um. In der fünften entdeckte er den friedlich schlafenden Hauptmann Song.

»Loulke, du bist wirklich ein Freund! Du bist mir bis hierher gefolgt, um mir zu helfen…«

»Wo ist sie?«

»Ich leide entsetzlich, wie du dir sicher vorstellen kannst. Gut, zu Beginn des Langen Marsches war ich nicht wirklich verletzt, doch dann bin ich sehr, sehr krank geworden. Ich wäre beinahe gestorben! Nicht nur aufgrund der Krankheit: Man hat auf mich geschossen, mit Gewehren und Kanonen, sogar von Flugzeugen aus, alle wollten mich umbringen!«

»Wo ist sie? Wo ist Jadeflöte?«

Song schaute ihn völlig verstört und indigniert an. Über seine Gedanken konnte es keine Zweifel geben: Wie brachte man es nur fertig, sich für jemand anderes als für ihn zu interessieren? Er hatte abgenommen, nicht einmal viel, schien aber ansonsten bei blendender Gesundheit zu sein.

Er räumte ein, daß sich Jadeflöte wohl in einer der anderen Hütten aufhalten mußte. Genau wußte er es nicht. Sie hatte ihn schwer enttäuscht. Die heutigen Konkubinen waren auch nicht mehr das, was sie früher einmal gewesen waren. Dabei hatte Mama sie höchstpersönlich ausgesucht! Trotz dieser Garantie hatten sie ihn verlassen, eine nach der anderen, ohne sich um ihn, der ihnen von Mama anvertraut worden war, zu kümmern...

»Song, entweder hältst du den Mund, oder ich bringe dich zum Schweigen!«

Er beugte sich über die junge Frau und wußte nicht einmal, ob sie noch am Leben war. Während ihres unerfreulichen Gesprächs hatten sie nacheinander die Hütten abgesucht, wobei die nackten Dorfbewohner sie hatten gewähren lassen. Sie lag auf einer Matte und rührte sich nicht.

H. H. öffnete die Bambustür, so weit es möglich war; als er wieder zu dem Krankenlager zurückkam, schaute ihn Jadeflöte mit weit geöffneten Augen intensiv an.

»Endlich habe ich Sie gefunden!«

Sie schloß die Augen. Was H. H. in der Dunkelheit für einen großen Schmutzfleck auf der linken Wange der jungen Frau gehalten hatte, entpuppte sich als eine häßliche Wunde. An Kinn, Hals und Schultern entdeckte er weitere Spuren von heftigen Schlägen. Doch das Schlimmste sollte erst noch kommen. H. H. schlug die stinkende Decke zurück und legte den nackten, leichenblassen, über und über von blauen Flecken übersäten Körper Jadeflötes bloß. Die eine Brust wies einen tiefen Schnitt auf, der von einem Messer verursacht sein mußte. Kurz darauf entdeckte er zwei Einschüsse: Der erste war an der äußersten rechten Bauchseite in den Körper eingedrungen und hatte höchstwahrscheinlich den Oberschenkelhals zerschlagen; die Kugel mußte sich noch in Jadeflötes Körper befinden. Die zweite hatte ihren linken Schenkel dicht unter der Leiste getroffen.

»Wer hat das getan?«

Sie hatte bisher ihr Gesicht Rourke zugedreht gehabt, die Augen allerdings geschlossen. Jetzt wandte sie ihren Kopf ab.

»Ich hatte ihr gesagt, wir müßten bei den kommunistischen Soldaten bleiben. Hundertmal! Doch sie hat sich hängen lassen, so daß der Abstand immer größer wurde. Das Ergebnis? Die Soldaten haben mich einfach im Stich gelassen. Ich war ganz allein.«

Ohne sich nach ihm umzuschauen, streckte H. H. seine Hand aus, packte den jungen Mann am Kragen seiner Jacke und warf ihn hinaus.

Er kniete sich neben der jungen Frau nieder und holte aus seiner Reisetasche die Zeltleinwand, um Jadeflöte damit zuzudecken. Er bedauerte es lebhaft, keine richtige Decke dabeizuhaben. Und kein Verbandszeug. Vor allem aber keine Medikamente. Wut und Sorgen erfüllten ihn.

»Wenn Sie hier liegenbleiben, werden Sie sterben«, sagte er so sanft wie möglich. »Und ich möchte nicht, daß Sie sterben.«

Sie schaute immer noch zur Wand. Ihr keuchender Atem, ihre Fingernägel, die sich tief in die Handballen eingruben, und die bebenden Nasenflügel verrieten, welche Schmerzen sie auszuhalten hatte. Der Mut und die Tapferkeit dieser jungen Frau waren unvergleichlich!

»Ich komme wieder und kümmere mich um Sie«, versprach Rourke.

Er verließ die Hütte. Song hatte sich melancholisch auf den Boden gehockt.

»Loulke, du hast mich beinahe geschlagen. Warum bist du so bös zu mir?«

Die Dorfbewohner, die alle kleiner als einen Meter fünfzig waren, hatten sich etwas zurückgezogen, beobachteten aber Rourke weiterhin, ohne daß man hätte ahnen können, was sie von ihm hielten.

»Versteht einer dieser Leute Chinesisch?«

»Nein, sie verstehen kein Wort. Das sind wilde Miaos. Ach, wenn ich doch nur in Schanghai wäre!«

H. H. entdeckte ein Gefäß aus Ton und füllte es mit Wasser, das er auf der Glut zum Kochen brachte. Dann ging er zu der Verletzten zurück und begann, ihre Wunden zu säubern; der Schmutz und das geronnene Blut hatten sich richtiggehend verkrustet.

»Ich weiß, daß ich Ihnen wehtue, doch es muß sein.«

Sie hatte die Augen aufgeschlagen und schaute H. H. an. Jadeflöte schüttelte fast unmerklich ihren Kopf. Vielleicht wollte sie ihm damit bedeuten, daß seine Versuche, ihr zu helfen, sinnlos waren, vielleicht wunderte sie sich auch nur über die Mühen, die er ihretwegen auf sich nahm. So gut es ging, wusch er eines seiner Ersatzhemden, riß es in Streifen und verband damit ihre Wunden. Während er sich über sie beugte, spürte er, daß er nicht mehr mit ihr allein war. Eine der Miao-Frauen reichte ihm eine Schale mit Essen.

›Für euch beide‹, bedeuteten ihre Gesten.

H. H. brauchte zwanzig Minuten, bis er Jadeflöte so weit gebracht hatte, zwei Eßlöffel des Gemisches aus Mais und Schweinefleisch hinunterzuschlucken. Sie weigerte sich zu essen.

»Song, erzähl mir, was sich ereignet hat, nachdem wir getrennt wurden. Nur das Wesentliche. Und erspar dir deine Jeremiaden. Ich möchte wissen, was ihr passiert ist. Nicht dir. Du kannst von mir aus verrecken! Kein Hahn wird nach dir krähen!«

H. H. hatte die Hütte verlassen, in der die junge Frau lag. Die Dorfbewohner hatten sich erstaunlicherweise wieder ihren Alltagsbeschäftigungen zugewandt; ihre Neugier war erloschen, als ob die Anwesenheit eines *fremden Teufels*, wenn sie den chinesischen Ausdruck überhaupt kannten, eine ganz normale Sache wäre.

Song berichtete. Und verzichtete in der Tat auf seine sonst üblichen Tiraden, zwar nicht ganz, aber doch zum größten Teil. Wichtig wurde der Augenblick, in dem das Paar, das Song und Jadeflöte bildeten, endgültig von den letzten Truppen der Roten Armee getrennt war. Die erste Konkubine hatte einfach nicht weitergehen wollen, obwohl Song die ungeheuerlichsten Anstrengungen unternommen hatte. Er war nicht nur zu Fuß gegangen, sondern hatte sogar eingewilligt, einen der Säcke zu tragen, alle Traditionen mißachtend. Mama hatte recht, wenn sie ihm immer vorwarf, er habe ein zu gutes Herz. Doch trotz seiner Bemühungen verschwanden die Kommunisten am Horizont, und Song war eventuellen Truppen der Kuomintang hilflos ausgeliefert, die ihn auf der Stelle als Deserteuer füsilieren würden. Er war ja inzwischen nicht nur desertiert, sondern hatte sich wochenlang bei den Roten Teufeln aufgehalten! Banditen stellten eine weitere Gefahr dar. Und wirklich, am nächsten Morgen waren denn auch Banditen aufgetaucht. Entsetzlich! Sein Leben war in höchster Gefahr. Doch sie interessierten sich in der Hauptsache für die erste Konkubine, die sie verfolgten, während er sich hinter Felsen versteckte. Das heißt, es handelte sich nicht um wirkliche Banditen, sondern um Soldaten der unabhängigen Armee Kweitschous, dieser verrückten Provinz, in der man nie wußte, woran man war. Nun, diese Soldaten hatten es eigentlich auf die Roten Banditen abgesehen gehabt, aber trotzdem. Ein ganzer Tag und eine Nacht verstrichen.

»Du lügst, Song«, unterbrach ihn H. H..

»Ich? Ich lüge nicht, Loulke. Ich bin sehr traurig, daß du derartige Dinge zu behaupten wagst!«

»Du lügst. Du hast dich nicht nur einfach hinter den Felsen versteckt, und die Soldaten sind nicht nur einfach hinter Jadeflöte hergewesen. Ich bin davon überzeugt, daß du Jadeflöte benutzt hast, um die Soldaten von dir wegzulocken!«

Ansonsten glaubte H. H. die Geschichte des Hauptmanns im großen und ganzen. Es war richtig, daß Abteilungen der unabhängigen Armee Kweitschous durch die Gegend streiften und die Nachzügler der Roten Armee angriffen; er selbst wäre zwei-, dreimal beinahe selbst in solche Scharmützel verwickelt worden, wenn er ihnen nicht rechtzeitig aus dem Weg gegangen wäre. Hätte es sich um wirkliche Banditen gehandelt, dann wäre Rourke auch nicht erstaunt gewesen, denn damals stieß man in China allerorten auf diese Herren, vor allem in den kaum bevölkerten Provinzen des Westens, die nur locker unter der Zentralgewalt der Han standen. Verständlich, wenn man sich die Weitläufigkeit des Landes einmal vor Augen hält: Allein die Provinz Szetschuan ist so groß wie ganz Westeuropa zusammen. Und wenn man bedenkt, daß damals im Reich der Mitte Zustände herrschten, die vielleicht mit denen in Amerika während des Sezessionskriegs verglichen werden können. Im Osten schlugen sich zwei mächtige Gruppen, während der Westen sich selbst überlassen blieb. Nur in einem Punkt log Song, das war offensichtlich: Er hatte nicht zugegeben, daß sich seine Konkubine für ihn aufgeopfert hatte.

»Das nennst du eine Lüge?« fragte Song überrascht, und seine Überraschung war nicht einmal geheuchelt.

»Natürlich habe ich Jadeflöte benutzt. Ich habe vergessen, dies zu erwähnen, das ist alles. Denn der Punkt ist völlig nebensächlich. Wir hatten uns zusammen hinter den Felsen versteckt. Ich befürchtete, die Soldaten würden unsere Anwesenheit ahnen und uns suchen. Da habe ich Jadeflöte befohlen, aufzuspringen und davonzurennen. Sie wollte nicht. Sie behauptete, sie sei zu erschöpft, aber Mama hat mich immer vor Dienstboten gewarnt, die behaupten, sie seien krank, um sich vor ihren Pflichten zu drücken. Und Jadeflöte wollte sich vor der Pflicht drücken, die sie mir gegenüber zu erfüllen hatte. Ich habe sie geschlagen. Nicht sehr fest. Du kannst sie ja selbst fragen: Ich habe sie immer gut behandelt. Übrigens, das war das erste Mal, daß ich sie geschlagen habe. Nun, endlich richtete sie sich auf und rannte los. Aber nicht schnell genug, diese dumme Gans. Die Soldaten hatten sie sofort eingeholt. Sie hätte sich schon etwas anstrengen können. Sie war noch nicht einmal ein Li von meinem Versteck entfernt, als man sie gefangennahm. Ich war wirklich in Gefahr! Gut, vielleicht verzeihe ich ihr eines Tages. Ich bin wirklich zu gutmütig.«

»Und hast du zugeschaut, als sich die Soldaten über Jadeflöte hergemacht haben?«

Die alte Miao-Frau brachte zwei weitere Schalen mit Essen und dazu Alkohol, der aus Mohrenhirse gebrannt war. Seit dreißig Stunden hatte Rourke nicht mehr richtig gegessen.

Es fing wieder an zu regnen.

Natürlich hatte Song zugeschaut. Das war schließlich notwendig gewesen. Denn es war ja nicht gesagt, daß sich die Soldaten mit Jadeflöte zufriedengaben. Gott sei Dank spielte sich dann alles wie gewünscht ab. Zuerst hatte Jadeflöte mit ihrem Gewehr zwei Soldaten getötet und einen weiteren verletzt. Dann hatte sie anscheinend keine Munition mehr. Die Soldaten näherten sich ihr grinsend. Sie wollten sie vergewaltigen. Und diese Verrückte weigerte sich, anstatt es einfach über sich ergehen zu lassen! Sie hatte versucht, ihnen die Augen auszustechen, sie zu kratzen und zu beißen. Zu viert mußten sie sie halten. Und selbst dann spuckte sie den Männern ins Gesicht. Ein solches Verhalten kann man wirklich nicht als vernünftig und überlegt bezeichnen! War es ihr eigentlich nicht klar, daß die Soldaten wütend werden konnten? Und in ihrer Wut vielleicht die Gegend nach anderen Opfern absuchten und Song fanden...

»Loulke, sie hat wirklich egoistisch gehandelt, meinst du nicht auch?«

»Erzähl weiter«, forderte Rourke Song auf, ohne sich beim Essen stören zu lassen.

»Du bist sicher meiner Meinung. Die zweite Konkubine war genauso. Sich einfach in die Tiefe zu stürzen! Auch sie hat ihre Pflicht mir gegenüber nicht erfüllt, die Tradition nicht respektiert und nur an sich gedacht. Sich-spiegelnde-Morgenröte bin ich nicht so böse. Nicht ganz so böse. Obwohl sie die Kugeln vielleicht bewußt auffing, als sie den Hsiang überquerte. Ich habe ihr befohlen, schneller zu gehen, doch sie hat behauptet, das Wasser sei zu tief. Nun gut. Sie war sowieso keine gute Konkubine. Mama...«

»Die Fortsetzung der Geschichte, Song!«

Während er aß und auf die Fortsetzung von Songs Bericht wartete, überlegte er, was er unternehmen sollte, um Jadeflöte zu helfen. Allmählich entwickelte sich ein Plan. Anhand des Sonnenstandes schätzte er, daß es gegen elf Uhr sein mußte – nur daß keine Sonne am Himmel stand, was die Fehlerquelle bei seiner Schätzung erheblich vergrößerte. Wie auch immer, er rechnete damit, noch sechs Stunden Tageslicht zur Verfügung zu haben. Das andere Problem, den Miaos zu verdeutlichen, was er von ihnen benötigte, schien ihm nicht unlösbar zu sein.

Song erzählte weiter: Die Soldaten hatten Jadeflöte zuerst vergewaltigt und dann geschlagen. In diesem Augenblick hatte die erste Konkubine ihr schwerstes Pflichtversäumnis begangen: Anstatt ruhig zu bleiben, alles über sich ergehen zu lassen und abzuwarten, bis die Soldaten abgezogen waren, um ihm in dieser wahrhaft entsetzlichen Situation dann helfend beizustehen, hatte sie versucht, die fünf Soldaten, von denen einer bereits leicht verletzt war, zu töten. Sie hatte es geschafft, einem der Soldaten das Gewehr zu entreißen und hatte zwei weitere getötet. Die Überlebenden wurden natürlich wütend, das war nur zu verständlich. Sie hatten auf Jadeflöte geschossen, sie mit Faust- und Kolbenhieben und schließlich mit Fußtritten traktiert und hätten sie sicher in Stücke gerissen, hätte nicht einer von ihnen plötzlich in der Ferne andere Soldaten entdeckt – ob es sich um Kuomintang oder um Rote Banditen oder um ganz einfache Banditen handelte, das wußte Song nicht. Sie zogen ab, ohne sich weiter um Jadeflöte zu kümmern. Der letzte drehte sich noch einmal um, nachdem er bereits recht weit gegangen war, und schoß noch einmal auf sie, um sie endgültig zu erledigen, machte sich aber nicht die Mühe nachzuschauen, ob er Erfolg gehabt hatte.

»Ich war mir sicher, daß sie tot war, und war wütend auf sie. Loulke, versetz dich einmal in meine Lage: Sie hat mich in dieser barbarischen Gegend einfach allein gelassen! Das ist alles ihr Fehler. Wäre sie schneller und weiter gerannt, dann wären die Soldaten ihr kilometerweit gefolgt; sie hätte dann zurückkommen und sich um mich kümmern können, das war schließlich ihre Pflicht als Konkubine! Aber nein, sie ließ sich einfach umbringen! Ich habe wirklich allen Grund, mit ihr unzufrieden zu sein.«

Hauptmann Song fand sich plötzlich drei Meter von der Stelle entfernt wieder, an der er gerade noch gesessen hatte, und sein Gesicht steckte tief in dem gelben Schlamm. H. H. griff wieder nach der Schale mit dem Essen, die er kurz abgestellt hatte, setzte sich wieder und aß weiter.

»Song, die Fortsetzung der Geschichte. Und entschuldige bitte, daß ich dich geschlagen habe. Das hätte ich nicht tun sollen. Ich habe mir geschworen, nie in den Ablauf der Geschichten einzugreifen, über die ich Reportagen schreibe. Ich habe impulsiv gehandelt.«

»Du hast meinen Kopf zertrümmert! Ich werde sterben. Mama wird dich töten.«

»Ausgezeichnet«, kommentierte H. H. seine düsteren Aussichten. »Du wirst jetzt ganz schnell aufstehen, wieder hierherkommen und deine Geschichte weitererzählen. Es könnte sonst leicht sein, daß ich noch einmal impulsiv werde.«

»Loulke, du bist nicht mehr mein Freund. Ich hasse dich. Niemand hat mich je geschlagen. Niemand. Ich werde Mama bitten, dich umbringen zu lassen. Sie wird meine Bitte erfüllen.«

H. H. schaute den Sohn der Blumenhändlerin in Schanghai scharf an; trotz seine Vorsatzes, nie in den Ablauf seiner Reportagen einzugreifen, konnte er kaum den Impuls unterdrücken, ein zweites Mal zu reagieren, und zwar heftiger als beim ersten Mal. Song begriff anscheinend, daß die Gefahr, in der er schwebte, sehr real war. Er riß sich zusammen und erzählte, wenn auch immer noch sehr weinerlich, er habe in seinem Versteck hinter den Felsen viele Stunden gewartet, eine ganze Nacht hindurch. Und nachdem er sich davon überzeugt hatte, daß er wirklich ganz allein war, hatte er allen Mut zusammengenommen und war zu Jadeflöte gegangen, um nachzusehen, ob die Kugel sie tödlich verletzt hatte. Als er entdeckte, daß sie noch lebte, bat er sie, flehte sie an, endlich aufzustehen und zu laufen. Was hatte sie denn auf dem Boden zu suchen? Er hatte ihr sogar dabei geholfen, sich aufzurichten, und sie natürlich für ihre Faulheit und ihren Egoismus beschimpft – er,

Song, hatte entsetzliche Stunden durchzumachen! –, da tauchten plötzlich diese barbarischen Miaos auf. Er konnte nicht mehr davonlaufen, denn sie hatten ihm bereits umringt.

»Sie haben sich kaum um mich gekümmert, als ob ich überhaupt nicht zählte, was beweist, daß es sich um Barbaren handelt. Sie haben Jadeflöte auf Bambusstangen gelegt und hierhergetragen. Niemand hat sich um mich gekümmert und mich versorgt. Um meine Konkubine schon, aber nicht um mich...«

Song schüttelte den Kopf. Er konnte es immer noch nicht fassen. H. H. hatte sein Mahl beendet; er zündete sich eine Zigarette an und stand auf. Eine Stunde benötigte er, um den Miaos zu verdeutlichen, was er brauchte. Verblüffend geschickt bauten die nackten Dorfbewohner aus Bambusstangen und Maisbast eine Krankentrage, deren Stangen auf der einen Seite an dem Sattel des Mulis befestigt werden konnten und auf der anderen auf dem Boden schleiften; diese Enden waren dick mit Bast umwickelt und gepolstert. Auf dem Maisbast bereiteten sie aus Blättern ein möglichst bequemes Lager. H. H. verband die Stangen selbst mit dem Sattel seines Maultiers.

»Was machst du, Loulke?«

Rourke ging zu der Hütte, in der Jadeflöte lag. Miaos halfen ihm, sie zu tragen.

»Ich möchte hierbleiben«, flüsterte sie.

Er ging auf ihre Bitte nicht ein, so wenig wie er auf Songs Fragen eingegangen war.

Man legte die junge Frau sehr behutsam auf die Trage.

»Loulke, und ich?«

H. H. kniete nieder und beugte sich über Jadeflöte: »Ich werde Sie mitnehmen. Ich weiß nicht, wo ich einen Arzt auftreiben werde, aber ich werde es auf alle Fälle versuchen. Wenn Sie hierbleiben, dann werden Sie sterben, und ich möchte, daß Sie am Leben bleiben. Das habe ich Ihnen schon einmal gesagt.«

Er band sie auf der Trage fest. Er wollte verhindern, daß sie während des Transportes herunterrutschte oder gar so etwas Törichtes wie einen Selbstmordversuch unternahm.

»Und ich?« rief der ehemalige Hauptmann Song ein zweites Mal.

H. H. lächelte die nackte, alte Frau an, die ihm in Palmenblätter eingewickelten Reiseproviant brachte. Die Alte lächelte zurück, die anderen Miaos ebenfalls, und nickten mit dem Kopf.

»Und ich, Loulke? Du wirst mich doch nicht etwa im Stich lassen?«

Endlich antwortete H. H.: »Du wirst hierbleiben, Song. Ich kann wirklich keine zusätzlichen Schwierigkeiten gebrauchen, und die bekäme ich automatisch, wenn ich einen zweifachen Deserteur mitnähme.«

»Ich werde dir folgen!« rief Song.

»Wirklich?« meinte H. H. nur und versetzte ihm einen Fausthieb genau aufs Kinn, so daß der Sohn der Blumenhändlerin aus Schanghai bewußtlos zu Boden ging. Die begeisterten Miaos lachten schallend und klatschten in die Hände. H. H. ging zu ihnen, grüßte sie und erwiderte mit zusammengelegten, zur Stirn geführten Händen ihren Abschiedsgruß. Dann küßte er die Alte auf beide Wangen und stieg auf sein Muli.

Am übernächsten Tag stieß er auf eine zerlumpte Abordnung der Kweitschou-Armee. Auf die vielen Fragen antwortete er, es handele sich um seine Frau, die da auf der Trage läge und die von den Roten Banditen verletzt worden wäre; er transportiere sie zu einem Arzt und sähe es nicht sehr gerne, wenn man sie berühre oder in seiner Reisetasche herumschnüffele; er sei Journalist, und es sei ihm völlig gleichgültig, wer hier wem Befehle erteile.

Und es sei besser, ihm den Weg freizugeben.

Während seines letzten Satzes lächelte er, doch sein Lächeln war alles andere als verbindlich. H. H. Rourke war nicht sehr groß und schlank, das heißt, während seines persönlichen langen Marsches durch China war er sogar hager geworden, und führte keine Waffen bei sich. Ihm gegenüber standen zwanzig bis dreißig heruntergekommene, aber gut bewaffnete Soldaten. Trotzdem gaben sie ihm schweigend den Weg frei.

Er hatte beschlossen, nach Süden zu reiten, denn er hoffte, in Kweilin einen Arzt zu finden. Kweijang im Norden, die nächstgrößte Stadt, die ungefähr gleich weit entfernt lag und zugleich Hauptstadt der Provinz Kweitschou war, wurde seinen Informationen zufolge von allen an diesem Krieg Beteiligten heftig umkämpft.

Er ging zu Fuß, um das Muli zu schonen, das erste Anzeichen von Ermüdung zeigte, und um bei schwierigen Stellen die Krankentrage anheben zu können. Erst als es so dunkel war, daß er buchstäblich den Weg nicht mehr erkennen konnte, hielt er an, und marschierte am nächsten Morgen mit beginnender Dämmerung weiter.

Sie sagte kein einziges Wort. Manchmal schlief sie; dann fiel ihr Kopf zur Seite und sie stöhnte. Doch wenn sie bei Bewußtsein war, verbarg sie ihre Schmerzen und gab keinen Laut von sich. Sehr häufig allerdings schaute sie H. H., wenn dieser hinter ihr ging, direkt in die Augen, ohne ihren Blick abzuwenden oder ihre Lider zu schließen.

Er notierte in seinem Tagebuch:

»Sie wird nicht mit mir sprechen. Auch wenn sie sterben wird, was wahrscheinlich ist, wird sie mir nichts erklären. Ich habe mich inzwischen damit abgefunden, obwohl es nicht sehr einfach war. Sie opfert ihr Leben, das steht fest,

und ich habe tausend Erklärungen dafür gefunden, doch keine befriedigt mich. Die Lösung dieses Rätsels muß in ihrer Vergangenheit liegen. Während ich hinter ihr hergehe, stelle ich mir öfter vor, wieder in Schanghai zu sein und bei der Mutter von Hauptmann Song mit meinen Recherchen zu beginnen. Dabei bin ich eigentlich davon überzeugt, daß meine Nachforschungen im Sand verlaufen werden. Das Schweigen von Jadeflöte ist undurchdringlich. Sie hat sich sicher nach allen Seiten hin abgesichert. Selbst in Schanghai werde ich mir wohl den Kopf an der Mauer des Schweigens einrennen. Sicher hat sie sich bereits gefragt, ob ich nach Schanghai gehe und dort recherchiere. Trotzdem schweigt sie weiter. Sie weiß, daß ich dort nichts finden werde. Auch nicht in Nangking, Kanton oder Peking...

Jedesmal, wenn sich die Möglichkeit bot, wusch H. H. Jadeflöte, und an Wasser mangelte es in der Gegend nicht. Die tiefe Schnittwunde in der rechten Brust sah nicht allzu schlimm aus, während die entsetzlichen Bauch- und Hüftwunden ihm größte Sorgen bereiteten. Ihr ganzer Körper war infiziert...

»Gangrän«, sagte sie.

Er fuhr zusammen und schaute erstaunt hoch. Erstaunt nicht nur, weil sie zum ersten Mal, seitdem sie das Dorf der Miaos verlassen hatten, ein Wort hatte fallen lassen.

Sie hatte Englisch gesprochen. Und das wissenschaftliche Wort gewählt, anstatt einfach nur »Wundbrand« zu sagen. Er sprach so neutral wie möglich:

»Ich wußte gar nicht, daß Sie über medizinische Kenntnisse verfügen.«

Sie schüttelte verneinend ihren Kopf: »Ich habe keine medizinischen Kenntnisse. Aber es handelt sich schließlich um meinen Körper. Er verfault langsam.«

Mit dem eiskalten Wasser eines kleinen Baches reinigte er zum wiederholten Mal ihre Wunden. Ausnahmsweise war das Wasser klar und nicht trüb. Er zerriß sein letztes Ersatzhemd und legte eine improvisierte Kompresse auf Jadeflötes glühende Stirn und Wangen. H. H. konnte sich vor Müdigkeit kaum mehr auf den Beinen halten. Am vorangegangenen Tag war er kurz vor Einbruch der Dunkelheit beim Marschieren eingeschlafen; er hatte die Zügel des Maultiers um seine Fäuste gebunden und wurde so zwei oder drei Meter nach vorne gezogen, bevor das Tier anhielt. Rourke hatte einen großen Schreck bekommen, denn hätte das Gewicht seines Körpers, das plötzlich auf den Zügeln lastete, das Tier nicht zum Stehen gebracht, dann hätte es gut sein können, daß er einfach umgefallen und eingeschlafen wäre, während das Muli mit seiner Krankentrage im Schlepptau allein durch das Gebirge gezogen und vielleicht nie wieder aufgetaucht wäre.

»Wenn ich mich nicht täusche, werden wir morgen, meiner Karte gemäß, in einem größeren Dorf eintreffen, Huajiang. Wir werden dort sicher einen Arzt finden.«

»Vielleicht. Können Sie bitte meine Hand losbinden?«

Zuvor hatte er ein einziges Mal ihre Handgelenke losgebunden; sie hatte nichts Besseres gewußt, als einen Stein zu packen und zu versuchen, ihm den Schädel einzuschlagen. Er band sie los und entfernte sich ein wenig. Sie tastete ihre Brust ab und untersuchte dann vorsichtig ihren Unterleib.

»Mein Körper verfault. Ich verwese.«

Ihre Stimme hatte ruhig geklungen, als sie, ohne Umschweife zu machen, die Diagnose stellte; sie schien den in ihren Augen anscheinend unmittelbar bevorstehenden Tod zu akzeptieren und sich auch ihrer Nacktheit keineswegs zu schämen.

»Sie ist wirklich außergewöhnlich; in diesem Punkt habe ich mich nicht getäuscht. So ist es nur noch unverständlicher, aus welchem Grund sie sich für einen so lächerlichen Menschen wie Song opferte. Die nackten Miaos haben die Situation richtig beurteilt: Sie wurde gepflegt und umhegt, während man ihn überhaupt nicht beachtete, sondern begeistert war, als ich ihn niederschlug.

In Huajiang, wo wir am nächsten Tag eintrafen, gab es keinen Arzt. Zumindest keinen europäischen. Ein alter Mann beschäftigte sich mit chinesischer Medizin. Er untersuchte Jadeflöte, und sein Gesicht sprach Bände: Er hielt eine Heilung für ausgeschlossen. Trotzdem behandelte er sie mit Salben und verschiedenen Tinkturen; er verband sie und flößte ihr Opium ein, wenn ich den Geruch richtig deutete. Er sagte mir, sie würde bald sterben, und ich könne nichts tun, um dieses Schicksal von ihr abzuwenden.

Ich kaufte einen Karren und zwei Maultiere und engagierte einen Mann, der uns bis nach Kweilin bringen sollte, das noch ungefähr hundert Kilometer entfernt lag. Drei Stunden nach unserem Aufbruch von Huajiang begegneten wir einer Kolonne der Kuomintang. Der kommandierende General war bereit, mir einen Militärlastwagen zur Verfügung zu stellen, um Jadeflöte so schnell wie möglich nach Kweilin zu transportieren ...«

Der Militärlastwagen fuhr in Höchstgeschwindigkeit durch Wutong. Sie waren nur noch zehn bis zwölf Kilometer von Kweilin entfernt. H. H. Rourke saß auf der Ladefläche, lehnte sich gegen das Fahrerhaus und hielt Jadeflötes Kopf und Oberkörper in seinen Armen, während der Rest ihres Körpers auf einem improvisierten Strohlager ruhte. Drei Soldaten hatten in dem Fahrerhaus und drei auf der Ladefläche Platz genommen – aufgrund ihrer Größe nahm Rourke an, daß es sich um Han aus dem Norden handeln mußte. Der eine war sogar größer als er selbst; seine buschigen Augenbrauen wiesen die gleiche, ausgeprägte Form auf wie die Tschou En-lais. Er war sicher der mißtrauischste und damit der gefährlichste. Seine Augen wanderten unablässig von Rourke zu Jadeflöte und wieder zurück, während die beiden anderen, die mit auf der Ladefläche saßen, vor sich hinträumten. Vor allem die Wort- und Satzfetzen, die Jadeflöte in dem durchs Opium verstärkten Delirium aussprach, interessierten ihn.

»Ich bin mir sicher, daß sie Russisch spricht«, meinte er.

»Sie spricht Englisch«, antwortete Rourke zum viertenmal.

»Sie spricht Russisch. Sie ist eine kommunistische Spionin. Und du bist ebenfalls ein Spion.«

»Und du ein gottverdammter Idiot!« antwortete H. H., dem nichts anderes mehr einfiel.

Die Spitze des Bajonetts berührte seinen Adamsapfel. H. H. reagierte kaum; er lehnte seinen Kopf zurück und schloß die Augen, das war alles. Jadeflöte sprach im Augenblick wirklich Englisch. Sie gebrauchte in ihrem durch das Opium verstärkten Delirium zweimal den Ausdruck ›der vom Regen getränkte Garten‹ sowie einige andere, isolierte Wörter, die immer wiederkamen, aber keinen Sinn ergaben und keinen Hinweis auf ihre Vergangenheit bargen. Manche französische Brocken tauchten auf, ›le kiosque à musique, l'enfant, le train du soir‹ (Musikkiosk, Kind, Abendzug) und dann das international gebrauchte ›Adieu‹.

Dazwischen sprach sie ganze Sätze in einer Sprache, die H. H. nicht verstand, Russisch oder Polnisch, für Rourke nicht zu unterscheiden.

Der Lastwagen fuhr an einem Bach entlang und kam auf eine Ebene, die von karstigen Zuckerhüten umstanden war, als ob diese die Ebene bewachten. Die Zuckerhüte waren hier allerdings nicht weiß, sondern grün, denn sie waren bis zur Spitze mit Moos bewachsen. Kweilin kam in Sicht.

Das Krankenhaus lag am Ufer eines Sees, von dem aus verschiedene Wirtschaftskanäle abzweigten und der von Banyanbäumen umgeben war, deren Luftwurzeln eine Art Zaun bildeten. Drei Ärzte taten hier Dienst, darunter ein Franzose. Während man Jadeflöte hineintrug, mußte H. H. Rourke vor dem Krankenhaus warten. Endlich kam der Franzose, ein kleiner, kahler, rundlicher Mann zu ihm. Er stellte sich als Monsieur Cabanis aus Toulouse vor und sagte, er lebe nun seit sechsunddreißig Jahren in China, darunter seit achtzehn Jahren in Kweilin. Seine Muttersprache war ihm nicht mehr ohne weiteres geläufig, und er mußte nach Worten suchen.

»Ihre Frau?«

»Nein.«

»Die Soldaten haben mir erzählt, daß Sie sie während eines Gewaltmarsches aus der Provinz Kweitschou hierhergebracht haben. Sie haben, so meinten die Kuomintang, täglich zwischen achtzig und neunzig Kilometer zurückgelegt und dabei die Krankentrage hinter sich hergeschleift. Mein Respekt.«

»Zu Beginn hatte ich ein Muli«, antwortete H. H., der Mühe hatte, die Augen offenzuhalten. »Unterwegs ist es eingegangen. Wird sie sterben?«

»Daß sie überhaupt noch am Leben ist, ist ein Wunder. Ihr ganzer Bauch ist nichts anderes als eine einzige, trockene Gangrän. Ich habe ihn aufgemacht, um die Kugel herauszuholen, im Grund eine sinnlose Arbeit. Ein Glied, das von der Gangrän befallen ist, kann man amputieren, aber nicht die Hälfte des Körpers bis zur Taille. Ich fürchte, sie hat nicht die geringste Überlebenschance.«

H. H. nickte mit dem Kopf, griff nach der Cognac-Flasche, die der Franzose ihm reichte, und nahm einen tiefen Schluck.

»Was bedeutet sie für Sie?« fragte Cabanis.

»Ich weiß nicht.«

»Ich liebe China«, sagte der Arzt nach einer längeren Pause. »Ich liebe die Chinesen, ihre Kultur, ihre Sprache, ihre Intelligenz, ihren Humor und die nachsichtig lächelnde Verachtung, die sie uns Langnasen gegenüber hegen. 1895 traf ich, aus Toulouse kommend, in Hanoi ein. Ich wollte fünf Jahre bleiben, ein Vermögen scheffeln und dann in Toulouse an der Place du Capitole eine Privatpraxis eröffnen, in der ich die schönsten Mädchen unter dem Vorwand, sie zu untersuchen, bitten wollte, ihre Höschen abzulegen. Doch dann wanderte ich über das Hochland von Yünnan nach China und blieb dort. Ihre Mutter stammt aus meiner Heimat. Aus welcher Stadt?«

»Aus Soumoulou in der Nähe von Pau.«

»Ich habe in meinem Leben wohl viele Hunderttausende von Chinesen und Chinesinnen gesehen. Doch diese Frau ist außergewöhnlich. Selbst in dem entsetzlichen Zustand, in dem sie sich befindet, ist ihre Schönheit überwältigend. Sie versteht Französisch, da bin ich mir sicher. Ich habe ihr...«

»Sie spricht Französisch, Englisch und sicher auch Russisch«, unterbrach Rourke. »Vielleicht auch noch andere Sprachen.«

Der Unteroffizier mit den buschigen Augenbrauen machte eine herrische Geste; Rourke hatte den Garten des Krankenhauses verlassen.

»Was wirft Ihnen die Kuomintang eigentlich vor?« fragte Cabanis besorgt.

»Nichts. Ich bin Reporter.«

»Ich kenne den Stadtkommandanten recht gut und werde sehen, was ich für Sie tun kann. Und wenn Ihre Freundin... ich werde Sie über jede Veränderung ihres Zustandes auf dem laufenden halten.«

Die Soldaten nahmen H. H. mit und steckten ihn ins Gefängnis. Seine totale Erschöpfung, die Auswirkungen des Alkohols – seit fast drei Monaten hatte er nichts Alkoholisches mehr getrunken –, vor allem aber die Gewißheit, nichts mehr für Jadeflöte tun zu können, ließen ihn auf der Stelle einschlafen, sobald man ihn in seiner Zelle eingeschlossen hatte. Kurz darauf wurde er wieder geweckt und in ein Zimmer geschleift – er schlief im Stehen, so daß man ihn buchstäblich schleifen mußte –, in dem drei behandschuhte, piekfein gekleidete Operettenoffiziere ihn lange verhörten, ohne sich durch seinen Tiefschlaf stören zu lassen, und ihm dann fröhlich verkündeten, sie hätten ihn wegen Spionage zum Tode verurteilt.

»Sie kennen die Chinesen ja«, meinte Cabanis. »Der kommandierende General von Kweilin konnte Sie, nachdem Sie gerade zum Tod verurteilt worden waren, nicht sofort freilassen. So hatte er Ihre Strafe auf zwei Tage Gefängnis ermäßigt. Sie haben achtzehn Stunden geschlafen, und mein Argument, die Zeit auf dem Lastwagen und im Krankenhausgarten müsse als Untersuchungshaft angerechnet werden, denn man habe Sie ja keine Sekunde aus den Augen gelassen, wurde anerkannt. Sie sind frei. Ja, sie lebt noch, denn diese Frage wollten Sie mir doch stellen.«

Im Gefängnishof wurden drei Männer enthauptet, ohne daß man das als etwas Besonderes empfunden hätte.

»Kann das bedeuten, daß sie vielleicht überleben wird?«

H. H. und der Arzt verließen das Gefängnis und bestiegen eine einspännige Kutsche. Zwei Automobile mit ranghohen Offizieren der Kuomintang überholten sie.

»Ich glaube, sie hat nur auf Sie gewartet, um zu sterben«, antwortete Cabanis endlich. »Ich weiß nicht, was Sie für Jadeflöte bedeuten.«

»Ich weiß es auch nicht.«

»Hat sie Ihnen eigentlich erzählt, daß sie ein Kind hat?«

»Nein.«

»Auf alle Fälle war sie schwanger gewesen. Vor fünf oder sechs Jahren. Die Zeichen sind eindeutig. Sie können mir glauben, denn ich habe während meines Lebens mehrere Tausend Kinder auf die Welt gebracht...«

»Ich weiß nicht einmal, wie alt sie ist.«

»Einundzwanzig oder zweiundzwanzig.«

Die Kutsche hielt vor dem einstöckigen, im Kolonialstil erbauten, weitläufigen Krankenhaus, bei dem auch die Säulen und die Freitreppe nicht fehlten. Der einst sicher gepflegte Rasen war vertrocknet und gelb. An den zwischen den Büschen gespannten Drähten hatte man Laken zum Trocknen aufgehängt. Eine chinesische Krankenschwester führte

Rourke in den ersten Stock in ein winziges Zimmer, in dem Weihrauchstäbchen brannten. Jadeflöte schien zu schlafen, doch H. H. war davon überzeugt, daß sie wach war. Sie war sorgfältig geschminkt, was Rourke erstaunte. Er blieb in dem schmalen Gang zwischen Bett und Wand stehen und konnte nur mit Mühe den Wunsch, sich eine Zigarette anzuzünden, unterdrücken; der süßliche Weihrauchgeruch verursachte ihm Übelkeit.

»Ich möchte mich nur bei Ihnen bedanken«, sagte sie leise, aber erstaunlich deutlich.

Auf Englisch.

»Meine zweite Muttersprache ist Französisch«, antwortete H. H.

Sie antwortete mit ihren Augenlidern, die sie betont schloß.

»Sie heißen nicht wirklich Jadeflöte, nicht wahr?«

»Nein.«

»Lebt Ihr Kind noch?«

Sie öffnete ihre Augen wieder und schaute H. H. lange an, ohne etwas zu sagen.

»Ich könnte mich um dieses Kind kümmern«, meinte H. H. und spielte damit seine letzte Karte aus. Er hoffte immer noch, irgendwelche Informationen zu erhalten, die ihm bei seinen Recherchen behilflich sein konnten. »Ich möchte ihm helfen, wo immer es sich aufhält und in welcher Situation es sich befindet.«

Er ließ einige Sekunden verstreichen, bevor er hinzufügte: »Wenn es noch am Leben ist.«

Sie schaute ihn weiter an. H. H. hatte das Gefühl, als ob sie bereit wäre, endlich zu sprechen, von diesem Kind vielleicht, das sie auf die Welt gebracht hatte, das an einem unbekannten Ort lebte, wenn es überhaupt noch am Leben war, und für das sie sich auf so merkwürdige Art umbrachte – oder bereits umgebracht hatte, denn jede Hoffnung auf Heilung war inzwischen erloschen.

»Ich möchte mich nur bei Ihnen bedanken«, wiederholte Jadeflöte.

Er nickte mit dem Kopf, enttäuscht, sogar wütend, aber auch fasziniert von dem Geheimnis, das anscheinend nicht gelüftet werden konnte und sollte. Die Krankenschwester kam ins Zimmer, schaute sich kurz um und verschwand dann wieder. H. H. beugte sich vor und berührte mit seinen Lippen die der Sterbenden, deren Hand nach seiner suchte. Die Finger waren glühend heiß – und die Lippen ebenfalls.

»Es tut mir so leid...«

Sie rang nach Atem, bevor sie weitersprechen konnte.

»Es tut mir so leid, daß Sie Ihre Reportage nicht abschließen können.«

»Das hat wirklich keine Bedeutung«, antwortete H. H. heiser.

Sie verstummte. Einige Minuten später war sie tot. Die Krankenschwester tauchte wieder auf und verschwand dann, um Doktor Cabanis zu holen, der Jadeflötes Gesicht mit dem Laken bedeckte.

Der Arzt lud Rourke zu einem festlichen Abendessen ein. Im tiefsten China servierte er ein echtes Toulouser Cassoulet und dazu Wein aus Cahors sowie anschließend Champagner. H. H. Rourke meinte auf eine entsprechende Frage von Cabanis, er wolle schon am nächsten Morgen nach Schanghai reisen, wo er eine ganz bestimmte Person befragen wollte.

Sie tranken vier Flaschen Champagner.

»Ich bin dabei, Ihre ganzen Reserven auszutrinken«, bemerkte Rourke. »Zu wessen Ehren geben Sie eigentlich dieses Galadiner? Feiern Sie den Tod der jungen Frau?«

»Haben Sie das heutige Datum vergessen? Es ist der 24. Dezember.«

Drei Wochen später traf Rourke in Schanghai ein. Man erinnerte sich anscheinend nicht mehr an das Aufenthaltsverbot, das die Nangkinger Regierung vier Monate zuvor nach seinem Versuch, über den Norden in die Provinz Kiangsi zu gelangen, über ihn verhängt hatte. Auf alle Fälle hatte er nicht die geringsten Schwierigkeiten und konnte sich frei bewegen. Niemand fragte, was er vorhatte. Ohne Umschweife ging er direkt zu dem Blumenladen in der Rue du Cardinal Mercier.

Er war mit und ohne Kate sicher schon mehr als hundertmal an dem Blumenladen vorbeigegangen, ohne dort je etwas gekauft zu haben. Als er den Laden betreten hatte, bemerkte er, daß die Fassade täuschte: Von dem Geschäft aus gelangte man in eine Art überdachten Garten, in dessen Mitte ein Springbrunnen plätscherte. An den Balken, die die Glaskonstruktion trugen, hingen riesige Weidenkörbe mit üppig wuchernden Pflanzen, deren Blüten einen betäubenden Geruch verströmten. Hatte man einmal die grüne Schwelle überschritten, die den Laden von den dahinter gelegenen Räumlichkeiten trennte, gelangte man in eine Art Patio, in dem ein Dutzend sehr junger, sehr schöner und sehr eleganter Eurasierinnen Tee tranken. Die Mädchen plapperten wie die Papageien in den Käfigen, verstummten aber auf einem Schlag, als sie Rourke zu Gesicht bekamen, der auf den ersten Blick begriff, daß die Hauptbeschäftigung der jungen Mädchen nichts mit Blumenbinderei zu tun hatte. Kaum hatte er sich auf der Schwelle zu diesem Wintergarten gezeigt, da kam auch schon eine sehr kleine, um die vierzig Jahre alte Frau auf ihn zu, die durchaus anziehend war. Ihr europäisches Kleid betonte die fabelhafte Figur, die sie bewahrt hatte. Ihre Augen dagegen waren hart und unnahbar, auch wenn ihr Gesicht lächelte.

H. H. räumte ohne weiteres ein, daß ihn die Blumen kaum interessierten. Er sprach Französisch, das Madame korrekt beherrschte. Sie lächelte ihn an und fragte, welches der Mädchen er denn ausgewählt habe. Sie betonte, es handele sich nicht um Prostituierte, wie man sie in jeder x-beliebigen Bar oder in den Bordellen Schanghais antreffen konnte. Sie vermittelte Begleiterinnen, die den Abend mit ihren Kavalieren verbrachten, und natürlich auch die Nacht, falls man bereit war, einen entsprechenden Zuschlag zu bezahlen. Madame garantierte, daß sie nur wohlerzogene Mädchen vermittelte, die sich jeder Gesellschaft, auch kleidungsmäßig, anpassen konnten und darüber hinaus selbstverständlich gesund waren.

»Ich suche ein ganz bestimmtes Mädchen«, erklärte H. H. der aufmerksam lauschenden ›Blumenhändlerin‹.

Und beschrieb, so gut er konnte, Jadeflöte. Das geschäftsmäßige Lächeln der Bordellbesitzerin wurde immer schwächer und verschwand schließlich ganz, als Rourke den Schönheitsfleck auf der rechten Brust des von ihm gesuchten Mädchens beschrieb.

»Folgen Sie mir, Monsieur.«

Er folgte ihr in das Büro.

»Wo haben Sie sie gesehen?«

Er sagte die Wahrheit, erzählte von seiner Begegnung mit dem desertierten Hauptmann und dessen drei Konkubinen und beschrieb den Marsch quer durchs Gebirge in die Provinz Kiangsi und den genauso beschwerlichen Marsch, den sie im Schlepptau der Roten Armee unternommen hatten, um die Provinz wieder zu verlassen.

»Wo ist mein Sohn?«

Die Gefühle der Bordellchefin waren nicht gespielt, da war sich H. H. sicher.

»Er lebt.«

Er hob die Hand; er würde keine Informationen abgeben, bevor sie nicht alle Fragen, die er ihr stellen wollte und die Jadeflöte betrafen, beantwortet hatte. Die Schlitzaugen Mama Songs musterten ihn kalt.

»Journalist?«

»Ja.«

»Welche Zeitung?«

»Keine. Ich bin unabhängig.«

Sie nickte mit dem Kopf: »Jetzt erinnere ich mich an Sie. Sie wohnten zusammen mit einer großen Amerikanerin, die sehr blaue Augen hatte, hier ganz in der Nähe. Sie haben bei mir nie Blumen gekauft.«

»Das hätte ich wohl tun sollen.«

Es konnte keinen Zweifel daran geben, daß Mama Song sehr willensstark und fähig war, jemanden töten zu lassen, wie ihr Sohn Rourke gedroht hatte. Sie erzählte Rourke alles, was sie von Jadeflöte wußte, die sie nur unter diesem Namen kannte. Ihre Gleichgültigkeit war ebenfalls nicht gespielt.

»Eines Tages kam sie in den Laden und fragte, ob ich Arbeit für sie habe. Sie war sehr schön. Das heißt, mehr als hübsch: Sie war schön. Ich habe sie sofort engagiert.«

Obwohl sie sich erst überwinden mußte, wie sie hinzufügte, denn in der Regel mochte sie keine Angestellten, die zu intelligent waren, und Jadeflöte war weit überdurchschnittlich intelligent. Außerdem machte sie den Eindruck, als ob sie von ihrer Vergangenheit verfolgt würde, merkwürdig für ein so junges Ding. Im vergangenen Mai trat Jadeflöte in die Dienste der Zuhälterin. Sie war aus Hongkong nach Schanghai gekommen, wie sie erklärt hatte.

»Sie hat behauptet, sie habe dort als Sekretärin eines englischen Taipan gearbeitet.«

Der Begriff Tai-pan, großer Herr, wurde für die Direktoren der westlichen, in Asien, vor allem aber in China arbeitenden Gesellschaften verwendet. Mama schaute H. H. überrascht an: Russisch? Davon wußte sie nichts. Jadeflöte sprach ausgezeichnet Englisch und Französisch, aber Russisch? Nein, sie hatte die Behauptungen Jadeflötes nicht überprüft. Warum hätte sie es auch tun sollen? Zu Beginn hatte sie Jadeflöte als Hosteß eingestellt, doch trotz der zahlreichen Nachfragen seitens der Kundschaft hatte sie sich immer geweigert, diesen Beruf auszuüben. Mama Song hatte sie schließlich als Blumenverkäuferin eingesetzt; die junge Frau hatte ausgezeichnet gearbeitet und war innerhalb von kurzer Zeit zur Stellvertreterin Madame Songs aufgestiegen.

Dann ereignete sich diese schreckliche Geschichte: Man hatte Chui-Pai, ihren Sohn, an die Front schicken wollen. Mama Song hatte drei Tage improvisieren müssen, bis sie ihm, der bereits auf dem Weg an die Front war, Hilfe nachschicken konnte. Sie hatte zuerst an eine Ordonnanz gedacht, die gleichzeitig als Leibwächter dienen sollte, doch unglücklicherweise stand sie mit dem kommandierenden General der Kuomintang nicht mehr auf bestem Fuße, so daß dieser jede Ordonnanz für ihren Sohn einfach untersagte. Der einzige Ausweg blieben Konkubinen. Mama Song engagierte zwei, Morgen-aus-Elfenbein und Sich-spiegelnde-Morgenröte, die sie recht gut kannte, da sie seit einiger Zeit bereits zu ihrem Personal gehörten.

Nein, sie hatte nicht daran gedacht, ihm auch Jadeflöte als Konkubine nachzuschicken. Jadeflöte hatte sich von sich aus angeboten. Ob sie ihren Sohn kannte? Ja, aber wirklich nicht sehr gut, und Rourke irre, wenn er meine, hinter Jadeflötes Verhalten irgendwelche Machenschaften zwischen ihr und Chu-Pai erkennen zu können. Nein, Mama Song wußte wirklich nicht, aus welchem Grund Jadeflöte vorschlug, erste Konkubine von Hauptmann Song zu werden. Ob sie sich gewundert habe? Natürlich, denn das Angebot war mehr als überraschend. Jadeflöte hatte nur behauptet, sie wolle Schanghai verlassen.

Nein, während der drei Monate, die die junge Frau im Blumenladen gearbeitet hatte, hatte Mama Song nie den Eindruck bekommen, als habe sie vor irgend jemandem oder irgend etwas Angst. Wäre das der Fall gewesen, hätte sie ihr ganz gewiß nicht ihren einzigen Sohn anvertraut.

Ein Kind?

»Sie hatte kein Kind. Zumindest nicht in Schanghai. Ich habe ihre Wohnung überprüfen lassen. Sie lebte allein, ohne Freunde, und bekam nie Besuch. Während der drei Monate, die sie für mich arbeitete, kam sie morgens früh und ging abends spät. Wo hält sich mein Sohn auf, Monsieur Rourke?«

Alle Hypothesen Rourke erwiesen sich als haltlos. Es stand für ihn fest, daß Mama Song keinen Druck auf sie hatte ausüben können.

»Ich habe alle Ihre Fragen beantwortet, Monsieur Rourke. Wo finde ich meinen Sohn?«

H. H. holte aus seiner Reisetasche die Landkarte, die ihm während der letzten vier Monate so gute Dienste erwiesen hatte, während denen er von Kanton bis nach Kweilin mehr als viertausendfünfhundert Kilometer zurückgelegt hatte, den größten Teil davon zu Fuß. Er breitete sie auf Madame Songs Schreibtisch aus und kreiste sorgfältig das verborgene Tal, in dem die Miaos lebten und in dem sich Hauptmann Song sicher noch aufhielt, mit einem dünnen Bleistiftstrich ein.

H. H. verließ den Laden. Er begab sich zu dem Haus im Viertel Nantao, das nicht mehr zum chinesischen Sektor und auch nicht zur französischen Konzession gehörte, in dem Jadeflöte gewohnt hatte. Im vierten und obersten Stock eines Mietshauses hatte sie nur ein einziges Zimmer gemietet. Bevor er sich das Zimmer anschauen konnte, mußte H. H. lange mit dem Besitzer, einem alten Chinesen, verhandeln, den die Nachricht von dem Tod seiner jungen Mieterin offensichtlich getroffen hatte. Seit ihrer Abreise Ende August hatte niemand ihr Zimmer betreten.

»Kommen Sie doch mit«, forderte Rourke, der überzeugt war, daß er bereits alles von dem alten Mann erfahren hatte, was dieser wußte, und das war nicht gerade viel, den Hausbesitzer auf. Jadeflöte war im Mai eingezogen und hatte für sechs Monate im voraus bezahlt. Sie war sehr verschwiegen gewesen, hatte ihm nichts über ihr bisheriges Leben erzählt, nie Besuch empfangen und war nie in Begleitung eines anderen Menschen, auch keines Kindes, gesehen worden. Sie war immer sehr höflich und zuvorkommend gewesen – vielleicht ein wenig traurig, aber mehr konnte er wirklich nicht sagen.

Er hatte das Zimmer möbliert vermietet. Es enthielt ein Bett, das mit Hilfe einer Trennwand von dem Rest des Zimmers abgetrennt war, eine Truhe, die als Schrank diente, einen Tisch, Stühle und einen großen

Wasserkrug. Es fanden sich nur wenige persönliche Gegenstände: neben einigen Kleidungsstücken einige Bücher, darunter ein englisch-französisches und englisch-chinesisches Wörterbuch, Maupassants ›Ausgewählte Erzählungen‹ sowie Gedichte eines gewissen Eugène Pottier*, der Rourke völlig unbekannt war. H. H. blätterte in den Büchern in der Hoffnung, auf irgendwelche Anmerkungen zu stoßen, fand aber nichts.

Neun Tage lang recherchierte er in der Stadt, befragte die anderen Mieter und die Händler in den umliegenden Straßen, bevor er seine Nachforschungen immer weiter ausdehnte und alle Orte einschloß, an denen *sie* unter Umständen vorbeigekommen war, sich aufgehalten oder etwas ge- oder verkauft hatte. Endlich stieß er auf eine Spur und war einerseits befriedigt, daß seine Hartnäckigkeit belohnt wurde, andererseits aber auch enttäuscht, daß das Geheimnis sich zu lüften begann. Ein Antiquitätenhändler in der Nähe des Hotel Astor und des deutschen Konsulats in der internationalen Konzession auf dem anderen Ufer des Su-Tschou erinnerte sich an Jadeflöte. Ja, er hatte sie gesehen. Zweimal. Beim ersten Mal hatte sie ihn gebeten, eine Schätzung abzugeben, und beim zweiten Mal hatte sie dem Verkauf zugestimmt. Was sie verkauft hatte? Dieses hier. Der Händler deutete auf einen blaßgrünen Widder aus der T'ang-Periode zu Beginn der ›Fünf Dynastien‹, so um das Jahr 900 n. Chr. Nein, die junge Dame hatte nicht erklärt, auf welche Weise sie in den Besitz der Kostbarkeit gelangt war. Sie hatte überhaupt nur sehr wenig gesprochen. Sie hatte den Gegenstand aus Porzellan, der höchstens fünfzehn Zentimeter groß war, in einem kleinen Leinenbeutel transportiert, den sie im übrigen im Geschäft gelassen hatte. Nein, der Beutel hatte keine Hinweise enthalten, sondern war völlig neutral gewesen.

An dem Tag, an dem sie mit dem Antiquitätenhändler das Geschäft abgewickelt hatte, hatte sie in Nan-tao die Mietvorauszahlung geleistet.

»Wieviel haben Sie ihr bezahlt?«

»Einhundert Schanghai-Dollar.«

»Ich hatte immer geglaubt, ein so altes Stück sei bedeutend wertvoller«, meinte Rourke.

Natürlich war es viel wertvoller, erklärte der Antiquitätenhändler. Es handelte sich um ein Kommissionsgeschäft, das erklärte die bescheidene Summe. Einmal verkauft, sollte die junge Dame einen unvergleichlich höheren Betrag für den tausend Jahre alten kleinen Widder erhalten.

»Und Sie haben noch keinen Käufer gefunden?«

»Nicht zu dem Preis, den die junge Dame verlangt.«

* Französischer Schriftsteller, der unter anderem die französische Version der ›Internationalen‹ verfaßte.

»Wie benachrichtigen Sie eigentlich Ihre Kundin, wenn Sie einen Käufer gefunden haben, der mit dem Preis einverstanden ist?«

Sie hatte ihren Namen und ihre Adresse hinterlassen. Nach langem Zögern erklärte sich der Antiquitätenhändler bereit, Rourke einen Blick in seine Unterlagen werfen zu lassen. Die Adresse stimmte. Als Namen hatte Jadeflöte *Madame Eugène Pottier* angegeben.

H. H. Rourke war im Hotel *Palace* am Bund, dem langen Promenadekai am Ufer des Huangpu, abgestiegen, wo auch viele Briefe auf ihn warteten, darunter sechs von Mimi und drei von Chat-Huant und sieben Telegramme von seinen beiden Agenten – einem französischen und einem amerikanischen –, die seine Artikel unter den verschiedensten Pseudonymen an Zeitungen in aller Welt verkauften. Die beiden beklagten sich, seit Monaten nichts mehr zum Verkaufen erhalten zu haben, seit der Reportage, die Rourke über die Nacht der langen Messer in München Ende Juni, Anfang Juli geschrieben hatte, wenige Tage, bevor er sich in Marseille nach China eingeschifft hatte.

Karl Killinger hatte ihm ebenfalls geschrieben, mit Datum vom 12. Dezember. Inzwischen waren sechseinhalb Wochen vergangen:

»Ich weiß nicht, ob es richtig ist, daß ich Ihnen schreibe oder nicht. Ich möchte Ihnen nur mitteilen, daß sie wieder in den Krieg gegen mich zieht und daß ich die Absicht habe, die Feindseligkeiten zu erwidern. Erinnern Sie sich an unsere letzte Begegnung? Ich habe Ihnen wohl gesagt, daß ich der einzige Mensch bin, der meine Tochter nicht versteht. Und daß ich ihr wieder im Weg stehen werde, falls sie zum zweitenmal eine eigene Zeitung gründen wird. Ich habe Ihnen versichert, daß ich sie in diesem Fall nicht anders behandeln werde, als wäre sie eine Fremde. Und genauso werde ich reagieren. Ich lege Ihnen die drei ersten Nummern Ihrer Zeitung bei, des Day, *der sehr gut gemacht ist, vor allem, wenn man bedenkt, daß die Zeitung eben erst aus der Taufe gehoben wurde.*

Rourke, ich werde alles daransetzen, um sie zu besiegen. Und ich werde mein Ziel erreichen. Sie sind sicher der beste Reporter, den ich je kennengelernt habe oder kennenlernen werde. Vielleicht möchten Sie diesem seltsamen Kampf zwischen Vater und Tochter an Ort und Stelle beiwohnen. Und ich frage mich, für welches Lager Sie optieren werden.

Als Postskriptum hier Neuigkeiten von meinem Enkel, Ihrem Sohn. Es geht ihm ausgezeichnet. Ich sehe ihn monatlich einmal. Kate und ich haben eine Verabredung getroffen: Ihr Sohn leistet mir den ganzen Mittwochvormittag und manchmal auch Teile des Mittwochnachmittags Gesellschaft. An diesem Tag verhandelt Kate mit ihren Werbefachleuten, so daß wir uns nicht über den Weg laufen. Ich liebe meinen Enkel, Rourke. Bitte, überlassen Sie ihn nicht ganz Kate ...«

H. H. widmete eine weitere Woche dem Versuch, das Rätsel um den Widder zu lösen, und fuhr bis nach Nangking, wo der beste Experte für altes Porzellan wohnte. Er hoffte, die vorherigen Besitzer des wertvollen Stückes ausfindig machen zu können, wurde aber enttäuscht, als er von dem Experten erfuhr, daß aus dieser Epoche noch viele Tausend Stücke in China auf dem Markt waren. Bei den berühmtesten und schönsten war es unter Umständen möglich, so etwas wie einen Stammbaum der Besitzer aufzustellen, aber nicht bei Durchschnittsware, auch wenn diese so schön und kostbar war wie der Widder. Darüber hinaus kannte der Experte keine Familie mit Sammlungen alter Porzellane, die eine Tochter hatte, auf die Jadeflötes Beschreibung paßte.

H. H. gab auf. Zum ersten Mal in seinem Leben beschloß er, eine Reportage abzubrechen.

Wieder in Schanghai informierte er sich über den Fahrplan der nächsten Dampfer, die nach Amerika fuhren. In drei Tagen sollte der nächste nach Yokohama abgehen; von dort aus habe er direkten Anschluß nach San Francisco. Ob man eine Kabine für ihn reservieren soll?

»Vielen Dank, aber ich habe mich noch nicht entschieden.«

Er schlenderte in Schanghai umher und trank in der Gesellschaft einer ›russischen Gräfin‹, die im *Palace* eine Suite belegt hatte, enorme Mengen Alkohol; die Gräfin war erstaunlicherweise noch standfester als er.

Und fand sich auf dem Dampfer wieder, ohne daß er sich erinnern konnte, wann und wie er sich eingeschifft hatte. Er fragte einen Steward, wo sich die Bar erster Klasse befände, und erfuhr gleichzeitig, daß die nächste Zwischenstation Victoria auf der Insel Hongkong und nicht Japan sei. Anscheinend hatte er trotz seines Alkoholkonsums noch vernünftig gehandelt, denn es war ihm sehr viel lieber, nach Europa zu gehen. Nach Amerika und damit nach New York und zu Kate zu fahren, wäre in seinen Augen die größte Eselei gewesen, die er sich hätte leisten können.

Er hielt sich eine Woche in Hongkong auf und schrieb in einem Zug die Geschichte von Jadeflöte auf; gleichzeitig verfaßte er zwölf andere Reportagen über den Auszug der Roten Armee aus Kiangsi.

Er wußte damals nicht, daß er, von dem Kommunisten Otto Braun einmal abgesehen, der sein Leben lang schwieg, der einzige westliche Augenzeuge dieses gewaltigen Unternehmens gewesen war.

Er nahm sich nicht einmal die Zeit, seine Artikel zu korrigieren – was er im übrigen selten tat, da er als Perfektionist nur Sätze niederschrieb, von denen er wußte, daß sie allen Nachprüfungen standhalten konnten. Am Ende von der Geschichte Jadeflötes hatte er seinen Lesern gestanden, daß er weiterhin vor einem Rätsel stand: Alle Nachforschungen waren im Sand verlaufen. Unzufrieden war er deshalb nicht.

Dann schiffte er sich wieder ein; über Singapur, Bombay, Aden, Alexandrien und Gibraltar sollte es nach London gehen. Während sie durch die Malakkastraße fuhren, blätterte er in der Bordbibliothek in einer alten Nummer der französischen Zeitschrift *Illustration*, in der von den Kämpfen zwischen den italienischen Truppen und denen des Kaisers von Abessinien bei Ual Ual berichtet wurde.

Der Name machte ihn schmunzeln: Er stellte sich Mandolinenspieler und Chiantitrinker vor, die sich von Dromedaren aus mit Lanzen bekriegten.

Er beschloß, in Aden von Bord zu gehen und zur Bab Al Mandab, zur Pforte der Tränen am Ausgang des Roten Meeres, vorzustoßen.

Drittes Buch

KILLINGER GEGEN KILLINGER

Kapitel 7

Warum bin ich wohl so müde?

Am 30. November 1934 ließ sie eine Nullnummer drucken. Mit anderen Worten: Eine vollständige, sechzehn Seiten umfassende Ausgabe wurde unter realen Bedingungen hergestellt. Es gab nur einen einzigen Unterschied zu der am 10. Dezember erscheinenden, ersten richtigen Nummer: Die Rotationsmaschine wurde angehalten, nachdem die ersten fehlerfreien Exemplare ausgedruckt waren, das heißt die Maschine optimal gelaufen war. Dreizehnhundertdreiundzwanzig Exemplare wurden nur gedruckt, ein bemerkenswertes Ereignis; der Abfall, der durch die Feineinstellung der Maschine verursacht wurde, war außergewöhnlich niedrig. Lucien Abadies Team hatte hervorragend gearbeitet. Die realen Bedingungen hatten vor allem dem zeitlichen Ablauf gegolten: Der Redaktionsschluß war für die Nullnummer wie für die späteren richtigen Nummern auf Mitternacht festgelegt worden. Sechsundsechzig Minuten später hatte die mächtige Wood die Arbeit bereits fertiggestellt. Kate hatte für diese Nullnummer sogar darauf bestanden, daß das Vertriebsteam inklusive der sechs Lieferwagen und zwölf Motorräder mit Seitenwagen anwesend war – obwohl es natürlich nichts zum Vertreiben gab. Alle, die in irgendeiner Form an der Nullnummer mitgearbeitet hatten, insgesamt achtundachtzig Personen, das gesamte Personal der *THE Queens & Long Island DAY*. Verwandte, Freunde und Neugierige waren gekommen, dazu noch ein Clochard und vier Polizisten auf Nachtstreife, so daß das kalte Büffet, das Kate bestellt hatte, für die ungefähr dreihundertfünfzig anwesenden Männer und Frauen, die das Ereignis feierten, nur knapp reichte.

Am 5. Dezember wiederholte sie den Versuch, genau sechsundneunzig Stunden vor dem Erscheinen der ersten echten Ausgabe. Diesmal hatte sich der Probedurchlauf nicht so reibungslos abgespielt: In der Klischeeherstellung waren ebenso Schwierigkeiten aufgetaucht wie bei der Seitenmontage und der Papierführung. Und als zwanzig Minuten vor zwei Uhr in der Früh die Rotationsmaschine endlich richtig zu laufen begann, hatte sie den Druck abbrechen und einen Artikel über eine brandeilige, erst um diese Zeit bekanntgewordene Angelegenheit einschieben lassen. Sie hatte das Ereignis erfunden, um einmal in der Praxis auszuprobieren, wie das später funktionierte, wenn eine wirklich wichtige Nachricht eine Druckunterbrechung erzwingen würde: Ihrem schwarzen Humor freien Lauf lassend, hatte sie eine gewaltige Explosion in einer Druckerei in Queens erfunden, der neunhundert Menschen zum Opfer gefallen waren, von den mehr als zweitausend Verletzten ganz zu schweigen. Nick DiSalvo, der Chefredakteur, gestaltete die Titelseite völlig neu. Al Taggart, Ernie Pohl, Peggy Hutchins und Paul Fowler, die Reporter des *Day*, stellten erste Recherchen an und arbeiteten fieberhaft an ihren Artikeln, die angesichts der Bedeutung des Ereignisses drei Seiten füllen sollten. Nachdem ein ansehnlicher Teil der Ausgabe völlig neu gestaltet, die Klischees neu gegossen und die Seiten neu umbrochen waren, lief die Wood ein zweites Mal an. Abadie warf Kate einen wütenden Blick zu und fragte sie, ob sie diese Art stupider Scherze öfters mit ihm treiben wolle. Der Amerikaner aus Bordeaux respektierte die Legende, die besagt, daß alle Chefdrucker eruptiv seien wie ein Vulkan. Kate antwortete, sie würde diese Art von Scherzen jedesmal treiben, wenn es die Aktualität verlange, und er solle doch besser für ein Gemeindeblatt arbeiten, falls die Aufgabe, eine Tageszeitung zu drukken, seine Fähigkeiten überstieg. Kurz darauf war das Kräftemessen zwischen den beiden auch schon beendet, und der Friede wurde mit einer Flasche Bordeaux und echtem Schinken aus Bayonne besiegelt. Die Meinung nach den zwei Versuchen war einhellig: Die Vorbereitungen für den *Day* waren abgeschlossen; man konnte dem Erscheinen der ersten richtigen Nummer gelassen entgegensehen.

In den Nächten vom 6. zum 7. und vom 7. zum 8. hatte Kate darauf bestanden, die Mannschaften zu begleiten, die mit dem Vertrieb der Zeitung beauftragt waren. Sie hatte versucht, alle Details zu planen, den Weg der insgesamt achtzehn Fahrzeuge, die ihr zur Verfügung standen, so wirksam wie möglich zu gestalten, und maß jetzt mit der Stoppuhr, ob der Vertriebsplan auch in die Realität umgesetzt werden konnte oder abgeändert werden mußte. Das Vertriebsgebiet umfaßte ganz Queens und wurde von Brooklyn, dem East River und dem Atlantik begrenzt. Im Osten erstreckte es sich über ganz Long Island, insgesamt einhundertdreiundneunzig Kilometer, und umfaßte auch den Bezirk Nassau. Die Bevölkerung war höchst unterschiedlich zusammengesetzt: So trennten die in allen möglichen Sprachen sich ausdrückenden Einwandererfamilien, die sich in der Hafen- und Industriezone von Long Island City angesiedelt hatten, Welten von den Familien mit den aristokratischen Landsitzen an der Oyster Bay Long Islands, deren Zentrum die ehemalige Sommerresidenz von Theodore Roosevelt bildete. Von der geographischen Lage einmal abgesehen, wies die Leserschicht, die Kate gewinnen wollte, nur einen einzigen gemeinsamen Nenner auf: Alle waren davon überzeugt, daß sich das wahre Leben in New York abspielte und sie in Queens oder auf Long Island nur schliefen oder höchstens das Wochenende verbrachten.

Vor allem aber hatte sie sich in den Wochen vor dem Erscheinen der ersten Ausgabe täglich zehn Stunden um mögliche Anzeigenkunden gekümmert, neben ihren anderen Arbeitsgebieten, die die allgemeine Organisation des *Day* umfaßten, die Lösung finanzieller und technischer Probleme – vor allem mit der Druckerei –, die Abstimmung mit Nick DiSalvo, die dazu diente, die redaktionelle Linie und die Verteilung der Aufgabenbereiche unter den festangestellten Journalisten festzulegen, und ihre Versuche, für die Lohndruckerei Fremdaufträge zu bekommen, da sie nicht nur den *Day* sowie dessen Sonntagsbeilage herstellen sollte.

Zu Beginn hatte sie die Anzeigenwerbung einem vierzigjährigen Mitarbeiter namen Peabody überlassen, der fünfzehn Jahre lang für die Hearst-Gruppe tätig gewesen war und sich ein gewisses Renommee in der Branche geschaffen hatte. Drei Wochen hatte sie ihm zugeschaut und ihn gehaßt, denn er weigerte sich, mehr als sechs Tage pro Woche und neun Stunden pro Tag zu arbeiten; obendrein verließ er pünktlich jeden Mittag um 12 Uhr dreißig das Büro, um zum Essen zu gehen, gleichgültig, wieviel und wie wichtige Arbeit auf ihn wartete. Darüber hinaus hatte er feste Ansichten, welche Arten von Werbung eine Zeitung, die dieser Bezeichnung würdig war, veröffentlichen konnte und welche nicht. Und versteckte vor ihr die Liste mit den Namen seiner Kunden und den Herren, die in den verschiedenen Firmen wirklich die Entscheidungen trafen. Und war immer gleich höflich und ging immer vornehmen und ruhigen Schrittes, so daß sie viel Zeit darauf verschwenden mußte, so lange zu warten, bis er sie wieder eingeholt hatte. Als ob das alles noch nicht ausgereicht hätte, verdächtigte sie ihn darüber hinaus nicht ohne Grund, daß er davon überzeugt war, eine Frau habe an der Spitze einer Zeitung nichts zu suchen. So suchte sie nach einem Ersatz, und am 9. Dezember, also einen Tag vor dem Erscheinen der ersten wirklichen Ausgabe des *Day*, hatte sie jemanden gefunden, bei dem sie sich sicher war, daß er ihren Erwartungen entsprechen würde: Ed Salomon war der Fachmann, den sie brauchte.

Die erste Ausgabe von *THE Queens & Long Island DAY* war am 10. Dezember um ein Uhr vierundfünfzig ausgedruckt. Sechs Minuten früher, als es im Zeitplan vorgesehen war.

Sie hatte die Auflage auf achtundvierzigtausendsechshundertvierzig Exemplare festgelegt.

Zwei Exemplare hatte sie mit einem saphirblauen Seidenband umwickelt, in einen Umschlag gesteckt und handschriftlich folgende Adresse darauf vermerkt:

»An den Generaldirektor der *New York Morning News* persönlich...«

Sie hatte den Zeitungen ihre Visitenkarte mit dem Aufdruck *THE Queens & Long Island DAY – Generaldirektion* beigelegt, auf deren Rückseite sie geschrieben hatte:

»Ich bin bereit, Papa. Der Krieg kann beginnen, wann immer du willst.«
Und ihre Botschaft mit ihrem vollen Namen unterzeichnet: Kate Killinger.

Paul Fowler, der den Akzent seiner Heimat Montana noch nicht ganz losgeworden war, kam gegen halb zwölf Uhr in die Redaktion zurück. Er hatte die Polizeikommissariate abgeklappert, war aber auf nichts Aufregendes gestoßen. Zwei Männer hatten sich mit Bierflaschen verprügelt; einer der beiden, ein Fremder, der aus Brooklyn herübergekommen war, war mit einem Schädelbruch ins Krankenhaus eingeliefert worden.

»Und der, der zugeschlagen hat?«

»Stammt aus der Bronx.«

»Fünf Zeilen«, meinte Nick. »Du betonst, daß es sich bei *Zack* um eine ausgesprochen ruhige Bar handelt, die von einem gutbeleumundeten Bürger aus Queens geleitet wird, und daß die Bar noch ruhiger wäre, würde sie nicht hin und wieder, glücklicherweise sehr selten, von Fremden aufgesucht.«

»Und das alles in fünf Zeilen?«

»Schau, wie du zurechtkommst!« meinte Nick lachend. »Übrigens, aus welchem Grund haben sich die beiden eigentlich verprügelt?«

»Ich nehme an, daß...« begann Fowler, brach aber ab, als er Nicks Blick bemerkte, und hob abwehrend die Hände:

»Gut, gut, ich erkundige mich sofort.«

Er griff zu einem der Telefone. Peggy Hutchins, die rechts daneben saß, plagte sich mit einem Artikel über Kanalisationsprobleme ab; im Laurelton-Viertel war es zu einem Rohrleitungsbruch gekommen. Seit dem Morgen arbeitete sie schon daran und war inzwischen bei der vierten Fassung angelangt. Auf dem Gebiet der Abwasserversorgung konnte ihr niemand mehr etwas vormachen. Ernie Pohl und der junge Walter Woodward – einer der aus Queens stammenden Anfänger, die Kate engagiert hatte –, legten letzte Hand an die Sportnachrichten. Al Taggart und Danny Clifton hatten ihren freien Tag.

Louis Herzberg hatte die beiden Reportagen bereits geschrieben, die für die morgige Ausgabe bestimmt waren, und beschäftigte sich mit den Bildlegenden zu den Fotos, die seinen Text begleiten sollten. Er war zwar nicht in Queens, sondern in der Bronx geboren, doch da seine Familie – sein Vater war Schneider – sich am Rego Park niedergelassen hatte, als er gerade zehn Monate alt war, betrachteten Nick und Kate ihn wohl mit Fug und Recht als ›einheimischen‹ Journalisten, das heißt, als einen echten Bürger von Queens.

Irena van Gaver beschäftigte sich damit, die ersten Archive der Redaktion anzulegen. Nick hatte ihr vor geraumer Zeit bereits gesagt, sie täte besser daran, nach Hause zu gehen, doch sie hatte ihn nur angelächelt und gemeint, sie fühle sich wohl in der Redaktion. Anschließend hatte sie die Bücher-Chronik abgeschlossen, für die sie verantwortlich war, und den Bericht über die Aktivitäten der Stadtbibliotheken noch einmal überarbeitet, bevor sie sich an die Ablage der für das Archiv bestimmten Exemplare machte. Das sehr schöne, zweiundzwanzig Jahre alte Mädchen sprach neben Amerikanisch Holländisch, Deutsch und Französisch. Ihr Vater, ein Arzt, hatte seine Praxis in Flushing. Kate hatte sie trotz der Vorbehalte Nicks engagiert und sollte Recht behalten: Irena sollte eine sehr gute Journalistin werden, nachdem sie erst einmal aufgehört hatte, sich für Henry James und Walt Whitman in einer Person zu halten.

»Ein Hund war daran schuld«, verkündete Paul Fowler, nachdem er aufgelegt hatte.

»Welcher Hund?«

»Der aus Brooklyn wollte einen Hund in den brennenden Kohleofen der Bar stecken, worauf ihm der aus der Bronx eine Flasche über den Schädel gehauen hat, um ihn daran zu hindern.«

Nick legte den Bleistift aus der Hand. Er war dabei gewesen, einen viel zu langen Artikel Herzbergs, der bereits abgesetzt war, um ein Drittel zu kürzen. Dann warf er Paul Fowler einen scharfen Blick zu und rief zuerst in der Bar an, in der die Schlägerei stattgefunden hatte, und anschließend in dem mit der Untersuchung des Falles beauftragten Kommissariat. Bei beiden Anrufen wurde ihm die Geschichte bestätigt: Aufgrund einer idiotischen Wette, die Widerstandsfähigkeit von Hunden betreffend, hatte ein gewisser Rogers wirklich versucht, einen kleinen, lebenden Hund in den Kohleofen der Bar zu stecken, in dem Mitte Dezember selbstverständlich ein helles Feuer brannte. Martinazzo, ein sensibler Tierliebhaber, hatte ihm daraufhin eine Flasche über den Schädel gehauen.

Nick legte den Hörer wieder auf. Während er Notizen machte, die für einen dreispaltigen Artikel auf Seite drei mit einem Aufhänger auf der Titelseite ausreichten, hatte er Fowler keine Sekunde aus den Augen gelassen. Und sich gefragt, ob er ihn vor die Tür setzen sollte oder nicht. Schließlich hatte er darauf verzichtet: Paul Fowler war erst zwanzig Jahre alt und hatte bisher nur einige Monate für eine Monatszeitschrift gearbeitet, die sich mit so aufregenden Problemen wie Massentierhaltung beschäftigte. Außerdem berührte ihn die Reaktion des jungen Mannes, dem Tränen in den Augen standen:

»Nick, ich bin völlig am Boden zerstört. Man hatte mir gesagt, ich solle mich nur für die Bewohner von Queens und Long Island interessieren.«

Nick lächelte ihm zu: »Der Hund stammt aus Queens.«

Er redigierte den Artikel selbst. Ernie hatte inzwischen seine Arbeit abgeschlossen und reichte sie Nick, der sie abzeichnete – es war nicht notwendig, Artikel, die Ernie geschrieben hatte, zu überprüfen –, für den Setzer die Schriftart und -größe auf dem Rand notierte und sie dann dem Leiter der Setzerei, der in dieser Nacht Dienst hatte, Ollie Carmichael, überreichte. Anschließend verkündete er, er wolle einen Kaffee trinken und käme in ungefähr zwanzig Minuten wieder. Louis Herzberg begleitete ihn. Irena brach endgültig auf, genau wie Walt Woodward, der von Nick daran erinnert wurde, daß er am morgigen Tag frei hatte: »Wenn ich deine Nase erspähe, dann kriegst du von mir einen Tritt in den Arsch!«

Kate achtete eisern darauf, daß ihre Mitarbeiter ihre freien Tage auch wirklich nahmen; die jungen, enthusiastischen Reporter wären sonst wohl jeden Abend in die Redaktion gekommen, und Kate wollte auf gar keinen Fall den völlig wahnsinnigen Arbeitsrhythmus wiederaufleben lassen, der das Klima innerhalb der Redaktion der *Queens Gazette* bestimmt hatte. Nur Nick, der völlig zerknirschte Paul Fowler und Peggy Hutchins, die immer noch mit den Kanalisationsproblemen kämpfte, hielten sich noch in der Redaktion auf. Nick hatte den Artikel über den Hund aus Queens, den ein Sadist, der Gott sei Dank kein Bürger aus Queens war, bei lebendigem Leibe hatte verbrennen wollen, bereits in die Setzerei gebracht, und griff nach der Fleißaufgabe Peggys, las sie zum fünftenmal und korrigierte sie.

»Peggy, ich bezweifle lebhaft, daß ein Gehweg irgendwelche Meinungen von sich geben oder sich gar naß fühlen kann. Anfühlen vielleicht. Schreib doch einfach: Der Gehweg wurde überschwemmt.«

Er lachte, als er Peggys betretenes Gesicht bemerkte.

»Tröste dich: Ich habe sehr viel über die Kanalisation in Queens gelernt. Insgesamt ist deine Arbeit schon brauchbar. Jetzt hau ab, iß etwas und geh ins Bett. Du auch, Paul.«

Peggy verschwand wie der Blitz.

»Paul? Wir alle haben solche Fehler gemacht. Bis morgen.«

Er war allein. In drei Minuten würde es Mitternacht schlagen. Kate hatte bereits mehr als eine Stunde Verspätung. Sie hatte mit einem der möglichen großen Anzeigenauftraggeber der Zeitung zu Abend gegessen, eine Einladung, die Peabody ganz bestimmt nicht erhalten hätte; Kates strahlende Augen und ihre umwerfende Erscheinung waren nicht ganz unschuldig daran. Ollie Carmichael tauchte auf; er hoffte wohl, Nick würde den Redaktionsschluß verkünden, so daß er die Setzer nach Hause schicken und auch selbst heimgehen konnte. Der *Day* sollte zum elftenmal erscheinen, mit anderen Worten, es war der 21. Dezember. Überraschend, wie schnell sich das Mitarbeiterteam eingespielt hatte.

Um Ollie besser übersehen zu können, las Nick noch einmal Kates

Editorial in eigener Sache, das wie immer knapp und humorvoll gehalten war. Es klang beinahe wie eine Siegesmeldung aus dem Hauptquartier eines Generalstabs. Nicht ohne Grund: Während der ersten zehn Tage hatte sich der *Day* ausgezeichnet verkauft. In der vergangenen Nacht hatte Kate die Auflage bereits auf einundsiebzigtausend Exemplare erhöht. Die Zahl der Remittenden, das heißt der unverkauften und an die Zeitung zurückgegebenen Exemplare, stand zwar noch nicht endgültig fest, schien aber überraschend niedrig zu sein: nicht einmal zwei Prozent.

Das war beinahe zu schön, um wahr zu sein.

Nick änderte ein Komma; Kate ging relativ sorglos mit der Zeichensetzung um, einer ihrer wenigen Fehler als Journalistin. Nick dagegen war ein wahrer Fanatiker auf diesem Gebiet. Er zögerte kurz, dann verwandelte er einen Punkt in einen Strichpunkt, der dem Inhalt besser entsprach.

Zwölf Minuten nach Mitternacht.

»Ollie, ich weiß, daß du mich in meinem Rücken wie ein Geier überwachst!«

Er war mit der Lektüre zu Ende. Er hatte nichts zu beanstanden gefunden, keinen einzigen Druckfehler gefunden. Hennesseys Team hatte ausgezeichnete Arbeit geleistet.

Fünfzehn Minuten nach Mitternacht. Abadie kam in den Redaktionsraum und fragte, wann denn nun endlich Redaktionsschluß sei. Wie immer hatte er die Laune einer Dogge mit heftigen Zahnschmerzen; wie immer rieb er sich die Hände an einem derben Tuch sauber.

»Ich weiß nicht, wo sie ist«, meinte Nick.

»Vielleicht ist ihr etwas passiert...«

Jetzt kam noch Hennessey dazu, dessen Arbeit als Korrektor für diesen Tag beendet war.

Nick öffnete den Kühlschrank und verteilte Bierflaschen. Ernie Pohl und Louis Herzberg tauchten auf, beide so gesprächig wie ein Grab, und Ben Fein, einer der festangestellten Fotografen des *Day;* sie brachten Sandwiches für alle mit. Um halb ein Uhr beschloß Nick: »Gut, Redaktionsschluß, fangt an zu drucken.«

Sieben, acht Minuten später dröhnte die schwere Wood; der Boden zitterte bis in den Redaktionsraum hinein. Plötzlich wurden die auf die Buckingham Street gehenden Fenster von Scheinwerfern beleuchtet. Wenige Sekunden später betrat Kate die Redaktion.

»Ich habe den Druck freigegeben.«

Kate nickte zustimmend mit dem Kopf: »Gut so.«

Ihre Augen waren weit geöffnet; sie schaute Nick an, machte aber den Eindruck, als ob sie ihn gar nicht sähe. Er kannte sie zu gut, um sich irgendwelche Illusionen zu machen: Die relativ ruhigen ersten zehn Tage mit ›nur‹ achtzehn Stunden Arbeit täglich waren vorbei.

Sie ging in den Druckraum, wo die ersten fertigen Zeitungen auf dem Förderband in die Auslieferung transportiert wurden; Abadie hatte an diesem Abend Schwierigkeiten mit dem Einfärben der Rotationswalzen gehabt, so daß mehrere Hundert Exemplare häßliche Flecken aufwiesen. Doch inzwischen war das Problem behoben. Kate nahm sich ein druckfrisches Exemplar.

»Wer hat die Geschichte mit dem Hund aufgetrieben?«

»Paul.«

»Eine gute Arbeit. Hast eigentlich du den Artikel geschrieben? Ich meine, rein zufällig.«

»Ich habe ihn etwas überarbeitet.«

Die ersten Lieferwagen wurden beladen. Jack Donovan, der Auslieferungsleiter, arbeitete wie ein Stier. Der mächtige Mann mit dem roten Gesicht und der beginnenden Glatze hatte nie verheimlicht, daß er in seiner Jugend Schwierigkeiten mit der Polizei gehabt hatte; aber das lag nun schon fünfzehn Jahre zurück. Ein Onkel Nicks, der im Büro des Generalstaatsanwaltes von New York City arbeitete, hatte bestätigt, daß Donovan sich nach der Verbüßung seiner siebenmonatigen Gefängnisstrafe nichts mehr hatte zuschulden kommen lassen. (Er war in eine Betrugsaffäre verwickelt gewesen.)

Nick fiel auf, daß Kate und Donovan sich anscheinend insgeheim über irgend etwas verständigten. Ihm fiel auch auf, daß im Schatten des Gebäudes fünfzehn muskelbepackte Männer Wache bezogen hatten und auf der Buckingham Street sechs Wagen bereitstanden, die normalerweise nachts dort nicht zu finden waren.

»Nicht jetzt, Nick«, wehrte sie die Frage ab, die er noch gar nicht hatte stellen wollen.

An diesem 21. Dezember galt der Hauptartikel, der von Nick und Ernie gemeinsam verfaßt worden war, dem Psychiatrischen Krankenhaus in Central Islip auf Long Island, das unter der Obhut des Staates New York stand. Ernie hatte sich als Krankenwärter für den Nachtdienst engagieren lassen und drei Nächte hindurch dort gearbeitet. Nick seinerseits hatte tagsüber offene Recherchen durchgeführt. Er hatte mit sechs Vorgängern Ernies gesprochen und hatte dann deren Aussagen bei Gesprächen mit dem Direktor, mit zwei Ärzten, fünf Krankenschwestern und zwei ehemaligen Patienten überprüft. Das Resultat der gemeinsamen Arbeit würde das Blut vieler Leserinnen und Leser stocken lassen: Während der zweiten Nacht hatten Ernie und sein Kollege, der mit ihm Dienst hatte – die beiden waren zusammen gerade dreiundvierzig Jahre alt –, keine andere Möglichkeit gehabt, um sich vor zwölf gewalttätigen Geisteskranken zu retten, die sich völlig ungehindert bewegen konnten, als sich in den Heizungsraum des Krankenhauses einzuschließen und dort den Morgen abzuwarten. Das Einstellungsgespräch, das Ernie geführt hatte, hatte gerade dreißig Sekunden gedauert. Am gleichen Abend noch hatte man ihm die Überwachung von achtzig unruhigen Patienten anvertraut. Die beiden jungen ›Wärter‹ waren zusammen mit den Kranken in einem Flügel des Gebäudes, dessen Fenster vergittert und dessen Türen von außen verriegelt waren, eingeschlossen worden. Sie hatten nicht einmal ein Telefon zur Verfügung.

Kate las den Artikel zum zweitenmal. Am Nachmittag hatte sie ihn bereits überflogen. Es war inzwischen zehn Minuten vor zwei Uhr, und Abadie hatte bereits ein Drittel der Auflage ausgedruckt. Kate und Nick waren wieder in den großen Redaktionsraum zurückgekehrt. Die ersten Lieferwagen waren bereits unterwegs; sie versorgten den östlichen Teil Long Islands mit der Grafschaft Suffolk, jenseits noch von dem von Nassau, in dem Central Islip lag.

Die fünfzehn Muskelmänner hatten sich nicht von der Stelle gerührt.

»Ausgezeichnet«, kommentierte Kate.

»Danke«, meinte Nick.

Sie streckte ihm ihre rechte Hand über den Tisch entgegen. Ihre Finger berührten sich.

»Natürlich könnte ich die Frage, die du mir stellen willst, sofort beantworten, doch ich ziehe es vor, dir zuerst das zu zeigen, was ich bereits gesehen habe.«

Sie lächelte ihn an, doch ihre Augen blieben eiskalt.

»Nick, der Anblick lohnt sich wirklich. Kommst du mit?«

Kranefuß war nicht da. Kate steuerte selbst.

Vor der Einfahrt zu ihrem Anwesen an der nördlichen Ausfallstraße von Glenwood Landing stellte sie den Motor ab; ihr einstöckiges Holzhaus, in dem die chinesischen a-ma und ihr Sohn schliefen, lag höchstens zweihundert Meter von der Stelle entfernt. Sie stiegen aus. Kaum hatten sie einige Schritte auf dem im Dunkeln liegenden Weg gemacht, der zu Kates Haus führte, da erstarrte Nick DiSalvo zu einer Salzsäule: Eine riesige, weiße Masse, die sich vorher nicht an dieser Stelle befunden hatte, türmte sich gen Himmel.

»Ich habe dir ja gesagt, daß sich der Anblick lohnt, Nick.«

Sie machte ihre Taschenlampe an, so daß er sehen konnte, aus welchem Material das riesige Ungetüm errichtet worden war: aus bedruckten Zeitungen. Es handelte sich, um bei der Wahrheit zu bleiben, um zwei Ungetüme, die den Zugang zur Villa fast völlig versperrten. Zwischen den beiden war gerade so viel Platz gelassen worden, daß ein Mensch sich hindurchschlängeln konnte.

»So um die fünfhunderttausend Exemplare«, meinte Kate. »Grob geschätzt.«

Sie zwängte sich durch die Berge hindurch; Nick folgte ihr. Der Strahl aus Kates Taschenlampe fiel auf einen Briefumschlag hervorragender Qualität, der mit einem Seidenschal umschlungen und auf Augenhöhe an einem Paket festgemacht war, das ungefähr fünfzig Zentimeter lang, aber nur vier Zentimeter hoch und mit einem saphirblauen Band umschlungen war.

»Nick, mach den Umschlag ruhig auf, wenn du willst. Ich bin mir ziemlich sicher, was er enthält.«

Nick machte den Umschlag los, öffnete ihn, holte eine Visitenkarte heraus und las laut:

»New York Morning News - Generaldirektion.

An Miß Catherine Killinger, Generaldirektorin von The Queens and Long Island and Undsoweiter Day:

MIT MEINEN BESTEN EMPFEHLUNGEN – PAPA.«

Kate nickte mit dem Kopf:

»Genau das hatte ich erwartet.«

»Soll ich das Paket aufmachen?«

»Gerne. Ich bin mir sicher, daß du – wie ich – bestimmte Vermutungen hegst, was es wohl enthält.«

Nick löste das Band und riß das Umschlagpapier auf. Es handelte sich um einen Typometer, ein in Druckereien verwendetes Gerät zum Messen von Schriftgrößen, die in Punkten und nicht in Zentimetern angegeben werden. Normalerweise werden diese Instrumente aus dem billigsten Metall hergestellt, während dieser hier vergoldet und von Tiffany signiert war. Er wies noch eine weitere Besonderheit auf: Neben der Cicero-Punkte-Skala und der entsprechenden Zentimeterskala waren auf der Rückseite die englische Mil-Skala und wieder die entsprechende Zentimeter-Skala eingraviert. (Ein mil entspricht 0,025 Millimeter und ist nur noch mit dem Mikroskop erkennbar!)

Nick war völlig durcheinander und wußte nicht, ob er sich mehr über diesen kostbaren Typometer oder über die in Kates Garten aufgestapelten fünfhunderttausend Exemplare des *Day* wundern sollte.

Von einigen zehntausend Exemplaren abgesehen, befanden sich die Auflagen der zehn ersten Nummern geschlossen in Kates Garten. Nur die im östlichen Teil von Long Island, das heißt, die im Bezirk Suffolk und Teile der im Bezirk Nassau erfolgten Lieferungen waren wirklich bei Kunden angelangt.

»Nur bei diesen Exemplaren können wir davon ausgehen, daß sie wirklich gelesen wurden«, meinte Kate verwirrend ruhig.

Was die Lieferungen in Queens selbst und im westlichen Teil Nassaus anbelangte, war sie weit weniger sicher. Sie schätzte, daß höchstens zehn Prozent der Auflage in die Hände der Leser gelangt war.

»Wenn überhaupt...«

Sie hatte sich wie Nick auf eines der Pakete gesetzt, die die unbekannten Urheber des Zeitungsgebirges in Kates Garten nicht mehr auf die Spitze der Ungetüme hochgewuchtet hatten. Es war nicht sehr kalt, fünf, vielleicht auch sechs Grad über Null, und windstill. Regen lag in der Luft.

»Und wie hat dein Vater dies alles gemanagt?« fragte Nick.

Ganz einfach: Nach den Aussagen der ungefähr sechzig Verkaufsstellen, die Donovan und sie befragt hatten – sie hatte darauf verzichtet, zu dem Abendessen zu gehen, und den ganzen Rest des Nachmittags sowie den Abend darauf verwandt, hinter das Geheimnis zu kommen –, hatte Karl Killinger jeden Morgen um die vierhundert Männer und Frauen in die Schlacht geworfen, die hinter den Lieferwagen und Motorrädern des *Day* herfuhren und die Ausgaben sofort nach Auslieferung aufkauften.

»Mein Vater hat die Käufer in Bussen zu den Verkaufsstellen transportiert und gleichzeitig an den wichtigsten strategischen Punkten Lastwagen auffahren lassen, auf die die aufgekauften Zeitungen geladen wurden.«

»Du willst doch nicht behaupten, daß das niemand bemerkt hat?«

»Die Verkäufer haben nur bemerkt, daß sich schon in aller Frühe die Käufer die Zeitungen aus der Hand rissen. Warum sollten sie mißtrauisch werden? Die von meinem Vater Beauftragten haben ja immer nur ein oder höchstens zwei Exemplare gekauft. Und vergiß nicht, daß wir mit vielen stummen Verkäufern arbeiten, in die die Käufer ihre Münze einwerfen und dann die Exemplare entnehmen. Unkontrollierbar.«

Nick stand auf, ging an der Mauer aus Zeitungen entlang, griff sich nach dem Zufallsprinzip einige Exemplare heraus und überprüfte im Licht von Kates Taschenlampe die Erscheinungsdaten: Alle Ausgaben der ersten zehn Tage waren vertreten.

»Scheiße, ich habe sogar Leserbriefe erhalten. Schon nach der ersten Nummer. Drei, vier Dutzend.«

Kate lächelte ironisch hinter seinem Rücken. Er fragte sie direkt: »Hat die auch dein Vater geschrieben?«

»Dafür hat er Journalisten. Ich wette, daß sie sich in Manhattan in den Büros der *Morning News* nicht halten können vor Lachen.«

Natürlich würde die Geschichte die Runde durch New York und sogar durch die ganze nordamerikanische Presse machen; das Team des *Day* würde zum Gespött aller werden. Doch das war nicht das Schlimmste. Wirklich nicht. Karl Killinger hatte mehr als fünfhunderttausend Exemplare des *Day* gekauft – fünfhundertdreiundzwanzigtausendsiebenhundertneunundsechzig, wie Karl Killinger begeistert jedem erzählte, der es hören wollte – und hatte dafür den offiziellen Verkaufspreis bezahlt. Dieses Geld war in die Kassen des *Day* geflossen. Doch der Chef der *Morning News* hatte noch weit mehr ausgegeben: die Personalkosten, die Mietgebühren für die Leihwagen. Denn er hatte natürlich nicht die Lastwagen der *Morning News* einsetzen können; einerseits mußte er so diskret wie möglich vorgehen, um den Überraschungseffekt nicht vorzeitig zu gefährden; und andererseits benötigte er um diese Uhrzeit, zu der die Lastwagen die Zeitungen Kates einsammelten, seine Lastwagen, um seine eigene Zeitung zu verteilen.

»Und dann hatte er noch die aufgekauften Exemplare lagern müssen...«

»Und nach Long Island liefern«, meinte Kate. »Die a-ma erzählten, neutrale Lastwagen ohne Hinweise auf die Firma, der sie gehörten, seien gegen fünf Uhr nachmittags gekommen; zwanzig Mann wären wohl dabeigewesen und hätten sehr schnell gearbeitet. Nick, mir ist es völlig gleichgültig, wieviel das meinen Vater gekostet hat. Er kann sich erlauben, was er will. Er könnte zwanzigmal soviel ausgeben, wenn er Lust dazu hat.«

Wieder hatte er das Gefühl, als dramatisiere sie bis zum Exzeß das Kräftemessen zwischen Vater und Tochter. Er hatte nie an einen wirklich dramatischen Zusammenstoß zwischen den beiden glauben können. Auch jetzt noch nicht. Gut, man würde sich in den Redaktionen Manhattans über sie lustig machen, aber war das wirklich so tragisch?

Sie schüttelte nur den Kopf und war immer noch erstaunlich ruhig: »Nick, du bist sicher der beste Chefredakteur, den ich für den *Day* habe finden können, doch eines scheinst du zu vergessen: Die Zeitung kann nur überleben, wenn wir außer dem Erlös aus dem Verkauf der Zeitung auch mit Hilfe des Verkaufs von Anzeigenflächen in unserer Zeitung Geld verdienen, und zwar viel. Ich habe wochenlang daran gearbeitet, einen Stamm aus Anzeigenkunden aufzubauen. Hunderte von Stunden meiner Arbeitskraft habe ich darauf verwendet. Ich habe so ziemlich alles getan, damit die Herren Firmenbosse ein wenig ihres kostbaren Geldes für meine Zeitung ausgeben; nur geschlafen habe ich mit ihnen nicht. Jetzt vor Weihnachten war es nicht einmal sehr schwer, unsere Kunden von den Vorteilen einer Anzeige im *Day* zu überzeugen. Zumindest die, deren Geschäfte in Queens und auf Long Island liegen. Unsere Verkaufszahlen waren mein bestes Argument. Das heißt, die Zahlen, die ich für unsere realen Verkaufszahlen hielt. Ab morgen werde ich einen nach dem anderen besuchen und gestehen müssen, daß ich nur fünf bis sechs Prozent der angegebenen Auflage wirklich verkauft habe. Ich hoffe, sie werden mir glauben. Nick, diese Männer haben mir ihr Geld anvertraut, weil ich ihnen gefallen habe. Persönlich. Sie hatten Vertrauen zu mir. Auch wenn sie natürlich hofften, ein Scheck könne unter Umständen helfen, die Tür zu meinem Schlafzimmer zu öffnen. Ich werde ihnen gestehen müssen, daß ich völlig idiotisch bin. Drei Viertel werden das nur zu gerne glauben. Denn ich bin eine Frau, die Geschäftsfrau spielt. Und zudem appetitlich ist.«

»Sehr appetitlich«, meinte Nick in dem Versuch, sie zu beruhigen.

Kate machte nur eine unwirsche Handbewegung.

»Ich werde Monate brauchen, bis ich ihr Vertrauen wieder gewonnen habe. Wenn es überhaupt möglich ist. Natürlich werde ich das Geld, das wir für die Anzeigen eingenommen haben, fast vollständig zurückzahlen müssen.«

»Wieviel?«

»Ich bin froh, daß das dich doch ein wenig interessiert. Mehr als zweihunderttausend Dollar, Nick, die ich innerhalb von achtundvierzig Stunden zu bezahlen habe, wenn ich nicht vor den Kadi geschleift werden will.«

»Du übertreibst.«

Sie lächelte, immer noch ruhig bleibend.

»Kaum.«

»Kate, wir können doch versuchen, die Situation einfach auf den Kopf zu stellen, indem wir das Verhalten deines Vaters öffentlich brandmarken.«

»Da müssen wir erst einmal beweisen, daß er hinter der ganzen Geschichte steckt. Diese Visitenkarte kann jeder drucken lassen, dem dies in den Sinn kommt. Der Text wurde mit der Maschine geschrieben. Nick, seit zwanzig Jahren kämpfe ich gegen meinen Vater. Ich kenne ihn. Du glaubst immer noch, daß es sich nur um einen Scherz handelt, nicht wahr?«

»Daran hatte ich wirklich gedacht«, meinte Nick lächelnd. Verliebt ruhten seine Augen auf Kates Silhouette. In dieser Nacht trug sie einen Pelzmantel und die dazugehörende Kappe aus Chinchilla; ihre rechte Hand steckte noch in einem graublauen, fein gegerbten Handschuh, während sie den der linken Hand, an der sie den wunderbaren Saphirring trug, den sie niemals ablegte, nicht einmal, wenn sie splitternackt war, bereits abgestreift hatte.

»Nick, ich hatte es auch geglaubt. Einige Minuten lang. Nur, ich kenne Papa. Als Sechsjährige habe ich mit ihm bereits Schach gespielt. Ich weiß, wie er vorgeht. Er kann mich glatt an die Wand drücken, denn er hat die Mittel dazu.«

»Auf diese Weise bringt man keine Zeitung um.«

»Nick, du bringst mich zum Lachen! Er kann zwanzig, dreißig, vierzig Millionen Dollar einsetzen und mich in der Luft zerreißen. Kein Gesetz hindert einen Menschen daran, täglich hundert oder fünftausend oder noch mehr Exemplare einer Zeitung zu kaufen, wenn es ihm Spaß macht und wenn er das Geld dazu hat. Und wenn wir jeden Morgen hunderttausend Exemplare verkaufen, ändert das nichts an der Tatsache, daß kein Mensch unsere Zeitung lesen wird. Die Anzeigenkunden werden früher oder später wissen, daß es völlig sinnlos ist, im *Day* zu annoncieren, und uns keine weiteren Aufträge erteilen. Eines Tages wird Papa dann seinen Mitarbeitern befehlen, die Aufkäufe am gleichen Tag und zur gleichen Stunde einzustellen, und wir werden während dieser ganzen Zeit keinen einzigen zusätzlichen Leser gewonnen haben. Selbstverständlich hat mein Vater noch viele andere Möglichkeiten zur Verfügung; so kann er in seiner Zeitung sechs Monate lang alle Anzeigen gratis veröffentlichen, unter der Bedingung, daß ich keine Aufträge der gleichen Firmen erhalte. Und zwischen den *Morning News*, die täglich mehr als eine Million Exemplare verkauft, und dem *Day* mit ihren lächerlichen dreitausendeinhundertvierundfünfzig Lesern, wobei die Mitglieder deiner großen Familie bereits mit eingerechnet sind, wird den Firmenbossen die Entscheidung nicht schwerfallen.«

»Anders ausgedrückt, wir haben keine Chance. Was sollen wir unternehmen? Uns umbringen?«

Kate antwortete nicht. Inzwischen spürte man die vom Meer kommende Feuchtigkeit. Sie verkroch sich in ihren Pelzmantel.

»Ich bin den ganzen Tag herumgelaufen und habe in der letzten Nacht nur zwei Stunden geschlafen; die meiste Zeit habe ich damit verbracht, die Verkäufer an der Ecke des Queens Boulevard und der Vierundvierzigsten Avenue zu überwachen. Anschließend habe ich die Lastwagen mit meinen Zeitungen bis zu einem Lagerhaus an der Kent Avenue am East River verfolgt. Und das da entdeckt...«

Sie deutete auf die fünfhunderttausend Exemplare des *Day*.

»Nick, am liebsten hätte ich Feuer gelegt. Ich schwöre dir, es hat nicht viel gefehlt.«

»Was hat dich eigentlich davon abgehalten? Das war doch gar keine so dumme Idee. Nicht gerade sehr anständig, aber gar nicht dumm...«

»Nur daß mein geliebter Herr Papa das Lager natürlich hatte fotografieren lassen; in einigen Tagen hätte dann das Gerücht die Runde gemacht, ich selbst hätte den größten Teil meiner angeblichen Auflagen verbrannt, um meinen Anzeigenkunden einen Verkauf vorzutäuschen, der in Wirklichkeit gar nicht stattfindet.«

Er schüttelte nur den Kopf und war weiterhin davon überzeugt, daß Kates Mißtrauen ihrem Vater gegenüber an Verfolgungswahn grenzte. Schweigend schauten sie einen Augenblick lang dem aufsteigenden Nebel zu.

»Ich bin müde und friere«, sagte Kate plötzlich. »Und habe Lust auf etwas ganz anderes...«

Sie schaute ihn aus saphirblauen Augen lächelnd an.

»Und was wird Donovan mit seinem Baseball-Team anstellen?«

Sie strich ihm leicht über die Wange; er hatte einen Stoppelbart.

»Den Zeitungsaufkäufern Papas eines über die Rübe geben, falls morgen früh das Spiel weitergehen sollte. Aber ich glaube eigentlich nicht, daß er weitermacht. Ich bin sicher, daß er von meinen Nachforschungen Wind bekommen hat und mir deswegen seine... Ankäufe hierher geliefert hat. Nick, laß uns ins Haus gehen.«

Als sie die Diele betraten, tauchte im Hintergrund für einen kurzen Augenblick eine Chinesin auf, verschwand aber sofort wieder. Kates Schlafzimmer lag im ersten Stock. Zwei der drei großen Fenster gingen auf das Meer und Hampstead Harbor.

Ohne Pelz und Kappe abzulegen, streckte sie sich auf dem Bett aus und verschränkte die Arme in ihrem Nacken.

»In dieser Nacht wird sich nichts mehr ereignen. Donovan wird keine Probleme haben.«

Nick setzte sich auf den Bettrand und zog ihr den Pelzmantel aus; anschließend streifte er ihr die Kappe ab. Mit halb geschlossenen Augen ließ sie ihn gewähren.

»Und Papa wird mich nicht erdrücken. Erstens wird er mir, zumindest unbewußt, eine Chance lassen. Und zweitens kann er, wenn er wirklich alle seine Waffen auf mich richtet, dies auf die Dauer nicht verheimlichen, und dann wird die ganze Welt die kleine Kate bedauern...«

»Kleine?« fragte Nick amüsiert und begann, sie auszuziehen.

»Diese kleine und von ihrem eigenen Vater gequälte Kate. Er wäre in diesem Fall gezwungen, mir zu helfen.«

Sie hob ihr Becken, so daß er ihr den Rock abstreifen konnte.

»Nein, Nick, das war nur ein Ablenkungsmanöver, nichts anderes. Mister Karl Killinger greift seine Gegner nicht mit Scherzen an. Mister Karl Killinger bleibt bei Geschäften eiskalt, auch wenn Signor Nicolas DiSalvo vom Gegenteil überzeugt ist. Folglich...«

Unter ihrer schwarzen Crepe-Bluse und ihrem Rock trug sie ein schwarzes, spitzenbesetztes Hemdchen und darunter einen geschmeidigen, weichen, nachtblauen Büstenhalter, der ihre Brüste nicht beengte, ein ebenso nachtblaues, rüschenbesetztes Seidenhöschen und einen Strumpfgürtel.

»Nick DiSalvo, folglich habe ich den Punkt gesucht, an dem er wirklich angreifen wird. Und ich habe ihn gefunden. Warum bin ich wohl so müde?«

Nick antwortete nicht; er beugte sich über sie, zog ihren Büstenhalter aus und küßte ihre Brüste. Dann kniete er sich auf den Bettvorleger und zog ihr Höschen bis zu ihren Knöcheln herunter. Wie jedesmal bewunderte er auch jetzt ihren langen, wohlgeformten Schenkel. Auf dem Bett liegend wirkte Kate noch größer als im Stehen. Er küßte ihren Nabel und bewegte sich dann, ihren Körper mit seinen Lippen kaum berührend, weiter nach unten. Die unterschiedlichsten Gedanken jagten durch seinen Kopf. Daß sie ihn kurz zuvor praktisch zur Liebe aufgefordert hatte, hätte eigentlich seinem männlichen Stolz schmeicheln müssen. Jetzt aber war er beinahe so schüchtern wie ein Heranwachsender. Er liebte sie seit mehr als fünf Jahren, das war eine Tatsache, so wie es eine Tatsache ist, daß man braune Haare oder dunkle Augen hat. Dabei wußte er, daß er für sie nie etwas anderes sein würde als ein vorübergehender Ersatz... Etwas später legte er sich neben sie und zog sie an sich. Ihr großer, geschmeidiger Körper gab sich ihm gehorsam hin. Kate war ganz weich, ganz Frau. Er ahnte in der Dunkelheit ihre weit offenen, großen Augen, die ihn anschauten, ohne ihn zu sehen. In sie eindringend, flehte er sie an: »Kate, bitte, sag jetzt nichts mehr.«

Auch wenn er von vornherein wußte, daß er Kate nie besiegen würde, konnte er eine Art Sieg über sie erringen. Er liebte sie noch sanfter, noch liebevoller als die vorangegangenen Male.

Es war für ihn ein leichtes, den *Day* und die schweren Probleme, die mit der Zeitung zusammenhingen, aus seinen Gedanken zu vertreiben. Paradoxerweiser war er davon überzeugt, daß der *Day* nicht lange leben würde, daß aber die Gefahr, die von Karl Killinger ausgehen sollte, nur in Kates Gehirn existierte, die in seinen Armen verhalten stöhnte.

Er täuschte sich in beiden Punkten.

Kapitel 8

Das grenzt schon an Hexerei...

Der erste ernsthafte Angriff Karl Killingers galt dem Papier. Das heißt, den Papierrollen, ohne die eine Zeitung nun einmal nicht gedruckt werden kann. Kate ahnte das Manöver ihres Vaters, noch bevor sich die ersten Hinweise abzeichneten.

Normalerweise stand der Chefdrucker gegen Mittag auf. Zwei Jahre zuvor hatte der aus Bordeaux stammende Abadie die amerikanische Staatsbürgerschaft erhalten; er war mit einer Amerikanerin aus Burlington im Bundesstaat Iowa verheiratet. Die beiden hatten sich an ihrem Arbeitsplatz bei der *Chicago Tribune* kennengelernt, wo sie als Sekretärin und Stenotypistin arbeitete. Vor zwanzig Monaten war ihr erster Sohn auf die Welt gekommen; inzwischen war Harriett Abadie, geborene Brewster, zum zweiten Mal schwanger.

Abadie war gerade dabei, sich zu rasieren, als es läutete. Ihr Haus lag am Corona Park in der Nähe von Flushing Meadows im Viertel Corona. Harriett öffnete; eine junge Frau, deren blaue Augen noch beeindruckender waren als ihre Größe, Schönheit und Eleganz, stand vor der Tür.

»Ich bin Catherine Killinger. Sie sind sicher Luciens Frau. Kann ich mit Ihrem Mann sprechen?«

Während Abadie sich fertig rasierte und anzog, unterhielten sich die beiden jungen Frauen acht bis zehn Minuten lang. Er schrie durch die geschlossene Badezimmertür hindurch, er sei bei sich zu Hause, habe keinen Dienst und nehme sein Bad, wann es ihm gefalle, auch wenn sie ihm die schrecklichsten Strafen androhe. Er habe nicht die Absicht, sich von der Leiterin einer Stadtteilzeitung zum Sklaven machen zu lassen. Harriett war entsetzt: So hatte sie ihren Mann noch nie erlebt; zu Hause war er immer freundlich und fröhlich gewesen und hatte nie seine Stimme erhoben. (Im übrigen liebte seine Frau seinen leichten französischen Akzent, den er nie hatte ablegen können.) Kate Killinger ließ sich von seinen Flüchen nicht weiter stören. Sie kniete sich auf den Boden, um Abadie junior zu begrüßen, fragte Harriett, aus welchem Bundesstaat sie eigentlich stamme, bewunderte die junge Frau, die sich in Queens so gut eingelebt hatte und war freundlich und einfach. Die ehemalige Stenotypistin war begeistert.

»Für wen halten Sie mich eigentlich?« fragte Abadie. »Meine Papiervorräte reichen noch sechs Tage. Und morgen wird bereits der Nachschub angeliefert.«

»Sie irren sich; man wird kein Papier liefern«, meinte Kate seelenruhig.

»Das möchte ich gerne erleben!«

»Sie werden es erleben und nicht enttäuscht sein!«

Der kleine Kranefuß in Livree und mit der obligaten Schirmmütze auf dem Kopf fuhr den Cadillac durch Queens Richtung Brooklyn, wo sich die Lagerhallen der Firma *Mercer & Cane Company* befanden. Kate hatte darauf bestanden, daß in dem Arbeitsvertrag zwischen Abadie und ihr eine Klausel aufgenommen worden war, nach der Abadie jederzeit seinen Abschied nehmen konnte, wenn es ihm unmöglich war, seine Arbeit als Chefdrucker ›in geordneten Verhältnissen‹ auszuführen. In diesem Falle konnte er eine Abfindung von zehntausend Dollar beanspruchen.

»Sie können, wenn Sie wollen, die Klausel geltend machen«, sagte sie.

»Kate, regen Sie mich nicht auf. Ich kann es nicht ausstehen, wenn man mich zu Hause stört. Ist Ihnen eigentlich aufgefallen, wie sehr Ihr Chauffeur Adolf Hitler ähnelt?«

Sie erklärte, nicht Kranefuß sehe aus wie Adolf Hitler sondern Adolf Hitler wie Kranefuß. Kurz darauf trafen sie bei *Mercer & Cane* ein, dessen Niederlassung sich in einer kleinen Seitenstraße zur Bedford Avenue in Flatbush befand, im Grund nichts anderes als eine riesige Lagerhalle, in der die Papierrollen bis zur Decke gestapelt waren. Ein gewisser Anderson empfing sie; er reichte Kate kaum bis zur Schulter, war aber sicher um mindestens fünfzig Pfund schwerer als sie. Er tat so, als ob er sie nicht sähe, und wandte sich direkt an Abadie:

»Ich wollte Sie gerade anrufen, denn wir haben da ein kleines Problem. Unsere für nächste Woche vorgesehene Lieferung wird sich ein wenig verzögern.«

»Die Lieferung war für morgen vorgesehen«, fuhr Abadie ihn an.

Anderson tat so, als ob er sein Bestellbuch aufmerksam studiere, und meinte dann kopfschüttelnd:

»Wir haben uns wohl am Telefon mißverstanden. Hier ist folgendes notiert: Lieferung an die Druckerei des *Day* von zweiundsiebzig Rollen am 28. Dezember.«

»Schlagen Sie ihn bloß nicht zusammen«, sagte Kate schnell auf französisch. »Weder jetzt noch später.«

»Wann werden Sie denn liefern können?«

»Vielleicht am 5. Januar. Vielleicht. Ich kann es Ihnen allerdings nicht fest zusagen.«

Andersons blaue Augen blieben ausdruckslos.

»Es ist durchaus möglich, daß wir selbst zu spät beliefert werden. Angesichts der vielen Feiertage... Die Leute arbeiten heutzutage nicht mehr so wie früher...«

Und die Rollen, die sich im Lagerhaus bis zur Decke stapelten? Alle bereits verkauft und bezahlt. Sie befanden sich nur noch bei *Mercer & Cane*, da der Käufer keinen Platz hatte, sie alle bei ihm unterzubringen.

»Wer hat denn diese Unmengen Papier gekauft?«

Kate hatte die Frage gestellt; Anderson schien anscheinend plötzlich taub geworden zu sein. Er hatte sich wieder an die Arbeit gemacht und rechnete Zahlen zusammen. Seine Besucher schienen für ihn nicht mehr zu existieren.

»Wer hat das Papier gekauft?«

Eine Rechtsanwaltskanzlei in Dallas, Texas. Kate zog ihren Chefdrucker, der außer sich war vor Wut und auf gaskognisch, baskisch, französisch und englisch fluchte, ins Freie.

Sie stiegen wieder in den Cadillac. Kate hatte sich, bevor sie zu Abadie fuhr, eine Liste mit allen Papierlieferanten beschafft, die auch Zeitungspapier führten und im Großraum New York beheimatet waren. Sie sprachen nicht bei allen vor, sondern nur bei drei, die sie aufgrund ihrer geographischen Lage gewählt hatten. Zweimal bekamen sie die gleiche Auskunft wie bei *Mercer & Cane* – die ganzen Vorräte waren aufgekauft und bezahlt worden, auch wenn die Lieferung erst in einiger Zeit erfolgen sollte. Das dritte Unternehmen hatte zwar Papier zu verkaufen, doch die Breite stimmte nicht mit der von Kates Wood überein; die Firma handelte mit vorgeschnittenen Papierrollen, die man zur Herstellung von Plakaten im Endlosdruck verwendete. Es war inzwischen halb sechs Uhr geworden; die letzte von ihnen besuchte Papierhandlung lag in der tiefsten Bronx. Kate wollte schon aufgeben, als ihr eine Idee kam. Sie fragte den Mann, der sie empfangen hatte, ob er in den letzten Tagen den Besuch von Käufern größerer Mengen von Papierrollen erhalten habe.

Ja. Vor vier Tagen. Zwei Männer. Bei dem einen hatte es sich wohl um einen Anwalt gehandelt, zumindest hatte der Verkäufer diesen Eindruck, während der andere sich in Druckereipapieren ausgezeichnet auskannte.

»Was soll das bedeuten? Hat Ihr Vater diese Typen etwa zu allen Papierlieferanten im Staat New York geschickt?«

Abadie war immer noch wütend. Der Cadillac fuhr Richtung Queens.

»Nicht nur im Staat New York«, meinte Kate. »Ich wette, daß alle Papierlieferanten auf dem nordamerikanischen Kontinent einen derartigen Besuch erhalten haben.«

»Sie wollen damit behaupten, er habe alle Papierreserven in den

Vereinigten Staaten aufgekauft? Das meinen Sie doch nicht im Ernst! Einen solchen Bären müssen Sie schon jemand anderem aufbinden!«

Sie selbst glaubte auch nicht so recht an ihre Behauptung. Selbst ein Karl Killinger konnte sich ein solches Manöver nicht erlauben. Denn das hätte ja gleichzeitig bedeutet, daß er allen nordamerikanischen Zeitungen den Krieg erklärte und es unter Umständen mit der Bundesregierung zu tun bekam.

»Lucien, Sie haben bei der *Chicago Tribune* gearbeitet. Wie hoch beläuft sich der Papiervorrat dieser Zeitung?«

»Oh, wir wurden praktisch jeden Tag beliefert. Natürlich hatten wir zur Sicherheit auch eine Reserve, die vielleicht einen Vorrat für sechs Tage umfaßte. Aber nicht mehr.«

Sie überlegte. Es war sicher unmöglich, alle Papiervorräte auf dem Kontinent aufzukaufen. Aber man konnte relativ genau die Reserven kalkulieren, die die Papierhändler hielten – es waren alles in allem wohl nicht viel mehr als fünfzehn, die sich mit diesem sehr speziellen Markt befaßten. Diesen Überschuß konnte man durchaus aufkaufen oder gegen eine Anzahlung blockieren.

»Lucien, das ist Wahnsinn, aber nicht unmöglich. Er kann das durchaus gemacht haben. Ich bin mir sogar sicher, daß er es gemacht hat.«

Sie hatte einen Beschluß gefaßt: Abadie sollte zum *Day* zurückkehren, während sie nach Hause wollte.

»Ich muß in Ruhe telefonieren und überlegen können. Lucien, Sie schweigen wie ein Grab! Auch Nick darf nichts davon erfahren. Sie haben mich selbstverständlich den ganzen Tag über nicht gesehen. Drukken Sie von der morgigen Ausgabe dreißigtausend Exemplare. Und gehen Sie um Himmels willen mit dem Papier sparsam um!«

Am gleichen Nachmittag fiel Nick gegen fünf Uhr endlich das Geschenk des Himmels in den Schoß, auf das er seit nun zwei Wochen wartete: ein blutiges Verbrechen, geheimnisumwittert, wie man es nur wünschen konnte, und mit Protagonisten aus Queens, die den meisten Lesern zumindest dem Namen nach bekannt waren.

Gegen vier Uhr vierzig schlug Al Taggart Alarm. Ein gewisser Tony Gardella war zwanzig Minuten zuvor bei sich zu Hause in der Garageneinfahrt in Jackson Heights niedergeschossen worden.

»Nick, das ist noch nicht alles. Gardella ist für die Arbeitsverteilung an einem Teil der Kais von Long Island City verantwortlich.«

»Die Einzelheiten später. Ist er tot?«

»Noch nicht ganz. Man hat ihm mit Baseball-Schlägern die Beine zertrümmert und zwei Kugeln in die Brust gejagt; trotzdem lebt er noch, zumindest in diesem Augenblick. Warte! Es kommt noch besser: Er hat den Namen seines Mörders genannt.«

Selbst der stotternde Al hatte einen Sinn für dramatische Situationen; so ließ er einige Sekunden verstreichen, bevor er die Identität des mutmaßlichen Mörders preisgab: Harry Gunn. Der Name war Nick vertraut. Er hatte diesen Gunn vor sieben, acht Jahren, als sein Vater noch als Dokker auf den Kais von Long Island arbeitete, kennengelernt. 1929 war Nicks Vater bei einem Unfall ums Leben gekommen: Schlecht festgezurrte Ladung hatte sich losgemacht und ihn erschlagen. Die Untersuchung durch die Polizei war im Sande verlaufen; die Polizei hatte schließlich auf einen Unfall erkannt und die Akte geschlossen. Damals hatte Harry Gunn bereits bestimmt, wer an den Molen sieben und acht arbeiten durfte – der Unfall, der Joseph DiSalvos Leben gekostet hatte, hatte sich auf der Mole acht ereignet –, und man hatte von ihm behauptet, an der *waterfront* des East River passiere nichts ohne seine ausdrückliche Einwilligung. Harry Gunn war nach dem Unfall zu den DiSalvos gekommen, um sein Beileid auszusprechen. Doch Nicks fünf ältere Brüder – zwei von ihnen arbeiteten selbst als Docker im Hafen – hatten ihm das Betreten des Hauses verwehrt, und ohne die Anwesenheit von drei Leibwächtern, die Gunn begleiteten, wäre die Angelegenheit sicher schlecht ausgegangen.

Seit dieser Zeit war Harry Gunn die Stufenleiter des Erfolges ständig hinaufgeklettert. Vor vier Jahren gründete er eine örtliche Gewerkschft, die *Local 1372-2*, in der Facharbeiter und Hafenarbeiter in Queens zusammengefaßt waren. Anschließend wurde er zum angestellten Leiter der *International Longshoremen's Association** ernannt, die trotz ihres hochtrabenden Namens rein regional arbeitete. Er arbeitete eng mit den Abteilungen Transport, Schiffahrt und Lagerarbeiter des AFL** zusammen und hatte so mit verschiedenen Transportunternehmen Verträge abschließen können. Mehrmals war der Name Harry Gunn inklusive Foto in der New Yorker Presse aufgetaucht – ganz nebenbei: nie im *Day*! –, wobei er in der Regel als herausragendes, aktives Mitglied der amerikanischen Gewerkschaftsbewegung geschildert wurde, der seinem Verband treu diente und Mitglied verschiedener Wohltätigkeitsvereinigungen war.

Jedesmal, wenn Nick einen derartigen Artikel las, geriet sein Blut in Wallung.

»Al«, sagte er entschlossen, »klemm dich hinter die Sache. Versuche, Gunn zu interviewen. Wer hat Gardella gefunden?«

»Seine Frau.«

Al Taggart setzte noch hinzu, er sei auf dem Weg zu der Gattin des Opfers. Ja, die Gardellas hätten Kinder im schulpflichten Alter.

»Laß nur. Ich schicke Ernie und Peggy direkt nach Jackson Heights. Und Louis zu den Kais.«

* Internationale Dockarbeitervereinigung
** Der amerikanische Dachgewerkschaftsverband

Nick DiSalvo überprüfte mit Hilfe von drei Telefongesprächen Taggarts Information. Zuerst rief er Kommissar Richard Donovan an, der mit dem Auslieferungsleiter des *Day* nur den Namen gemeinsam hatte, aber nicht mit ihm verwandt war, und den Nick seit seiner Kindheit kannte. Dann telefonierte er mit einem seiner Onkels, der im Büro des Generalstaatsanwaltes arbeitete, und endlich mit einem seiner Brüder, Buchhalter in einem Zollabfertigungsbüro im Hafen. Alle bestätigten die Fakten: Tony Gardella war von seiner Arbeit nach Hause gekommen, hatte geduscht und sich umgezogen. Dann war er in die Garage gegangen, um das Fahrrad seines ältesten Sohnes zu reparieren. Seine Frau Lucy, Lehrerin an der nahegelegenen Grundschule, hatte noch Schwangerschaftsurlaub – vor genau zehn Tagen hatte sie ihr fünftes Kind auf die Welt gebracht. Sie war im Haus geblieben und hatte niemand gesehen, dafür aber zwei Explosionsgeräusche vernommen; sie hatte natürlich nicht daran gedcht, daß es sich um Schüsse handeln könnte. Erst eine Viertelstunde später hatte sie selbst das Haus verlassen, denn die Stille, die in der Garage herrschte, beunruhigte sie, obwohl sie sich das nicht so recht erklären konnte. Sie hatte Tony Gardella entdeckt, der sich auf dem Boden wälzte und stöhnte:

»Harry Gunn. Harry Gunn hat das getan.«

Auch im Beisein von zwei Mitarbeitern Kommissar Donovans hatte Gardella, als er in die Ambulanz verladen wurde, seine Anklage so deutlich wiederholt, daß auch die Sanitäter sie verstanden.

Nicks viertes Telefongespräch galt dem Krankenhaus, in das der Verletzte eingeliefert worden war. Sein Zustand war kritisch, denn die rechte Lunge war von einer der beiden Kugeln verletzt worden. Die andere war in den Magen eingedrungen. Seine Beine waren an vierzehn Stellen gebrochen. Im Augenblick war er bewußtlos, und man machte sich im Krankenhaus keine Hoffnungen.

Nick überlegte, ob er das Reporter-Team, das auf das Verbrechen angesetzt war, noch verstärken sollte oder nicht. Dabei hatte er bereits vier Reporter, zwei Hilfskräfte und den Fotografen Ben Fein mit der Affäre beauftragt. Es wäre nicht vernünftig gewesen, die Redaktion selbst noch weiter zu entblößen.

Erst jetzt fiel ihm auf, daß Kate gar nicht in die Redaktion gekommen war. Er hatte sie morgens um halb neun zum letzten Mal gesehen, als er ihr Haus in Glenwood Landing verlassen hatte.

Sechsmal hintereinander bedauerte das Fräulein vom Amt, die von ihm gewünschte Nummer auf Long Island sei belegt. Erst beim siebenten Mal, gegen Viertel nach sechs, hatte er Glück. Eine der a-ma sagte in kaum verständlichem Englisch, Miß Kate habe das Haus seit Stunden verlassen und nicht gesagt, wohin sie ginge oder wann sie wiederkäme.

»Hennie, haben Sie eine Idee, wo sie sich wohl herumtreibt?«

Hennessey schüttelte den Kopf; er hatte keine Ahnung.

»Ich wundere mich nur, daß ihre Nummer so oft belegt war. Wenn sie nicht zu Hause ist, wer, zum Teufel, telefoniert denn dann dauernd?«

»Vielleicht unterhalten sich die Chinesinnen mit ihren Familienangehörigen in Schanghai oder Peking«, lästerte der Chefkorrektor.

Doch Nick zerbrach sich nicht lange den Kopf; seine ganze Aufmerksamkeit wurde von der Affäre Gardella in Anspruch genommen – die in seinen Augen eher eine Affäre Gunn war. Zwischen seinen Versuchen, Kate zu erreichen, hatten die anderen Redaktionstelefone andauernd geklingelt. Ungefähr fünfzehn Männer hatten mit Kate Killinger sprechen wollen – alles Anzeigenkunden, die mit der Chefin ein Wörtchen zu reden hatten. Dann die Routine-Anrufe von Vereinen, Wohltätigkeitsorganisationen und Komitees, die baten, daß über ihre Konferenzen, Vorträge und geselligen Abende berichtet würde. Dann wütende oder hochzufriedene Leser, Spinner, Freunde oder Verwandte der Mitarbeiter...

Und dann die wichtigen Nachrichten, die Al Taggart, der sich weisungsgemäß um Gunn kümmerte, durchgab: Kommissar Donovan hatte den Gewerkschaftsboß höchstpersönlich verhaftet und das erste Verhör geleitet. Gunn hatte eingeräumt, Tony Gardella zu kennen, aber breit und treuherzig lächelnd heftig bestritten, irgend etwas mit diesem ›unglücklichen Zwischenfall‹ zu tun zu haben. Die Polizei hoffte, daß Gardella bald aus seiner Bewußtlosigkeit aufwachte, um die beiden Männer miteinander konfrontieren zu können.

»Nick, die Lage ist eindeutig«, meinte Taggart. »Entweder Gardella wird wider Erwarten gesund und wiederholt vor einem Gericht seine Behauptungen, oder aber er stirbt, was sehr viel wahrscheinlicher ist; in diesem Fall muß er seine Aussage wiederholen und dabei bekräfigen, daß er sich über den Ernst seines Zustandes bewußt ist, das heißt, daß er weiß, daß er keine Überlebenschance hat.«

»Al, das ist mir alles bekannt. Willst du deine Reportage jetzt durchgeben?«

Taggart zog es vor, noch etwas zu warten; er hielt sich in Begleitung Kommissar Donovans im Krankenhaus auf. Gardella schien das Bewußtsein wiederzuerlangen.

In der kommenden Stunde brachte Nick trotz des dauernden Hin und Her in der Redaktion das Kunststück fertig, für Kate das Editorial zu schreiben, nur für den Fall natürlich, daß sie nicht rechtzeitig auftauchen sollte. Und gleichzeitig mit Gott und der Welt zu telefonieren, um möglichst viele Informationen über Harry Gunn zusammenzutragen.

Gunn war ins Gefängnis von Tombs eingeliefert worden, nachdem der Richter eine ungewöhnlich hohe Kaution festgelegt hatte: fünfunddreißigtausend Dollar.

Gegen sieben Uhr dreißig meldete sich Louis Herzberg. Er hatte während seiner letzten Studienjahre häufig an den Kais gejobt; aus diesem Grund hatte Nick ihn mit den Recherchen im Hafenmilieu beauftragt, in das Außenstehende kaum eindringen konnten.

»Ich habe interessante Nachrichten. Vor zwei Tagen fand eine heftige Auseinandersetzung zwischen Gardella und Gunn statt. Die Mole neun, bei der Gardella die Arbeit einteilte, ist die einzige, die nicht von Gunn und dessen angeblicher Gewerschaft geleitet wird.«

»Haben sie sich geprügelt?«

»Gardella wiegt um die einhundertdreißig Kilo. Gunn gerade die Hälfte. Gardella hätte ihn umgebracht. Gunn hat immer eine sichere Entfernung eingehalten, doch er war außer sich vor Zorn, und er ist nicht der Mann, der...«

»Ich kenne ihn«, unterbrach ihn Nick. »Du brauchst ihn mir nicht zu beschreiben. Hast du sonst noch Neuigkeiten?«

»Am gleichen Abend noch sagte Gardella zu zwei Dockern, Gunn würde unter Umständen versuchen, ihm ans Leder zu gehen, doch er müsse dies, falls es ihm gelänge, teuer bezahlen.«

»Kannst du Zeugen benennen?«

»Natürlich nicht.«

Nick hatte einen kurzen Überschlag gemacht; wenn die Zahlen stimmten, die ihm von verschiedenen Informanten telefonisch übermittelt worden waren, dann war es in den letzten acht Jahren an den Kais zu siebenunddreißig sogenannten Arbeitsunfällen gekommen. Die ›nur‹ mit Baseball-Schlägern Mißhandelten waren in dieser Statistik nicht mit aufgenommen; es handelte sich um noch einmal gut hundert Mann.

»Louis, ich geb' dir Suzan; du diktierst ihr alles, was wir veröffentlichen können. Doch bleib vor Ort. Wer weiß eigentlich, daß du als Journalist für den *Day* arbeitest?«

Nur Sol Horowicz, der am Hafen eine Kneipe besaß, von der aus Louis telefonierte. Louis verstand sofort, was Nick von ihm wollte: »Gut, ich werde mich weiter unter die Docker mischen.«

»Und soviel wie möglich über die Gründe herausbekommen, die Gunn dazu getrieben haben, Gardella zu töten oder es zumindest zu versuchen. Alles, was für Gunn auf dem Spiel steht, Geld, Macht usw.«

»Wieviel Zeit läßt du mir?«

»Ab sofort kommst du unter gar keinen Umständen mehr in die Redaktion und rufst nur an, wenn du absolut sicher bist, daß niemand mithören kann. Du kennst die Bar *Mark's* an der Dutch Kills. Geh zu Marco; er wird dir fünfzig Dollar für deine Unkosten aushändigen. Wenn du mich unbedingt sprechen mußt, dann sag es Marco, der die

Botschaft an mich weiterleiten wird; zwei Stunden später triffst du mich dann in seiner Bar. Louis? Bitte, paß auf dich auf. Keine Unvorsichtigkeiten!«

Nick schrieb an dem Editorial weiter. Nicht lange. Al Taggart rief wieder an:

»Tony Gardella hat sich eines anderen besonnen, Nick. Er schwört jetzt, daß nicht Harry Gunn, sondern ein Unbekannter zweimal auf ihn geschossen hat. Er beharrt darauf, daß seine erste Aussage unter dem Schock der Ereignisse zustande gekommen war und falsch ist.«

Nick schloß die Augen; Wut stieg in ihm auf.

»Nick?«

Am anderen Ende der Leitung wunderte sich Al über das anhaltende Schweigen seines Chefredakteurs.

»Nick, ich kann meinen Bericht jetzt durchgeben.«

»Bleib am Apparat.«

Die einzige Stenotypistin des *Day*, Suzan Potter, nahm gerade Louis' Bericht auf. So vertraute er Taggart Irena von Gaver an und sprach auf der dritten Leitung mit Kommissar Donovan: Gardella hatte seine Behauptung in allen Punkten widerrufen. Er behauptete jetzt, seine Frau, die beiden Mitarbeiter Donovans sowie die beiden Sanitäter hätten ihn falsch verstanden und er habe nie den Namen Gunn ausgesprochen. Nick fragte, ob Gunn wohl bald wieder freigelassen würde.

»Im Augenblick noch nicht, wir halten ihn als wichtigen Zeugen fest.«

»Aber Sie werden ihn freilassen?«

»Der Staatsanwalt wird ihn so lange wie möglich in *Tombs* festhalten. Es kann natürlich sein, daß er die Kaution auftreibt und hinterlegt.«

»Richard, wird Gardella mit dem Leben davonkommen?«

»Die Ärzte haben kaum Hoffnung. Er hat sehr viel Blut verloren, und eine Kugel hat seine Leber schwer verletzt.«

Hennessey, der links von Nick an dem großen, schweren Redaktionstisch saß, versuchte weiterhin, Kate zu erreichen. Als er wieder einmal auflegte, spürte er Nicks fragenden Blick.

»Die Leitung ist immer noch besetzt«, meinte Hennessey. »Vielleicht haben die Chinesinnen den Hörer nicht richtig aufgelegt?«

»Vielleicht...«

Nick spielte kurz mit der Idee, einen der Redaktionswagen zu nehmen und nach Glenwood Landing zu fahren. Oder einen seiner Mitarbeiter hinzuschicken. Zum Beispiel Hennessey.

›Ich kann natürlich auch an der Spitze aller Mitarbeiter des *Day* fahneschwingend nach Long Island ziehen. Lächerlich.‹

Seitdem er am heutigen Morgen Kates Haus verlassen hatte, dachte er zum ersten Mal wieder an die Zeitungsberge, die Kates Vater nach

Long Island hatte liefern lassen, und an die damit verbundenen Vertriebsprobleme.

»Immer noch belegt«, meinte Hennessey. »Nick, eine meiner Korrektorinnen hat heute frei; ich glaube, es ist besser, wenn ich mich wieder um meine Arbeit kümmere.«

»Gehen Sie nur. Kate wird irgendwo festgehalten worden sein.«

›Zum erstenmal in meinem Leben muß ich eine Zeitung ganz allein leiten. Und habe dazu noch ein großartiges Verbrechen auf dem Hals. Sie ist die erste, die mir vorwerfen wird, mich nicht ausschließlich um die wichtigen Dinge gekümmert zu haben. Sie ist wahrscheinlich gerade dabei, ihrem Vater die Augen auszukratzen...‹

Er schloß schnell das Editorial ab, das er mit Kates Initialen signierte und so gemäß einer nun sechs Jahre alten Absprache handelte: Wenn einer der beiden für den andere schrieb, dann unterzeichnete er nur mit dessen Initialen und nicht mit dem vollen Namen. Es war inzwischen zwanzig vor neun. Nick begann, die Titelseite zu entwerfen, und überflog die von Al Taggart und Louis Herzberg durchgegebenen Berichte. Kurz darauf kam Peggy Hutchins in die Redaktion zurück. Sie hatte zusammen mit Ernie Pohl Lucy Gardella und fast ein Dutzend Nachbarn sowie mehrere Dockers interviewt, die Tonys Schicht von morgens sechs Uhr bis nachmittags drei Uhr geteilt hatten.

»Wo ist Ernie?«

»Er wird bald kommen.«

Nick bereitete zwei Hauptschlagzeilen für die Titelseite vor. Die eine erwähnte Gardellas ernsten Zustand, während die andere seinen Tod verkündete. Anschließend schlichtete er einen Streit zwischen der Werbeabteilung und Tom Lundquist, der das Redaktionssekretariat leitete, aß ein Sandwich, das Irena für ihn geholt hatte, und nahm das zweite in Angriff, während er in den Druckraum ging. Abadie, der es nicht ausstehen konnte, wenn die Herren Redakteure in seinen Bereich eindrangen, schaute ihn giftig an.

»Was kann ich für Sie tun?«

»Kate ist heute den ganzen Tag nicht in der Redaktion gewesen. Ich frage mich, ob Sie vielleicht wissen, wieviel Exemplare wir heute drukken sollen. Natürlich nur für den Fall, daß Kate vor Redaktionsschluß nicht mehr auftaucht.«

»Dreißigtausend«, verkündete der Chefdrucker und biß herzhaft in einen Apfel.

»Woher haben Sie diese Zahl?«

Die Drucker trafen einer nach dem anderen ein und waren in ihrer ›Zivilkleidung‹ beinahe unkenntlich.

»Ihr Chauffeur, der Typ, der so aussieht wie Hitler, kam bei mir zu Hause vorbei und hat mir im Namen der Chefin die Zahl genannt.«

»Wann?«

»Heute mittag.«

»Sonst hat er nichts gesagt?«

Drei Meter über dem Boden auf seiner Maschine sitzend machte Abadie den Eindruck, als habe er mit den Problemen dieser Welt, die nur die simplen Gemüter erhitzen, kaum etwas zu tun.

»Nichts.«

›Warum lügt er mich an?‹ fragte sich Nick, der unwillkürlich spürte, daß etwas nicht in Ordnung war. Wie alle Drucker dieser Welt machten sich Abadies Männer die Mühe, alle, die nicht direkt zur Druckerei gehörten, im Vorbeigehen leicht anzurempeln. Als Nick einen der Kolosse mit einem Eimer voller fetter Druckerschwärze auf sich zukommen sah, ergriff er die Flucht und ging zur Auslieferung, in der um diese Zeit nur zwei Männer Donovans – Jack mit Vornamen – arbeiteten; sie bereiteten die Aufkleber für die verschiedenen Plakate vor.

»Gab es Probleme in der vergangenen Nacht?«

Sie schauten ihn erstaunt an. Nein, in der vergangenen Nacht war alles wie gewöhnlich gelaufen. Erstaunt und auch etwas amüsiert. Wie immer, wenn ein Redaktionsmitglied, ein Mitarbeiter der Werbeabteilung oder gar ein Verwaltungshengst vorgab, sich um ihre Probleme zu kümmern.

»Keine Schlägereien?« fragte Nick hartnäckig.

Walt Woodward, der ihn holte, bewahrte ihn vor einer höchstwahrscheinlich sarkastischen Antwort: Kate Killinger war am Telefon und wollte ihn dringend sprechen.

»Wo bist du?«

»Gerade dabei, in ein Flugzeug zu steigen.«

Ihm verschlug es die Sprache. Sie ließ ihm keine Zeit, Fragen zu stellen, sondern wollte wissen, ob er von dem Mord oder Beinahe-Mord Kenntnis erhalten habe.

»Natürlich. Al, Ernie, Peggy und Louis sind von Anfang an am Ball.«

Er begann, die Geschichte zu erzählen, doch sie unterbrach ihn: »Ich habe keine Zeit, Nick. Es tut mir leid, aber du wirst mit der ganzen Arbeit allein zurechtkommen müssen. Ich bin sicher, daß du dich glänzend aus der Affäre ziehen wirst.«

Nick DiSalvo ärgerte sich über den Ton, den sie anschlug. Sie sprach wie eine ältere Schwester mit ihm. Und dann diese Geheimnistuerei! Den ganzen Tag hatte sie sich nicht sehen lassen, und jetzt, kurz vor ihrer Abreise, rief sie ihn an, um ihm zu sagen, er solle den Krempel allein machen. Übrigens, wohin fuhr oder, besser, flog sie denn eigentlich?

Sie unterbrach ihn von neuem.

»Hast du an das Editorial gedacht?«

»Rate mal.«

»Ich werde drei, vier Tage fehlen«, meinte sie, ohne auf seine beleidigte Frage einzugehen. »Von den nächsten Ausgaben druckt ihr jeweils dreißigtausend Exemplare. Abadie ist auf dem laufenden. Und Jack Donovan weiß, wie er die Vertriebsfragen regeln soll. Laß ihn nur machen. Auf bald, Nick.«

Sie legte auf, ohne daß er hätte antworten können. Er hatte das Gespräch in dem Verschlag entgegengenommen, der Abadie als Büro diente und der gerade so groß wie ein Schrank war, und gestattete sich einige Sekunden lang, zornig zu sein. Sehr schnell begriff er, daß sein Zorn vor allem auf seine Angst zurückzuführen war, nicht allein zurechtzukommen, zumal in dieser Nacht, in der sich noch Außergewöhnliches ereignen konnte. Bisher hatte Kate ihre Redaktion keinen einzigen Tag allein gelassen, nicht einmal zu Zeiten der *Queens Gazette*.

Er verließ den Verschlag, von Abadie, der ihn offensichtlich als Störenfried betrachtete, mißtrauisch beobachtet, und ging durch den Saal, in dem die Setzer unter der Leitung Ollie Carmichaels arbeiteten, wieder in die Redaktion zurück. Ollie war klein, nahezu glatzköpfig, dick, mehr als fünfzig Jahre alt und höchst phlegmatisch – genau das Gegenteil von Abadie. Er stammte aus Kalifornien. Nick wurde sich plötzlich bewußt, daß jeder der leitenden Angestellten des *Day* das Durchschnittsniveau bei weitem übertraf – Abadie, Jack, Donovan, Ollie und natürlich auch er selbst.

›Wenn ich mich auf die Liste setzen darf, denn sie arbeitet ja dauernd direkt mit mir zusammen. Gott allein weiß, wie sie es geschafft hat, ein Team zusammenzustellen, das keinen Vergleich zu scheuen braucht. Und das bei einer Zeitung, die sie erst aus dem Boden zu stampfen hatte und von der niemand weiß, wie lange sie überleben wird. Was für eine Frau!‹

Plötzlich fühlte er sich erleichtert. Ein Teil dieser merkwürdigen Bitterkeit, die er in sich spürte, seitdem sie zum zweiten Mal in seinem Leben aufgetaucht war und ihn praktisch mit einem Fingerschnalzen dazu gebracht hatte, alles stehen- und liegenzulassen, um ausschließlich für sie zu arbeiten, verschwand. Er hatte immer geglaubt, die Liebe, die er für sie empfand, habe sein Handeln bestimmt. Doch auf Jack Donovan oder auf Abadie, der seine aussichtsreiche Stellung bei der prestigeträchtigen *Chicago Tribune* aufgegeben hatte, oder auch auf Ollie Carmichael, der keine Sekunde gezögert hatte, das heimatliche Kalifornien zu verlassen, um am anderen Ende des Kontinents zu arbeiten, traf dies natürlich nicht zu. Ohne von Al Taggart und Ernie Pohl zu sprechen. Oder den anderen. In seinen Erinnerungen schrieb er später:

»Alle waren ihr innerhalb kürzester Frist vollkommen ergeben. Das grenzte

schon an Hexerei. Die Gehälter, die sie uns zahlte, konnten dies nicht erklären, denn sie waren nicht mehr als guter Durchschnitt. Die meisten Mitarbeiter der ersten Stunde waren sehr jung. Als Fünfundzwanzigjähriger war ich das älteste Redaktionsmitglied. Doch in den anderen Bereichen sah es etwas anders aus: Jack Donovan und Ollie Carmichael waren gestandene Männer, auch Lucien Abadie mit seinen dreiunddreißig Jahren. Nein. Kate Killingers Persönlichkeit ist die einzig mögliche Erklärung.«

»Nick?«

Er befand sich inzwischen wieder in der Redaktion; Irena van Gaver reichte ihm den Telefonhörer: Al Taggart war wieder am Apparat. Die Polizei hatte in der Affäre Gardella einen weiteren Mann verhaftet:

»Danny Kobler. Saß wegen Betrugs bereits zwei Jahre in Sing Sing. Wurde auch schon wegen verbotenen Waffenbesitzes verhaftet, aber aus Mangel an Beweisen wieder freigelassen. Auch bei drei anderen Affären, in die er verwickelt war, konnte man ihm nichts nachweisen. Offiziell arbeitet er als stellvertretender Sekretär bei einer der von Harry Gunn geleiteten Gewerkschaften. In seinem Wagen wurde ein Baseball-Schläger gefunden, der möglicherweise dazu gedient hat, Garella die Beine zu zerschmettern...«

Kommissar Donovan fahndete inzwischen noch nach einem dritten und unter Umständen nach einem vierten Mann. Von der Überzeugung ausgehend, daß der schmächtige Gunn einem Koloß wie Galetta niemals allein gegenübergetreten wäre.

»Wie kam die Polizei auf Kobler?«

»Ein anonymer Telefonanruf. Eine Frauenstimme. Sie hat ihn namentlich genannt, dazu die Nummer seines Wagens, den Platz, an dem der Wagen geparkt war, und hat auch auf den Baseball-Schläger hingewiesen, der unter dem Rücksitz versteckt war. Nick, soll ich in die Redaktion kommen?«

»Nur, wenn du Wert darauf legst.«

Al Taggarts Stimme klang melancholischer als je zuvor. Doch Nick kannte ihn gut und wußte, daß die Schüchternheit des Reporters nur das große Interesse überdeckte, das er an der Affäre hatte. Auch bei Als Stottern konnte man davon ausgehen, daß er um so interessierter war, je stärker er stotterte. Er meinte denn auch, er wolle den Kontakt zu Kommissar Donovans Brigade nicht verlieren und unter Umständen die ganze Nacht über in deren Nähe bleiben. Übrigens, ihm war aufgefallen, daß sich die großen New Yorker Kollegen anscheinend nicht für den Fall interessierten.

»Al, soll das heißen, daß du der einzige Reporter bist, der sich darum kümmert?«

»Gegen drei Uhr tauchte ein Typ des *American* hier auf, aber er fand die Sache nicht besonders aufregend.«

»Ich werde den Redaktionsschluß auf ein Uhr dreißig hinausschieben. Ruf mich an, sobald sich etwas Neues ergibt.«

Nick legte auf und entwarf wieder einmal eine neue, die ganze Breite einnehmende Schlagzeile für seine Titelseite. Zuerst erwähnte er die anonyme Informantin, die die Polizei auf Kobler hingewiesen hatte, doch eine halbe Stunde später änderte er seine Meinung und beschloß, nur die Verhaftung von Kobler zu bringen, nicht aber die Umstände, die zu dieser Verhaftung geführt haben. Sollte Al sich nicht täuschen, dann war der *Day* die einzige Zeitung, die am nächsten Tag der Affäre Galetta mehr als zwei oder drei Zeilen widmen würde.

Er rief das Kommissariat von Queens an und bat, Taggert, der sich immer noch dort aufhielt, an den Apparat zu holen.

»Al, bitte doch Dick Donovan, niemand von dem anonymen Anruf der Frau zu informieren. Meinst du, daß das möglich ist?«

Es war möglich. Sogar ohne Schwierigkeiten, da sich kein weiterer Journalist auf dem Kommissariat aufhielt. Dick Donovan kam selbst an den Apparat und versprach Nick, niemand außer den *Day* davon in Kenntnis zu setzen. Er zog Diskretion sowieso vor, zumal im Augenblick nicht bewiesen werden konnte, daß der in Koblers Wagen gefundene Baseball-Schläger auch wirklich die Tatwaffe war. Koblers Mittäterschaft war damit keineswegs bewiesen, auch wenn...

»Nick, eine Hand wäscht die andere: Meine Männer und ich und Kelsey...«

»Wer ist Kelsey?«

»Der Assistent des Staatsanwaltes, der mit der Untersuchung des Falles beauftragt ist. Er, meine Männer und ich werden für uns behalten, auf welche Weise wir in den Besitz des Baseball-Schlägers gelangt sind, und du schreibst nichts über diese Unbekannte, die uns angerufen hat. Einverstanden?«

»Einverstanden. Hast du eine Idee, um wen es sich handelt?«

»Nicht die geringste. Doch wenn es sich um den richtigen Baseball-Schläger handelt, dann schwebt diese Frau in großer Gefahr. Die Leute um Gunn und Kobler sind zu allem fähig.«

Gegen elf Uhr kam Ernie Pohl in die Redaktion zurück. Er war ganz offensichtlich völlig übermüdet. Er hatte in aller Herrgottsfrühe angefangen, um sechs Uhr dreißig, um die Abreise von mehr als hundert Waisenkinder mitzuerleben, die für eine Woche in die Adirondack-Berge im Norden des Bundesstaates New York fuhren; anschließend hatte er verschiedene andere, zweitrangige Artikel aus dem Lokalnachrichten-Bereich bearbeitet und hatte eigentlich nach Hause gehen wollen, als Nick DiSalvo ihn mit Peggy Hutchins nach Jackson Heights schickte. Der Vierundzwanzigjährige beklagte bereits eine beginnende Glatze, war klein, pflegte seinen feinen, blonden Schnauzbart und war außergewöhnlich schweigsam veranlagt. So begnügte er sich auch mit einem einfachen Kopfnicken, um Nick mitzuteilen, daß er auf nichts Außergewöhnliches gestoßen war, obwohl er alle Häuser in der unmittelbaren Nachbarschaft des Tatorts abgeklappert hatte. Nick bat ihn trotz seiner Müdigkeit, alle Artikel, die Affäre betreffend, gründlich zu lesen und eventuelle Wiederholungen zu streichen.

Um Mitternacht änderte Nick noch einmal die Schlagzeile. Die einfache Ankündigung des Attentats auf Tony Gardella genügte ihm nicht mehr. Das war nicht so aggressiv, wie er es gerne gehabt hätte. Er hätte am liebsten die Anschuldigungen, die Gardella gegen Gunn vorgebracht hatte, bereits in der Schlagzeile erwähnt, konnte es aber nicht, da das sterbende Opfer sich eines anderen besonnen hatte.

Trotzdem wollte er, wenn irgend möglich, Harry Gunns Namen erwähnen, denn Gunn war in Queens eine bekannte Persönlichkeit; es ging ihm wirklich nicht um die Befriedigung persönlicher Rachegefühle.

Endlich hatte er eine zweideutige Formulierung gefunden, die seinen Wünschen entsprach:

»HARRY GUNN IST NICHT DER MANN,
DER AUF MICH GESCHOSSEN HAT!«

Keine Sekunde dachte Nick DiSalvo daran, daß diese Schlagzeile in die Geschichte eingehen würde.

Kapitel 9

In die Damentoilette?

Die Douglas DC 2 landete auf dem Flughafen Martin Field bei Santa Anna in Kalifornien. Die zwölf Passagiere verließen das Flugzeug. Kaum war Kate am Fuß der Gangway angelangt, da stellten sich ein Sekretär und ein Chauffeur in Uniform vor. Sie wurde gebeten, in einem Cadillac Fleetwood Platz zu nehmen, dem gleichen Modell, das sie selbst fuhr. Wollte sie einen Kaffee, etwas essen, sich ausruhen oder sonst etwas?

»Nichts, vielen Dank. Je eher ich ankomme, desto besser.«

Der Sekretär und der Chauffeur begriffen, daß sie keine Unterhaltung wünschte. Sie drehten die Trennscheibe hoch, so daß sie ungestört war. Der Wagen durchquerte die südlichen Vororte von Los Angeles, kam dann durch Santa Monica und wandte sich anschließend nördlich, immer an der Küste entlangfahrend. Als sie durch Santa Barbara fuhren, wurde es langsam dunkel. Der Wagen verließ die Küste und nahm, langsamer werdend, eine kurvenreiche Straße. Auf einem Wegweiser entdeckte sie, daß es bis San Francisco noch zweihundertsiebzig Meilen war. Die entgegenkommenden Wagen blendeten Kate, so daß sie die Augen schloß. Allmählich spürte sie, daß sie eine lange Reise hinter sich hatte, und kämpfte gegen die Müdigkeit. Der Sekretär öffnete eine kleine Klappe in der Trennscheibe, um ihr mitzuteilen, daß sie bald ankämen.

Sie gab sich damit zufrieden, schweigend mit dem Kopf zu nicken. Seit ihrem Abflug am Vorabend hatte sie kaum zehn Worte gesprochen.

Ein weiteres Schild wies darauf hin, daß sie sich inzwischen im Bezirk San Luis Obispo befanden. Der Cadillac verließ die Straße nach San Francisco und bog nach links ab.

Einige Minuten später wurde es plötzlich hell: Scheinwerfer beleuchteten in der Ferne ein fantastisch anmutendes, bizarres Gebäude mit vielen Türmen, Türmchen und Kuppeln – schönster kalifornischer Zukkerbäckerstil. Das Gebäude hätte ohne weiteres als Spukschloß eines reichen Zauberers in einem Zeichentrickfilm Walt Disneys auftauchen können. Das erste Tor öffnete sich; es war anscheinend ferngesteuert. Kurz darauf tauchten zwei Operetten-Wächter in Indianer-Leggins auf, die ihre flachen Schirmmützen zogen und das zweite Tor öffneten. Rechts und links der breiten Allee, die zu dem Schloß führte, erstreckten sich weite, hügelige, ab und zu von kleinen Hainen unterbrochene Rasenflächen. Freilebendes Wild ergriff vor den Scheinwerfern des näher kommenden Cadillacs die Flucht: afrikanische Antilopen, Hirsche und alle möglichen Geweihträger aus der ganzen Welt. In der Nähe des Schlosses entdeckte Kate Löwen, Panther und Leoparden in großräumigen Käfigen, dazwischen frei herumlaufende Zebras, Büffel, Elefanten und Giraffen. Anscheinend war ganz in der Nähe eine vollbesetzte Arche Noah gestrandet...

Der Sekretär öffnete wieder die kleine Trennscheibe, die in die große eingebaut war.

»Wenn wir Sie richtig verstanden haben, möchten Sie keinen der Hausgäste kennenlernen.«

»Richtig«, antwortete Kate nachdrücklich.

Der Cadillac fuhr in ein Gewölbe, das einem schottischen Schloß zur Ehre gereicht hätte – es war durchaus möglich, daß die Steine des Gewölbes aus Schottland stammten –, bevor er in die eigentliche Garage gelangte, in der vielleicht zweihundert Wagen Platz fanden.

»Heute abend haben wir viele Gäste auf dem Schloß«, meinte der Sekretär abschließend.

Er zitierte die Namen einiger der vierhundertfünfzig Gäste, darunter die Schauspieler Clark Gable und Dick Powell. Endlich blieb der Cadillac vor einer Marmortreppe stehen, wo ein Zimmermädchen bereits wartete. Kate hatte als einziges Gepäck ein kleines Reisenecessair bei sich. Sie folgte der Hausangestellten bis in ihr schönes, wunderbar möbliertes Eckappartement. In einem der Wandschränke hing Tages- und Abendkleidung. Ihre persönliche Kammerdienerin versicherte ihr, die Kleider würden ihr passen, und fragte, ob sie das Diner servieren dürfe.

»Vielen Dank. Vielleicht später.«

In dem Apartment standen nicht weniger als fünf Telefonapparate: zwei im Schlafzimmer rechts und links neben dem Bett auf den Nachttischen, einer im Wohnzimmer, einer im Badezimmer und der letzte auf dem Balkon. Kate fragte, ob es möglich sei, ein Ferngespräch zu führen. Ihre Betreuerin antwortete, sie haben die Auftrag, ihr alles zu ermöglichen, was sie nur wünsche, insbesondere Ferngespräche in die ganze Welt.

Kate rief Nick DiSalvo an; innerhalb von nur wenigen Minuten war die Verbindung hergestellt. Sie wehrte alle Fragen ab: »Darüber werden wir nach meiner Rückkehr sprechen.«

Er schilderte ihr die gestrige Ausgabe, die in der Hauptsache der Affäre Gardella gewidmet war. Nach einem knappen Resümee beschrieb er die Arbeitsaufteilung in der Redaktion: Al Taggart kümmerte sich um Polizei und Staatsanwaltschaft, Peggy Hutchins ließ Lucy Gardella und deren Kinder nicht aus den Augen, Louis Herzberg hatte sich als Spion im Hafenmilieu eingenistet, und Ernie war zuständig für die allgemeine

Koordination; Ernie suchte außerdem noch nach einem Zeugen, der die Täter identifizieren konnte, ohne wie die Polizei an bestimmte Vorschriften gebunden zu sein.

»Kate, wir verfügen über neue Indizien: Die Analysen im Polizeilabor beweisen, daß es sich bei dem im Wagen von Danny Kobler gefundenen Baseball-Schläger um die Tatwaffe handelt. Ein wichtiger Punkt. Der zweite: Die Kaution von immerhin fünfunddreißigtausend Dollar ist inzwischen hinterlegt und Harry Gunn daraufhin natürlich entlassen worden. Ein Senator, zwei Abgeordnete und ein gutes halbes Dutzend regional bedeutender Politiker sowie ungefähr vierzig Gewerkschaftsorganisationen haben sich für die Freilassung dieses Ehrenmannes eingesetzt.«

»Lebt Gardella noch?«

»Im Augenblick. Er wird immer schwächer, aber noch wehrt er sich gegen den Tod. Übrigens hat die Konfrontation zwischen Gardella einerseits sowie Gunn und Kobler andererseits inzwischen stattgefunden. Gardella beteuerte, weder Gunn noch Kobler noch sonst jemand aus seinem Bekanntenkreis hätten an dem Attentat teilgenommen.«

»Dein Aufmacher für heute abend?«

»Der Baseballschläger. Wir haben ein Foto.«

Sie überlegte schnell. Von einem weit entfernten Ballsaal der Casa Grande drangen die exotischen Geräusche eines kubanischen Orchesters, Gelächter und schrille Stimmen bis zu ihrer Suite.

»Nick, deine Überschrift gestern war sehr gut. Verwende sie noch einmal. Das heißt, natürlich nur die erste Zeile: HARRY GUNN IST NICHT DER MANN... Du mußt dann nur die zweite ändern.«

»Du meinst, wir sollten die Schlagzeile stehenlassen?«

»Richtig. Die erste Zeile. Auch morgen. Und an den kommenden Tagen. Wir werden sie solange benutzen, solange dieser feine Herr frei herumläuft. Selbst wenn es ein Jahr dauern sollte.«

Nick schwieg und überlegte.

»Eine völlig verrückte Idee, aber sie gefällt mir. Heute abend könnte sie folgendermaßen lauten:

HARRY GUNN IST NICHT DER MANN,
DER DEN BASEBALL-SCHLÄGER BENUTZT HAT!

Und dazu das Foto des blutverschmierten Schlägers.«

»Ausgezeichnet.«

»Wir werden jeden Tag über Gunn etwas ausgraben müssen. *Jeden Tag*, Kate.«

»Du hast ja bereits vier Reporter auf die Affäre angesetzt. Nimm noch Dan Clifton dazu. Und alle anderen, wenn du es für notwendig hältst. Such in der Vergangenheit dieses Kerls und grab alle Geschichten aus, die er sich je hat zuschulden kommen lassen. Inklusive der Buntstifte, die er im Kindergarten klaute. Nick, hast du mir nicht einmal erzählt, dieser Gunn habe auch mit dem Tod deines Vaters etwas zu tun?«

Trotz der mehreren Tausend Kilometer, die die beiden voneinander trennten, spürte Kate Nicks Überraschung.

»Daß du dich daran erinnerst!«

»Natürlich erinnere ich mich daran. Genauso wie ich mich an die Freunde dieses feinen Herrn erinnere, an Lucky Luciano, Abner Zwillman, Meyer Lansky, Buggsy Siegel, Frank Costello, Lepke Buchalter, Jack Shapiro, Bo Weinberg und Dutch Schultz. Und viele andere.«

»Wahnsinnig, diese Recherchen!«

»Ich weiß. Trotzdem können wir den *Day* natürlich nicht in eine ausschließlich der Affäre Gunn gewidmete Tageszeitung umfunktionieren. Alle anderen Rubriken müssen weiterlaufen. Das heißt: Wir müssen die Redaktion verstärken. Wir werden sofort nach meiner Rückkehr darüber sprechen.«

Noch bevor Nick seine Frage stellen konnte, wurde sie von Kate beantwortet: »Im Prinzip werde ich morgen abend wieder in der Redaktion sein. Nick, Louis Herzbergs Auftrag ist sehr gefährlich. Er soll um Himmels willen vorsichtig sein.«

»Ich bin schließlich kein Idiot.«

»Ich weiß. Entschuldige. Ist Abadie schon da? Ich möchte gerne mit ihm sprechen. Bis morgen, Nick.«

Während sie auf Abadie wartete, hörte sie die üblichen Geräusche der Redaktion, die sich mit Musik- und Gesprächsfetzen aus dem Haus vermischten. Endlich war Abadie am Apparat.

»Ja?«

Abadie war wie immer aggressiv.

»Lucien, sprechen wir auf Französisch«, begann Lucie, »ausschließlich auf französisch. Heute abend druckst du fünfundfünfzigtausend und sagst...«

»Wenn ich fünfundfünfzigtausend drucke, dann habe ich in vier Tagen kein Papier mehr. Ich habe mit meinen Freunden in Chicago telefoniert, wie Sie mich gebeten haben. Sie können mir keine Rollen leihen. Oder höchstens fünf, sechs.«

»Fünfundfünfzigtausend, Lucien!«

»Sie sind der Boß.«

»Richtig. Etwas anderes, Lucien: Bitte sagen Sie Donovan, er solle den Vertrieb nach der Auflagenhöhe ausrichten. Er weiß, was damit gemeint ist.«

»Er ist noch nicht da.«

»Dann schlage ich Ihnen vor, daß Sie es ihm ausrichten, *sobald* er da ist. Lucien, regen Sie mich bitte nicht auf, ich habe heute keinen guten Tag.«

Sie hörte, wie er schallend lachte und mußte selbst lächeln.

Sie legte auf, duschte kurz und wechselte ihre Unterwäsche, zog aber sonst ihre eigenen Sachen wieder an; sie setzte sich in einen der Rohrstuhlsessel auf dem Balkon, wo sie im Licht einer kleinen Lampe in einem Notizbuch blätterte. Sie hatte den Namen junger Journalisten aufgeschrieben, die beim *Day* mitarbeiten wollten, bei der ersten Einstellungswelle aber nicht zum Zuge gekommen oder ihr erst später aufgefallen waren. Kate überlegte lange, bevor sie sich für drei entschied, die damals direkt nach Irena van Gaver eingestuft worden waren, von Jack Dobey abgesehen, der völlig außerhalb der Reihe tanzte und in ihrem Notizbuch auch mit einem besonderen Zeichen versehen war. Jack war ein quirliger Einundzwanzigjähriger, der im Augenblick als Bote der Western Union arbeitete. Sie hatte ihn zum Versuch zwei Artikel schreiben lassen, die schlicht und einfach unleserlich waren. Grauenhaft. Auf der anderen Seite enthielten diese Artikel eine Überfülle an Informationen. Seit fünf Jahren lieferte er in Queens und Brooklyn Briefe und Pakete aus; das Material über die verschiedenen dort ansässigen Firmen, das er in dieser Zeit gesammelt hatte, hätte den FBI blaß werden lassen vor Neid. Kate hatte einen zweiten Versuch mit ihm gewagt; wieder hatte sie das, was Jack als ›Reportage‹ ausgab, mehrmals aufmerksam gelesen, mit dem gleichen Resultat: absolut ungenießbar, aber voller Informationen. Letztlich hatte sie ihn nicht eingestellt, ihm aber nicht jede Hoffnung genommen – ohne weitere Erklärungen abzugeben –, denn Kate ahnte, daß ein solcher Spürhund eines Tages für die Redaktion von großem Nutzen sein würde.

Sie beschloß, Dobey einzustellen. Und dazu Shirley Storch und William H. Keating. Zwei Männer und eine Frau. So daß die Redaktion auf insgesamt zwölf Mitarbeiter anwuchs. Ohne Nick. Und ohne sie. Vier Frauen und acht Männer. Sie hätte die Prozentzahl der Frauen gerne erhöht, hatte aber keine entsprechend qualifizierten Mitarbeiterinnen gefunden.

Kate bat um ein zweites Ferngespräch mit New York. Die Verbindung war diesmal noch schneller hergestellt. Sie bat Emil Kranefuß, am nächsten Morgen zu Dobey, Storch und Keating zu fahren; die drei sollten sich am übernächsten Tag um zehn Uhr in der Frühe in den Räumen des *Day* einfinden und sofort mit der Arbeit anfangen.

»Emil, wenn einer von ihnen nicht mehr für uns arbeiten kann oder will, dann wende dich an Winfield.«

Wie immer hatte sie mit ihrem Chauffeur und Faktotum auf Deutsch gesprochen; auch Kranefuß blieb seinen Gewohnheien treu und antwortete lakonisch mit einem einfachen Jawohl.

Einige Minuten später wurde an die Tür zu ihrer Suite geklopft.

Das Zimmermädchen trat ein und fragte, ob Miß Killinger bereit wäre, den Hausherrn zu empfangen.

William Randolph Hearst trat ein.

Hearst war damals einundsiebzig Jahr alt. Er war im April 1863 in San Francisco auf die Weltgekommen; im gleichen Jahr hatte sein Vater den Besitz in San Simeon, auf dem sich Kate augenblicklich aufhielt, für die bescheidene Summe von sechzig Cent pro Morgen gekauft. (Ein amerikanischer Morgen entspricht vierzig Ar; das Grundstück umfaßte folglich an die zwanzigtausend Hektar.)

»Miß Killinger, ich bin öfter Ihrem Vater begegnet.«

»Ich bin mir sicher, daß die Abneigung, die Sie gespürt haben, von Ihnen erwidert wird. Mein Vater mag Sie nicht besonders.«

Er lächelte sie an. Der recht große Mann hatte bereits graue Haare, die einen straffen Scheitel aufwiesen; eine rebellische Haarsträhne fiel ihm immer wieder in die sehr hohe Stirn. Seine Nase war wie übrigens sein ganzes Gesicht langgezogen; mit den blauschimmernden Ringen unter den Augen und überhaupt dem ganzen Gesichtsausdruck erinnerte er an Franklin Delano Roosevelt, der seinen Wahlsieg vor zwei Jahren auch der Hilfe Hearsts zu verdanken hatte. Man hatte W. R. Hearst diesbezüglich öffentlicht beschuldigt, wobei die einen ihn für einen Narren und die anderen schlicht für ein Genie hielten; man hob seinen Geiz und seine gleichzeitige extreme Verschwendungssucht hervor, sein egozentrisches Verhalten, aber auch seine außergewöhnliche Treue Freunden gegenüber, seine totale Unfähigkeit und seine revolutionären Ideen, was das Pressewesen anbelangte, seine puritanische Lebenseinstellung und die Skandale, die sein privates Leben erschütterten, seinen Despotismus und die unglaubliche Fürsorge, die er noch dem geringsten seiner mehr als tausend Angestellten gegenüber an den Tag legen konnte.

Man hielt ihn für den mächtigsten, auf alle Fälle aber für den machiavellistischsten Mann der Vereinigten Staaten; andere dagegen betonten seine Dummheit und erklärten die Tatsache, daß er das größte Zeitungsimperium in der Geschichte der Presse aufgebaut hatte, schlicht mit unverschämt viel Glück.

Zumindest eine Tatsache war unbestritten: Er gab jährlich fünfzehn Millionen Dollar* für private Zwecke aus. Nur, um seine Lust, Geld auszugeben, zu befriedigen. Seit zwanzig Jahren sagte man monatlich seinen Ruin voraus.

»Gestatten Sie, daß ich mich setze?«

Er setzte sich in den Sessel ihr gegenüber.

* Nach heutigem Wert zwischen einhundertfünfzig und zweihundert Millionen Dollar.

»Ich möchte mich bei Ihnen bedanken, daß Sie sich bereiterklärt haben, mich zu empfangen«, begann Kate.

»Ich bedauere vor allem, daß Sie an unserem kleinen Fest nicht teilnehmen wollen. Ich werde unglücklicherweise nicht viel Zeit für Sie erübrigen können.«

Sie nickte mit dem Kopf und fragte ihn, was er über sie wisse, von der Tatsache einmal abgesehen, daß sie die Tochter des Besitzers der *New York Morning News* sei, des Hauptkonkurrenten von zwei in seinem Konzern erscheinenden Tageszeitungen, vor allem des *Mirror,* der das gleiche Format hatte, sich an die gleiche Leserschicht wandte und vor zehn Jahren unter heftigen Kämpfen mit den *Morning News* auf den Markt geworfen worden war.

»Ich erinnere mich an die Zeitung, die Sie vor fünf Jahren in Queens übernommen hatten«, sagte Hearst.

»Die *Queens Gazette.* Ich habe damit erbärmlichen Schiffbruch erlitten.«

»Das glaube ich eigentlich nicht; ich bin eher davon überzeugt, daß Sie sich auf dem Weg zum Erfolg befanden, als Sie das Erscheinen Ihrer Zeitung plötzlich einstellten.« Er lächelte. »Waren Sie vielleicht zu feinfühlig?«

»Ich habe einen zweiten Anlauf gewagt...«

»Ich weiß. Ich kenne auch die Schwierigkeiten, die Sie mit Ihrem Vater haben. Verdanke ich diesen Schwierigkeiten Ihren so liebenswürdigen Besuch?«

»Ich brauche Papier, Mister Hearst.«

Er musterte sie. Sein linkes Profil war beeindruckend.

»Papier?«

»Papier, um meine Zeitung drucken zu können. Mein Vater hat sich damit amüsiert, mir den Nachschub abzuschneiden.«

»In diesem Land gibt es doch nicht nur einen Papierlieferanten!«

»Siebzehn, die mich beliefern könnten. Mein Vater hat bei jedem interveniert.«

»Inwiefern?«

»Er hat die verfügbaren Reserven aufgekauft.«

»Machen Sie ihm einen Prozeß. Sie werden ihn gewinnen.«

»Das wird Monate in Anspruch nehmen. Und während dieser Zeit wird meine Zeitung nicht erscheinen können. Außerdem werde ich Schwierigkeiten haben zu beweisen, daß er dahintersteckt. Er hat bei jedem Lieferanten eine andere Rechtsanwaltskanzlei eingeschaltet.«

Hearsts Augen funkelten und verrieten, daß ihn die Sache amüsierte.

»Ich wußte, daß zwischen Ihrem Vater und Ihnen das Kriegsbeil ausgegraben wurde, aber ich wußte nicht, wie ernsthaft da gekämpft wird.«

»Sehr ernsthaft«, meinte Kate.

Er lehnte sich bequem in seinem Sessel zurück.

»Miß Kate, bitte schildern Sie mir doch Ihre neue Zeitung.«

Sie erfüllte ihm seinen Wunsch. Ruhig und ohne Übertreibungen. Sie erzählte ihm, auf welche Weise sie ohne die Hilfe ihres Vaters das notwendige Kapital zusammengebracht hatte und wie das ›Rezept‹ aussah, nach dem sie arbeiten wollte: Format, graphische Anordnung, Schriftgrad und -art, aber auch die inhaltliche Konzeption, die auf die verschiedenen, in Queens und auf Long Island beheimateten Leserschichten zugeschnitten war, schilderte ihre Mitarbeiter in Technik und Redaktion sowie ihre Pläne für die Zukunft.

Er hörte ihr zu, ohne sie zu unterbrechen.

»Aus welchem Grund wenden Sie sich mit Ihrer Bitte an mich?«

»Sie kennen die Antwort, Mister Hearst.«

»Weil ich Hearst bin, der Hauptkonkurrent Ihres Vaters, und so kaum dazu neige, ihm Blumen zu schicken. Und weil ich den Papierlieferanten Konditionen abgerungen habe, die der ganzen Branche zugute kamen.«

Sie machte sich nicht die Mühe, darauf einzugehen. Er schaute auf seine Uhr.

»Sie machen Ihrem Vater Konkurrenz, aber natürlich auch meinen New Yorker Tageszeitungen.«

Sie schwieg weiterhin.

»Miß Killinger, würden Sie für mich arbeiten? Ich biete Ihnen dreihunderttausend Dollar jährlich. Arthur Brisbane erhält augenblicklich zweihundertsechzigtausend. Sie wissen sicher, daß ich in dem Ruf stehe, meine Mitarbeiter ausgezeichnet zu bezahlen.«

Kate lächelte ihn an, reagierte aber sonst nicht.

Hearst lächelte ebenfalls.

»Es gibt noch eine zweite Möglichkeit: Wir könnten eine gemeinsame Gesellschaft gründen.«

»Die Antwort lautet selbstverständlich nein.«

»Und wenn ich mich weigere, mich für dieses Papier zu interessieren?«

»Dann werde ich es aus Europa kommen lassen, es stehlen, selbst nach Kanada fahren und Bäume fällen, um das Papier herzustellen, oder schlimmstenfalls zu meinem Vater gehen und ihn bitten, mir Papier zu geben; er wird mir in der gleichen Sekunde meinen Wunsch erfüllen.«

»Wären Sie damit einverstanden...«

Er brach unvermittelt ab.

»Ich würde sogar mit einem Mann schlafen, wenn mir das helfen könnte, mein Papier zu bekommen«, sagte Kate weiterhin lächelnd.

Hearst wurde leicht rot und wandte die Augen ab.

»Ich sprach nicht für mich.«

»Ich weiß. Sie haben sich laut eine Frage gestellt, und ich habe sie Ihnen beantwortet.«

Sie schwiegen.

»Ich habe noch für vier Tage Papier«, fuhr Kate dann fort. »In fünf Tagen werde ich gezwungen sein, das Erscheinen einzustellen.«

»Oder zu Ihrem Vater zu gehen.«

»Oder zu meinem Vater zu gehen.«

»Sind Sie sicher, daß Sie mir nicht die Ehre und das Vergnügen bereiten wollen, an meinem Tisch zu Abend zu essen?«

»Morgen früh um sieben Uhr fliegt eine Maschine der Trans World Airline nach New York. Ich möchte dieses Flugzeug auf keinen Fall verpassen, auch wenn es mir Ihretwegen sehr leid tut.«

Er nickte mit dem Kopf und stand auf.

»Darf ich mir eine persönliche Frage erlauben? Sie waren mit Doug Caterham verheiratet. Man hat mir berichtet, Sie hätten an dem Tag, an dem Sie ihm Ihr Jawort gaben, ihn darauf hingewiesen, daß Sie ihn genau ein Jahr nach der Hochzeit verlassen werden. Und man hat mir weiterhin berichtet, daß Sie diese Prophezeihung bis auf die Stunde genau eingehalten haben.«

»Ihre Informationen sind richtig.«

»Gibt es einen Mann auf dieser Welt, in den Sie sich, sagen wir einmal, verlieben könnten?«

»Das ist wirklich eine ausgesprochen persönliche Frage«, meinte Kate. »Werden Sie mir dieses Papier besorgen?«

»Brisbane wird sich darum kümmern. Er wird Sie in einer Stunde anrufen; meine Telefonzentrale wird sich darum kümmern. Sagen Sie ihm bitte, an welche Adresse er wieviel Papierrollen liefern soll. Gute Nacht, Miß Killinger, und guten Rückflug. Ein Wagen steht für Sie bereit. Sobald Sie es wünschen, wird er Sie nach Los Angeles bringen.«

Er küßte ihr die Hand.

Das Gespräch hatte auf dem Balkon stattgefunden. Nachdem er sich von Kate verabschiedet hatte, ging er durch das Wohnzimmer Richtung Tür.

»Es gibt einen Mann«, sagte Kate, »oder, vielmehr, es gab einen Mann.«

Hearst blieb stehen, drehte sich aber nicht zu ihr um.

»Das muß ein wirklich außergewöhnliches Wesen gewesen sein«, meinte er nur.

»Er lebt noch. Zumindest soviel ich weiß. Und in meinen Augen ist er tatsächlich ein außergewöhnlicher Mann.«

»Meine Frage war wirklich sehr persönlich. Ich bitte, mich zu entschuldigen.«

»Gute Nacht, Mister Hearst.«

Sie blieb auf dem Balkon sitzen. Die Stunde wurde ihr sehr lang, aber das war angesichts ihrer angeborenen Ungeduld nicht weiter verwunderlich. Zwischendurch ging sie immer wieder in dem Wohnzimmer auf und ab und rief das Zimmermädchen, um ihm zu sagen, daß sie sofort nach dem Gespräch nach Los Angeles abreisen wolle.

Sie setzte sich, stand wieder auf, setzte sich wieder. Auf einem zierlichen Damenschreibtisch mit wertvollen Einlegearbeiten lagen einige Bücher, Briefpapier mit dem Kopf ›Casa Grande, San Simeon, Kalifornien‹, Federhalter und Tinte.

So wie andere sich in dieser Situation eine Zigarette angezündet hätten, griff sie nach dem Federhalter und schrieb:

›... Seit ich ihn in Paris zum Bahnhof begleitet habe, habe ich keinerlei Nachricht von ihm erhalten. Hält er sich immer noch in China auf? Hat er Ihnen geschrieben? Im Augenblick droht mich meine Einsamkeit zu ersticken, alles um mich herum erscheint mir schwarz, trostlos und unsinnig. Selbst der Versuch, diese verdammte Zeitung zum Leben zu erwecken, kommt mir lächerlich vor. Ich wurde gerade nach Rourke gefragt; natürlich wußte der Fragende nicht, daß es sich um Rourke handelte. Wenn er doch nur in meiner Nähe wäre, jetzt, in dieser Minute, ganz dicht bei mir...‹

Sie richtete sich auf und zerriß sorgfältig ihren an Mimi adressierten Brief. Doch damit gab sie sich noch nicht zufrieden; anschließend verbrannte sie die Reste in einem großen Aschenbecher aus Glas. Unter den auf dem Schreibtisch liegenden Büchern befand sich auch ein Sammelband mit Arbeiten, die in den Zeitungen von William Randolph Hearst veröffentlicht worden waren. Unter den Autoren fanden sich so berühmte Namen wie Ambrose Bierce, Mark Twain, Rudyard Kipling und George Bernard Shaw. Hearst selbst hatte nur das Motto beigetragen:

›Der Journalismusist ein Märchenspiel, bei dem Drachen und Riesen einzig zum Vergnügen getötet werden.‹

Kate vertiefte sich in Bierce und dessen bitteren, ätzenden Humor. Endlich klingelte das Telefon. Arthur Brisbane rief von New York aus an; dort war es halb zwölf Uhr nachts. Sie gab ihm die Breite der Papierrollen, das Gewicht des Papiers, die Anzahl der Rollen, den Liefertermin sowie die Adresse durch, an die sie geliefert werden sollten. Ja, ein gewisser Mister Lucien Abadie war der Empfänger. Sie buchstabierte, um sicherzugehen, den Namen. Soweit die Hauptlieferung. Und die zwölf anderen Rollen...

Sie schnitt die erstaunten und etwas hinhaltenden Bemerkungen Brisbanes einfach ab und befahl:

»Mister Brisbane, Sie haben mich richtig verstanden: Ich möchte, daß diese zwölf übergroßen Rollen direkt vor der Privatvilla von Mister Karl Killinger auf dem Gehweg in der Fünfundfünfzigsten Straße in Form einer Pyramide so dicht wie möglich am Hauseingang aufgebaut werden, so daß dieser, wenn es geht, blockiert wird. Ja, ich bestehe darauf, daß diese Pyramide mit einem breiten, saphirblauen Seidenband umwickelt wird, wie ein Geschenk. Sie haben ganz richtig verstanden, Mister Brisbane, saphirblau! Oh, ich habe noch etwas vergessen: Ideal wäre es, wenn diese Rollen schon in den kommenden Stunden geliefert werden, am besten vor halb drei Uhr in der Früh. Mister Karl Killinger kommt niemals früher von seiner Arbeit nach Hause. Selbstverständlich können Sie mit Mister Hearst Rücksprache halten. Er wird Ihnen bestätigen, daß er mit meiner Bitte einverstanden ist. Gute Nacht, Mister Brisbane. Und vielen Dank.«

Sie legte bereits auf, obwohl Brisbane noch aufgeregt weitere Fragen stellte.

Sie schlief in dem Wagen, der sie nach Los Angeles brachte, und im Flugzeug zwischen den Zwischenlandungen insgesamt zwei Stunden.

Kranefuß holte sie in New York ab. Sie ließ sich direkt in die Buckingham Street fahren und hatte gerade noch Zeit, ihr Editorial zu schreiben, in dem sie betonte, der *Day* würde die Affäre Tony Gardella weiterverfolgen, bis die volle Wahrheit bekanntgeworden wäre.

»Gleich, Nick.«

Sie hatte sich inzwischen auf die Nummern des *Day* gestürzt, die in ihrer Abwesenheit erschienen waren, und las sie von vorne bis hinten; den Gruß der Neuankömmlinge erwiderte sie nur mit einem zerstreuten Kopfnicken. Sie las Seite um Seite, Spalte um Spalte und ließ nicht einmal die wenigen Kleinanzeigen von Privatkunden und die Anzeigen größerer Firmen aus.

Endlich war sie damit fertig und stand auf.

»Gleich, Nick«, sagte sie wieder zu ihrem Chefredakteur, der ihr Abzüge und noch nicht gesetzte Artikel für die nächste Ausgabe reichen wollte.

Es war halb zehn Uhr abends. Kate ging in die Vertriebsräume, in denen sich Donovan bereits aufhielt, viel zu früh im Vergleich zu normalen Tagen.

Eine halbe Stunde lang diskutierten die beiden heftig miteinander, beugten sich über die Pläne von Queens und Long Island und schlugen in den Karteien und Registern nach, in denen Donovan auch die unbedeutendste Verkaufsstelle festgehalten hatte.

Anschließend sprach sie mit Lucien Abadie unter vier Augen.

Von dem ganzen Papierkrieg zwischen Karl und Kate Killinger erfuhr Nick DiSalvo während seines ganzen Lebens nur soviel, wie sie ihm in der Nacht erzählt hatte, in der er im Garten ihres Hauses in der Glenwood Lane die mehr als fünfhunderttausend Exemplare des *Day* bewunderte. Niemals sollte er von der Gefahr erfahren, in der Kates Zeitung geschwebt hatte. Als die Papierrollen von Brisbane wirklich geliefert wurden, da war das für ihn nicht mehr als eine gewöhnliche Lieferung, die er eher unbewußt als bewußt registrierte. Und von der Pyramide vor Karl Killingers Villa in Manhattan erfuhr er erst drei Tage später, nachdem die Geschichte die Runde durch die ganze New Yorker Presse gemacht und schallendes Gelächter ausgelöst hatte.

Nach dem Gespräch mit Abadie führte sie mit Peabody, der sich um die Anzeigenkunden kümmerte, ein weiteres Gespräch unter vier Augen. Kaum zwanzig Minuten später öffnete sich die Tür seines Büros wieder, und Peabody verließ, einen großen Aktenordner unter den Arm geklemmt, schnellen Schrittes das Gebäude des *Day*.

Kurz darauf ging Kate in den Redaktionssaal zurück. Von seinem zentralen Platz an dem langen Tisch aus beobachtete Nick, wie sie geschmeidig auf ihn zukam. Ihre saphirblauen Augen funkelten energiegeladen, ja fieberhaft. Sie sprach kurz mit Ollie Carmichael und setzte sich dann auf den nächstbesten, freien Stuhl. Im Gegensatz zu Nick hatte sie keinen festen Platz. Sie schaukelte hin und her, bis es ihr möglich war, ihre Füße auf den Tisch zu legen.

Sie lächelte ihn strahlend an: »Ich habe Peabody hinausgeworfen.«

»Das habe ich bemerkt.«

»Wir werden einen neuen Anfang wagen. Wieviel Ausgaben sind inzwischen erschienen?«

»Vierzehn; das weißt du ganz genau.«

»Genau das meinte ich: Wir sind dabei einzuschlafen vor lauter Routine. Erinnerst du dich an Jack Dobey? Den Boten der Western Union? Wir haben zwei Versuche mit ihm unternommen. Ich werde ihn einstellen. Wenn er noch nichts anderes gefunden hat und natürlich nur, wenn du damit einverstanden bist.«

»Danke, daß du mich um meine Meinung fragst. Die du im übrigen kennst. Wenn wir ihn einstellen, dann können wir uns rühmen, die einzige Zeitung auf der Welt zu sein, die einen Reporter bezahlt, der absolut unfähig ist, auch nur eine einzige Zeile zu schreiben!«

»Er soll ja auch gar nicht schreiben. Das werden andere für ihn erledigen. Er soll für uns recherchieren. Ich habe auch Shirley Storch und Bill Keating ausrichten lassen, daß ich sie engagieren will. Sie kommen alle drei morgen früh um zehn Uhr.«

»Von Zeit zu Zeit würde ich ganz gern etwas schlafen.«

»Dann nimm morgen deinen freien Tag. Seit zwei Wochen bist du nur ein einziges Mal nicht gekommen. Morgen wirst du dich ausruhen.«

Angesichts der Absurdität von Kates Vorschlag zuckte er nur mit den Achseln; er vertiefte sich wieder in die Lektüre von Al Taggerts Artikel über die jüngsten Entwicklungen in der Affäre Gardella. Danny Kobler, in dessen Wagen man den blutbeschmierten Baseball-Schläger gefunden hatte, war seinerseits gegen die Zahlung einer Kaution von zwanzigtausend Dollar freigelassen worden. Die Konfrontation zwischen Gardella – der zur Verblüffung der Ärzte immer noch am Leben war – und dem Tandem Gunn/Kobler hatte nichts gebracht; der Verletzte hatte wieder behauptet, keiner der beiden habe sich am Schauplatz des Verbrechens befunden. Der wichtigste Artikel des Tages galt dem merkwürdigen Umstand, daß Kobler offiziell nur zweiunddreißig Dollar pro Woche verdiente, aber anscheinend keine Schwierigkeiten gehabt hatte, die zwanzigtausend Dollar für seine Kaution hinzublättern. Ganz zufrieden war Nick mit dem Thema nicht, aber an diesem Tag war nichts Aufregenderes ans Tageslicht gekommen.

Kate schaute sich die Entwürfe für die Seitenumbrüche und die ersten Abzüge von bereits fertigen Seiten an; Walt Woodward, der an diesem Abend über den Nachschub an Sandwiches zu wachen hatte, ging gerade seiner Pflicht nach, als das Telefon läutete.

»Die Redaktion des *Day*«, verkündete Irena van Gaver.

Sie hörte kurz zu und deckte dann die Sprechmuschel mit ihrer Hand ab.

»Kate, eine Frau ist am Apparat, die gestern bereits angerufen hat und dich unbedingt persönlich sprechen will.«

»Wer?«

»Sie hat ihren Namen nicht genannt. Ihre Stimme klingt komisch.«

Kate nahm den Hörer.

»Kate Killinger.«

»Ich möchte nur mit Miß Killinger sprechen und mit sonst niemand.«

»Ich bin selbst am Apparat.«

»Ich habe Sie bereits einmal gesehen und weiß daher, wie Sie aussehen. Wenn jemand anderes als Sie zu dem Treffen kommt, dann werde ich mich nicht zu erkennen geben, Miß Killinger.«

Die Stimme klang in der Tat recht merkwürdig. Kate nahm an, daß die Frau am anderen Ende der Leitung ein Taschentuch auf die Sprechmuschel gelegt hatte, falls es sich überhaupt um eine Frau handelte.

»Um welches Treffen handelt es sich denn und wann soll es stattfinden?«

Kurzes Schweigen. Dann: »Ich habe der Polizei mitgeteilt, wo sie den Baseball-Schläger findet.«

»Ich verstehe. Haben Sie eine weitere Information?«

»Es war noch ein dritter Mann beteiligt, Frank Maggio. Auch er hat einen Baseball-Schläger benutzt, ihn aber weggeworfen, nachdem er versucht hatte, ihn zu verbrennen.«

»Wo?«

Kurzes Zögern.

»In einen kleinen Brunnen hinter Evans Autowerkstatt in der Ketcham Street in Elmhurst.«

Kate hatte eine herrische Handbewegung gemacht; im Redaktionsraum wagte niemand mehr zu reden.

»Maggio mit zwei g?«

»Ja. Das heißt, ich glaube.«

»Und wo können wir diesen Maggio finden?«

»Im Augenblick spielt er Billard. Bei Arnold am Queens Boulevard. Ich werde jetzt auflegen.«

»Sie haben von einem Treffen gesprochen?«

Kate musterte Nick, lächelte ihn an und nickte mit dem Kopf.

»Ich werde kommen«, sagte sie nach langem Zögern, »ich...«

Die Leitung wurde unterbrochen. Kate legte den Hörer auf die Gabel zurück. Und stand auf.

»Nick, kommst du bitte mit?«

Sie setzten sich in Kates Cadillac, der vor dem Zeitungsgebäude parkte. Kate berichtete Nick Wort für Wort, was ihre unbekannte Gesprächspartnerin, die unbedingt anonym bleiben wollte, gesagt hatte. Er schüttelte nachdenklich den Kopf.

»Kate, ich mißtraue Harry Gunn wie der Pest. Unser Feldzug gegen ihn muß ihm inzwischen kräftig auf die Nerven gehen. Vielleicht hat er dir eine Falle gestellt.«

Sie legte ihre langen Hände auf die Nicks, beugte sich zu ihm und küßte ihn auf die Lippen.

»Ich denke gerade daran, daß wir uns noch nicht einmal begrüßt haben. Eigentlich küssen sich Liebende, wenn einer der beiden verreist war und wieder zurückkommt. Übrigens, wer weiß eigentlich, daß die Polizei von einer Frau anonym auf Koblers Wagen aufmerksam gemacht worden war und so die Tatwaffe gefunden wurde?«

»Nur sehr wenige.«

»Harry Gunn?«

»Ich bin mir sicher, daß von unserem Team alle verschwiegen sind. Vielleicht hat einer der Polizisten aus der Schule geplaudert oder ein Angehöriger der Staatsanwaltschaft. Ich werde dich zu diesem Treffen begleiten.«

Kate lachte schallend:

»In die Damentoilette bei *Macy's?*«

Kapitel 10

Das Ende der Affäre Harry Gunn

Ein heftiger Wind wehte durch die belebte Fünfte Avenue und wirbelte Staub und alte Papiere auf. Kranefuß mußte sich anstrengen, um für Kate die Tür zu öffnen, wie es sich für einen wohlerzogenen Chauffeur gehörte. Mit einer Hand hielt sie ihren Hut fest und mit der anderen ihren Mantel zusammen und ging, so schnell sie konnte, zu dem nächstgelegenen Eingang von *Macy's* in der Fünfunddreißigsten Straße. In der Halle dieses Tempels, der sich in seiner Werbung zu Recht rühmte, das größte Kaufhaus der Welt zu sein, wartete Ed Solomons wie verabredet auf sie; er hatte seinen Mantel über den Arm gelegt und seinen Hut abgenommen.

»Ich muß Sie warnen«, sagte er. »Ich bin nur gekommen, weil Sie mich gar so sehr gedrängt haben. Ich habe wirklich nicht die Absicht, meine Stelle in Manhattan aufzugeben, die mir immerhin zweihundertfünfzig Dollar die Woche einbringt, um in einem düsteren Vorort zu versauern...«

»Sie Lügner! Noch nie in Ihrem ganzen Leben haben Sie zweihundertfünfzig Dollar wöchentlich verdient! Einhundertneunundvierzig Dollar und achtzig Cents, das ist ihr bisheriger Rekord, den Sie letztes Jahr in der Woche vom 12. bis zum 19. Mai aufgestellt haben! Und das auch nur, weil Sie eine außerplanmäßige Prämie von fünfzig Dollar haben einstreichen können...«

Sie waren bei den Aufzügen angelangt. Vor einem der riesigen Spiegel, die das geschäftige Treiben im Erdgeschoß wiedergaben, zog sie Mantel und Hut aus und reichte beides mit majestätischer Geste Ed Solomons. Dann strich sie mit einer energischen Geste ihre kastanienbraune Jacke zurecht, die über ihren rostbraunen Rock fiel, der, wie sie sich kurz überzeugte, einwandfrei saß. Mit einem weiteren Blick vergewisserte sie sich, daß die Strumpfnähte ihrer tabakfarbenen Seidenstrümpfe gerade verliefen. Solomons ignorierend, der sie mit seinen Augen verschlang, schenkte sie dem Liftboy ihr strahlendstes Lächeln:

»Bitte zur Generaldirektion.«

Sie gab ein prächtiges Bild ab, als sie den Aufzug berat. Solomons folgte ihr auf dem Fuß.

»Ihr Chef, Aron Fleggenheimer...«

»Ein ausgemachter Geizkragen...«

»... hat Ihnen diese Prämie von fünfzig Dollar trotz seines Geizes bezahlt, da Sie einen seiner Kunden schamlos betrogen haben, indem Sie ihm einen Wagen als fabrikneu verkauften, mit dem man nicht einmal mehr um den nächsten Block fahren konnte.«

»Richtig, fahren konnte man mit dem Wagen nicht mehr, aber er war bildhübsch.«

»Ed Solomons, Sie sind ein Gauner.«

»Richtig«, bestätigte Solomons hocherfreut.

Der junge Liftboy schaute höchst verwirrt den Mann an, der sich in aller Öffentlichkeit so behandeln ließ, bevor er wieder die große und schöne Frau mit den energischen Augen musterte.

»Und ich suche einen Gauner«, fuhr Kate fort. »Jemand, der vier-, fünf- oder sechshundert Dollar pro Woche verdienen will. Aron und Arthur Fleggenheimer bestätigten mir, daß Sie genau der Schuft sind, den ich suche.«

Nach dem Verlassen des Aufzugs informierte Kate eine Sekretärin mit makellos gestärkter Bluse und streng sitzendem Haarknoten, sie sei Miß Killinger höchstpersönlich und Mister Simon S. Wise, der stellvertretende Generaldirektor, der die Werbeabteilung des Hauses unter sich hatte, erwarte sie mit Ungeduld.

»Ed Solomons, vor drei Monaten haben Sie versucht, Ihren eigenen Gebrauchtwagenhandel hochzuziehen und dabei Schiffbruch erlitten.«

»Noch bin ich nicht pleite.«

»Gut, ich korrigiere: Sie werden damit Schiffbruch erleiden. Sie sind ein großartiger Verkäufer, aber als Kaufmann sind Sie eine Null. Wenn ich Sie als Leiter der Anzeigenabteilung des *Day* engagiere, dann leiste ich Ihnen einen großen Gefallen, denn ohne mich werden Sie unweigerlich im Gefängnis landen.«

Die Sekretärin kam zurück und verkündete, Mister Wise werde Miß Killinger empfangen, doch das Treffen sei auf zehn Uhr fünfzehn anberaumt, also erst in vier Minuten.

»Ich werde vier Minuten warten«, räumte Kate großzügig ein.

Sie setzte sich und schlug ihre Beine übereinander, die Solomons so faszinierten.

»Ab sofort dürfen Sie mich Kate nennen. Ed, Sie sind dreiundzwanzig Jahre alt, verheiratet, haben einen neunzehn Monaten alten Sohn und haben Ihre Wohnung, die Sie im April 1934 gekauft haben und die nur über drei Zimmer verfügt, erst zu einem Viertel abbezahlt. Ich habe für Sie ein Haus mit vier Schlafzimmern und einem Garten gefunden, so daß Sie so viele Kinder in die Welt setzen können, wie Sie nur wollen.«

»Wie haben Sie die Fleggenheimers kennengelernt?«

»Ich kenne vor allem Arthur, der sich in Florida Simpson nennt und dort mit Grundstücken und Häusern handelt; er ist in einem gewissen Sinn mein Partner. Doch sprechen wir von etwas anderem. Ed, wir werden zusammenarbeiten. Sie haben vorher behauptet, zweihundertfünfzig Dollar pro Woche zu verdienen. Ich mache einen Vorschlag: Sie arbeiten für mich, und ich bezahle Ihnen zweihundertfünfundsiebzig Dollar, und das sechsundzwanzig Wochen lang. Sie bekommen diese sechsundzwanzig Wochengehälter, ganz gleich, was passiert, auch wenn ich mich in Ihnen täuschen sollte...«

»Ungefähr siebentausend Dollar«, überschlug Solomons rasch.

»Siebentausendeinhundertfünfzig. Ich habe Sie auf ein Sperrkonto einbezahlt, das bei meiner Bank auf Ihren Namen eröffnet wurde. Jede Woche werden Ihnen zweihundertfünfundsiebzig Dollar ausbezahlt. Unter einer Bedingung.«

»Irgendwo mußte ja ein Pferdefuß sein!«

»Normalerweise bekommen Sie zusätzlich fünf Prozent der Einnahmen, die der *Day* mit Hilfe der von Ihnen gewonnenen Anzeigenkunden macht...«

»Fünfzehn Prozent.«

»Siebeneinhalb; das ist mein letztes Wort. Während der ersten sechsundzwanzig Wochen allerdings verzichten Sie auf diese prozentuale Beteiligung; das ist der Pferdefuß.«

Sie war die schönste Frau, der er je begegnet war. Sie wußte dies natürlich und bediente sich ihrer Schönheit ohne die geringsten Hemmungen. So wie er sich selbst seines hübschen Lockenkopfes und seines unschuldigen, ja naiven Aussehens bediente – seine stärksten Waffen als Verkäufer. Zu Kate und ihrem Vorschlag wollte er nichts sagen, denn er schien ihm fair zu sein.

»Rein körperlich gesehen, ziehe ich Sie Aron Fleggenheimer vor«, meinte er. »Ohne jeden Zweifel.«

Sie lächelte ihn an, stand auf und erklärte der Sekretärin, sie habe nun zweihundertvierzig Sekunden gewartet und ginge in das Büro von Mister Simon S. Wise; während sie noch sprach, unternahm sie bereits das, was sie ankündigte, so daß sie sich, als sie ihren letzten Satz abschloß, bereits in dem besagten Büro befand. Die folgenden fünfundvierzig Minuten sollten sich für immer in das Gedächtnis von Ed Solomons eingraben; er war anschließend davon überzeugt, daß er sich entsetzlich in Kate Killinger verliebt hatte – Gott sei Dank war er so intelligent, sich gleichzeitig zu sagen, daß er bei ihr nicht die geringste Chance habe – und daß es ein höchst anregendes und gewinnbringendes Abenteuer sei, unter ihrer Leitung zu arbeiten.

Ed Solomons hatte als Zwölfjähriger angefangen, Geld zu verdienen, und inzwischen fast alle Sparten des Berufslebens kennengelernt; seine ersten Erfahrungen mit der Presse hatte er als Lieferant gemacht, und dabei war es auch geblieben. Die hundert Dollar, die er im Durchschnitt als Verkäufer von Gebrauchtwagen verdiente, waren ihm als der Gipfel seines persönlichen Glücks erschienen. In der Folge stellte es sich heraus, daß er durchaus das Zeug zu einem erfolgreichen kaufmännischen Direktor hatte; er war selbst davon überrascht. Sein ganzes Leben lang betonte er, daß Kate Killinger als erste seine wahren Qualitäten erkannt und ihm die Gelegenheit geboten hatte, sie in die Tat umzusetzen – wobei er offenließ, ob er sie eines Tages unabhängig von ihr erkannt hätte oder nicht. Während der dreißiger Jahre wurden Einkünfte aus Anzeigen innerhalb der New Yorker Presse – und auch in anderen Städten – immer noch scheel angesehen; man schämte sich beinahe, Anzeigenflächen zu verkaufen. Die Texte der Anzeigen waren in der Regel schlicht grauenhaft und wurden in dem meisten Fällen von den Auftraggebern oder von den Zeitungen mit dem Verkauf von Werbeflächen Beauftragten verfaßt, Typen in der Art Peabodys, die sehr viel Wert auf ihr Äußeres legten und denen der Sitz ihrer Krawatten wichtiger war als der Text der Anzeigen, um auf diese Weise von ihrer nicht gerade gut beleumundeten Tätigkeit abzulenken.

Das Warenhaus RH Macy war 1887 von den Brüdern Isidor und Nathan Strauss übernommen worden, die den Umsatz innerhalb kürzester Frist erheblich steigern konnten. Isidor Strauss und seine Gattin waren während des Untergangs der *Titanic* ums Leben gekommen; sie hatten ihre Plätze in einem der wenigen Rettungsboote freiwillig jüngeren Passagieren zur Verfügung gestellt. Vierzigtausend New Yorker und New Yorkerinnen hatten dem Gedächtnisgottesdienst beigewohnt, darunter natürlich alle Angehörigen von *Macy's*, das inzwischen zum größten Warenhaus der Erde ausgebaut worden war, in dem man alles, aber auch wirklich alles fand.

»Übrigens, Miß Killinger, mein Werbebudget für das Jahr 1935 ist bereits festgelegt; es tut mir außerordentlich leid, aber es wird mir unglücklicherweise unmöglich sein, in Ihrer geschätzten Zeitung zu inserieren.«

Simon S. Wise holte Atem. Er hatte mehr als sechs Minuten ohne Punkt und Komma gesprochen. Ed Solomons fragte sich, wie Kate Killinger sich nach dieser glatten Absage aus der Affäre ziehen würde.

Sie schenkte Wise zunächst ihr strahlendstes Lächeln und begann dann, ohne irgendwelche Notizen zur Hilfe zu nehmen, eine genaue Liste aller Anzeigen aufzustellen, die *Macy's* im Laufe des zu Ende gehenden Jahres 1934 in Auftrag gegeben hatte. Kate trennte nach Sparten, täglich und wöchentlich erscheinende Zeitungen sowie Monatsschriften, erwähnte in jedem Einzelfall nicht nur die Summe, die die Werbeabteilung für die Anzeige ausgegeben hatte, sondern auch die Auflage des Werbeträgers und unterstrich bestimmte Merkwürdigkeiten, die ihr aufgefallen waren und die in der Regel in einer ins Auge springenden Diskrepanz zwischen dem bezahlten Preis und der Auflage der Zeitung oder Zeitschrift bestanden; in manchen Fällen meinte sie sogar, sich für den Ausdruck entschuldigend, das Geld der Firma *Macy's* sei schlicht und einfach zum Fenster hinausgeworfen worden. Aber, so fuhr sie fort, Mister Wise, der erst vor vier Monaten seinen verantwortungsvolles Amt übernommen habe, habe wohl noch keine Zeit gefunden, sich näher mit den Einzelheiten zu beschäftigen; sie sei sich aber sicher, daß er nicht zögern werde, hier der ihm unterstellten Abteilung gründlich auf die Finger zu schauen und Ordnung zu schaffen. Anschließend unterbreitete sie ihm ihre Auffassung von Werbung im allgemeinen und Anzeigen im besonderen, wies auf die Bedeutung gut redigierter Texte und strategisch ausgewählter Werbeträger hin. Besonders unterstrich sie den Unterschied zwischen Markenpflege allgemeiner Art, die *Macy's* wohl nicht so notwendig hatte, und bestimmter Werbekampagnen zur Durchsetzung einzelner Produkte oder Produktgruppen. Sie bot Mister Wise an, ihm neue, originelle, ja geradezu revolutionäre Projekte zu unterbreiten, an denen die betreffende Abteilung ihres Hauses bereits arbeite und die ihre Hausdruckerei zu konkurrenzlosen Preisen in kürzester Frist herstellen könne.

Dann schilderte sie ihm mit Hilfe von Fotographien und Schaubildern die technischen Einrichtungen ihres *THE Queens & Long Island DAY* und betonte vor allem die Qualität ihrer Mitarbeiter sowie den technischen Stand der Maschinen in der Buckhingham Street Nr. 1144. Anschließend unterstrich sie die Rolle, die der *Day* angesichts der mehr als eine Million Bewohner in ihrem Einzugsgebiet spielte, die soziale Funktion der Tageszeitung, die der Bevölkerung zu einer Identität mit ihrem Wohnort verhelfen könne, sowie den immer stärker werdenden Einfluß des *Day* auf die Meinungsbildung der Leser. Übrigens, auch auf Mister Simon Wise selbst, dessen Familie in der Oyster Bay ein Haus mit fünfunddreißig Zimmern besäße, in dem neun Personen ständig lebten. Ob Mister Wise bereit sei, mit ihr eine Wette abzuschließen? Wieviel Personen in dem Haus seiner Familie auf Lond Island täglich den *Day* lesen würden, darüber sollte die Wette gehen. Und der Einsatz? Nun, sie stelle sich einen über das Jahr 1935 gehenden Werbevertrag vor, bei dem die wöchentliche Anzeigensumme, die *Macy's* dem *Day* anvertraue, festgelegt sei. Sie denke an hundert Dollar pro Familienmitglied, das sich im *Day* informiert. Ob Mister Wise bereit wäre, mit der Oyster Bay zu telefonieren und sich zu erkundigen?

Auch als die Ergebnisse des Telephongesprächs bekannt waren, hielt Kate nicht inne; in ruhigem Ton wies sie auf die rasante Entwicklung hin, die dem *Day* bevorstünde. Sie wollte in den Vertrag gerne einen Passus aufnehmen, laut dem das Warenhaus *Macy's* bereit war, steigende Auflagen auch mit steigenden Preisen zu honorieren. Im Augenblick wurden täglich achtundzwanzigtausend Exemplare verkauft, was bedeutete, daß Kates Zeitung täglich von ungefähr einhunderttausend Menschen gelesen wurde. Ob Mister Wise bereit sei, pro fünftausend zusätzlich verkauften Exemplaren seinen dem *Day* eingeräumten Werbeetat um fünfzehn Prozent zu erhöhen? Gut, zehn Prozent, einverstanden. Es sei wirklich ein Vergnügen, mit Herrn Wise über Geschäftsangelegenheiten zu diskutieren...

»Nein, im Augenblick sehe ich meinen Vater nicht allzu häufig...

...Aber gerne; mit Freuden nehme ich Ihre Einladung ins Plaza an. Ist Ihnen Mittwoch mittag angenehm? Um zwölf Uhr fünfzehn?«

Ed Solomons und Kate verließen Wise' Büro, grüßten die Sekretärin und gingen zu den Aufzügen. Solomons schaute seine zukünftige Chefin mit großen Augen an:

»Ed, sprechen wir jetzt über Wichtigeres: Sie fangen heute um fünf Uhr in der Buckhingham Street als Nachfolger Peabodys an. Er hatte zwei Mitarbeiter, Mary Hills und Charles Beer; falls irgend möglich, sollten Sie die beiden behalten. Ansonsten können Sie einstellen, wen und wieviel Sie wollen, das ist mir völlig gleichgültig. Ihre Abteilung bekommt zwanzig Prozent von den Einnahmen, die wir durch den Verkauf von Anzeigenflächen im *Day* erzielen. Davon behalten Sie siebeneinhalb Prozent für sich; mit dem Rest bezahlen Sie Ihre Mitarbeiter. Außer wenn Sie auf eine prozentuelle Beteiligung verzichten und die zweihundertfünfundsiebzig Dollar pro Woche vorziehen. Haben Sie sich eigentlich darüber schon Gedanken gemacht?«

Er mußte schallend lachen und hielt sich an einer Vitrine in der Abteilung für Damenbekleidung fest.

Auch Kate lachte.

»Ich amüsiere mich königlich, Ed. Glauben Sie mir das? Außerdem will und werde ich mit dieser verdammten Zeitung Erfolg haben! Also, ja oder nein?«

»Ja zur prozentuellen Beteiligung«, stieß Solomons zwischen neuen Lachanfällen mühsam hervor.

Auch sie konnte sich nicht mehr halten.

Nachdem sie einen Blick auf die kleine, diamantenbesetzte Platin-Uhr geworfen hatte, die sie an einer langen Kette um den Hals trug, faßte sie sich als erste.

»Gut. Ich hoffe, wir werden noch häufig miteinander lachen, Ed. Angefangen hat es ja bereits prächtig. Ich warne Sie: Ich wünsche, daß Sie in einem Monat bereits dreihundertfünfzig Dollar wöchentlich verdienen. Sozusagen als Ausgangsbasis.«

Er rechnete kurz im Kopf nach und machte dann große Augen:

»Das bedeutet, daß ich für viertausend Dollar Anzeigen an Land ziehen soll!«

»Erst in der fünften Woche. Ich lasse Ihnen schließlich vier Wochen

Zeit, um sich einzuarbeiten. Doch ab der sechsten Woche sollten Sie schon zehn Prozent mehr verdienen.«

»Fast viertausendfünfhundert Dollar! Habe ich wenigstens das Recht, Banken zu überfallen?«

»Ich werde mich großzügig, ja, regelrecht verschwenderisch verhalten und diese tausend Dollar wöchentlich, die ich Simon Wise aus der Nase gezogen habe, Ihrem Konto gutschreiben.«

»Und mir davon auch die Prozente ausbezahlen?«

»Einverstanden.«

Sie gingen nebeneinander durch das Erdgeschoß des Kaufhauses. Kate schaute zum zweiten Mal auf ihre Uhr.

»Ed«, sagte sie dann, »Sie haben viele Vorzüge und zwei Fehler: Erstens kümmern Sie sich nie oder nur höchst widerwillig um den Papierkram; ich werde keinen Werbevertrag akzeptieren, der nicht von Mary Hills geprüft wurde. Sie ist von der Ausbildung her Buchhalterin und arbeitet sehr gewissenhaft.«

»Und mein zweiter Fehler?«

»Sie haben die Mentalität eines Gauners. Ich sagte das vorher im Spaß, meinte es aber ernst. Sie werden in der Hauptsache in Queens und auf Lond Island arbeiten...«

»Nicht in Manhattan?«

»Wenn Sie in Manhattan Kunden auftreiben, soll mir das recht sein; die meisten aber werden Sie im Einzugsbereich der Zeitung finden.«

»Richtig.«

»Wenn Sie auch nur einen einzigen dieser Kunden betrügen, selbst um eine geringe Summe, dann werde ich Sie nicht nur vor die Tür setzen, sondern gnadenlos solange verfolgen, bis Sie endgültig ruiniert sind.«

Verblüfft und leicht besorgt blieb er stehen und schaute Kate an: »Sie machen wohl keinen Scherz?«

Kate nickte kurz mit dem Kopf: »Nein, ich mache keine Scherze. Setzen Sie alles daran, daß ich nie ihre Feindin werde, Ed. Ich kann äußerst rachsüchtig sein. Rechnen Sie nicht auf meine Nachsichtigkeit als Frau. Ed, vergessen Sie bitte nie, was ich Ihnen gerade gesagt habe.«

Solomons lächelte flüchtig, obwohl er sich unbehaglich fühlte.

»Ich habe verstanden«, meinte er nur.

Sie lächelte zurück, und ihre Augen verloren die beeindruckende Kälte.

»Ich bin überzeugt, daß wir sehr gut zusammenarbeiten werden. Würden Sie mich jetzt bitte allein lassen? Ich muß noch einkaufen. Bis heute nachmittag um fünf Uhr.«

Auf die Sekunde genau um elf Uhr betrat Kate die Damentoilette. Sechs Frauen aller Altersgruppen saßen auf kleinen, gepolsterten Schemeln und beschäftigten sich damit, ihr Make up wieder aufzupolieren. In den länglichen Spiegeln, die über den Schminktischen hingen, funkelten die beeindruckend vornehmen Waschbecken mit den schweren Armaturen aus blitzendem Chrom. Kate wusch sich die Hände, setzte sich und tat so, als ordne sie ihre Frisur, die es wirklich nicht nötig hatte.

»Sie haben versprochen, allein zu kommen. Dabei befand sich ein Mann in Ihrer Begleitung.«

»Er ist weggegangen«, meinte Kate. »Einer meiner zukünftigen Mitarbeiter.«

»Wir hatten aber vereinbart, daß Sie allein kommen.«

Kate drehte sich nicht sofort um; das Spiegelbild genügte ihr. Bei ihrer Gesprächspartnerin handelte es sich um eine junge, kaum dreißigjährige und trotz ihrer etwas schmalen Lippen recht hübsche Frau. Sie trug eine lila Baskenmütze, die ihre kurzgeschnittenen Haare fast vollständig verbarg, dazu einen zu kurzen Fuchspelz, der die Haare verlor und an manchen Stellen schon ganz abgeschabt war und darunter ein Kleid aus für die Jahreszeit viel zu dünnem, mit Blumen bedrucktem Stoff. Kate war erschrocken, als sie sah, wie blaß ihr Gesicht war, zumal diese Blässe durch ein ungeschicktes, übertriebenes Make up noch betont wurde. Die junge Frau schien mit ihren Nerven und Kräften am Ende zu sein, und ihre haselnußbraunen Augen bewegten sich unter den stark betonten Augenbrauen unkontrolliert hin und her.

»Warum haben Sie mich angerufen?«

»Sind Sie die Direktorin des *Day*, oder wird das Unternehmen von einem Mann geleitet?«

»Nein, ich treffe alle Entscheidungen allein.«

»Ich habe Sie angerufen, weil Sie eine Frau sind. Und weil Ihre Zeitung die einzige ist, die über Harry Gunn schreibt.«

»Und über Tony Gardella.«

»Richtig.«

Sie ist auf Harry Gunn wütend; Gardella interessiert sie nicht. Auf Harry Gunn oder auf einen der Männer Harry Gunns', dachte Kate, die ganz bewußt den Namen Gardellas ins Spiel gebracht hatte.

»Werden Sie Harry Gunn weiterhin angreifen?«

»Solange es notwendig ist.«

»Wissen Sie eigentlich, daß er dazu fähig ist, Sie umbringen zu lassen?«

»Ich hoffe, daß er es nicht tut«, meinte Kate lächelnd.

Eine kleine Gruppe geschwätziger Frauen, die sich offensichtlich gut kannten, verließ die Toilette. Kate war mit ihrer Gesprächspartnerin allein, doch die Nervosität der Frau mit der violetten Baskenmütze legte sich nicht.

»Wie heißen Sie?«

Abwehrende Kopfbewegung; diese Art Fragen waren anscheinend nicht zugelassen. Kate versuchte eine andere:

»Haben Sie einen besonderen Grund, Harry Gunn ans Leder zu wollen?«

Keine Antwort.

»Oder Danny Kobler?«

Keine Antwort.

»Und Frank Maggio?«

Keine Antwort.

»Von wieviel Männern wurde Tona Gardella eigentlich zusammengeschlagen?«

»Von drei.«

»Wer hat geschossen? Ich meine, wer hat den Revolver in der Hand gehalten?«

»Harry Gunn.«

»Haben Sie gesehen, wie er schoß?«

»Nein.«

»Und Sie möchten, daß Harry Gunn, Kobler und Maggio für das, was sie Tony Gardella getan haben, verurteilt werden, nicht wahr?«

Die junge Frau schien zu zögern.

»Kennen Sie Tony Gardella eigentlich persönlich?« fragte Kate weiter.

»Nein.«

»Sie wollen, daß die drei Männer für etwas bezahlen, das sie jemand anderem zugefügt haben.«

Das war keine Frage, sondern eine Feststellung. Kate war sich ihrer Sache ziemlich sicher.

»Haben Gunn, Kobler und Maggio früher bereits einmal jemand umgebracht?«

Kate beobachtete im Spiegel, daß die junge Frau bitter lächelte – bitter und sarkastisch; Kates Frage mußte ihr naiv vorkommen.

»Wieviel?«

Sie zuckte nur mit den Achseln.

»Fünf? Zehn? Mehr als zehn?«

»Mehr als zehn.«

»Können Sie mir Namen nennen?«

»Ich kenne nicht alle.«

»Die, die Sie kennen.«

Kate verließ sich nicht allein auf ihr Gedächtnis, sondern hielt die Namen und Vornamen, die Schauplätze der Verbrechen und in zwei Fällen auch das genaue Datum, an dem sie begangen wurden, in ihrem Notizbuch fest. Die Frau mit der Baskenmütze wurde plötzlich überraschend gesprächig, was Kate Killingers Vermutung bestätigte, die

Gründe für ihre Denunziation lägen in der Vergangenheit und nicht in der Affäre Gardella.
»Gurrah?«

Die Unbekannte hatte unter anderem diesen Namen erwähnt, den Kate kannte. Es handelte sich um den Spitznamen Jake Shapiros, eines bekannten Mafiamitgliedes, das häufig mit Lepke Buchalter ›zusammenarbeitete‹. Die haselnußbraunen Augen weiteten sich plötzlich entsetzt: »Vergessen Sie bitte, daß ich diesen Namen erwähnt habe.«

»Ich werde sogar vergessen, daß Sie überhaupt mit mir gesprochen haben.«

»Sie haben mir geschworen, daß niemand über unser Treffen informiert wird.«

»Ich werde mein Versprechen halten.«

In der Damentoilette des riesigen Kaufhauses herrschte ein ständiges Kommen und Gehen; Kate, die sich normalerweise kaum schminkte, zog nun schon zum sechsten Mal ihre Lippen nach. Als sich eine der Damen auf den Hocker direkt neben ihr setzte, war sie für längere Zeit zum Schweigen verurteilt. Die Dame ließ sich Zeit. Endlich verschwand sie wieder.

»Für die Informationen, die Sie mir gegeben haben, haben wir leider keine Beweise, so daß wir Harry Gunn nicht direkt anklagen können.«

»Ich habe bereits zuviel gesagt.«

Die Unruhe der jungen Frau wurde immer spürbarer; als Kate sah, daß sie sich ihre Baskenmütze noch tiefer ins Gesicht zog, wußte sie, daß sie aufbrechen wollte, und sagte schnell: »Bitte schauen Sie sich jeden Tag die Seite mit den Kleinanzeigen an, die rechte Spalte ganz unten. Ich werde zwei, drei Zeilen, einen verlorengegangen Hund betreffend, veröffentlichen, wenn ich Sie sprechen muß. Es handelt sich um einen Dackel mit einem blauen Halsband. Sie haben die Telefonnummer der Zeitung; möchten Sie auch meine private haben?«

»Ich werde nie mehr anrufen.«

»Wir wünschen genau wie Sie, daß Harry Gunn für seine Verbrechen bezahlen muß. Wenn Sie uns helfen...«

»Ich werde nicht mehr anrufen.«

Die Unbekannte und Kate waren wieder einmal allein; die junge Frau mit der Baskenmütze stand auf und schlug den abgeschabten Kragen ihres Fuchsmantels hoch:

»Ich werde als erste gehen. Bitte verlassen Sie den Raum erst in fünf Minuten.«

Kate nickte zustimmend, mußte aber, als die junge Frau gegangen war, den Impuls unterdrücken, ihr nachzuspionieren. Mühsam ihre Ungeduld zügelnd, blieb sie sitzen und überflog ihre Aufzeichnungen.

Der Feldzug des *Day* gegen Harry Gunn dauerte neunundvierzig Tage. Anders ausgedrückt: neunundvierzig Tage lang erschien die Zeitung mit der allmählich berühmt werdenden Schlagzeile:

HARRY GUNN IST NICHT DER MANN, DER...

und enthüllte jedes Mal neues, belastendes Material. Ab dem 27. Dezember 1934 kümmerte sich der *Day* auch um andere Affären, die Harry Gunn zur Last gelegt werden, ohne daß es bisher zu einem Prozeß gekommen wäre, so sechs Morde, die zwischen 1931 und Dezember 1934 begangen worden waren, und eine Serie von mehr als dreißig ›Unfällen‹, bei denen Dockarbeiter schwer verletzt worden waren. In fünf Fällen waren ihnen die Arme oder die Beine mit Baseball-Schlägern zertrümmert worden.

Schon bald zielten die gegen Harry Gunn vorgebrachten Anklagen auch auf andere Bereiche seiner Unternehmungen. So veröffentlichte der *Day* eine Serie von Reportagen über die Diebstähle, denen die Reeder an den von Harry Gunns Gewerkschaften kontrollierten Molen ausgesetzt waren. Der Durchschnitt belief sich auf einhundertfünfzigtausend Dollar. Jährlich. Mit einer Spitze von zweihundertzweiundsiebzigtausend Dollar für Mole vier. Merkwürdigerweise hatte keiner der betroffenen Reeder je Anzeige erstattet. Und genauso merkwürdigerweise waren die bekanntgewordenen Diebstähle auf Mole drei verschwindend gering. Mole drei wurde von Tony Gardella kontrolliert...

Dann enthüllte der *Day*, daß sechs Wohnungen in einem Hochhaus in der Dreiundvierzigstens Straße in Manhattan sowie eine für einhundertzehntausend Dollar erworbene Villa in Florida das persönliche Eigentum des Gewerkschaftsbosses waren. Und daß der Ehrbare Bürger von Queens, der so häufig mit seiner Frau und seinen drei Kindern in dem kleinen Garten seines Hauses in Corona fotografiert worden war, eine auf großem Fuß lebende Tänzerin der Ziegfeld Follies unterhielt. Rechnungen über achtunddreißigtausendsechshundert Dollar, die eindeutig von Harry Gunn beglichen und vom *Day* veröffentlicht worden waren, belegten dies ebenso wie die Fotos, die ihn in Begleitung einer strahlenden, aber für die herrschenden Moralbegriffe wohl doch zu leicht bekleideten jungen Dame zeigten.

Vierundzwanzig Politiker, darunter ein Senator, zwei Mitglieder des Repräsentantenhauses und drei Richter wurden vom *Day* mit Harry Gunn in Verbindung gebracht.

Tony Gardella starb am 27. Dezember, ohne an seiner Aussage, die Harry Gunn, Danny Kobler und Frank Maggio entlastete, etwas zu ändern. Der *Day* organisierte eine Sammlung zugunsten der Hinterbliebenen, die siebentausendneunhundert Dollar einbrachte; die Zeitung stockte den Betrag aus eigenen Mitteln auf zehntausend auf.

Zu Beginn hatte die Wiederholung der praktisch immer gleichen

Schlagzeile großes Gelächter ausgelöst, und die *Morning News* hatten sogar mehrere Schlagzeilen des *Day* als Faksimile mit einem entsprechend sarkastischen Kommentar abgebildet. Kate hatte sofort nach Erscheinen an den ›Generaldirektor‹ der *Morning News* eine Telegramm geschickt und sich für die ebenso unverhoffte wie kostenlose Werbung bedankt. Doch der Erfolg stellte sich sogar noch schneller ein, als Kate es erhofft hatte: Die Bevölkerung von Queens interessierte sich in immer stärkerem Maße für ›ihr‹ Verbrechen.

»Ich werde die kostenlose Verteilung etwas einschränken können«, meinte sie zu Nick und Ed Solomons.

Keiner der beiden hatte eine Ahnung, wie viele der fünfundsiebzigtausend Exemplare, die jede Nacht Abadies Heiligtum verließen, auch wirklich verkauft wurden. Während der ersten zehn Tage ihres Erscheinens waren zwischen vier- und sechstausend Exemplare verkauft worden – ohne die massiven Aufkäufe Karl Killingers natürlich; in der darauffolgenden Woche im Durchschnitt dann neuntausendfünfhundert. Dann zeigten sich deutlich die Auswirkungen der Kampagne gegen Harry Gunn: Die echten Verkaufszahlen erreichten und überstiegen in den ersten Januarwochen zum ersten Mal die Schwelle von vierundzwanzigtausend Exemplaren pro Ausgabe und kletterten laufend weiter nach oben; am 10. März 1935 verkaufte Kate zum erstenmal mehr als fünfunddreißtausend Exemplare. Doch sie behielt die Zahlen für sich – nur Donovan war informiert –, obwohl sie ihren unbestreitbaren Erfolg belegten. Sie verließ sich nicht auf ihre realen Verkaufszahlen allein, sondern gab Abadie weiterhin die Order, siebzigtausend und sogar noch mehr Exemplare zu drucken. Nicht ohne Grund, denn wie schon zu Zeiten der *Queens Gazette* verteilte sie mehr als dreißigtausend Exemplare vor allem an öffentlich zugänglichen Plätzen kostenlos. Vor allem aber bedachte sie mögliche Anzeigenkunden, die alle in einer Liste festgehalten waren. So ließ sie jeden Tag der Familie Wise fünf Exemplare des *Day* in ihr Haus an der Oyster Bay liefern; bei ihrer ›Wette‹ mit Simon S. Wise von *Macy's* war sie kein echtes Risiko eingegangen.

In Kate Killingers Augen war eine möglichst breite Verteilung unabhängig von den realen Verkaufszahlen der Garant für die Arbeit von Ed Solomons und dessen Team – das Mitte Januar 1935 bereits sieben Personen umfaßte –, der möglichen Auftraggebern gegenüber mit Fug und Recht behaupten konnte, in Queens und auf Long Island lese jeder zweite Bewohner den *Day*. Und ein Kunde, der überall, wohin er ging, bei seinem Friseur, seinem Arzt und Zahnarzt, seinem Lebensmittelhändler oder in seinem Stammlokal auf den *Day* stieß, konnte Solomons Argumenten nicht so leicht widerstehen, zumal Ed sie gekonnt vortrug. Übrigens: Kate war nur zu bewußt, daß die wichtigsten Ausgaben von

Frauen und Kindern getätigt wurden, und hatte darauf den redaktionellen Teil des *Day* angestellt. Es war durchaus kein Zufall, daß in ihrer Redaktion verhältnismäßig viele Frauen beschäftigt waren. Und Geschäftsleute, also Kates mögliche Kunden, achteten auf die Signale, die die Frauen, ihre wichtigste Käuferschicht, aussandten.

Frauen waren übrigens der erste Zankapfel zwischen Nick DiSalvo und ihr. Im Februar 1935 beschloß Kate, die Sonntagsausgabe auf zweiunddreißig Seiten zu vergrößern. Für die Betreuung der acht zusätzlichen Seiten stellte sie zwei Frauen ein, die unter der Anleitung von Irena van Gaver arbeiten sollten.

»Du bist dabei, aus meiner Redaktion eine feministische Vereinigung zu machen«, beklagte sich Nick nicht ohne eine gewisse Bitterkeit.

»Auch ich bin eine Frau.«

Er nickte mit dem Kopf und wußte nicht, ob er lachen sollte oder nicht.

»Ich werde bald mehr Frauen als Männer um mich herum haben.«

Er übertrieb; als Chefredakteur hatte er fünf Frauen unter sich: Peggy Hutchins, Irena van Gaver, Shirley Storch und die beiden neuen, Elizabeth Hoag und Helen Wilkins. Peggy und Shirley arbeiteten als Reporterinnen unter den gleichen Bedingungen wie ihre männlichen Kollegen, was auf die elegante Irena van Gaver nicht ganz zutraf, die Nick zu seiner Assistentin ernannt hatte und die gleichzeitig alle Frauenrubriken hervorragend betreute. Allerdings hatte sie einen in Nicks Augen entscheidenden Nachteil: Sie war davon überzeugt, daß sie mit sechzig Stunden pro Woche, das heißt, zehn Stunden an sechs Tagen, ihr Engagement für den *Day* ausreichend unter Beweis stellte.

»Und was soll das eigentlich bedeuten: Die beiden Neuen arbeiten direkt unter Irenas Anleitung? Habe ich keine Kontrollbefugnis mehr?«

Kate gelang es, Nick einigermaßen zu beruhigen. Sie erklärte ihm, die beiden täglichen und zwölf sonntäglichen Seiten, die ausschließlich Frauenfragen vorbehalten waren, brächten für sich allein mehr als die Hälfte der Einnahmen aus dem Anzeigengeschäft ein, ein Argument, das Nick zuerst nicht so recht in den Kopf wollte. Wie alle Chefredakteure auf der ganzen Welt monierte er, die Werbung nähme bereits jetzt zuviel Platz ein. Er träumte von einer anzeigenfreien Zeitung. Obwohl sie eine Journalistin aus Fleisch und Blut war, war Kate da ganz entgegengesetzter Meinung: Bei ihren Kalkulationen war sie immer davon ausgegangen, daß der Hauptteil der Einnahmen, die der *Day* erzielen mußte, um rentabel zu arbeiten, aus dem Anzeigengeschäft zu stammen hatte. Sie hatte es nie für notwendig befunden, Nick in diese Gedankengänge einzuweihen, die sie für sich sogar noch viel weiter vorangetrieben hatte: Sie hatte bereits mit dem Gedanken gespielt, eines Tages eine kostenlose Zeitung auf den Markt zu werfen, die sich einzig durch den Verkauf von Anzeigenraum, vor allem durch kleine Privatanzeigen, finanzierte. Eine solche Zeitung durfte natürlich nicht auf Queens und Long Island beschränkt bleiben, sondern mußte im New Yorker Großraum verteilt werden.

Sie unterschätzte keineswegs den Aufschwung, den der *Day* der Affäre Harry Gunng zu verdanken hatte, und lobte ihren Chefredakteur, der instinktiv richtig reagiert hatte, als er zum erstenmal mit diesem Verbrechen konfrontiert worden war.

Nick korrigierte sie und wies darauf hin, daß die Idee der Wiederholung der Schlagzeile von ihr stamme.

»Und ohne die Informationen, die du von dieser Frau mit der violetten Baskenmütze erhalten hast, hätten wir unsere Recherchen wohl kaum vorantreiben können.«

Die besagte Frau hatte nie mehr angerufen, obwohl Kate zweimal die Annonce hatte einrücken lassen, die die Unbekannte veranlassen sollte, mit der Redaktion Kontakt aufzunehmen. Doch wie auch immer: Einzig dieser Frau und ihren Informationen das Verdienst zuzuschreiben, daß der Feldzug nach neunundvierzig Tagen endlich erfolgreich abgeschlossen werden konnte, das wäre wirklich einer Unterschätzung der Tätigkeit von Kates journalistischen Mitarbeitern gleichgekommen. Während der ganzen Periode recherchierten Ernie Pohl, Peggy Hutchins und Louis Herzberg ausschließlich in der Affäre Gunn. Al Taggart verstärkte diese Kernmannschaft regelmäßig, und ab Ende Dezember 1934 arbeitete auch Jack Dobey, der ehemalige Bote der Western Union, ausschließlich an diesem Thema. Als das Team die finanziellen Verhältnisse des Gewerkschaftsbosses durchleuchtete, konnte Nick sechsmal hintereinander in seiner Schlagzeile behaupten, nicht Harry Gunn sei reich, sondern...

Nick DiSalvo hatte schon nach den ersten, Harry Gunn betreffenden Artikeln eine gewalttätige Reaktion befürchtet. Er stammte aus dem italienischen Viertel von Queens, sprach Italienisch und verstand Sizilianisch recht ordentlich. Drei, vier seiner ehemaligen Klassenkameraden hatten Schwierigkeiten mit der Polizei gehabt und zwei hatten sogar Sing Sing von innen kennengelernt. Er kannte Frank Maggio, einen der mutmaßlichen Mörder Tony Gardellas, nicht persönlich, hatte aber mit einem seiner jüngeren Brüder, der seinen schönen italienischen Vornamen Giovanni in das amerikanische Johnny geändert hatte, Basketball gespielt.

»Nick, wird deine Zeitung dieses Spielchen eigentlich noch lange betreiben?«

Nick hatte über seine Mutter erfahren, daß Johnny Maggio mit ihm sprechen wollte. Diskret. Er hatte ihn zu einem Treffen in das Kino am

Queens Boulevard gebeten, nachmittags um zwei, und dies drei Tage hintereinander für den Fall, daß Nick nicht gleich am ersten kommen konnte.

Selbstverständlich hatte der Chefredakteur die Verabredung wahrgenommen und sich in die hinterste Reihe auf den äußersten Stuhl ganz rechts gesetzt. Zwei Minuten später kam Johnny Maggio an und setzte sich neben ihn, während Nick so tat, als interessiere ihn der Anfang von Frank Capras Film *It Happened One Night** mit Clark Gable, Claudette Colbert und Walter Connolly in den Hauptrollen brennend.

»Johnny, erinnerst du dich an meinen Vater?« stellte Nick eine Gegenfrage.

»Was hat dein Vater mit dieser Geschichte zu tun?«

»Ich glaube nicht, daß Harry meinen Vater getötet hat, auf alle Fälle nicht eigenhändig. Aber ich glaube, daß er damals den entsprechenden Befehl gegeben hat. Meine Zeitung wird dieses Spielchen solange betreiben, bis Harry verurteilt wird. Wenn möglich zum Tod. Und wenn ich zur Jury gehörte...«

»Nick, das wußte ich nicht. Ich meine, dein Vater und Harry. Wenn es sich um eine persönliche Angelegenheit zwischen euch beiden handelt, dann ändert sich alles.«

Nick wies darauf hin, daß es sich nicht um eine persönliche Angelegenheit zwischen Gunn und ihm handele, obwohl natürlich die Tatsache, daß Harry Gunn in seinen Augen für den Tod seines Vaters verantwortlich sei, schon eine Rolle gespielt hatte. Aber nur in der Anfangsphase. Nick fragte Johnny Maggio, wer ihn geschickt habe.

Nicht Harry Gunn. Er wollte keinen Namen nennen, doch Nick war sich sicher, daß es sich nur um Buchalter oder Jack Shapiro handeln konnte.

»Oder Alberto Anastasia. Hat dich der geschickt, Johnny?«

Selbst in dem halbdunklen Saal spürte Nick, daß sein ehemaliger Klassenkamerad plötzlich bleich wurde und schwitzte.

»Bist du eigentlich verrückt geworden? Diese Namen einfach so auszusprechen!«

»Ich bin wirklich glücklich, daß du mit mir hast sprechen wollen. So wirst du für mich einen schönen Gruß ausrichten können. Sag doch denen, die dich geschickt haben, daß der *Day* sich im Augenblick damit zufriedengibt, Harry Gunn am Zeug zu flicken. Ihm allein. Außer, unserer Zeitung stößt etwas zu, dem Material oder aber einem unserer Mitarbeiter. Johnny, wirst du dies ausrichten? OK?«

»Willst du damit behaupten, daß einer deiner Jugendfreunde der Bru-

* Deutsch unter dem Titel ›Es geschah eines Nachts‹; Anmerkung des Übersetzers.

der von Frank Maggio ist, den wir versuchen, ins Gefängnis zu bringen?«

Nick lachte schallend: »Ein weiterer Freund von mir ist gerade wegen Mordes nach Sing Sing geschickt worden. Ich bin schließlich nicht für die Entwicklung meiner Klassenkameraden verantwortlich!«

Er amüsierte sich. Und wurde sich plötzlich bewußt, daß Kate Killinger in den besten Vierteln New Yorks aufgewachsen war und nicht wußte, was es hieß, kein Geld zu haben. Bisher hatte er das eigentlich nie so recht bedacht. Kate hatte kein einziges Mal in ihrem Leben auf Luxus, Bequemlichkeit und Sicherheit verzichten müssen. Sie war nicht nur die Tochter eines der reichsten und mächtigsten Männer der Vereinigten Staaten, sondern auch mit einem jungen Mann aus der besten New Yorker Gesellschaft verheiratet gewesen, Douglas Caterham, um den sich die meisten Frauen gerissen hätten. Sie hatte aber all dem den Rücken gekehrt und arbeitete achtzehn Stunden täglich und das sieben Tage in der Woche in einem völlig uninteressanten Vorort von New York, um eine Zeitung durchzusetzen, die niemals so bedeutend werden konnte wie die *New York Herald Tribune* oder die *New York Times*. Ihre Zeitung war ausschließlich für die Vorstadtbewohner bestimmt, und Nick fragte sich, ob sie eines Tages wirklich hunderttausend Exemplare pro Ausgabe verkaufen würde.

»Wer ist dieser Anastasio?«

»Anastasia. Alberto Anastasia. Ein Mörder. Oder, richtiger, der Chef einer Mordorganisation.«

»Du hast ihn nie erwähnt. Gehört er eigentlich auch zu deiner zahlreichen Familie?«

»Ein Vetter.«

Er übertrieb ein wenig, hielt es aber für unsinnig, Kate über die komplizierten Verhältnisse im einzelnen aufzuklären. Er meinte, sich daran zu erinnern, daß eine seiner Kusinen dritten Grades einen Mann aus Anastasias Familie geheiratet hatte, war sich aber nicht ganz sicher. Vor fünf Jahren hatte das Paar, soweit er informiert war, New York verlassen und war in den Westen gezogen.

»Und kennst du ihn? Persönlich?«

»Ich kenne nur ihn«, antwortete Nick. »Wir haben häufig zusammen Leute umgebracht. Einmal haben wir eine ganze Schule auf einen Schlag ausgerottet. Mein Gott, was haben wir uns amüsiert!«

Nick hatte Alberto Anastasia nur einmal getroffen, anläßlich der Hochzeit des Paares, das in den Westen gezogen war, und erinnerte sich nur verschwommen an ihn: Alberto war dick und sah höchst durchschnittlich aus. Die schlimmsten Gerüchte über Alberto waren dagegen bis zu ihm gedrungen: Er hatte über hundert Menschen umgebracht oder umbringen lassen und leitete eine regelrechte Armee aus Berufskillern.

»Nick, ich weiß sehr wohl, daß ich keine italienischen Vorfahren zu verzeichnen habe, doch eines würde ich trotzdem gerne begreifen: Aus welchem Grund hat dieser Anastasia dir einen Botschafter geschickt?«

»Um herauszufinden, bis zu welchem Punkt wir mit unseren Recherchen in der Affäre Harry Gunn gehen.«

»Du hast ihm natürlich geantwortet, daß wir alles daransetzen werden, die ganze Wahrheit ans Licht zu bringen. Und nun?«

»So habe ich ihm das nicht gesagt. Ich habe ihm gesagt, daß wir uns *im Augenblick* mit dem Skalp von Harry Gunn zufrieden geben, wenn wir ihn wirklich an unsere Rotationsmaschine hängen können.«

Kate brauchte immerhin eine Sekunde, bis sie den Satz in seiner ganzen Tragweite begriffen hatte.

»Nick, willst du damit sagen, daß du die Zeitung, daß du mich verpflichtet hast, niemand anderes als Harry Gunn anzugreifen?«

»Genau«, antwortete Nick DiSalvo schroff und ärgerte sich über Kates Art, alle Affären an sich zu ziehen und sich persönlich mit dem *Day* zu identifizieren.

»Mit anderen Worten: Wenn wir morgen oder in drei Wochen auf Material stoßen, das die Männer belastet, die in der Hierarchie über Harry Gunn stehen, dann dürfen wir dieses Material nicht benutzen?«

»Das ist der Kern meiner Zusage.«

»Weil es sich um Italiener, um deine Familie handelt?«

Das Gespräch fand in Nicks Wagen statt. Sie hatten in Long Island City einen Immobilienmakler besucht, den Ed Solomons zu einer großangelegten Werbekampagne im *Day* hatte überreden können. Der Mann plante Projekte in Rockville Center, East Rockaway und Oceanside im südlichen Teil von Nassau. Ed hatte die Herausgeberin und den Chefredakteur davon überzeugen können, daß ein Höflichkeitsbesuch bei dem wichtigen Mann angebracht war. Nick, der hinter dem Steuerrad saß, fuhr an den Straßenrand und hielt an.

»Kate, eine wirklich intelligente Bemerkung!«

Seine Hände zitterten, so zornig war er.

Kate musterte ihn kühl. Er nahm sich die Zeit, seine Pfeife zu stopfen und anzuzünden. Scharf wies sie ihn zurecht: »Du hättest darauf verzichten können zu rauchen. Du weißt, daß ich es nicht ausstehen kann.«

»Nichts hindert dich daran, auszusteigen und zu Fuß in die Redaktion zurückzukehren«, antwortete Nick ruhig und war stolz, seine Nerven nicht zu verlieren.

Er beobachtete, wie Kate nach dem Türgriff suchte, dann aber ihre Hand wieder sinken ließ.

»Ich weiß, daß ich nicht ganz einfach bin«, räumte sie dann unumwunden ein.

»Das war mir bisher noch gar nicht aufgefallen«, meinte Nick bitter.

»Ich ziehe meine Bemerkung zurück. Du hast nicht versprochen, Anastasia und seine Komparsen in Ruhe zu lassen, weil sie zu deiner Familie gehören. Einverstanden. Kannst du mir den wirklichen Grund verraten?«

»Weil ich vor Anastasia gewaltigen Schiß habe«, sagte Nick. »Vor ihm und vor Gurrah.«

»Meinst du das im Ernst?«

»Das ist mein voller Ernst.«

»Was kann denn dieser Typ uns eigentlich anhaben?«

»Nun, nicht viel, wenn man einmal davon absieht, daß er unsere Druckerei in Brand stecken und die Brandstiftung als Unfall kaschieren kann. Daß er Louis, der zur Zeit auf den Docks Spion spielt, mit Betonschuhen versehen in den East River stoßen kann. Daß er...«

Er brach ab. Nick hatte an das Haus in Glendwood Landing, an die chinesischen a-ma und an Kates Sohn gedacht. Die völlig ungeschützt waren.

»Was sonst noch, Nick?«

»Nichts. Das heißt, mir könnte natürlich auch ein Unfall zustoßen. So könnte ich von einem Lastwagen überfahren werden. Mein Vater kam beim Entladen eines Schiffes ums Leben; er wurde von einem Traktor erdrückt.«

»Die wagen sich nie an Journalisten!«

»Vielleicht nicht an die der *New York Times* oder der *Morning News* oder auch der *New York Herald Tribune*...«

»Aber wir gehören nicht zu den großen Zeitungen, meinst du das?«

Er fuhr weiter. Nick DiSalvo war vielleicht nicht der beste Reporter New Yorks, und ohne die Intervention Karl Killingers wäre er unter Umständen nach dem Scheitern von Kates *Queens Gazette* endgültig aus der Presse ausgeschieden. Er hatte Kate nicht gebeten, ihn zum Chefredakteur des *Day* zu ernennen, und war viel zu intelligent, um nicht zu wissen, daß er, verliebt wie er war, jeden Posten in der Nähe Kates angenommen hätte. Aber er verfügte über Qualitäten, die er, genau wie Ed Solomons, erst mit Kates Hilfe in sich entdeckte. Er wußte auf Anhieb, was an einem Artikel gut und originell und was nur reiner Durchschnitt oder noch weniger war, und konnte dies auch begründen. Er wußte, ohne lange zu überlegen, welcher Reporter sich für welches Thema eignete, konnte seinen Mitarbeitern erklären, was er von ihnen erwartete, sie ermutigen und ihre Artikel korrigieren, ohne sie zu verletzen. Er hatte ein bemerkenswertes Gespür für Information und wußte sie knapp zu formulieren, so daß sich die Leser nicht langweilten. Er überließ es anderen, sich lang und breit über die noblen Aufgaben der Presse zu äußern, und nahm sich nicht zu ernst. So versuchte er auch, so wenig wie nur möglich von dem Haß, den er seit

Jahren auf den angeblichen Gewerkschaftler hatte, in seine Arbeit einfließen zu lassen.

»Nick, bist du beleidigt?«

Er lächelte. Inzwischen hatte er sich wieder in der Hand.

»Nein, Kate. Auf alle Fälle haben wir im Moment noch nicht einmal genügend Material, um einen Prozeß gegen Harry Gunn durchzusetzen, geschweige denn, seine Verurteilung zu erreichen. Die in der Hierarchie über ihm Stehenden, wie du dich ausgedrückt hast, sind noch weniger greifbar für uns. Wir können ihn solange angreifen, bis er in der Öffentlichkeit unhaltbar geworden ist, das ist alles. Vielleicht können wir ihm noch Ärger mit dem Finanzamt einbrocken.«

»Das ist doch gar nicht so übel.«

»Auf alle Fälle befindet er sich bereits auf dem Abstellgleis. Wir haben aber noch keine Beweise ausgegraben, die ihn des Mordes überführen.«

»Schwebt Louis Herzberg wirklich in Gefahr? Meinst du wirklich, daß sie fähig sind, ihn umzubringen?«

»Ja.«

»Dann ruf ihn zurück!«

»Das wird er nicht akzeptieren. Befände ich mich an seiner Stelle, dann würde ich ebenfalls nicht akzeptieren.«

»Louis ist ein guter Journalist.«

»Wir haben nur gute Journalisten«, meinte Nick. »Und gute Journalistinnen. Von mir einmal abgesehen, hast du das beste Team um dich geschart, das du finden konntest.«

»O Nick!«

Er hörte, wie sie lachte, schaute aber weiterhin geradeaus. Selbst als sie ihre Hand auf seine legte. Völlig unvermutet hatte er an H. H. Rourke gedacht.

Nicks herausragender Charakterzug war seine Mäßigung, was seine Urteile wie auch seine Gefühle anbelangte. Außer wenn es um seine Liebe zu Kate Killlinger ging.

Und um diese dauernde Präsenz von H. H. Rourke, auch wenn Rourke sich am anderen Ende der Welt aufhielt.

Ende Januar bekam Kate Killinger die Grippe. Zuerst tat sie so, als sei sie völlig gesund, mußte sich aber dann doch hinlegen, stand natürlich viel zu früh auf und bekam einen schweren Rückfall, der sie endgültig für eine Woche ins Bett zwang. Nick DiSalvo leitete folglich den *Day* zum zweiten Mal allein.

Sie innerhalb der Redaktion zu vertreten, das fiel ihm nicht besonders schwer. Kate schrieb täglich ein Editorial und eine Rubrik, die ganz bewußt einen unmöglichen Titel aufwies:

»Alles, was Sie nicht wissen müssen, um in Queens und auf Long Island in Ruhe leben zu können.«

Die gleiche Rubrik hatte sie fünf Jahre zuvor bereits bei der *Queens Gazette* eingeführt. Alles – Leserbriefe, Telefonanrufe, Kommentare der Mitarbeiter und philosophische Gespräche mit dem Friseur und dem Lebensmittelhändler – wies darauf hin, daß die Rubrik ausgesprochen gut aufgenommen wurde und die Leser amüsierte. Es handelte sich um nichts anderes als um eine recht sarkastisch geschriebene Presseschau, bei denen alle New Yorker Tageszeitungen sowie die Depeschen der wichtigsten Presseagenturen ausgeschlachtet wurden. Kate informierte in dieser Rubrik die Bewohner von Queens und Long Island auf amüsante Weise, was in der restlichen Welt passierte. Sie ließ ihrem stark ausgeprägten Humor freien Lauf und bewies gleichzeitig ihre starke Begabung, wichtige Ereignisse verständlich zusammenzufassen.

Nick bat Al Taggart und Shirley Storch, die beide ebenfalls recht spitze Federn hatten, die Rubrik während Kates Ausfall zu übernehmen. Er selbst kümmerte sich um die Editorials. Kate und Nick schrieben einen sehr ähnlichen Stil, so daß der eine für den anderen einspringen konnte, ohne daß ein Außenstehender dies gemerkt hätte. Nur in ihren politischen Ansichten unterschieden sie sich: Kate war Anhängerin der Demokraten und Nick Parteigänger der Republikaner. Für die Wahlen im Jahre 1936 hatten sie bereits vereinbart, auf der Titelseite zwei Editorials zu veröffentlichen; Kate wollte sich für Franklin Roosevelt einsetzen, falls sich dieser noch einmal zur Wahl stellen sollte, und Nick für den republikanischen Kandidaten.

Doch Kate zu vertreten, bedeutete natürlich nicht nur, sie als Journalistin zu ersetzen. Nick hatte nie bezweifelt, daß ihre Arbeitsleistung weit über das Normale hinausging; jetzt erfuhr er am eigenen Leibe, wie aufreibend Kates Leben war. Alle Abteilungen des *Day* wurden von ihr nicht nur kontrolliert, sondern mit fester Hand geleitet: vom Vertrieb über die Buchhaltung, die Organisation der technischen Werkstätten – damals gab es noch keinen technischen Direktor – bis zur Lohndruckerei, die sie nicht nur leitete, sondern für die sie höchstpersönlich viele Aufträge hereinholte. Obwohl Nick offiziell auch der Chefredakteur der Sonntagsausgabe war, bestimmte sie den Inhalt der zwölf zusätzlichen Seiten und schrieb gut ein Drittel der Artikel selbst.

Einzig Ed Solomons hatte eine gewisse Selbständigkeit, obwohl natürlich auch er eng mit Kate zusammenarbeitete. Innerhalb von vier Wochen hatte die Abteilung des ehemaligen Gebrauchtwagenverkäufers ihr Personal verdreifacht. Normalerweise betrat Nick die Räume der Anzeigenabteilung nie, nachdem er sich einmal aus Neugierde hinübergewagt hatte und mitten in einen Kriegsrat geplatzt war, bei dem Ed seine Mitarbeiter zu höchsten Leistungen anspornte. Er war mit eisigem

Schweigen empfangen worden und fühlte sich ungefähr wie ein anglikanischer Pastor, der irrtümlich in einen Kongreß von Nackttänzerinnen gerät.

Kate fehlte den zweiten Tag, als Ed Solomons zu Nick in die Redaktion kam.

»Ich habe ein Problem, das Sie vielleicht lösen können, obwohl ich das bezweifle. Aber probieren könnte man es ja einmal. Ich bräuchte zwei oder besser noch drei Ihrer Schreiberlinge für eine wichtige Arbeit.«

Nick haßte es, wenn man seine Mitarbeiter als Schreiberlinge bezeichnete; er überging aber die Beleidigung und fragte, was denn anstände.

»Unsere Gestaltungsabteilung hat Schwierigkeiten.«

»Was gestalten Sie denn eigentlich?«

Ed Solomons schaute ihn mitleidig und gleichzeitig resigniert an.

»Anzeigen, mein Guter. Ich weiß nicht, was Sie den ganzen Tag machen, wir jedenfalls arbeiten. Meine Zeichner haben alles erledigt, was zu tun war, doch jetzt brauchen wir jemand, der die Texte zu den Zeichnungen schreibt. Ich bin Verkäufer und kein Schriftsteller.«

Nick wußte bisher nichts von der Gestaltungsabteilung innerhalb der Zeitung, deren Chefredakteur er war. Hätte man ihm gesagt, im östlichen Flügel des *Day* würden Klapperschlangen gezüchtet, wäre er wohl kaum überraschter gewesen. Endlich begriff er, daß Kate in der Regel die Texte selbst schrieb und daß er eilig einzugreifen hatte.

»Mit den wirklich wichtigen Texten werde ich warten, bis Kate wieder gesund ist. Doch einige sind einfach zu eilig. Wir werden wohl zwei, drei Schreiberlinge brauchen, um Kate zu ersetzen, mein Guter. Und zwar begabte, mein Guter. Wenn es so etwas in Ihrer Abteilung überhaupt gibt.«

Nick DiSalvos lateinisches Blut drohte einige Sekunden lang überzukochen, doch dann beruhigte er sich und schluckte die vielen ›mein Guter‹ ebenso hinunter wie die ›Schreiberlinge‹, und bestimmte zwei ›Freiwillige‹, die sich in die Höhle des Löwen begeben sollten: Dan Clifton, der überdurchschnittlich begabt war, was den Stil anbelangte, und sich selbst. Die zwei Stunden, die er bei Solomons verbrachte, stellten eine schwere Prüfung dar und erinnerten ihn an seine Anfänge bei der *New York Herald Tribune*, als man ihm Schritt für Schritt bewies, daß er trotz seiner Arbeit für die *Queens Gazette* und Karl Killingers *Morning News* keine Ahnung hatte, was Schreiben eigentlich bedeutete. Wie üblich schrieb er sehr schnell; er lobte die Produkte von Anzeigenkunden, die er nicht kannte – vor allem die eines Möbelgeschäftes. Er hatte sein Pensum in zwanzig Minuten erledigt, während Dan Clifton immer noch über einer Salbe gegen Hühneraugen brütete.

Nachdem Ed Solomons die vier Anzeigentexte überflogen hatte, meinte er: »Nun, mein Guter, ich persönlich möchte mich dazu nicht äußern. Aber ich weiß, wie SIE gesagt hätte: Untauglich... völlig untauglich.«

Nick fragte sich kurz, ob sich Salomons über ihn lustig machte. Und ob er ihm vielleicht eines auf den Kopf geben sollte. Doch dann stand er auf und holte sich einige der Werbetexte, die Kate verfaßt und denen er bisher keinerlei Aufmerksamkeit geschenkt hatte. Er war zu ehrlich und zu professionell, um nicht auf einen Blick den gewaltigen Unterschied festzustellen.

»SIE behauptet immer, Werbetexte zu schreiben sei ein eigenständiger Beruf«, meinte unterdessen Solomons, »man muß den Leser überraschen, fesseln und ab und zu auch amüsieren und gleichzeitig darauf achten, daß der Text auch dem Auftraggeber gefällt. SIE meint, das sei sehr einfach; man müsse nur alles anders machen als es bisher gemacht worden ist. Wußten Sie eigentlich, daß SIE ein Genie ist?«

Solomons war anscheinend aufrichtig, und Nick war sich plötzlich bewußt, daß er sich nicht mit jemandem prügeln konnte, der eine so hohe Meinung von IHR hatte. Er machte zwei weitere Anläufe; doch erst beim dritten Versuch glaubte er, den richtigen Ton getroffen zu haben.

Ed Solomons schloß sich seiner Meinung an und lächelte freundlich: »SIE hatte mir gesagt, daß Sie das Problem lösen könnten, mein Guter.«

»Ed, darf ich Sie um einen Gefallen bitten?«

»Aber gerne.«

»Bitte hören Sie auf, mich ›mein Guter‹ zu nennen. Wie viele Mitarbeiter beschäftigen Sie eigentlich in Ihrer Abteilung?«

»Neun Akquisiteure, wenn man mich mitrechnet, zwei Zeichner, einen Fotografen und eine Sekretärin, die sich um die Buchhaltung und die Briefe kümmert. Dreizehn, mein Guter.«

Folglich fast soviel wie die eigentliche Redaktion, stellte Nick verblüfft fest.

»Wenn Sie eines Tages etwas brauchen, dann wenden Sie sich nur vertrauensvoll an mich. Neue Schuhe, einen Anzug, einen Koffer, ein Auto oder sogar eine Wohnung; ich kann Ihnen bei fast jedem Artikel ein günstiges Angebot machen. Wir können unter Umständen sogar Waren austauschen.«

Er erklärte, was man darunter bei einer Zeitung zu verstehen hatte: Anzeigenraum gegen Ware.

»Und wer entscheidet über solche Geschäfte?« fragte Nick leicht irritiert.

Ed Solomons lachte schallend: Er natürlich nicht. SIE allein hatte das Recht, einen Warentausch abzuschließen.

»Sie vertraut mir nicht so recht.«

Nick hätte beinahe geantwortet, daß ihn dies nicht wundere, zog es aber dann vor zu schweigen. Zwischen Ed Solomons und ihm sollte nie eine wirkliche Freundschaft entstehen, doch mit der Zeit gewöhnte sich Nick an den Zynismus und die Unverschämtheit Solomons; fachlich war er sowieso unangreifbar.

Ein anderer, Kate vorbehaltener Aufgabenbereich umfaßte die Kontakte mit Behörden, Meinungsträgern und wichtigen Kunden; heute würde man vom PR-Bereich sprechen. Solomons vor allem bestand darauf, die Direktion des *Day* einspannen zu können, sobald er es aus kommerziellen Gründen für notwendig hielt.

So fuhr Nick am 2. Februar in Ed Solomons Begleitung nach Manhattan, um dort mit den Vertretern einer bedeutenden Versicherungsgesellschaft zu sprechen. Das Treffen währte nur eine Stunde, und er hatte kaum etwas zu sagen oder zu tun, denn die Verhandlungen wurden ausschließlich von Solomons geführt; seine Anwesenheit diente nur dazu, die Bedeutung des Gesprächs zu unterstreichen. So beobachtete er in aller Ruhe Solomons und verstand jetzt, aus welchen Gründen Kate ihn eingestellt hatte und relativ selbständig arbeiten ließ. Nicht nur, daß sich der kratzbürstige, widerspenstige Kollege auf einen Schlag in einen vollendet höflichen und charmanten Mann verwandelt; auch seine Stimme änderte sich grundlegend. Als Ed Solomons die Vorzüge des *Day* ins rechte Licht setzte, mußte sich Nick verschämt eingestehen, daß Ed Kates zukunftsträchtige Formel anscheinend besser verstanden hatte als er, der Chefredakteur.

Auch nach dem Treffen hielt Solomons eine Überraschung für Nick bereit. Auf dem Gehweg vor dem Gebäude in der Achtunddreißigsten Straße fragte ihn Ed: »Sollten wir das nicht feiern, Nick?«

»Gibt es denn einen Grund zum Feiern?«

»Diese Typen werden uns einen anständigen Batzen ihres Werbeetats zukommen lassen; mehr auf alle Fälle, als sie je zuvor in Zeitungsanzeigen investiert haben. Und das ist ein Grund zum Feiern, mein Guter!«

»Was wollen Sie mir da weismachen? Sie haben abgelehnt!«

Solomons lachte schallend.

»Nur aus Selbstachtung. Beim nächsten Treffen werden sie zustimmen. MacAllistair entscheidet. Die anderen zählen nicht. Ich habe nur für ihn gesprochen und habe ihn überzeugt. Wollen wir wetten? Nein, das wäre unfair, wetten wir lieber nicht, denn Sie hätten die Wette von vorneherein verloren. Sie werden uns Aufträge für fünfzig- bis sechzigtausend Dollar zukommen lassen, im ersten Jahr. Die Summe ist steigerungsfähig. *Macy's* und die Versicherungsgesellschaft, das sind großartige Referenzen für uns. Kommen Sie, ich lade Sie ein.«

Sie gingen ins *Bleek's*, die Stammkneipe der *New York Herald Tribune*. Nick stellte verwundert fest, daß er seit mindestens fünf Monaten nicht mehr hiergewesen war. So wie er seit fünf Wochen nicht mehr in Manhattan gewesen war. Als ob er von einer sehr langen Reise zurückkäme... Und war dann noch verwunderter, als er weiter feststellte, daß er die ganze Zeit über auch keinen Tropfen Alkohol getrunken hatte. Er hatte schlichtweg keine Zeit gehabt! Der Nick DiSalvo vom vergangenen Sommer, der junge, verheißungsvolle, sorglose Reporter, ein großer Schürzenjäger vor dem Herrn und alkoholfest, daß einem Iren Angst werden konnte, hatte sich in ein leidenschaftliches, ja zwanghaftes Arbeitstier verwandelt, das in seinen kurzen Nächten noch von der Arbeit träumte. Eine erstaunliche Metamorphose. Dabei war er nicht der einzige, der von dieser Arbeitswut, diesem fieberhaften Immer-alles-besser-machen-Wollen gepackt worden war. Alle Mitarbeiter des *Day*, auch der unbedeutendste Handwerker, zeigten die gleichen Symptome. Kate Killinger hatte anscheinend alle verhext.

Im *Bleek's*, wo er früher immer sehr beliebt gewesen war, erkannte man ihn natürlich sofort und begrüßte ihn mit dem entsprechenden Hallo. Er mußte einige Scherze über sein ›Exilanten-Dasein‹ in den unzivilisierten Gegenden jenseits des East River über sich ergehen lassen und erfuhr dann zu seiner großen Verwunderung, daß die Entwicklung des *Day* während der ersten drei Monate ihrer Existenz in den New Yorker Redaktionen aufmerksam verfolgt worden war. Stanley Walker, *City Editor* bei der *New York Herald Tribune*, ein kleiner Texaner, der nie lachte, da er einerseits abscheuliche Zähne hatte und andererseits von Natur aus so fröhlich war wie eine ausgereifte Zitrone, setzte sich zu ihm und gratulierte Nick zu der außergewöhnlichen Qualität der im *Day* veröffentlichten Texte. Er spielte natürlich auch auf die Harry Gunn gewidmeten Schlagzeilen an, gestand, er selbst interessiere sich inzwischen für die Entwicklung dieser Affäre, nachdem er sie am Anfang nur als unbedeutendes Verbrechen eingeschätzt hatte. Letztlich hatte er sogar ein Reporterteam darauf angesetzt.

»Doch Sie hatten zuviel Vorsprung. Wo, zum Teufel, haben Sie nur die Informationen aufgetrieben? Und überhaupt: Wie kamen Sie zu Ihren hervorragenden Mitarbeitern?«

Am 2. Februar 1935 hatte der *Day* zum einundvierzigsten Mal hintereinander Harry Gunn die inzwischen berühmt gewordene Schlagzeile gewidmet; dabei versteht es sich von selbst, daß Harry Gunn die erste Seite seit langem mit anderen Tagesaktualitäten teilen mußte.

»Sie sind dabei, einen Weltrekord aufzustellen«, meinte Walker, dessen Augen strahlten, auch wenn sich seine Lippen nicht zu einem Lächeln verzogen.

Stanley Walker war in einem völlig abseits gelegenen Dorf in Texas auf die Welt gekommen, in Lampasas, und wenn man wagte, ihn zu fragen, wo denn dieses Nest liege, antwortete er schroff – aber das war man bei ihm gewöhnt –, es liege natürlich genau im geographischen

Zentrum des Bezirks gleichen Namens. Nick schätzte Walker über alle Maßen. Die Komplimente dieses Mannes waren Balsam für seine Seele, so daß es nicht verwunderlich war, daß er länger im *Bleek's* blieb, als er ursprünglich vorgehabt hatte. Nachdem eine gewisse Hemmschwelle überschritten war, fragten ihn die ersten nach Kate Killinger aus, die verständlicherweise die Neugier aller Journalisten erweckte. Nick beantwortete lakonisch alle Fragen. Er las den Kollegen an den Augen ab, daß seine Beziehung zur Besitzerin des *Day* bekannt war; manche vermuteten wahrscheinlich, daß er aus diesem Grund seine Karriere bei der *New York Herald Tribune* aufgegeben hatte. Doch niemand wagte es, zu diesem Thema nähere Fragen zu stellen.

Die Nick auch sicher übel genommen hätte.

Nick wollte schon gehen, als ein Journalist die Kneipe betrat, der einen Monat zuvor die Redaktion der *Morning News* verlassen hatte, um zur *New York Herald Tribune* zu gehen, ein gewisser Lester Adams. Als Nick vier Jahre zuvor nach seinem Intermezzo in der Eisenwarenhandlung seines Onkels in Queens wieder zur Presse zurückgekehrt war, hatte er mit Lester zusammengearbeitet.

Der ehemalige Kollege teilte ihm dann die letzte der überraschenden Nachrichten an diesem 2. Februar mit.

»Kate, wußtest du eigentlich Bescheid?«

»Worüber?«

»Über die Krankheit deines Vaters. Er wäre beinahe gestorben.«

»Er hatte nur einen Herzinfarkt. Von dem er sich inzwischen bereits wieder erholt.« Sie lächelte. »So schnell stirbt ein Killinger nicht, Nick.«

Sie hatte wieder angefangen zu arbeiten. Kate hatte etwas abgenommen, hatte tiefe Ringe unter den Augen und eingefallene Wangen. Trotzdem war sie genauso schön wie sonst.

»Es ist doch merkwürdig, daß ihr beide in der gleichen Woche krank wart.«

Sie zuckte nur mit den Achseln und schrieb weiter an ihrer Rubrik *Alles, was Sie nicht wissen müssen...* Zeitungen und Zeitschriften waren um sie herum aufgestapelt.

»Zufall. Wenigstens hat er mich während dieser Zeit in Ruhe gelassen.«

›Jetzt geht das wieder von vorne los‹, dachte Nick gereizt. Er war immer noch davon überzeugt, daß ein Karl Killinger das Werk seiner Tochter nur in deren Fantasie zerstören würde.

»Seit wann hast du ihn eigentlich nicht mehr gesehen?«

»Wen?«

»Du weißt sehr wohl, von wem ich spreche. Von deinem Vater.«

»Ungefähr vier Jahre. Nick, ich wäre dir dankbar, wenn du dich um deine eigenen Angelegenheiten kümmern würdest.«

Jetzt war Nick schon mehr als gereizt. Beinahe wäre er aufgestanden und hätte den Redaktionsraum verlassen, in dem sie wie durch ein Wunder allein waren. Suzan Potter und Mary Wilcox, die beiden Telefonistinnen, hatten seit kurzem einen Glaskäfig bezogen, den man für sie in die Eingangshalle eingebaut hatte. Doch dann gab er sich damit zufrieden, sich in seinem Stuhl zurückzulehnen und Kate scharf zu mustern. Die nicht einmal ihren Kopf hob. Seit drei Wochen hatte er sie nicht mehr berührt. Wie sollte man auch mit einer Frau schlafen, die sich höchstens vier Stunden pro Nacht im Bett aufhielt und die wenige Zeit, die sie bei sich zu Hause verbrachte – Kate war nie zu Nick gekommen –, fast ausschließlich ihrem Sohn widmete.

Doch das war es nicht allein. Zu Beginn hatte Nick geglaubt, auch er sei das Opfer seiner Einbildungskraft geworden, denn häufig hatte er den Eindruck, als sei sie sehr weit von ihm entfernt, auch wenn er sie nackt in seinen Armen hielt. Er konnte dies auch nicht mit der allgegenwärtigen Präsenz des Phantoms Rourke erklären. Es war mehr. Kate war immer häufiger ganz woanders. Sie hatte sich offensichtlich stark verändert, und diese Veränderung fiel mit den ersten Anzeichen zusammen, die darauf hinwiesen, daß der *Day* ein Erfolg würde. Nachdem sie mit Hilfe von Hearst die Papierfrage hatte regeln können. Anstatt sich zu entspannen, hatte sich Kate in noch stärkerem Maße diesem inneren Fieber hingegeben, das sie antrieb.

»Telefon!«

Er musterte sie immer noch; sie saß rechts von ihm und schrieb an ihrer Rubrik, sicher den Blick spürend, der auf ihr ruhte.

»Nick, Telefon!«

Endlich hob er ab; seine Überlegungen wurden brutal unterbrochen: Louis Herzberg war am Apparat. Er hatte wichtige Neuigkeiten und fragte, ob Nick sofort zu dem ausgemachten Treffpunkt, das heißt zu *Mark's* an der Dutch Kills kommen könne?

»Ich fahre gleich los.«

Er leistete sich das nicht eben feine Vergnügen, Kate ohne ein erklärendes Wort zu verlassen.

Dutch Kills war eine Art toter Seitenarm des East River in Form eines Kanals und stellte die Grenze zwischen Brooklyn und Queens dar. Die Bar, die am Anfang der kleinen Austell Street lag, ging auf die Kais. Nick mußte mit Marco Livi, dem Chef, nur einen Blick wechseln, dann wußte er Bescheid: Marco hatte lange als Barmann am Rego Park gearbeitet und Nick seine ersten Biere ausgeschenkt. Sie kannten sich seit fünfzehn Jahren. Er ging durch das Hinterzimmer in einen Lagerraum, in dem die Bierfässer gestapelt wurden, und stieg dann eine schmale Treppe in den ersten Stock, wo Louis Herzberg in einem kleinen Zimmer auf ihn wartete. Der Reporter, der die Kleidung und die typische Schirmmütze eines Dockers trug, hatte sich einen riesigen, ›sizilianischen‹ Schnauzbart wachsen lassen, der ihn vollkommen veränderte. Er hatte mehrere Kilo abgenommen und war am Ende seiner psychischen und physischen Kräfte angelangt.

»Nick, ich habe jemanden aufgetrieben, der bereit ist, gegen Harry Gunn auszusagen.«

Nein, nicht in der Affäre Tony Gardella. Es handelte sich um einen anderen Mord, der vier Jahre zurücklag.

»Von Gunn begangen?«

»Ja. Mein Zeuge hat ihn beobachtet, wie er einen Mann namens Sam Dobbs umgebracht hat.«

»Und warum hat dein famoser Zeuge geschwiegen? Nein, warte, er hat sicher Angst gehabt zu reden. Warum hat er jetzt keine Angst mehr?«

Herzberg brach in ein grausames Gelächter aus.

»Weil Harry Gunn erledigt ist, Nick. Am Ende! Wir haben ihn geschafft. Alle stimmen darüber ein, daß er in ganz New York keinen Mann mehr findet, der bereit wäre, für ihn eine Packung Zigaretten zu kaufen.«

Der große und athletische Louis Herzberg hatte ein feines Adlergesicht mit einem beeindruckenden Profil. Mit den Spitzen seines Schnauzbarts spielend, lächelte er Nick an.

»Wir haben ihn erledigt, Nick, einzig mit Hilfe unserer Artikel! Er ist erledigt!«

Er freute sich wie ein Kind, das einem anderen einen Streich gespielt hat.

»Und dein Zeuge ist bereit, das vor Gericht zu beeiden?«

Er nickte mit dem Kopf: »Es gibt allerdings ein kleines Problem, Nick. Mein Zeuge ist zu einer offiziellen Aussage bereit, möchte aber nicht die ganze Wahrheit sagen.«

»Wie das?« fragte Nick, der geistig nicht ganz folgen konnte.

»Sam Dobbs wurde in Wirklichkeit von zwei Männern mit schweren Eisenstangen der Schädel zertrümmert. Mein Zeuge ist bereit, über Harry Gunn zu sprechen, aber nicht über den anderen Mörder.«

Herzberg schaute verlegen beiseite.

»Entweder du gehst darauf ein, oder wir müssen die Sache fallenlassen.«

Nick schaute den Reporter schweigend an.

»Louis, du kennst den Namen des zweiten Mörders, nicht wahr?«

»Ich kenne ihn. Aber er muß unter uns bleiben, Nick. Außer uns beiden darf ihn wirklich niemand wissen.«

»Einverstanden.«

»Wirklich niemand.«

»Und Kate?«

»Wenn du mir nicht dein Ehrenwort gibst, daß du ihr nichts verrätst, dann sage ich dir nichts, Nick. Ich habe mein Wort gegeben.«

Nick zögerte und ging zum Fenster, durch das man, obwohl es vor Schmutz fast blind war, das grünliche Wasser des Dutch Kills erkennen konnte. Er wußte, welche Entscheidung er zu treffen hatte. Er erinnerte sich nur zu gut an das Drama, daß mit dem Tod eines Jugendlichen geendet und gleichzeitig das Aus der *Queens Gazette* bedeutet hatte, nur weil Kate auf der Suche nach der zugkräftigen Schlagzeile jede Vorsichtsmaßnahme außer acht gelassen hatte.

Endlich drehte er sich wieder zu Louis um.

»Louis, ich gebe dir mein Wort. Ich werde Kate nichts verraten. Dein Zeuge hat nur Harry Gunn gesehen, nicht wahr? Weil er selbst der zweite war?«

»Er hat zwei Männer gesehen, aber das Gesicht des zweiten nicht erkennen können. Bei dieser Version wird er bleiben.«

»Wann und wo wurde Sam Dobbs umgebracht?«

»Am 17. Juli 1931 in einer Lagerhalle am Ufer des East River.«

»Im dem Abschnitt, der schon zu Queens gehört?«

»Das steht eindeutig fest.«

»Damals war Dick Donovan bereits Kommissar der hiesigen Mordkommission. Ich werde mit ihm Kontakt aufnehmen. Und ihn um zwei Dinge bitten: Einmal muß er unseren Zeugen Tag und Nacht beschützen; und zum zweiten sollte er dem Zeugen nicht allzu viele Fragen stellen. Wie heißt eigentlich dein Zeuge?«

»Peter Szold.«

»Ein Jude?«

»Ja. Wie ich. Das hat mir geholfen.«

»Ist er bereit, in die Büros des *Day* zu kommen?«

»Ja.«

»Louis, du hast ausgezeichnet gearbeitet.«

»Danke.«

Nick warf einen letzten Blick durch die schmutzige Scheibe und fragte Herzberg dann nach dem Namen des zweiten Mannes, der vor vier Jahren Harry Gunn nicht nur begleitet, sondern auch aktiv an dem Mord mitgewirkt hatte.

»Alberto Anastasia«, antwortete Louis Herzberg leise.

Am 9. Februar 1935 kurz vor sieben Uhr abends betrat Harry Gunn die Büros des *Day*. Er war in seinem Ford AB 1932 allein gekommen. Nick hatte ihn seit Jahren nicht mehr gesehen, erkannte ihn aber auf Anhieb, obwohl Gunn sichtlich zugenommen hatte; die nervöse Anspannung, unter der er in den letzten Wochen und Monaten gestanden haben mußte, war ihm nicht anzumerken.

»DiSalvo, ich erinnere mich an dich.«

»Und sicher auch an meinen Vater«, setzte Nick sofort nach.

Gunn zuckte nur mit den Achseln. Er hatte nichts von seiner Selbstsicherheit und Überheblichkeit verloren; auch nichts von seiner Gönnerhaftigkeit, die Nick beinahe ebenso haßte wie die Person.

»Ich bin nur aus einem einzigen Grund gekommen«, fuhr Gunn wichtigtuerisch fort. »Mein Anwalt teilte mir mit, daß dein Käseblatt endlich seinen Feldzug gegen mich einstellen will.«

»Ihr Anwalt hat Sie richtig informiert«, antwortete Nick und zwang sich, ruhig zu bleiben. »Wir werden unseren Feldzug in Kürze einstellen.«

Die Redaktion war vollständig versammelt. Nick machte Ernie Pohl ein Zeichen, der daraufhin eine Tür öffnete; Kommissar Donovan und drei seiner Inspektoren und dahinter ein kleiner Mann, der ängstlich durch seine Brille schaute, betraten den Raum – bei dem kleinen Mann handelte sich um den Zeugen Peter Szold – und verhafteten Harry Gunn. Ben Fein und Dominic Patrese, die beiden Fotografen des *Day*, hielten das Ereignis für die Nachwelt fest.

Harry Gunn wohnte seinem Prozeß nicht bei. Aus einem einfachen Grund: Neun Tage nach seiner Einlieferung in das Gefängnis von *Tombs* wurde er unter einem Tisch im Speisesaal liegend aufgefunden; man hatte ihn erwürgt.

Viertes Buch

H. H. ROURKES RÜCKKEHR

Kapitel 11

Ras Kaitan ist tot

»Du willst mir hoffentlich nicht weismachen, daß du wirklich Maccabeo Spataguzzi heißt.«

Der Lauf des Gewehres, ein Springfield Mele 1903, Kaliber 30-06, mit einem Schnelladesystem von Mauser, hob sich und richtete sich auf die Stelle zwischen seinen Augen, so daß H. H. schielen mußte, um das kleine, runde Loch zu erkennen, aus dem unter Umständen die Kugel, die seinen Schädel zerschmettern sollte, abgefeuert werden würde.

»Willst du damit etwa behaupten, ich sei ein Lügner?« fragte Maccabeo.

»Ich will damit überhaupt nichts behaupten«, antwortete H. H. »In meinem Kopf herrscht absolute Funkstille!«

»Wir Kalabresen sind sehr schnell gekränkt.«

»Man hat mir vor allem von den Spataguzzis erzählt, deren Empfindlichkeit legendär ist! Euretwegen bin ich hierher gekommen. Ich beabsichtige, eine Reportage über die Spataguzzis zu schreiben, die in Eritrea leben. Wenn diese Reportage erst einmal veröffentlicht ist, wird die ganze Welt wissen, in wie hohem Grad die Spataguzzis auf ihre Ehre Wert legen, die in einem gewissen Sinne ebenso legendär ist wie die Spataguzzis selbst.«

»Wird man auch in Kalabrien darüber sprechen?«

»Daran kann kein Zweifel bestehen. Meine Reportagen werden in Kalabrien mit besonderer Aufmerksamkeit gelesen. Seit alle Kalabresen und Kalabreserinnen wissen, daß ich von den Spataguzzis aus Eritrea berichten werde, ist die Spannung in eurer Heimat schier unerträglich.«

Der Lauf des Springfield Mele bewegte sich nicht. Maccabeo sprach mit seinen zwei Brüdern in einer Sprache, die Rourke völlig unbekannt war, Tigriña, Amharisch oder auch ein kalabresischer Dialekt. Höchstwahrscheinlich eine Mischung aus allen drei.

»Meine Brüder behaupten, du seist ein Lügner«, übersetzte Maccabeo endlich. »In Kalabrien kann niemand lesen. Unser Vater konnte nicht lesen, obwohl er aus Kalabrien kam und ein sehr intelligenter Mann war.«

»Euer Vater hat Kalabrien im Jahre 1876 verlassen, um nach Eritrea auszuwandern. Das sind jetzt neunundfünfzig Jahre her. In neunundfünfzig Jahren ändert sich vieles. Und in Kalabrien, der schönsten, reichsten und intelligentesten Region nicht nur Italiens, sondern ganz Europas, hat sich viel geändert. Wie heißen eigentlich deine Brüder?«

Während er seine Frage stellte, drehte Rourke seinen Kopf zur Seite, als ob ihn der Lauf des Gewehres nicht im geringsten störe. Er zündete eine Zigarette an und schaute sich um. Zwischen sechzig und siebzig Frauen lebten in diesem zweitausend Meter hoch liegenden, seltsamen Bergdorf. Und diese Frauen lohnten den Blick: Sie waren fast ausnahmslos von atemberaubender Schönheit, groß, schlank, rassig, mit scharfgeschnittenen Profilen und einer entzückenden Kombination aus geraden Nasen und leicht aufgeworfenen, schön geschwungenen Lippen. Ihre Haut war gold- bis tiefbraun und äußerst feinporig.

Diese Frauen waren die schönsten, die H. H. Rourke je gesehen hatte, und Rourke hatte ja einen großen Teil unseres Planeten bereist. Die jüngsten, deren Brüste gerade erst zu wachsen begannen, waren mit ihrer kupferfarbenen Haut wahre Wunder. Als einziges Kleidungsstück trugen sie eine Panthertatze, deren Klauen man nicht entfernt hatte und die zwischen ihren Schenkeln hing. Bei jedem Schritt schwankte sie wie ein Schwanz hin und her. Wie Katzen schlichen sie um die kleine Gruppe, die die Brüder Spataguzzi und H. H. Rourke bildeten. Sie waren offensichtlich so neugierig auf Rourke wie dieser auf sie. Die Mischung aus Arroganz und Sensualität, der Kontrast zwischen der hochmütigen Kopfhaltung und dem nonchalant, wenn nicht wollüstig zur Schau gestellten Becken und dem grazilen Oberkörper mit den feinen, goldbraunen, birnenförmigen Brüsten, die einladend waren wie reife Früchte, beeindruckten ihn am stärksten.

Während er diese faszinierenden Gestalten mit den Augen verschlang, vergaß er den Gewehrlauf vollkommen, der immer noch dicht vor seinen Kopf gehalten wurde und dessen Bewegungen wie ein Automat folgte. Jetzt erst verstand er den in Aden von Gordon Tibbets so überschwenglich geäußerten Enthusiasmus; damals hatte er ihn überreichlichem Alkoholgenuß zugeschrieben. Und die Beweggründe, die den ersten Spataguzzi veranlaßt hatten, sich in dieser Gegend von Eritrea niederzulassen, waren für ihn nun offensichtlich.

Dessen Geschichte sowie die seiner Nachkommen lohnt, erzählt zu werden.

H. H. Rourke hatte in Aden den Dampfer, auf den er sich in Schanghai eingeschifft hatte, wieder verlassen. Er wollte von Aden über Berbera ins abessinische Ogaden weiterreisen und bis zur Oase Ual Ual vordringen, bei der sich am 5. Dezember 1934 italienische und äthiopische Truppen eine blutige Schlacht geliefert hatten; beide Seiten hatten natürlich für sich in Anspruch genommen, im Recht zu sein. Seither hatten zwischen den verfeindeten Truppen in der Gegend weitere blutige Zusammenstöße stattgefunden. Es sah ganz so aus, als sollte es zu einem richtigen Krieg kommen, auf den vor allem Benito Mussolini anscheinend großen Wert legte. 1896 hatte die farbenprächtige Truppe des Kaisers von Abessinien den italienischen Kolonialisten, die dem Vorbild ihrer englischen und französischen Kollegen nacheiferten, eine schlimme Tracht Prügel versetzt, und der faschistische Diktator war der Überzeugung, diese Schmach mit Blut abwaschen zu müssen.

Bevor Rourke sich nach Berbera einschiffte, lernte der Gordon Tibbets kennen. Tibbets war nicht nur ein erstaunlich trinkfester Zeitgenosse, sondern hatte neunundvierzig seiner fünfzig Lebensjahre in dieser Gegend zugebracht, ein Rekord, den ihm wohl keiner so leicht streitig machte. Seinen Vornamen verdankte er dem General gleichen Namens, dem Gouverneur des Sudan, der 1885, als Khartum von Mohammed Ahmed, der sich als Madhi verehren ließ, eingenommen wurde, ums Leben kam. Die sieben Monate, die Tibbets nicht in Afrika oder Arabien verbracht hatte, hatte er sich in England aufgehalten, eine Zeit, an die er sich nur mit Grauen erinnerte:

»Ein Land, in dem es dermaßen oft regnet, daß man das unglaubliche Risiko eingeht, jedesmal, wenn man seinen Mund aufmacht, Wasser trinken zu müssen. Entsetzlich!«

Tibbets wies H. H. Rourke auf Spataguzzi hin. Der fröhliche, italienische Namen zog Rourkes Aufmerksamkeit auf sich, zumal er in Zusammenhang mit einem anderen Namen auftauchte, der Rourke vertraut war.

»Kennst du einen Typen namens Rimbaud? Ein Franzose.«

»Ich kenne einen gewissen Arthur Rimbaud«, antwortete H. H.

»Meiner nannte sich ebenfalls Arthur. Er besuchte uns oft. Rimbaud war ein Freund meines Vaters. Das heißt, ich weiß nicht, ob er wirklich ein Freund war. Auf alle Fälle kannten sie sich recht gut. Mein Vater verkaufte ihm Waffen, die er in Harar weiterverkaufte. Von dort aus brachte er Sklaven mit, vor allem Frauen. Nicht viele, aber immer sehr ausgewählte. Richtige Schönheiten! Was machte eigentlich der Arthur Rimbaud, den du gekannt hast?«

»Ein Dichter«, meinte H. H. »Ich habe ihn allerdings nicht persönlich gekannt, sondern nur seine Gedichte gelesen.«

»Es handelt sich sicher nicht um den gleichen.«

H. H. Rourke war vom Gegenteil überzeugt. Er wußte, daß Rimbaud längere Zeit in Aden und in Äthiopien gelebt hatte und kurz nach seiner Rückkehr aus Afrika in einem Marseiller Krankenhaus gestorben war.

»Und Rimbaud soll diesen Spataguzzi gekannt haben?«

»Natürlich! Er hat ihm schließlich Waffen verkauft!«

Gordon Tibbets trank im Durchschnitt täglich zwei Flaschen echten schottischen Whisky. Selten mehr. Er wußte schließlich, was sich gehörte. Er hatte Rourke erklärt, seit ein, zwei Jahren fühle er sich manchmal etwas unwohl, vor allem morgens. Eine Zeitlang habe er das auf das

Klima geschoben, doch die Erklärung habe ihn nicht befriedigt, denn schließlich habe er sein ganzes Leben hier in der Region verbracht. Endlich war er auf den richtigen Gedanken gekommen: Das Soda war daran schuld, dieses gottverdammte Selterswasser, mit dem er seinen Whisky vermischte. So hatte er versucht, das Soda durch stilles Wasser zu ersetzen, doch wenn man sich fünfunddreißig Jahre lang an das leichte Prikkeln im Gaumen gewöhnt hatte, dann konnte man nicht so leicht darauf verzichten, auch wenn es aus gesundheitlichen Gründen vernünftig gewesen wäre. Gott sei Dank war er auf eine wirklich erleuchtete, rettende Idee gekommen: Er ersetzte das Wasser durch französischen Champagner, der ihm von den in Aden zwischenlandenden Dampfern geliefert wurde. Seither fühlte er sich viel besser.

»Ich fühle mich sogar ausgezeichnet!« bestätigte er.

Plötzlich erstarrte er und blieb gute zehn Minuten lang mit weit aufgerissenen Augen absolut bewegungslos sitzen; die Außenwelt schien er nicht mehr wahrzunehmen. Selbst das halbvolle Glas, das er in der Hand hielt, zitterte nicht.

H. H. fragte den Barkeeper des *Empire Hotel*, ob diese Art Lähmung Gordon Tippets häufiger befalle. Der Barkeeper meinte, nicht gerade sehr häufig. Zweimal, höchstens dreimal täglich, wobei die Dauer der Anfälle höchst unterschiedlich war. Sein Rekord belief sich auf vierundfünfzig Minuten und elf Sekunden.

An diesem Tag unternahm Tibbets keinen neuen Rekordversuch, so daß H. H. Antworten auf seine Fragen erhielt: 1888, 1889 und in den ersten Monaten des Jahres 1890 hatte Arthur Rimbaud an Caetano Spataguzzi, den auf seine Ehre bedachten Kalabresen, Waffen verkauft, denn der Italiener hegte insgeheim die Absicht, sich zum Negus von Abessinien zu erheben.

So fuhr H. H. Rourke von Aden aus nicht südlich Richtung Berbera und in das britische beziehungsweise italienische Somalia, sondern begnügte sich mit einer kurzen Schiffsreise: An Bord eines kleinen, arabischen Küstenbootes mit braunen Segeln überquerte er den Bab Al Mandab und ging in Eritrea in der kleinen Küstenstadt Assab an Land, wo er sich zwei Wochen lang aufhielt. Die von Gordon Tibbets gelieferten Informationen erlaubten es ihm, zwei Reportagen zu schreiben. Die eine galt dem dortigen Gefängnis, das zusammen mit den Salinen zu den Attraktionen der weißgetünchten Stadt mit den angenehmen Palmenhainen zählte. Die zweite schrieb er über den damals noch in voller Blüte stehenden Sklavenhandel; Assab war ein Verteilerhafen, von dem aus vor allem der Nachschub für die Emirate der arabischen Halbinsel verschifft wurde.

Von Assab aus wanderte er nach Norden, von einem Dankali begleitet, der ihm als Dolmetscher diente, ein asketischer, ausgetrockneter Mann, der zwischen sechzig und hundert Jahre alt war und sich in einem englisch-französisch-italienischen Gemisch ausdrückte. Yassou, so hieß der Dankali, schwor, Arthur Rimbaud persönlich gekannt zu haben. Sein Erinnerungsvermögen stellte sich allerdings mit der Zeit als recht fantastisch oder poetisch heraus, je nach Anschauung... So behauptete er an einem Abend, an dem sie gemeinsam einen Schlauch Palmenwein geleert hatten, verwirrend treuherzig, er habe in seiner Jugend die Königin von Saba persönlich kennengelernt.

Während sie an der Küste Eritreas entlang immer in nördlicher Richtung marschierten, lernte Rourke bei den vielen Gesprächen mit Yassou den verstorbenen Caetano Spataguzzi recht gut kennen; in gewisser Hinsicht ergänzten diese Schilderungen die Informationen, die er in Aden von Tibbets erhalten hatte. Die Geschichte begann, Form anzunehmen...

Jeden Tag drang Rourke tiefer in eine immer bizarrer werdende Landschaft ein: Schreiend rote, absolut kahle Berge türmten sich vor ihm auf; merkwürdige violette Streifen zeichneten sich auf ihnen ab. Die Berge wurden von beeindruckend steil abfallenden Tälern voneinander getrennt. Die Sohle dieser Täler konnte bis zu hundert Meter unter dem Meeresspiegel liegen. Es war unerträglich heiß, und Rourke schwor, daß das Thermometer an manchen Tagen auf mehr als sechzig Grad im Schatten anstieg; wie Yassou hatte er Gesicht und Schädel, so weit es ging, mit Tüchern umhüllt, um sie vor Hitze und Staub zu schützen. Seine Kehle schmerzte, so ausgetrocknet war sie. Er lutschte Salz, obwohl dies in seinem Mund brannte; nur so konnte er wenigstens ein bißchen Speichel erzeugen und ein völliges Austrocknen der Mundhöhle verhindern. Rourke taumelte mehr als er ging, als ob er betrunken wäre, und sein Zustand entsprach in gewisser Weise auch einer Trunkenheit, die immer wieder jäh unterbrochen wurde, wenn seine Beine versagten und er auf den Boden fiel. Er hatte den Eindruck, sich in einem Backofen vorwärtszubewegen; nach wenigen Tagen schon hatte er regelmäßig die fantastischsten Visionen, und er hörte in der tiefen Stille Stimmen...

Eines Abends, als sie gerade einen der ausgetrockneten Seen durchquerten, sah Rourke, wie sich am Horizont gegen die Strahlen der untergehenden Sonne deutlich eine ausgesprochen schöne und beeindruckend große Frau abzeichnete, grob geschätzt wohl an die dreißig Meter groß, die unter einer leichten, malvenfarbenen, mit Goldfäden bestickten Tunika nackt war und ihn durch Zeichen aufforderte, sich zu nähern. Er wollte schon Yassou rufen und ihm diese Frau zeigen, doch bevor noch der erste Laut über seine von Sonne und Salz verbrannten Lippen kam, war die Erscheinung verschwunden.

Als sie etwas später in einer stinkenden Höhle, in der die Wüstenfüchse ihre Exkremente hinterlassen hatten, ihr Nachtlager herrichteten, behauptete Yassou voller Ernst, es habe sich um die Königin von Saba gehandelt. Als junger Mann war er ihr in dieser Gegend häufig begegnet, vor allem abends, wenn er Palmenwein getrunken hatte... Sie befanden sich schließlich auf ihrem Gebiet, über das sie immer noch herrschte. Hatte Rourke nicht bereits in Assab, dem antiken Seba, die ersten Spuren des Mannes gefunden, nach dem er suchte?

»Ein ausgezeichnetes Omen, daß sie sich dir gezeigt hat. Normalerweise zeigt sie sich Fremden nie. Das bedeutet, daß sie dich beschützt...«

Wie auch immer, als sie zwei Tage später in der Oase Beylul eintrafen, stieß Rourke wieder auf Spuren des Mannes, dessen Legende er festhalten wollte. Auch weitere drei Tage später in der Station Zenofonte, deren einziger europäischer Bewohner, ein italienischer Offizier, der ein nicht näher bezeichnetes hydrographisches Projekt verfolgen sollte, seit drei Jahren in seinem Lastwagen lebte und sich nie von ihm entfernte, aus Angst, er könne ihm gestohlen werden.

In dem direkt an der Küste liegenden Dorf Thio trieb Yassou zwei alte Frauen und einen Marabut auf, deren Berichte zu der Biographie Spataguzzis beitrugen, deren Elemente Rourke zusammentrug.

In Mersa Fatin konnte Rourke auf Yassous Dienste verzichten; ein Lazaristen-Missionar war Spataguzzi nicht nur verschiedene Male begegnet, sondern sprach darüber hinaus einigermaßen Französisch. Der gleiche Pater hatte auch fünfzig Jahre zuvor weiter im Süden des Landes Arthur Rimbaud kennengelernt. Der Angehörige des von Vincent de Paul gegründeten Ordens glaubte allerdings nicht, daß Caetano noch am Leben war. Seit mindestens dreißig Jahren hatte er nichts mehr von ihm gehört, und damals hatte sich Caetano weiter nordöstlich an der Grenze zwischen der italienischen Kolonie und Äthiopien aufgehalten, jenseits des Wadi Mareb.

Als nächstes erreichten sie Massaua, den wichtigsten Hafen Eritreas. H. H. schrieb hier eine Reportage über die Perlenfischer und sprach lange mit einem Sarden, der im Januar 1887 in Begleitung von Caetano Spataguzzi in das Land gekommen war und an den ersten Morden und Verfolgungsjagden teilgenommen hatte. Der Sarde konnte Rourke zahlreiche Informationen liefern, so über die Affären Adi Kaiehs und Senafes, die Gräber der Rache, die Frauen des Honigs, über das koptische Heiligtum, den Schatz von König Salomo und die heulenden oder tanzenden Derwische. Das alles wurde von anderen Zeugen bestätigt.

In Massaua nahm H. H. Rourke, weiterhin von Yassou begleitet, *la piu alta ferrovia del mondo,* die höchste Eisenbahn der Welt, die ihn in vier Stunden von Null auf zweitausendvierhundert Meter Höhe in die dreihundert Kilometer entfernte Hauptstadt Eritreas, Asmara, brachte. Er hielt sich nur drei Tage auf, die Zeit, die er brauchte, um einen Oberst der Carabinieri und einen Offizier des italienischen Geheimdienstes davon zu überzeugen, daß er weder ein französischer Spion noch ein Angehöriger des *Intelligence Service* war. Nebenher bemühte er sich mit Erfolg, die Adresse des koptischen Priesters ausfindig zu machen, der dreißig Jahre zuvor mit Caetano befreundet gewesen war.

In den zwei darauffolgenden Wochen reiste er auf den roten Sandpisten, die als Straßen – mit zum Teil abenteuerlicher Streckenführung – dienten, in einem geliehenen Lastwagen durch das Land. Er fuhr nach Adi Ugri, Adi Kuala und Adi Kaye, dem Land des Vergnügens, dem Roten und dem Blauen Land; endlich traf er in einem tausend Jahre alten, versteckt in den Bergen liegenden Kloster den koptischen Priester, den er suchte. Die Geschichte war nun vollständig; es fehlte nur noch der Schluß.

»Ich glaube, daß Ras Kaitan tot ist«, meinte der Priester. »Doch sollte er wider Erwarten noch am Leben sein, dann finden Sie ihn nicht hier, sondern auf der anderen Seite des Mareb, in Abessinien. Den genauen Ort kann ich Ihnen nicht verraten. Was halten Sie eigentlich von seiner Geschichte? Kennen Sie Aksum und das ehemalige Königreich Gondar?«

»Ja«, antwortete H. H. lächelnd.

Das Kloster war auf der Spitze eines steil abfallenden Berges errichtet.

Um zur Klosterpforte zu gelangen, hatten Rourke und Yassou tausend in den Felsen gehauene Stufen hochklettern müssen. Das Irreale und Unwirtliche der Landschaft wurde durch Wacholderbüsche und Euphorbia unterstrichen, die den Eindruck machten, als seien sie seit Jahrtausenden versteinert. Tausende von Zikaden erfüllten mit ihrem ohrenbetäubenden Zirpen die Luft. Als sie noch nicht einmal die Hälfte ihres Leidensweges hinter sich gebracht hatten, tauchten in den Dornbüschen, die sich an dem steilen Abhang ankrallten, stark behaarte Silhouetten auf und stießen furchterregende Schreie aus: Eine Bande von Pavianen, denen die Krätze große Löcher in das Fell gefressen hatte, machte entsetzliche Drohgebärden, vor allem ihr Chef, ein Greis mit weit vorspringenden Lippen, der sich bis aufs Blut kratzte. Zwei Weibchen gebärdeten sich nahezu hysterisch, worauf die ganze Bande wie während einer heftigen politischen Debatte durcheinanderkreischte, ohne Rücksicht darauf, ob das Kreischen von den anderen verstanden werden konnte oder nicht. Genauso plötzlich, wie sie aufgetaucht waren, verschwanden sie wieder zwischen den Wacholderbüschen. Sie verstummten. Kurz darauf setzten die Zikaden, die während des Gebrülls erschreckt still gewesen waren, wieder mit ihrem Gezirpe ein. Yassou, der seine Aufgabe als Dolmetscher sehr ernst nahm, übersetzte Rourke die Rede, die der Chef der Paviane anscheinend gehalten hatte.

Da die Paviane nichts anderes waren als die Botschafter der Königin von Saba, hörte H. H. nur halb zu. Am gleichen Abend noch begann er mit der Arbeit an seinem Artikel:

»Ich bin auf etwas Merkwürdiges gestoßen: Der Name Caetano Spataguzzi ist heute nahezu unbekannt. Nur etwa fünfzehn bis zwanzig Personen erinnern sich in ganz Eritrea noch an ihn. Auch sein ›Kriegsname‹ Ras Kaitan weckt kaum mehr Erinnerungen. Die Regierungsstellen in Asmara scheinen sogar jede Verbindung zwischen Ras Kaitan, der in ihren Augen nichts anderes war als ein kleiner, abessinischer Stammeschef, und einem italienischen Soldaten abzustreiten.

Ras heißt auf arabisch Chef oder Herr, und bei Kaitan könnte es sich sehr wohl um eine Verballhornung von Caetano handeln. Eines steht fest: Caetano Spataguzzi hat existiert. Er ist in Kalabrien in der Region Aspromonte in einem kleinen Dorf auf die Welt gekommen. Unter unbekannten Umständen wurde er 1875 eingezogen und sofort darauf nach Eritrea geschickt. Am 11. Januar 1876 landete seine Truppe in Massaua. Einige Wochen später wurde er einer Grenzpatrouille zugeteilt, die aus einem italienischen Offizier, einem Unteroffizier und einem Dutzend Askaris, eingeborener Miliz-Soldaten, bestand. Am 21. März des gleichen Jahres ist die Grenzpatrouille, der der Gefreite Spataguzzi zugeteilt worden war, einem Bericht der örtlichen italienischen Heeresdienststellen zufolge, in einen Hinterhalt geraten und vollkommen aufgerieben worden. Offiziell starb Caetano Spataguzzi an diesem Tag und sollte auch später, zumindest offiziell, nicht mehr auftauchen. Am 4. Mai des darauffolgenden Jahres aber, also 1877, erkannte ihn ein gewisser Gavini, der am gleichen Tag wie Spataguzzi eingezogen worden und mit ihm nach Eritrea geschickt worden war, ihn folglich gut kannte, an der Spitze einer Bande, die das Wadi Mareb überquert hatte, um einen Raub- und Plünderzug zu unternehmen und die nach dem Unternehmen wieder über das Wadi ins Ausland flüchtete. Im September unternahm der gleiche Gavini im Norden des Dorfes Metzba einen weiteren Patroillengang, bei dem er als einziger mit dem Leben davonkam, wenn auch schwer verletzt. Er wurde von der Horde, die die Patrouille überfallen hatte, gepflegt, bis er wieder gesund war, und dann auf Befehl ihres Anführers über die Grenze nach Eritrea gebracht und dort freigelassen. Und dieser Anführer war niemand anderes als Caetano Spataguzzi, den sie Ras Kaitan *nannten. Gavini hatte sogar Gelegenheit gehabt, mit Caetano zu sprechen, der ihn informierte, er habe auf seine italienische Staatsbürgerschaft verzichtet …*

Der koptische Priester hieß Micael Tessema. Im Jahre 1876 tat er in der Gemeinde von Adigrat, einem Ort in der Provinz Tigre, Dienst. In den ersten Apriltagen entdeckte er eines Morgens einen Mann vor der Pforte seiner Kirche. Der Unbekannte war groß, sehr kräftig und verletzt; eine Kugel war ihm *in die Brust gedrungen, und auf der linken Flanke hatte er eine Wunde von einem Lanzenstich. Er trug die Uniform eines italienischen Gefreiten; die Uniform war allerdings stark zerschlissen und abgenützt. Der Mann schlief fünfzig Stunden und wachte nur auf, um zu trinken. Er gesundete unglaublich rasch und verständigte sich im Dialekt der Danakil*, den er allerdings nur schlecht beherrschte.*

Pater Micael wollte zuerst den Bericht des Verletzten nicht glauben, mußte aber dann doch einräumen, daß er höchstwahrscheinlich auf der Wahrheit beruhte: Danach war der Unbekannte trotz des Lungenschusses und der tiefen Stichwunde in der Seite einhundertfünfzig Kilometer durch Wüste und Gebirge marschiert, bevor er vor der Kirche zusammengebrochen war. Elf Tage nach seiner Ankunft brach er schon wieder auf, suchte nach den Plünderern, die seine Patrouille auf dem Gewissen hatten, und wurde anscheinend nicht nur einfaches Mitglied, sondern schon bald ihr Chef. Im Frühjahr 1877 hatte er bereits mehr als sechshundert Mann um sich geschart. Mit dieser kleinen Armee griff er das Sultanat Sibula an und eroberte es. Das Sultanat umfaßte zwar nur einige Dörfer, war aber trotzdem recht wichtig, da der einzige Zugang zu der Salzebene durch sein Gebiet führte; bei der Salzebene handelte es sich in Wirklichkeit um einen tiefen, einhundertzwanzig Meter unter dem Meeresspiegel hinabreichenden und recht breiten Graben, der auf allen Seiten von bis zu zweitausend Meter hohen und zum Großteil unzugänglichen Bergen umgeben ist, eine schroffe, menschenfeindliche Gegend.

So wurde er zum Ras Kaitan…«

H. H. Rourke überschritt das Wadi Mareb in der Nacht, ohne sich weiter um Grenzformalitäten zu kümmern; die Besatzung des kleinen italienischen Postens zwei Kilometer weiter im Norden schlief im übrigen friedlich. Im Morgengrauen kamen sie in der äthiopischen Stadt Adua an, wo vierzig Jahre zuvor eine Abteilung der italienischen Armee eine vernichtende Niederlage erlitten hatte. Der Offizier des Negus Haile Selassie sprach französisch und las jeden Tag *L'Intransigeant*, der mit ungefähr sechzig Tagen Verspätung bei ihm eintraf.

»Das Wichtigste ist doch wohl, sich auf dem laufenden zu halten, nicht wahr? Schreiben Sie auch für *L'Intransigeant*?«

H. H. hatte nicht die geringste Ahnung. Er antwortete auf gut Glück mit Ja und hoffte, sein französischer Agent, Paul Maurin, habe einige seiner Reportagen an die Pariser Tageszeitung verkauft. Er bekam einen Schreck, als der Offizier begann, die alten Nummern durchzuschauen, und war mehr als überrascht, als dieser einen Artikel Rourkes über die Sekten in Kanton und einen weiteren über den Opiumhandel ausgrub, die er einige Monate zuvor geschrieben hatte.

* Danakil: Plural von Dankali

Der Oberst der äthiopischen Armee unterstützte ihn ab sofort, wo er nur konnte.

Ras Kaitan? Natürlich kannte er ihn! Seine ganze Kindheit war von Berichten über die Heldentaten des Ras geprägt. Sein eigener Vater hatte 1888 an der Seite des Ras Kaitan an der Schlacht um Gondar teilgenommen, das heißt, an einer der Schlachten, die gegen die Derwische geführt wurden. Anschließend hatte er an den Auseinandersetzungen am Blauen Nil und endlich an denen bei Metemma mitgekämpft, bei denen der König der Könige, Johannes IV., den Heldentod starb.

»Kannten Sie den Ras persönlich?«

Aber sicher! Der Oberst erinnerte sich an einen bärtigen Riesen, der ihn aufgrund seiner Körperkraft stark beeindruckt hatte. Seine Haare und sein Bart waren schwarz wie Elfenbein und stark gekräuselt und seine von der Sonne verbrannte Haut fast ebenso dunkel wie die eines Negers.

»Ein großartiger Mann! Ein Löwe! Ich erinnere mich noch genau daran, daß meine Schwestern in Ekstase gerieten, als sie ihn im Jahre 1907 kennenlernten. Er war an dem Tag nach Addis Abeba gekommen, an dem Prinz Lidj-Iyasu zum Thronerben ernannt worden war. Ein trauriger Tag! Ein Moslem als Thronerbe! Unvorstellbar!«

»Ras Kaitan war nach Addis Abeba gefahren?«

Diese Information war neu für Rourke, doch der Hauptmann wies gleich darauf hin, daß der Ras Kaitan nicht lange geblieben war, denn er war ein Mann der Wüste, der sich in Städten nicht wohlfühlte. Außerdem war er ein Freund von Ras Makonnen, einem Vetter von Negus Menelik II. Makonnen war leider viel zu früh von dieser Erde geschieden.

H. H. zögerte lange, bevor er dem Oberst die nächste Frage stellte. Ob der Ras auf seiner Reise nach Addis Abeba denn von seiner Frau, der schönen Dessieh, begleitet worden sei. Rourke war davon überzeugt, daß es sich bei der Frau, die ihm auf dem Weg nach Beilul erschienen war, um die Frau von Ras Kaitan gehandelt hatte; er konnte dafür allerdings keinen Grund angeben.

Der Oberst verneinte, überrascht, daß ihm eine derartige Frage gestellt worden war. Er hatte Dessieh nie gesehen und bedauerte das unendlich, denn man behauptete, sie sei die schönste Frau, die je in Äthiopien gelebt habe. Vielleicht sogar so schön wie die Königin von Saba. Der Oberst lächelte: »Aber das ist ja normal, denn sie stammte ja in direkter Linie von König Salomo und der Königin von Saba ab. Wußten Sie das?«

»Ja.«

Rourke stellte weitere Fragen, doch der Oberst konnte ihm keine neuen Informationen liefern: Dessieh war im Jahre 1914 gestorben. Daraufhin hatte Ras Kaitan seinen Palast, der in einer Höhle im Herzen des Landes der Danakil gebaut worden war, aufgegeben...

»Haben Sie den Palast besucht, Monsieur Rourke?«

»Noch nicht.«

»Ich war einmal dort. Sehr beeindruckend. Ich erinnere mich vor allem an die außerordentliche Stille.«

»Ich werde es nicht versäumen, mir den Palast anzuschauen«, meinte Rourke.

Der endlich die entscheidende Frage stellte, ohne daß dem Oberst aufgefallen wäre, daß es Rourke im Grunde nur um diese Frage gegangen war. Er wollte wissen, ob der Oberst denn eine Vorstellung habe, wo sich Ras Kaitan heute aufhalte. Er erhielt die Antwort, die er erwartet hatte:

»Aber er ist tot! Er wäre heute hundert Jahre alt!«

»Nur achtundsiebzig!« korrigierte H. H. lächelnd. »Er ist im Jahre 1857 auf die Welt gekommen, und wir schreiben inzwischen das Jahr 1935.«

H. H. trank den mit Whisky verdünnten Kaffee, der ihm angeboten worden war, und hütete sich, einen gewissen Caetano Spataguzzi zu erwähnen. Er blieb seiner Gewohnheit treu, Fragen, die er sich nicht selbst stellte, unbeantwortet zu lassen. Und wenn ein äthiopischer Oberst unbedingt davon überzeugt sein wollte, daß ein kalabresischer Analphabet, der es zum Gefreiten innerhalb der italienischen Armee gebracht hatte, auf keinen Fall ein dankalischer Ras und Kriegsherr sein konnte, der Äthiopien nicht nur gegen die Derwische, sondern auch gegen die Engländer, Franzosen und Italiener verteidigte, dann war das in den Augen H. H. Rourkes ein Problem, das nur die Äthiopier etwas anging. Und Ras Kaitan.

Falls dieser doch noch am Leben sein sollte.

Von Adua aus reiste Rourke zu dem Felsenschloß, das auf einer außergewöhnlichen Insel lag; außergewöhnlich, da sie nicht von Wasser, sondern von der weiten Fläche der Salzebene umgeben war, die sich in alle Richtungen zwischen drei- und vierhundert Kilometer weit erstreckte.

In der Nähe eines Salzsees, den Rourke auf seiner Karte als Affrera identifizierte, erhob sich in der Tat ein einsamer Berg, wie ein Schäfchen, das sich von der Herde der die Salzebene umgebenden Berge abgesetzt hatte; der Gipfel dieser Erhebung war mit riesigen, in den Fels gehauenen Säulen geschmückt, die ihr das Aussehen eines griechischen Tempels verliehen...

H. H. und der alte Yassou hatten zehn Tage gebraucht, bis sie auf dem Rücken ihrer Kamele in diese verlorene Gegend gelangten. Während ihrer Reise waren sie mehreren Karawanen begegnet, die Salz an die Küste transportierten; doch seit drei Tagen, seit sie in Sichtweite dieses merkwürdigen Berges angelangt waren, waren sie völlig allein. Und die Stille war so erdrückend, wie der Oberst in Adua sie geschildert hatte. Nur die riesigen, schwarzen Geier, die sich über ihnen gegen den türkisblauen Himmel abzeichneten, bewegten sich, sonst schien alles erstarrt zu sein...

»Bleib hier«, befahl H. H. Yassou.

Er zog es vor, in diesem Moment allein zu sein. Rourke befahl seinem Kamel, sich hinzuknien, sprang aus dem Sattel und stieg die sechs Meter breite Treppe hoch, die direkt in den Stein gehauen war. Ein Zackenwerk, das aussah, als habe es ein Riese mit einer Hacke aus dem Felsen gehauen, versperrte ihm den Blick. Er brauchte fünfundvierzig Minuten, bis er es endlich überwunden hatte, völlig außer Atem, denn die breite Treppe war schon bald durch steile Wendeltreppen abgelöst worden, die, so meinte er jedenfalls, um den ganzen Berg herumführten. Doch wie er später feststellte, lag das eigentliche »Schloß« noch höher. Seine Fassade schien regelrecht an der Felswand zu kleben. In Wirklichkeit war sie in die Wand hineingehauen worden. Das Schloß selbst war eine mehr als wunderliche Mischung aus einem griechischen Tempel mit ionischen Doppelsäulen, einer italienischen Renaissance-Festung und einem dieser weitläufigen Herrensitze, die man im Süden Italiens auf dem Land häufig antrifft. Als H. H. hochschaute, entdeckte er ganz oben etwas Ungewöhnliches: einen Balkon aus Holz.

Er drückte einen der beiden schweren Flügel der Tür auf und trat ein. Der rote Staub auf dem Fußboden, in dem seine Schritte Spuren hinterließen, wies darauf hin, daß seit Jahren niemand mehr hiergewesen war. Rourke empfand dieses beklemmende und leicht unheimliche Gefühl, das man immer dann empfindet, wenn man ein verlassenes, aufgegebenes Haus betritt.

Bei den ersten Sälen, die Rourke durchschritt, handelte es sich um natürliche Vertiefungen und Höhlen im Berg, die man geschickt erweitert hatte. Durch hoch angebrachte Schächte fiel beinahe grelles Licht in die Räume. Die weiteren Räume aber, die völlig in den Felsen gehauen waren, lagen fast vollkommen im Dunkeln. H. H. wartete einige Augenblicke, bis sich seine Augen an die neuen Lichtverhältnisse gewöhnt hatten, und tat gut daran, denn kaum hatte er eine enge und niedere Tür durchschritten, da spürte er, daß sich vor ihm eine Leere auftat. In dem Raum war es feucht. Es roch modrig. Er zündete ein Streichholz an und entdeckte vor sich tiefe, in den Stein gehauene Zisternen. Wassertropfen fielen regelmäßig in die Tiefe.

Anschließend nahm er eine geländerlose Treppe und stieg drei Stockwerke hoch; es wurde wieder heller. In den beiden ersten Etagen befanden sich jeweils drei relativ niederige, kaum sechs Fuß hohe Räume.

Rourke warf nur einen Blick in die Räume, ohne sie näher zu untersuchen, denn sie waren vollständig leer. Die dritte und am höchsten gelegene Etage, dort, wo sich der Balkon aus Holz befinden mußte, zog ihn am stärksten an. Schnell sprang er die letzten Stufen hinauf und gelangte zu einer schweren Falltür. Zuerst dachte er, sie sei von innen verschlossen; erst als er mit aller Kraft dagegendrückte, so daß er schon meinte, seine Rückenmuskulatur würde zerreißen, konnte er sie aufstoßen. Falls Ras Kaitan diese schwere Falltür hatte mühelos auf- und zumachen können, mußte seine Kraft wirklich kolossal gewesen sein.

Unter ihm breitete sich ein großer Saal aus, der mehr als fünfundzwanzig Meter lang und zehn bis zwölf Meter breit war und auf der Stirnseite noch von dem Holzbalkon verlängert wurde, der, wie Rourke jetzt entdeckte, ebenfalls beträchtliche Ausmaße aufwies und zum Teil überdacht war. Der Raum war vollständig aus dem Berg herausgehauen worden, wobei man eine genau ausgerichtete Säulenreihe hatte stehen lassen. Genau an dieser Stelle sowie in den hinter der Säulenreihe liegenden künstlichen Gewölben wies das Gestein verschiedene Färbungen auf, von Weiß über Ocker bis ins Purpur gehend; die Steinmetze hatten beim Polieren der Säulen mit diesen natürlichen Färbungen die schönsten Effekte erzielt. Die Sonne drang schräg zwischen den Säulen ein und verstärkte noch das Spiel mit den Farben, mit Licht und Schatten. Der Boden des Saales und das künstlich geschaffene Gewölbe war mit Perserteppichen ausgelegt.

Niemand hatte sich die Mühe gemacht, die Möbel zu entfernen: In den Gewölben standen, an die Wand gerückt, beschlagene Truhen; das mit Damast-Seide bezogene Bett befand sich genau in der Linie, die von der Salzebene und den entfernten blauen Bergen gebildet wurden. Zwanzig aus Nil-Weiden geflochtene Vogelkäfige waren auf dem überdachten Teil des Balkons aufgehängt, doch die Türen standen offen und die ehemaligen Bewohner waren ausgeflogen.

H. H. zögerte, bevor er mehrere Truhen öffnete, die nichts als Frauenkleider und -wäsche aus den kostbarsten Stoffen enthielt. Keinen Schmuck, keinen Zierrat. Dabei glaubte Rourke eigentlich nicht, daß Diebe in das Schloß des Ras Kaitan eingedrungen waren, denn manche der Truhen waren mit reinem Gold beschlagen und andere, in der Regel die kleineren, mit Perlen verziert. Die Truhen allein stellten ein Vermögen dar.

Rourke schaute sich weiter um. Hinter einer Reihe gesprenkelter Säulen entdeckte er ein Becken, das mit poliertem, dunkelrotem Porphyr ausgelegt war, farblich genau auf den roten Sandstein abgestimmt. In dem kleinen, angrenzenden Raum standen große Holzkrüge, die am Hals mit Silberfäden tauschiert waren. Auf den ebenfalls aus Stein gehauenen Regalen kontrastierte eine bedeutende Anzahl von Flakons aus geschliffenem Glas, die alle die Namen großer Pariser Parfümhersteller trugen, mit dem mittelalterlichen Dekor.

H. H. ging auf den Balkon und setzte sich in einen der beiden Sessel, die neben einem niedrigen Tisch standen, auf dem sich noch ein vollständiges Tee-Service befand: zwei Tassen, eine Teekanne, Zuckerdose und Milchkännchen. Über der Lehne des anderen Sessels lag noch ein leichter Schal aus weißem Mousseline, und Rourke schaute sich unwillkürlich um: Er war sich fast sicher, daß Ras Kaitan und Dessieh sich im Palast aufhielten... Doch als er den Deckel der Teekanne abnahm, stellte er fest, daß der Tee seit langem verdunstet war.

Er brauchte zwanzig Minuten, bis er die während seiner Besichtigung mit einem Stein abgesicherte Falltüre wieder hinter sich geschlossen hatte. Sie fiel mit einem dumpfen Laut, der sich als Echo durch das ganze Haus fortpflanzte, in ihren Rahmen.

»Was war das für ein Lärm?« fragte Yassou, als H. H. Rourke wieder bei seinem Dolmetscher angelangt war.

»Gräber, die man schließt, machen immer Lärm, vor allem, wenn die Gräber leer sind«, antwortete Rourke.

In Gedanken beschäftigte er sich immer noch mit dem Palast, der einerseits den Eindruck absoluter Verlassenheit ausstrahlte, auf der anderen Seite aber so wirkte, als seien seine Bewohner nur für kurze Zeit abwesend. Dabei hatten Augenzeugen den Ras Kaitan vor zwanzig Jahren zum letzten Mal gesehen.

Sechs Tage Kamelritt trennten Rourke und Yassou von der nächstgelegenen Stadt, Mäkäle, in der sich das Hauptquartier der äthiopischen Truppen befand, bereit, jeden italienischen Angriff abzuwehren. Er konnte dort einen Wagen mieten, einen kleinen Fiat Ballila Tipo 508, und fragte sich, ob sein Gefährt auf den Schotterpisten lange am Leben bleiben würde, doch er täuschte sich, denn er hatte auf dem Weg in die Hauptstadt Gondar keine Schwierigkeiten.

»Als Caetano Spataguzzi im Januar 1876 in Eritrea landete, wurde Äthiopien von dem Negus Johannes IV. regiert, einem der Nachfolger des berühmten Priesters Johannes, dessen Spuren von den spanischen und portugiesischen Forschungsreisenden so intensiv gesucht worden waren. Seinen Regierungssitz hatte er von Aksum, dessen Geschichte unendlich weit zurückreicht, nach Gondar verlegt.

Johannes IV. war ein bedeutender Kriegsherr, der mehrere siegreiche Feldzüge durchführte, darunter im Jahre 1876 einen gegen die ägyptische Armee, die merkwürdigerweise zum Teil von Amerikanern ausgebildet und angeführt worden war: von Offizieren aus dem Süden des Landes, die nach dem Sieg der Nordstaaten Amerika verlassen hatten.

Die ersten Kontakte zwischen Johannes IV. und Ras Kaitan haben mit ziemlicher Sicherheit in den ersten Monaten des Jahres 1880 stattgefunden. Nähere Hinweise habe ich nicht gefunden, aber die Umstände kann man sich leicht ausrechnen: Der äthiopische König der Könige stammt aus der Provinz Tigre, die an Eritrea grenzt; in diesem Gebiet liegen auch die drei kleinen Sultanate, die der ehemalige Gefreite der italienischen Armee erobert hatte. Der Negus brauchte Soldaten und Kommandeure, die diese Soldaten anführen. Es hat nicht den Anschein, als ob die Tatsache, daß Kaitan aus dem Ausland stammte, irgendwelche Probleme bereitet hätte. Zumindest nicht zwischen den beiden Männern. Zumal der Herr der Danakil von dem Kaiser von Gondar nie etwas verlangte, weder besondere Ämter am Hof noch irgendwelche andere Belohnungen. Alle Zeugenaussagen stimmen darin überein, daß der Ras Kaitan nach Beendigung der Feldzüge unverzüglich in seine Sultanate zurückkehrte. Auch nach dem Sieg über die heulenden und tanzenden Derwische, die vom Sudan aus den Versuch unternahmen, das christliche Äthiopien zu zerstören; der Mahdi, eigentlich Mohammed Ahmed, der 1885 Khartum eroberte, wobei der englische General Gordon den Heldentod starb, hatte die Derwische aufgewiegelt.

Johannes IV. starb 1889. Menelik II., der Ras von Schoa, setzte sich als sein Nachfolger durch. Als erstes warf er einen Aufstand in der Provinz Tigre nieder. Ras Kaitan gehörte zu seinen Gegnern. Er wechselte allerdings bald das Lager: Zum einen überzeugte ihn Ras Makonnen, ein Vetter ersten Grades des Negus, es sei besser für ihn, sich nicht auf der Seite der Aufständischen zu engagieren – aus dieser Zeit stammte die Freundschaft zwischen Makonnen und Kaitan –, zum anderen irritierte ihn der Versuch der italienischen Truppen unter Leitung Baratieris, die Provinz Tigre zu anektieren: Rais Kaitan und die viertausend Mann, die zu seiner persönlichen Armee gehörten, schlossen sich den hunderttausend Äthiopiern an, die Baratieri bei Adua eine vernichtende Niederlage bereiteten.

Diese Schlacht bedeutete gleichzeitig das letzte öffentliche Auftreten des Ras Kaitan, wenn man die Aussage eines äthiopischen Oberst nicht in Betracht ziehen will, der behauptet, ihn 1907 während der Feierlichkeiten aus Anlaß der Ernennung des Prinzen Lidj Iyassu (wobei Iyassu Jesus bedeutet) in Addis Abeba gesehen zu haben, wenn auch nur für kurze Zeit.

1895 war Dessieh, die 1878 nach einigen Quellen in Gondar, nach anderen in Lalibela geboren wurde, siebzehn Jahre alt. Es ist ziemlich sicher, daß Ras Kaitan sie durch die Vermittlung von Ras Makonnen kennengelernt hatte. Vielleicht wollte dieser auf diese Weise die Bande zwischen dem Herrn der Salzebene und dem Kaiser Menelik II. enger knüpfen. Die Hochzeit wurde am 2. Juli 1895 in Adigrat von einem koptischen Priester namens Micael Tessema vollzogen. Einer der beiden Trauzeugen, Gordon Tibbets, ein englischer Händler aus Aden, lebt noch.

Der Priester traf den Ras zwischen 1895 und 1914 wohl zehnmal. 1914 zweimal: einmal im Januar und dann im Juni, als eines Nachts Reiter an die

Tür seiner Kirche klopften und ihn baten, sofort mit ihnen zu kommen. Sie legten eine beschwerliche Reise zurück, fast zweihundert Kilometer bis zu dem Berg Amarti im Herzen der Salzebene. In einem dort in den Felsen gehauenen Palast fand er im dritten Stock die sterbende Dessieh. Mit den Sakramenten der koptischen Kirche versehen, starb sie zwei Tage später, wahrscheinlich an Leukämie.

Sie war nur sechsunddreißig Jahre alt geworden.

Zu den in Äthiopien heute noch am stärksten empfundenen Traditionen gehört die Legende, die behauptet, zwischen den herrschenden Kaisern und den von König Salomo und der Königin von Saba gezeugten Kindern gäbe es eine direkte Linie.

Wie auch immer: Dessieh Gebre wurde als eine der letzten Nachfahren der Linie Salomons angesehen, wenn nicht überhaupt als die letzte. Nichts ist wichtiger in einem Land, in dem eine Frau genauso regieren kann wie ein Mann und in dem eine Frau den Negus ernennen kann, vor allem wenn es sich um ihren Mann handelt.

Wenn Gordon Tibbets behauptet, Caetano Spataguzzi hätte durchaus der König der Könige werden können, so ist das also nicht von der Hand zu weisen.

Während ich diese Zeilen schreibe, lebt Micael Tessema, der fast hundertjährige Priester, der die Augen der schönen Dessieh schloß und der mir bei dieser Reportage mit den entscheidenen Informationen behilflich war, immer noch. Er hatte 1915 die Provinz Tigre und überhaupt Äthiopien verlassen; damals wüteten im Land unter der Herrschaft von Lidj Iyassu die schlimmsten Christenverfolgungen von Seiten der Mohammedaner. Lidj Iyassu wurde im April 1916 gestürzt.

Haile Selassie, der derzeitige Negus, dem die Italiener unter Benito Mussolini wohl in Kürze den Krieg erklären werden, ist ein Sohn von Ras Makonnen, dem ehemaligen Förderer Ras Kaitans. Er erbte den Thron von der Kaiserin Zauditu, die nach dem Sturz von Lidj Iyassu nur kurze Zeit regierte.

Micael Tessema, der ehrwürdige Priester, lebt zur Zeit in einem nahezu unzugänglichen Bergkloster. Er hat den Ras Kaitan seit zwanzig Jahren nicht mehr gesehen und ist davon überzeugt, daß er inzwischen gestorben ist.«

Rourke verbrachte vier Tage in Gondar, einer ziemlich toten Stadt, die sich um die Mauern des alten Palastes des Negus Johannes IV. drängte. Dann reiste er weiter nach Addis Abeba. Seine Nachforschungen hier bleiben ergebnislos; er hatte einzig einen Greis aufgetrieben, dem der Name Ras Kaitan noch etwas sagte. Auf Rourkes Frage hatte er die alte Leier abgespielt, Ras Kaitan sei seit langem tot, er gehöre zu einer anderen Zeit und einer anderen Welt. Und stamme zudem aus einem anderen Land, aus der barbarischen Region der Danakil. Ja, die Prinzessin Dessieh habe keine Familie gehabt; hatte sich nicht der Ras Makonnen um sie gekümmert, im vorigen Jahrhundert? Ja, genau, es handelte sich natürlich um Ras Makonnen, der ebenfalls nicht mehr lebte. Er hatte die junge Prinzessin großherzig aufgenommen, als diese verwaist war. Warum denn diese Fragen? Aus welchem Grund interessiert sich ein Journalist aus Europa für diese Menschen, die vor mehreren Jahren verstorben waren?

Von Addis Abeba fuhr er direkt nach Osten, diesmal mit der Eisenbahn, nach Dschibuti, wo Yassou, der nicht mit in die äthiopische Hauptstadt gekommen, sondern über Eritrea gereist war, auf ihn wartete. Yassou hatte fünf- bis sechshundert Kilometer Pisten hinter sich, von Metzba bis Daddato, an der Grenze zum französischen Somalia entlang. Ohne auf eine Spur gestoßen zu sein. Dabei hatte er mehr als sechzig Dörfer besucht und Hunderte von Männern und Frauen befragt. Natürlich war der Ras Kaitan überall bekannt, denn die Väter und Großväter vieler Familien hatten an seiner Seite gekämpft, doch alle bestätigten ausnahmslos, der Ras sei nicht mehr am Leben.

H. H. hatte sich intensiv mit seinen Karten beschäftigt, die allerdings viele weiße Stellen und, wie er während der Reise mehrmals festgestellt hatte, viele Fehler enthielten. In Dschibouti hatte er ein Telegramm seines amerikanischen Agenten Saperstein vorgefunden, der sich beklagte, weil Rourke im Augenblick kaum Reportagen schickte; trotzdem hatte der Agent ihm sechshundertfünfzig Dollar zukommen lassen, von denen, wie er unterstrich, hundert Dollar allerdings als Vorschuß auf zukünftige Arbeit zu betrachten seien: »Hatchi, das ist alles, was ich für Sie tun kann.«

Die weißen Flecken auf den Landkarten wurden hin und wieder von gepunkteten Linien durchzogen, die allerdings nicht den Eindruck vermittelten, als seien sich die Kartenmacher sicher gewesen, daß hier tatsächlich Pfade verliefen. 1930, also nur fünf Jahre zuvor, war es einem gewissen Baron Franchetti an der Spitze einer gutausgerüsteten Expedition gelungen, das Land der Danakil auf dem kürzesten Weg zu durchqueren, während ein Jahr zuvor ein Engländer namens Nesbitt allein eine längere, gut eintausendeinhundert Kilometer lange Durchquerung unternommen hatte. Nachdem er der Hölle entkommen war, schrieb er 1929:

»Die Danakil sind so wild und so primitiv, daß man sie in einem Zoo einsperren oder völlig ausrotten sollte ...«

Rourke ließ sich davon nicht abschrecken; er hatte schon immer mit Vorliebe Wege benutzt, die kein anderer vor ihm benutzt hatte, und *terra incognita*, unbekannte Gegenden aufgesucht. So hatte er, bevor er nach China reiste, einen unbekannten Seitenarm des Amazonas bis zu dessen Quelle erforscht; und er hätte sich auch jetzt gerne mit diesem Land der Danakil beschäftigt, doch er hatte weder Zeit noch Geld zur Verfügung und brannte darauf, die Geschichte des Ras Kaitan abschließen zu können.

Um diesen tot oder lebendig aufzuspüren, war er gezwungen gewesen, ein zweites Mal in der Vergangenheit zu forschen und hatte nach Männern Ausschau gehalten, die den Ras früher mit Waffen oder Frauen belieferten und so notgedrungen einen relativ engen Kontakt mit ihm unterhalten hatten. Von Dschibuti bis nach Berbera, vom französischen bis zum englischen Somalia. Ein französischer Abenteurer, Henri de Monfreid, hatte ihm dabei geholfen; er kannte zwar den Ras nicht persönlich, hatte aber viel über den Herrn der Danakil gehört. Er wußte allerdings nicht, daß der berühmte Krieger aus Kalabrien stammte.

Ein alter jüdischer Neger, ein Fellache aus der Gegend von Gondar, der von sich selbst behauptete, er stamme in direkter Linie von den Beamten und Soldaten ab, die vor dreitausend Jahren von König Salomo den Auftrag erhalten hatten, die Königin von Saba auf deren Weg zu ihm zu begleiten, lieferte ihm endlich den Schlüssel, mit dessen Hilfe er das Rätsel lösen konnte. Der über achtzig Jahre alte Fellache leitete immer noch seinen Laden in Damahale an der Grenze zwischen Äthiopien und dem französischen Somalia. Rourke war im ersten Moment gar nicht darauf gefaßt gewesen, eine positive Antwort zu erhalten, denn der Fellache hatte in Bezug auf den Ras Kaitan die stereotype Antwort gegeben, die lautete, der ehemalige Kriegsherr sei seit langem verstorben. Als Rourke aber den Namen Spataguzzi erwähnte, fiel die Reaktion ganz anders aus. So, als ob es sich um die selbstverständlichste Sache auf der Welt handele, erklärte der Alte, natürlich kenne er die Spataguzzis.

»Mister Rourke, niemand hört uns zu, und man hat mir gesagt, ich könne mich auf Ihre Diskretion verlassen: Selbstverständlich kenne ich die Spataguzzis, denn ich beliefere sie seit nunmehr dreißig Jahren. Erst letztes Jahr habe ich ihnen Gewehre verkauft, fast neuwertige Modelle der Marke Springfield Mele, Baujahr 1903. Sie wollen sie besuchen? Yaccub wird Ihnen den Weg zeigen. Aber ich garantiere Ihnen nicht, daß Sie das Abenteuer lebend überstehen. Doch, sagen Sie mir, was haben die Spataguzzis bloß mit dem Ras Kaitan zu tun?«

H. H. musterte wieder Maccabeo Spataguzzi, der die Mündung seines Gewehres immer noch auf die fatale Stelle zwischen seinen Augen richtete und kaum zehn Zentimeter Abstand wahrte. Maccabeo war um gut einen Kopf größer als er. Und seine Brüder Mauro und Glauco standen ihm in nichts nach. Die drei waren ganz bestimmt die Kalabresen mit den schwärzesten Haaren, die Kalabrien in seiner Geschichte gekannt hatte. Sie trugen ihre langen, gekräuselten Haare in der Art des Ras Tafari alias Haile Selassi. Ihre Schönheit war überraschend, doch die Leere ihrer Blicke verriet, daß sie nahezu schwachsinnig waren, zumindest aber unter erheblichem Intelligenzmangel litten.

»Ich verstehe nicht«, meinte Maccabeo, nachdem er sich wieder lange mit seinen Brüdern in dieser merkwürdigen Sprache verständigt hatte, die wohl ein Gemisch aus einem kalabrischen Dialekt und dem Dankali war, »ich verstehe nicht, warum du gleichzeitig von Kalabrien und Italien sprichst.«

H. H. suchte seinen Führer Yaccub, der ihn bis in dieses verlorene Tal in den dankalischen Bergen gebracht hatte, mit den Augen. Yaccub hob deutlich die Augenbrauen; Rourke mußte wohl oder übel auf das Spiel eingehen.

»Ich kenne Kalabrien lange nicht so gut wie du und deine Brüder«, sagte H. H. dann. »Das ist im übrigen der Grund, warum ich hier bin: Ich möchte von dir alles über Kalabrien lernen, was du weißt.«

Neue Familienberatung.

»Kalabrien ist eine Insel«, klärte Maccabeo dann Rourke auf.

»Ausgezeichnet«, meinte H. H. »Das ist schon einmal ein wichtiger Punkt, den ich bisher nicht kannte. Es war also sinnvoll, dich zu besuchen.«

»Eine sehr schöne Insel mit vielen Blumen und Flüssen, eine sehr reiche Insel mit viel Wasser, mit klarem, sehr klarem Wasser. Kalabrien ist die schönste Insel der Erde, und die Italiener wollen es besetzen. So wie die Italiener auch das Land der Danakil besetzen wollen. Deswegen bringen wir die Italiener um. Und eines Tages werden wir mit unserer Armee ein Schiff besteigen und die Italiener töten, die Kalabrien besetzen wollen.«

»Ich verstehe«, meinte Rourke.

»Was ist das, eine Reportage?« fragte Maccabeo.

»Eine wirkliche Geschichte. Die Geschichte von Dingen, die wirklich passiert sind; gleichzeitig wird erklärt, warum sie passiert sind und wo. Ich schreibe diese Geschichten auf, ohne irgendetwas daran zu ändern, und die Leute lesen dann die Geschichte, die ich aufgeschrieben habe, und lernen sie kennen. Wenn deine Brüder und du mich nicht töten, dann werde ich eure Geschichte aufschreiben.«

»Und wozu soll das gut sein?«

Rourke schaute wieder zu den Frauen und musterte sie aufmerksam. Die Älteste war wohl um die sechzig Jahre alt. Dann entdeckte er weitere sieben oder acht, die die fünfzig wohl ebenfalls überschritten hatten und alle ausnahmslos Negerinnen waren. Bei der nächsten Generation dagegen, zwischen dreißig und vierzig Jahre alt, handelte es sich um

Mischlingsfrauen, von denen einige eine recht helle Haut aufwiesen. Die dritte Generation, die jüngste, zu denen die Heranwachsenden gehörten, die Rourke so durcheinandergebracht hatten, hatte alle eine noch hellere Haut. Dieser ›Harem‹ umfaßte an die fünfzig Frauen. Der Rest der Dorfbevölkerung gehörte dem männlichen Geschlecht an; von den drei Spataguzzis einmal abgesehen, handelte es sich allerdings nicht um Männer, sondern um Kinder männlichen Geschlechts, von denen wohl keines älter als zwölf Jahre alt war. H. H. Rourke war sich sicher, daß es sich bei der ersten weiblichen Generation um die Frauen Caetanos handelte, die von Arthur Rimbaud oder anderen an den Ras Kaitan verkauft worden waren; die zweite Generation repräsentierte folglich die Töchter Caetanos oder die Frauen seiner drei Söhne, wobei sie wohl beides zugleich waren; bei den jüngsten mußte es sich um die direkte Nachkommenschaft Maccabeos, Mauros und Glaucos handeln.

»Das ist sehr wichtig für euch«, nahm Rourke den Faden wieder auf, »denn wenn die Italiener eure Geschichte erst einmal kennen, dann werden sie entsetzliche Angst vor euch haben, und wenn ihr nach Kalabrien geht, um die Insel zu befreien, werden euch alle Kalabresen wie Könige feiern. Warum gibt es eigentlich in eurem Dorf keinen Mann, der sich in eurem Alter befindet?«

»Weil wir sie töten. Außer sie verlassen freiwillig das Dorf.«

»Ich werde das Dorf wieder freiwillig verlassen«, meinte H. H. »Umgehend.«

»Dann werden wir dich vielleicht nicht töten.«

»Ich stelle noch eine Frage und dann gehe ich auf der Stelle«, meinte H. H. begütigend. »Habt ihr, das heißt, du und deine Brüder, einen Mann namens Ras Kaitan gekannt?«

»Er ist tot.«

»Aber ihr habt ihn gekannt?«

»Nein, das war ein Dankali, der andere Danakil kommandierte. Wir sind Kalabresen. Wir haben mit den Danakil nichts zu tun.«

»Jetzt mache ich mein Versprechen wahr und gehe«, meinte Rourke, stand auf und packte seine Reisetasche. »Ich werde euch noch einen weiteren Grund geben, mich nicht zu töten, das heißt, mir keine Kugel in den Rücken zu jagen, während ich gehe. Bevor ich in dieses Land kam, war ich in Kalabrien. Kalabrien ist wirklich eine sehr schöne und sehr reiche Insel mitten im Meer. Und als man in Kalabrien erfuhr, daß ich die Spataguzzis besuche, da gab man mir eine geheime Botschaft für euren Vater Caetano mit. Ich werde jetzt euren Vater aufsuchen und ihm die Botschaft ausrichten.«

»Unser Vater wird dich nicht sehen wollen. Er will niemand sehen. Nicht einmal uns. Wir haben ihn seit langer Zeit nicht mehr gesehen. Er wird dich töten.«

»Noch ein Grund mehr, daß ihr mich nicht tötet«, antwortete H. H. und riskierte es, dem Lauf der Springfield seinen Rücken zuzudrehen.

In der glühenden, erstickenden Hitze kletterte er den Berg hoch.

»Du sprichst sehr schlecht Dankali«, meinte die Stimme, die aus der Höhle kam.

»Das stimmt«, räumte H. H. ein. »Ich hatte keine Zeit, es richtig zu lernen. Wir können Italienisch sprechen, wenn du willst, aber ich kann es kaum besser als das Dankali. Außerdem spreche ich Englisch, Französisch, Deutsch, Spanisch, Chinesisch und ein wenig Rumänisch und Neugriechisch. Aber mein Italienisch ist nicht sehr gut.«

»Ich spreche auch kein Italienisch«, meinte die Stimme aus der Höhle auf Italienisch.

H. H. nickte mit dem Kopf und zündete sich eine Zigarette an. Er wäre jede Wette eingegangen, daß die Flamme seines Streichholzes nicht so heiß war wie die Luft auf dem schattenlosen Platz vor der Höhle. Yaccub, der Fellache, hatte sich der Höhle nicht nähern wollen, sondern sich zweihundert Meter vom Eingang entfernt in den nicht gerade dichten Schatten einer Wolfsmilch-Staude gesetzt. Viel weiter unten konnte man durch die flimmernde Hitze hindurch, die die Bilder zittern ließ, Maccabeos Dorf und die Dächer aus geflochtenen Palmblättern erkennen, mit denen die runden Hütten gegen die Sonne geschützt waren.

H. H. zog an seiner Zigarette und schaute dem Rauch nach, der durch die absolut bewegungslose Luft aufstieg.

»Caetano, das war eine lange Jagd«, nahm er dann das Gespräch wieder auf. »Gordon Tibbets in Aden hat mir als erster von dir erzählt. Anschließend habe ich dann versucht, mit allen zu sprechen, die dich gekannt haben.«

Rourke mußte nicht in seinen Notizen nachschauen; er kannte die Namen auswendig: von Gavini in Massaua bis zu dem Fellachen, dem Händler in Damahale, über die Leute in Asmara, Senafe, Adi Ugri, Kuala und Kaye, Adua und Gondar bis Addis Abeba, den Salzkarawanen und natürlich dem kurdischen Priester aus Adigrat, der sich heute in sein Bergkloster zurückgezogen hatte.

»Ich habe sie alle besucht, Caetano, und kenne jetzt deine ganze Geschichte. Mir fehlt nur noch das Ende, doch das werde ich ja jetzt kennenlernen.«

»Du weißt überhaupt nichts.«

»Da täuschst du dich. Nur etwas weiß ich nicht: was hat Ras Kaitan mit seiner Frau Dessieh gemacht, nachdem diese gestorben war? Aber ich möchte das auch gar nicht wissen. Ich möchte nicht wissen, wo du sie nach ihrem Tod begraben hast. Das geht nur dich etwas an.«

Langes Schweigen.

Endlich antwortete die Stimme:

»Ras Kaitan ist tot.«

»Er ist zusammen mit Dessieh gestorben«, antwortete Rourke. »Und wieder zu Caetano Spataguzzi aus Kalabrien geworden. Eine Zeitlang habe ich mich gefragt, aus welchem Grund du deinen Söhnen eigentlich nie erzählt hast, daß du auch der Ras Kaitan gewesen bist. Inzwischen kenne ich deine Söhne.«

»Kretins.«

»Nicht nur. Ich meinte damit, das ist nicht der einzige Grund für dein Schweigen. Wie alt sind sie eigentlich, Caetano? Ich hätte ihnen selbst die Frage gestellt, hätte ich nicht befürchtet, daß sie sie mir nicht beantworten können. Sie können nichts anderes, als alle umzulegen, die ihnen nicht passen. Ich schätze sie auf ungefähr fünfzig. Sie sind auf die Welt gekommen, bevor Ras Kaitan Ras Kaitan wurde, vor allem aber bevor Rais Kaitan Dessieh kennenlernte und sich in sie verliebte. Maccabeo ist wohl zwischen 1880 und 1890 geboren worden. Stimmt das?«

Die Antwort lies eine Weile auf sich warten.

»Ja.«

»Du kanntest die Frauen, die deine Söhne und Töchter auf die Welt brachten, lange vor Dessieh. Erinnerst du dich an den Franzosen Arthur Rimbaud?«

»Ja.«

»Warst du mit ihm befreundet?«

»Ja.«

»Caetano, er ist 1854 geboren worden, drei Jahre vor dir. Er schrieb Gedichte. Und ist heute als Dichter in der ganzen Welt berühmt.«

»Das ist sicher nicht der gleiche Rimbaud.«

»Doch, das ist der gleiche. Genau wie du Caetano Spataguzzi und gleichzeitig Ras Kaitan bist. Als Dreißigjähriger hat er aufgehört zu schreiben. Für immer. Obwohl er noch weitere siebzehn Jahre lebte.«

»Ist er gestorben?«

»1891. Auch er verkörperte zwei Männer gleichzeitig. Ich mag seine Gedichte sehr, Caetano. Wirklich. Ich habe ihn nicht kennengelernt, und das tut mir leid. Ich hätte sicher eine Reportage über ihn geschrieben. Hast du ihn je beim Schreiben beobachtet?«

»Nein.«

Ohne ein Geräusch zu machen, suchte H.H. in seiner Reisetasche nach seiner Taschenlampe.

»Schade, Caetano. Ich hätte gerne Gedichte von ihm gefunden, die niemand kennt. Warum hast du eigentlich deinen Söhnen weisgemacht, Kalabrien sei eine Insel?«

»Ich fand das schöner.«

»Gavini konnte mir nicht alles über dich erzählen. Erinnerst du dich an Gavini? Vor sehr langer Zeit hat er mit dir zusammen die Reise von Neapel nach Massaua gemacht. Auf dem Schiff.«

»Ich habe ihn vergessen.«

»Er konnte mir nicht sagen, was du in Kalabrien gemacht hast, bevor du Soldat wurdest.«

H.H. richtete seine Taschenlampe auf die Öffnung der Höhle und machte sie an.

»Ich habe Steine behauen«, sagte die Stimme. »Mit meinen Händen...«

»Und dann haben dich die Carabinieri mit Gewalt abgeholt...«

»Das habe ich auch vergessen.«

Der Strahl der Taschenlampe fiel auf einen Haufen aus Pelzen und schlecht gegerbtem Leder und schließlich auf einen dünnen Wasserstrahl, der an dem Felsen herunterrann und eine Art Schale speiste, die in den Felsen gehauen war.

»Caetano, du hast ihnen nie verziehen, daß sie dich gezwungen haben, deine Heimat zu verlassen.«

»Ich erinnere mich nicht mehr daran.«

Rourke ließ den Strahl seiner Taschenlampe langsam weiterwandern. Plötzlich fiel er auf eine Reihe von Statuen aus blutrotem Sandstein, die die immer gleiche Frau von überwältigender Schönheit darstellte. Rourke traute seinen Augen kaum. Dann erinnerte er sich, daß er, als er sich vor zwanzig Minuten der Höhle genähert hatte, gehört hatte, wie Metall leise gegen Steine schlug. Als er den Strahl der Lampe senkte, entdeckte er auf dem Boden verschiedene Meißel und schwere leichte Hämmer, von denen Yaccub ihm erzählt hatte; sein Großvater, der Händler in Damahale, hatte sie aus Deutschland kommen lassen und vor fünfzehn Jahren zusammen mit einer Lieferung Winchester-Gewehre in ein entlegenes Tal in Dankali geliefert.

H.H. begann, die Statuen, die sich zum Verwechseln ähnlich waren, zu zählen: zweiundvierzig. Dann schaute er sich weiter um.

»Man hat mir erzählt«, sagte er dann leise, »der Ras Kaitan habe aus lauter Verzweiflung über den Tod Dessiehs sich die Augen ausgestochen, damit sein Blick auf keine andere Frau mehr falle.«

Das Licht hatte den Körper erreicht, zu dem die Stimme gehörte: Der Mann, im wörtlichen Sinne ein Riese, hatte sich aufgerichtet und den Rücken gegen die Felswand gepreßt; seine enormen Hände waren nach oben gerichtet und schienen die Decke zu halten.

Der Mann war völlig nackt, seine Haare und sein Bart waren schneeweiß.

Die Augenhöhlen waren leer.

H.H. machte seine Lampe aus und verstaute sie wieder in der Reisetasche. Dann richtete er sich auf; der Schweiß floß in Strömen an ihm herunter, denn er war die ganze Zeit in der glühenden Sonne gesessen.

»Adieu, Ras Kaitan.«

»Ras Kaitan ist tot.«

Ohne die Hilfe Yaccubs und seiner Karawane hätte Rourke sicher nicht nach Dschibouti zurückkehren können, zumindest nicht sofort. Zwei, drei Tage lang glühte er vor Fieber und war die meiste Zeit über bewußtlos. Trotz der energischen Einwände des französischen Arztes, der ihn in Dschibouti behandelte und ihm unbedingt noch eine längere Bettruhe verschreiben wollte, nahm er, noch unsicher auf den Beinen, den Zug nach Addis Abeba. In der äthiopischen Hauptstadt wimmelte es inzwischen von Kriegsberichterstattern aus allen Herren Ländern, die auf den Ausbruch des Krieges zwischen Italien und Äthiopien warteten. (Die Italiener griffen erst vierzehn Wochen später, am 3. Oktober 1935, an.) Rourke wurde von einem britischen Lastwagenkonvoi mitgenommen, der nach Norden in den Sudan fuhr, Richtung Khartum.

Auf den Hochplateaus war es angenehm frisch, was Rourkes endgültige Genesung beschleunigte. So konnte er in Khartum ohne Schwierigkeiten die Recherchen durchführen, die er sich vorgenommen hatte. Ohne eigentliche Ergebnisse zu erzielen: Er stöberte nur zwei Männer auf, die vor sechzig Jahren an den Kämpfen gegen die äthiopische Armee unter Johannes IV. teilgenommen hatten; die Veteranen hatten nicht die geringste Vorstellung, was aus den amerikanischen Offizieren geworden war, die als Berater an dem Krieg teilgenommen hatten. Der Sudan wurde damals von Großbritanien und dem ägyptischen Königreich gemeinsam verwaltet. Weder die britischen Beamten noch ihre ägyptischen Kollegen konnten ihm weiterhelfen, und manche seiner Gesprächspartner scheuten nicht davor zurück, ihn zweifelnd anzuschauen und sich zu fragen, ob bei ihm wohl noch alles in Ordnung war: *Amerikaner* sollten angeblich ihre Niederlagen in Gettysburg und Atlanta mit Hilfe der Äthiopier gerächt haben? Was war denn das für eine merkwürdige Geschichte!

Auf der Straße und später dann auf dem Nil fuhr Rourke nach Kairo weiter. Doch auch hier hatte er keinen Erfolg. Man berichtete ihm von einem gewissen MacGregor, einem ehemaligen Söldner, der in dem von Rourke angegebenen Zeitraum sich in der Gegend aufgehalten hatte; doch erstens war er seit mindestens fünfzehn Jahren tot und zweitens war er Schotte und hatte den Atlantik noch nie überquert.

Er kaufte eine Fahrkarte von Port Said nach Marseille; kurz darauf änderte er seinen Entschluß, verkaufte seine Armbanduhr und ging zur Schiffsagentur, um seine Fahrkarte umzutauschen. Er wollte jetzt mit der von Yokohama kommenden *Athos II* der Messageries Maritimes nach Marseille reisen. Unter der Bedingung, nicht im *Shepheard's* abzusteigen, dem damals besten Hotel in Kairo, sondern auf einer Matraze aus Stroh zu schlafen und sich wie ein einfacher Ägypter zu ernähren, konnte er maximal elf Tage durchhalten.

Während dieser letzten Frist, die er sich eingeräumt hatte, um seine Recherchen wirklich zu Ende zu führen, durchkämmte er alle Musikkneipen im Viertel El Ismailia und interviewte Hunderte von rachitischen, griechischen Tänzerinnen, von deren ›Impresarios‹ aus der Levante mißtrauisch beäugt. Doch nirgendwo stieß er auf eine Spur dieser amerikanischen Offiziers-Söldner.

Eines Tages begab er sich sogar zu dem Neubauviertel im Westen der Stadt, einer Spur folgend, die sich wie alle anderen als falsch herausstellte. Durch einen mehr als glücklichen Zufall lernte er dort eine Irin kennen, die als Konservatorin am koptischen Museum arbeitete und regelmäßig zu allen wichtigen Neubaugebieten fuhr, um den Bauarbeitern die bei den Ausschachtungsarbeiten gefundenen antiken Gegenstände für billiges Geld abzukaufen.

Diese junge Frau konnte ihm zwar keinerlei Hinweise geben, diente ihm dafür aber ohne falsche Scham mit Tisch und Bett, das heißt mit ihrem langen, feingliedrigen Körper, der eine Merkwürdigkeit aufwies: Er war von Kopf bis Fuß mit Sommersprossen übersät.

Für Rourke ein enormer Gegensatz zu den kupferfarbenen Abessinierinnen, die er bei den Spataguzzis in reichem Maße genossen hatte: Nach seinem Besuch bei dem Blinden in der Höhle hatten die Brüder, die ihren Augen nicht trauen wollten, als sie sahen, daß Rourke lebend den Berg herabgestiegen kam, darauf bestanden – und wie üblich mit dem Lauf ihrer fast neuen Gewehre ein wenig nachgeholfen –, ihn als Gast eine Woche bei sich zu behalten. Aus einem Grund, den Rourke sich nie erklären konnte – und auch Yassou erwies sich als unfähig, ihr Verhalten im nachhinein zu ›übersetzen‹ –, hatten sie ihm jede Nacht eine Abordnung junger, kaum heiratsfähiger Schönheiten geschickt, die in Sachen Liebe allerdings bereits sehr erfahren waren.

Kate Mac Donald – Rourke fragte sich später, ob der identische Vorname mit zu der kurzen Idylle beigetragen hatte – hatte neben ihren Sommersprossen noch eine weitere Besonderheit aufzuweisen: Sie behielt während der Liebe ihre Stahlnickelbrille auf. Doch da sie ausgezeichnete Muffins und Scones herstellte, verzieh ihr Rourke diesen leichten Fehler. Und versuchte auch, sich an ihrem unaufhörlichen Geschwätz nicht allzusehr zu stören. Für diese Nachsicht wurde er belohnt, denn am vorletzten Tag seines Aufenthaltes in Ägypten wies sie ihn darauf hin, daß der verstorbene MacGregor sehr wohl einen dieser Offiziere des amerikanischen Unabhängigkeitskrieges, für die sich Rourke so interessierte, gekannt haben konnte. Rourke schlug sich mit der flachen Hand an die Stirn, sprang aus dem Bett – in dem sie gerade frühstückten – und fuhr, immer noch an einem der göttlichen Muffins kauend, so schnell wie möglich nach Heliopolis, einem Vorort von Kairo, wo die Witwe Mac Gregors in der Nähe des Flughafens eine riesige Villa aus rosa Marmor, die unter der Last wild wuchernder Kletterrosen zusammenzubrechen drohte, allein bewohnte. Die alte und stocktaube, aber sonst noch sehr rege Dame, schrie in Rourkes Ohr, daß diesem beinahe das Trommelfell geplatzt wäre, ihr verstorbener Gatte, dieser Taugenichts – Gott erbarme sich seiner Seele! –, habe in der Tat mit drei oder vier dieser Trunkenbolde wüste Gelage gefeiert; einer dieser Kerle sei aufgrund eines unbegreiflichen Wunders bisher noch nicht an Leberzirrhose gestorben und lebe noch in Ägypten, das heißt, in Alexandria.

Ein Omnibus in höchst bedenklichem Zustand brachte Rourke in kaum neun Stunden, an jeder Palme haltmachend, nach Alexandria. Der Veteran George Henry Paulson war inzwischen einundneunzig Jahre alt. Nach der Niederlage der Südstaaten-Armee im Jahre 1865 hatte er in der Tat zusammen mit zweihundert weiteren Südstaatlern aus Virginia die Vereinigten Staaten verlassen; ihr erstes Ziel war Brasilien, genauer, das Amazonas-Gebiet. Er war dort nicht lange geblieben. Der Versuch, in einem Land heimisch zu werden, das nur einen einzigen Vorteil aufzuweisen hatte, den der erlaubten Sklavenhaltung, sonst aber nur Nachteile, war der Hölle auf Erden gleichgekommen. Seine junge Frau und sein Sohn starben am Amazonas-Fieber. Er machte sich zu einer langen Irrfahrt auf: von Santarém ging es nach Belém do Para und von dort aus weiter nach Mexiko, wo er auf andere ehemalige Offiziere Lees stieß. Wer den Vorschlag machte, dem ägyptischen König die Dienste anzubieten, das wußte er nicht mehr.

»Aber Sie erinnern sich noch an ihre Namen?«

Natürlich. Paulson erwähnte insgesamt elf Männer, dazu ihre Herkunft, Dienstgrade und die Einheiten, in denen sie innerhalb der Südstaaten-Armee gedient hatten. Sein Gedächtnis war erstaunlich; Rourke wußte allerdings aus Erfahrung, daß Menschen wie dieser ehemalige Offizier sich mit faszinierender Genauigkeit an die nebensächlichsten Details, an Namen und Anekdoten erinnern konnten, die Jahrzehnte zurücklagen, oft aber unfähig waren zu sagen, was sie in der vergangenen Woche unternommen hatten.

Kurz und gut, sie trafen in Ägypten ein. Sie wurden alle unter Vertrag genommen und gut, sogar ausgezeichnet bezahlt. Und hatten Frauen zur Verfügung, mehr, als sie eigentlich brauchten. Dann der Krieg, ein merkwürdiger Krieg gegen diese abessinischen Krieger, die wie die Cheyenne Federn trugen, ungeheuer mutig waren und sich massakrieren ließen, als ob es ihnen Spaß machte.

Die Erinnerungen verblaßten. Nur drei der Offiziere waren nach Amerika zurückgekehrt. Vier waren den Heldentod gestorben. Paulson ging anschließend in den Jemen. Auch dort hatte er gekämpft. Neun Jahre blieb er dort. Und lernte Arabisch.

Sie liefen während des Gesprächs durch viele kleine Gäßchen Alexandriens, in denen es nach Morast und Pfefferminze, nach Kloake und Abfällen aller Art roch und unbeschreiblich schmutzig war, schlimmer noch als in den chinesischen Städten. H. H. ekelte sich und wunderte sich gleichzeitig, daß er sich ekelte: Normalerweise ließ er sich zu derartig subjektiven Empfindungen nicht hinreißen. Vielleicht war er nach den langen Monaten in China und Arabien einfach nur erschöpft, ausgelaugt. Vielleicht lag es aber auch daran, daß seine Rückkehr nach Europa unmittelbar bevorstand. Er ertappte sich selbst dabei, Paulson nur noch mit halbem Ohr zuzuhören – das heißt, natürlich nahm er alles wahr, was der amerikanische Veteran ihm erzählte; er hielt in seinem Gedächtnis alle Details fest und blieb seiner alten Taktik treu, das Schweigen seiner Gesprächspartner nicht zu brechen, so daß diese sich gemüßigt fühlten weiterzuerzählen, sobald die Pause zu ungemütlich wurde. Doch ganz war er nicht bei der Sache.

Nach dem Jemen kehrte Paulson nach Ägypten zurück und nahm dann wieder an einem Krieg im Süden teil, diesmal im Sudan. Anschließend hielt er sich auf der Arabischen Halbinsel, an der Piratenküste, in Oman und in Muskat auf, bevor er nach Bassorah ging. Eine Zeitlang war er sogar im Handel tätig. Ja, damals war er noch mit Gavey und Vrigny und Hayes und Charlie zusammen. Vrigny kam erst später in Afghanistan ums Leben. Und Johnny Hayes war in der Tripolitanischen Wüste wie ein elender Köter verreckt. Gavey kehrte als einziger der fünf Überlebenden in die Heimat zurück. Er stammte aus Kentucky, aus Bardstown in Kentucky. Als sie nach dem Burenkrieg im Jahre 1903 aus Transvaal zurückkehrten, hatte Gavey beschlossen, nach Amerika zu fahren. Er hatte einmal geschrieben, ein einziges Mal, aus einem Krankenhaus in Louisville, und mitgeteilt, mit ihm ginge es zu Ende, er habe in seinem Bauch irgend etwas Unheilbares, doch er sei glücklich, die Blaue Prärie noch einmal gesehen zu haben. So waren sie nur noch zu zweit, Charlie Oates und er; zusammen waren sie in Bassorah im Schifftransportgeschäft tätig, das heißt, Charlie kümmerte sich in der Hauptsache um das Geschäft, das sie 1909 an einen Armenier verkauften. Sie kehrten nach Ägypten zurück, diesmal nach Port Said. Sie wären sogar beinahe nach New York gefahren. Nein, das war kein Scherz: Sie hatten bereits die Fahrkarten gekauft.

Dieser Roosevelt, war der etwa nach so vielen Jahren immer noch Präsident der Vereinigten Staaten? Ach so, es gab einen zweiten mit dem gleichen Namen. Rourke machte keine Scherze? Nein, Paulson las keine

Zeitungen. Das letzte Mal, daß er eine gelesen hatte, das war schon lange her. Er wollte die Nachricht von dem Tod dieses Typen aus dem Norden so richtig genießen, wie hieß der noch einmal, ja, richtig, von diesem Abraham Lincoln. Geschah ihm ganz recht, daß er ermordet wurde. Hatte der doch den Schwarzen die gleichen Rechte einräumen wollen wie den Weißen! Nein, er las wirklich keine Zeitungen. Und Radio? Was sollte er denn damit! Er hätte in Transvaal bleiben sollen, bei den Buren, das waren wenigstens noch Kerle, die wußten, wie man mit den Schwarzen umgeht. Aber Alexandria war auch nicht schlecht.

Paulson hatte H. H. bis zum Fort von Quaitbai geführt; sie kamen jetzt wieder zu dem Cafe zurück, auf dessen Terrasse Rourke den alten Südstaatler gefunden hatte. Sie gingen in die Nebie-Daniel-Straße und bogen dann nach links ab, um zu einer engen Gasse zu gelangen, die auf beiden Seiten von fensterlosen Hauswänden gesäumt wurde. Den Unrat vermeidend, den man einfach auf den Lehmboden geworfen hatte, und die Fliegen verjagend, die sie belästigten, traten sie in einen engen Innenhof ein, in dem sich sämtliche üblen Gerüche zusammenzuballen schienen.

»Kommen Sie, hier wohne ich. Die Wohnung gehört mir. Vor fünfzehn, zwanzig Jahren gekauft. Bequem. Natürlich kommen Sie mit hoch. Wir Südstaatler wissen, was Gastfreundschaft bedeutet. Werde Bongo befehlen, einen Mint-Julep für Sie zu machen. Kann er ausgezeichnet, dieser Halunke.«

Hintereinander stiegen sie die schmale Treppe ohne Brüstung hoch und verjagten dabei eine Armee von Schaben. Die ›bequeme‹ Wohnung wies nur zwei kleine Zimmer auf. In dem ersten kauerten drei alte, dürre Frauen auf einer Bastmatte, rauchten und spielten Karten. Etwas abseits hockte ein genauso alter, zum Skelett abgemagerter, weißhaariger Neger und beobachtete, den Kopf in den Nacken geworfen, einen Gecko, der an der Zimmerdecke Jagd auf fliegende Schaben machte, und lächelte dabei blöde.

»Bongo. Mein Sklave. In Muskat gekauft. Wir hatten zwei, Charlie und ich, doch der eine ist verreckt.«

Das zweite, noch kleinere Zimmer lag fast völlig im Dunkel; durch das winzige, vergitterte Fenster drang kaum Licht ein. Die Möbel? Zwei Betten in einem erbärmlichen Zustand, ein Nachttopf und eine blau-grüne Eisentruhe, auf der noch das stark verblaßte Wappen der Südstaaten-Konföderation zu erkennen war. Ein alter Kavallerie-Säbel hing an der Wand.

Virginia, sagte Paulson. Natürlich erinnerte er sich daran. War ja schließlich seine Heimat. Er stammte aus Danville, das heißt, aus der Gegend von Danville, aus Callands. Sein Vater war Lebensmittelhändler. Er hatte sechs Brüder.

»Wir sind alle zur Armee gegangen. Vier sind während der ersten Kriegsmonate ums Leben gekommen. Ich wurde zum Leutnant ernannt. War der einzige, der lesen konnte.«

Nein, sie hatten keine Sklaven besessen. Hatten nicht die Mittel dazu gehabt. Anders als heute. Heute lebte er wie ein großer Herr mit vier Domestiken. Falls Rourke durch Zufall nach Virginia kommen und dort auf Paulsons stoßen sollte, dann sollte er ihnen doch ausrichten, sie seien herzlich eingeladen, ihn in Alexandria zu besuchen. Ein Bett war immer frei, das von Charlie Oates.

»Hat sich vor zwei Jahren aufgehängt, dieser Schuft. Frage mich wirklich, aus welchem Grund. Dabei war er jünger als ich.«

Er erteilte auf Arabisch einige Befehle. Der sehr alte Neger kam daraufhin mit zwei Gläsern; sein rechtes Bein war anscheinend steif, denn er zog es hinter sich her. In den Gläsern befand sich eine kaum zu definierende Mischung, die nach Pfefferminz und Phenol roch. H. H. tauchte nur kurz seine Lippen in die Flüssigkeit, ging dann zum Fenster und schaute auf einen kleinen Innenhof, in dem eine Gerberei untergebracht war, was den infernalischen Gestank teilweise erklärte.

Paulson schnalzte in seinem völlig zahnlosen Mund mit der Zunge. Er genoß offensichtlich die sehr ägyptische Version des Mint-Julep. Sein Anzug war wohl vor langer Zeit einmal weiß gewesen; inzwischen erinnerte er eher an ausgebleichten Urin... Auf dem Kopf trug er wie ein Pflanzer in Virginia einen breitkrempigen Hut. Merkwürdigerweise war er sauber rasiert und hatte sich offensichtlich sogar gewaschen.

»Rourke, Sie trinken ja gar nicht?«

Er wartete die Antwort nicht ab, sondern erzählte weiter von Charlie Oates und dessen unerklärlichem Selbstmord.

»Sind Sie nicht auch dieser Ansicht, Rourke?«

»Wirklich unerklärlich«, meinte H. H.

Ein anderer Omnibus setzte ihn fünf Stunden vor der Abfahrt der *Athos II* in Port Said ab. Er hatte noch den Gegenwert von zwei Dollar in der Tasche. Und seine Fahrkarte zweiter Klasse nach Marseille. Er schlenderte in der Stadt umher, die keine Besonderheiten aufzuweisen hatte, und stand schließlich vor dem kleinen Gebäude, in dem George Henry Paulson und Charlie Oates gewohnt hatten, bevor sie nach Alexandria gezogen waren. Er stellte einige Fragen, erfuhr aber weiter nichts Interessantes; die Aussagen des Überlebenden der elf amerikanischen Söldner wurden allerdings bestätigt.

Er schiffte sich ein. Einer der Stewards erkannte ihn, ein Korse, der Kate und ihn zwischen Marseille und Schanghai bedient hatte.

»Sie ist erst in Bombay an Bord gekommen«, korrigierte ihn H. H. »Was meinen Sie, können wir uns über etwas anderes unterhalten?«

Der Korse ließ ihn in Ruhe. Zehn Minuten später tauchte er wieder auf, mit zwei Whiskyflaschen unterm Arm.

»Ich habe nicht mehr genügend Geld bei mir, um sie zu bezahlen.«

»Dann bezahlen Sie sie eben, sobald Sie wieder über Geld verfügen.«

Er teilte seine Kabine mit einem Agraringenieur, der fünf Jahre in Malaysia als Assistent auf einer Plantage gearbeitet hatte und einen dreimonatigen Heimaturlaub antrat. Mulligan, so hieß der Mann, las ungeniert Seite für Seite die Geschichte Paulsons und seiner zehn Gefährten, was Rourke mächtig auf die Nerven ging. Noch mehr aber ärgerte er sich, als dieser die Geschichte ›faszinierend‹ fand. Der Arme wiederholte das ein wenig zu oft, bis ihm Rourke eine auf das Mundwerk gab, die sich gewaschen hatte. Rourke wunderte sich selbst über die kalte Wut, die ihn beherrschte und die er vorher nicht bemerkt hatte; natürlich war er nicht auf seinen Kabinengenossen wütend – dieser Mann war ihm im Grunde völlig gleichgültig –, sondern auf die Menschheit im allgemeinen und auf das Leben im besonderen oder, mit anderen Worten, auf H. H. Rourke höchstpersönlich.

Kapitel 12

Julie Bénédict

Mimi Rourke hatte die Vornamen ihres Sohnes selbst ausgesucht. Man hatte sie zwischen zwei- und dreitausendmal nach der Bedeutung der beiden Hs gefragt, und sie hatte verschiedene Antworten auf diese Frage parat, die weniger von dem – oder der; vor allem die Frauen waren in dieser Hinsicht neugierig – Fragestellenden abhing, sondern von der Bedeutung, die dieser – oder diese – in ihren Augen hatte – was durchaus nicht auf das gleiche herauskam. Die Breite der Antworten reichte von: »Bitte lassen Sie mich mit Ihren dummen Fragen in Frieden!« bis zu einem charmanten Lächeln, das das Schweigen, mit der sie die Frage überging, begleitete. Doch auch in diesen Fällen spürten die mit einem Lächeln Bedachten, daß Mimi Rourke zutiefst davon überzeugt war, daß die Vornamen nur ihren Sohn und sie etwas angingen.

Sie selbst redete ihren Sohn ausschließlich mit Rourke an.

Mimi Rourkes Kriterien, nach denen sie die Menschen einschätzte und behandelte, waren sehr präzis, aber auch sehr persönlich. So hatte sie sich in ihrer Jugend, als sie noch Verkäuferin in einem Schuhgeschäft in Biarritz gewesen war, nicht gescheut, dem spanischen König Alfons XIII. fröhlich eines auf den Hintern zu geben; in diesem Zusammenhang müssen wir allerdings gerechterweise erwähnen, daß dieser damals zwar bereits König, aber erst zwölf Jahre alt war. Dieser ersten Manifestation ihrer großen Unabhängigkeit – die, um der Wahrheit die Ehre zu geben, nicht die erste war – folgten weitere; und auch heute, mit ihren sechzig Jahren, war sie ganz bestimmt noch nicht bei ihrer letzten angelangt.

So hatte sie unter anderem recht energisch einen bestimmten englischen Prinzen, der noch nicht zum König Edward VII. gekrönt war, höchst persönlich bis an die Tür ihres Geschäftes gebracht und hinausgeworfen, da er seine hoheitliche Ungeduld ein wenig zu deutlich gezeigt hatte; sie scheute sich nicht, auch andere, hochgestellte Persönlichkeiten in der gleichen Art zu behandeln. Ohne daß dies zu einer ihrer Spezialitäten werden sollte, denn Mimi beabsichtigte mit solchen Reaktionen alles andere als eine billige Werbung für ihr Geschäft. Sie brachte es durchaus fertig, auch einen Gasmann, der sich unhöflich benahm, hinauszuwerfen, so wie sie zwischen einem Kunden, der für drei Franc fünfzig kaufte, und einem, der neunhundertzwanzig Franc in ihrem Geschäft ließ, keinen Unterschied machte. Gegen diejenigen, die sie in ihrer Würde als Frau, als Französin, als Europäerin, als menschliches Wesen oder als Schuhhändlerin verletzten, ging sie mit aller Strenge vor. Ihre neunundvierzig Angestellten vergötterten sie genau wie die Mehrzahl ihrer Kunden. Von ihr aus dem Laden geworfen zu werden, wurde im Lauf der Jahre zu einer ebenso gesuchten Ehre wie die Aufnahme in die Académie française oder das Victoria Cross. Der britische Prinz, der zu seinem Vergnügen auf diese Weise ›geadelt‹ worden war, hatte ihr am nächsten Morgen Blumen, drei verschiedene Parfüm-Flakons sowie einen schriflich formulierten Friedensvertrag überbringen lassen, den Mimi unterschrieb. Ihr Geschäft in der Rue du Faubourg Saint-Honoré, das sie zuerst nur als Geschäftsführerin leitete, deren alleinige Inhaberin sie aber inzwischen geworden war, gehörte zu den führenden der französischen Hauptstadt. Seit Jahren hatte sie bereits während der Sommermonate in Monte Carlo eine Filiale eröffnet, so daß sie von Juli bis September an der Côte d'Azur Ferien machen und gleichzeitig arbeiten konnte.

Es war Mitte September. Mimi hielt sich in Monte Carlo auf und bereitete die Schließung der Filiale vor. Sie hatte sechs der jungen Mädchen, die während der Spitzenmonate den Personalstamm vergrößerten, bereits wieder nach Paris zurückgeschickt, und überlegte, ob sie nicht schon bald ihre Zweigstelle das ganze Jahr über offen lassen sollte. Wer weiß, vielleicht in vier oder fünf Jahren bereits, wenn die Entwicklung weiterhin so günstig verlief.

Die letzte Kundin war, ohne daß sie etwas verkauft hätte, gegangen. Seit zehn Minuten hatte niemand mehr den Laden betreten. Mimi schickte die Verkäuferinnen, die noch anwesend waren, nach Hause.

Sie half ihrer jungen Filialleiterin, Julie Bénédict, die eisernen Rollgitter herunterzuziehen, die die beiden Schaufenster schützten, die Lichter auszumachen und die beiden Türen zu verschließen. Es war kurz nach halb acht. Julie Bénédict, eine Schweizerin aus der Gegend von St. Gallen, war vierundzwanzig Jahre alt. Vor drei Jahren hatte sie eine Amerikanerin und deren Kinder bei einem Besuch des Geschäftes in der Rue du Faubourg Saint-Honoré begleitet und war am nächsten Morgen wiedergekommen, um die Schuhe zurückzubringen, die der Amerikanerin nicht mehr gefielen. Zwei Tage später hatte sie ihre Arbeit als Kindermädchen bei der Amerikanerin aufgegeben und war bei Mimi Verkäuferin geworden. Julie war intelligent, ruhig und ausgeglichen und dabei so standfest, daß sie Mimi Paroli bieten konnte, wenn diese einen ihrer wenigen Zornesanfälle hatte. Zudem war sie zwar nicht gerade von einer atemberaubenden Schönheit, aber sehr charmant und immer lächelnd und gefiel den Kunden. Im Frühjahr 1935 hatte Mimi sie zur Filialleiterin in Monte Carlo ernannt und war sehr zufrieden mit ihr.

Die beiden Frauen verließen gemeinsam das Geschäft und trennten sich dann: Mimi hatte für die Zeit ihres Aufenthaltes im *Hôtel de Paris* eine Suite gemietet, während Julie eine kleine Wohnung in der Nähe des Botanischen Gartens gefunden hatte. Sie aßen häufig zusammen zu Abend, doch diesmal lehnte Mimi Julies Einladung ab; sie hatte, bevor sie die Sommersaison abschließen konnte, noch eine ganze Menge Buchhaltungsarbeiten zu erledigen.

»Ich werde auf meinem Zimmer essen. Gute Nacht, Julie.«

»Gute Nacht, Madame.«

Sie hatte ihren Schlüssel bei sich, so daß sie nicht erst zur Rezeption mußte. Ihre Suite umfaßte einen großen Salon, dessen Fenster auf das Kasino und aufs Meer gingen, ein Schlafzimmer, ein Ankleidezimmer und das Bad.

Auf einem der Sessel im Salon lag ein Trenchcoat; die Weste lag auf dem Boden, dann folgte die Krawatte, anschließend kam dann die Hose; zwei Meter weiter lag das Hemd; Unterhose sowie Socken vervollständigten die Spur, die über ihr Schlafzimmer ins Bad führte.

Schuhe und Reisetasche lagen in ihrem Schlafzimmer auf dem Bett.

»Rourke, meinst du eigentlich, daß ich immer da sein werde, um hinter dir herzuräumen?«

»Ja.«

Er hatte es sich in der Badewanne bequem gemacht; mit Hilfe eines roten Trinkhalms machte er Blasen im Wasser. Rourke trug Mimis Hut mit den Kirschen. Sie setzte sich auf den Rand der Badewanne.

Und schaute ihn lange an, ohne etwas zu sagen, bis H. H.s dürre, nasse Hand aus dem Wasser auftauchte und ihr sanft über die Wangen strich. Sie küßte die Hand ihres Sohnes.

»Ich nehme dich mit zum Tanzen«, sagte er. »Wir werden feiern, bis die Balken brechen. Ich habe einen Abendanzug bestellt und alles, was dazugehört, und einem Steward der Messageries Maritimes telegrafisch Geld überweisen lassen, das ich ihm schuldete.«

»Und das alles auf meine Rechnung.«

»Selbstverständlich.«

Sie hatte gerade noch Zeit hochzuspringen, bevor er sie packen und völlig angezogen ins Wasser ziehen konnte.

»Und alles Gute zum Geburtstag«, fügte er noch hinzu.

Mimi war an diesem Tag sechzig Jahre alt geworden.

»Erzähl weiter.«

Sie saßen sich im Restaurant gegenüber. Der Kellermeister brachte ihnen eine weitere Flasche Champagner, obwohl sie fast zu Ende gegessen hatten. H. H. lächelte: »Ich habe nichts anderes gemacht als erzählt.«

»Mach weiter. Ich habe nichts Interessantes zu berichten.«

Er hatte ihr bereits die ganze Geschichte von Jadeflöte erzählt und begann mit der des Ras Kaitan. Man servierte den Nachtisch. Mimi trug an diesem Abend ein Kleid von Elsa Schiaparelli, das die erstaunliche Jugendlichkeit ihres Körpers unterstrich. Man hätte Mutter und Sohn durchaus für ein Liebespaar halten können.

Sie tanzten.

»Rourke, du tanzst immer noch so schlecht wie früher.«

»Ja, Mama.«

Die Kapelle spielte einen langsamen Walzer – neben dem Boston so ziemlich der einzige Tanz, den Rourke einigermaßen schicklich über die Runden brachte.

»Du fehlst mir bei jedem Mahl ein bißchen mehr.«

Er küßte sie auf die Wange und zog sie an sich. Der Walzer war zu Ende, und sie gingen wieder zu ihrem Tisch, während die Maître d'hôtels und die Kellner ihnen zulächelten.

»Rourke, ist dir eigentlich aufgefallen, daß wir die letzten Gäste sind?«

»Mein Wagen steht vor der Tür, ein Hispano-Suiza.«

»Wieder auf meine Rechnung?«

»Wieder auf deine Rechnung.«

Ihr Kellner füllte neues Eis in den Champagnerkübel; sie nahmen die Flasche mit, die sie noch nicht einmal angebrochen hatten. Er setzte sich hinter das Steuer und fuhr los, die Geschichte von Ras Kaitan zu Ende erzählend.

Schon bald hielt er an und stellte den Motor ab; seine langen Hände ließ er auf dem Steuerrad liegen. Mimi rutschte ein wenig zur Seite und lehnte sich an die Schulter ihres Sohnes.

»Deine Geschichten sind immer so traurig.«

»Das geschieht nicht mit Absicht!«

»Was sagst du da? Du suchst sie schließlich aus!«

Er kurbelte das Fenster etwas weiter herunter und zündete sich eine Zigarette an. Er wußte, worüber sie sprechen würde.

»Im April bin ich hinübergefahren, aber nur sechs Tage in New York geblieben. Ich wollte meinen Enkel sehen. Er ist sehr schön.«

»Ausgezeichnet«, meinte H. H.

»Und intelligent. Er spricht Chinesisch, das sagt alles. In zwei Monaten wird er drei Jahre alt. Er wird auch Französisch lernen, das ist schon fest eingeplant.«

»Da bin ich mir sicher.«

»Rourke, ich habe so wenig Lust, darüber zu sprechen, wie du Lust hast, mir zuzuhören. Kates Zeitung scheint ein Erfolg zu werden. Ich habe zweimal mit ihr zusammen gegessen. Beim zweiten Mal war ihr Chefredakteur mit dabei, Nick DiSalvo. Kennst du ihn?«

»Ich habe ihn einmal getroffen. Ein ausgezeichneter Mann. Wirklich.«

»Sie war müde, nervös und angespannt. Noch mehr als sonst. Sie arbeitet zuviel.«

Schweigen.

»Ich möchte gern ins Hotel zurück«, sagte Mimi. »Und, bitte, fahr langsam.«

Im *Hôtel de Paris* hatte man für Rourke ein Zimmer freigemacht, das an die Suite seiner Mutter angrenzte. Die Verbindungstür stand offen. Jeder ging in sein Schlafzimmer, kaum zehn Meter voneinander getrennt.

»Wir haben nicht einmal den Champagner getrunken, den wir mitgenommen haben«, meinte Mimi laut.

Kurz darauf hörte sie leises Gläserklirren. H. H. kam in ihr Zimmer, zwei Gläser in der einen und die Champagnerflasche in der anderen Hand.

»Mach bitte kein Licht.«

Er bediente zuerst sie und dann sich selbst.

»Ein wunderbarer Geburtstag«, meinte sie.

Er streckte seine linke Hand aus und strich ihr über die Wange.

Sie weinte.

Sie fuhren zusammen nach Paris; wie sie es bereits fünf Jahre zuvor gemacht hatten, zogen, um sich zu amüsieren, im *Train bleu* die Notbremse. Sie mußten schallend lachen, als der gleiche Kontrolleur ihnen die fällig gewordene Strafe abknöpfte.

»Mitten in der Nacht«, warfen sie Chat-Huant aus dem Bett: Es war acht Uhr morgens. Sie waren direkt vom Bahnhof gekommen und hatten es sich auf dem Fußabstreifer vor seiner Wohnung gemütlich gemacht. Dieser Fußabstreifer war eine Sonderanfertigung, die Mimi ihm zu Weihnachten 1934 geschenkt hatte: Er war mit dem Wappen der Whitney-Scotts und vielen kleinen, niedlichen Waldkäuzchen mit grünen Augen geschmückt. Sie hatten Champagner und Gänseleberpastete mitgebracht und waren recht ausgelassen. Nachdem er sie, noch völlig verschlafen, eingelassen hatte, hausten sie in seiner Wohnung wie die Hunnen und picknickten auf dem Teppich. Wieder einmal war Chat-Huant erstaunt, verwundert und gerührt über die starke Verbindung zwischen Mutter und Sohn. Gleichzeitig spürte er – und seine Intuitionen waren in der Regel unfehlbar –, daß die Fröhlichkeit der beiden, ihr Versuch, sich als Clowns gegenseitig zu übertreffen, nicht immer ganz echt war und sie dahinter etwas voreinander zu verbergen suchten, auch wenn es ihrer tiefen Liebe füreinander keinen Zweifel geben konnte.

Die kommenden zwei Wochen verliefen gleich fröhlich und ausgelassen, auch wenn Mimi Rourke sich sofort wieder an die Arbeit gemacht hatte, denn der Saisonbeginn konnte für ein ganzes Halbjahr entscheidend werden. Jeden Abend aßen sie gemeinsam, zu dritt, meistens aber zu viert, denn Rourke tauchte jeden Tag mit einer anderen, aber immer ausnehmend schönen Frau auf. Bisher hatte er es nicht nötig gehabt, auf die riesige Reserve zurückzugreifen, die die vielen, schönen Verkäuferinnen seiner Mutter bildeten.

Chat-Huant wartete darauf, daß Rourke früher oder später mit ihm länger sprechen würde. Und richtig, eines nachts, es war wohl gegen elf Uhr dreißig, saß Chat-Huant in der Redaktion des *New York*, mit anderen Worten der europäischen Ausgabe der *New York Herald Tribune*, und schrieb an seiner Chronik über das gesellschaftliche Leben in Paris, obwohl er eigentlich schon seit langem pensioniert war. Es war ihm im Grunde relativ gleichgültig, ob seine Chroniken veröffentlicht wurden oder nicht; doch meistens wurden sie es. Er saß also an seinem Schreibtisch und begann zu schreiben, obwohl man ihm gesagt hatte, es sei vergebliche Mühe, denn man habe in dieser Ausgabe keinen Platz für ihn, aber das störte ihn nicht weiter; seit vierundvierzig Jahren hatte er nur bei zwei Gelegenheiten seine Rubrik nicht fristgerecht abgeliefert: während seiner beiden Reisen, die ihn nach Irland und nach Amerika führten. Plötzlich spürte er, daß sich jemand neben ihn setzte.

»Guten Abend.«

Rourkes dunkle, gelassene Stimme.

»Ich brauche nur noch ein paar Minuten.«

»Lassen Sie sich ruhig Zeit, ich habe es nicht eilig.«

Rourke nahm sich die vielen amerikanischen Zeitungen, die gerade in der Redaktion eingetroffen waren. Er überflog eine nach der anderen; verstohlen beobachtete Chat-Huant, daß Rourke sich bei der Ausgabe von *THE Queens & Long Island DAY* sehr viel mehr Zeit ließ als bei den übrigen. Natürlich hütete sich Chat-Huant, einen Kommentar abzugeben, und zögerte sogar den Abschluß seiner Chronik hinaus.

»Wissen Sie, ob frühere Ausgaben in der Redaktion aufbewahrt werden?«

Chat-Huant fragte sich kurz, ob er so tun solle, als ob er nicht begriffe, auf welche Zeitung Rourke anspielte, meinte aber dann, dies sei doch ein bißchen an den Haaren herbeigezogen.

»Frag Mercadier.«

H. H. nickte, stand auf und ging. Nach einigen Minuten kam er mit zehn Exemplaren des *Day* unter dem Arm zurück und vertiefte sich in seine Lektüre. Chat-Huant hatte seit langem seinen Artikel abgeschlossen; er tat so, als beschäftige er sich mit seiner Korrespondenz. Die erste Ausgabe der *New York* wurde aus der Druckerei gebracht. Als Chat-Huant bemerkte, wie stark die über die ganze Seite gehende Schlagzeile

Rourke beschäftigte: »THREE ETHIOPIAN TOWNS BOMBED AS WAR STARTS« – »Drei äthiopische Städte bei Kriegsausbruch bombardiert«, interessierte er sich ebenfalls dafür. Der Krieg zwischen Italien und Äthiopien war an diesem 3. Oktober endgültig ausgebrochen. Von der Wetterkarte einmal abgesehen, die wie immer auf der Titelseite rechts unten abgedruckt worden war, war die ganze erste Seite der *New York* diesem Ereignis vorbehalten: Die Städte Adua, Adigrat und Agam waren von den Flugzeugen Mussolinis bombardiert worden, und die italienischen Truppen hatten im Morgengrauen die eritreische Grenze überschritten. Auch in der Provinz Ogaden waren heftige Kämpfe im Gange. Chat-Huant hatte nicht die geringste Ahnung, wo, um Himmels Willen, diese Orte genau lagen.

»H. H., hast du diese Städte eigentlich besucht?«

»Nicht alle. Nur Adua und Adigrat.«

»Und kennst du dort jemand?«

»Nicht wirklich.«

H. H. las Spalte für Spalte, und Chat-Huant eiferte ihm nach, um sein Gesicht zu wahren. Beide Länder, das angreifende wie das angegriffene, richteten Protestnoten an den Völkerbund. Präsident Roosevelt, der sich auf einer Kreuzfahrt in der Karibik befand, »wurde laufend informiert«. Ein britischer Offizier im Ruhestand, der gerade aus Westäthiopien zurückgekehrt war, verspürte die Notwendigkeit, feierlich zu erklären, das Leben von westeuropäischen Zivilisten sei in Gefahr. Chat-Huant spottete angesichts solcher Eseleien und dachte unwillkürlich an André Maurois, der seinem Oberst Bramble folgenden Satz in den Mund gelegt hatte: »... das Leben eines Soldaten ist ein hartes Leben und manchmal sogar mit wirklichen Gefahren verbunden.« Die zwei Söhne des Duce saßen als wahre Helden hinter den Steuerknüppeln von Jagdbombern und zerstörten ein abessinisches Krankenhaus.

»Die können sich am wenigsten wehren«, meinte Chat-Huant.

Sie verließen die Redaktion und gingen eine Weile schweigend durch das nächtliche Paris.

»Besondere Pläne?« fragte H. H.

»Noch weitere fünfzig oder sechzig Jahre meine Chronik zu schreiben.«

»Ich spreche von dieser Nacht«, antwortete Rourke lächelnd.

»Nichts Besonders. Es ist sehr mild.«

Sie gingen die Champs-Elysées bis zur Place de la Concorde hinunter, überquerten die Seine auf dem Pont du Solferino, den Chat-Huant intimer fand als den Pont Concorde, und befanden sich endlich in den Pariser Stadtvierteln, die der Gesellschaftsberichterstatter der *New York* für seine nächtlichen Promenaden bevorzugte, im sechsten und siebten Arrondissement. Hier erkannte er so ziemlich jeden und wußte, zu welcher Stunde er wen wo treffen konnte, um über Literatur oder amerikanischen Fußball zu diskutieren. Chat-Huant war sehr stolz, die Bewohner dieser Viertel, die wie er die Nacht zum Tag machten, ob es nun Weinhändler waren oder Maler, junge Damen, deren Tugend nicht allen Ansprüchen gerecht wurde, oder Bäcker, mit seinem Begleiter bekannt zu machen; Rourke wechselte mit allen einen freundlichen Blick, ein Lächeln oder auch ein paar Worte. Chat-Huant fragte sich nicht lange, warum er denn so stolz darauf war; seit Ewigkeiten betrachtete er Rourke als seinen Adoptivsohn. Er hatte ihn sogar zu seinem Universalerben eingesetzt und bedenkenlos seine Neffen und Nichten, die er noch nie in seinem Leben zu Gesicht bekommen hatte und die ihm höchst gleichgültig waren, von der Erbschaft ausgeschlossen. Natürlich hatte er niemandem auch nur ein Sterbenswörtchen davon verraten, vor allem Rourke nicht, der sich, wie er wußte, für vieles interessierte, nur nicht für Geld.

Sie tranken nicht wenig, aber auch nicht zuviel. Gegen vier Uhr morgens, also noch lange vor Tagesanbruch, stellte Chat-Huant verblüfft, aber auch entsetzt fest, daß er Rourke während des langen Spaziergangs fast sein ganzes Leben erzählt hatte. Er konnte einfach nicht begreifen, wie er ohne die geringsten Hemmungen über die Frauen hatte sprechen können, die er, seit er vor langer Zeit als junger, gerade einundzwanzigjähriger Mann im Jahre 1884 in Paris gestrandet war, mehr oder weniger heftig geliebt hatte. Er hatte vor allem über Jeanne Haudenois und ihren gemeinsamen Sohn gesprochen, der während der ersten Monate des Ersten Weltkrieges bei Vitry-le-François gefallen war, noch bevor Chat-Huant ihn als seinen Sohn anerkannt hatte. Dieses Versäumnis quälte ihn heute noch. In vielen Nächten warf er sich vor, seinem einzigen Sohn nicht seinen Namen gegeben zu haben.

Doch es war noch schlimmer gekommen: Er hatte von Mimi gesprochen. Dieser verdammte Alkohol! Er hatte Mimi mehr als zwanzigmal gebeten, seine Frau zu werden; jedesmal hatte sie mit verwirrender Freundlichkeit abgelehnt. Dabei war er trotz seiner zweiundsiebzig Jahre in Mimi immer noch verliebt wie ein Oberprimaner!

Chat-Huant schwieg und ging langsamer; sie waren inzwischen am Pont des Arts angelangt, genau an der Stelle, an der er vor einem Jahr gedacht hatte, sein Ende sei gekommen.

›Was ist eigentlich mit mir los?‹

Wie hatte er sich nur so gehenlassen können! Und zu allem Unglück auch noch in Anwesenheit von Mimis Sohn. Er lüpfte seine perlengraue Melone, setzte sie wieder auf, spielte verlegen mit seinem Spazierstock und beförderte wie ein Cricket-Spieler Zigarettenstummel in die Abflußrinne. H. H. war, wie er, stehengeblieben; er hatte seine Hände in den Taschen seines Trenchcoats vergraben, seine bevorzugte Haltung, und schien tief in die Betrachtung der Gaslaternen am Pont des Arts sowie der imponierenden Masse des Palais du Louvre versunken zu sein.

›*Vielleicht hat er nicht zugehört; er hat selbst viele Probleme.*‹

Doch während er dies noch dachte, wußte Chat-Huant, daß er sich selbst belog. Natürlich hatte H. H. alles gehört, verstanden und gespeichert.

›*Scham und Verzweiflung sind das einzige, was mir bleibt! Ich bin ein Engländer, der durch zu viele auf dem Kontinent verbrachten Jahre verdorben ist. Ich habe ja auch viel länger in Paris gelebt als in meiner Heimat.*‹

Er suchte vergebens nach einem Ausweg, das Schweigen zu unterbrechen, das sich immer stärker ausbreitete.

»Ich habe Hunger«, meinte Rourke plötzlich.

»Die Hallen«, antwortete der im Ruhestand lebende, aber immer noch aktive Chronist der europäischen Ausgabe der *New York Herald Tribune;* die Banalität des Gedankenaustausches half ihm seine Verlegenheit zu überwinden. Auf alle Fälle setzte er sich schwungvoll in Marsch.

»Zwiebelsuppe, Sauerkraut, Toulouser Bohneneintopf, Eintopf aus der Auvergne, Milchlammkeule, Zwischenrippenstück nach Weinhändler Art, Burgunder Schnecken, gegrillte Schweinsfüße?«

»Ein Toulouser Bohneneintopf wäre gar nicht so schlecht.«

»Also zu Bergougnoux.«

Bergougnoux war ein ehemaliger Flügeldreiviertelspieler des berühmten französischen Rugby-Clubs Stade Toulousain, stammte aus Castelnaudary und war einer der bevorzugten Gesprächspartner Chat-Huants, sobald es sich um die Chancen der französischen Mannschaft beim Rugby-Turnier der fünf Nationen handelte, an dem außer Frankreich England, Schottland, Wales und Irland teilnahmen. Überrascht stellte Chat-Huant fest, daß auch er einen gewaltigen Appetit hatte; es gelang ihm, die Erinnerung an seine Geschwätzigkeit fast vollständig zu verdrängen. Gleichzeitig erwachte seine Neugierde wieder; er hätte zu gerne gewußt, wie sich die Beziehung zwischen Kate und H. H. in den kommenden Wochen und Monaten entwickeln würde. Natürlich untersagte er es sich, eine entsprechende Frage zu stellen, obwohl er wahrlich Lust dazu hatte. Im übrigen hätte er sie gar nicht stellen können, denn H. H. erzählte jetzt von den Reisen, die er unternehmen, und von den Ländern, die er besuchen wollte. Er wechselte ins Englische und tat so, als fiele es ihm gar nicht auf, wobei manche Wendungen und ein kaum spürbarer Akzent darauf hinwiesen, daß er diese Sprache nicht am Ufer der Themse, sondern an dem des Hudson gelernt hatte.

»Nach Brasilien? Da warst du doch schon einmal, nicht wahr?«

»Richtig, im Süden. In Rio.«

Er erklärte, es reize ihn, Reportagen über Manaos zu schreiben, das große Abenteuer der Kautschuk-Plantagen, über das Amazonas-Gebiet und über das Schicksal dieser amerikanischen Emigranten, die 1966 Virginia und Carolina verlassen und versucht hatten, an den Ufern des Tapajós – einer der Hauptzuflüsse des Amazonas – neue Wurzeln zu schlagen. Vielleicht waren einige der Veteranen noch am Leben; er hoffte zumindest, Nachkommen der amerikanischen Südstaaten-Offiziere ausfindig zu machen.

»George Henry Paulson, der amerikanische Söldner in Alexandria, hat mir von ihnen erzählt.«

Während er den Toulouser Bohneneintopf von Bergougnoux genoß und kräftig zulangte, erklärte er, auch Japan zöge ihn aus verschiedenen Gründen an. Während er sprach, funkelten seine Augen amüsiert, aber sehr freundschaftlich, so daß die Verlegenheit Chat-Huants langsam abklang, genau das Ziel, das Rourke mit seiner langen Erzählung verfolgt hatte. Zwei sehr schöne und sehr elegante junge Damen, die mit zwei Männern, erfolgreichen Geschäftsleuten, am Nebentisch saßen, warfen ihm unaufhörlich schmachtende Blicke zu.

›Er zieht sie an wie Fliegen, ohne besondere Anstrengungen zu unternehmen; seine Silhouette, seine Augen und seine Stimme müssen etwas Besonderes ausstrahlen; dabei ist er nicht einmal schön und versucht nie, die Frauen zu verführen.‹

»Miau-Miau, erzählen Sie mir doch von Kate.«

Die Bitte, die in dem gleichen plätschernden Tonfall wie zuvor die Geschichten ausgesprochen worden war, überraschte Chat-Huant. Er brauchte einige Sekunden, um ihre ganze Tragweite zu erfassen.

»Ich weiß nicht sehr viel.«

»Ich glaube Ihnen kein Wort.«

»Deine Mutter hat sicher...«

»Sie hat mir von meinem Sohn erzählt.«

Um der Wahrheit die Ehre zu geben: Chat-Huant war sehr wohl über Kate informiert. Seine Position innerhalb des *Herald* erlaubte es ihm, sich laufend und ausreichend über die Schlacht zwischen Vater und Tochter Killinger zu informieren. Die amerikanischen Mitglieder der Pariser Redaktion verfolgten amüsiert und fasziniert den Kampf. Und in seiner Eigenschaft als Chronist der gesellschaftlichen Ereignisse in der französischen Hauptstadt pflegte er Umgang mit der bedeutenden und einflußreichen amerikanischen Kolonie, die sich in Paris gebildet hatte; so war er auch über alle ›Gerüchte‹ auf dem laufenden, die über die Killingers verbreitet wurden. Außerdem schrieb ihm Kate selbst. Nicht sehr häufig und immer sehr lakonisch, aber immerhin. Da sie ihm bisher nur einen Teil der einhunderttausend Pfund Sterling zurückbezahlt hatte, die er ihr geliehen hatte, hielt sie es für ihre Pflicht, ihn regelmäßig über die Entwicklung des Unternehmens, an dem er indirekt beteiligt war, zu unterrichten.

Nach kurzer Überlegung beschloß er, H. H. Rourke mit allen Informationen zu versorgen, die er besaß. Er war sogar versucht, noch etwas hinzuzufügen und die Lage der Inhaberin des *Day* zu dramatisieren, um, wenn überhaupt möglich, Rourke zu bewegen, umgehend nach New York aufzubrechen. Er wünschte sich nichts sehnlicher als ein Ende der in seinen Augen unseligen Trennung zwischen Kate und H. H. Doch seine Anständigkeit – und auch seine Überzeugung, H. H. würde seine Lügen auf der Stelle erkennen – brachte ihn dazu, sich an die reinen Tatsachen zu halten.

»Man behauptet, sie habe sich zuviel vorgenommen und wolle zu schnell vorankommen. Ihre Investitionen in Florida werfen anscheinend nicht den schnellen Gewinn ab, den sie sich erhofft hatte, und die Banken, bei denen sie Kredite aufgenommen hat, werden ungeduldig und verweigern frisches Geld. Man behauptet weiter, sie habe Angebote von der Hearst-Gruppe erhalten, die ihr Unternehmen aufkaufen oder sich mit einem bedeutenden Betrag zumindest einkaufen wollte, doch Kate habe alle Angebote ausgeschlagen.«

»Das Gegenteil hätte mich sehr gewundert.«

Chat-Huant und H. H. hatten inzwischen das Restaurant Bergougnoux' verlassen. Es dämmerte. Es war kalt und regnerisch, und die Gaslaternen kämpften mit ihrem gelben Licht vergeblich gegen die graue Stimmung an. Beschwipste Nachtschwärmer belebten das Viertel um die Hallen: junge Männer in Abendkleidung und ebenso junge, viel zu stark geschminkte Frauen, deren Augen mit Maskara so unkenntlich gemacht worden waren, daß man im ersten Augenblick unwillkürlich annahm, den Armen habe man einen Hieb aufs Auge verpaßt. Dazu kontrastierten hungrige Studenten aus den verschiedensten Ländern, die in den Hallen nach Gelegenheitsarbeiten Ausschau hielten, um ihre schmale Börse etwas aufzubessern; sie waren ganz offensichtlich für diese körperliche Arbeit nicht genügend trainiert und stöhnten unter den Kisten mit Artischocken, den grünen Bananenstauden oder den halben Schweinen, mitleidlos von den Stammarbeitern angetrieben und verspottet, denen es nichts ausmachte, ganze Rinderhälften, die sie sich auf Schultern und Nacken geladen hatten, zu transportieren. Es herrschte ein aufgeregtes Hin und Her, und es war ganz offensichtlich, daß die Fröhlichkeit in den meisten Fällen nur gespielt war und im Grunde eine armselige Existenz übertünchen sollte. Schrille Schreie, hämisches Lachen und wilde Flüche wechselten sich ab. Diese hektische, nervöse Atmosphäre steckte jeden an, der sich auf einen Besuch der Hallen in der Morgendämmerung einließ, und Chat-Huant hatte zu seinem Entsetzen einen ihm völlig unbekannten Rourke kennenlernen müssen: Während eines kurzen Handgemenges, das leicht in eine wilde Schlägerei hätte ausarten können, hatte Rourke die Gleichgültigkeit, die er normalerweise zeigte, verloren. Sein Gesicht war hart und herausfordernd geworden, und seine zusammengekniffenen Augen funkelten gefährlich. Man spürte, daß er nicht nur bereit war, sich zu schlagen, sondern daß er sogar den Kampf suchte; offensichtlich verfügte er über eine Bereitschaft zur Gewalt, eine Art innere Gewalttätigkeit, die niemand hinter seiner Nonchalance und seinen Phlegma vermutet hätte...

Die Szene hatte sich vor dem Restaurant *Le Pied de Cochon* abgespielt. Ein Mann mit einer Löwenmähne, der eine leere Champagnerflasche in der Hand hielt, war gerade dabei, in aller Seelenruhe seinen Champagnerkelch zu verspeisen. Er biß in das Glas wie in ein Karamelbonbon und zermalmte es mit seinen Backenzähnen. Anscheinend schmeckte es ihm, denn er zog ein Gesicht, als verspeise er einen der berühmten französischen Leckerbissen. Hübsche Damen mit offenherzigen Dekolletés und in offensichtlich nicht mehr ganz nüchternem Zustand umringten ihn. Plötzlich tauchten zehn militante Royalisten auf, Angehörige der rechtsradikalen Action Française, und machten Jagd auf die ›ausländischen Schweine‹, die in den Hallen den Franzosen die Arbeit ›klauten‹, und die ›degenerierte besoffene Bande‹ um den Mann mit der Löwenmähne, in dem Chat-Huant einen Freund, den Schriftsteller Joseph Kessel, erkannt hatte. Kessel fackelte nicht lange und verwandelte die Champagnerflasche aus dickem Glas in eine Keule, mit der er jeden Hieb erwiderte, der ihm zugedacht war, während die Dämchen sich aufgeregt zwitschernd in das Restaurant flüchteten. Einer der Rechtsradikalen schubste Rourke unsanft beiseite, der bis dahin die Szene beobachtet hatte, ohne einzugreifen. Innerhalb von nicht einmal einer Sekunde verwandelte er sich in einen Boxer und versetzte dem Angehörigen der Action Française einen Fausthieb, der sich gewaschen hatte. Sein Gegner stand auf und wollte sich wütend rächen, doch irgend etwas in den grünen Augen des hageren Mannes in dem abgetragenen Trenchcoat ließ ihn zurückschrekken. Im gleichen Augenblick tauchten die ersten Bullen auf und schwangen ihre Pelerinen, deren Säume mit Blei gefüttert waren und die sich als fürchterliche Waffen erwiesen. Innerhalb von wenigen Augenblicken war die Ruhe wiederhergestellt. Einzig ein auf dem Boden liegender Seidenschal, der von einer der Schönen bei ihrer wilden Flucht verloren worden war, zeugte noch von dem Geschehen. Rourke hob ihn auf, sog lächelnd und träumerisch das schwere Parfüm in sich ein, der von dem raffinierten Geschmack seiner Besitzerin zeugte, und band ihn um seinen Hals. Dann packte er den immer noch völlig verstörten Chat-Huant unterm Arm, zog ihn in die Rue des Petits-Champs und setzte, während es langsam hell wurde, das unterbrochene Gespräch fort, als wäre nichts passiert.

Sie waren fast am Palais Royal angelangt.

»Ganz abgesehen davon, daß ihr Vater ihr laufend Knüppel zwischen die Beine wirft«, mutmaßte Rourke.

»Richtig«, räumte Chat-Huant ein.

Und erzählte die Geschichte mit den fünfhunderttausend Exemplaren des *Day*, die Vater Killinger hatte aufkaufen lassen, von seinem Versuch, den Nachschub an Papier zu unterbinden, das Kate dringend benötigte, bis zur direkten Konfrontation im eigentlichen Vertriebsgebiet des *Day*, in Queens und auf Long Island, wo laufend Sonderausgaben der *Morning News* erschienen, die natürlich die Verkaufszahlen des *Day* senken sollten.

»Ich kenne mich auf diesem Gebiet kaum aus, aber man hat mir versichert, daß Karl Killinger alle bekannten Mittel einsetzt, um die Zeitung seiner Tochter abzuwürgen: Seit sechs Monaten geben die *Morning News* eine zweiunddreißig Seiten umfassende Spezialausgabe heraus, die einzig Queens und Long Island gewidmet ist. Killinger hat in Kates Bereich eine Agentur eröffnet und zwanzig Reporter und Fotografen abkommandiert; keine einzige Stadt war je so gut mit Zeitungen versorgt wie dieser Stadtteil von New York. Die Anzeigen in der Beilage der *Morning News* sind fast kostenlos. Kate kann nicht mehr mithalten; sie hat einfach nicht die Mittel dazu. Man behauptet, Karl Killinger habe bereits vier Millionen Dollar verloren. Wußtest du eigentlich, daß er schwer krank war?«

»Nein.«

»Ein Herzinfarkt. Aber anscheinend hat er sich wieder erholt. Kennst du ihn eigentlich gut?«

»Ja und nein.«

»Wie kann nur ein Vater so auf seine Tochter losgehen!«

»Oder umgekehrt«, meinte H. H. lächelnd.

Doch Rourkes Lächeln fiel eher bitter aus, wie Chat-Huant bemerkte. Sie hatten von der Rue de Valois aus den Garten des Palais Royal betreten. Chat-Huant wohnte in dem gegenüberliegenden, auf der Seite der Rue de Montpensier gelegenen Flügel des Palais, nur wenige Schritte von der überdachten Passage gleichen Namens entfernt. So gingen sie über den Innenhof des Palastes, in dem man gerade kleine, noch mit Stroh umwickelte Bäume gepflanzt hatte. Keine Menschenseele hielt sich um diese Uhrzeit hier auf, von einer alten Frau einmal abgesehen, die auf ihrem Rollstuhl mitten zwischen den Bäumen saß und Tauben fütterte; sie hatte einen ganzen Sack Körner bei sich. Wenn Chat-Huant von seinen nächtlichen Streifzügen zurückkehrte, blieb er immer einen Augenblick stehen und schaute der Frau zu. Die Tauben liefen über ihren Körper und saßen auf ihren Armen, ihrem Schoß, ihrem Kopf, überall, so daß die Frau den Eindruck erweckte, als habe sie selbst Federn.

Häufig beobachtete Colette von ihrer gegenüberliegenden Wohnung aus die Szene ebenfalls. An diesem Morgen sprach sie von eben diesem Fenster aus mit zwei Männern, die unter ihrem Fenster standen. Der eine, jung und beeindruckend schön, produzierte mit einem Strohhalm Seifenblasen, die in dem grauen Morgenlicht langsam zum Fenster der Schriftstellerin hochflogen. Colette versuchte, die Seifenblasen aufzufangen, und ihr großer, brauner Kater, der auf ihrer Schulter hockte, machte es ihr nach, hatte allerdings kein Glück. Die Autorin der skandalumwitterten, dabei so hervorragend geschriebenen Romane, lachte schallend. Sie war inzwischen sechzig Jahre alt, was man ihr wirklich nicht ansah. Mit ihren geschickt geschminkten Augen und dem ausdrucksstarken, dreieckigen Gesicht wirkte sie erheblich jünger.

Neben dem jungen Mann, der die Seifenblasen produzierte, stand ein zarter Mann mit schütteren Haaren, dessen Augen eine überdurchschnittliche große Neugier auf das Leben verrieten. Er hatte seinen Mantel wie ein Cape über die Schultern geworfen. Leise wies der Chronist – Chat-Huant kannte im Grunde keine ›Freizeit‹ – Rourke darauf hin, daß es sich um den Dichter Jean Cocteau handelte, was Rourke nicht übermäßig interessierte. Auch Cocteau wohnte im Palais Royal. Ein brillanter Mann.

»Ich habe ihn bei der Comtesse Anna de Noailles kennengelernt. Die Arme. Sie ist erst kürzlich gestorben.«

Sie kamen zu den Arkaden der überdachten Galerie nicht weit von dem Restaurant *Le grand Véfour*, wo sie vor den vereinzelt fallenden Regentropfen geschützt waren. Es sah ganz so aus, als würde es in Kürze kräftig regnen und der Herbst, der ausnehmend mild gewesen war, bald zu Ende gehen. Chat-Huant wurde sehr melancholisch. Vor achtzehn Monaten waren H. H. Rourke nach China und Kate Killinger in die Vereinigten Staaten gefahren, und er hatte den Eindruck gehabt, als habe sich das Paar endgültig getrennt. In den letzten Monaten hatte er wieder Hoffnung geschöpft, und diese Hoffnung war durch das Auftauchen Rourkes noch belebt worden. Doch wie konnte er jetzt noch daran glauben?

›Er macht nicht den Eindruck, als ob er mir wirklich zuhört, wenn ich ihm von ihr erzähle. Seine letzte Bemerkung beweist, daß er Kate für die Hauptverantwortliche für den Familienkrieg in New York hält. Vielleicht hat er damit sogar recht. Sie hat ihn verlassen, das steht fest, und nicht er sie ...‹

»Wirst du eingreifen?«

Sie gingen unter den Arkaden.

›Wenn ich mich mit ihm auf französisch unterhalte, dann kann ich ihn wenigstens duzen; ich weiß bis heute noch nicht, wie ich ihn eigentlich anreden soll. Rourke stört mich, H. H. kann man nun wirklich nicht aussprechen und Hatchi, wie ihn viele nennen, finde ich ausgesprochen lächerlich.‹

»Wie eingreifen?«

»Nach New York fahren und Kate helfen.«

»Vom Zeitungsgeschäft verstehe ich nun wirklich nichts.«

»Du bist Journalist.«

»Sie ebenfalls – und Sie verstehen von den geschäftlichen Dingen nicht mehr als ich.«

Sie kamen an einigen Münzen-, Briefmarken- und Antiquitäten-Handlungen vorbei, darunter ein berühmtes Geschäft, das sich auf chinesische Kunst aus der Ming-Epoche spezialisiert hatte, und erreichten endlich den Eingang zur Wohnung des Chat-Huant, die über einem Laden lag, in dessen staubiger Schaufensterauslage Bleisoldaten ausgestellt waren, zum größten Teil Angehörige der Armeen Napoleons. Chat-Huant faßte allen Mut zusammen:

»Gibt es eine Chance, daß eines Tages...«

Er brach ab. Und hoffte, Rourke habe den Satz auch so verstanden. H. H. zündete sich die fünfte Zigarette an, seitdem sie das Restaurant bei den Hallen verlassen hatten. Er wendete den Kopf ab und schaute verträumt auf den Garten des Palais Royal.

»Wenn Sie von Kate Killinger und mir sprechen, dann muß ich Ihre Frage verneinen. Es gibt nicht die geringste Chance. Gute Nacht.«

Er schlug den Kragen seines Trenchcoats hoch, zog seinen Filzhut ins Gesicht und ging davon; man hatte den Eindruck, als ob er den starken Regen, der inzwischen fiel, nicht einmal beachtete.

Zwei Tage später erfuhr Chat-Huant, als er mit Mimi Rourke zu Abend aß, daß Rourke inzwischen Paris verlassen hatte. Anscheinend sah man ihm seine Überraschung, vor allem die aufkeimende Hoffnung an, die diese Nachricht in ihm ausgelöst hatte, denn Mimi griff über ihren Tisch im *Tour d'Argent* und legte ihre Hand auf seine.

»Miau-Miau, Sie sind wirklich so romantisch wie eine kleine Midinette! Er hat weder den Zug nach Le Havre genommen noch sich dort nach New York eingeschifft. Er hält sich in unserem Haus in Pau auf, nichts weiter. Vorgestern abend hatte er wieder einmal einen Malaria-Anfall. Mein Arzt empfahl ihm, sich nach den Strapazen der letzten Monate gründlich auszuruhen. Die Luft in den Pyrenäen wird ihm bestimmt guttun. Ich werde zu ihm fahren, sobald ich mich hier freimachen kann.«

»Und, ist er dort unten allein?«

Mimis Augen schauten beinahe spitzbübisch aus. Anscheinend hatte sie etwas ausgeheckt und war höchst zufrieden damit. Sie schaute auf ihren Teller, konnte sich aber dann nicht mehr zurückhalten, sondern mußte schallend lachen.

»Ich weiß nicht, wie er die Überraschung, die ich für ihn vorbereitet habe, verdauen wird, aber ich habe auf alle Fälle mein Bestes getan: Machen Sie sich keine Sorgen, er wird nicht allein sein.«

Mimis Besitz trug den schönen Namen *Les Allées de Morlaas* und lag ganz in der Nähe von Pau. Alte Platanen standen auf dem Grundstück, und Hecken aus spanischem Lorbeer umgaben den englischen Garten. Mimi Rourke hatte das feudale Landhaus vor zehn Jahren gekauft, es vollständig renovieren lassen und neu eingerichtet; das Hauptgebäude war drei Stockwerke hoch, hatte einen riesigen Speicher und war ungefähr zweihundert Jahre alt. Der knapp zwei Hektar große Park war vollständig von einer Mauer umgeben. Außerdem gab es noch das alte Bauernhaus, in dem heute das Hausmeisterehepaar wohnte, das auf das Haus aufpaßte, und eine Scheune, die Mimi zu einem Stall umgebaut hatte, in dem vier Pferde standen.

Gegen Ende des Nachmittags traf Rourke in dem Landhaus ein, obwohl der Zug aus Paris bereits morgens in Pau angekommen war. Er war den Tag über durch Pau geschlendert und hatte sich an seine Kindheit erinnert, die er hier verbracht hatte. Lange war er auf dem Boulevard des Pyrénées auf und ab gegangen, von dem aus man einen prächtigen Blick auf die beeindruckende Gebirgskette hatte. Er hatte Mimis Schlüssel dabei, so daß er kommen und gehen konnte, wann er wollte, und beruhigte die Hunde, die ihn vor Freude umsprangen, nachdem er durch das große, schmiedeeiserne Portal gekommen war. Ohne sich aufzuhalten, grüßte er mit einer freundlichen Handbewegung den Hausmeister Darrieusec.

Eine kurze Freitreppe, die nur fünf Stufen umfaßte und ganz im Schatten eines mächtigen Kastanienbaums lag, führte zu der Doppeltür aus Glas, durch die man in das Herrenhaus gelangte. In der Halle war es aufgrund des dichten Blätterwerks des Kastanienbaums fast dunkel. Bevor er Licht anmachte, stellte er seine Reisetasche ab und sog die vertrauten Gerüche von Bohnerwachs und Holz in sich ein. Die Küche und das Speisezimmer links lagen völlig im Dunkeln, während unter der Tür rechts, die in den Salon führte, der gleichzeitig als Bibliothek diente, Licht schimmerte, was Rourke nicht weiter wunderte. Die Darrieusecs, die über sein Kommen unterrichtet gewesen waren, hatten sicher im Kamin ein Feuer gemacht und sein Bett mit einer Wärmflasche vorgewärmt. Er ging in den großen Salon.

Und blieb noch auf der Schwelle überrascht stehen: Eine junge Frau, die nichts weiter als einen Morgenmantel trug, hatte es sich in einem der großen Ohrensessel vor dem Kamin gemütlich gemacht und las.

Sie schaute hoch, wobei Rourke automatisch die Eleganz ihrer Bewegung registrierte, und schien sich über Rourkes Ankunft kaum zu wundern. Sie strich sich mit beiden Händen die Haare an den Schläfen glatt, schaute ihn an und lächelte. Rourke zog seinen Trenchcoat aus und warf ihn leicht verärgert über einen der Ledersessel. Anscheinend spürte die junge Frau, daß sie nicht Rourkes ungeteilten Beifall fand, denn ihre Augen wurden leicht unruhig. Sie stand auf, zog mit einer mechanischen Geste den Gürtel ihres Morgenmantels fest und stellte sich vor, wobei H. H. der leichte Akzent auffiel.

»Ich bin Julie Bénédict; ich leite für Ihre Mutter die Filiale in Monte Carlo, Monsieur Rourke. Ihre Mutter hat mir vorgeschlagen, den Rest meiner Ferien hier zu verbringen.«

»Meine Ankunft scheint Sie nicht zu überraschen.«

Julie Bénédicts Wangen wurden leicht rot.

»Ich wußte, daß Sie unter Umständen kommen würden«, räumte sie dann ein.

Kurzes Schweigen. Rourke nahm seinen Filzhut ab und warf ihn mit einer geschickten Bewegung, so daß er während des Fluges sich um sich selbst drehte, auf einen der Kerzenleuchter, die beiderseits des langen Spiegels über dem Kamin befestigt waren. Die junge Frau mußte lachen. Sie schaute Rourke freimütig an, der sich inzwischen mit der Anwesenheit der jungen Frau angefreundet hatte, und legte dann ihr Buch auf einen der Beistelltische, bevor sie sich entschuldigte:

»Hätte ich gewußt, daß Sie heute abend eintreffen, dann hätte ich mich selbstverständlich angezogen.«

Rourke setzte sich in den zweiten Ohrensessel und schlug ein Bein über die Lehne.

»Kann ich einen Whisky bekommen?«

Er hatte bewußt nonchalant, beinahe unverschämt gesprochen, doch Julie Bénédict ließ sich nicht so leicht aus der Fassung bringen.

»Ich bin nicht hier, um Sie zu bedienen«, antwortete sie und schaute ihn mit funkelnden Augen an, »aber ich will, da Sie gerade erst eingetroffen sind, eine Ausnahme machen.«

Während sie aus der kleinen Bar in dem Eckschrank die Whisky-Flasche und ein Glas holte, beobachtete Rourke sie mit Wohlgefallen. Sie war groß und schlank und vorzüglich gebaut; der Morgenmantel ließ an dieser Tatsache keinen Zweifel aufkommen. Trotz ihrer Zurückhaltung strahlte Julie Bénédict eine bemerkenswerte Sensualität aus.

»Eis?«

»Nein danke.«

Sie deponierte Glas und Flasche auf dem Beistelltisch neben seinem Sessel, entschuldigte sich und ging in den ersten Stock. Als sie nach wenigen Minuten zurückkam, hatte sie einen Rock, eine Bluse und eine hochgeschlossene, mandelgrüne Strickjacke an.

»Monsieur Rourke, wenn Sie gerne allein sein möchten, verlasse ich unverzüglich das Haus.«

Er kümmerte sich um das Kaminfeuer, legte ein neues, dickes Scheit auf und setzte sich dann wieder in seinen Sessel.

»Bitte, erzählen Sie mir doch von Ihnen.«

Sie stammte aus St. Gallen. Ihre Familie – die Eltern und fünf Brüder und Schwestern – lebten dort von einem kleinen Strickwarenunternehmen und einem Hotel mit zwölf Betten, das am Ufer des Weihers von Dreilinden lag. Vor fünf Jahren hatte sie als Neunzehnjährige einen schottischen Ingenieur für Spinnereiwesen geheiratet, der in seiner Freizeit in den Appenzeller Bergen kletterte. Vier Monate nach seiner Hochzeit kam er in den Bergen um; er war in einer seiner geliebten Wände ausgerutscht und abgestürzt. Julie war nach Edinburgh gezogen und hatte einige Zeit bei der Familie ihres verstorbenen Mannes gewohnt. Man hatte ihr eine Stelle als Gouvernante angeboten, und sie hatte angenommen. In Paris hatte sie dann Mimi Rourke kennengelernt und nicht lange gezögert, bei ihr als Verkäuferin anzufangen...

»Jetzt wissen Sie alles über mich, Monsieur Rourke. Madame Darrieusec war so freundlich und hat für mich zum Abendessen eine Grabure vorbereitet. Ich weiß zwar nicht, was das ist, aber...«

»Garbure«, korrigierte Rourke. »Ein dicker Eintopf aus Gänsefleisch, Speck, Kohl und weißen Bohnen.«

»Die Menge reicht für zwei. Ganz abgesehen von den vielen selbstgemachten Konserven, die ich im Vorratsraum entdeckt habe, mit eingemachtem Fleisch, Pasteten und was weiß ich noch alles...«

»Und Schinken und Nierenwurst«, ergänzte Rourke, der sich nichts anmerken ließ, aber die Situation inzwischen recht amüsant fand.

»Und den vielen Konfitüren.«

»Und die Gänseleberpasteten und Trüffeln und die zahlreichen Gemüsekonserven. Wenn meine Mutter hierherkommt, kann sie einfach nicht untätig bleiben. Ich denke, wenn wir mit den Vorräten vernünftig haushalten, können wir wohl eine zehnjährige Belagerung überstehen. Wenn hier jemand zuviel ißt, dann bin ich es.«

Während er sprach, beobachtete Rourke die junge Frau lächelnd und versuchte, hinter das Geheimnis ihres Charmes zu kommen. Sie war keine Schönheit, doch je länger man sie anschaute, desto stärker wurde man von ihrem Gesicht angezogen. Rourke mochte ihre kastanienbraunen Haare mit den leicht ins Rostbraune gehenden Strähnen und ihre ausgesprochen helle Haut. Über ihren brauen Augen schlossen sich lange, dichte Wimpern. Ihre stark ausgeprägten Lippen machten den Eindruck, als ob sie ständig und gerne lächelten. Julie wirkte sanft und beruhigend. Überhaupt war die Ruhe ihres Gesichtes und ihres Körpers vielleicht das Auffallendste an ihr, zumal sie trotzdem sehr sinnlich wirkte.

»Seit wann sind Sie hier?«

Fast eine Woche. Sie hatte, nachdem die Zweigstelle in Monte Carlo für die Wintersaison geschlossen worden war, Inventur gemacht, war dann nach Italien und London gereist, um die Bestellungen für die kommende Saison aufzugeben, und hatte sich anschließend vier Tage in Biarritz aufgehalten.

»Ihre Mutter hat die Absicht, dort einen dritten Laden zu eröffnen. Ich habe mich für sie einmal näher umgesehen.«

»Sie hat anscheinend viel Vertrauen in Sie.«

»Das stimmt.«

»In jeder Hinsicht«, setzte H. H. nach. »Hat sie Ihnen, mich betreffend, irgendwelche Verhaltensmaßregeln erteilt?«

»Nichts Präzises«, antwortete sie, ohne eine Sekunde zu zögern. »Sie überläßt es mir, Entscheidungen zu treffen, sobald ich das für notwendig halte. Seit ich mit Ihrer Mutter zusammenarbeite, halten wir es so. Und Sie dürfen mir glauben, daß ich meine Entscheidungen allein treffe.«

Jetzt verrieten auch Julie Bénédicts Augen, daß sie sich königlich amüsierte.

»Vor allem in diesem speziellen Fall, der Ihr Privatleben betrifft«, fuhr H. H. unerschütterlich fort.

»Sie nehmen mir die Worte aus dem Mund.«

Sie musterte ihn ganz offen und mindestens so intensiv wie er sie und schien sich mit ihrem Urteil Zeit zu lassen. Daß Mimi ausgerechnet dieser jungen Frau angeboten hatte – sicher nach reiflicher Überlegung! –, genau zu dem Zeitpunkt in dem Haus in Pau zu wohnen, zu dem er selbst einige Zeit dort verbringen würde, wunderte ihn überhaupt nicht. Und verletzte ihn auch nicht. Mimi handelte nicht zum ersten Mal in dieser Weise. Vor fünfzehn Jahren hatte sie für ihn seine erste Mätresse aus dem Pulk ihrer Verkäuferinnen ausgewählt, noch bevor er auf diesem Gebiet selbständig geworden war. Julie Bénédict war allerdings aus einem ganz anderen Holz geschnitzt als die erste Frau, mit der ihn Mimi verkuppelt hatte. Mimi hatte nicht mehr, aber auch nicht weniger versucht, als ihm einen Ersatz für Kate anzubieten. Das war Rourke bereits in dem Moment klar gewesen, in dem er die Schwelle zur Bibliothek überschritten hatte; und das war auch der Grund für seine Verärgerung gewesen – die inzwischen restlos verflogen war. Auf das Spiel nicht nur eingehend, sondern es weiter vorantreibend, fragte er:

»Haben Sie eine Entscheidung getroffen?«

»Ich überlege noch.«

Um sofort hinzuzufügen, selbstverständlich sei auch er frei in seiner Wahl: »Monsieur Rourke, ich habe Ihnen bereits angeboten, das Haus zu verlassen, falls Sie dies wünschen. Ich brauche nur wenige Minuten, um meine Koffer zu packen und mich hinter das Steuer meines Wagens zu setzen.«

»Ausgezeichnet«, meinte H. H.

»Ich kann sofort abreisen.«

»Wie steht es eigentlich mit dem Kochen?«

»Für mich koche ich schon.«

»Dann schlage ich einen Pakt vor.«

»Unter der Voraussetzung, daß er für beide Teile die gleichen Rechte und Pflichten enthält.«

»Darauf lege auch ich größten Wert. Ich habe gelernt, mich um das Feuer im Kamin zu kümmern und den Tisch zu decken.«

»Einverstanden. Ich werde mich um die Grabure kümmern.«

»Garbure«, korrigierte Rourke. »Und nennen Sie mich Hatchi.«

Am dritten Tag seines Aufenthaltes in Pau erlitt H. H. Rourke einen neuen Malaria-Anfall. Sie hatten sich im *Palais des Pyrénées* Ernst Lubitschs Film *Design for Living* angeschaut und waren in Julies nicht mehr gerade neuem Kabriolet Citroën B 14 auf dem Weg in die *Allées de Morlaas,* als die ersten Schauer Rourke überliefen. Sehr schnell zitterte er am ganzen Leib und klapperte sogar mit den Zähnen. Julie half ihm, die Treppe in den ersten Stock hinaufzusteigen und in sein Zimmer zu gelangen. Sie zog ihn aus, packte ihn ins Bett, machte im offenen Kamin – jedes Zimmer verfügte in dem Herrenhaus über einen eigenen Kamin – ein riesiges Feuer und erstickte ihn fast unter Decken. Anschließend brach dann das Fieber aus und kletterte schnell auf einundvierzig. Sie stopfte ihn mit Chinin voll, das sie in Glühwein aufgelöst hatte. Zwei Stunden lang war er ohne Bewußtsein. Nachdem er kurz wach gewesen war, fiel er endlich in einen normalen, wenn auch tiefen Schlaf. Auch am nächsten Tag hütete er das Bett, obwohl er zweimal den Versuch gemacht hatte, ihrer strengen Überwachung zu entkommen und aufzustehen.

»Kommt gar nicht in Frage!«

Während der letzten dreißig Stunden hatte sie ihn kaum allein gelassen und sogar ihr Eckzimmer aufgegeben, um in das direkt neben Rourke liegende zu ziehen.

»Ich bin untröstlich für die viele Mühe, die ich Ihnen gemacht habe.«

»Dazu besteht kein Grund. Im übrigen hatte Ihre Mutter mich gewarnt.«

Sie saßen am Küchentisch und frühstückten. H. H. verschlang ungeheure Mengen von frischem, dick mit Butter und Quittengelee bestrichenem Weißbrot, das er schamlos in seine blaue Fayence-Schale tauchte, die bis zum Rand mit schwarzem Kaffee gefüllt war. Mimi hatte, als sie das Haus renovierte, die großen Ausmaße und die ursprüngliche Ausstattung der Küche beibehalten: dunkles Eichenholz, Fayencen mit Motiven in Preußischblau auf weißem Grund, Schüsseln, Kasserollen, Schmortöpfe und Pfannen aus Kupfer, die in Schlachtordnung an den Balken hingen.

»Im Augenblick fühle ich mich sehr gut. Die Anfälle werden im Laufe einer Serie immer schwächer.«

Julie Bénédict nickte nur mit dem Kopf. Ihr Schweigen beschäftigte ihn; als er aufschaute, bemerkte er, daß sich etwas geändert hatte. Ihre Haltung verriet sie. Nach der von Rourkes Krankheit erzwungenen Intimität zwischen ihnen hätte sie sich jetzt vertrauter zeigen müssen als vorher. Doch genau das Gegenteil war der Fall. Hatte sie ihn früher häufig ironisch oder herausfordernd oder auch schlicht frech gemustert und war seinem Blick nie ausgewichen, so schaute sie jetzt, sobald sich ihre Blicke begegneten, zu Boden. Oder sie machte die Augen einfach zu, so daß er nur noch ihre langen Wimpern sah.

Am Nachmittag des gleichen Tages machten sie an der Gave einen Spaziergang. Merkwürdigerweise wußten sie beide nicht, worüber sie hätten sprechen können. Rourke begriff nicht, wie ihm geschah; er räusperte sich unaufhörlich. Zwischendurch versuchte er, mit Pfeifen die Stille zu vertreiben, aber auch das mißlang. Und wenn sich ihre Hände durch Zufall beim Gehen berührten, dann machten beide verschreckt einen Satz zur Seite. Schließlich bemühten sie sich nicht einmal mehr, das Schweigen zu brechen.

Am Abend saßen sie in einem Restaurant und gingen dann zum Tanzen ins Kasino, das bereits einen traurigen Eindruck machte, denn die Vorbereitungen zur Schließung am 15. Oktober waren in vollem Gange. Nachdem sie wieder in Mimi Rourkes Haus waren, stellte sich das gleiche Gefühl von Verlegenheit ein, das sie den ganzen Tag über beherrscht hatte; bevor sie sich trennten und auf ihre Zimmer gingen, schlug Rourke vor, am nächsten Tag einen großen Ausflug zu unternehmen. Sie stimmte sofort zu.

Sie brachen im Morgengrauen auf; ein leichter Nebel lag über der Landschaft, in den sich der von den Feldern aufsteigende Rauch mischte. Die Bauern waren dabei, die abgeernteten Felder abzubrennen. Schafherden, die von den hochgelegenen Almen abgetrieben wurden, versperrten zuweilen die Straße, und Rourke mußte im Schritttempo fahren, während die aufgehende Sonne die Schafe rosa färbte. Für die Jahreszeit war es viel zu frisch, und man spürte, daß ein strenger Winter bevorstand. Die Schafe stießen beim Atmen kleine, drollige Rauchwolken aus, und Julies Wangen – sie hatte das Fenster heruntergelassen – waren rot. Ihre Augen glänzten. Sie selbst hatte Rourke vorgeschlagen, das Steuer zu übernehmen, während sie sich fröstelnd in eine Decke wickelte und sich auf der Rourke abgewandten Seite ihres

Sitzes zusammenkauerte, als ob sie den Kontakt fürchtete. Von neuem hatten sie Schwierigkeiten, ein Gesprächsthema zu finden. Sie hatten in Bétharram angehalten, um die Grotten zu besichtigen, brachen aber den Besuch ab, noch bevor sie alles gesehen hatten, denn sie ertrugen beide das Schweigen nicht, das sich zwischen ihnen breitmachte. Beim Fahren waren wenigstens Rourkes Hände beschäftigt, und Julie konnte so tun, als sei sie von der Landschaft fasziniert. Sie kamen durch Arudy und aßen in Eaux-Bonnes zu Mittag. Gegen drei Uhr nachmittags kamen sie in dem kleinen Dorf Grabas an. Ab und zu lagen bereits – es war noch viel zu früh dafür – Schneefelder auf den Wiesen.

»Ist eine Schweizerin aus St. Gallen eigentlich fähig, in den Bergen zu marschieren?«

Sie warf einen kurzen Blick zu den Gipfeln der Pyrenäen und lächelte dann: »Was meinen Sie?«

Er wußte, wo er problemlos die notwendige Ausrüstung leihen konnte. Vor zwanzig Jahren hatte er in dem Dorf seine Schulferien verbracht und war seither oft hiergewesen, um seine Freunde zu besuchen. Nachdem alles zu seiner Zufriedenheit geregelt war, fuhr er noch vier, fünf Kilometer weiter und stellte dann Julies Citroën ab. Zu Fuß marschierten sie bis zu dem Flecken Bious-Artigue und kamen dann in einen Wald; ab und zu sahen sie durch Lichtungen die gekrümmte Spitze des Pic du Midi D'Ossau vor sich, dessen Felswände sich in der Abendsonne langsam verfärbten. Sie waren ungefähr eine Stunde gelaufen, als Rourke stehenblieb und den Rucksack absetzte, den er sich geliehen hatte.

»Es gibt zwei Möglichkeiten: Entweder kehren wir jetzt um und steigen wieder ins Tal, solange es noch hell ist...«

»Oder?«

»Wir gehen weiter und stoßen in ungefähr einer Stunde auf eine Hütte. Ich habe dort oft geschlafen. Sie ist sehr klein.«

Sie hatte sich etwas abseits auf einen großen Stein gesetzt. Rourke sah ihr Profil.

»Ich habe inzwischen die Entscheidung getroffen, von der wir am Tag Ihrer Ankunft gesprochen haben«, meinte sie zögernd.

In Gabas hatte sich Julie eine dicke Ski-Hose übergestreift, die viel zu groß war für sie, genau wie Rourkes Pullover, in dem sie fast ertrank. Trotzdem wirkte sie immer noch fast grazil. Die Anstrengung der Wanderung und die Kälte des beginnenden Abends hatten ihre Wangen rot werden lassen. Sie nickte mit dem Kopf.

»Ich weiß, was Sie mir sagen wollen: eine Verbindung zwischen uns habe keine Zukunft; Sie könnten auf keinen Fall auf Ihre Reisen verzichten, die immer sehr lange dauern. Gut. Das ist mir gleichgültig.«

H. H. rauchte schweigend.

»Und ich weiß alles über Catherine Killinger, was ich wissen sollte«, fuhr sie dann genauso ruhig fort. »Das ist mir nicht gleichgültig; aber da ich es nicht ändern kann, ist es wohl am besten, so wenig wie möglich daran zu denken.«

»Wir sollten wieder ins Tal absteigen«, meinte H. H. »Der Vorschlag war wohl nicht so gut.«

Doch weder sie noch er rührten sich. Sie schauten sich den bereits verschneiten Pic an, der bis auf dreitausend Meter hochragte. Endlich stand Julie auf, zog sich die gefütterte kanadische Jacke über, die sie ausgeliehen hatte, und schlug den Weg Richtung Hütte ein. Rourke folgte ihr, die Zigarette in den Mundwinkeln, mit den Augen. Wie eine geübte Sennerin schritt sie gleichmäßig voran. Ihr Atem zeichnete sich als leichter Nebel ab, wie schon am frühen Morgen der der Schafe. Rourke drückte seine Zigarette aus und stieg hinter ihr her den Berg hinauf.

Die recht primitive Hütte war aus grob behauenen Steinen gebaut. Es wurde schon dunkel, als sie endlich an ihrem Ziel ankamen. Der Pic du Midi d'Ossau hatte sich vor ihren Augen vom Hellrot bis zum tiefsten Purpur verfärbt, bevor er in der Dunkelheit verschwand. Die Hütte bestand aus einem einzigen, sehr niedrigen Raum, dessen Decke von dem Rauch aus dem Ofen schwarz verfärbt war. Es war dunkel, kalt und scheußlich ungemütlich. Als Möbel befanden sich nur ein Tisch, der nichts anderes war als eine grob gehobelte Platte, die man auf Pfosten befestigt hatte, und zwei ebenso rustikale Bänke in der Hütte. Strohmatratzen lagen zusammengerollt auf einer Etagere, darunter grobe Militärdecken. In einer Ecke stand eine Truhe. Während Julie die Matratzen auf dem Gestell, das als Bett diente, ausrollte und mit einem Ast versuchte, sie etwas auszustauben, mühte Rourke sich ab, ein Feuer in dem Kamin zu entfachen.

Im Freien waren im Schutz einer Mauer viele Scheite sorgfältig aufgestapelt, doch das Kleinholz zum Entzünden des Feuers war aufgrund des Regens, der während der letzten Tage gefallen war, völlig durchnäßt. Rourke hatte die größten Schwierigkeiten, das Feuer in Gang zu setzen, und mußte sogar etwas Stroh von ihren Matratzen opfern, um ein Resultat zu erzielen. Endlich züngelten die Flammen und wurden, als sie so mächtig waren, daß sie mit den dicken, trockenen Scheiten fertig wurden, klar und hell. Die Atmosphäre in dem Raum änderte sich schlagartig: Tisch und Bänke sahen in dem weichen Licht richtig gemütlich aus, und auch Julies nackte Schulter schimmerte warm. Sie hatte sich in eine der schweren Decken eingewickelt und auf die Matratzen gesetzt; ihr Kinn ruhte auf ihren Knien, während ihre Arme ihre Beine umschlangen. In ihren klaren Augen, die Rourke ernst anschauten, spiegelten sich die Flammen des Kaminfeuers.

»Es ist alles ganz einfach«, sagte sie zu ihm. »Ich möchte, daß wir zusammen schlafen. Kein Grund, ein Drama heraufzubeschwören.«

Rourke legte zwei riesige Scheite auf das Feuer, das inzwischen krachend prasselte, und ging zu Julie. Er setzte sich und strich sanft mit den Fingerspitzen über ihre nackte Schulter. Sie schloß die Augen und drückte ihre Wange gegen seine Hand. So verharrten sie einen Augenblick, ohne sich zu bewegen, bis Rourke ihre Finger löste und sie so die Decke loslassen mußte, die sie an ihren Körper preßte. Langsam, sehr langsam und ihr dabei in die Augen schauend, die sie wieder geöffnet hatte, schlug er die Decke beiseite. Julie war völlig nackt. Im weichen Licht des Feuers betrachtete er einen Augenblick ihren Körper, bevor er sich vorbeugte, sie auf die Schulter küßte und sanft ihre feste, warme Brust streichelte. Mit einem rauhen Seufzer ließ sich Julie nach hinten gleiten und zog ihn auf sich. Sie rollten auf die Strohmatratze.

»Nach der Beschreibung, die man mir von dir gegeben hatte, hatte ich eigentlich damit gerechnet, innerhalb von fünf Minuten vergewaltigt zu werden.«

»Wer ist dieser ›man‹.«

»Die Verkäuferinnen in Paris und Monte Carlo.«

»Man schätzt mich wahrlich zu hoch ein! Übrigens, warum eigentlich fünf Minuten? Normalerweise bin ich schneller.«

»Das kommt ganz darauf an.«

»Wann hast du eigentlich beschlossen, daß du einverstanden bist, vergewaltigt zu werden?«

»In der Minute, in der du die Bibliothek betreten hast. Aber ich habe gleichzeitig beschlossen, einige Tage zu warten. Ich wollte sichergehen. Du hast mich überrascht.«

»Wobei?«

»Nach der Beschreibung, die man mir von dir gegeben hatte, rechnete ich mit einer Art hochmütigem Kosaken.«

»Und ich bin kein *hochmütiger Kosak?*«

»Weder das eine noch das andere.«

»Schade.«

»Du bist sehr sanft und sehr sensibel. Vielleicht sogar zu sensibel.«

Sie lag halb auf Rourke; ihr Kinn ruhte auf dem Rücken seiner linken Hand.

»Zu sensibel?«

»Das war der Punkt, der mich überrascht hat.«

»Hättest du eigentlich einen *hochmütigen Kosaken* akzeptiert?«

»Nein; ich bin nach Pau gefahren, um deiner Mutter einen Gefallen zu erweisen. Sie hat mich gebeten, hier zu sein, während du dich hier aufhältst, und dich zu pflegen, falls dies notwendig werden sollte. Wir hatten vereinbart, daß alles weitere einzig von mir abhing und nur mich etwas anging. Ich bin in meinen Entscheidungen frei und kann tun und lassen, was ich will.«

In dem kleinen Raum war es inzwischen sehr warm geworden. Es roch gut nach brennendem Holz, Stroh und Kölnisch Wasser, mit dem Julie sich und Rourke nach ihrem ersten Zusammensein freigiebig und heftig eingerieben hatte. Sie hatte sich dann wieder auf ihn gelegt und versucht, seine zarte, warme Haut möglichst völlig mit ihrer zu bedecken. Ihre Lippen befanden sich nur wenige Zentimeter auseinander. Wollüstig hatte sie ihren Körper an seinem gerieben, ihre Brüste an seiner, ihren Bauch an seinem. Sie biß ihm in die Lippen, in die Ohrläppchen, ins Kinn. Die so ausgeglichene Julie Bénédict hatte sich in ein wollüstiges Wesen verwandelt, das keine Hemmungen zu kennen schien. Sie legte sich auf den knochigen Körper Rourkes und packte sein Gesicht mit beiden Händen, um es ganz nach Belieben nach rechts und links drehen zu können, während sie es wie ein geheimnisvolles Objekt studierte.

»Es stimmt, du hast zwei völlig verschiedene Profile. Ich ziehe das rechte vor.«

»Ich werde mich ab sofort wie die alten Ägypter nur noch im Profil zeigen.«

»Aber ich mag auch das linke. Ich weiß nicht einmal, wie ich dich anreden soll. Wie redet sie dich an?«

»Rourke.«

»Kennt sie deine Vornamen?«

»Ja.«

Rourke richtete sich ziemlich abrupt auf, so daß sie seitwärts auf die Matratze rutschte. Er packte je eine Brust und zwang sie, sich auf den Rücken zu legen. Julies Nasenflügel weiteten sich, und sie legte ihre Hände auf die Rourkes.

»Wir werden nicht länger von ihr reden, Julie.«

»Mich stört das nicht.«

»Aber mich.«

Julie wollte sein Gesicht streicheln, doch er packte ihre Handgelenke, drückte sie beiseite und hielt sie fest. Er hatte sich ein wenig aufgerichtet und betrachtete ihren Körper. Sie lachte leise, aber sehr sinnlich, tat so, als wolle sie ihm Widerstand leisten, und krümmte sich etwas, um ihn, wenn möglich, abzuschütteln. Der Druck an ihren Handgelenken verstärkte sich. Er ließ sich auf sie fallen, und sein harter Mund suchte ihren. Er nahm sie leidenschaftlich. Sie konnte ihm nicht widerstehen, öffnete sich, kam ihm entgegen. Die körperliche Übereinstimmung zwischen ihnen umfaßte alle Bereiche. Sie liebten sich jetzt zum dritten Mal. Sehr schnell erreichten sie einen beinahe brutalen Höhepunkt, der sie um Atem ringen ließ.

Er war so erschöpft, daß er sie freigab, um sich ausstrecken zu können. Stunden zuvor, bevor sie sich zum zweiten Mal geliebt hatten, hatte er das Gestell mit den Strohmatratzen vor den Kamin gezogen. Es regnete, oder, richtiger, es hatte lange geregnet, denn inzwischen roch die kalte Luft, die durch die Türspalten eindrang, nach Schnee.

»Entschuldige bitte. Normalerweise bin ich nicht exaltiert. Ich weiß nicht so recht, wo ich bin; das ist mir noch nie passiert.«

»Sprechen wir nicht darüber.«

»Ich habe mich mit einem Mann noch nie so aufgeführt wie mit dir. Allerdings hatte ich auch Gründe dafür. Interessieren sie dich?«

»Ich weiß nicht.«

»Ich werde sie dir sagen; es ist sicher besser, daß alles klar ist zwischen uns. Ich liebe dich schon lange... Hatchi, ich werde versuchen, dich zu behalten. Mit allen Mitteln, selbst wenn ich mich wie eine Hure aufführen muß, wenn ich mit dir ins Bett gehe. Das heißt aber nicht, daß ich versuchen werde, dich an deinen Reisen zu hindern. Wann immer du willst, kannst du eine deiner Reisen unternehmen. Ich werde nie mit dir kommen. Aber ich werde auf dich warten. Solange es notwendig ist.«

»Das ist doch völlig sinnlos.«

»Du täuschst dich. Ich liebe deine Mutter. Ohne sie wäre ich nie in Paris geblieben. Und ich bin überzeugt, daß sie mich ebenfalls mag. Gott sei Dank arbeite ich mit deiner Mutter zusammen, die du bei jeder Rückkehr nach Europa besuchst. So sehe ich dich jedesmal. Außer, wenn du mich nicht sehen willst. Du mußt es mir nur sagen, Hatchi, bitte versteh, ich will mich dir nicht aufdrängen oder dich verfolgen, das wäre lächerlich. Ich werde genau das tun, was deine Mutter tut: auf dich warten, ohne dir jemals deine Reisen vorzuwerfen – oder dein Schweigen, wenn du verreist bist. Ich hoffe nur, daß du, wenn du zurückkommst, Lust hast, mit mir ins Bett zu gehen.«

Das Feuer loderte hell; Funken stoben immer wieder krachend auseinander.

»Um Himmels willen!«

Sie lachte leise: »Ich wüßte wirklich nicht, was du sonst sagen könntest. Ich selbst bin verblüfft, wenn ich mich reden höre. Aber du mußt keine Angst haben: Ich bin nicht übergeschnappt. Ich bin sogar davon überzeugt, sehr vernünftig zu sein. Es gibt nur eine Möglichkeit, mit einem Mann wie dir zusammenzuleben: Entweder man läßt ihn, wie er ist, oder man gibt von vornherein auf. Und, keine Angst, ich opfere mich nicht; ich habe einen Beruf, der mir gefällt und der mich ausgezeichnet ernährt, und im Augenblick verspüre ich nicht die geringste Lust, mit einem anderen Mann zu leben. Seit fünf Jahren bin ich Witwe, und nach meinem ersten Mann habe ich während der ganzen Zeit nur mit einem einzigen anderen Mann geschlafen...«

»Das interessiert mich eigentlich überhaupt nicht.«

»Das ist mir gleichgültig. Es ist ungerecht, daß ich soviel über dich weiß. Ich kenne die Namen von mindestens fünfzehn Frauen, mit denen du geschlafen hast. Deine Mutter ist sehr stolz auf – wie soll ich sagen: deinen Medaillenspiegel?«

Rourke reagierte: »Ich ziehe Jagdstrecke vor.«

»Wenn du meinst. Wie auch immer, ich finde es nicht gerecht, daß ich soviel über deine Vergangenheit weiß, während du keine Ahnung hast, was ich getrieben habe. Vor etwas mehr als drei Jahren hatte ich in Edinburgh einen Liebhaber. Damals habe ich noch nicht im Geschäft deiner Mutter in der Rue du Faubourg Saint-Honoré gearbeitet. Ein gewisser Edward Watts. Er wollte mich heiraten. Ich hätte beinahe ja gesagt. Er war reich und recht ansehnlich. Ich hatte nur die Wahl: ihn zu heiraten oder zu arbeiten. Oder nach St. Gallen zurückzukehren und im Hotel meiner Eltern Bier auszuschenken. Er war vierzig Jahre alt. Zweimal bin ich mit ihm ins Bett gegangen. Es war tödlich langweilig. Du kannst dir wahrscheinlich nicht vorstellen, wie sehr man sich in solchen Fällen langweilen kann!«

Endlich schwieg sie. Leise, beinahe verstohlen fing H. H. im Halbdunkel an zu lachen.

»Hatchi, bringe ich dich zum Lachen?«

»Nicht nur du. Ein gewisser H. H. Rourke ist in diesem Augenblick im höchsten Maße komisch.«

»Ich bin in dich verliebt. Daran läßt sich nichts ändern. Ich war schon in dich verliebt, noch bevor ich dich richtig kennengelernt habe.«

»Und das hat sich inzwischen nicht gelegt.«

»Nein, das kann man wirklich nicht behaupten.«

H. H. lachte immer heftiger; sie hatte sich auf ihren Ellbogen aufgestützt, um ihn besser zu sehen, und fing ebenfalls an zu lachen. Schließlich drückte sie sich an ihn und legte ihre Wange auf seine Brust.

»Hatchi, du weist mich nicht zurück? Ich meine, unter den Bedingungen, die ich dir geschildert habe?«

»Julie...«

»Unter diesen Bedingungen!«

»Das ist doch nicht seriös! So kann doch kein Mensch leben!«

»Hatchi, liebst du mich wenigstens ein bißchen?«

»Ja.«

»Bist du dir sicher?«

Er legte seinen Arm um sie und zog sie an sich; mit seiner freien Hand hob er sanft ihr Gesicht und küßte sie. Sie wiederholte die Frage:

»Bist du dir sicher?«

»Sicher«, meinte er. »Ehrenwort.«

Und sagte noch viel mehr. Zum ersten Mal seit Jahren fühlte er eine

Art Ruhe in sich; das Wort war schwach, um das zu bezeichnen, was er empfand, doch es gab kein anderes: Er fühlte sich ruhig, ausgeglichen, nicht gehetzt. Vielleicht lag das mit an seiner Rückkehr nach Pau, in die Pyrenäen, was er sich gut vorstellen konnte, denn er hatte den größten Teil seiner Kindheit und Jugend in Paris verbracht, und Pau war für ihn immer ein Synonym für Ferien und Entspannung gewesen. Doch dies allein reichte als Erklärung sicher nicht aus; er gestand, daß auch Julie dazu in großem Maße beigetragen hatte.

Er schwieg. Endlich sagte sie nach langem Schweigen, ohne daß ihre Stimme gezittert hätte:

»Hatchi, ich glaube, ich werde ein wenig weinen. Nur ein wenig. Du mußt das nicht ernst nehmen, das wird nicht lange dauern.«

Er nahm seinen Arm von ihr, ließ sie frei und stand auf, um zwei Scheite nachzulegen. Dann zog er sich an, ging mit dem großen Kochtopf zu einem kleinen See und holte Wasser. Es schneite, doch die Schneeflocken schmolzen sofort, sobald sie auf die Wiese fielen. H. H. ließ sich Zeit und rauchte. Es wurde langsam hell. Er konnte die umliegenden Berge erkennen, die Gave du Bious mit ihrem gewaltigen Sturzbach, das Felsenmassiv des Pic d'Anéou zu seiner Rechten, ganz im Hintergrund die Kette der Soques, und genau gegenüber das Massiv des Midi d'Ossau, das am nächsten gelegen war und etwas erdrückend wirkte. Sollte es nicht zu sehr schneien, dann konnten sie zu den Ayous-Seen hochsteigen, die ungefähr eine Stunde von der Hüte entfernt lagen und beeindruckend schön waren, vor allem der zweite, größere.

Dann ging er mit dem eisernen Kessel, der gefüllt wohl an die fünfzehn Kilo wog, in die Hütte zurück und setzte ihn aufs Feuer.

»Du bist ja eiskalt«, sagte sie, als sie seine Hand packte.

Julie hatte inzwischen ›den Tisch gedeckt‹, das heißt, das Brot, den Schinken, den Käse und die kleinen, häßlichen, aber wunderbar schmeckenden Äpfel ausgepackt, die Reste vom gestrigen Tag.

Dann hatte sie sich wieder auf eine der Militärdecken vor das Kaminfeuer gesetzt, und zwar auf ihre Fersen, so daß die Knie den Boden berührten und die Kurven ihres wunderschönen Körpers sich im Profil gegen die Flammen abzeichneten. Ihre Hände lagen nachlässig auf ihren langen Schenkeln. Durch ihre Haare, die vor ihrem Gesicht hingen, beobachtete sie Rourke naiv und lasziv zugleich. Ihre Blicke kreuzten sich, und langsam erlosch das Lächeln der jungen Frau. Rourke näherte sich:

»Du tust alles, um mich aufzuheizen?«

»Mmmmmmm-Mmmmmm.«

Er strich zart über ihre warmen Brüste und beugte sich dann vor, um abwechselnd die eine und dann die andere zu küssen. Dann glitten seine Lippen in die feuchte Furche zwischen ihren Brüsten und machten sich daran, diesen Körper, der sich ihnen völlig hingab, Zentimeter für

Zentimeter zu erforschen. Die Haut war an manchen Stellen glühend heiß; Julie schauderte öfter, als habe sie Fieber. Zweimal rief sie ihn mit rauher Stimme, sehr laut, als ob er sehr weit entfernt wäre. Dann packte sie ihn am Hals und zog ihn nach oben, so daß er gezwungen war, sich auf sie zu legen. Sie befanden sich so dicht am Feuer, daß sie beinahe Gefahr liefen, sich zu verbrennen.

»Hatchi, soviel hatte ich gar nicht erwartet«, flüsterte Julie.

»Sei still«, antwortete H. H. sehr leise, »sei bitte still.«

Erst am übernächsten Tag machten sie den Ausflug zu den Ayous-Seen, nachdem sie lange gezögert hatten, die Hütte, in der sie sich so wohl fühlten, zu verlassen; nachdem sie die Tür mit einer der Decken verhängt hatten, so daß die Kälte durch die Ritzen nicht mehr eindringen konnte, war es angenehm warm. Am Morgen des zweiten Tages hatte der junge Schäfer von Gabas an ihre Tür geklopft und sie mit Lebensmitteln versorgt; Rourke hatte für den Fall, daß sie die geliehene Ausrüstung nicht vorher zurückgeben sollten, darum gebeten. Insgesamt blieben sie vier Tage auf der Hütte und machten sogar einen Tagesausflug zu den beeindruckenden Felsen des Anéou, zu deren Füßen noch Schafe grasten, sowie zum Paß von Pourtalet, der die Grenze nach Spanien bildete.

Am Nachmittag des vierten Tages verschlechterte sich das Wetter zusehends, was die Entscheidung, die sie ohnehin zu fällen hatten, erleichterte. Sie beschlossen, in die *Allées de Morlaas* zurückzukehren. Julies Ferien gingen zu Ende; sie hatte sich für den kommenden Montag mit Mimi in Paris verabredet, um ihr ihren Bericht über Biarritz zu überreichen.

»Ich werde ihr nichts sagen, Hatchi.«

»Das ist auch gar nicht nötig, denn sie wird auf Anhieb wissen, was passiert ist.«

»Das ist mir egal. Ich sage trotzdem nichts.«

Sie lachte, als ob sie den etwas heftigen Unterton überspielen wollte, der bei ihr durchgeklungen hatte. Während der mehr als vierzig Stunden, die sie noch zusammen in Pau verbrachten, behielt sie die Haltung bei, die sie ihm versprochen hatte: Sie stellte Rourke keine einzige Frage, wollte nicht wissen, wann er wohin reise und wann er wieder zurückkäme. Sie hatte zwar keine Lust, noch einmal auf ihre Erklärung zurückzukommen, die sie in der Hütte abgegeben hatte, denn sie wollte sich nicht wiederholen, hielt aber ihr Versprechen sehr gewissenhaft ein, woran man ihre Charakterstärke messen konnte.

Sie fuhr in ihrem Wagen allein nach Paris zurück; H. H. blieb noch einige Tage und unternahm ausgedehnte Wanderungen. Mimi hatte ihm seine Post nachgeschickt, darunter auch einen langen Brief von Larry

Saperstein, seinem New Yorker Agenten, der seine Reportage über Jadeflöte recht gut, die über Ras Kaitan noch besser und die über Paulson-den-Söldner, den Veteran des amerikanischen Bürgerkrieges, weit überdurchschnittlich verkauft hatte: Fast zweihundert amerikanische Zeitungen hatten die Reportage gekauft, und Saperstein war sich sicher, daß noch weitere folgen würden.

»Du hattest mir geschrieben, daß du das Thema eigentlich nicht gemocht hattest. Hatchi, wenn du weitere Reportagen hast, die du nicht magst, dann schick sie mir um Himmels willen!«

Der Agent erwähnte dann noch eine Überweisung über fast zweitausend Dollar, die Rourke bei der Barclays Bank in Paris oder in New York abheben konnte – oder auch woanders, vorausgesetzt, er sagte seinen Bankiers Bescheid.

Ein merkwürdiges Postskriptum schloß den Brief ab:

»Nur um dich zu informieren: Zu den Zeitungen und Zeitschriften, die deine Reportage über Paulson gekauft haben, zählt auch THE Queens & Long Island DAY. Dein Text wurde ohne jede Korrektur vollständig abgedruckt; die Redaktion hat allerdings entgegen deinen Anweisungen den Artikel mit H. H. Rourke und nicht mit einem Pseudonym gezeichnet. Alle anderen Redaktionen haben deinen Wunsch nach Anonymität respektiert, nur der *Day* nicht. Ich habe natürlich sofort angerufen und protestiert. Die haben mich ausgelacht und gesagt, ich solle einen Prozeß anstrengen, falls ich Lust dazu habe. Der Chefredakteur heißt Nick DiSalvo. Er hat mir gesagt, er würde blind alle Reportagen kaufen, die aus deiner Feder stammen, sie aber immer unter deinem richtigen Namen veröffentlichen. Wie soll ich mich verhalten?«

Die Dame auf dem Telegrafenamt von Pau an der Ecke der Rue Daran und der Rue Maréchal-Foch hatte während ihrer ganzen Karriere noch kein Telegramm nach New York expediert; doch nicht nur das, auch die lakonische Kürze beschäftigte sie.

»Was bedeutet denn das: *I don't give a fuck?*«

»Das ist ein Ausdruck, der in der vornehmen bürgerlichen Gesellschaft häufig verwendet wird«, erklärte H. H. »Er bedeutet ungefähr folgendes: *Ich habe Ihre Frage in meinem Herzen bewegt, im Augenblick aber noch keine Antwort parat; sobald ich mir schlüssig geworden bin, wird es mir ein Vergnügen sein, es Sie wissen zu lassen.*«

»Englisch ist doch sehr viel knapper als Französisch«, wunderte sich das Fräulein vom Amt.

H. H. lächelte und ging. Innerhalb von zwei Tagen konnte er in Pau das Geld in Empfang nehmen, das Saperstein ihm überwiesen hatte. Während dieser Zeit schrieb er einen Brief an Chat-Huant, den er in Bordeaux aufgab und in dem er seine Abreise nach Spanien ankündigte:

›Im Augenblick habe ich nicht die geringste Lust, nach Brasilien zu fahren und

meine Reportage über Paulson und die anderen Südstaaten-Offiziere abzuschließen. Nicht sofort. Dagegen zieht mich Spanien an...‹

Er sprach dann von den Aufständen in Asturien, bei denen im Oktober des vorangegangenen Jahres fast zweitausend Menschen ums Leben gekommen und zwischen zwanzig- und dreißigtausend Menschen ins Gefängnis geworfen worden waren. Außerdem interessierte er sich für die anarchistischen Bewegungen Spaniens und die verschiedenen Gruppierungen, die die Unabhängigkeit Kataloniens auf ihre Banner geschrieben hatten.

Er fuhr dann wirklich nach Spanien und besuchte Oviedo sowie Gijon; in den beiden Städten waren die Erinnerungen an die von der Fremdenlegion unter Oberst Yague begangenen Greuel noch sehr lebendig. Er schrieb dann allerdings keine Reportage, denn er war davon überzeugt, daß er zu spät kam. Insgesamt widmete er Asturien nur fünf, sechs Tage und reiste dann auf der Suche nach Geschichten von markanten Individuen oder Ereignissen, die aus dem Rahmen fielen, kreuz und quer durch das Land, und wurde auch fündig. Fünfzehn Reportagen entstanden, darunter eine über die Lynchjustiz an einem reichen Grundbesitzer, über den Angriff auf ein Kloster, der von einer Bande durchgeführt wurde, die keiner Partei angehörte, über zwei politische Morde usw. Diese Berichte wurden von Larry Saperstein für die englische und von Maurin für die französische Presse zu einem lebendigen Bild des Klimas, das in Spanien in den Monaten vor dem Ausbruch des Bürgerkrieges herrschte, zusammengefaßt.

Am 20. Dezember 1935 traf H. H. Rourke in Malaga ein, nachdem er in neun Wochen mehr als viertausend Kilometer in Bussen und Zügen zurückgelegt hatte.

Hier schloß er seine sechzehnte und letzte spanische Reportage ab, die er einen Monat zuvor in Barcelona begonnen hatte: eine regelrechte Menschenjagd, die von einem einzelnen Mann organisiert wurde, der seinen Bruder jagen ließ. Dieser Bruder wurde des Verrats verdächtigt, der zu der Verhaftung von drei Anarchisten geführt hatte, die im Gefängnis von Montjuich mit der Garotte hingerichtet worden waren. Die Geschichte endete wie in guten Filmen mit dem Tod des Verräters, und H. H. war es gelungen, zum richtigen Zeitpunkt am richtigen Ort zu sein.

So wurde er Augenzeuge des Messerstiches, mit dem der Verräter in der Gasse San Telmo in der Altstadt für seine Tat mit dem Leben büßen mußte. Den beiden Mördern oder, in den Augen der Anarchisten, Henkern gelang die Flucht. H. H., der nicht wußte, warum er sich mit Laufen anstrengen sollte, blieb am Tatort und wurde verhaftet. Eine Frau hatte beobachtet, wie er in Begleitung der Mörder in der San Telmo aufgetaucht war; sie hatte fast richtig beobachtet. Die lakonischen Antworten, die er gab, waren nicht dazu angetan, seinen Gefängnisaufenthalt abzukürzen.

»In Begleitung ist nicht das richtige Wort«, erklärte er phlegmatisch. »Ich folgte den beiden, das ist alles.«

»Aus welchem Grund?«

»Sie sahen aus wie Leute, die jemanden suchen, den sie töten wollen.«

Diese Erklärung war wirklich nicht dazu angetan, die Gemüter zu besänftigen, so wenig wie die Tatsache, daß er fast fehlerfrei Spanisch sprach. Die Guardia Civil verhörte ihn lange, ebenso die Militärpolizei, die beide davon überzeugt waren, es mit einem Agenten des internationalen Kommunismus zu tun zu haben. Schon die Tatsache, daß er zwei Reisepässe mit sich führte, einen französischen und einen irischen, war höchst verdächtig.

Die Überprüfung dauerte gut zwei Wochen, zumal während Rourkes Untersuchungshaft Weihnachten und Neujahr gefeiert wurde und niemand es den Beamten verübeln konnte, wenn sie sich während dieser Zeit um ihre Familien und nicht um Rourke kümmerten. Man hatte ihn in das Gefängnis Carbanchel in Madrid verlegt; als er endlich entlassen wurde, hatte er eine weitere Reportage über das größte Gefängnis Spaniens fertiggestellt, sozusagen aus erster Hand. Natürlich verewigte er in seinem Artikel auch einige seiner Mitgefangenen. Bei der Entlassung teilte man ihm mit, er werde umgehend ausgewiesen. Man fragte ihn, über welche Grenze er Spanien verlassen wolle.

Er wählte Gibraltar, wo man ihn auf den ersten Dampfer verfrachtete, der anlegte. Das Schiff gehörte einer italienischen Reederei.

Und fuhr nach New York.

Fünftes Buch

APRILTIGER

Kapitel 13

Der Schatz des Piraten

Li, die chinesische a-ma, die einigermaßen Englisch sprach, zögerte lange und schüttelte dann den Kopf: »Miß Kate sagt, Sie kommen erst morgen.«

»Ich weiß, aber das ändert nichts.«

Die drei Frauen hielten einen chinesischen Kriegsrat ab; dann wurde die Entscheidung verkündet: »Wir packen Koffer.«

Karl Killinger hielt sich im Wohnzimmer von Kates Haus auf Long Island auf. Die Tür zum Büro seiner Tochter stand offen. Er konnte ihren Schreibtisch erkennen, der mit Aktenordnern überhäuft war. In den Regalen aus Akazienholz befand sich eine vollständige Sammlung aller bisher erschienenen Ausgaben des *Day*. Niemand hatte sich die Mühe gemacht, Bilder aufzuhängen oder eine wohnliche Atmosphäre zu schaffen. Die Wände waren einfach weiß geblieben.

Die Chinesinnen waren in der Tiefe des Hauses verschwunden; ihre Stimmen drangen weiterhin zu Karl Killinger, vermischt mit einer vierten, jüngeren, doch genauso kräftigen, die ebenfalls Chinesisch sprach. Endlich tauchte sein Enkel auf, elegant in einen maßgeschneiderten Mantel mit einem Samtkragen gekleidet. Dazu trug er eine lustige Trappermütze und Handschuhe. Er war jetzt dreieinhalb Jahre alt und hatte H. H. Rourkes dunkelgrüne Augen geerbt.

»Guten Tag, Daniel.«

»Guten Tag, Opa. Ich hoffe, es geht dir gut.«

Killinger kniete sich nieder, zog den Jungen an sich und küßte ihn.

»Daniel, du küßt mich nicht?«

»Entschuldige bitte, Opa.«

Daniel küßte seinen Großvater gehorsam auf beide Wangen und machte sich dann sofort wieder frei. Sich sehr gerade haltend, war er Rourke verblüffend ähnlich. Die Chinesinnen schleppten zwei Lederkoffer herbei und stellten sie auf der Veranda ab, wo sie von dem Chauffeur Killingers geholt wurden.

»Ich werde ihn in genau drei Wochen zurückbringen.«

Die Asiatinnen verbeugten sich tief.

»Daniel, bitte übersetze, was ich gerade gesagt habe.«

Karl Killinger war sich zwar ziemlich sicher, daß die Chinesinnen ihn verstanden hatten, doch es beeindruckte ihn immer wieder, seinen Enkel Chinesisch sprechen zu hören. Sobald dieser die Übersetzung beendet hatte, nahm er ihn an die Hand und führte ihn zu seinem Wagen.

Der lange, schwarze Packard fuhr direkt zum Flughafen von Queens, der damals noch nicht nach einem New Yorker Bürgermeister benannt worden war, und dort gleich auf das Rollfeld. Er hielt neben einer zweimotorigen Sikorsky S 43. Killinger hatte als einer der ersten Privatkunden das Flugzeug fünf Monate zuvor erworben, zur gleichen Zeit wie die Pan American Airways, die es auf ihren Linienflügen einsetzte. Normalerweise war es für fünfundzwanzig Passagiere ausgelegt; der Besitzer der *Morning News* hatte sein Privatflugzeug allerdings zu einem fliegenden Apartment umbauen lassen und verfügte über ein Wohn-Arbeitszimmer, zwei Schlafzimmer und ein Bad. Die Besatzung bestand aus zwei Piloten, einem Funker, der gleichzeitig als Mechaniker ausgebildet war, und zwei Stewards. Das Flugzeug konnte bis auf sechstausend Meter Höhe aufsteigen; seine normale Flughöhe betrug allerdings zweitausend Meter, die Reisegeschwindigkeit zweihundertsiebzig Kilometer pro Stunde und die Reichweite eintausenddreihundert Kilometer.

Als Karl Killinger gerade die Gangway betreten wollte, bekam er einen Hinweis. Er überlegte kurz und lächelte dann:

»Natürlich haben Sie richtig gehandelt. Ich habe ihn zwar nicht wirklich erwartet, obwohl...«

Er beendete seinen Satz nicht, sondern schob seinen Enkel vor sich her die Treppe hinauf.

»Geh als erster hinein, Daniel. Du wirst erwartet.«

Er selbst blieb in dem engen Gang stehen, der den Salon vom Cockpit trennte, und zählte langsam bis zwanzig. Dann erst betrat er den Salon, in dem sich Vater und Sohn Rourke gegenüberstanden.

»Wußten Sie, daß ich ihn mitnehmen würde?«

H. H. schüttelte verneinend den Kopf. Die Sikorsky flog seit nunmehr einer Stunde Richtung Süden; der kleine Junge hielt sich im Cockpit bei den Piloten auf, die so taten, als brächten sie ihm bei, wie man ein Flugzeug steuert.

»Seit wann halten Sie sich in New York auf? Ich dachte, Sie seien immer noch in Spanien. Zumindest wurde mir nichts anderes mitgeteilt.«

»Dort war ich noch vor vierzig Tagen. Man hatte mich, wie üblich, ins Gefängnis gesteckt.«

»Wären Sie ständiger Mitarbeiter einer Zeitung und als solcher akkreditiert, dann hätten Sie weniger Schwierigkeiten dieser Art.«

»Und wo bliebe das Vergnügen?«

Killinger lächelte, so wie man über einen Scherz lächelt, den man eigentlich gar nicht sehr komisch findet und auf den man nur aus Höflichkeit reagiert. Er hatte abgenommen und war sichtlich gealtert, auch wenn seine körperliche Erscheinung und sein Herrscher-Profil immer noch beeindruckend waren. Er stand kurz vor den Sechzig. Mehr denn je entsprach er dem Bild, das man sich von einem Selfmademan macht, der auf dem Gipfel der Macht angelangt und sowohl bereit wie auch fähig ist, diese mit allen Mitteln zu verteidigen.

»Rourke, Sie haben wohl keine vierzig Tage für die Reise von Spanien in die Vereinigten Staaten gebraucht. Außer wenn Sie einen Umweg über den Südatlantik gemacht haben.«

»Ich habe keinen Umweg gemacht und bin vor mehr als einem Monat in New York angekommen.«

Sie saßen sich in schwarzen Ledersesseln gegenüber, nur durch einen niedrigen Tisch aus Opalglas voneinander getrennt; die schwere Platte war auf verchromten Metallröhren montiert. Trotz der beschränkten Größe handelte es sich um einen wirklichen Salon mit einem dunkelbraunen Teppichboden, der mit beigen, geometrischen, von Ferne an aztekische Zeichnungen erinnernden Motiven geschmückt war und auch einen Teil der Seitenwände bedeckte. Wunderschöne Lalique-Spiegel und Panele aus Akazienholz unterteilten den Raum. Kleine Möbel aus Glas und verchromtem Stahl, die bewußt modern gehalten und ausnehmend häßlich waren, waren wie abstrakte Kunstwerke in einer Galerie unregelmäßig verteilt und verstärkten trotz der Tüll-Vorhänge vor den kleinen, runden Fenstern, die wie die Bullaugen auf Schiffen mit Kupfer eingefaßt waren, den Eindruck von Kälte und Reichtum, der sicher bewußt erzielt werden sollte. Drei große und sehr kalte Bilder – darunter ein Mondrian und ein Picasso aus der blauen Periode, ein auf einem großen Ball sitzender Akrobat – vervollständigten die Einrichtung dieses fliegenden Salons, der trotz aller künstlerischer Qualität kühl und unnahbar wirkte.

H. H. rauchte, nachdem er sich von einem der Stewards ein Frühstück hatte servieren lassen. Der Himmel war an diesem Februartag des Jahres 1936 sehr klar, wie er durch die kleinen Fenster sehen konnte. Zwei Kilometer unter ihnen waren die Mündung des Chesapeake mit den vielen kleinen Inseln, die wie an Perlenschnüren aufgereiht erschienen, sowie die Hafeneinfahrten von Norfolk und Newport News deutlich zu erkennen.

»Gut«, meinte Karl Killinger, und seine Stimme war wie immer angenehm weich, »ich stelle Ihnen die entscheidende Frage: Haben Sie sie besucht?«

»Nein.«

»Sie halten sich seit mehr als einem Monat in New York auf und haben Kate nicht besucht?«

»Nein.«

»Wissen Sie, Rourke, Sie schaffen es immer wieder, mich zu überraschen.«

»Aber nicht so häufig, wie mich ein gewisser Karl Killinger überrascht.«

»Sie gehören auf keinen Fall zu den Menschen, die mich anlügen«, meinte er nach einer Pause. »Sie haben mir gesagt, Sie hätten nicht gewußt, daß Ihr Sohn mich begleitet, und ich glaube Ihnen. Sie sind folglich gekommen, um mich zu sprechen.«

»Das ist richtig.«

»Sie möchten mich sprechen, nachdem Sie sich einen Monat lang das Schlachtfeld angesehen haben. Eine originelle Vorgehensweise.«

»Wieder richtig.«

»Rourke, ich mag Sie gern, und das wissen Sie. Wäre es nur nach mir gegangen, dann arbeiteten wir seit langem zusammen.«

»Ich weiß...«

»Ich habe es Ihnen mehrmals vorgeschlagen, wenn ich mich richtig erinnere. Ich habe immer gedacht, daß ich, falls ich jemandem einen Teil meiner Verantwortung abzutreten hätte...«

Er brach ab, denn er war viel zu intelligent, als daß er nicht gespürt hätte, daß er sich auf gefährliche Weise dieser im Verborgenen liegenden Zone näherte, in der das Geheimnis seiner Schwierigkeiten mit seiner Tochter zu suchen war. Er war nur einmal verheiratet gewesen und hatte drei Kinder, zwei Söhne und eine Tochter. Die Söhne starben als Kinder, und als Kate geboren wurde, befand sich ihre Mutter bereits in einem psychiatrischen Krankenhaus, wo sie auch heute noch lebte. Seiner Tochter gegenüber, die unter so schwierigen Umständen auf die Welt gekommen war, hatte Karl Killinger Zuneigung oder gar zärtliche Gefühle nicht einmal geheuchelt. Während Kates erster Lebensjahre arbeitete er an seinem großen Werk: Er gründete die *Morning News* und brachte sie zum Blühen. Kate wuchs in Chicago bei ihren Großeltern mütterlicherseits und später dann in Deutschland auf, wohin er sie geschickt hatte, während er selbst in New York geblieben war. So wurde sie fern von ihm groß. Er sah sie nur äußerst selten, und wenn, dann mit der immer stärker werdenden Angst, sie sei geistesgestört oder könne es zumindest werden – wie ihre Mutter. Als Kind war Kate sehr schwierig gewesen; ihre Zornesausbrüche waren gefürchtet, und sie neigte sogar zu Gewalttätigkeiten, was die Hypothese einer erblichen Vorbelastung nur unterstützte. Als Kate fünfzehn Jahre alt war und Karl Killinger, der nicht wußte, wem er sie anvertrauen konnte, mehr oder weniger gezwungen war, sie nach New York kommen zu lassen, verschwanden die Anzeichen für ein gestörtes seelisches Gleichgewicht abrupt. Die Ärzte unterstrichen, daß zwischen der Tatsache, daß sie jetzt bei ihm lebte, und der zunehmenden Selbstbeherrschung, die Kate an den

Tag legte, ein Zusammenhang bestünde. Das war ihm auch ohne Hilfe von seiten der Psychologen klargeworden. Schwieriger war es für ihn, sich davon zu überzeugen, daß seine Tochter normal war. So leicht befreit man sich nicht von einmal gefaßten Vorurteilen.

Ein teuflischer Mechanismus wurde in Gang gesetzt: Wie häufig hatte er Abbitte geleistet, wie häufig um Verzeihung gebeten! Kate war trotz ihres Alters keine Jugendliche mehr, sondern bereits eine Erwachsene, die ihm, und das war vielleicht das Schlimmste, als Spiegel dienen konnte. Sie war genauso unnachgiebig, ja unversöhnlich wie er selbst, hatte die gleiche Charakterstärke – oder den gleichen Dickkopf – und war kaum geneigt, Beleidigungen, oder das, was sie dafür hielt, einfach so hinzunehmen, sondern im Gegenteil regelrecht rachsüchtig. Zu allem Überfluß war sie, wie er, dazu imstande, ihre Unerbittlichkeit, die bis zur Brutalität gehen konnte, hinter perfekter Höflichkeit zu verstekken. Zwischen ihrem fünfzehnten und achtzehnten Lebensjahr – während dieser Zeit lernte sie auch Rourke kennen – waren sie eigentlich recht gut miteinander ausgekommen. Er war schon fast davon überzeugt gewesen, daß sie sich mit der Zeit wirklich verstehen konnten, wenn das, was er in immer stärkerem Maße als eine ganz normale Auseinandersetzung zwischen Vater und Sohn ansah – wobei der Sohn durch eine Tochter ersetzt wurde –, erst einmal abgeschlossen war. Kate hatte allerdings schon bald ihre Bedingungen gestellt, von denen sie einen wahren Frieden abhängig machen wollte: Sie wollte, wie er, im Zeitungswesen arbeiten, sich allerdings nicht die Mühe machen, mühsam eine Stufe nach der anderen hochzuklettern, sondern gleich an der Spitze mit besonderen Aufgabenbereichen und überdurchschnittlicher Verantwortung beginnen. Soviel Ungeduld und Anmaßung mußten Karl Killinger irritieren.

Seine alten Ängste meldeten sich wieder. War man nicht direkt gezwungen, eine solche fieberhafte Eile, ein so unvernünftiges Denken mit mentalen Problemen zu erklären? Natürlich spürte Kate diese Ängste, was sie allerdings nur dazu verleitete, ihre Forderungen noch härter und unnachgiebiger zu stellen. Der drei Jahre dauernde Waffenstillstand ging zu Ende. Ohne Gebrüll und lautstarke Auseinandersetzungen, denn das lag beiden nicht.

Ihr kalter Krieg begann.

Er hatte sie dazu getrieben, sich zu verheiraten. Kate hatte schließlich nachgegeben und war bereit, einen Gatten zu ertragen, wenn sie zum Ausgleich ihre eigene Zeitung bekäme. Karl Killinger hatte ihren Wunsch erfüllt und die *Queens Gazette* gekauft. Sicher handelte es sich nicht um die bedeutendste Zeitung des amerikanischen Pressewesens, aber das Unternehmen war lebens- und entwicklungsfähig. Unter der Bedingung, daß man ruhig und stetig arbeitete und sich Zeit ließ.

Er hatte geahnt, daß Kate sich eben diese Zeit nicht nehmen würde, so daß ihn die Katastrophe, die Kates Abenteuer abrupt beendete, nicht weiter überraschte. Doch er war zu sehr Fachmann, als daß er nicht in dem ersten Versuch seiner Tochter, unabhängig eine Zeitung zu leiten, ein beeindruckendes Talent und in manchen Dingen bereits absolute Meisterschaft erkannt hätte.

Von neuen Gewissensbissen gepackt, hatte er Kate ein Friedensangebot unterbreitet. Sie hatte mit eisiger Höflichkeit geantwortet, was ihn auf die Palme brachte, da es sich um eine seiner bevorzugten Waffen handelte.

Sie hatten sich scheiden lassen und New York den Rücken gekehrt. Seit dieser Zeit hatte er sie nicht mehr gesehen. Er war zuerst enttäuscht gewesen, daß sie so leicht aufgegeben hatte, was ihm selbst nie eingefallen wäre, und dann sogar entsetzt, als er von ihrer Trennung von Rourke erfuhr; in seinen Augen war er der einzige Mann, der fähig gewesen wäre, sie zu zähmen. Und als er erfahren hatte, daß sie eine neue Zeitung gründen und mit dieser den *Morning News* Konkurrenz machen wollte, da war es bei ihm aus gewesen. Karl Killinger war sich zwar bewußt, daß der Kampf zwischen seiner Tochter und ihm mehr als blödsinnig war, war aber auf der anderen Seite nicht in der Lage, auch nur das kleinste Stück von seinem Terrain zu räumen, ein offener Widerspruch.

Er tauchte aus seinen Gedanken auf. Rourke hatte seinen Kopf in den Nacken gelegt und die Augen geschlossen, vielleicht schlief er. Killinger griff nach den Zeitungen und Zeitschriften, die vor dem Abflug aus New York an Bord des Flugzeugs gebracht worden waren, und machte sich daran, sich einen Überblick über die Konkurrenz zu verschaffen. Er las außergewöhnlich schnell. Einige Minuten später kam sein Enkel begeistert aus dem Cockpit zurück. Er hatte das Flugzeug ganz allein steuern dürfen, wirklich! Ein Steward servierte ihm einen heißen Kakao, den er, ohne sich zu überstürzen, was auch gar nicht zu seiner Art gepaßt hätte, austrank.

»Daniel, hast du deinen Vater erkannt?«

»Ja, Opa.«

»Hast du ihn schon einmal gesehen?«

Nein. Aber Mama hatte ihm viele Fotos von ihm gezeigt.

»Weißt du eigentlich, warum er dich noch nie besucht hat?«

»Er reist die ganze Zeit um die Welt; er kann nichts dafür.«

Man spürte, daß das Kind seinem Vater keine Vorwürfe machte.

›Wenigstens hat sie ihren Sohn nicht gegen seinen Vater aufgehetzt!‹

Während der letzten drei Jahre hatte Karl Killinger seinen Enkel insgesamt elfmal gesehen, jedesmal einen einzigen Tag lang. Sieben Monate hatten seine Rechtsanwälte geduldig mit Kate verhandeln müssen

– sie lehnte jede direkten Gespräche mit ihrem Vater ab –, um seinen Enkel Daniel Killinger Rourke drei Wochen lang zu sich nehmen zu können. Am Vorabend, also am 24. Februar, hatte er erst die Nachricht erhalten, er könne in Kates Haus in Glenwood Landing vorbeischauen und seinen Enkel abholen; die Chinesinnen hätten die entsprechenden Anweisungen erhalten, und Kate sei abwesend. Jedes unerwünschte Zusammentreffen zwischen Großvater und Mutter wurde auf diese Weise vermieden.

»Hat deine Mama dir eigentlich erzählt, was dein Vater macht, Daniel?«

»Er ist Journalist in China.«

Der Knabe ließ den schlafenden Rourke, der völlig erschöpft aussah, keine Sekunde aus den Augen. H. H.s Gesicht war noch hagerer als sonst und erinnerte an das eines Skeletts, das sich seit zwei Tagen nicht rasiert hatte. Rourke hatte seine Hände in den Taschen seines Trenchcoats vergraben und sich von seinem grauen Filzhut mit dem schwarzen Hutband getrennt. Schlafend machte er den Eindruck, als sei er jünger, als er in Wirklichkeit war, und das rechte Profil, das er Killinger zeigte, war in seiner Regelmäßigkeit sehr anziehend.

›Dieser Mann hat zwei Gesichter, und wenn jemand Kate zur Vernunft bringen kann, dann er. Hätte einer meiner beiden Söhne überlebt, dann wäre er jetzt ungefähr in Rourkes Alter.‹

Die Intensität, mit der Daniel seinen Vater musterte, war wirklich außergewöhnlich, und Killinger fragte sich, wie oft und in welchem Ton Kate ihrem Sohn von Rourke erzählt hatte. Daß Kate sich so hartnäckig darauf versteifte, ihren Sohn bei sich zu behalten, trotz des ungeheuren Arbeitspensums, das sie täglich erledigte, bei sich und den drei Chinesinnen, von denen keine korrekt Englisch sprach, das war einer der Hauptvorwürfe, den Vater Killinger in Gedanken an seine Tochter richtete. Welche Erziehung würde sein Enkel erhalten? Im übrigen räumte er von sich aus ein, daß er eigentlich nicht der Mann war, der Lektionen in Sachen Erziehung erteilen konnte. So hatte er nicht die geringste Ahnung, wie er sich zu seinem Enkel verhalten sollte.

»Kannst du schon lesen?«

»Die Buchstaben.«

»Willst du mir das einmal zeigen?«

Auf ein Zeichen Killingers brachte einer der Stewards Zeitschriften.

»Probier's mal, Daniel. Ich hör' dir zu.«

Endlich wandten sich die grünen Augen von Rourke ab und richteten sich auf Karl Killinger.

»Opa, eigentlich habe ich keine Lust.«

Was sollte ein dreieinhalbjähriges Kind eigentlich alles schon können? War Daniel zu früh oder zu spät dran?

»Soll ich dir eine Geschichte vorlesen?«

»Nicht jetzt, Mist... Opa. Entschuldige bitte.«

Beinahe hätte der Kleine Mister gesagt, was Karl Killinger weh tat. Der Kleine sprach schleppend, fast mechanisch, und machte vor jeder Antwort eine kleine Pause, als ob er sie sich erst aus dem Chinesischen ins Englische übersetzen müsse.

»Sprichst du Deutsch?«

Killinger hatte seine Frage auf deutsch gestellt. Daniel gab keine Antwort.

»Und Französisch?«

Der Zeitungszar hatte sich daran erinnert, daß die Chinesinnen in Schanghai in der französischen Konzession von Klosterschwestern erzogen worden waren.

»Verstehst du, was ich sage, Daniel?« fragte Killinger auf französisch.

»Ja, Opa.«

»Erzähl mir von deinem Vater auf französisch. Sag mir, was er arbeitet.«

Als Killinger am Ende seines Satzes kurz aufschaute, blickte er in dunkelgrüne Augen, die mit denen seines Enkels völlig identisch waren. Rourke war aufgewacht und hörte amüsiert zu.

»Mein Vater ist Journalist in China«, sagte Daniel auf französisch.

»Ich bin dein Vater«, sagte H. H. Rourke zu ihm.

Sie schauten sich tief in die Augen.

»Ich weiß«, sagte Daniel endlich.

Das Flugzeug machte, wie vorgesehen, in Atlanta eine Zwischenlandung. Killinger ging in das Flughafengebäude und verhandelte eine Stunde lang; er war Mehrheitsbesitzer des *Atlanta Star* und hatte außerdem Anteile an der Firma, die *Coca Cola* herstellte. Auch wenn er keineswegs Mehrheitsaktionär der Getränkefirma war, hätten die Einkünfte aus dieser Investition ausgereicht, um aus ihm einen reichen Mann zu machen.

»Wohin fliegen wir?« fragte Rourke, nachdem er wieder an Bord gegangen war.

»Nach Miami und von dort aus nach Santiago de Cuba. Ich habe dort in der Nähe einen größeren Landsitz. Wollen Sie mit uns kommen oder verlassen Sie uns in Miami?«

»Ich ziehe es vor, wenn Sie die Entscheidung treffen.«

Der Sohn saß neben dem Vater und zeichnete hingebungsvoll; dem Gespräch, das über seinen Kopf hinweg geführt wurde, schenkte er keinerlei Beachtung.

»Ich sähe es gerne, wenn Sie Daniel und mich begleiten würden«, sagte Killinger.

»Gerne. Meine deutschen Sprachkenntnisse sind nicht gerade überwältigend, aber ich verstehe es und kann mich auch in dieser Sprache verständlich machen. Sollten wir unser Gespräch nicht fortsetzen?« meinte Rourke auf Deutsch.

»Einverstanden«, antwortete Killinger in der gleichen Sprache. »Sie wollten mich sehen. Aus welchem Grund?«

»Ich habe das Schlachtfeld inspiziert, um Ihren Ausdruck zu gebrauchen. Das, was ich gesehen habe, hat mich nicht gerade begeistert.«

»Was haben Sie herausgefunden?«

H. H. lächelte.

»Wenn ich jetzt antworten würde: alles, dann wäre dies sicherlich übertrieben. Ich bin über die Geschichte mit den fünfhunderttausend von Ihnen aufgekauften Exemplaren des *Day* auf dem laufenden und kenne auch die Operation, mit deren Hilfe Sie Kate vom Papiernachschub abschneiden wollten.«

»Alte Geschichten.«

»Richtig.«

Daniel war auf den Knien seines Vaters eingeschlafen. H. H. trug ihn in den hinteren Teil der Kabine und legte ihn auf eines der Betten. Unbeholfen deckte er ihn mit einer Kaschmirdecke zu.

»Ich weiß noch mehr«, fuhr er, nachdem er sich wieder Killinger gegenüber in den schwarzen Ledersessel gesetzt hatte, auf Englisch fort. »So verfüge ich über eine wohl ziemlich vollständige Liste der Angriffe, die Sie in den letzten Monaten gegen die Zeitung Ihrer Tochter geführt haben. Ich spreche hier von der Konkurrenz-Situation zwischen Ihrer Zeitung und der Ihrer Tochter, die auf den ersten Blick normal erscheinen mag.«

»Wie meinen Sie das?«

»Normal wäre es, wenn es sich um die Zeitung eines Außenstehenden und nicht um die Ihrer Tochter handeln würde. Weniger normal ist, daß Sie bereits mehr als fünf Millionen Dollar in diese völlig unsinnige Schlacht investiert haben. Ich kann Ihnen sogar eine noch genauere Zahl nennen: fünf Millionen und zweihunderttausend Dollar.«

»Und?«

»Wie liege ich mit meiner Schätzung?«

»Sie hoffen doch wohl nicht im Ernst, daß ich Ihnen diese Frage beantworte?«

»Ich bin davon überzeugt, daß ich höchstens um fünf Prozent danebenliege, Killinger.«

»Möglich.«

»Gehen wir einmal davon aus, daß sie zutrifft. Aber damit ist mein Wissen noch nicht erschöpft. Sie haben auch bei den Banken investiert, vor allem mit Hilfe der Familie von Kates Gatten, Douglas Caterham.«

»Eine Behauptung ohne Beweis.«

H. H. Rourke lachte: »Ich habe Doug Caterham getroffen und ein sehr interessantes Gespräch mit ihm geführt.«

»Ich wußte schon immer, daß Caterham ein Idiot ist. Rourke, wissen Sie eigentlich, daß ich mich königlich amüsiere? Ich weiß noch nicht, worauf Sie hinauswollen, aber ich amüsiere mich königlich.«

Die Stimme war kaum spürbar härter geworden.

»Um so besser. Nichts ist angenehmer als eine geistreiche Unterhaltung während eines langen Fluges. Das heißt, eine Überraschung habe ich bestimmt für Sie: Ich fliege zum ersten Mal. Und ich kann nicht behaupten, daß ich begeistert bin. Ich glaube, Sie haben sehr wohl begriffen, auf was ich hinaus will.«

»Wirklich? Möchten Sie etwas trinken?«

»Gerne einen Whisky. Ohne Eis. Aber ich kann noch mit mehr aufwarten als den allerdings vollständigen Unterlagen über die verschiedenen Investitionen bei den Banken.«

»Da bin ich aber gespannt.«

»Arthur Simpson. Mit seinem richtigen Namen Arthur Fleggenheimer. Beruf: Immobilienmakler in Miami Beach, Florida. Sie haben Kontakt mit ihm aufgenommen und ihm fünfhunderttausend Dollar angeboten...«

»Ich kenne den Mann überhaupt nicht.«

»Das ist richtig. George Burns hat sich mit ihm getroffen, zum erstenmal am 11. Juni vergangenen Jahres um elf Uhr dreißig. Die zweite Unterredung fand am 23. Juli in einem Hotel in Fort Lauderdale statt und dauerte von fünfzehn Uhr bis ungefähr achtzehn Uhr vierzig. Burns wurde dabei von Harold Q. Kramer begleitet. Da Simpson-Fleggenheimer sich weiterhin hartnäckig weigerte, auf Ihr Angebot einzugehen, haben Sie befohlen, die stärksten Geschütze aufzufahren. Am dritten Treffen nahm wieder George Burns teil, begleitet von Sidney Wilenski und einem dritten Mann, der sich am 30. September im Hotel *Coral Reef* in West Palm Beach als Peter Forbes aus Lansing im Bundesstaat Michigan anmeldete. Bei der Überprüfung stellte sich heraus, daß es in Lansing keinen Peter Forbes gibt, der am 30. September in Florida hätte auftauchen können. Die Beschreibung des Mannes und einige vertrauliche Hinweise aus Chicago legen den Schluß nahe, daß es sich in Wirklichkeit um einen gewissen Peter Rudish handelt, der wegen Betrugs und Urkundenfälschung rechtskräftig verurteilt wurde. Auch sein Komplize, der ihm bei seinen Betrügereien half, ist bekannt, wenn auch nicht der Polizei: Es handelt sich um eben diesen Arthur Fleggenheimer, der sich in Miami als Arthur Simpson ausgibt.«

»Rourke, waren Sie eigentlich selbst in Florida?«

»Ich bin erst heute nacht von dort zurückgekommen, auf einem Lastwagen, der Obst transportierte.«

»Und in Chicago?«

»Da war ich vor zwei Wochen.«

»Selbstverständlich kenne ich keinen der Männer, die Sie erwähnt haben. Sollte einer von ihnen das Gegenteil behaupten, werde ich ihn anzeigen.«

»Selbstverständlich kennt keiner dieser Männer Sie persönlich; eine solche Behauptung wäre in der Tat eine Lüge.«

H. H. lächelte den Steward an, der seinen Whisky brachte.

»Vielen Dank. Bringen Sie doch gleich die Flasche, dann müssen Sie weniger laufen.«

Er fuhr fort: »Keiner dieser Männer hat Sie je gesehen noch mit Ihnen gesprochen. George Burns allerdings arbeitet für eine sehr bekannte, private Detektiv-Agentur, deren Direktoren, Paul Scranton und Robert Fitzwilliams, sich auf Finanzfragen spezialisiert haben. Sie haben, soviel ich weiß, Fitzwilliams dreimal getroffen. Bei diesen drei Begegnungen war ich Augenzeuge. Und ich war nicht allein, sondern hatte einen rumänischen Fotografen bei mir, dessen Einbürgerungsverfahren gerade läuft, Constantin Uricani. Er hat von Ihnen ausgezeichnete Fotos geschossen. Das war gar nicht so einfach, da Sie mit Fitzwilliams auf der Rückbank eines Wagens saßen, der in einer dunklen Gasse parkte. So ganz nebenbei ist die Frage wohl erlaubt, aus welchem Grund der Besitzer der *Morning News* die Notwendigkeit verspürt, Privatdetektive zu engagieren und sich mit diesen nachts an verschwiegenen Orten zu treffen. Bei Harold Kramer handelt es sich um einen der besten Spürhunde einer auf Immobilien spezialisierten Versicherungsgesellschaft, deren Chef David R. Wolff heißt. Man hat mir versichert, daß die *Morning News* diesem Mann eine Serie höchst lobender Artikel widmeten.«

»Haben Sie während Ihrer Nachforschungen auch Queens und Long Island besucht?«

»Dort habe ich sogar die meiste Zeit verbracht. Meine Ausflüge nach Florida und Chicago waren in einem gewissen Sinne nichts anderes als Ferien. Ich habe mich vor allem für die drei Prozesse interessiert, die in den letzten Monaten gegen den *Day* angestrengt wurden. Bei den Affären Craddock und Rinaldi habe ich noch nicht alle Einzelheiten zusammen. Bei dem Prozeß, den die Familie Thornston gegen den *Day* führt, bin ich allerdings schon weitergekommen; ich bin überzeugt, daß die zweihunderttausend Dollar, die die Familie von der Zeitung als Schadenersatz fordert, zu Unrecht gefordert werden. Und kann es wohl auch beweisen.«

»Bei diesen Affären kann man nie wirklich etwas beweisen; vertrauen Sie meiner langjährigen Erfahrung.«

»Ich werde mich hüten, Ihnen zu widersprechen.«

Killinger schob den Tüllvorhang vor einem der Fenster beiseite und schaute auf Florida. Die Sikorsky folgte genau der Küste und befand sich gerade über Mosquito Lagoon.

»Rourke, haben Sie Ihre Reportage abgeschlossen?«

»Den größten Teil habe ich bereits geschrieben.«

»Wer wird sie veröffentlichen?«

»Mein Agent, mit dem ich gesprochen habe, meint, wohl an die hundert amerikanische Zeitungen. Die Schlacht zwischen Vater und Tochter interessiert ganz Amerika, das steht fest. Auch verschiedene Länder in Europa. Ich habe versucht, sarkastisch und bissig zu schreiben, flott, wenn Sie verstehen, was ich meine.«

»Ausgezeichnet«, meinte Killinger. »Ich habe nie an Ihrem Talent gezweifelt, Gott ist mein Zeuge!«

»Danke.«

»Rourke, Sie sind ein Schuft.«

»Von Ihnen ausgesprochen, ist das ein Kompliment. Bitte, stellen Sie mir diese Frage nicht.«

»Welche Frage?«

Killinger schaute weiter zum Fenster hinaus, schien aber nichts zu sehen.

»Ob ich das alles zusammengetragen habe, um Geld von Ihnen zu bekommen.«

»Daran habe ich nicht einmal eine Sekunde gedacht.«

Killinger schüttelte verblüfft den Kopf, wie jemand, dem man soeben bewiesen hat, daß es möglich ist, von New York nach England zu schwimmen.

»Soll ich vielleicht den Kampf einstellen?«

»Auf diese Idee bin ich in der Tat gekommen.«

»Lieben Sie sie immer noch, Rourke?«

»Ich weiß es nicht.«

»Sie machen Scherze!«

»Keineswegs. Ich weiß es wirklich nicht.«

»Ist eine andere Frau im Spiel?«

»Vielleicht. Ich bin mir nicht sicher.«

»Sie sind ein merkwürdiger Mensch.«

»Sie in Ihrer Art sind auch nicht gerade schlecht.«

Sie lächelten sich an. Offen.

»Ich möchte Ihnen gerne eine indiskrete Frage stellen: Haben Sie eigentlich niemals das Bedürfnis verspürt, ihr, sagen wir, den Hintern zu versohlen?«

H. H. lachte. »In der Tat. Mindestens so oft wie Kate das Bedürfnis hatte, mir die Zähne einzuschlagen.«

»Ich werde Ihnen meine Antwort nicht gleich geben«, sagte Killinger nach langem Schweigen. »Ich bin im Augenblick außer mir vor Wut. Ich habe in meinem bisherigen Leben keine einzige Niederlage akzeptiert. Jeder Versuch, mein Verhalten zu beeinflussen oder mir gar vorzuschreiben, was ich zu tun habe, hat mich jedesmal unbeschreiblich wütend werden lassen. Sie wissen vielleicht, daß ich in Lousiana geboren bin. Ich habe meine Heimat verlassen, da meine Familie sich anmaßte, mein Leben zu beeinflussen. Die schlimmsten Jahre meines Lebens habe ich in der Redaktion der *Chicago Tribune* verbracht, damals die beste Zeitung auf dem nordamerikanischen Kontinent. Ich habe ungeheuer viel gelernt und war mit vielen meiner Kollegen befreundet. Aber man erteilte mir Befehle, und das konnte ich nicht ertragen. Zumal ich damals schon von dem Ehrgeiz aufgefressen wurde, ohne fremde Hilfe Erfolg zu haben und meine Spuren in der Geschichte zu hinterlassen. Ich glaube, ich hätte jeden umgebracht, der sich mir in den Weg gestellt hätte. Und in einem gewissen Sinne habe ich auch mehrere Männer getötet, das heißt, ich habe sie im Staub zerquetscht und ruiniert. Ich habe auf meiner Jagd nach dem Erfolg niemals Rücksicht genommen. Meine Ärzte haben mir zu verstehen gegeben, daß meine Frau unter Umständen meinetwegen verrückt geworden ist, und ich kann diese These nicht einfach zurückweisen. Was meine Verantwortung für meine Frau betrifft, da gehe ich sogar noch weiter. Rourke, meinen Sie, daß ich im Augenblick Mitleid mit mir selbst habe?«

»Es hat so den Anschein.«

»Glauben Sie mir, wenn ich behaupte, daß ich im Augenblick eine grenzenlose Wut auf Sie habe?«

»Ja«, antwortete Rourke, »das glaube ich Ihnen aufs Wort. Sie wären fähig, die Tür dieses Flugzeugs zu öffnen und mich ohne Fallschirm über den Sümpfen Floridas abzuwerfen, wenn das Ihr Stil wäre.«

Killinger nickte zustimmend. Ein Steward betrat den Salon und brachte ihm auf einem Silbertablett ein Glas Wasser sowie zwei Tabletten. Er schluckte die erste.

»Und Sie haben natürlich begriffen, daß ich, als ich von mir sprach, eigentlich Kate beschrieb?«

»Ja.«

»Die ihr inneres Fieber soweit beherrschen konnte, daß sie Ihnen nach China nachfuhr und vier Jahre mit Ihnen zusammenlebte...«

»Keine vier Jahre«, stellte H. H. ruhig und gelassen wie immer fest. »Ohne die Reise mit dem Dampfer von Bombay, wo sie mich eingeholt hatte, nach Schanghai mitzurechnen, haben wir genau drei Jahre, drei Monate und vier Tage zusammengelebt. Die Stunden lasse ich einmal außer Betracht.«

»Daß sie es so lange ausgehalten hat, ist ein wahres Wunder und beweist, wie sehr Kate in Sie verliebt war und *immer noch ist*, Rourke. Die Art, in der sie ihren Sohn erzog, der Ihnen so verblüffend ähnlich ist, belegt das ebenfalls. Ich frage mich im übrigen, wie Sie mit ihm in den drei kommenden Wochen fertig werden. Wie verhält sich ein H. H. Rourke, neutraler Betrachter, der die Ereignisse dieser Welt von seiner hohen Warte aus beobachtet, der es sich erlaubt, in den Kampf zwischen zwei Killingers einzugreifen, wie verhält sich ein Rourke, der versucht, mich zu erpressen, der mich bedroht und sich erkühnt, mir befehlen zu wollen, was ich zu tun habe, wie verhält sich dieses Wunder an Mann mit seinem Sohn, den er seit seiner Geburt nicht mehr gesehen hat?«

»Ich habe ihn wiedergesehen. In Paris. Er war achteinhalb Monate alt und schlief. Doch davon abgesehen haben Sie ein rhetorisches Meisterwerk geliefert, alle Achtung.«

»Rourke, übertreiben Sie nicht. Unterschätzen Sie bitte nicht die Brutalität meines Charakters.«

»Killinger, ich schlage mich mit Ihnen, wann immer Sie wollen. Auf jedem Terrain und mit jeder Waffe. Wissen Sie, offen gesagt finde ich an manchen Tagen alle Killingers dieser Welt unerträglich.«

Er lächelte und beantwortete Killingers eisige Höflichkeit, indem er es sich in seinem Sessel bequem machte. Jeder Beobachter, der ihr Gespräch nicht verstehen konnte, hätte geschworen, daß sie sich auf das Freundschaftlichste unterhielten – wie die Stewards, die immer wieder den Salon betraten. Dabei war ihre Auseinandersetzung auf dem Höhepunkt angelangt.

Daniel war aufgewacht und zu seinem Vater gelaufen. Er vertiefte sich wieder in seine Zeichnungen und konzentrierte sich auf seine Arbeit, wie es nur Kinder können.

»Ein sehr schönes Haus«, kommentierte Rourke das Ergebnis auf chinesisch.

Keine Reaktion. Karl Killinger schaute lange auf die zweite Tablette, die er in seiner Hand hielt, bevor er sie endlich mit einem Schluck Wasser einnahm.

»Sie fliegen ungern?«

»Auf alle Fälle nicht sehr gern. Das hat nichts mehr mit Reisen zu tun. Man wird in eine Schachtel eingesperrt und kommt einige Zeit später an einem anderen Ort an.«

»Ein enormer Zeitgewinn.«

»Ich hatte es nie eilig.«

»Sie können ja in drei Wochen in Santiago de Cuba einen Dampfer nehmen.«

»Warum eigentlich nicht?«

Killingers Besitz lag westlich von Santiago. Man konnte ihn mit dem

Wagen oder mit dem Schiff erreichen. Wählte man den Landweg, kam man zuerst durch ein großes Dorf namens El Cobre und mußte die ersten Vorgebirge der Sierra Maestra überwinden, bevor man einen Feldweg einschlagen konnte, der wieder zur Küste führte und vor einer riesigen, sich am Horizont verlierenden weißen Mauer aufhörte, Killingers Besitz. Hinter dem großen Tor führte ein asphaltierter, kurvenreicher Weg zwischen tropischen Zedern, Akazienbäumen, Galanos und einer Vielzahl von Blumen und Stauden zu dem aus vier voneinander unabhängigen Teilen bestehenden Hauptgebäude, das der Architekt Frank Lloyd Wright entworfen hatte und das wie die Berge, die den Horizont im Norden abschlossen, vorwiegend in Ocker gehalten war, ab und zu von schwarzen, porösen Vulkansteinen unterbrochen. Wright hatte die Materialien verwendet, die in der Gegend heimisch waren.

Zahlreiche kleine Wasserfälle, die von moosbewachsenen, oben offenen Ziegelröhren aufgefangen wurden, versorgten ein riesiges Schwimmbecken, das von runden Felsen umgeben wurde, die die Form von hockenden Meerlöwen aufwiesen. Kleine, gepflasterte Wege führten um diesen kleinen See herum durch Blumenparadiese, bis man zu einer kleinen Balustrade kam, die einen kleinen Privathafen überragte. In dem Hafen dümpelte eine Jacht mit weißem Rumpf und braunen Segeln. Rechts und links von den beiden künstlich aufgeworfenen Molen lagen ein Golfplatz, zwei Tennisplätze und weißgetünchte Ställe, in denen zehn Reitpferde untergebracht waren.

Auf den Felsen liegend, angelte H. H. Rourke mit seinem Sohn. Das karibische Meer war ruhig. Irgendwo am Horizont mußte rein theoretisch Jamaika zu finden sein, doch man konnte die Insel nicht erkennen. Dagegen war Madam Müller sehr sichtbar, eine dicke, etwa vierzigjährige Frau, die mit lauter Diplomen gespickt war. Karl Killinger hatte sie für den dreiwöchigen Aufenthalt seines Enkels auf Kuba als Gouvernante engagiert. Sie saß in dem Dogcart, einem offenen, zweirädrigen Einspänner, in dem sie und Daniel gekommen waren, während Rourke sich ein Pferd genommen hatte. Die kleine Gruppe hielt sich im nördlichen Teil am äußersten Ende des großen Besitzes auf, am Fuß der Sierra Maestra, ungefähr drei Kilometer von dem Hauptgebäude entfernt. Weiter nördlich wies die Felsküste kleine Buchten mit weißem, feinem Sand auf. Das Wasser, das beinahe künstlich wirkte, so blau war es, war klar wie das einer Lagune. Mangrovenbäume säumten das Ufer; ganz in der Nähe begann ein dunkler, dichter, undurchdringlicher Wald. Es war so heiß, daß die Luft flimmerte.

»Glaubst du, daß ich einen Haifisch fangen werde?« fragte Daniel seinen Vater.

»Das glaube ich nicht.«

»Warum?«

»Weil die Haifische vor den Rourkes Angst haben.«

»Warum?«

»Weil wir, die Rourkes, du und ich, fähig sind, dem ersten Haifisch, der es wagt, seine Nase aus dem Wasser zu strecken, eines auf die freche Schnauze zu geben; dem Haifisch bleibt dann nichts anderes mehr übrig, als ans andere Ende der Welt zu flüchten. Vor Angst wird er ganz weiß werden, und die anderen Haifische werden ihn auslachen und ihn verspotten!«

»Ich weiß nicht, wie man das macht, einem eines auf die Schnauze geben.«

»Natürlich weißt du das. Schließ deine Hand zur Faust. Ja, so ist's richtig. Und schlag mit deiner Faust in meine Hand. So fest du kannst... Nein, dein Arm und deine Schulter müssen in dem Augenblick, in dem du zuschlägst, hart sein. Ja, jetzt ist es besser.«

»Hab' ich dir weh getan?«

»Sehr weh! Gott sei Dank bin ich kein Haifisch. Sonst wäre ich ganz weiß geworden. Bist du schon einmal geritten?«

»Nein.«

»Wir werden ein Spiel spielen. Wir sind Piraten, nette Piraten, und die fette Dame hinter uns, die kein Chinesisch spricht, ist ein Drache. Einverstanden?«

»Das scheint ein interessantes Spiel zu sein.«

»Ein sehr interessantes Spiel. Wir sind also die netten Piraten und werden flüchten, da der böse Drache uns fangen will. Hast du verstanden, Apriltiger?«

»Wie flüchten wir?«

»Wir werden auf's Pferd springen, in den Wald flüchten und dort eine Reportage schreiben. Wir zählen bis drei, und wenn ich bei drei angelangt bin, dann rennen wir zu meinem Pferd, springen in den Sattel und reiten davon wie der Blitz.«

»Und der böse Drache wird geleimt.«

H. H. Rourke war eine Sekunde vor seinem Sohn bei dem Pferd, sprang in den Sattel, hob seinen Sohn mit einer Hand hoch und galoppierte davon. Nach dreihundert Metern ließ er das Pferd in den Schritt fallen.

»Wo hast du das gelernt, Apriltiger?«

»Was?«

»Du hast gesagt: Der böse Drache wird geleimt. Von wem hast du solche Ausdrücke gelernt?«

»Von Mister Cabrini.«

»Wer ist Mister Cabrini?«

»Er bringt uns jeden Morgen frische Milch.«

Sie waren inzwischen in dem Zedern-Wald angelangt. Es war strahlendes Wetter. Zwei Leguane wurden von ihnen aufgeschreckt. Unzählige Schmetterlinge, von denen manche so groß waren wie eine Hand und genau die strahlend-blaue Farbe von Kates Augen hatten, flatterten durch die Luft. Sie mußten einen Umweg machen, um einen Fluß mit Kaimanen zu vermeiden. Wenn es sich nicht um Krokodile handelte. Rourke hielt auf einer Lichtung, auf der Orchideen sich auf alten, mit Moos bewachsenen Baumstämmen angesiedelt hatten. Rourke mußte sich zusammenreißen, um nicht immer weiter zu reiten; er hatte wieder einmal das Gefühl, am Ende der Welt angelangt zu sein, doch diesmal war er zu seinem großen Glück nicht allein, sondern in Begleitung dieses kleinen Kindes, seines Sohnes.

»Warum nennst du mich *Apriltiger?*«

»Weil du so heißt. Nennen die a-ma dich nicht so?«

»Die a-ma schon.«

»Und Mama?«

»Mama nicht. Niemand nennt mich Apriltiger außer Li, Mai und Agathe.«

»Und ich.«

»Warum?«

»Weil du in China geboren bist, in einer Stadt namens Schanghai. Und zwar im April. Im Jahr des Tigers. Das ist ein geheimer Name, den niemand kennt außer den a-ma, dir und mir.«

»Mama nicht?«

»Mama kennt ihn natürlich auch. Willst du keinen geheimen Namen besitzen?«

»Doch. Hast du auch einen?«

»Ja und nein.«

»Und wie heißt der?«

Rourke erklärte seinem Sohn die Bedeutung der beiden H's, die Abkürzungen seiner Vornamen – oder seines Vornamens, denn manche hatten sich so daran gewöhnt, daß sie die beiden H's als eigenständigen Vornamen ansahen.

»Und ist der wirklich geheim?«

»Im Augenblick schon noch.«

»Geheimnisse sind spannend. Wann schreiben wir eigentlich die Reportage?«

»Wir sind schon dabei. Ich schreibe eine Reportage über dich.«

»Was ist eigentlich eine Reportage?«

»Eine Reportage, das bedeutet, etwas zu verstehen, eine Sache oder einen Menschen zu begreifen.«

»Warum weinst du eigentlich?«

»Mir tun die Augen weh, das ist alles.«

»Warum?«

»Weil wir zu schnell geritten sind und weil ich Staub in den Augen habe. Und deinetwegen.«

»Meinetwegen?«

»Ja, deinetwegen. Aber das ist nicht deine Schuld. Vor allem, weil du mir so ähnlich siehst.«

»Das hat Mama auch gesagt.«

»Was hat sie sonst noch gesagt, ich meine, über mich?«

»Ich erinnere mich nicht mehr. Nicht mehr so richtig.«

»Erzähl mir, an was du dich noch erinnerst.«

»Sie sagte, daß du der bedeutendste Journalist der ganzen Welt und sehr freundlich bist und daß ich sehr freundlich zu dir sein soll.«

»Du bist sehr freundlich, daran kann kein Zweifel bestehen.«

»Du auch.«

»Wir Rourkes sind sehr freundliche Menschen.«

»Jetzt erinnere ich mich wieder: Sie sagte auch, daß du in China sehr viel Arbeit hast.«

»Sie hat recht. Mama hat immer recht. Sie ist auch sehr freundlich, nicht wahr?«

»Ja.«

Daniel lächelte, als er an seine Mutter dachte.

»Darf ich die Zügel halten?«

Rourke gab sie ihm.

»Das Pferd will nicht laufen«, meinte Apriltiger.

»Du mußt mit deinen Absätzen ein wenig in seine Seite drücken. Nicht zu fest. Du bist so stark, daß du es erdrücken könntest, und dann müssen wir zu Fuß nach Hause gehen.«

H. H. synchronierte seinen Schenkeldruck mit den Bewegungen, die sein Sohn mit den Absätzen ausführte; das Pferd setzte sich in Bewegung, und sie ritten langsam auf einem kurvenreichen Weg, der zwischen hohen Gebüschen hindurchführte.

»Sollen wir nicht Polizisten spielen, die Verbrecher fangen?«

»Einverstanden«, meinte H. H. »Wieviel Verbrecher?«

»Zwölf.«

»Bis zu welcher Zahl kannst du zählen?«

»Bis zwölf.«

»Was sind das schon, zwölf Verbrecher für zwei Rourkes. Wir werden sie in der Luft zerreißen! Ich glaube, dort sind schon die ersten vier.«

Sie kamen an einem flachen Teich an, der von einem kleinen Wasserfall gespeist wurde.

»Das sind Schildkröten!« sagte Apriltiger.

»Keineswegs. Das sind Verbrecher, die sich als Riesenschildkröten verkleidet haben. Den einen dort kenne ich. Er heißt Krumnase. Die anderen sind sicher seine Brüder; sie sehen ihm auf alle Fälle sehr ähnlich.«

»Bringen wir sie um?«

»Ich weiß nicht, Apriltiger, ich kann es eigentlich nicht leiden, jemanden umzubringen. Ich habe noch nie jemanden umgebracht. Hast du vielleicht eine bessere Idee?«

»Was meinst du, sollen wir sehr laut schreien?«

Sie machten zwei Versuche, um sich abzustimmen, und stießen dann einen ersten, markerschütternden Schrei aus, der sie so begeisterte, daß sie gleich einen zweiten folgen ließen.

»Wir haben laut geschrien, nicht wahr?«

»Die Erde hat gezittert. Wenn die Rourkes schreien, dann zittert die Erde.«

Die Wirkung auf die Riesenschildkröten-Verbrecher war zwar gleich null, aber das war nebensächlich. Rourke und Apriltiger sprangen vom Pferd. H. H. nahm seinen Sohn auf die Schulter, sprang über ein Wasserloch und drang durch ein Gebüsch, in dem sich unter Umständen Schlangen aufhielten. Sie waren sich einig, daß es sich bei dem Wasserloch um den Amazonas, und bei dem Gebüsch um den birmesischen Dschungel handelte. Daniel kreischte vor Vergnügen, denn Rourke machte die komischsten Sprünge, und hielt sich an den Haaren seines Vaters fest. Dann gingen sie einen verborgenen Weg zum Strand hinunter und badeten. Rourke brachte Apriltiger bei, wie man den Kopf unter Wasser behalten konnte, ohne sich die Nase zuzuhalten und die Augen zu schließen. Nachdem sie sich von der Sonne hatten trocknen lassen und sich wieder angezogen hatten, setzten sie ihre Forschungsreise durch den Besitz von Opa Killinger fort, die insgesamt neun Stunden dauern sollte, in *ihrer Realität* aber mehrere Wochen in Anspruch nahm. In der Satteltasche hatte H. H., bevor er losgeritten war, Sandwiches, Schokolade und seinen Feldstecher verstaut. Und natürlich die Karte, auf der der Ort verzeichnet war, an dem der Pirat seinen Schatz vergraben hatte; er hatte die Karte an den zwei vorhergegangenen Abenden, als Daniel schlief, gezeichnet. Selbstverständlich handelte es sich um den Schatz eines sehr berühmten Piraten, der auf den merkwürdigen Namen ›karierter Bart‹ hörte. Auch Rourke konnte den Sinn dieses Namens nicht erklären, obwohl... Der Pirat war vor zweihundertfünfzig Jahren gestorben und hatte natürlich nicht wirklich ›karierter Bart‹ geheißen, sondern... Rourke! Aber das durfte niemand wissen. Außer Mama. Sonst durfte niemand, wirklich niemand, in das Geheimnis eingeweiht werden. Denn nur die echten Rourkes hatten das Recht, nach dem Schatz zu suchen. Jetzt verstand Daniel, warum sie Madam Müller nicht hatten mitnehmen können, und auch sonst niemand.

Sie machten sich auf die Schatzsuche; erfreulicherweise war die Karte eindeutig: fünf Schritte nordwestlich, vom Hundekopf ausgehend, dann vier genau südlich und zwölf nach Osten. Rourke erklärte seinem Sohn, wie man die Himmelsrichtungen mit Hilfe der Sonne und des Mooses, das auf Bäumen wuchs, feststellen konnte. Sie waren bei den letzten zehn Schritten angelangt, die man in westlicher Richtung zurückzulegen hatte und damit fast am Ziel: Es galt, sich nun dreimal um die eigene Achse zu drehen, und dabei den supergeheimen Familienspruch der Rourkes zu murmeln: TAGADA-TAGADA-TAGADA-TSUIN-TSUIN-ROURKE.

»Hier mußt du graben«, meinte H. H. »Genau an der Stelle, wo du jetzt stehst.«

Und, Wunder über Wunder! Apriltiger fand den Schatz, der von seinem berühmten Piratenvorfahren vergraben worden war. Aufgeregt grub er einen Holzsäbel und einen Dreispitz aus, der mit einem Totenkopf und zwei gekreuzten Unterarmknochen gezeichnet war; Vater Rourke war sich sicher, daß er aus dem persönlichen Besitz von ›kariertem Bart‹ stammte. Daniel grub noch weiter und stieß auch wirklich auf die mit schweren Nägeln beschlagene, fünfunddreißig Zentimeter lange und zwanzig Zentimeter breite Schatztruhe. Vorsichtig öffnete er sie. Er fand zwölf fast echte Gold-Dublonen, eine Pistole, die genau zu dem Holzsäbel paßte, Ohrringe, eine Augenklappe aus schwarzer Seide und einen Kompaß.

H. H. erklärte, wozu ein Kompaß diente, und betonte, der in der Schatztruhe gefundene Kompaß sei ein ganz besonderer, den eine liebe Fee einst dem ›karierten Bart‹ geschenkt habe.

»Ich glaube, es wäre keine schlechte Idee, wenn du den Kompaß Mama schenkst, Apriltiger.«

»Mama?«

»Du wirst doch wohl nicht den ganzen Schatz für dich behalten wollen?«

»Ich könnte ihr doch die Ohrringe schenken.«

»Nein. Das sind echte Piraten-Ohrringe, die kann man doch keiner Frau schenken! Übrigens, probier doch mal, ob du sie dir anlegen kannst. Schau, du mußt nur hier drücken. Und ich bin mir sicher, daß der Hut und der Säbel und der Revolver dir genau passen. Richtig. Mama wird überrascht sein, wenn du als ›karierter Bart‹ verkleidet zurückkommst. Vor allem, wenn du dir noch die Augenklappe umbindest und einen schwarzen Schnurrbart anmalst. Ich zeig dir, wie man das macht. Doch der Kompaß ist für Mama.«

»Ich werde ihn ihr geben. Und was ist das da?«

»Ein Brief. Den ›karierter Bart‹ sicher für Mama geschrieben hat. Schau, da steht ihr Name drauf.«

»Kannte er denn Mama?«

»Der Brief beweist es. Was meinst du, hast du Hunger?«

Sie aßen die belegten Brote und die Schokolade und tranken dazu Wasser aus Rourkes Feldflasche. Anschließend beobachteten sie mit Hilfe von Rourkes Feldstecher die Verbrecher, die sich als Seehunde und Heuler verkleidet hatten und verzweifelt nach dem Schatz von ›kariertem Bart‹ suchten. Die Armen wußten nicht, daß nur ein Rourke ihn finden konnte.

»Apriltiger, wirst du Mama den Brief geben?«

»Und den Kompaß.«

»Schwörst du das, indem du auf den Boden spuckst?«

Apriltiger schwor und spuckte auf den Boden und sprach anschließend feierlich den magischen und supergeheimen Spruch der Rourkes.

Sie ritten los; Rourke erzählte seinem Sohn die drolligsten Geschichten, und je mehr Daniel lachte, desto kühner wurden Rourkes Erfindungen, bis dann Apriltiger seinerseits die Geschichten ausmalte und die unwahrscheinlichsten Dinge erfand, worüber wiederum Rourke so lachen mußte, daß sie gezwungen waren, das Pferd anzuhalten und abzusitzen, denn sonst wären sie unweigerlich heruntergefallen. Sie fochten dann fürchterliche Ringkämpfe aus, aus denen Apriltiger aufgrund seiner kolossalen Kraft jedesmal als Sieger hervorging. Er aß die restliche Schokolade auf, trank einen Schluck Wasser und wurde dann wieder auf das Pferd gehievt.

»Wann wirst du für immer bei Mama bleiben?«

»Sobald ich mit meiner Arbeit fertig bin.«

»Wann bist du mit deiner Arbeit fertig?«

»Schon bald.«

»Dauert es noch lang, bis es schon bald ist?«

»Nicht sehr lang. Ich bin sehr glücklich, daß du mit ihr in dem Haus auf Long Island lebst, Apriltiger. Ich zähle auf dich. Du mußt dich um sie kümmern und sie beschützen. Einverstanden?«

»Einverstanden, Papa.«

»Wir sind große Helden. Bist du kein großer Held?«

»Doch.«

»Ich habe beinahe den Eindruck, du bist müde.«

Kurz darauf schlief das Kind in den Armen seines Vaters ein, der darauf verzichtete, sich eine Zigarette anzuzünden, und sein Pferd nur langsam ausgreifen ließ. Er nahm sich sogar die Zeit, einen Blick auf die untergehende Sonne zu werfen.

»Ich räume gerne ein, daß ich beeindruckt bin«, meinte Karl Killinger. »Daniel hat nur noch Augen für Sie.«

»Ich habe nicht versucht, Sie zu beeindrucken.«

»Das glaube ich Ihnen. Sie haben ganz einfach nur alles getan, damit

Daniel seinen Vater nicht vergessen kann. Und ich habe Ihnen dazu die Gelegenheit verschafft! Kates Rechtsanwälte werden bei meinen protestieren, denn es war wirklich nicht vorgesehen gewesen, daß wir die drei Wochen gemeinsam verbringen. Kate hätte mir meinen Enkel nie anvertraut, hätte sie gewußt, daß Sie sich hier aufhalten.«

»Ausgezeichnet.«

Die beiden Männer saßen fast genau in der Mitte der großen Terrasse des Hauptgebäudes, an der Stelle, von der aus man den schönsten Blick über den kleinen Privatsee und das dahinter liegende Meer hatte, die im Mondlicht miteinander verschmolzen, so daß man nicht genau wußte, wo das eine anfing und der andere aufhörte. Die Berechnungen des Architekten waren aufgegangen. Sie hatten zusammen zu Abend gegessen, allein, denn die anderen Gäste Karl Killingers waren vor drei Tagen abgereist.

»Rourke, kehren Sie mit Daniel und mir nach New York zurück?«

»Ich glaube nicht.«

Er meinte, er wolle sich einmal auf Kuba umschauen, das er nicht kannte, von der kurzen Küstenstrecke von Guantánamo über Santiago zum Cap Cruz abgesehen, die er einmal auf dem Land- und einmal auf dem Seeweg zusammen mit Killinger und dessen Gästen bei einem Ausflug kennengelernt hatte.

»Aber Sie werden anschließend nach New York kommen?«

»Ich weiß noch nicht«, meinte H. H.

Es war dunkel geworden; die Nacht war mild. Das schwere Parfüm exotischer Blumen hing in der Luft. Von ihrem Tisch aus konnten sie den kleinen Privathafen erkennen, in dem Killingers Jacht mit den braunen Segeln dümpelte. Die Kabine war beleuchtet, und Musik drang in Fetzen, von der Abendbrise getragen, bis zu ihnen hoch. Auf einem Klavier spielte jemand eine stark synkopische Jazz-Melodie, zu der eine schöne, rauhe Frauenstimme sang. Rourke erkannte *Porgy and Bess*, die Oper von George Gershwin. Obwohl er ihr nie begegnet war – Killinger zeigte sich nie mit seinen Mätressen, dazu war er ein zu großer Puritaner –, wußte H. H., daß die Stimme auf der Jacht zu Mona Cartwright gehören mußte, einer hinreißenden, um die vierzig Jahre alten Frau, seit fünfzehn Jahren die ›Favoritin‹ des Pressemagnaten. Als junge Schauspielerin hatte sie angefangen, am Broadway von sich reden zu machen, als Killinger sich in sie verliebte. Er holte sie von der Bühne und ›versteckte‹ sie bei sich, wo sie nur noch für den Milliardär tanzte und sang. Seit Rourke sich mit Daniel auf dem Besitz aufhielt, hatte sie kein einziges Mal die Jacht verlassen. Schloß Killinger sie aus Eifersucht ein? Oder wollte er einfach nicht, daß sie seinem Enkel begegnete?

Während der philippinische Maître d'hôtel in seinem tadellos sitzenden Smoking ihnen den Kaffee servierte, hörten sie wieder die schöne

Stimme. Killinger wartete, bis die Melodie zu Ende war, bevor er zu sprechen anfing.

»Rourke«, erklärte er so hochmütig wie möglich, »ich werde auf Ihre Erpressung eingehen.«

H. H. blieb teilnahmslos.

»Das heißt, ich bin bereit, die Waffen zu strecken und meine Tochter nicht mehr zu bekämpfen.«

H. H. gab sich damit zufrieden, das Ende seiner Zigarre, das in der Dunkelheit glühte, aufmerksam zu betrachten. Mona Cartwright spielte auf der Jacht inzwischen einen entfesselten Ragtime.

»Unter der Bedingung natürlich, daß auch sie die Feindseligkeiten einstellt.«

»Das versteht sich von selbst.«

»Was hielten Sie als neutraler Beobachter von unserer Schlacht, als wir uns vor drei Wochen zum erstenmal darüber unterhielten?«

»Kate war dem Untergang geweiht.«

»Wie lange hätte sie wohl noch durchhalten können?«

»Einige Monate. Vielleicht auch weniger. Als Arthur Simpson sich bereiterklärt hatte, Kate zu betrügen, da war es um sie geschehen, denn sie konnte nicht mehr mit dem frischen, aus Florida stammenden Geld, rechnen.«

»Wie hoch ist sie verschuldet?«

»Um die achthunderttausend Dollar.«

»Ich bin mir sicher, daß Sie eine genaue Zahl nennen können. Ein Reporter Ihres Schlages gibt sich nicht mit Schätzungen zufrieden.«

»Nun, siebenhundertachtzigtausend Dollar.«

»Gehen wir einmal davon aus, daß sie auf einen Waffenstillstand eingeht, wie lange wird sie dann brauchen, bis sie ihre Schulden zurückbezahlt hat?«

»Vier Jahre. Unter der Bedingung natürlich, daß sie ihre Grundstücke in Florida verkaufen kann.«

Killinger lachte.

»Wir verfügen über genau die gleichen Zahlen. Ich wollte eigentlich nur sichergehen – und frage mich, aus welchem Grund. Ihre Fähigkeiten, Recherchen durchzuführen, stehen außer Frage. Haben Sie wirklich eine Reportage über mich geschrieben?«

»Ja.«

»Ich glaube, Sie bluffen.«

H. H. holte aus seiner Westentasche fünf Blätter, die eng beschrieben waren.

»Die Seiten 1, 9, 23, 24 und 25. Ich habe für Sie die besten Stellen ausgesucht.«

»Wieviel Seiten umfaßt die Reportage insgesamt?«

»Sechzig, aber sie ist, wie gesagt, noch nicht abgeschlossen.«

Killinger las wie immer sehr schnell.

»Interessant. Sie haben in der Tat sarkastisch und bissig geschrieben. Sie hätten mir diese Seiten nicht zeigen dürfen. Wissen Sie, aus welchem Grund?«

»Sie bedauern jetzt, daß Sie auf den Waffenstillstand zwischen Kate und Ihnen eingegangen sind. Sie haben die größte Lust zu kämpfen. Gegen mich.«

»Und ich werde Sie zerdrücken wie eine Laus.«

»Versuchen Sie es ruhig.«

Sie schwiegen. Lange. H. H. stellte sein Cognac-Glas auf den Tisch, stand auf und ging zwischen den Blumenbeeten auf und ab. In Gedanken verloren, kam er zu den großen Fliesen aus Vulkangestein, die das Schwimmbad, das eher einem kleinen See glich, umfaßten; allein die Fliesen bedeckten ungefähr einen Hektar. Aufgrund der von Wright gefundenen Perspektive hatte man den Eindruck, als befände sich das karibische Meer auf der gleichen Höhe wie diese glatte, silberne Fläche, in der sich der Mondschein spiegelte. H. H. ließ sich viel Zeit und rauchte erst seine Zigarre zu Ende, bevor er gut zwanzig Minuten später wieder auf die Terrasse zurückkam.

»Einverstanden«, meinte Killinger. »Gehen wir davon aus, daß ich mich bei Ihnen entschuldige.«

»Gehen wir davon aus...«

»Und kommen wir auf etwas anderes zu sprechen. Ich habe im *Day* einige Ihrer Reportagen entdeckt. Sind diese mit Ihrem Einverständnis veröffentlicht worden?«

»Ja.«

»Wollten Sie mich provozieren?«

»Halten Sie sich bloß nicht für den Nabel der Welt!«

»Mit meinem Friedensangebot verknüpfe ich zwei Bedingungen: Erstens muß auch Kate die Waffen strecken...«

»Die zweite betrifft mich.«

»Vor ungefähr zehn Jahren habe ich Ihnen angeboten, für mich zu arbeiten... Vorsicht, Rourke, überlegen Sie gut, bevor Sie etwas sagen. Wenn Sie meinen Vorschlag wieder ablehnen, dann können Sie gleich Ihren gottverdammten Artikel veröffentlichen. Wie teuer es mich auch zu stehen kommt. Aber Kate wird dann ebenfalls bezahlen.«

»Was bieten Sie mir?«

»Sie veröffentlichen nichts mehr bei ihr und arbeiten ganz offiziell für mich. Ich bezahle Ihnen zweihundert Dollar pro Woche...«

»Fünfhundert«, unterbrach ihn Rourke lächelnd.

»Nein.«

»Ich wollte nur einmal probieren, wie weit Sie gehen würden.«

»Zweihundert Dollar pro Woche. Sie arbeiten völlig unabhängig, suchen sich Ihre Themen selbst aus, widmen ihnen soviel Zeit, wie Sie wünschen, und reisen in die Länder Ihrer Wahl. Ich stelle nur eine einzige Bedingung: Sie liefern jährlich mindestens zwölf Reportagen ab. Niemand wird auch nur ein Wort an Ihren Texten ändern, die selbstverständlich ungekürzt erscheinen. Wenn Sie es vorziehen, werden wir Ihre Texte unter einem Pseudonym Ihrer Wahl veröffentlichen. Kate wird Ihren Stil und Ihre Themen auf alle Fälle erkennen.«

»Und darum geht es: Kate schwarz zu ärgern.«

»Nicht nur: Ich habe endlich den einzigen Reporter unter Vertrag, den ich in den dreiundzwanzig Jahren, die ich diese Zeitung leite, wirklich habe unter Vertrag nehmen wollen. Ich habe zehn Jahre gewartet, aber zum Schluß habe ich Sie doch bekommen.«

In diesem Augenblick klatschte etwas ins Wasser. Rourke schaute zum Meer hinunter und bemerkte, daß sich jemand schwimmend von der Jacht entfernte. Trotz der Entfernung konnte kein Zweifel daran bestehen, daß dieser Jemand eine Frau war und die Frau es nicht für notwendig befunden hatte, einen Badeanzug anzuziehen, obwohl der Mond inzwischen die ganze nächtliche Szenerie hell beleuchtete. Die langen, schwarzen Haare der Schwimmerin, die bis über die Schultern reichten, zeichneten sich von ihrem hellen, im Wasser phosphoreszierenden Körper ab. Das Meer war völlig ruhig. Rourke warf schnell einen Blick zu Killinger, doch dieser rührte sich nicht.

»Ich habe noch nicht ja gesagt«, meinte H. H.

Killinger lächelte.

»Sie werden es bestimmt tun. Ihre Reportagen werden im New Yorker Verbreitungsgebiet nur in den *Morning News* veröffentlicht. Es bleibt Ihnen unbenommen, Ihre Reportagen im Rest der Vereinigten Staaten und im Ausland an alle Abnehmer Ihrer Wahl zu verkaufen. Und wenn Sie mit einem Fotografen ein Team bilden wollen, übernehme ich selbstverständlich die Kosten.«

»Dreißig Prozent Zuschlag.«

»Einverstanden. Mit wem werden Sie zusammenarbeiten? Mit diesem Rumänen?«

»Mit Constantin Uricani.«

»Ich hab' in der *National Geographic* seine Aufnahmen von der Seidenstraße gesehen und natürlich auch die, die zusammen mit Ihren Artikeln über Schanghai und Zentralchina abgedruckt wurden. Ein ausgezeichneter Mann. Noch ein letztes Wort zu diesem Thema, Rourke: Sie haben sicher erfahren, daß ich vor nicht allzulanger Zeit einen Herzinfarkt überstand. Mit meinem Tod endet unser Vertrag automatisch. Übrigens, nur zu Ihrer Information: Ich habe Ihren Sohn als meinen Universalerben eingesetzt.«

»Kate hätte auf gar keinen Fall Ihr Geld gewollt.«

»Ich weiß. Bitte kümmern Sie sich um Daniel. Sie haben während der vergangenen drei Wochen sein Herz im Sturm erobert. Sie haben das doch sicher nicht nur unternommen, um gegen Kate zu arbeiten, nicht wahr?«

»Nein.«

»Lassen Sie ihn nicht im Stich.«

H. H. Rourke schüttelte den Kopf, lachte und schüttelte wieder den Kopf. Er wollte die Szene Chat-Huant schildern und ihm seine Gefühle dabei nicht verhehlen: Er war irritiert, aber auch geniert und irgendwie abgestoßen, denn er konnte die Reaktionen von Karl Killinger einfach nicht begreifen: Tochter und Vater Killinger hatten sich aus kindischen, absurden, irrationalen Gründen bis aufs Blut bekämpft. Und beide hatten versucht, Rourke in diesem Kampf als Geisel zu nehmen.

»Ich habe Daniel bereits gesagt, daß ich morgen abreise«, sagte er, aus seinen Gedanken auffahrend. »Das heißt, ich werde heute nacht noch die Villa verlassen. Ihr Angestellter, der immer im Morgengrauen in Santiago Brot und Zeitungen holt, wird sicher bereit sein, mich in dem kleinen Lieferwagen mitzunehmen.«

»Ihre zweihundert Dollar werden Ihnen ab nächsten Montag überwiesen. Bitte schreiben Sie oder rufen Sie Leo Sachs an und teilen Sie ihm mit, wohin er das Geld transferieren soll. Ich habe bereits Ihren Presseausweis und die verschiedenen Beglaubigungen ausstellen lassen. Uricani hat mir die notwendigen Fotos geliefert – ohne daß er den Zweck erahnte; Sie müssen ihn folglich nicht verprügeln.«

»Sie haben über mich recherchieren lassen, nicht wahr?«

»Ja. Ich hoffte, bei Ihnen einen schwachen Punkt zu entdecken, um ihn gegen Sie zu nutzen. Wir haben nichts gefunden. Jetzt kann ich es Ihnen ja sagen: Ich hätte nicht gerne gegen Sie gekämpft. Aus den verschiedensten Gründen, die ich hier nicht lange ausbreiten möchte, aber auch aufgrund der Sympathie, die ich für Sie empfinde. Hier nur der entscheidendste Grund: Es ist sehr schwer, jemanden zu bekämpfen, dem Geld, Macht und Ruhm völlig gleichgültig sind. In dieser Hinsicht sind Sie wirklich einmalig.«

In diesem Augenblick erklang wieder das Klavier, und die rauhe Stimme sang voller Wehmut *Summertime.* Mona Cartwright hielt sich wieder in ihrem goldenen Käfig auf, nachdem sie sich erfrischt hatte.

»Sie waren offen zu mir; da will auch ich offen zu Ihnen sein: Langsam ermüden Sie mich«, meinte H. H.

H. H. Rourke traf im Morgengrauen in Santiago ein und fuhr gleich weiter nach Guantánamo, wo er hoffte, auf den ›Elefantenhändler‹ zu stoßen, von dem ihm der Koch Karl Killingers erzählt hatte. Doch Archibald Moffett war bereits weitergezogen. Anscheinend war er mit seinen vier Bestien einen Monat zuvor nach Havanna gegangen.

H. H. nahm die Spur auf. Ohne sich zu überhasten. Er durchquerte die ganze Insel Kuba und machte dabei viele Umwege.

Er brauchte acht Tage, um Uricani zu finden, der in einem Bett auf ihn wartete, natürlich nicht allein, sondern in Begleitung von zwei hinreißenden, kaffeebraunen Kubanerinnen.

Kapitel 14
Der Elefantenhändler

Während H. H. und Constantin Uricani zu einem kleinen Felsengrat hinaufstiegen, um zwar nicht die Elefanten – die sie immer noch nicht zu Gesicht bekommen hatten – aber immerhin deren Spuren zu fotografieren, bebte die Erde.

Der Boden unter ihren Füßen wölbte sich plötzlich wie der Rücken eines dicken Katers nach oben, als sie oben angelangt waren. Ein Baum mit palmenartigen Blättern, der sich in einer Felsspalte festklammerte und trotz des spärlichen Bodens recht groß geworden war, wurde hochgehoben und fiel dann krachend um. Die Erde unter ihnen röhrte sehr laut, als ob ein Riese schnarchte. Im Gras bildeten sich mit beeindrukkender Geschwindigkeit zickzackförmig verlaufende, bedrohlich breite Spalten. H. H. hatte sich sofort auf den Boden fallen lassen und streckte Hände und Füße von sich, so daß ihm das Erdbeben kaum etwas anhaben konnte. Uricani dagegen, der nicht so geistesgegenwärtig war, wußte nicht, wie ihm geschah. Seine Fotoapparate, die er nicht einmal bei einem Schiffsuntergang aufgegeben hätte – und in einer gewissen Weise handelte es sich um einen Schiffsuntergang, nur daß er auf der Erde stattfand –, fand sich ebenfalls auf dem Boden wieder, allerdings auf dem Hintern, auf dem er den Abhang hinunterrutschte. Nach ungefähr hundert Metern stoppte eine Palme seine Fahrt. Uricani starrte sie indigniert an.

»Verdammt noch mal, was war denn das?«

»Ein Erdbeben. Allerdings nur ein kleines.«

»Kommt so etwas eigentlich häufig vor?«

»Das letzte fand vor vier Jahren statt, 1932; die Stadt Santiago wurde dabei wieder einmal vollständig zerstört. Willst du eigentlich den ganzen Tag mit der Palme zwischen deinen Beinen verbringen?«

Uricani machte seine Aufnahmen. Problemlos, denn es gab keine Nachbeben. Die Elefantenspuren zeichneten sich deutlich ab und liefen ohne große Abweichungen auf die Sierra Maestra und deren höchste Erhebung, den Pik Turquino, zu.

»Unglaublich, Elefanten hier in dieser abgeschiedenen Gegend. Und nicht irgendwelche x-beliebigen Elefanten, sondern indische! Wenn die Spuren nicht so deutlich wären, dann könnte man das alles für einen Traum halten. Wo sind wir eigentlich?«

»In der Provinz Oriente.«

»Aber immer noch auf Kuba, oder?«

»Das weißt du doch ganz genau.«

»Ich weiß überhaupt nichts. Vor zwei Tagen war ich in Havanna gerade dabei, Spanisch zu lernen, als du mich brutal aus meinem Bett geholt und mir befohlen hast, Elefanten zu fotografieren. Seither sind wir unterwegs, und du hast kaum deine Zähne auseinandergebracht. Wir hätten sehr wohl nach Brasilien gelangt sein können, ohne daß es uns aufgefallen wäre.«

»Wir sind schließlich nicht übers Meer gefahren; Kuba ist eine Insel.«

»Bist du dir sicher?«

»Mußt du wirklich andauernd reden?«

»Ich muß wirklich andauernd reden. Wir New Yorker haben schließlich einen ausgeprägten Sinn für Kommunikation. Ist dir eigentlich aufgefallen, wie hervorragend ich inzwischen Amerikanisch spreche?«

Keine Antwort. Rourke ging zwei Meter vor Uricani und gab acht, nicht die Spuren der Elefanten zu verwischen, damit sie Uricani fotografieren konnte. Was Uricani auch tat. Seitdem sie Havanna verlassen hatten, hatte Uricani nichts anderes aufgenommen als Elefantenspuren.

›Ich verfüge inzwischen über die bedeutendste Sammlung von Elefantenspuren, die je zusammengetragen wurde. Natürlich weiß ich, daß Kuba eine Insel ist. Ich möchte Hatchi ablenken, das ist alles. So trübsinnig habe ich ihn noch nie gesehen. In einem solchen Zustand habe ich ihn überhaupt noch nie erlebt!‹

Uricani blieb stehen. Vor zwei Stunden hatten sie den Wagen verlassen. H. H. schlug ein Tempo an, als sei der Teufel hinter ihm her.

»Was meinst du, können wir nicht etwas verschnaufen? Moffett kann uns nicht mehr durch die Lappen gehen.«

H. H. Rourke machte noch fünf Schritte, bevor er sich auf den nächstbesten Stein setzte. Er streckte die Beine aus, zündete eine Zigarette an und schaute in die Ferne, ohne etwas zu sehen. Zumindest wirkten seine Augen so, als nähmen sie nichts wahr. Er zeigte Uricani sein rechtes, hartes, in diesem Augenblick sogar grausames Profil.

»Ich nehme an, daß ich immer noch nicht das Recht habe, über mein Zusammentreffen mit Kaiser Karl Killinger letzte Woche in New York zu sprechen?«

»Nein.«

»Er hat mir nichts erklärt, du erklärst mir nichts... Ich soll anscheinend nicht wissen, aus welchem Grund ich wieder für dich arbeite, und vor allem, aus welchem Grund H. H. Rourke, der *große, einsame Nachrichtenjäger*, sich plötzlich einverstanden erklärt hat, für diesen Typen zu arbeiten.«

»Wieder nein.«

»Ausgezeichnet«, meinte Uricani. »Und ich muß natürlich jede Anspielung auf ein ganz bestimmtes menschliches Wesen in Queens vermeiden, das groß und schön ist und ganz außergewöhnliche blaue Augen hat und mit dem ich sehr befreundet war, als wir uns zusammen in China aufgehalten haben?«

»Uri, Schnauze.«

»Weißt du, ich habe wirklich einen ausgezeichneten Sinn für Kommunikation! Zwei Jahre lebe ich jetzt in New York und habe mich stark verändert. Mein Gespür für Situationen ist überdurchschnittlich ausgeprägt. So habe ich im Augenblick den Eindruck, als läge es in meinem Interesse, das Thema zu wechseln. Über was könnte ich wohl reden, ohne daß mir dieser Kerl, der vielleicht mein Freund ist, auf alle Fälle aber einen schweinischen Charakter hat, alle Zähne ausschlägt?«

Er musterte die Elefantenspur.

»Hatchi, bitte gib mir doch einmal deinen Feldstecher.«

Uricani fing ihn im Flug auf und schaute sich eine Zeitlang die Gipfellinie der Sierra an. Die Landschaft enthielt alle denkbaren Grünabstufungen, vom hellen, beinahe giftigen Grün farnartiger Pflanzen bis zum Dunkelgrün der Wälder, das an manchen Stellen bereits ins Schwarz spielte. Ab fünfzehnhundert Meter Höhe allerdings wuchsen keine Bäume mehr, sondern nur noch Büsche. Er beobachtete den Flug eines großen Raubvogels, der sich gegen den wolkenverhangenen, grauen Himmel abzeichnete, als er plötzlich eine kleine Gruppe entdeckte, die an einer steilen Böschung entlangging und anscheinend nach einer Passage suchte.

Sieben Punkte. Vier massive Silhouetten, bei denen es sich eindeutig um Elefanten handelte, und drei wesentlich kleinere.

»Ich sehe sie, Hatchi, Archibald Moffett, seine beiden Töchter und die vier Elefanten. Die aus Indien kamen, um zuerst kreuz und quer über die Insel Kuba zu marschieren und dann den höchsten Berg auf der Insel zu erklettern, wo es nichts, aber schon gleich gar nichts gibt. Ein Rätsel. Ich räume gern ein, daß dieses Rätsel mich fasziniert. Und ich gerne die Lösung kennen würde. Darf ich wenigstens über dieses Thema sprechen?«

»Über dieses schon.«

Constantin Uricani und H. H. Rourke hatten sich in Bukarest kennengelernt. Ihre erste gemeinsame Reportage hatte einem Menschenfresser in den Karpaten gegolten; anschließend hatten sie im Nahen Osten, in China, Indochina und Birma zusammengearbeitet. Als Uri in New York eine Landsmännin heiratete, trennten sie sich. Die Erfahrung stellte sich für den Fotografen schon bald als enttäuschend heraus. Mit seiner kessen Braunhaarigen heiratete er gleichzeitig eine völlig unübersichtliche Horde von Schwestern und Tanten und anderen Familienangehörigen, die alle von ihm erwarteten, daß er sich als Fotograf den Rest seines Lebens Hochzeiten und nackten Babys in Badewannen oder auf Eisbärfellen widmete, brav um sechs Uhr dreißig abends nach Hause kam, dick wurde und seinen Bauch mit einer goldenen Uhrkette verzierte.

»Hatchi, ich hatte nur die Wahl, entweder wieder mit dir zu arbeiten oder in die Fremdenlegion zu gehen. Ich bin schließlich erst sechsundzwanzig Jahre alt und habe schon zwei Kinder. So hat meine Frau eine Aufgabe... Sie kann nicht behaupten, ich hätte sie allein gelassen...«

Zwei Jahre lang war Uricani mit Kate und H. H., die er beide vergötterte, kreuz und quer durch China gefahren. So wie Rourke die Ereignisse je nach ihrer Eignung als Stoff für eine Reportage klassifizierte, so glaubte Uricani, der eigentlich von kaum etwas wirklich überzeugt war, felsenfest daran, daß es nur zwei Arten von Dingen oder Ereignissen auf der Welt gab: diejenigen, die sich lohnten, fotografiert zu werden, und diejenigen, die es nicht lohnten. Außerdem war er sich sicher, daß ihm auch bei der gefährlichsten Reportage nichts passieren konnte, wenn er die Welt durch das Objektiv seiner Kamera betrachtete. Er, der an kaum etwas glaubte, außer an die Freundschaft, war völlig bestürzt, als sich Kate von Rourke trennte.

Er verdächtigte sich zwar nicht, selbst geheiratet zu haben, um ein gewisses Gleichgewicht wiederherzustellen, wollte den Gedanken aber auch nicht ganz von sich weisen.

Nachdem Kate Schanghai verlassen hatte, waren Rourke und er viel gereist. Rourke war wieder zum alten, unvergleichlichen Sammler von Geschichten, Ereignissen und Menschen geworden, wogegen Uricani nicht das geringste einzuwenden hatte. Nur daß Rourke noch verbissener zu Werke ging. Während einer gewissen Zeit konnte man glauben, er versuche unbewußt, sich umzubringen. Doch der kleine Engländer mit der perlgrauen Melone, der in Paris lebte, Chat-Huant, machte sich völlig zu Unrecht Sorgen um Rourke. Und täuschte sich gewaltig, wenn er meinte, H. H. sei schwer zu begreifen. Schwer zu begreifen? Was für ein Unsinn! Wenn man wußte, daß Rourke zu der größten Zärtlichkeit fähig war, wenn er jemand liebte oder mit ihm befreundet war, dann wußte man alles über ihn. Vor allem, wenn man in Rechnung zog, daß er immer versuchte, diese Seite zu verbergen.

›Ich muß wirklich keine Angst haben, daß er mir die Zähne einschlägt, das würde er nie tun.‹

Während seines Aufenthaltes in New York – anders ausgedrückt: während der Zeit, in der er Hochzeiten und Babys fotografierte – hatte Constantin Uricani Kate Killinger zweimal getroffen. Beim erstenmal war er selbst nach Queens gefahren und hatte die Redaktion des *Day* in der Buckingham Street besucht, nachdem er erfahren hatte, daß Kate Fotografen einstellte. Das war natürlich nur ein Vorwand, denn er hatte nicht die geringste Lust, für eine Tageszeitung zu arbeiten. Er hatte verschiedene Angebote auf diesem Sektor bereits abgelehnt und trotz der mörderischen Langeweile, die er als ›Familienfotograf‹ empfand, Hochzeiten und Babyfotos vorgezogen. Kate kannte natürlich ihren Pappenheimer.

»Uri, du weißt genausogut wie ich, daß das wirklich keine Arbeit für dich ist.«

So hatten sie sich nur freundschaftlich unterhalten, und es war ihm schwergefallen, den Namen Rourke nicht zu erwähnen. Die Situation war abscheulich, auch wenn sie nur zehn Minuten gedauert hatte.

Das spielte sich im Oktober 1934 ab. Nach diesem für ihn so unerfreulichen Gespräch hatte er keine weiteren Versuche mehr gemacht, sie zu sehen, wurde aber regelmäßig mit den neuesten Nachrichten versorgt: Ben Fein, der Cheffotograf des *Day*, war ein entfernter Vetter der Familie seiner Frau.

Das zweite Treffen, um das Kate gebeten hatte, lag gerade sieben Tage zurück. Uricani kam – wie üblich zu spät – in das Fotogeschäft, das er zusammen mit seinem Schwiegervater in der Sheridan Avenue in der Bronx betrieb. Nachdem ihn Jake Lerner darauf hingewiesen hatte, daß es inzwischen acht Uhr vierzig und nicht acht Uhr war – an derartige Vorhaltungen hatte sich Uricani seit langem gewöhnt –, sagte er ihm, man habe nach ihm gefragt. Eine Dame. Die in dem Café auf der gegenüberliegenden Straßenseite auf ihn warte. Das ließ sich Uri natürlich nicht zweimal sagen. Die besagte Dame entpuppte sich zu seiner maßlosen Überraschung als Kate, die ihn um einen Gefallen bat: Man habe sie informiert, so meinte sie, daß sich Rourke in New York aufhielt, aber ihr Informant wisse leider nicht, wo er wohne oder wie man ihn treffen könne.

»Ich nehme an, du hast Rourke gesehen. Wirst du wieder für ihn arbeiten? Ich fände das gut. Er ist wirklich zu einsam. Bitte, richte ihm doch aus, daß ich ihn gerne sprechen möchte. Wann immer es ihm paßt.«

Das war auch schon alles. Sie fügte noch hinzu, sie habe leider keine Zeit, da sie verabredet sei, und ging dann. Uricani erkannte den Chauffeur mit dem charakteristischen Schnauzbart, der ihr die Tür des großen, schwarzen Wagens öffnete. Der Fotograf war völlig verdattert, denn er hatte nicht die geringste Idee, wo er in New York H. H. Rourke auftreiben konnte. Seit fast einem Monat hatte er nichts mehr von ihm gehört. An diesem gleichen, denkwürdigen Tag sollten sich noch drei weitere, außergewöhnliche Dinge ereignen: Zuerst kam das Telegramm, in dem er aufgefordert wurde, innerhalb von drei Tagen nach Havanna zu fahren; alle Kosten würden von Leo bezahlt. Dann hatte sich Leo höchstpersönlich gemeldet, auch seinen Nachnamen genannt – Sachs – und ihm mitgeteilt, die *Morning News* hätten ihn soeben für ein königliches Gehalt in ihre Dienste genommen, und er habe nichts anderes zu tun, als ausschließlich für Mister H. H. Rourke zu arbeiten...

Worauf sich das dritte und vielleicht bedeutendste Ereignis abspielte: Uricani hatte den besagten Leo Sachs in der Redaktion der *Morning News* aufgesucht und war von diesem in Karl Killingers Privatbüro geleitet worden.

»Mister Killinger legt Wert darauf, alle Mitarbeiter persönlich zu kennen.«

Das Gespräch mit dem Vater war noch schneller beendet als das mit der Tochter. Killinger hatte ihm einige Fragen gestellt, vor allem in bezug auf die Beziehung zwischen Kate und Rourke, und war keineswegs überrascht gewesen, als Uricani ihn – allerdings auf diplomatische Weise – ins Leere laufen ließ. Und hatte noch hinzugefügt:

»Einverstanden-Sie-sind-engagiert-Mister-Sachs-hat-sich-bereits-um-Ihren-Presseausweis-und-um-Ihre Akkreditierungen-sowie-um-Ihre-Reservation-für-den-Dampfer-nach-Havanna-gekümmert-ich-wünsche-Ihnen-viel-Glück-und-auf-Wiedersehen!«

Als Uricani in Havanna eintraf, meinte er immer noch, er träume; er war sich völlig klar darüber, daß er nur aufgrund von Vorgängen, auf die er keinerlei Einfluß hatte, wieder mit Rourke zusammenarbeiten konnte, und befürchtete sogar, man habe sich mit ihm einen Scherz erlaubt, bis Hatchi Rourke das Hotelzimmer betrat, in dem Uricani sich in den aufmerksamen Armen von zwei Maracas-Spielerinnen die Zeit vertrieb, und mit einem einfachen Kopfnicken bestätigt, alles habe seine Richtigkeit und sie arbeiteten sehr wohl ab sofort für Karl Killinger. Schon bei dieser ersten Begegnung war Rourke ausgesprochen schlechter Laune; ja, natürlich habe er verstanden, daß Kate ihn zu sprechen wünsche, meinte er knurrend, es sei nicht notwendig, dies sechsunddreißigmal zu wiederholen...

Die beiden Musikerinnen streiften sich schnell ihre spärliche Berufskleidung über – paillettenbesetzte Trikots. Hatchi wechselte das Thema und sprach von Elefanten. Was Uricanis Verwirrung nur noch steigerte.

Der Elefantenhändler hieß Archibald Moffett, darin waren sich alle einig, die ihn in Santiago de Cuba, Guantánamo, Camagüey, Santa Clara, Havanna oder auch an all den anderen Orten getroffen hatten, an denen er sich mit seinen Töchtern und den vier Ungeheuern hatte sehen lassen. Fest stand auch, daß er aus Indien nach Kuba gekommen war. Und zwar auf direktem Weg, auf der *Sheetah Star*, einem Trampschiff, auf dem er sich in Kalkutta eingeschifft und das in New Orleans eine Zwischenlandung eingelegt hatte.

Moffett hatte den kubanischen Einwanderungsbehörden britische Pässe vorgelegt, das heißt, eine der Töchter hatte das gemacht, er selbst hatte kein einziges Mal seinen Mund aufgemacht. Das gleiche Mädchen hatte, um die Anwesenheit der Elefanten zu rechtfertigen, erklärt, es handele sich um Warenproben, wie jeder Händler sie mit sich führe. Die Zöllner hatten sich nach langem Hin und Her von diesem Argument überzeugen lassen, aufgrund der geduldigen, dabei hartnäckigen Verhandlungsführung durch das Mädchen, vor allem aber aufgrund des Problems, die ›Warenproben‹ zu lagern, falls man sie beschlagnahmte.

Ohne sich in Havanna länger aufzuhalten, hatten die Elefanten den Händler und dessen Töchter auf ihre Rücken genommen und sich daran gemacht, die Insel zu erkunden. Anscheinend suchte Moffett seine möglichen Kunden nicht in Havanna.

Mit langsamen, wiegenden Schritten waren die Dickhäuter nach Matanzas in der gleichnamigen Provinz gelaufen. Während der Reise hatte das Trio im Freien übernachtet, die Straßen vermieden und sich vor allem um Wasser für ihre Tiere gekümmert. Alle Zeugen, mit denen Rourke sprechen konnte, beteuerten, nur mit den Töchtern gesprochen zu haben, die vielleicht zwanzig Jahre alt waren und alle Fragen äußerst lakonisch beantworteten. Moffett selbst blieb stumm. Die Mädchen sagten jedem, der es hören wollte, ihr Vater sei Elefantenhändler und befände sich auf einer Geschäftsreise. Daß diese Geschichte mit jedem Tag unglaubwürdiger wurde, schien die beiden nicht zu beeindrucken. Man hatte sie als hübsch beschrieben, aber nicht besonders auffallend, und sehr bestimmt in ihrem Auftreten. Untereinander unterhielten sie sich in einer Sprache, die niemand auf Kuba verstand. Einige Zeugen, und das war das einzig Auffallende, hatten den Verdacht geäußert, daß sie ihren Vater abschirmten, der, in seine Träume verloren, sich anscheinend nur um seine Elefanten kümmerte...

In Matanzas ereigneten sich zwei Zwischenfälle, von denen der erste unerklärlich blieb: Die Moffetts hatten die Elefanten auf die Gipfel der Hügel getrieben, die im Norden die Stadt abschlossen, und waren dann sofort weitergezogen, ohne auch nur eine Pause einzulegen. Aus welchem Grund man vierzig Tonnen Elefanten auf fünfhundert Meter Höhe getrieben hatte, blieb ein Rätsel.

Das zweite Ereignis hatte sich im Bahnhof von Matanzas abgespielt: Die Damen Moffett hatten gefragt, wieviel es wohl kosten würde, die vier Dickhäuter auf einen Zug zu verladen. Als der Beamte fragte, wohin die Reise denn gehen solle, hatten die beiden erst lange in ihrer unverständlichen Sprache beratschlagt, bevor sie dem verblüfften Beamten Auskunft gaben: Der Bestimmungsbahnhof war ihnen gleichgültig, Hauptsache, es gab dort Berge. Lächelnd erklärte der Bahnhofsvorsteher, an Bergen mangele es auf Kuba nun wirklich nicht, und erwähnte die Cordillera de Las Villas, die Sierra San Juan, Sierra Trinidád, Sierra Sanctí Spiritus und endlich die Sierra Maestra in der Provinz Oriente, die zwar nicht gleich um die Ecke lag, dafür aber die höchsten Berge aufzuweisen hatte. Neue Diskussionen. Anschließend bestellten und bezahlten die Mädchen die Rundstrecke Matanzas–Santiago de Cuba–Havanna für drei Personen und vier Elefanten, die auf zwei flachen Güterwaggons transportiert werden sollten. Sie kündigten an, daß sie die Absicht hätten, unterwegs die Reise zu unterbrechen, falls sie das fänden, nach dem sie Ausschau hielten, ohne dies näher zu präzisieren. Sie fragten, ob die kubanische Eisenbahnverwaltung bereit sei, ihnen einen Teil des Fahrpreises zurückzuerstatten, falls sie nicht die ganze Strecke zurücklegen würden, und waren offensichtlich erleichtert, als die Antwort positiv ausfiel. Am nächsten Morgen fuhren sie los.

Die Moffetts reisten mit ihren Tieren zusammen auf den offenen Güterwagen und schliefen zwischen deren Beinen. Die Elefanten wurden mit großen Mengen Zuckerrohr ernährt, während die Menschen selbst sehr genügsam waren. Es war offensichtlich, daß die Familie nur über bescheidene finanzielle Reserven verfügte. In Santa Clara unterbrachen sie ihre Reise für zehn Tage und machten einen Abstecher in die Sierras im Süden der Provinz, fuhren aber dann mit der Bahn weiter; anscheinend hatten ihnen die Berge dort nicht behagt. Über die vielen neugierigen Fragen gingen sie mit stoischem Gleichmut hinweg. Der Alte, immer stärker in seine Träume verloren, schwieg weiterhin beharrlich. Er war allerdings nicht stumm; einige Zeugen hatten gehört, wie er mit seinen Töchtern gesprochen hatte, allerdings in ihrer für kubanische Ohren unverständlichen Heimatsprache.

Endlich kamen sie in Santiago de Cuba an, zwei Wochen, bevor H.H. Rourke in dem Flugzeug Karl Killingers auf der Insel landete, wie Rourke später nachrechnete.

Hier brach die Spur plötzlich ab. Die Moffetts waren wie üblich nicht in der Stadt geblieben. Man hatte sie beobachtet, als sie Richtung Gran Piedra aufbrachen – es wäre auch unwahrscheinlich gewesen, wenn niemand die vier Dickhäuter beim Verlassen der Stadt beobachtet hätte! –, dem zwischen Santiago und Guantánamo liegenden Gebirge, das bis zu einer Höhe von eintausendzweihundert Metern anstieg. Die Gegend war praktisch unbewohnt, und das Erstaunliche geschah: Die Elefanten lösten sich anscheinend in Luft auf. Auf alle Fälle waren sie spurlos verschwunden.

H.H. Rourke und Uricani brauchten sechs Tage, um von Havanna aus alle Stationen abzuklappern, an denen man die Moffetts gesehen hatte. Als dann bei Santiago die Spur plötzlich nicht mehr existierte, war sich Rourke eigentlich ziemlich sicher, daß man in der Sierra Maestra am ehesten mit Nachforschungen Glück haben würde, denn deren höchste Erhebung, der Pico Turquino, gleichzeitig die höchste Erhebung der Insel überhaupt, war fast zweitausend Meter hoch. Doch auch so große

Tiere wie Elefanten waren in einem völlig unbesiedelten Gebiet, das um die zweihundert Kilometer lang und dreißig Kilometer breit war, nicht so einfach zu finden.

So beschloß er, auf dem kürzesten Weg zur höchsten Erhebung des Gebirgsmassivs zu gehen.

Ohne sich das Verhalten der Moffetts erklären zu können.

»Wahrscheinlich befinden Sie sich auf einer Art Pilgerfahrt«, schlug Uricani vor.

»Auf dem Pico Turquino?«

»Vielleicht ist dieses Gebirge in Indien bekannt.«

»Hahaha!«

»Oder sie trainieren ihre Elefanten im Bergsteigen. Aber auch diese Idee wird dir nicht gefallen, und du wirst behaupten, die Alpen lägen von Kalkutta aus gesehen näher als Kuba, wenn man Bergsteigen will.«

»Du sagst es.«

Uricani hatte viel Mühe, einen steilen Hang hinaufzuklettern, den die Elefanten umgangen hatten, da er für sie offensichtlich zu schwierig gewesen war. Er brauchte keinen Feldstecher mehr, denn man erkannte die Dickhäuter und ihre Reiter inzwischen mit bloßem Auge.

»Hatchi, sie haben uns entdeckt.«

»Ausgezeichnet.«

Der Gipfel des Turquino lag ungefähr fünf Kilometer zu ihrer Rechten und ragte so steil in den Himmel, daß es mehr als fraglich war, ob man ihn als ›elefantentauglich‹ bezeichnen konnte.

»Außer wenn die Damen sie auf die Schulter nehmen.«

Die Versuche des Rumänen, seinen Begleiter zum Lachen zu bringen, schlugen fehl.

»Hatchi, du bist wirklich in einer unausstehlichen Verfassung!«

Die letzten Meter, die ihn noch von dem ersten Grat trennten, legte Uricani auf allen Vieren zurück, um nicht abzurutschen. Er war völlig außer Atem geraten. Den Weg abkürzend, hatten Rourke und er die Moffetts beinahe eingeholt.

»In einer halben Stunde sind wir bei ihnen. Ich kann nicht mehr. In New York habe ich es mir abgewöhnt, lange Fußmärsche zu machen.«

Uricani setzte sich ins Gras und stellte zufrieden seine schwere Tasche ab. Seine Ausrüstung allein wog schon zwölf Kilo.

»Wir werden bald bei ihnen sein, und du wirst sie sicher zum Sprechen bringen; auf diese Weise werden wir endlich erfahren, was sie eigentlich mit ihren Elefanten in dieser gottverlassenen Gegend suchen. Und ich werde Fotos machen. Aber anschließend?«

H. H. rauchte; er hatte seine Augen zusammengekniffen, um sie vor dem Rauch zu schützen.

»Mit anschließend meine ich: nach dieser Reportage? Sag bloß nicht, daß wir wieder nach China fahren oder nach Brasilien.«

H. H. packte mit seiner rechten Hand den Sack mit der Fotoausrüstung und mit seiner linken seine Reisetasche und nahm den nächsten Berg in Angriff.

»Übrigens«, fuhr Uricani fort, »gegen Brasilien habe ich nichts einzuwenden. Sicher sehr hübsch dort unten. Und erst die Brasilianerinnen! Ich habe nur Positives über sie gehört. Doch vorher müssen wir nach New York. Ich spreche nicht von dem Treffen, das dir jemand vorgeschlagen hat, mit meiner bescheidenen Vermittlungshilfe... wie gewählt ich mich ausdrücke! Nein, ich weiß, dieses Thema ist tabu, und ich darf es nicht einmal streifen. Ich versage mir folglich jede Anspielung. Nicht ein Wort über diesen Menschen, den ich mag, trotz seines Charakters, der mich an den eines anderen Menschen erinnert. Es muß ihr wirklich hundsmiserabel gehen, denn sonst wäre sie nie zu mir in die Bronx gekommen, um mich um eine Intervention zu bitten. Du weißt ja, wie stolz sie ist...«

»Schnauze!«

»Sie sah ganz kaputt aus. Und war völlig abgemagert. Obwohl, nicht einmal mit den tiefen Ringen unter den Augen sieht sie häßlich aus, man merkt nur, daß sie nicht mehr kann. Ihr Vater hat sie ganz schön geschafft. Ich weiß, ich weiß, ich sag' kein Wort mehr, absolutes Schweigen! Silentium! Wer wagte es, einem Hatchi Rourke Vorhaltungen zu machen? Ich ganz bestimmt nicht.«

H. H. hatte sich schon gut dreißig Meter entfernt. Uricani hatte immer lauter gesprochen, um ja verstanden zu werden. H. H. litt und tobte gleichzeitig vor Zorn. Er hatte sich die Materialtasche nicht umgehängt, sondern trug sie wie seine Reisetasche am Griff, so daß er keine Hand frei hatte, was bei dem steilen Hang, den er überwinden mußte, recht schwierig war.

Uricani stand auf und ging ebenfalls weiter, beinahe beschwingt, denn ohne sein Material hatte er es natürlich bedeutend einfacher.

»Nein, wenn ich von New York rede, dann nur wegen meiner Frau und meinen Kindern. Es ging alles so schnell, daß ich sie vor meiner Abreise nicht einmal umarmen konnte. Kannst du dir das vorstellen? Alles passierte an einem einzigen Tag: dein Telegramm und Kate, deren Anblick genügte, um mich krank werden zu lassen, so traurig und niedergeschlagen wie sie war, auch wenn sie sich bemühte, dies zu verbergen. Aber darüber soll ich ja nicht reden. Und dann nur wenige Stunden später dieser Leo Sachs, der mich mit Geld und Fahrkarten versorgt, und schließlich Kaiser Karl Killinger höchstpersönlich, der mich davon informiert, daß Hatchi Rourke und ich selbst ab sofort für ihn arbeiten. Was, ganz unter uns gesagt, mir eine große Gemeinheit Kate gegenüber zu sein scheint, deren Namen ich natürlich nicht ausspreche; aber vielleicht ist das auch nur der Gnadenschuß für sie...«

Während der nächsten zweihundert Meter mußte Uricani wohl oder übel den Mund halten, denn es ging fast senkrecht aufwärts, und wenn er Rourke nicht aus den Augen verlieren wollte, mußte er seine ganze Energie auf das Bergsteigen verwenden.

›*Wie hat er es nur geschafft, hier ohne Hilfe der Hände vorwärtszukommen? Anscheinend gehe ich ihm doch ganz schön auf die Nerven!*‹

»Denn wenn sie erfährt, daß Rourke ab sofort die Befehle ihres Herrn Papa ausführt...«

H. H. ließ den Sack mit Uricanis Ausrüstung den Berg hinunterrutschen. Der Rumäne konnte ihn gerade noch aufhalten.

»Ganz schön schwer, nicht wahr, Hatchi?«

Fünfzig Meter unterhalb der Moffetts und ihrer Elefanten blieb H. H. stehen, und Uricani, der sich zehn Schritt hinter ihm befand, folgte seinem Beispiel. Der Fotograf hatte schlecht geschätzt: Sie hatten fast zwei Stunden gebraucht, um die Gruppe einzuholen, und nicht nur dreißig Minuten.

»Das sieht so aus, als gingen die ganz gemütlich, aber mit ihren großen Beinen holen diese Biester kräftig aus!«

»Halt den Mund!«

Eines der beiden Mädchen löste sich von der Gruppe, die hinter einem großen Felsen Schutz gesucht hatte. Es war frisch, beinahe kalt, und die Nacht würde in Kürze einbrechen. Es hatte nicht geregnet, obwohl den ganzen Tag über dunkle Wolken am Himmel gehangen hatten.

Das Mädchen ging langsam auf Rourke zu. Sie trug derbe Stiefel und darüber mit Lederbändern gehaltene Gamaschen, deren oberes Ende unter ihrem weiten Faltenrock verschwand. Zu dem Rock trug sie einen derben Rollkragenpullover, eine etwas zu große und nicht mehr ganz taufrische Männerjacke und einen breitkrempigen Hut. Ihre Hände hatte sie tief in den Taschen ihrer Jacke vergraben.

»Ich glaube, sie ist bewaffnet«, flüsterte Uricani.

H. H. nickte kurz mit dem Kopf; er war der gleichen Ansicht. Er schaute von dem Mädchen zu der kleinen Gruppe im Hintergrund. Die zweite Schwester Moffett – handelte es sich wirklich um Schwestern? – stand unbeweglich bei Archibald Moffett – war das sein richtiger Name? –, der sich auf dem Boden ausgestreckt hatte und von dem man nur die Beine sah. Der Rest seines Körpers wurde von der grauen Masse eines Elefanten verdeckt, der sich ebenfalls hingelegt hatte. Die drei anderen Dickhäuter standen völlig erschöpft, wie erstarrt, mit zum Boden hängenden Rüsseln. Ihre Präsenz mitten in der kubanischen Bergwelt hatte wirklich etwas Surreales an sich.

»Wer sind Sie? Was wollen Sie?«

Das Mädchen hatte mit einem britischen, vielleicht sogar leicht schottischen Akzent gesprochen.

»Journalisten«, antwortete H. H. »Ich heiße Rourke und mein Begleiter Constantin Uricani.«

»Bitte lassen Sie uns in Ruhe.«

»Das ist leider unmöglich. Ich bin untröstlich, bin allerdings nicht davon überzeugt, daß Sie auf uns schießen werden.«

Sie war, wie die Zeugen richtig behauptet hatten, um die zwanzig Jahre alt. Ihre rundlichen Wangen waren leicht gerötet, aber das lag sicher an der frischen Luft und der Höhe, die sie inzwischen erreicht hatten; sie war keineswegs verlegen. Ihre Nase war kurz und richtete sich gen Himmel, während ihre Lippen voll waren und eher einen kindlichen, schmollenden Eindruck machten, im Gegensatz zu den bestimmten, ja strengen Augen. Ihre blonden, lockigen Haare waren offensichtlich seit einigen Tagen nicht mehr richtig ausgebürstet worden. Die Beschreibung der verschiedenen Zeugen traf im großen und ganzen zu: Das Mädchen war recht hübsch und verfügte über eine überdurchschnittliche Willenskraft.

»Seien Sie sich nicht so sicher«, warnte sie ihn.

Sie zog die Pistole aus ihrer rechten Tasche und richtete sie auf ihn.

»Ich glaube, ich werde mich mit Ihrem Vater unterhalten«, meinte Rourke, der sich nicht beeindrucken ließ. »Nach dem Gespräch werden wir Sie dann in Ruhe lassen.«

»Alle Zeugenaussagen stimmten darüber überein, daß sie und ihre Schwester während der immerhin neunhundert Kilometer langen Reise durch Kuba, von Havanna bis nach Santiago, alles darangesetzt hatten, um jedes Gespräch ihres Vaters mit einem Außenstehenden zu unterbinden. Man konnte nur mit ihnen verhandeln, nie mit Archibald Moffett selbst. Ich versuchte, diese Information soweit wie möglich auszunützen.«

H. H. machte zwei Schritte in Richtung des auf dem Boden liegenden Mannes. Sie hob ihre freie Hand:

»Warten Sie.«

Er blieb stehen.

»Ich werde Ihre Fragen beantworten.«

»Vielen Dank«, sagte H. H. »Dürfen wir Fotos machen?«

»Er wird den Auslöser der Kamera hören und ahnen, wer Sie sind.«

H. H. brauchte einige Sekunden, bevor er begriff, was sie damit meinte, und fragte dann:

»Er ist blind, nicht wahr?«

»Ja.«

»Ich kann selbstverständlich mit einem Tele arbeiten«, mischte sich Uricani in das Gespräch ein. »Kein Problem, von hier aus Großaufnahmen zu machen.«

Als er bemerkte, daß das Mädchen seine Erklärung nicht verstanden hatte, fügte er hinzu:

»Ich werde mit einem Teleobjektiv arbeiten. Ihr Vater wird keinerlei Geräusche hören.«

»Ich werde Ihre Fragen beantworten, und Sie können Fotos machen«, erklärte das Mädchen, »aber nur unter einer Bedingung: Sie versprechen mir, daß Sie... daß Sie ihm nicht verraten, daß wir gelogen haben.«

Natürlich fragte sich Rourke, um was für eine Lüge es sich wohl handelte.

»Er glaubt, wir befänden uns in Peru«, erklärte das Mädchen.

Sie waren nicht die Töchter, sondern die Enkeltöchter von Archibald Moffett, der wirklich so hieß und vierundsiebzig Jahre alt war. Die drei stammten aus Assam, dem nordöstlichsten Staat Indiens, der an der Grenze zu Birma lag und bis in den Himalaya hinaufreichte. Die beiden Mädchen hießen Esther und Felicia.

Sie selbst war einundzwanzig und ihre Schwester neunzehn. Ihr Großvater war außer ihnen das einzige Mitglied ihrer Familie, das noch lebte. Esther und Felicia waren in Imphal auf die Welt gekommen; ihre Eltern waren während einer Europa-Reise bei einem Unfall gestorben. Im Grunde hatten sie sie kaum gekannt. Vor dieser Reise hatten sie Assam nie verlassen.

Archibald Moffet war der Sohn eines Unteroffiziers in der bengalischen Armee, der bei der Niederwerfung des Aufstandes der Siparis mitgewirkt hatte; er selbst war in Dhaka auf die Welt gekommen, hatte in Kalkutta studiert und war Brückenbau-Ingenieur geworden. Nach einem Sturz von einem Gerüst auf einer Baustelle nördlich von Brahmaputra in der Gegend von Dibrugarh hatte er sein Augenlicht verloren.

»Er hat Felicia und mich aufgenommen. Wir lieben ihn sehr. Mister, ich hätte Sie wirklich umgebracht, hätten Sie ihn über unsere kleine Lüge aufgeklärt. Bitte glauben Sie mir, daß ich weiß, wie man mit Waffen umgeht. Und meine Schwester ebenfalls.«

Sein ganzes Leben über hatte Archibald Moffet von Peru geträumt. Einer seiner Großonkel, ein gewisser Petrie, war dorthin gefahren und hatte Elefanten mitgenommen. Er hatte von Städten wie Callao, Lima, Cuzco und vom Titcaca-See geschrieben und behauptet, er sei dank der Elefanten reich geworden, denn in diesem Land kenne man nur viel kleinere Tiere, die sogenannten Lamas.

»Mister, wir haben diese Briefe auf unsere Reise mitgenommen. Sie dürfen sie lesen, wenn Sie sich dafür interessieren. Wir selbst glauben natürlich nicht daran, aber nicht das, was Felicia und ich glauben, ist entscheidend: Großvater wollte reich werden, für uns...«

Unmöglich, die Geschichte von Moffet und seiner Enkelinnen zu verstehen, ohne alle Einzelheiten zu kennen. Esther und Felicia hatten ihr ganzes Leben in Assam verbracht und ihre Heimatprovinz nie verlassen. Sie hatten nur einen Wunsch: nach Europa oder Amerika zu gehen, irgendwohin, Hauptsache, raus aus Imphal, wo sie das Gefühl hatten, bei lebendigem Leibe begraben zu sein. War das so schwer zu verstehen? Konnte man ihnen wirklich vorwerfen, daß sie so getan hatten, als glaubten sie an den Traum des Großvaters? Vor allem, da dieser Tram mit ihren persönlichen Wünschen so trefflich übereinstimmte? Jahrelang hatten sie versucht, den Großvater von dieser Idee abzubringen, unbedingt das andere Ende der Welt kennenlernen zu wollen. Doch er hatte sich einfach nicht beirren lassen, sondern hatte Rupie für Rupie, die er von seiner Rente hatte sparen können, beiseite gelegt und auch die Gelder nicht angerührt, die er von seiner Firma als Ausgleich für seinen Unfall und den Verlust der Augen bekommen hatte. Die beiden Mädchen hatten zu arbeiten begonnen, Esther als Lehrerin und Felicia als Krankenpflegerin, und ebenfalls soviel wie möglich gespart. Was hätten sie in Imphal auch anderes tun können? Im Oktober letzten Jahres wurde Archibald Moffet krank, das heißt, er hatte ihnen damals gesagt, daß er krank sei. Es ging ihm schon lange nicht mehr gut, doch bisher hatte er es vor ihnen verbergen können. Der Arzt hatte ihnen keine Hoffnung gemacht und gemeint, die Krankheit sei schlimm, und der Großvater habe wohl kaum Chancen, die nächsten sechs Monate zu überstehen. Sie waren überzeugt, daß sie damit ihre Träume von der großen Reise aufgeben mußten. Doch das war nicht der Fall. Moffet hatte zur Reise gedrängt, gemeint, man müsse so schnell wie möglich aufbrechen, und wenn sie nicht mitkommen wollten, dann führe er allein.

Die Elefanten besaßen sie bereits. Fünf – einer war auf der Überfahrt gestorben. Sie hatten sie vor eineinhalb Jahren gekauft, als sie noch sehr jung waren, denn da sind sie erheblich billiger. Großvater war von seiner früheren Firma, wo er noch Freunde hatte, unterstützt worden. Der Weg von Imphal nach Kalkutta machte weniger Schwierigkeiten, als sie angenommen hatten. Erst in der ehemaligen Hauptstadt des indischen Reiches hatten in den Schiffahrtsagenturen an den Kais am Houghly die Schwierigkeiten begonnen. Kein einziges Schiff fuhr direkt nach Callao in Peru, oder aber erst Monate später. Sie hätten öfter umsteigen müssen, doch auch das war keine echte Lösung, denn viele Schiffe weigerten sich, Elefanten an Bord zu nehmen, da sie für den Transport solcher

Tiere nicht eingerichtet waren; und wie sollten sie im voraus wissen, welches Schiff sie mitnahm und welches nicht? Ganz zu schweigen von den Preisen. Ihr Erspartes und der Erlös, den sie beim Verkauf ihres Hauses in Imphal sowie der wenigen Schmuckstücke, die sie besaßen, erzielten, das ergab zusammen keine so bedeutende Summe, als daß sie sich große Sprünge hätten erlauben können. Sie waren sich sogar ziemlich sicher, mit dieser Summe nie bis in die Kordilleren der Anden zu kommen. In Kalkutta kannten sie keinen Menschen. Sie lebten in zwei kleinen Zimmern und gaben notgedrungen jeden Tag einen Teil des kostbaren Geldes aus. Das Vernünftigste wäre sicher gewesen, wieder nach Imphal zurückzukehren, doch Großvater war vernünftigen Argumentationen nicht mehr zugänglich. Und auch die Mädchen verwarfen die vernünftige Lösung entschieden, denn das Scheitern ihrer Reisepläne hätte ja nichts anderes bedeutet, als daß sie wohl den Rest ihres Lebens in Assam zu verbringen hatten.

»Ich kam dann auf die Idee, eine Lüge zu erfinden. Ich hatte keine andere Wahl. Großvater wurde jeden Tag schwächer, und je länger wir warteten, desto geringer wurden unsere Chancen. Ich schäme mich nicht. Ich würde es noch einmal tun, wenn ich es müßte.«

Sie hatten ein Trampschiff gefunden, das schon sehr alt und sehr verrostet war und das keine regelmäßige Linie einhielt, sondern immer dorthin fuhr, wo sich der Kapitän, Joshua Watts, ein Schotte, eine Ladung erhoffte. Sie hatten lange und hart mit ihm verhandelt, bevor sie sich auf einen Preis einigten. Die Verhandlungen hatten sich nicht nur auf den Preis erstreckt, sondern auch auf das, was die neun Männer seiner Besatzung dem Großvater sagen und was sie ihm zu verschweigen hatten, sobald er sich an Bord befand: Sie mußten steif und fest behaupten, das Schiff führe nach Callao, dem Hafen von Lima in Peru, gleichgültig, wohin es wirklich fuhr (nach New Orleans).

Der Kapitän war einverstanden. Für die Besatzung der *Sheetah Star*, Malabaren und Malaien, wurde das Ganze zu einem Spiel, und sie versäumten keine Gelegenheit, dem Großvater die peruanischen Anden, die sie samt und sonders nicht kannten, in glühenden Farben zu schildern. Während der Überfahrt mußten sie natürlich auch die Namen der Häfen ändern, in denen das Schiff anlegte; aus Madras wurde Rangun, aus Colombo Singapur, aus Mombasa die Philippinen und aus Capetown, wo sie nach der Umschiffung des Kap der guten Hoffnung Station machten, wurden die Marshall-Inseln. Aus dem Atlantik war natürlich der Pazifik geworden, und daß man im nächsten Hafen Englisch sprach, war einleuchtend, denn sie befanden sich an der Küste von Liberia, während der Blinde glaubte, sie hielten sich in Honolulu auf.

Nachdem die *Sheetah Star* in Liberia Kautschuk geladen hatte, überquerte sie mit dem Ziel New Orleans den Atlantik, die gefährlichste Station auf der Reise, denn wie sollte man dem Blinden den breiten amerikanischen Slang der schwarzen Hafenarbeiter erklären? Die ganze Mannschaft machte sich ans Werk, erfand immer wieder neue und bessere Erklärungen, so daß auch diese heikle Zeit wohlbehalten überstanden wurde.

»Sie waren alle sehr freundlich zu uns. Meine Schwester und ich haben geweint, als wir uns von ihnen verabschiedet haben.«

Kapitän Joshua Watts hatte in New Orleans eine Fracht für Recife in Brasilien übernommen, wo wiederum eine Ladung Kaffee und Zucker, die für London bestimmt waren, auf ihn wartete. Er riet den beiden Mädchen davon ab, in Brasilien an Land zu gehen, denn man sprach dort portugiesich und nicht spanisch, was dem Alten unter Umständen auffallen konnte. Das Beste war wohl, auf Kuba sein Glück zu versuchen. Dort sprach man Spanisch, und auf seinen Karten hatte er Berge gefunden, die so hoch waren, daß sie durchaus für ihren Zweck in Frage kamen. Außerdem, erklärte der Kapitän, war er seinem Reeder Rechenschaft schuldig. Die Strecke, die die Familie Moffet und die vier Elefanten auf dem Trampschiff zurückgelegt hatten, stand in keinem Verhältnis mehr zu dem dafür bezahlten Fahrpreis...

»Wenn Sie Ihre Reportage schreiben, Mister, dann betonen Sie bitte, daß Kapitän Watts alles unternommen hat, was menschenmöglich war, um Großvater die Erfüllung seines Traumes zu ermöglichen.«

So waren sie in Havanna von Bord gegangen, hatten die Route eingeschlagen, die Rourke kannte, und ab und zu Abstecher in die ›Anden‹ gemacht.

Vor einigen Tagen war der Alte so krank gewesen, daß die beiden Mädchen bereits gedacht hatten, er sterbe. Drei Tage lang hatte er geschwiegen. Sie waren sich schon sicher gewesen, ihre Reise ginge in der Hütte von kubanischen Bauern zu Ende, mit denen sie kein Wort sprechen konnten. Doch dann war der Blinde wieder aufgestanden; sie hatten ihn auf seinen Elefanten gehievt. Dann waren sie ins Gebirge gezogen.

»Wie haben Sie uns eigentlich gefunden, Mister Rourke?«

»Die Elefantenspuren. Wie geht es Ihrem Großvater inzwischen?«

»Heute morgen hat er dreimal das Bewußtsein verloren, und heute nachmittag zweimal. Wir hatten ihn festbinden müssen, damit er nicht von seinem Sitz fällt.«

»Und jetzt?«

Esther Moffett schaute H. H. scharf an:

»Täuschen Sie sich nicht«, sagte sie dann. »Er leidet sehr und wird sterben, aber im Kopf ist er noch völlig klar.«

»Ich möchte gern mit ihm sprechen.«

Der Sitz war nichts anderes als eine Art dicke Matratze aus mit irgendwelchen Materialien gefüllter Schiffsleinwand, die höchstwahrscheinlich von der *Sheetah Star* stammte. Archibald Moffett lag darauf. Die Schwestern hatten ihn zugedeckt, so gut sie konnten. Er ertrug stoisch die schlimmsten Schmerzen, doch gegen die Kälte konnte er sich nicht mehr wehren, auch wenn diese nur sehr relativ war. Er schlotterte entsetzlich.

Man hatte ihn als relativ großen und hageren Mann mit einer beeindruckenden weißen Mähne beschrieben; in Wirklichkeit war er nicht hager, sondern zu einem Skelett abgemagert.

»Mister Moffett?«

»Ich habe Ihre Schritte gehört, als Sie näherkamen.«

Der schottische Akzent war bei ihm erheblich stärker ausgeprägt als bei seinen Enkelkindern. Seiner Stimme merkte man an, daß er sich zum Sprechen zwingen mußte; jede Silbe klang wie abgehackt und wurde einzeln aus dem Brustkorb ausgestoßen.

»Kann ich etwas für Sie tun, Mister Moffett?«

»Mir sagen, wo wir uns befinden.«

H. H. schaute kurz zu Felicia und zu Esther.

»Ungefähr auf dem halben Weg zwischen Arequipa und Cuzco«, antwortete Rourke, der vor einigen Jahren Peru bereist hatte; er war vor allem in Lima gewesen, war aber natürlich auch nach Cuzco gefahren und von dort aus zu der ältesten befestigten Inka-Stadt, Machupicchu, die erst wenige Jahre zuvor von einem Amerikaner entdeckt worden war.

»Auf welcher Höhe befinden wir uns hier?«

»So um die eintausendachthundert Meter.«

H. H. hatte gezögert, denn er wollte auf keinen Fall etwas anderes als die Mädchen aussagen, und bemerkte dann zu seiner Erleichterung Esthers zustimmendes Kopfnicken.

»Darf ich mir die Frage erlauben, was Sie in den peruanischen Bergen unternehmen, Mister Rourke?«

»Ich möchte eine Stadt namens Machupicchu besichtigen und rechnete nicht damit, auf meinem Weg auf Elefanten zu stoßen.«

Mit seinem letzten Satz wollte er natürlich Moffett zum Sprechen bringen. Erfolglos. Der abgemagerte Körper krümmte sich unter Krämpfen zusammen, er keuchte, und die kräftigen Hände des ehemaligen Brückenbaumeisters gruben sich in die Matratze.

»Bitte, lassen Sie ihn jetzt in Ruhe«, meinte Esther.

Es war inzwischen dunkel geworden. Rourke und Uricani machten ein Feuer und teilten ihre Mahlzeit mit den beiden Inderinnen. Moffett wollte nichts essen. Er bewegte sich nicht mehr und schlotterte nicht einmal mehr. Seine Enkelinnen wachten die Nacht über abwechselnd an seinem Lager. Ab und zu sprachen sie zu ihm in dieser unbekannten

Sprache, die, wie Rourke inzwischen erfahren hatte, ein Dialekt aus der Provinz Assam war. Der Blinde antwortete nicht.

Im Morgengrauen versuchte er aufzustehen; er schaffte es, sich wenigstens hinzuknien. Die Mädchen befahlen einem der Elefanten, sich ebenfalls hinzuknien, und hievten den Großvater auf den Rücken des riesigen Tieres.

»Hatchi, lassen wir sie einfach so weitermachen?«

Rourke zuckte nur mit den Achseln. Auch wenn er Lust gehabt hätte, etwas zu unternehmen, was aber gar nicht zutraf, hätte er es sich untersagt, in seine Reportage einzugreifen. Er war nichts anderes als ein Zuschauer, ein Zeuge.

Anschließend bestiegen die Mädchen ihre Elefanten. Der vierte, der am Vorabend bereits auf dem Boden gelegen hatte, weigerte sich aufzustehen.

Er wurde aufgegeben. Der wirklich unübliche Konvoi setzte sich in Marsch.

Eine Stunde später starb Archibald Moffett. Sein Kopf fiel langsam auf die linke Schulter und blieb dort unbeweglich liegen. Sein Elefant blieb kurz darauf stehen, als ob er verstanden hätte, daß das Ende gekommen war.

Während der vergangenen sechzig Minuten hatten die Dickhäuter höchstens dreißig Meter an Höhe gewonnen und sich damit zufriedengegeben, um den Gipfel des Turquino herumzugehen, der für sie einfach zu steil war.

Die Enkelinnen verbaten sich jegliche Mithilfe. Sie hoben den Körper von dem Elefanten und hoben das Grab selbst aus. Sie wickelten die sterblichen Überreste von Archibald Moffett in seine Matratze, banden diese mit ein paar Stricken zusammen, die als Zügel für den Elefanten gedient hatten, und legten ihn dann in die extrem steinige Erde; die Mädchen hatten, als sie das Grab gruben, eine natürliche Vertiefung ausgenutzt. Sie lösten sich ab, als sie in einen einfachen Stein folgende Inschrift einritzten:

ARCHIBALD MOFFETT
1862–1935 – R. I. P.

Die Arbeit hatte gut sieben Stunden in Anspruch genommen. Erst jetzt weinten sie.

Kapitel 15

Ein merkwürdiger, durch nichts zu erschütternder Vagabund

Die Mutter von Nick DiSalvo starb im April 1936. Sie war sicher der Mensch, den er am meisten liebte. Dieser Verlust traf ihn um so härter, da er während dieser Zeit in einer sehr schlechten Verfassung war: Er zweifelte an sich selbst, und auf die immer zahlreicher werdenden Fragen, die er sich stellte, hatte er immer unbefriedigendere Antworten bereit. Er war inzwischen siebenundzwanzig Jahre alt, seit mehr als zwanzig Monaten Chefredakteur des *The Queens & Long Island Day* und hatte während der vergangenen sechshundert Tage, ohne einen einzigen freien Tag zu nehmen, zwischen vierzehn und sechzehn Stunden täglich gearbeitet. Diese gewaltige Arbeitsleistung allerdings stellte er nicht in Frage, denn er hatte häufig großes Vergnügen daran gefunden, sich selbst zu übertreffen. Ohne überdurchschnittlichen Arbeitseinsatz kann man keine Zeitung auf die Beine stellen, kann man im Grund nichts auf die Beine stellen. Daran hatte er nie gezweifelt. Die ersten Monate des *Day* hatten ihm – wie allen anderen – alles abverlangt, was er leisten konnte, und er hatte sich diesem Streß freiwillig ausgesetzt. Als er im Frühherbst des Jahres 1934 eingewilligt hatte, die Redaktionsleitung zu übernehmen, hatte er gewußt, was auf ihn zukommen würde. Doch er war immer davon ausgegangen, daß er, nachdem die ersten Schwierigkeiten überwunden waren, Luft holen und ein etwas normaleres Leben würde führen können, mit zumindest einer Andeutung von Privatleben. Doch das war nicht der Fall. Die Offensive Karl Killingers, an die er lange nicht hatte glauben wollen, hätte in ihrer Leidenschaftlichkeit Nick vielleicht stimuliert, wäre diese entfesselte, brutalen Instinkte folgende Triebhaftigkeit nicht in genauem Gegensatz zu seinem Charakter gestanden und hätte die jeder Argumentation unzugängliche Hartnäckigkeit, mit der hier um des Kampfes willen gekämpft wurde, seinen gesunden Menschenverstand nicht tief verletzt.

Dazu kam, daß viele Mitarbeiter der ersten Stunde inzwischen aus der Redaktion ausgeschieden waren. Ernie Pohl, Alvin Taggart und Nick hatten bereits zu der Mannschaft der *Queens Gazette* gehört, mit der Kate ihren ersten Versuch unternommen hatte. Ernie und Al hatten Kate zugesagt, sechs Monate für sie zu arbeiten, dieses Versprechen auch eingehalten und auf diese Weise die ›Schuld‹ abgetragen, die sie in ihren Augen Kate gegenüber hatten, die ihnen den Start in ihren Beruf ermöglicht hatte. Ernie hatte die sechsmonatige Frist genau eingehalten und am einhundertachtzigsten Arbeitstag seinen Abschied eingereicht. Dieser kleine, frühzeitig kahl werdende, schweigsame junge Mann mit der ovalen, schmucklosen Eisenbrille war, wenn er einmal den Mund aufmachte, genauso präzis wie bei seinen Reportagen und Interviews. Er verließ den *Day* nicht, da er ein besseres Angebot erhalten hatte, sondern da ihm die Art Journalismus, die beim *Day* gefragt war, nun einmal nicht lag. Er wollte einer der großen, auf internationalem Gebiet tätigen Reporter werden, am liebsten Kriegsberichterstatter; er hoffte, daß man ihm eine derartige Mission anvertrauen würde, sollte sich endlich wieder einmal ein richtiger, blutiger Krieg am Horizont abzeichnen.

»Es tut mir leid, Nick. Aber es stand ja von Anfang an fest, daß ich gehe. Ich habe mit Kate sprechen wollen. Doch sie hat mir nur den Rükken zugedreht und gesagt, ich solle abhauen.«

Zum ersten und höchstwahrscheinlich auch zum letzten Mal in seinem Leben war Ernie Pohl außer Fassung geraten. Nicht ohne Grund: Während der sechs Monate, die er in Queens verbracht hatte, hatte er, ohne zu murren, die undankbarsten Aufgaben übernommen, obwohl er sich nach dem Untergang der *Queens Gazette* bei der *World* als Reporter einen ausgezeichneten Namen gemacht hatte. Er hatte einen Karrierebruch riskiert, als er eingewilligt hatte, für eine Vorstadtzeitung zu arbeiten, sich aber nie beklagt und seine Reportagen über so aufregende Themen wie neueröffnete Kindergärten genauso ernst genommen wie die über Themen, die ihn wirklich interessiert hätten, zum Beispiel eine zweite Lindbergh-Entführung oder etwas Ähnliches. Kates Reaktion war ungerecht.

»Du brauchst dich wirklich nicht zu entschuldigen. Du weißt doch, daß sie zur Zeit etwas nervös ist und sich leicht aufregt. Wenn es jemandem leid tut, dann mir. Du wirst uns fehlen. Zu welcher Zeitung gehst du?«

Zur *New York Herald Tribune*. Bei der Nick gearbeitet hatte, bevor er Chefredakteur des *Day* wurde. Die *Trib* hatte ihm bereits einige Male einen Posten als Reporter in Europa angeboten – er sprach Deutsch, etwas Französisch und Jiddisch. Dreimal hatte er ein entsprechendes Angebot abgelehnt; denn die sechs Monate, die er in Queens bleiben wollte, waren noch nicht abgelaufen; doch jetzt stand dem Ziel Europa nichts mehr im Wege.

»Viel Glück, Ernie.«

Pohls Ausscheiden hatte eine beträchtliche Lücke in der Redaktion hinterlassen. Ein Zwanzigjähriger, dem man erst noch alles beibringen mußte, sollte ihn ersetzen, dabei war Ernie der einzige gewesen, dessen Artikel Nick vor dem Setzen nicht durchzulesen brauchte; wenn er es trotzdem tat, dann nur zu seinem Vergnügen.

Taggart schied als nächster aus. Er hatte länger durchgehalten, neun

Monate insgesamt, und so die versprochenen sechs Monate um drei übertroffen. Seine Zurückhaltung, die man ab und zu auch als Ängstlichkeit hätte interpretieren können – und die er manchmal übertrieb, um leichter zu einem Interview zu kommen, die aber real vorhanden war –, war sicher der Grund, daß er es einfach nicht übers Herz brachte, mit Kate zu reden. So beschloß Nick, eine Situation zu beenden, die langsam für die ganze Redaktion unerträglich wurde. Er konnte Als Verzweiflung einfach nicht mehr länger ertragen, der zwischen seinem glühenden Wunsch, wieder in die Redaktion des *New Yorker* zurückzukehren, und seinem Gefühl, Kate treu bleiben zu müssen, völlig gespalten war. Nick warf ihn beinahe hinaus.

Doch der Aderlaß war damit noch nicht zu Ende. Alle Mitglieder der Redaktion des *Day* hatten von den *Morning News* Angebote erhalten, und manche waren auf diese Angebote eingegangen, so Fred MacGann, dem Nick nicht lange nachweinte. Schwerwiegender war da schon der Verlust von Paul Fowler, des Chef-Fotografen Ben Fein, der einige Jahre später mit dem Pulitzer-Preis ausgezeichnet werden sollte, vor allem aber von Louis Herzberg und Jack Dobey.

Nick hatte Dobey eigentlich nie richtig gemocht, denn dessen Zynismus, der vor nichts haltmachte, war genauso groß wie seine Unfähigkeit, auch nur eine einzige vernünftige Zeile zu schreiben. Doch im Aufspüren von Informationen war er einfach großartig. Und da er ein ausgezeichnetes Gedächtnis hatte, war er auch sonst der Redaktion in vielen Fragen behilflich gewesen; so wußte er auf Anhieb, wer wem warum wieviel bezahlte, wer mit wem wie oft schlief und welche Farbe der Bettvorleger hatte... Auf der anderen Seite brachte er es fertig, eine Verabredung zu vergessen oder aus Vergeßlichkeit nicht in der Redaktion zu erscheinen.

Das Ausscheiden von Louis Herzberg schmerzte Nick sehr. Louis war sicher der Redaktionsmitarbeiter, der Nick am nächsten stand. Ihre Freundschaft war während der Affäre Harry Gunn entstanden. Obwohl er nicht offiziell zum stellvertretenden Chefredakteur ernannt worden war – Nick hatte daran gedacht, Kate darum zu bitten –, übte er diese Funktion praktisch aus. Er war der einzige, dem Nick und Kate die Verantwortung für die Titelseite übertragen hätten, wäre dies einmal notwendig geworden. Natürlich hatte auch er von den *Morning News* Angebote bekommen, und zwar recht verführerische. Doch er hatte sich nicht einmal die Mühe gemacht, mit Nick darüber zu sprechen.

»Warum hätte ich das tun sollen? Um meine treue Seele ins rechte Licht zu setzen? Doch bei diesem Angebot liegt der Fall anders...«

Das Angebot stammte von der *New York Times*, dem amerikanischen Spitzenblatt. Vor vier Monaten hatte Louis eine Journalistin der *Times* geheiratet, die wie er der jüdischen Religion angehörte. Seine Frau sollte ins Washingtoner Büro versetzt werden. (Man behauptete, die Besitzer der *New York Times* seien Juden, die Redaktionsangehörigen in der Regel Katholiken und die Leser Protestanten.)

»Nick, man hat mir im Washingtoner Büro der *Times* ebenfalls eine Stelle angeboten. Du weißt, daß das Geld nicht ausschlaggebend ist. Aber ich habe weder Lust noch das Recht, meiner Frau vorzuschreiben, wo sie zu arbeiten hat. Seit einem Monat bin ich darüber informiert. Aus zwei Gründen habe ich bisher mit dir noch nicht darüber gesprochen: Ich wollte zuerst sichergehen, daß Karl Killinger nicht dahintersteckte, und mir klarwerden, ob ich nicht auf alle Fälle lieber beim *Day* bleiben wollte. Nun, ich habe die Frage, Killinger betreffend, schlicht und einfach der Direktion der *Times* gestellt. Man hat mir versichert, er habe nichts damit zu tun, und ich glaube das. Und ich weiß jetzt auch, daß ich nicht beim *Day* bleiben will. Denn er wird untergehen, früher oder später. Oder von der Hearst-Gruppe übernommen werden. In beiden Fällen ziehe ich es vor, nicht als Augenzeuge dabei zu sein. Nick, es war wirklich aufregend und großartig, für den *Day* zu arbeiten, doch vierzehn Monate reichen mir. Das ist kein Leben hier. Bist du mir böse?«

Nick hatte zuerst die Frage bejaht, sich dann aber sofort korrigiert. Louis Herzberg war an diesem Abend in der Redaktion geblieben, bis die Rotationsmaschine zu drucken begonnen hatte und folglich Nicks Arbeit abgeschlossen war. Anschließend machten sie einen Kneipenbummel. Nick betrank sich zum ersten Mal seit sechs Monaten.

Peggy Hutchins verließ die Redaktion als letzte; einzig Kate sah darin ein neues Manöver ihres Vaters, der in ihren Augen alles unternahm, um die besten Journalisten vom *Day* wegzulocken. Kate war im übrigen weiterhin davon überzeugt, daß Karl Killinger Louis Herzberg zur ›Desertion‹ getrieben hatte, wie sie das Verhalten ihrer ehemaligen Mitarbeiter qualifizierte. Nick hatte nicht länger widersprochen, denn er konnte diese Diskussionen nicht mehr ertragen. Dabei war er in Louis' wie in Peggys Fall sicher, daß die *Morning News* nichts damit zu tun hatte. Nick hatte selbst mit dem energiegeladenen Gründer und Leiter der Wochenzeitschrift *Time*, Henry R. Luce, gesprochen, der die junge Frau engagiert hatte. Luce hatte ihn angerufen und ihn um ein Treffen gebeten. Nick informierte natürlich Kate, bevor er die Verabredung wahrnahm. Er wurde von Henry Luce und dessen Frau Clara Boothe – einer ehemaligen Brokaw; sie waren seit wenigen Wochen verheiratet – empfangen. Die beiden boten ihm, wie er erwartet hatte, eine verantwortungsvolle Stelle an, nicht innerhalb der Redaktion des *Time Magazine*, sondern an der Spitze einer anderen Wochenzeitschrift, die sie gründen wollten. Das heißt, die Zeitschrift existierte bereits, sollte aber von Grund auf neu gestaltet werden, so daß man durchaus von einer Neugründung sprechen konnte. Nick lehnte höflich ab. Daraufhin brachte Clara Boothe den Namen von Peggy Hutchins ins Spiel, die sie engagieren wollte.

»Weder mein Mann noch ich haben die Absicht, an dem Halali teilzunehmen, das im Augenblick gegen den *Day* geblasen wird. Unsere Beziehungen zu Mister Karl Killinger sind nicht gerade ausgezeichnet. Doch gute Journalisten sind Mangelware, und wir müssen sie dort wegengagieren, wo sie arbeiten. Ohne Sie beleidigen zu wollen: Die Zeitung, für die Sie augenblicklich arbeiten, hat einige finanzielle Schwierigkeiten. Wir sind traurig, daß Sie unser Angebot ausschlagen, doch die Beweggründe dafür gehen nur Sie etwas an. Jeder, der Sie kennt, lobt Ihre berufliche Integrität. Was halten Sie von Peggy Hutchins?«

Tiefbetrübt schilderte Nick, der im Grunde den Besitzern der *Time* nicht böse sein konnte, Peggys Vorzüge. Die Luces schätzten anscheinend die Situation des *Day* genauso ein wie Louis Herzberg.

Zehn Tage später bedankte sich Peggy Hutchins bei ihm, umarmte ihn, weinte ein bißchen und verließ die Redaktion.

Die Bilanz war alles andere als erfreulich: Ernie Pohl, Al Taggart, Peggy Hutchins, Paul Fowler, MacGann, Louis Herzberg, Jack Dobey, Bill Keating und Ben Fein hatten die Redaktion verlassen. Natürlich hatte Kate für alle Ersatz eingestellt und insgesamt die Zahl der Journalisten von vierzehn auf achtzehn erhöht, doch von dem Team, das nicht einmal zwei Jahre zuvor in den ehemaligen Redaktionsräumen der *Queens Gazette* gebildet worden war, um den *Day* täglich zu schreiben, war nur noch Nick übrig, bei weitem der älteste. Walt Woodward, der sich um den Sport kümmerte, und Irena van Gaver waren bereits eine gewisse Zeit Mitglied der Redaktion, doch alle anderen waren ausgemachte Neulinge. Nick fühlte sich ein wenig wie Napoleon, der 1815 seine Schlachten mit Rekruten schlagen mußte, die so jung waren, daß ganz Europa über sie lachte. Selbst Hennessy war nicht mehr das, was er einmal für die Redaktion gewesen war; er näherte sich seinem siebzigsten Lebensjahr, hatte zusehends Probleme mit seiner Gesundheit, vor allem mit seinen Augen, und hatte sogar eine kleine Operation über sich ergehen lassen müssen. Nick zwang ihn öfter, früher nach Hause zu gehen, als er eigentlich wollte, und sich zu schonen.

Dann gab es noch die Affäre Abadie. Kates Chefdrucker war ebenfalls umworben worden. Eine Zeitung aus Atlanta, die nach Kates Aussge zu Karl Killingers Konzern gehörte, hatte ihm ein großartiges Angebot unterbreitet und ihn in den Süden Amerikas gelockt. Nick hatte sich nicht eingemischt, hatte aber notgedrungen die hitzigen Auseinandersetzungen zwischen Kate und Abadie miterlebt, die fast zwei Wochen lang die Atmosphäre in der Zeitung vergifteten. Nicht daß der Chefdrucker auch nur einen Moment lang ernsthaft mit dem Gedanken spielte, nach Georgia auszuwandern – anscheinend hatte er das Angebot sofort abgelehnt –, aber er hatte doch Kates Drängen genossen, die ihn unter allen Umständen behalten wollte, und bewußt so manche Krise produziert, die Kate zur Weißglut brachte.

»Ich finde das sehr komisch, Nick.«

»Abadie, ich fürchte, daß du mit dieser Meinung allein stehst.«

Erstaunlicherweise war Abadie davon überzeugt, daß der *Day* nicht nur Erfolg haben würde, sondern bereits Erfolg hatte. Seine Meinung war durch nichts zu erschüttern.

»Ihr Vater wird es mit der Zeit leid werden, uns Schwierigkeiten zu machen. Oder er stirbt. Er hat ja seinen ersten Infarkt bereits hinter sich und wird noch weitere bekommen. Krack! Dann wird endlich Friede herrschen. Dieser Schuft hat mir die Hälfte meiner Arbeiter abgeworben, und zwar nicht die schlechtesten! So wie er sich auch die Rosinen aus deiner Redaktion herausgepickt hat. Und? Nick, hast du einmal Rugby gespielt?«

»Nein.«

Nick hatte nicht die geringste Ahnung von Rugby.

»Ich schon. Ich wäre gerne Flügelstürmer gewesen. Da kann man sich so schön mit dem Gegner anlegen. Doch ich war zu klein. Da habe ich viel gegessen und soviel Steine gehoben, daß man damit eine ganze Kathedrale hätte bauen können, und wurde ein Hakler. Ich habe mir einen Platzverweis fürs Leben eingehandelt. Unter der Dusche habe ich noch gekämpft.«

»Genau das machen wir hier in der Zeitung: Das Spiel ist zu Ende, und wir kämpfen noch unter der Dusche weiter.«

»Aber wir haben das Spiel noch nicht verloren. Sag mal, du blöder Itaker, gibst du etwa auf?«

Endlich mußte Nick schallend lachen; Abadies aggressiver Humor half ihm eine Zeitlang weiter.

Ed Solomons übte genau die gegenteilige Wirkung auf ihn aus. Der Chef der Anzeigenabteilung war heftiger umworben worden als alle anderen Mitarbeiter, wobei diejenigen, die ihn in ihre Dienste nehmen wollten, so geschickt vorgingen, daß niemand den wahren Auftraggeber erkennen konnte. Die vielen Angebote hatten ihn noch arroganter werden lassen. In seiner Abteilung war niemand ausgeschieden, was jeder wußte, da er nicht müde wurde, dies bei allen möglichen und vor allem unmöglichen Gelegenheiten stolz zu erwähnen. So wie er auch nie müde wurde, die entscheidende Rolle zu unterstreichen, die er innerhalb des *Day* innehatte, deren Überleben nach seinen bescheidenen Aussagen einzig von ihm abhing.

Nick hatte sich niemals mit der Verwaltung und Finanzierung der Zeitung beschäftigt; dies waren Aufgabenbereiche, die ausschließlich Kate wahrnahm. So hatte er lange Zeit nicht gewußt, daß Solomons an den

Einnahmen, die der *Day* mit dem Verkauf von Anzeigenflächen erzielte, prozentual beteiligt war. Erst als Ed eines Tages versuchte, den Redaktionsschluß hinauszuschieben, um noch in letzter Minute eine Anzeige aufnehmen zu können, erfuhr Nick den wahren Sachverhalt. Normalerweise hätte Nick sicher nachgegeben, denn er war viel zu ruhig und ausgeglichen, um sich auf einen langen Streit einzulassen, doch in dieser Nacht war er müder, erschöpfter und auch nervöser als sonst. Vor allem der herrische Ton Solomons ging ihm auf die Nerven; anscheinend maß sich dieser Werbefritze Rechte an, die der Redaktion vorbehalten waren! So jagte er ihn zum Teufel, obwohl ihm natürlich bewußt war, daß auch der bescheidenste Geldeingang im Augenblick hoch willkommen war, und befahl Abadie, der die Arbeitsvorbereitung bereits abgeschlossen hatte, anzudrucken. Kate, die sich in ihrem Haus auf Long Island aufhielt und von Solomons alarmiert worden war, rief Nick an und befahl ihm, den Druck abzubrechen.

Als sie sich am nächsten Morgen in der Redaktion begegneten, brach wieder einmal ein Streit aus:

»Nick, jetzt mach mir nicht noch zusätzliche Schwierigkeiten. Ed und sein Team haben wie die Berserker gearbeitet, um den Vertrag an Land zu ziehen.«

»Und ich habe die ganze Zeit geschlafen! Sicher, die Hälfte meiner Redaktion ist ja nicht einmal fähig, für ein Gemeindeblatt zu schreiben.«

Sie schaute ihn einige Sekunden lang schweigend an und schüttelte dann den Kopf.

»Nimm ein paar Tage Urlaub«, sagte sie dann. »Ruh dich aus. Ich übernehme deine Arbeit.«

Völlig verärgert zuckte Nick mit den Schultern. Er schaute lange die große, elegante blonde junge Frau an, die in dem Spiegel ihres Puderdöschens ihr Make-up kontrollierte. Wie bei jeder Auseinandersetzung mit Kate überwog die Bewunderung, die er für sie hegte, allen Ärger. Seit ihre Zeitung in größere Schwierigkeiten geraten war, legte Kate besonderen Wert auf ein korrektes Äußeres. So wie sie sich im Moment Nick präsentierte, in ihrem Tweed-Kostüm mit dem breiten Fischgrätmuster, einer aufregenden Hutkreation, die sie tief in ihr Gesicht gezogen hatte, den rauchschwarzen Seidenstrümpfen und den italienischen Pumps hätte sie sich jederzeit unter die grazilen, frivolen Mädchen mischen können, die in den Salons an der Park Avenue und den Mode-Treffpunkten am Broadway heimisch waren. Nur die Kälte ihrer Stimme und ihre gewählte Ausdrucksweise verrieten, daß sie zu den Frauen gehörte, die vor allem ihren Kopf benützen. Aus welchem Grund spielte sie ihm diese Komödie vor, wo er doch genau wußte, daß der Vulkan in ihr kurz vor dem Ausbruch stand? Er kannte sie fast so gut, wie er sich selbst kannte. Seine Liebe zu Kate war sicher das heftigste, leidenschaftlichste Gefühl, das er je empfunden hatte. Nick DiSalvo war im Grunde ein liebenswerter, freundlicher und ausgeglichener Mensch; sein Zorn verflog immer schnell, doch er konnte ihn nicht einfach verschweigen. Zu Haß war er praktisch unfähig. Kate dagegen war ganz anders veranlagt: Ihr Zorn konnte fürchterliche Ausmaße annehmen – und ihr Haß mit eiskalt durchaus richtig beschrieben werden.

»Danke«, sagte er. »Ich glaube, ich werde noch ein bißchen hierbleiben.«

Er beschäftigte sich wieder mit dem Bericht über die Eröffnung einer Sporthalle, den einer seiner jungen Redakteure verfaßt hatte. Einige Minuten verstrichen, bevor er eine Frage stellte.

»Ed sagte mir, er bekäme die Hälfte der Einnahmen aus dem Anzeigengeschäft. Stimmt das?«

»Ich wußte nicht, daß du dich für solche Details interessierst.«

»Du sprichst nie mit mir darüber.«

Sie schaute hoch und lächelte ihn mechanisch an, ohne daß ihr wirklich zum Lachen zumute gewesen wäre; ihre Augen verrieten sie.

»Nick, eigentlich bist du mit der Redaktionsarbeit völlig ausgelastet, oder? Nun, Ed bekommt nicht fünfzig, sondern nur vierzig Prozent der Einnahmen. Ich habe seinen Anteil erhöhen müssen, denn sonst hätte ich ihn nicht halten können. Er verdient sehr viel mehr, als du jemals verdienen wirst, wenn deine Frage darauf abzielte.«

»Darauf zielte meine Frage nicht ab.«

»Dann sprechen wir nicht mehr darüber.«

Sie arbeitete an ihrem Editorial, in dem sie seit dem Beginn der Schwierigkeiten mit ihrem Vater kein einziges Mal auf die Probleme des *Day* hingewiesen hatte. Nick hatte ihr öfter geraten, die ganze Angelegenheit in die Öffentlichkeit zu tragen und so bei den Lesern Sympathien zu erwecken, in der Hoffnung, die Ofensive der *Morning News* auf diese Weise einzudämmen. Sie hatte immer abgelehnt.

Nick schaute sie weiterhin an, als ob er ein Rätsel auf ihrem feingezeichneten Gesicht lösen wollte; sie hatten zusammen geschlafen. Das war nun schon eine ganze Weile her, und beiden war klar, daß ihre Liebesgeschichte zu Ende war, auch wenn sie nie darüber gesprochen hatten. Er besuchte sie einfach nicht mehr in ihrem Haus in Glenwood Landing. Ohne daß Kate sich dazu geäußert hätte. Vielleicht empfand sie auch dies als eine Art ›Desertion‹.

Kate mußte aufgefallen sein, daß zwischen Nick und Irena van Gaver inzwischen eine tiefere Beziehung bestand, als sie zwischen Arbeitskollegen normalerweise üblich ist. Doch sie hatte nie darauf angespielt. Er hätte beinahe im Büro damit übertrieben, nur um sie zu einer Reaktion zu zwingen. Gerade noch rechtzeitig merkte er, daß er dabei war, sich wie ein kleines Kind zu verhalten.

Als seine Mutter im April 1936 starb, wurde Nick DiSalvo von den eben beschriebenen Gefühlen umgetrieben.

Gleichzeitig entwickelte sich die Situation auf eine mehr als überraschende Art.

»Nick, ich bin sehr traurig für dich. Ich habe deine Mutter kaum gekannt, aber ich weiß, daß du sie sehr geliebt hast.«

»Danke.«

Kate umarmte ihn. Ihre Finger drückten fast unmerklich auf seinen Nacken. Er zog sie heftig an sich und brach in Tränen aus. Zu der Trauer über den Tod seiner Mutter trat die Trauer über ihre verpfuschte Liebe. Sie verharrten einen kurzen Augenblick in ihrer heftigen Umarmung, als ob sie wenigstens jetzt das Paar sein wollten, das sie hätten sein können. Kate machte sich als erste los. Und ging, ohne sich umzudrehen.

Das Begräbnis war zu Ende. Beinahe tausend Trauergäste waren zu der Beerdigung der Witwe eines einfachen Vorarbeiters an den Kais des East River und der Mutter von elf Kindern gekommen, weit mehr, als Nick erwartet hatte. Nick drückte endlos viele Hände, bedankte sich bei Bekannten und Unbekannten, beobachtete Kate, die in der von Kranefuß gesteuerten Limousine davonfuhr, und entdeckte Irina sowie die Redaktion des *Day*, die geschlossen gekommen war. Ed Solomons und die meisten seiner Mitarbeiter allerdings hatten sich dieser Mühe nicht unterzogen. Doch auch ehemalige Kollegen der *Morning News* und der *New York Herald Tribune* hatten den Weg nach Queens nicht gescheut. Ein Freund von der *United Press* hatte ihm die Hand gedrückt, und Ernie Pohl hatte aus Paris ein Telegramm geschickt. Louis Herzberg, der häufig von Nicks Mutter zum Essen eingeladen worden war, war extra von Washington nach New York gefahren. Nick war gerührt; er hätte nie gedacht, so viele Freunde zu haben. Endlich ließ der Strom der Trauergäste etwas nach. Nur noch die eigentliche Familie war um das Grab versammelt, und das waren nicht wenige Menschen.

Man forderte ihn auf, an dem anschließenden Familientreffen teilzunehmen, das in einem Restaurant stattfinden sollte. Nick versprach zu kommen.

»Vielen Dank, ich bin mit dem Wagen hier. Ich komme gleich hinterher.«

Nick fühlte sich hundeelend; Andy (Andrea), sein ältester Bruder, der ein florierendes Bauunternehmen aufgebaut hatte, legte ihm einen Arm um die Schulter und klopfte ihm liebevoll auf den Rücken, eine Geste, die ihm seit langem zu eigen war, wenn er seinen um zwanzig Jahre jüngeren Bruder aufmuntern wollte.

»Bis gleich.«

Nick verließ den Friedhof und ging zu seinem relativ weit entfernt geparkten Wagen. Ein großer Mann mit Filzhut, der sich lässig an einen Baum lehnte, schien auf ihn zu warten. Erst als der Mann seine Zigarette auf den Boden warf und sich vom Baum löste, um ihm die letzten Schritte entgegenzukommen, erkannte Nick H. H. Rourke.

»Danke«, sagte Nick.

Rourke hatte in wenigen Worten mit seiner ernsten, getragenen Stimme sein Beileid ausgedrückt und dabei von seiner Mutter Mimi gesprochen, die in Frankreich lebte und an der er sehr hing.

Nick war inzwischen losgefahren.

»Es tut mir leid, daß ich ausgerechnet in einem für Sie so schmerzhaften Augenblick zurückgekommen bin«, meinte Rourke. »Wir können uns gerne ein andermal sehen, wenn Sie es vorziehen.«

Nick schüttelte den Kopf. Rourke hatte er an diesem Tag wirklich nicht erwartet. Er kannte ihn nur schlecht, denn sie hatten sich nur ein einziges Mal getroffen, bei *Bleek's*, der Bar, die der Redaktion der *New York Herald Tribune* als zweites Büro diente. Sie hatten nur wenig miteinander gesprochen, und zwar ausschließlich über Kate. Instinktiv hatte Nick während des Gesprächs die Notwendigkeit gespürt, Rourke zu versichern, daß zwischen Kate und ihm nie etwas ›vorgefallen‹ wäre, was damals der Wahrheit entsprochen hatte, und sich dies anschließend lange vorgeworfen. Inzwischen hatte sich das ja geändert. Überrascht und irritiert mußte Nick feststellen, daß er so etwas wie ein Schuldgefühl Rourke gegenüber empfand. Kaum glaublich: Er verhielt sich wie ein von Gewissensbissen geplagter Mann, der mit der Frau seines besten Freundes geschlafen hatte! Reiner Wahnsinn! Zumal Kate wirklich nicht die Frau war, mit der man gegen ihren Willen hätte ins Bett gehen können! Und ja Rourke nie geheiratet hatte.

›Ich muß mich wirklich nicht rechtfertigen! Schließlich habe ich diesen Rourke höchstens zehn, fünfzehn Minuten in meinem Leben gesehen.‹

Nick war einfach ins Blaue gefahren; als er am Golfplatz von Forest Park angekommen war, stellte er seinen Wagen am Straßenrand ab.

»Ich wußte gar nicht, daß Sie sich im Augenblick in New York aufhalten.«

»Ich werde mich hier gar nicht lange aufhalten; ich bin nur auf der Durchreise.«

»Wir haben zwei Reportagen von Ihnen veröffentlicht, auch die über Paulson. Direkte Nachfahren des letzten Freundes von Paulson, von Charles Oates, der, wie Sie geschrieben haben, in Ägypten Selbstmord beging, leben in Queens. Zwei seiner Großneffen haben in der Politik Karriere gemacht. Wir haben Ihren Artikel mit sechs weiteren ergänzen können.«

»Ausgezeichnet.« H. H. Rourke lächelte. »Entschuldigen Sie bitte, wenn ich nicht so begeistert bin, wie ich es vielleicht sein sollte, doch ich interessiere mich wirklich nicht für das, was aus meinen Berichten wird. Ich möchte Sie auf keinen Fall aufhalten.«

»Ich habe es nicht eilig«, meinte Nick, dessen Beklemmung allmählich nachließ; der Mann an seiner Seite, den er kaum kannte, flößte ihm Vertrauen und sogar so etwas wie ein Gefühl von Freundschaft ein.

»Gut«, meinte Rourke, »Sie sind wirklich freundlich. Nick, Sie ahnen sicher, was ich von Ihnen möchte: Könnten Sie mir bitte von ihr erzählen? Warten Sie, antworten Sie nicht sofort. Sie können selbstverständlich unser Gespräch abbrechen, wann immer Sie wollen.«

»Ich werde alle Fragen beantworten.«

»Stört es Sie, wenn wir beim Sprechen gehen?«

Sie stiegen aus und schlugen einen Reitweg ein, der auf beiden Seiten von Bäumen gesäumt wurde. Die ersten Knospen waren aufgesprungen. Der relativ kalte, böige Wind ließ kleine Wellen auf den Pfützen entstehen.

»Einiges weiß ich bereits«, nahm Rourke das Gespräch wieder auf. »Über den Kampf zwischen Vater und Tochter bin ich recht gut informiert. Kate spricht mit Ihnen über ihre finanzielle Situation wohl kaum?«

»Nie.«

»Ich bin mir fast sicher, daß ich auf diesem Gebiet besser informiert bin als Sie. Ich weiß auch, daß Sie mit ihr eine ... nähere Verbindung unterhalten haben. Wenn ich mich nicht täusche, haben Sie diese Verbindung wieder auf ein normales Maß reduziert?«

»Richtig.«

»Die folgende Frage ist noch indiskreter: Nick, haben Sie die Absicht, eines Tages mit Kate wieder intim zu werden?«

»Ich glaube nicht.«

»Sind Sie immer noch in sie verliebt?«

»In einer gewissen Weise schon. Wir führen wirklich eine recht eigenartige Konversation, Rourke.«

»Wir können sie jederzeit abbrechen, wenn Sie es wünschen.«

»Nein, nein.«

»Würden Sie sie heiraten?«

Nick überlegte lange. Er erinnerte sich mit einem gewissen Unbehagen an die flüchtige und irgendwie wilde Umarmung am Grab seiner Mutter. Und an die Bitterkeit, die er dabei verspürt hatte. Obwohl gleichzeitig ein Teil von ihm nicht betroffen gewesen war. Dieser Teil beobachtete auch jetzt die ›Szene‹: Rourke und er, an der gemeinsamen Front gegen Kate Killinger kämpfend. Und fragte sich, welches Spiel sie wohl spielten. Analysierten sie sich etwa gegenseitig im Freudschen Sinne?

»Ich glaube nicht, daß sich diese Frage jemals wirklich stellen wird.«

Rourke lachte.

»Nick, da stimme ich mit Ihnen völlig überein. Unser Gespräch ist wirklich mehr als merkwürdig. Wie lange werden Sie wohl noch die Redaktion des *Day* leiten?«

»Keine Ahnung. Wohl bis zur Katastrophe.«

Nick wartete die folgenden Fragen nicht ab, sondern schilderte, wie er die Situation des *Day* nach den vielen Personalverlusten sah.

»Katastrophe?« hakte Rourke nach.

Nick zuckte nur müde mit den Schultern.

»Das Ende kann wohl nicht mehr abgewehrt werden. Ich glaube sogar, daß es relativ bald eintreten wird.«

»Ich glaube, Sie täuschen sich, Nick.«

Nick meinte zuerst, nicht richtig gehört zu haben, denn Rourke hatte den Satz wie nebensächlich ausgesprochen. Mit einem kurzen Blick vergewisserte er sich, daß sein Gesprächspartner von dem, was er behauptet hatte, überzeugt war. Rourke war stehengeblieben und schaute zu dem grauen Himmel hoch; die bleiche Sonne, die noch ganz winterlich wirkte, versuchte mit aller Macht, den grauen Schleier zu durchbrechen.

»Sie haben vielleicht recht; seit einigen Wochen ist es an der Front zwischen Vater und Tochter merkwürdig ruhig geworden.«

»Ich spielte nicht darauf an, daß Karl Killinger unter Umständen die Feindseligkeiten eingestellt hat«, meinte Rourke. »Sie täuschen sich, wenn Sie meinen, Kate könnte von irgendeinem Menschen besiegt werden. Oder ein einmal gefaßtes Vorhaben einfach aufgeben.«

»Vielleicht kennen Sie sie besser als ich«, meinte Nick, wobei seiner Stimme eine gewisse Bitterkeit anzumerken war.

»Ich glaube«, meinte Rourke. »Ich bin sogar davon überzeugt.«

Sie waren inzwischen, nebeneinander gehend, am Übungsteil des Golfplatzes angelangt. Mehrere Männer und Frauen trainierten fröstelnd; sie hatten sich dicke Rollkragenpullover übergezogen.

»Warum wollten Sie eigentlich mit mir sprechen? Ich glaube nicht, daß ich Ihnen etwas Neues erzählen konnte; Sie scheinen über alles, was Kate betrifft, auf dem laufenden zu sein.«

»Haben Sie eigentlich schon einmal eine längere Reise unternommen?«

Die Frage überraschte Rourke.

»Ja. Ich war einmal in Florida.«

»Mit Kate?«

»Ja.«

Schweigen. Amüsiert beobachtete Rourke einen großen Mann, dessen Gesicht vom Wind gerötet war und der von hinten eine junge

Frau, die ein Tweedkostüm und derbe Stiefel trug, etwas heftiger als notwendig umarmte, um ihr zu zeigen, wie sie den Schläger zu halten hatte.

›Was will Rourke eigentlich von mir?‹ überlegte Nick DiSalvo. ›Den Mann aus der Nähe beobachten, der mit seiner Frau geschlafen hat?‹

Auch später sollte er sich diese Frage noch häufig stellen. Ohne eine zufriedenstellende Antwort zu finden. Bis zu dem Tag, an dem er in Paris Chat-Huant kennenlernte. Gemeinsam fanden sie die Lösung:

Rourke wollte damals Kate besuchen.

Die beiden hatten sich am Pariser Bahnhof Gare du Lyon zum letztenmal gesehen, als Kate ihn zum Zug nach Marseille gebracht hatte, wo er sich nach China einschiffen wollte.

Jetzt wollte Rourke Kate wohl vorschlagen, wieder mit ihr zusammenzuleben, das heißt, sein Vagabunden-Dasein aufzugeben, um bei ihr und ihrem gemeinsamen Sohn zu sein. Er zögerte noch, mit Kate zu sprechen, da er nicht wußte, wie sie auf sein Angebot reagieren würde.

»...Nick, aus diesem Grund hat er Sie besucht und mit Ihnen gesprochen. Er wollte sichergehen, daß sich zwischen Ihnen und Kate nichts Definitives ereignet hat. Das ist in meinen Augen die einzig mögliche Erklärung für sein Verhalten. Ich kenne Rourke seit seiner Kindheit, seit dem Tag, als er in den alten Büros der *New York* mit James Gordon Bennett gesprochen hatte. Glauben Sie mir: Hinter Rourkes Zynismus und seiner manchmal so auf die Nerven gehenden, zu offen zur Schau getragenen Selbstsicherheit und Gleichgültigkeit und selbst hinter seiner Manie, auf der Suche nach der Dummheit, dem Schrecken und der Grausamkeit um die Welt zu reisen, verbirgt sich eine große, vielleicht sogar zu große Sensibilität. Es dauerte lange, bis ich das durchschaut hatte. Er hat Sie beeindruckt? Mich ebenfalls. Er machte Ihnen den Eindruck, älter, reifer und erfahrener zu sein als Sie selbst? Sie waren sicher, daß ihn niemand an der Nase herumführen kann? Trösten Sie sich: Mir ging es ebenso, obwohl ich fünfzig Jahre älter bin als er und mich immer wie ein törichter Junge gerühmt habe, nichts und niemanden ernst zu nehmen. Ein Beispiel: Seine Auffassung von dem Wesen der Reportage, die Wahl der Themen, die immer außergewöhnlich sind, und vor allem seine beinahe krankhafte Abscheu, sich persönlich zu engagieren, seine Sucht, neutral zu bleiben, das ist in meinen Augen nichts anderes als Selbstverteidigung...

Ich philosophiere. Lächerlich! Als er Sie im April 1936 besuchte, stellte er Ihnen nur Fragen, deren Antworten er bereits kannte. Natürlich fragten Sie sich, aus welchem Grund er Sie besucht hat und was er wirklich von Ihnen wollte. Überlegen Sie: Er hatte Kate Killinger drei Jahre nicht mehr gesehen. Dabei hielt er sich wochenlang in New York auf. Während der Reise nach Kuba gelang es ihm, Karl Killinger zur Einstellung der Feindseligkeiten zu überreden; Gott allein weiß, wie er das geschafft hat. Doch er mied Kate. Die ganze Zeit über, die er sich in New York aufhielt. Dabei kannte er, wie er Ihnen gegenüber eingeräumt hat, fast alle Details des Kampfes zwischen den *Morning News* und dem *Day*. Bei diesen Recherchen muß er sich nicht nur in New York, sondern häufig auch in Queens aufgehalten haben. Es ist mehr als wahrscheinlich, daß er sich mehrmals in unmittelbarer Nähe von Kate befand. Vielleicht hat er sie sogar aus gebührender Entfernung beschattet. Auf alle Fälle hat sie nichts bemerkt. Der Beweis: Ihr Besuch bei Uricani. Der bezeichnenderweise erst dann erfolgte, als Rourke New York bereits wieder verlassen hatte. Seit knapp einem Monat hielt er sich bereits auf Kuba auf. An dem Tag, an dem Kate Uricanis Laden aufsuchte, erhält er auch Rourkes Telegramm. Auf welche Weise Kate von Rourkes New Yorker Aufenthalt erfahren hatte? Keine Ahnung. Vielleicht hat Larry Saperstein nicht dichtgehalten, von dem sie Rourkes Reportagen über Jadeflöte, Ras Kaitan und Paulson gekauft hatte. Aber das ist ja auch nicht wichtig; wichtig ist, daß Rourke sich mehrere Wochen lang in New York aufgehalten und mit dem Thema Killinger beschäftigt hatte, ohne mit ihr Kontakt aufzunehmen. Merkwürdig, nicht wahr?

Jetzt, mit zeitlichem Abstand, können wir sein Verhalten besser verstehen. Im Frühjahr 1936 kannte er bereits Julie Bénédict, die sanfte, ausgeglichene Julie, das genaue Gegenteil von Kate. Dabei spielte Julie nicht die geringste Rolle bei Rourkes merkwürdig-zögerndem Verhalten. Meiner Meinung nach. Entscheidend ist wohl die zeitliche Reihenfolge: Ende 1935 und Anfang 1936 hält sich Rourke in Spanien auf; er bereist das Land kreuz und quer, als ob ihm sein Instinkt als Nachrichtenjäger Hinweise auf den erst später ausbrechenden spanischen Bürgerkrieg geliefert hätte. Dann fährt er völlig unvermittelt in die Vereinigten Staaten. Ich selbst habe ihn von den großen Schwierigkeiten in Kenntnis gesetzt, mit denen Kate fertig werden muß. Selbst seine Mutter sprach mit ihm darüber. Ich glaube allerdings nicht, daß er nach New York fuhr, um der jungen Frau hilfreich zur Seite zu stehen. Er ist davon überzeugt, daß nichts und niemand Kate besiegen kann. Nick, das hat er Ihnen gegenüber bestätigt, und ich bin mir sicher, daß er dies aufrichtig meinte. Übrigens, wenn er den Atlantik nur mit dem Ziel überquerte, Karl Killinger zur Einstellung der Feindseligkeiten gegen Kate zu überreden, warum hat er sich dann so lange in New York aufgehalten? Und warum ist er dann nach seiner Reportage über den Elefantenhändler wieder nach New York zurückgekehrt? Nein, es gibt nur eine Erklärung für dieses Verhalten: Er bereitete sich auf die grundlegende, die entscheidende Aussprache mit Kate vor. Daß er auf Kuba seinen Sohn Daniel wirklich kennenlernte, hat ihn sicher in dieser Absicht bestärkt. Um nichts außer acht zu lassen, sucht er Sie auf, denn Sie haben die vergangenen zwanzig Monate in ihrer Nähe verbracht und waren, verzeihen Sie bitte den Ausdruck, ihr Geliebter gewesen.

Höchstwahrscheinlich wußte er selbst nicht, was er eigentlich von Ihnen erwartete. Hilfe? Jeder andere, der einen solchen Schritt unternommen hätte, wäre zumindest verlegen, wenn nicht verwirrt gewesen. Er nicht. Vergessen Sie bitte nicht, daß ich heute noch die allergrößten Schwierigkeiten habe, in seinen Gedanken zu lesen, obwohl ich ihn seit zwanzig Jahren kenne und wie einen Sohn liebe. So ist es wirklich nicht erstaunlich, daß es Ihnen ebenfalls nicht gelang.

Obwohl er sich sicher sehr unwohl gefühlt hat. Und innerlich sehr angespannt gewesen sein muß...«

»Zigarette?«

»Danke, ich rauche nicht«, antwortete Nick DiSalvo.

Rourke hatte sich auf eine Bank im Forest Park gesetzt, seine Beine ausgestreckt und seine Hände in den Taschen seines Trenchcoats vergraben. Nick trocknete mit seinem Taschentuch die regennasse Bank, zog seinen schwarzen Mantel eng um sich und setzte sich. Der saftiggrüne Rasen vor ihnen fiel sanft zu einem kleinen Teich ab, auf dem schwarze Schwäne Trübsal bliesen. Nur wenige Spaziergänger waren unterwegs; die meisten führten ihre Hunde spazieren. Es war inzwischen richtig kalt geworden. Nick fühlte sich angesichts Rourkes Schweigen leicht unbehaglich und zerbrach sich den Kopf auf der Suche nach einem passenden Gesprächsthema. Plötzlich erklang über ihnen Motorengeräusch. Er schaute hoch. Ein Flugzeug flog so tief über den Park, daß man den Eindruck bekam, als rasiere es die Wipfel ab. Nick DiSalvo erkannte es auf Anhieb, denn er war im gleichen Flugzeug zum ersten Mal geflogen: Es gehörte Fiorello Henry La Guardia, seit zwei Jahren Bürgermeister der Stadt und großer Flugzeugliebhaber, über den der *Day* mehrere Reportagen veröffentlicht hatte.

»Nick, ich möchte Sie wirklich nicht länger aufhalten«, meinte H. H. plötzlich, der von dem Lärm anscheinend aus seinen Gedanken gerissen worden war. »Bitte, glauben Sie an mein aufrichtiges Mitleid.«

»Danke.«

»Früher oder später werden Sie einmal eine Reise nach Europa unternehmen. Ich empfehle Ihnen, in Paris die Büros der europäischen Ausgabe der *New York Herald Tribune* aufzusuchen und nach einem gewissen Chat-Huant zu fragen.«

»Chat-Huant?«

»Ein Spitzname. Chat-Huant wird Ihnen in Frankreich alle Türen öffnen, wenn Sie ihn darum bitten. Der Mann ist wirklich einzigartig. Aus unerfindlichen Gründen mag er mich.«

Rourke lächelte, und seine dunkelgrünen Augen schauten Nick freundschaftlich an.

»Kann ich Sie irgendwo absetzen?«

H. H. schüttelte verneinend den Kopf. Als Nick bei seinem Wagen angelangt war, schaute er kurz zurück. H. H. betrachtete den Himmel. Nick sollte dieses Bild nie vergessen: Rourke erschien ihm wie ein merkwürdiger, durch nichts zu erschütternder Vagabund, der für einen Moment an einem Ort verharrte, aber jederzeit bereit war, mit großen, weitausholenden Schritten weiterzugehen. Keine Sekunde kam er auf die Idee, dieser Mann könnte vielleicht verwirrt sein.

Kapitel 16

Eine gelungene Abschiedsszene

Um sechs Uhr abends traf sie in ihrem Haus in Glenwood Landing auf Long Island ein, wie seit einem Jahr jeden Samstagabend.

Die a-ma hatten sich bereits umgezogen; sie hatten Ausgang. An manchen Samstagen kam Li, die jüngste, abends zum Schlafen nach Hause, doch an diesem Samstag fand in der Bayard Street in Manhattan ein großes Fest statt, an dem fast die gesamte chinesische Kolonie New Yorks teilnahm; Li, Mai und Agathe wollten bei Freunden in der Stadt übernachten.

Kranefuß lud sie in seinen privaten Ford ein; er besaß in der Neunzigsten Straße Ost eine kleine Wohnung, die er allein bewohnte. Trotz seiner achtundvierzig Jahre war er immer noch Junggeselle.

Langsam wurden die Motorengeräusche schwächer, bis sie schließlich ganz verstummt waren.

»Und?« fragte Kate.

»Wir halten uns auf einer verlassenen Insel auf«, antwortete Apriltiger.

»Wer wir?«

»Apriltiger und Mama Eule.«

»Fiele es dir sehr schwer, die Dame zuerst zu erwähnen?«

»Mama Eule und Apriltiger.«

»So ist es besser. Und was machen sie auf der Insel?«

Daniel schaute an die Decke; anscheinend überlegte er sich die Fortsetzung der Geschichte.

»Sie klettern auf die Berge?«

»Nein.«

»Sie gehen in die Wälder, wo es die bösen Indianer gibt?«

»Wieder nein«, sagte Mama Eule.

Sie stand von dem schwarzen Ledersofa auf, auf dem sie gesessen hatte, und zog ihre blaue Fuchspelzjacke aus. Während sie zu dem offenen Fenster ging, durch das die vom Meer kommende, laue Abendbrise eindrang und dabei die leichten Vorhänge bewegte, entledigte sie sich ihrer Stiefel und ihres Rockes.

»Sie steigen auf die Pferde und jagen Bären.«

Kate schloß das Fenster und zog die Vorhänge zu.

»Was für ein Unsinn!«

Sie legte Rock und Stiefel auf den Flügel.

»Du weißt doch genau, daß die Pferde sich in der Garage befinden und wir letzte Woche bereits alle Bären getötet haben.«

»Nicht alle. Zwei leben noch.«

»Kommt nicht in Frage. Versuche nicht zu schummeln!«

Sie lehnte sich an das schmiedeeiserne Geländer der Wendeltreppe, die zur Loggia führte, und rollte ihre dunklen Seidenstrümpfe herunter.

»Dir gehen wohl die Ideen aus, Apriltiger.«

»Nein. Sie steigen nicht auf ein Pferd, sondern auf ein Gürteltier.«

Sie ging zu dem Ledersofa zurück und zog ihre Bluse aus Chinakrepp aus; inzwischen trug sie nur noch ein mit schwarzen Spitzen besetztes, himmelblaues Hemdchen und ein dazu passendes Höschen.

»Ein Gürteltier ist zu klein.«

»Ein großes Gürteltier.«

»Abgelehnt. Dir bleibt noch eine Minute.«

»Dann kommt ein großer Kondor, der den Apriltiger mit in die Luft nimmt.«

»In diesem Fall steigt Mama Eule in ein Flugzeug, fängt den Kondor mit einem Lasso und bringt den Apriltiger wieder auf die Erde zurück. Was sagst du jetzt?«

»Ich finde das ungerecht«, meinte Apriltiger.

Kate breitete die Arme aus und krümmte ihre Finger zu Klauen: »ACHTUNG! Ich komme!«

Er ließ sich von dem Sofa auf den Boden fallen und krabbelte schnell darunter.

»Apriltiger versteckt sich in einer tiefen Höhle, so daß niemand weiß, wo er ist.«

»Ein Fuß schaut aus der Öffnung der Höhle hervor, Mama Eule entdeckt den Fuß und zieht Apriltiger heraus... genau so.«

Sie hatte ihren Sohn am Knöchel gepackt und zog ihn mit dem Teppich, an den er sich klammerte, quer durch das Wohnzimmer und die beiden angrenzenden Räume bis ins Bad, während Daniel sich ausschüttete vor Lachen.

»Was man nicht alles tun muß, nur damit du dein Bad nimmst!«

Sie prüfte in der großen, rechteckigen Badewanne aus rosa Marmor die Temperatur des Wassers, das noch von den Chinesinnen eingelassen worden war, und ließ noch etwas heißes Wasser zulaufen.

»Wie macht Mai das eigentlich?«

»Sie steckt mich ins Wasser, das ist alles«, antwortete Apriltiger.

»Sprich Englisch oder Französisch, nicht Chinesisch.«

»Ja, Mama.«

Seine dunkelgrünen Augen strahlten vor Vergnügen. Er schaute seine Mutter mit in den Nacken geworfenem Kopf bewundernd an.

»Und jetzt nichts wie ins Wasser, Leichtmatrose!«

Er schaute sie weiter an, ohne sich zu rühren. Sie kniete sich lächelnd vor ihm nieder. Er umarmte sie. Sie fragte: »Liebst du mich?«

»Ja, Mama.«

Sie zog ihn aus, zog sich selbst die wenigen Kleidungsstücke aus, die sie noch anhatte, nahm ihn in ihre Arme, stieg ins Wasser und setzte sich, ihn an ihren Bauch und ihre Brust drückend. Sie spielten zusammen; er tat so, als ertränke er sie, sie tat so, als sei sie ertrunken und mimte dann das Krokodil, das unversehens aus dem Wasser auftaucht und das Maul aufreißt, bis sie das ganze Badezimmer unter Wasser gesetzt hatten.

»Mit deinem Kondor hättest du mich beinahe hereingelegt, du Schlingel!«

»Kann man einen Kondor wirklich mit einem Lasso fangen?«

»Das mache ich jeden Morgen. Wer hat dir eigentlich die Idee mit dem Gürteltier in den Kopf gesetzt?«

»Papa.«

Sie zuckte kurz zusammen, atmete tief durch und hatte sich dann wieder in der Gewalt.

»Hast du keinen Hunger?«

Sie hob ihn aus dem Wasser. Die beiden zogen sich identische, himmelblaue Bademäntel über. Kate band sich um ihre nassen Haare ein Handtuch, so daß sie aussah, als trüge sie einen Turban, und versah dann auch ihren Sohn mit dieser orientalischen Zierde. Ein Jahr zuvor hatte sie vom Kochen noch fast keine Ahnung gehabt, doch in der Zwischenzeit große Fortschritte gemacht. Samstag abends und sonntags hatten die Chinesinnen striktes Kochverbot.

Das Telefon läutete; zunächst neunmal, anschließend vierzehnmal. Sie hob nicht ab. Mit Nick hatte sie für absolute Notfälle einen Code vereinbart, dreimaliges Klingeln, auflegen, ein zweites Mal anrufen. Ansonsten war sie Samstag abends und sonntags nur für ihren Sohn da.

Sie machte Krabben-Cocktails, Truthahnschnitzel und Crêpes, die fast so dünn waren wie die von Mimi Rourke, von der sie das Rezept hatte, und erzählte dabei die Geschichte von Cristobal, dem freundlichen Drachen, der niemals ohne fremde Hilfe Feuer speien konnte – denn der Arme hatte kein Feuerzeug, um die Flammen anzünden zu können – und überall nach Streichhölzern suchte. Gott sei Dank war der Drache nicht auf den Kopf gefallen und benutzte Gasherde, Lagerfeuer von Trappern, Geburtstagskerzen, die Pfeife des Piraten mit dem sonderbaren Namen ›karierter Bart‹ und natürlich auch Vulkane. So konnte er immer dann, wenn es wirklich notwendig war, Feuer spucken und dem ›Verdammten Sebastian‹, der so gemein war, daß er alle Zeitungen verbrannte, sobald sie aus der Duckerpresse kamen, den Schnauzbart und den Hintern versengen. Ohne seinen Schnauzbart war Sebastian aller Macht beraubt. Doch die Schnurrbarthaare wuchsen so schnell nach, daß der Drache Cristobal alle Hände voll zu tun hatte, um sie rechtzeitig mit seinen Flammen wieder abzusengen.

Sie aßen, räumten den Tisch ab und gingen in das Wohnzimmer, wo sie sich es unter der Loggia gemütlich machten, in dieser mit Kissen und Topfpflanzen ausgestatteten ›Höhle‹, in der die a-ma ihren Tee tranken. Sie hockten sich gegenüber auf ihre Fersen und spielten zuerst Karten und anschließend Dame. Jede Partie endete in wilden Zweikämpfen, bei denen sie sich auf dem Teppich rollten und Apriltiger jedesmal, trotz des erbitterten Widerstandes von Mama Eule, Sieger blieb. Einmal war sein Sieg so gewaltig, daß Kate unbeweglich und mit geschlossenen Augen liegenblieb, als ob sie tot wäre, während er auf ihrer Brust hockte. Apriltiger bekam es mit der Angst zu tun, stieß einen spitzen Schrei aus und war den Tränen nahe. Da nahm sie ihn in ihre Arme und küßte ihn von oben bis unten, plötzlich ebenfalls von Angst gepackt, die, wie sie wußte, seit Jahren tief in ihr verborgen war.

»Oh, mein Liebling, mein Liebling!«

Er schlief endlich in ihren Armen ein; eine gute halbe Stunde verstrich, bevor sie sich entschloß, ihn so vorsichtig wie nur möglich in sein Kinderzimmer zu tragen, wo sie ihn, ohne ihn zu wecken, ins Bett brachte. Daniel teilte sein Empire-Kinderbett mit einer prächtigen Stofftier-Armee. Kate ging wieder ins Wohnzimmer hinunter, legte Griegs *Peer Gynt* auf, nachdem sie die Lautstärke so eingestellt hatte, daß Daniel auf keinen Fall in seinem Schlaf gestört wurde, und ging dann in ihr kleines Büro, wo sie sich mit Buchhaltungsarbeiten beschäftigte. Wieder läutete das Telefon, doch Kate nahm nicht ab.

Es war kurz nach zehn Uhr abends. Sie hörte im Garten Schritte und griff sofort nach der kleinen vernickelten Pistole, die in ihrer Schreibtischschublade lag, räumte sie aber kurz darauf wieder weg.

Die Schritte verharrten vor der großen Verandatür.

Sie riß die Augen auf und zog ihren Bademantel fest um sich, so daß der Ansatz ihrer Brüste völlig verborgen wurde.

»Komm herein«, rief sie dann. »Die Tür ist offen.«

Sie schauten sich lange schweigend an. Dann sagte sie so sachlich wie möglich: »Er schläft im ersten Stock. Die zweite Tür rechts von der Treppe.«

Rourke rührte sich nicht, sondern schaute sie nur weiter unverwandt an. Endlich gab er sich einen Ruck und stieg so leise, daß sie ihn kaum hörte, die Treppe hinauf. In den fünf, sechs folgenden Minuten war es im Haus totenstill. Endlich kam er wieder herunter.

»Kaffee?«

»Gern.«

»Hast du schon zu Abend gegessen?«

»Und wenn ich deine Frage mit nein beantworte?«

»Ich habe soviel im Haus, um alle streunenden Katzen Long Islands versorgen zu können.«

»Wenn du zu Hause bist.«

»Falls du auf Daniel anspielst: Ich bin zu Hause, wenn er mich braucht.«

»Ich habe noch nicht zu Abend gegessen. Auch das Mittagessen fiel flach.«

Er folgte ihr in die riesige, mit gelben und grauen Kacheln ausgelegte Küche. Die über dem Ausguß der Größe nach aufgehängten Kupferkasserollen spiegelten sich im Fenster. An den Türrahmen gelehnt, beobachtete er sie, während sie den Vorrats- und den Kühlschrank musterte. Kate wirkte völlig gelassen, obwohl Rourkes intensiver, ja harter Blick, der jede ihrer Bewegungen registrierte, ihr nicht verborgen bleiben konnte. Als er gekommen war, hatte er seinen Trenchcoat und seinen Hut in der Hand gehalten und auf einem Sofa abgelegt, bevor er in den ersten Stock zu seinem schlafenden Sohn gegangen war. Für alle, die ihn gut kannten, und zu denen zählte Kate natürlich, war er außergewöhnlich sorgfältig gekleidet. Sein Jackett war an den Ellenbogen nicht abgeschabt, sein Hemd nicht allzu sehr zerknittert, seine Krawatte war außergewöhnlich korrekt gebunden und saß am richtigen Platz, und seine Hose beulte an den Knien nicht aus. Er war sogar frisch rasiert.

»Ich kann dir ein Steak braten. Und dazu einen Salat machen. Crêpes sind auch noch übrig.«

»Wunderbar.«

Sie drehte sich kurz um, hielt einen Augenblick lang seinem Blick stand und bereitete dann die Vinaigrette aus Öl, französischem Estragonessig auf Weinbasis, Salz, Pfeffer und Senf aus Meaux, dieser nach einem alten Rezept zubereiteten Spezialität mit zerstoßenen, aber nicht zermahlenen Senfkörnern.

»Hast du für Daniel kochen gelernt, Kate?«

»Für wen denn sonst?«

Wieder läutete das Telefon, ohne daß Kate reagierte.

»Erzähl mir von China«, forderte Kate Rourke auf, um das Schweigen zu brechen, das sich in der Küche ausbreitete.

Er erfüllte ihren Wunsch und schilderte in Kurzfassung die Geschichte von der Jadeflöte, Hauptmann Song und den beiden anderen Konkubinen, erzählte von Kanton, das Kate nicht kannte, und berichtete ihr alles Wissenswerte über ihre gemeinsamen Bekannten in Schanghai. Inzwischen hatte er auch die letzte Crêpe aufgegessen und trank Kaffee.

Er saß ihr gegenüber in dem großen Wohnzimmer; sie hatten beide

Schwierigkeiten, auf das Wesentliche zu sprechen zu kommen, so daß jeden Moment das Gespräch zu verstummen drohte, wovor sie gleichfalls Angst hatten.

»Wie lange hast du eigentlich im Garten gewartet?«

»Ungefähr eine Stunde.«

»Warum hast du dich nicht vorher bemerkbar gemacht?«

»Das weißt du doch ganz genau, Kate: Ich wollte sichergehen, daß er schläft.«

Er wollte Daniel nicht in ihre Schwierigkeiten einbeziehen und noch weniger auf die Liebe spekulieren, die er in seinem Sohn während ihrer Ferien auf Kuba erweckt hatte. Hätte Daniel ihrer ersten Begegnung nach so langen Jahren beigewohnt, wäre sie sicher anders verlaufen, und Kate hätte sich vielleicht überrumpelt gefühlt, während sie in der jetzigen Situation Rourke jederzeit bitten konnte, das Haus zu verlassen. Sie wußte, daß er ihrem Wunsch umgehend entsprechen würde. Und Daniel hätte nichts von dem Besuch seines Vaters erfahren.

»Danke«, sagte sie.

Sie dachten beide an ihre letzte Begegnung in Paris. Und der Abschied auf dem Bahnsteig. Sie hatte ihn gegen alle Logik zum Zug begleitet. Eine bizarre, höchst merkwürdige Szene.

»Niemand hat dich gezwungen, mich an diesem Tag zur Gare de Lyon zu begleiten.«

Sie war keineswegs erstaunt, daß er sich plötzlich an ihre letzte Begegnung erinnerte, und nickte schweigend mit dem Kopf.

»Ich erinnere mich noch an jedes Wort«, meinte H. H.

Sie nickte wieder mit dem Kopf. Kate saß sehr aufrecht in ihrem Sessel auf ihren Füßen und hielt mit einer Hand auf Halshöhe ihren Bademantel zu. Ihre blonden, immer noch feuchten Haare fielen ihr ins Gesicht, während ihre Augen Rourkes Lippen keine Sekunde verließen.

»Unser Charme als Pärchen besteht, glaube ich, ganz einfach darin, daß wir uns wie ausgemachte Idioten benehmen können«, meinte H. H. bedächtig.

»Richtig«, kommentierte sie. »Du hast genau die richtigen Worte gefunden.«

»Warum wolltest du mich eigentlich sprechen? Uri hat mir deine Botschaft mindestens hundertmal ausgerichtet.«

Sie antwortete nicht sofort; beinahe bedauernd sagte sie dann: »Ich hatte erfahren, daß du dich mit Daniel in Santiago de Cuba aufhältst und daß du drei Wochen mit ihm verbracht hast.«

»Und warst wütend.«

»Im ersten Augenblick schon.«

»Kate, ich kann nicht mit jemand sprechen, der immer nur einsilbige Antworten gibt. Ich fühle mich genauso unbehaglich wie du. Und das weißt du ganz genau. Ich wiederhole mich, Kate, wollen wir ernsthaft miteinander sprechen?«

»Ich war außer mir vor Zorn!« gestand sie. »Als er wieder bei mir war, sprach und träumte er nur von dir!«

»So ist es schon besser; wir kommen langsam auf die wichtigen Dinge zu sprechen.«

»Hast du ihn eigentlich bewußt so... verzaubert?«

»Er ist immerhin mein Sohn.«

»Drei Jahre lang hast du dich nicht um ihn gekümmert.«

»Jetzt vertausch bitte nicht die Rollen: Du hast mich schließlich in Schanghai verlassen und ihn mitgenommen. Wir sind ja drauf und dran, einen richtigen Streit vom Zaun zu brechen! Was hast du mir sonst noch vorzuwerfen?«

»Ich wollte weitere Reportagen von dir kaufen, doch Larry Saperstein hat mich darauf hingewiesen, eine andere New Yorker Zeitung habe sich deine Exklusiv-Rechte gesichert.«

»Die *Morning News.*«

»Natürlich.«

»Und du schließt daraus, daß ich mich mit deinem Vater gegen dich verbündet habe?«

»Jetzt halte mich bitte nicht für idiotischer, als ich bin. Wußtest du eigentlich, daß Daniel drei Wochen auf Kuba verbringen würde?«

»Nein. Ich habe ihn erst im Flugzeug entdeckt. Du brauchst mir nicht zu glauben.«

»Ich glaube dir.«

»Danke.«

»Es kann wohl keinen Zweifel daran geben, daß du meinen Vater besucht hast, um zu meinen Gunsten zu intervenieren und ihn zu einem Waffenstillstand oder gar Frieden zu bewegen.«

»Das ist wohl der Hauptgrund für deine Wut.«

»Das kann ich nicht abstreiten.«

»Du hast mich nicht wegen Daniel sprechen wollen, sondern um mir zu sagen, ich solle mich gefälligst um meine eigenen Angelegenheiten kümmern, nicht wahr?«

»Ja. Obwohl es anscheinend schon zu spät ist. Rourke, du arbeitest jetzt für meinen Vater; das allein hat ihn sicher nicht dazu bewogen, das Kriegsbeil zu begraben.«

»Ich habe ihm nichts versprochen, wenn du das meinst.«

»Du mußt ihn auf die eine oder andere Weise bedroht haben. Larry sagte mir, du seist bereits seit Januar in den Staaten. Stimmt das?«

»Ja. Sollten wir nicht besser das Thema wechseln?«

»Ich habe keine Lust, das Thema zu wechseln. Ich habe Lust zu schreien!«

»Dann schrei«, meinte H. H. ruhig.

»Ich habe Lust, so laut wie ich nur kann zu schreien, da du dich verpflichtet gefühlt hast, dich für mich zu opfern und da du dir eingebildet hast, ich sei völlig am Boden zerstört!«

»Was du nicht warst.«

»Rourke, kennst du eigentlich meine Lage? Das heißt, die des *Day?*... Nein, du brauchst nicht zu antworten. Du bist dieser Frage seit Januar nachgegangen. Daran hätte ich früher denken sollen. Natürlich hast du recherchiert. Über ihn und über mich. Habe ich recht?... Offensichtlich. Zu welchem Urteil kam der Schiedsrichter?«

»Du lagst zwei Sätze zurück und im dritten Satz führte dein Vater fünf zu null, aber du warst noch nicht geschlagen. Ich kenne dich.«

»Ich werde überleben.«

»Da bin ich mir sicher.«

»Trotzdem hieltest du es für notwendig, helfend einzugreifen.«

»Ich frage mich heute, warum«, sagte er fast unhörbar.

Während der darauffolgenden Gesprächspause schauten sie sich lange und intensiv an; Kate schloß als erste die Augen.

»Oh, mein Gott, Rourke, wird das nie ein Ende nehmen! Ich habe es mit Nick DiSalvo versucht, umsonst. Ich habe ihn unglücklich gemacht, das ist alles. Zwei Monate habe ich gebraucht, bis ich es gemerkt habe, daß ich ihn nicht liebe. Das war mir vorher gar nicht klar gewesen. Der arme Nick.«

H. H. fragte: »Es gab aber noch einen weiteren Grund, warum du mich unbedingt hast sprechen wollen, nicht wahr?«

Sie zögerte.

»Kate, du hast mich nie angelogen.«

»Du hast schon recht: Ich brauchte dich.«

»Warst du nur vorübergehend depressiv oder war es schlimmer?«

»Jetzt habe ich Lust, das Thema zu wechseln.«

»Zu einem ganz bestimmten Zeitpunkt hast du mich folglich gebraucht.«

»Du bist aber nicht gekommen. Es ist noch gar nicht so lange her, sechs, nein, sieben Wochen nur; du warst auf Kuba, was ja wirklich nicht so weit entfernt ist.«

»Ich habe nichts überstürzt, du hast recht. Entschuldige bitte«, sagte er sarkastisch.

Er stand auf.

»Wenn ich mich recht erinnere, habe ich irgendwo eine Flasche Whisky«, sagte sie.

»Geh zum Teufel.«

»H. H. Rourke, sich aufregend! Wie köstlich! Ein ganz neuer Rourke! Vielleicht sollte ich meinen Aufmacher für morgen noch ändern.«

Er ging wie ein wildes Tier in einem zu kleinen Käfig im Wohnzimmer mit weit ausholenden Schritten auf und ab. Kate gab es bald auf, ihm mit den Augen zu folgen, denn sie hatte Angst, daß ihr schwindelig würde. Der dicke Teppichboden erstickte das Geräusch ihrer Schritte, so daß sie nicht auf Anhieb bemerkte, daß er stehen geblieben war. Sie zuckte zusammen, als sie ihn in ihrem Rücken spürte, drehte sich aber nicht um. Sie atmete schneller.

»Bitte entschuldige, Rourke.«

»DiSalvo wird dich verlassen. Nicht morgen und auch nicht übermorgen, aber irgendwann schon.«

»Ich weiß. Für ihn ist es sicher das Beste. Er wird Irina van Gaver heiraten. Sie ist völlig in ihn verknallt.«

»Und du?«

»Ich werde einen anderen Chefredakteur einstellen müssen. Der sicher nicht so gut sein wird wie Nick, aber doch so gut, daß ich mit ihm arbeiten kann.«

»Für mich ist kein Platz in deiner Zeitung, nicht wahr?«

»Darüber haben wir doch schon öfter gesprochen. Rourke, ich kann nicht anders: Ich werde meine Zeitung mit niemand teilen. Die Killingers sind nun einmal so. Was hast du eigentlich mit meinem Vater ausgemacht? Handelt es sich um einen einfachen Waffenstillstand oder um einen dauerhaften Frieden?«

»Wenn du nicht angreifst, verhält er sich ruhig.«

»Du hast ihm versprochen, mit mir zu reden, nicht wahr?«

»Ja.«

»Er wird eines Tages für das bezahlen, was er mir angetan hat, auch wenn es lange dauern sollte.«

»Ausgezeichnet.«

H. H.s lange, magere und braungebrannte Hände lagen auf der Lehne des schwarzen Ledersofas, nur wenige Zentimeter von Kates Nacken und Hals entfernt; beide schwiegen. Kate hielt es als erste nicht mehr aus.

»Jetzt sag endlich etwas!«

Als seine rechte Hand über ihren Nacken strich, stöhnte sie zweimal. Sie schloß die Augen. Die Hand wurde kühner, erforschte den Hals und den Brustansatz, zwang Kates Hand, die immer noch den Bademantel zuhielt, sich zu lösen und glitt dann tiefer. Kurz darauf kam sie wieder zum Vorschein. H. H. hielt den funkelnden Saphir, der an einer dünnen Goldkette um Kates Hals hing, in der Hand.

»Du hast mir nie gesagt, woher er stammt.«

»Aus Birma. Ich habe ihn von dem Mann, den ich in meiner Reportage den Herrn und Richter der Shan genannt habe.«

»Kurz bevor du in den Zug stiegst, hast du ihn mir geschenkt.«

»Du erinnerst dich?«

»Und nachdem du gesagt hast, du würdest nie auf mich verzichten.«

»Richtig.«

»Und ich antwortete dir, das Schlimmste für mich wäre, daß du dazu fähig seist, wieder zu mir zurückzukommen.«

»Doch im richtigen Augenblick war ich nicht da. Ich komme sieben Wochen zu spät.«

»Das hätte nichts geändert.«

Kate warf ihren Kopf in den Nacken und schloß die Augen. Als sie spürte, daß Rourke sich über sie beugte, hob sie ihre Arme und legte sie ihm um den Hals. Langsam zog sie ihn zu sich hinunter, bis sich ihre Lippen berührten. Rourkes Atem strich über den Hals und die Haare der jungen Frau. Ein Schauer lief über ihren Körper. Lange verhielten sie in dieser Position, bei der sich ihre Münder kaum berührten, wie zwei Gegner, die sich belauern. Plötzlich spannten sich Kates Muskeln; sie zog ihn so heftig an sich, daß ihre Zähne aufeinanderschlugen. Rourke hatte unterdessen ihren Bademantel geöffnet; seine Hände strichen über ihre nackte Haut. Als sich ihre Lippen wieder voneinander lösten, zitterten beide.

»Halt den Mund, Rourke, ich bitte dich, halte bloß den Mund!«

In dem Zimmer, das direkt neben dem ihres Sohnes lag, liebten sich sich ein erstes Mal. Ohne etwas zu sagen. Auf dem Boden. Rourke hatte ihr nicht einmal die Zeit gelassen, bis zum Bett zu gehen. Auf der Schwelle hatte er ihr schon den Bademantel ausgezogen und sie umarmt; sie fielen auf die Knie und dann auf den Boden. Er nahm sie mit Gewalt, sie mit beiden Händen am Nacken packend, wobei sie allerdings keinen Widerstand leistete, sondern sich ihm mit der gleichen, verbissenen Wut öffnete. Nach dem Kampf, und anders konnte man diesen Akt nicht bezeichnen, rangen sie, Seite an Seite liegend, um Atem. Beide wurden von dem gleichen, nervösen Lachen ergriffen.

»Halt den Mund, Rourke«, wiederholte sie keuchend. »Halt den Mund. Sag bloß kein Wort...«

Auf dem Bett liegend liebten sie sich zum zweitenmal; diesmal überwog die Zärtlichkeit. Sie liebten sich lange und aufmerksam, sich dabei in die Augen schauend, und schliefen dann gemeinsam ein, Kate in den Armen Rourkes liegend. Spät in der Nacht wachten sie auf. Nackt gingen sie Hand in Hand ins Kinderzimmer. Daniel schlief auf dem Rücken liegend; er drückte einen seiner ›Drachen‹ aus Plüsch an sich, die seine Mutter speziell für ihn herstellen ließ und die eher wie Leguane aussahen.

Dann gingen sie, immer noch nackt, in die Küche und machten sich ein Omelett, das sie im Stehen aßen; dabei schauten sie auf die Akazienbäume im vom Mondlicht überfluteten Garten. Dann stiegen sie wieder die Treppe hoch; erst nachdem sie sich ein drittesmal geliebt hatten, fragte er: »Warum, Kate?«

»Warum was?«

»Du hast vorhin gesagt: Das hätte nichts geändert.«

»Sprechen wir nicht mehr darüber. Ich hätte es gern, wenn du morgen noch hierbleiben würdest. Die a-ma kommen erst am Spätnachmittag nach Hause.«

»Und wir könnten zu dritt am Strand picknicken«, meinte Rourke, dessen Stimme etwas zu unbeteiligt klang. »Papa, Mama und Rourke Junior um eine rotkarierte Tischdecke herum sitzend. Und Papa wird mit dem Junior Sandburgen bauen, während die Mama gerührt zuschaut.«

»Rourke!«

»Ich habe eine entsetzliche Wut auf mich!« brach es plötzlich aus Rourke heraus. »Noch mehr auf mich als auf dich, und das ist gar nicht so wenig. Ich hasse mich mehr, als ich deine verdammte Zeitung hasse! Ich hätte nicht kommen dürfen.«

Kate streckte sich und machte die Nachttischlampe aus. Doch das helle Mondlicht, das durch die Stores drang, badete Kates grazilen Körper in einem weichen, beinahe phosphoreszierenden Licht. Sie lag auf der Seite und stützte ihr Kinn mit der Hand ab. Ihre Brüste bewegten sich im Rhythmus ihres Atems und ihre Augen glänzten viel stärker als sonst. Mit den Fingerspitzen strich er ihr sanft über die Stirn und über die Nase. Sie wandte sich ab und vergrub ihren Kopf in ihrem Kopfkissen. H. H. hatte gerade noch gespürt, daß ihre Wangen feucht waren.

»Du verdirbst alles, Rourke.«

Er lachte kurz, trocken und bitter, sehr bitter.

»Bernard Adler«, sagte er dann. »Während meiner ersten Recherchen bin ich eher zufällig auf diesen Namen gestoßen. Im Januar. Er hat bei der Hunt Manhattan für dich gebürgt. Für einhundertzwanzigtausend Dollar. Adler steht wohl für vierzig Millionen gut. Damals war mir das gar nicht so richtig aufgefallen; ich fragte mich nur kurz, auf welche Weise du ihn wohl überzeugt hattest, für dich zu bürgen und habe mich dann mit viel wichtigeren Dingen beschäftigt.«

Kate drehte sich auf den Rücken; ihre Augen waren wieder trocken.

»Doch Rourke gibt keine Spur auf, wie die ganze Welt weiß.«

»Auf Kuba habe ich wieder an Adler gedacht. Stell dir vor: Wir erlebten ein kleines Erdbeben, und Uri rutschte einen Berg hinunter. Ich selbst hatte mich sofort fallen lassen und war nur ein wenig benommen. In diesem Augenblick dachte ich an Bernard Adler. Weiß der Himmel, warum. Warum hat er ihr diese Summe geliehen, fragte ich mich. Aus reiner Großzügigkeit? Aber nein! Ich erinnerte mich daran, daß er verwitwet war. Eine gute Partie. Vierundfünfzig Jahre alt, zwei verheiratete Kinder, mit den Rockefellers verwandt, einen Landsitz in Connecticut, eine Ranch in Arizona und eine bedeutende Kunstsammlung, die er einem Museum spenden will, das er selbst bauen wird... Außerdem sieht er recht passabel aus, was nicht gerade ein Hindernis ist... Kate, hast du mit ihm geschlafen?«

»Nein.«

»Noch nicht?«

»Rourke, du tust dir weh und du tust mir weh!«

»Was soll's! Wir sind beide hart gesotten! Ich wüßte auch gar nicht, über was ich sonst reden könnte. Du selbst meintest, es hätte sich nichts geändert, wenn ich bereits vor sieben Wochen zurückgekommen wäre. Du bist wenigstens aufrichtig. Du lügst nie. Außer, wenn du ganz zufällig vergißt, etwas zu erwähnen. Es schreit zum Himmel: Einzig deinetwegen überquere ich den Atlantik, unter dem Vorwand, dir zu Hilfe zu eilen und deinen Vater zu zwingen, dich in Ruhe zu lassen. Natürlich war es nur ein Vorwand. Ich wollte wieder zu dir zurückkehren, nichts weiter. Ich sagte mir, es müsse doch Mittel und Wege geben, um zusammenleben zu können. Und wenn wir zusammenarbeiten müßten. Nicht notwendigerweise. Du könntest weiter deine Zeitung leiten, und ich könnte weiter meine Reportagen schreiben. Ich würde eben nicht mehr so oft und nicht mehr so lange verreisen. Wir hätten unsere Zeit so einteilen können, daß wir uns regelmäßig gesehen hätten. Und mit der Zeit hätten wir vielleicht...«

Er saß im Bett und lehnte sich gegen die Wand. Seine Stimme klang ruhig und ausgeglichen; nur seine zitternden Finger verrieten die ungeheure Spannung, unter der er stand.

»Aber es kommt nicht in Frage, daß ich dein Chefredakteur werde. Selbst wenn ich damit einverstanden wäre, würdest du mich auf diesem Posten nie akzeptieren. Ich tauge lange nicht so viel wie ein DiSalvo. Und nicht einmal so viel wie der zukünftige Nachfolger DiSalvos. Du hast wahrscheinlich recht; wir werden nie herausbekommen, wie die Wahrheit aussieht, da du die Möglichkeit von vorneherein ausschließt. Wieviel schuldest du Adler?«

Keine Antwort.

»Mehr als zweihunderttausend Dollar«, beantwortete Rourke seine Frage selbst. »Sehr viel mehr. Die genaue Summe kenne ich nicht. Welcher Mann ist bereit, eine solche Summe ohne Gegenleistung aufs Spiel zu setzen? Auch wenn er Millionär ist. Anteile deiner Zeitung hast du ihm ganz bestimmt nicht verkauft. Was hast du ihm also versprochen? Kate, wann heiratet ihr?«

Er wartete auf eine Antwort, doch Kate schwieg weiter. Er streckte seinen Arm aus und zwang Kate, sich umzudrehen. Sie weinte nicht mehr, hatte aber, wie er im Halbdunkel feststellen konnte, ihre Augen weit aufgerissen. Wütend schüttelte er den Kopf.

»Und du forderst mich auf, bis morgen nachmittag dazubleiben, da die a-ma erst spät zurückkehren! Anders ausgedrückt: Bitte geh, bevor sie nach Hause kommen, es ist besser, wenn dich niemand sieht. Was werde ich wohl das nächstemal tun müssen, wenn ich dich sehen will? Mich in dein Zimmer schleichen, sobald ich sicher bin, daß Mister Adler in seinem Club, in seinem Büro an der Wall Street oder auf Geschäftsreise ist?«

Er versuchte, Kates Faust auszuweichen, doch sie traf ihn trotzdem noch an der Wange. Sie hatte nicht nur so getan, als ob sie zuschlagen wollte, sondern hatte richtig zugeschlagen. Rourkes Kopf flog in den Nacken. Voll blinder Wut versuchte sie ein zweites Mal, ihn zu schlagen, doch er hatte ihre Handgelenke gepackt und legte sich auf sie, so daß sie auf der Matratze festgenagelt war. Sie kämpften einen Moment schweigend miteinander. Endlich konnte er ihre Arme ausstrecken, so daß sie in Kreuzform dalag, und sich etwas abstützen, um sie besser zu sehen. Ihre Augen glänzten voll verhaltenem Zorn. Er ließ sich wieder auf sie fallen und küßte sie. Zuerst ertrug sie ihn passiv, doch dann wurde ihr Mund glühend heiß; er öffnete sich und küßte ihn leidenschaftlich zurück.

Als er endlich von ihr ließ, rührte sie sich nicht. Sie hatte die Augen geschlossen. Zwischen den Wimpern glitzerten Tränen.

»Diesmal ist uns die Abschiedsszene wirklich gelungen«, meinte Rourke. »Wir verbessern uns.«

Er zog sich an. Als er das Badezimmer verließ, lag sie nicht mehr auf dem Bett. Sie saß am Salon am Flügel. Kate hatte sich ihren Bademantel wieder übergezogen und ihre Haare mit einem blauen Band festgemacht. Ihm fiel auf, daß sie sich die Lippen nachgezogen hatte. Die Tasten mit den Fingerspitzen berührend, sagte sie, ohne sich zu ihm umzudrehen:

»Wenn du willst, schicke ich Daniel drei Monate im Jahr zu dir. Auch auf mehrere Male verteilt, wenn du das vorziehst. Du entscheidest...«

»Ausgezeichnet.«

»Du kannst ihn besuchen, wann immer du willst. Er braucht dich. Ich habe drei Monate gesagt. Das hat keine Bedeutung, ich hätte ebenso gut eine andere Zahl sagen können.«

Sie brach ab. Er nickte nur mit dem Kopf, die Hände tief in den Taschen seines Jacketts vergraben.

»Gibst du diesmal auf, Rourke?«

»Was meinst du?«

»Ich glaube nicht«, antwortete sie.

Sie war gerade neunundzwanzig Jahre alt geworden. Er hatte seinen zweiunddreißigsten Geburtstag noch vor sich.

Er nahm Hut und Mantel vom Flügel und ging; leise schloß er die Tür hinter sich, um Daniel nicht zu wecken.

»Vielen Dank für die Elefanten«, sagte Karl Killinger. »So ganz nebenbei: Ich wäre Ihnen dankbar, wenn Sie den Menschen, die Sie interviewen, nicht allzu viel versprechen; ich meine, finanziell. Der Transport der Tiere von Santiago nach New York, ihre Unterbringung und Ernährung hier sowie die Kosten, die ich für die Moffett-Damen aufbringen mußte, um ihnen das Leben in den Vereinigten Staaten angenehm zu gestalten, dies alles zusammengerechnet ergibt ungefähr die Summe, die mich meine Redaktion pro Monat kostet.«

»Die Elefanten zumindest können Sie weiterverkaufen.«

»Nach der Reklame, die sie für meine Zeitung gemacht haben? Von wem stammt eigentlich die Idee, sie unfrei an die Redaktion der *Morning News* liefern zu lassen?«

»Von mir.«

»War das eine Manifestation der Antipathie, die Sie für mich hegen, oder Ihres Humors?«

»Wohl beides.«

»Wir haben für die Damen nicht nur eine Wohnung gefunden und die Miete für die ersten drei Monate bezahlt, sondern auch Arbeit. Das hatten Sie den beiden doch in meinem Namen versprochen, nicht wahr?«

»Richtig.«

Als H. H. den sechzig Meter langen Redaktionssaal der *Morning News* betrat, rissen die Gespräche ab. Die meisten musterten ihn, denn nur die wenigsten kannten ihn von Angesicht zu Angesicht. Fünf der Mitarbeiter Karl Killingers erinnerten sich vage an einen Nachtreporter der *New York Times* mit Namen Rourke, der vor mehr als zehn Jahren sich in New York herumgetrieben hatte. Dafür waren um so mehr Gerüchte über ihn in Umlauf, vor allem über seinen Exklusiv-Vertrag mit den *Morning News*, dessen angeblich außergewöhnlichen Bedingungen das Geheimnis um Rourke noch vergrößerte. Zumal er sofort nach seinem Eintreffen in der Redaktion vom Chef persönlich empfangen worden war. Doch allein die drei Elefanten und die beiden dazugehörenden Reiterinnen, die am Vortag mitten in New York vor dem Haupteingang des Zeitungsgebäudes aufgetaucht waren und so die wichtigste Reportage, die an diesem Tag in den *Morning News* veröffentlicht wurden, lebendig illustrierten, hatten sein Renomee beträchtlich gesteigert.

»Gefällt Ihnen Ihr Büro, Rourke?«

»Ich denke nicht daran, dort zu arbeiten.«

»Ich habe darum gebeten, daß man für Sie ein Büro reserviert; auf der

Tür ist übrigens ein Schild mit Ihrem Namen befestigt. Auf dem Weg hierher hätten Sie es sehen müssen, denn Sie sind daran vorbeigekommen.«

»Ich werde mich nie in diesem Büro aufhalten.«

»Wie Sie wünschen. Wichtig ist nur, daß überall bekannt ist, daß Sie für mich arbeiten. Haben Sie sie gesehen?«

Er meinte natürlich Kate. Rourke nickte mit dem Kopf. Einen Augenblick schwiegen beide.

»Wie geht es ihr?« fragte Killinger, nachdem er vergeblich auf eine weitergehende Reaktion Rourkes gewartet hatte.

»Gut.«

»Wie hat sie auf mein... Friedensangebot reagiert?«

Rourke stand auf und ging zu der gepolsterten Tür.

»Eine letzte Frage noch.«

H. H., der die Hand bereits nach dem Türgriff ausgestreckt hatte, blieb stehen.

»Auf dem Flug nach Kuba habe ich Sie gefragt, ob Sie sie immer noch lieben. Sie antworteten, Sie wüßten es nicht.«

H. H. rührte sich nicht.

»Und, wissen Sie es jetzt?«

»Ja«, antwortete er.

Und ging.

Leo Sachs, der Finanzchef der *Morning News*, war ungefähr fünfzig Jahre alt; er hatte ein nicht gerade einnehmendes Wesen und kam ohne Umschweife zur Sache.

»Drei Wochenlöhne, die wir Ihnen schulden, dazu fünf Wochenlöhne Vorschuß. Insgesamt acht Wochen oder sechzehnhundert Dollar. Zuzüglich tausend Dollar Vorschuß auf die Unkosten. Macht zusammen zweitausendsechshundert Dollar. Bitte unterschreiben Sie hier.«

H. H. unterschrieb und bedankte sich mit einer kaum angedeuteten Verbeugung. Sachs fragte ihn, ob er wohl in zwei Monaten wieder nach New York komme. Worauf H. H. Rourke meinte, dies sei wohl so gut wie ausgeschlossen.

»In diesem Fall lassen Sie mich bitte wissen, wohin ich die zukünftigen Gelder überweisen soll.«

H. H. Rourke versicherte, er würde dies ganz bestimmt tun. Im Gang vor der Tür wartete Uricani auf ihn, der ebenfalls für acht Wochen Gehalt ausbezahlt bekommen hatte und völlig außer sich war; soviel Geld auf einmal hatte er noch nie besessen. Sie verließen das Gebäude der *Morning News* – das sie erst nach einer beeindruckenden Anzahl von Jahren wieder betreten sollten.

»Hatchi, ich muß dringend auf ein Postamt, um meiner geliebten Gattin und meinen armen Kindern Geld zu schicken.«

Der Rumäne, der übrigens kein Rumäne war – vier Tage zuvor hatte er die amerikanische Staatsbürgerschaft erhalten –, schickte telegrafisch sechshundert Dollar an Madam Constantin Uricani, Bronx.

Zwei Tage später schifften sie sich auf dem Dampfer ein, der sie ins Amazonasgebiet bringen sollte.

Sechstes Buch

AUF DEM LAND BEI PAU

Kapitel 17

Der Herrscher über die Stadt der Steine

Am 4. Juni 1936 sollte Chat-Huant eigentlich mit Mimi zu Abend essen, doch sie hatte abgesagt: Die meisten der Lieferanten ihres Schuhgeschäfts gehörten zu den tausend Unternehmen, die von dem Generalstreik, der von mehr als zwei Millionen Streikenden befolgt wurde, betroffen waren. Sie hatte ihm eine Botschaft übermittelt und gemeint, sie könne sich wohl erst spät in der Nacht freimachen; diese merkwürdige *Volksfront* hielte sie zurück. Chat-Huant hatte nur eine sehr vage Idee, worum es sich bei dieser Volksfront handeln könne; bei dem Namen Volksfront stiegen in ihm die Erinnerungen an den Ersten Weltkrieg hoch, wo er als Pressekorrespondent an die ›Front‹ geschickt worden war: Unwillkürlich dachte er an schlammige Schützengräben mit Soldaten, die die Bajonette aufgepflanzt hatten und Schutzhelme trugen. Doch so sehr er sich auch umschaute: in ganz Paris konnte er nichts entdecken, das auch nur entfernt an Schützengräben erinnerte. Dafür traf er an allen Ecken auf gewaltige Demonstrationen und Manifestationen; die Teilnehmer stießen unverständliche Slogans aus, reckten die Fäuste gen Himmel und schwenkten in der Regel rote Fahnen.

Er erinnerte mehr denn je an einen Mäuserich von La Fontaine, als er mit kleinen Schritten zum Boulevard Saint-Germain ging, um sich dort in einem der zahlreichen Salons mit Louis Blériot zu unterhalten. Mit dem berühmten Flieger stand es gesundheitlich nicht zum Besten; er hatte zur gleichen Zeit wie Chat-Huant einen Herzinfarkt erlitten. Sie sprachen miteinander, und als es immer später wurde, beschloß Chat-Huant, mit Blériot zusammen zu Abend zu essen. Der alte Flieger sprach über sein Lieblingsthema: eine regelmäßige Luftverbindung zwischen Europa und Amerika, die er mit Hilfe von auf dem Atlantik schwimmenden Zwischenlandestationen, auf denen die Flugzeuge aufgetankt werden konnten, realisieren wollte – eine wunderbare Utopie.

Chat-Huant beschrieb sie in seiner Chronik für die *New York;* seine Berichte wurden kaum noch veröffentlicht, doch das war ihm beinahe gleichgültig. Er wollte bis zu seinem Tod jeden Tag seine Chronik schreiben, das war für ihn entscheidend, nicht, ob sie veröffentlicht wurde.

Im Redaktionssaal der europäische Ausgabe der *New York Herald Tribune* war gerade Stoßbetrieb; überall wurde heftig diskutiert. Man sprach über Hitler-Deutschland, über Spanien, in dem sich soviel Widersprüchliches ereignete, über die Olympischen Spiele, die in Kürze in Berlin eröffnet werden sollten, über die Gerüchte, die über eine mögliche Verbindung zwischen dem englischen König Edard VIII. und Bessie Wallis Warfield Simpson im Umlauf waren, sowie über das Vermögen amerikanischer Filmschauspieler; Charlie Chaplin war mit Abstand der reichste, gefolgt von Harold Lloyd und Mary Pickford...

Einer der Journalisten sprach den Namen Killinger aus. Chat-Huant spitzte die Ohren und versuchte, mit einem jungen Mann, der schon eine starke Glatze aufwies, ins Gespräch zu kommen. Die Augen des Mannes, der eine runde Brille aus Eisen trug, wiesen auf eine große Intelligenz hin.

»Pohl, Ernie Pohl«, stellte er sich vor.

Und räumte sofort ein, daß er Kate Killinger ausgezeichnet kannte, denn er hatte zweimal für sie gearbeitet.

»Jetzt erkenne ich Sie, Monsieur«, fügte er dann hinzu, »zumindest dem Namen nach. Kate hat mir viel von Chat-Huant erzählt.«

Ja, die Information sei richtig: Kate habe den bekannten amerikanischen Millionär und Philanthropen Bernard B. Adler geheiratet.

»Fühlen Sie sich nicht wohl?« fragte Ernie besorgt, der bemerkt hatte, daß Chat-Huant plötzlich bleich geworden war.

Chat-Huant schüttelte nur den Kopf und zwang sich zu einem Lächeln. Er stellte Ernie Pohl, der am nächsten Morgen als Korrespondent der *New York Herald Tribune* nach Deutschland und Österreich reisen wollte, viele Fragen, doch der junge Mann erwies sich bedauerlicherweise als sehr diskret und verschanzte sich hinter seiner angeblichen Unkenntnis, was Kate, den *Day* und die Beziehungen zwischen den beiden Killingers anging.

»Sie müssen mich verstehen; ich habe den *Day* vor etwas mehr als einem Jahr verlassen.«

Den Rest der Nacht war Chat-Huant sehr traurig. Wie üblich schlenderte er ohne genaues Ziel durch die kleinen Straßen und Gassen um die Hallen, die gegen Morgengrauen sich endlich leerten, während sich die Gaslaternen in dem nassen Pflaster spiegelten. Die Vertrauten des Viertels kannten ihn natürlich, so die Clochards und die Prostituierten, die aus dunklen Toreinfahrten auftauchten und einige Worte mit ihm wechselten, während er so tat, als bemerke er nicht, wie bleich und ungesund sie aussahen. Schwere Lastwagen brachten die Häuser zum Zittern, während Metzgergesellen mit weißen, blutverschmierten Kitteln zu viert oder fünft durch die Straßen zogen und in Begleitung von jungen Mädchen in voller Kriegsbemalung und dürftiger Kleidung in den einfachen Kneipen schnell ein Glas leerten. Normalerweise war der Chronist immer bereit, die bescheidenen Freuden dieser Menschen zu teilen, doch in dieser Nacht stand ihm wirklich nicht der Sinn danach. Nicht einmal die Weinbars in der Rue Tiquetonne konnten ihn verlocken, in denen er häufig bei einem Glas Jurançon mit einigen Gaskognern über die letzten Rugby-Ergebnisse diskutierte. Ganz abgesehen davon, daß das Fünf-Länder-Turnier der Rugby-Nationen auch nicht mehr so glanzvoll war wie früher, seitdem die Engländer Frankreich verbannt hatten. Als er etwas später in der Rue Rambuteau mit Druckern einen weiteren Kaffee trank – und die Ratschläge seines Arztes dabei schlicht und einfach vergaß –, versuchte er vergebens, sich für die nächste Tour de France der Radrennfahrer zu begeistern – er hatte niemanden gefunden, mit dem er über Rugby hätte reden können – und die Chancen von Lucien Leducq, Georges Speicher, Antonin Magne oder René Vietto gegeneinander abzuwägen. Ganz abgesehen davon, daß er leichte Verständigungsschwierigkeiten hatte, denn Namen wie Alpe d'Huez oder sonstige Bezeichnungen von schwer umkämpften Bergen und Pässen sagten ihm überhaupt nichts; er war noch nie im Gebirge gewesen.

»In manchen Nächten frage ich mich, ob ich nicht am Leben vorbeigelebt habe. Auf alle Fälle haben das Leben und ich immer getrennte Zimmer gewählt. Stellen Sie sich nur einmal vor: Ich werde bald fünfundsiebzig.«

»Dreiundsiebzig. Jetzt machen Sie sich nicht älter als sie sind, Miau-Miau.«

»Und ich war noch nie im Gebirge. Wußten Sie das?«

Kates Wiederverheiratung hatte er ganz offensichtlich noch nicht verdaut. Gegen Ende seines nächtlichen Spazierganges kam er in der Rue Coquillière vor dem Haus an, in dem Mimi Rourke wohnte. Er mußte nicht lange warten. Pünktlich wie immer verließ die Frühaufsteherin gegen sechs Uhr fünfzehn das Haus. Sie gingen zusammen durch die Rue de Valois. Es war inzwischen hell geworden; Mimi ging in ihr Geschäft und Chat-Huant endlich schlafen.

»Ich bin auf dem laufenden«, sagte Mimi ruhig.

Rourke hatte ihr geschrieben, bevor er die Vereinigten Staaten verlassen hatte; wieweit er sie über sein Gespräch mit Kate informiert hatte, darüber schwieg sie sich aus. Wieder einmal wunderte sich Chat-Huant über die enge Beziehung zwischen Mutter und Sohn. Und warf sich gleichzeitig vor, daß er beinahe so etwas wie Eifersucht empfand. Wozu er wirklich kein Recht hatte, denn er gehörte ja nicht einmal zur Familie.

»Ich bin sehr traurig«, sagte er laut.

Mimi griff nach seiner Hand. Schweigend gingen sie bis zur Place du Palais-Royal.

»Miau-Miau, wir werden heute abend zusammen essen.«

Sie hielt immer noch seine Hand. Er schaute sie an und genierte sich beinahe angesichts dieser so offen zur Schau getragenen Emotion. Sie hatte Tränen in den Augen. Mimi weinend, oder beinahe weinend, das bedeutete in einem gewissen Sinn das Ende der Welt. Chat-Huant war nicht mehr verlegen, sondern bestürzt und auch ein bißchen zornig.

»Mimi...«

Sie küßte ihn und mußte sich dabei leicht vorbeugen, denn sie war größer als er.

Seit zwei Monaten, seit April 1936, hatte Chat-Huant keine Nachricht mehr von Rourke erhalten. Er hielt sich im Amazonas-Gebiet auf... Chat-Huant hatte sich einen Atlas angeschaut und war entsetzt gewesen angesichts der Größe der ›unerforschten‹ Regionen in diesem Gebiet.

Mimi war gegangen. Er hatte es kaum wahrgenommen. Er sah, wie sie mit ihren schnellen Schritten schon einen guten Teil der Rue Du Faubourg Saint-Honoré zurückgelegt hatte. Er ging in seine Wohnung und wußte, daß er erst in Stunden würde einschlafen können. So holte er einen großen Atlas und verschiedene Karten aus einer Schublade und breitete sie vor sich aus. Seit elf Jahren, seit Rourkes erster großer Reise, zeichnete Chat-Huant die von H. H. zurückgelegten Strecken mit einem roten Stift fein säuberlich auf seinen Karten ein.

So zog er auf dem Ozean von New York nach Belém im Mündungsgebiet des Amazonas einen roten Strich, den er anschließend flußaufwärts bis nach Santarém fortsetzte. Dort bog er nach links, das heißt, Richtung Süden ab und verfolgte den Lauf des Rio Tapajós. Doch dann? Wenn man der Karte Glauben schenken durfte, dann gab es weiter südlich nur noch ein völlig unbesiedeltes Waldgebiet namens Mato Grosso. Und die nächste Stadt, Cuiabá, lag gut eintausendzweihundert Kilometer davon entfernt.

›Diesen Namen habe ich noch nie in meinem Leben gehört. Was, zum Teufel, sucht er bloß in diesen verlassenen Gegenden?‹

Endlich schlief er ein; sein Kopf brummte von all den Reisen, die er seit zwölf Jahren auf den Spuren Rourkes vollzog.

Am 5. Juni trafen H. H. und Constantin Uricani endlich in der Stadt der Steine ein.

Vor neunzehn Tagen hatten sie Santarém verlassen und waren die ganze Zeit über den Tapajós hinaufgefahren. Vor ungefähr fünfzig Stunden war Euclides Preto – Preto bedeutet auf portugiesisch schwarz – in einen kleinen, fast stillen Seitenarm abgebogen, bei dem man nie wußte, wo er wirklich floß und wo es sich nur um stille Tümpel handelte.

»Euclides, du weißt schon, wohin du uns bringst?«

Natürlich wußte er es. Euclides war ein Nachkomme von Indianer- und Negervorfahren. Rourke hatte ihm hundert Dollar versprochen, falls er ihn bis zur Stadt der Steine bringen würde. Nachdem er verschiedene Orakel befragt hatte, hatte Euclides das Angebot angenommen; sie garantierten ihm übrigens nur den Hin-, aber nicht den Rückweg.

Der Seitenarm wurde so flach, daß die Pirogge nicht mehr weiterkam, sondern auf dem Sand festsaß. Sie stiegen aus und marschierten zu Fuß. Am nächsten Morgen mußten sie sich fünf Stunden lang in den Wipfeln von dichten Bäumen verstecken, bis ein Trupp blutdürstiger Indianer weiterzog, der die drei nur allzu gern aufgespießt hätte. Endlich konnten sie weiter. Rechts von ihnen, das heißt, im Osten zeichnete sich eine unregelmäßige Linie relativ hoher Berge ab, die Serra do Cachimbo, wie Rourke aufgrund seiner Karten annahm. Jetzt tauchten in regelmäßigen Abständen von circa zwanzig Schritten die ersten kleinen Steinpyramiden auf und zeigten den Weg, den man sonst hätte kaum finden können. Euclides Preto blieb stehen und meinte, er ginge auf keinen Fall auch nur einen Schritt weiter, würde aber in der Pirogge eine Woche auf sie warten. Daraufhin drehte er sich auf der Stelle um und verschwand. H. H. und Uricani gingen allein weiter. Sie waren, von ihrer Machete einmal abgesehen, unbewaffnet. Ihr Gepäck bestand in der Hauptsache aus Uris Fotoausrüstung, Ponchos, die auf einer Seite gummiert waren und mit wenigen Heringen zu einem Zeltdach umfunktioniert werden konnten, und Lebensmitteln für eine Woche. Die Steinpyramiden führten sie zunächst am Bach entlang; ab und zu mußten sie kleine, harmlose Wasserfälle überwinden. Dann wurde das Gelände steiler, vor allem in einem Seitental, wo sie an manchen Stellen regelrecht zum Klettern gezwungen waren. Drei Stunden brauchten sie, bis sie endlich auf dem Grat angekommen waren; die Nacht brach an, so daß sie kaum noch die dunkle Masse vor sich erkennen konnten, die an eine hohe Mauer erinnerte. So schlugen sie ihr Zelt auf. In dieser Nacht schliefen sie nur wenig, da starker Regen fiel, der auf die Blätter, den Boden und vor allem das Zeltdach trommelte. Der Boden war so aufgeweicht, daß sie öfter gezwungen waren, den Platz der Heringe zu wechseln, die einfach nicht halten wollten.

Schlimmer noch war der Lärm, der von den riesigen Kröten verursacht wurde; wahrscheinlich war gerade ihre Paarungszeit angebrochen. Wie auch immer, H. H. und Uri hatten den Eindruck, als ob tausend irr gewordene Saxophonisten gleichzeitig ihre Instrumente ausprobierten. Dazu kamen die Hitze, die vielen Moskitos und winzig kleine Blutegel, die vom Regen unter ihr Zeltdach geschwemmt wurden und die sich begeistert auf die in dieser Gegend so selten vorkommenden Zweibeiner stürzten. Für nächtliche Kurzweil war gesorgt. Erst kurz vor der Dämmerung verstummten die Kröten. Rourke nahm an, sie seien schlichtweg so heiser geworden, daß sie einfach nicht mehr quaken konnten. Und als dann auch noch der Regen aufhörte, hatten sie endlich etwas Ruhe. Die alsbald durch ungewöhnliche Geräusche wieder unterbrochen wurde: Eine kleine helle Trommel wurde kurz angeschlagen, verstummte dann wieder und wurde von einer feierlich klingenden, tiefen Trommel abgelöst, die lange allein geschlagen wurde, bevor andere einfielen.

»Verdammt noch mal!« rief Uricani.

Im tiefsten Dschungel afrikanische Tamtams! Hätte ein Philharmonie-Orchester Mozart gespielt, wäre der Überraschungseffekt nicht größer gewesen. Rourke und Uricani kamen am Fuß der Mauer an, die ungefähr zehn Fuß hoch und aus großen, rechteckigen Steinen zusammengesetzt war. Die Steinmetze hatten die Steine so genau behauen, daß man nicht einmal mit einer Messerklinge in die Ritzen hätte eindringen können. Sie gingen an der Mauer entlang, bis sie zu einem kleinen Platz gelangten. An dieser Stelle war auch ein Tor in die Mauer eingelassen, das zu öffnen keine Schwierigkeiten bot. Nachdem sie das Tor durchquert hatten, blieben sie überrascht stehen: im Vordergrund breiteten sich Maniok-Felder und andere Kulturen aus, während sie im Hintergrund die typischen afrikanischen Eingeborenen-Hütten erkennen konnten, die nichts mit den *malocas* der brasilianischen Indianer zu tun hatten. Als ob diese aus Mosambik oder Angola importiert worden wären. Genau wie die Männer, Frauen und Kinder, insgesamt mehrere Hundert, die zu Salzsäulen erstarrt waren und Rourke sowie Uricani musterten. Sie waren alle schwarz wie Ebenholz und sehr groß; manche maßen sicher mehr als zwei Meter.

»Wir sind in Afrika, mein Lieber«, meinte Uricani. »Ich bin Stanley und du Livingstone.«

»Warte noch etwas, bevor du fotografierst.«

Nicht nur die Überraschung hatte Rourke und Uricani an ihrem Platz festgenagelt: acht mit Lendenschurzen bekleidete Kolosse, die wie Zulu-Krieger sich mit einem Federbusch geschmückt hatten und dazu Halsketten aus Jaguarzähnen trugen, versperrten ihnen den Weg. Sie waren mit langen Wurfspießen, echten Assagais, bewaffnet und trugen ovale Schilde. Der Kleinste überragte Rourke um einen guten Kopf.

»Ich möchte mit Ihrer Majestät Nganga sprechen«, sagte H. H. »Ich habe eine Botschaft für ihn.«

Er hatte sich auf englisch an den Ältesten der kleinen Truppe gerichtet. Einige Sekunden später verbeugte sich der Mann kurz. Die Krieger formierten sich zu einer Doppelreihe, in deren Mitte Rourke und Uricani marschierten. Die zylinderförmigen Hütten, an denen sie vorbeikamen, bestanden aus getrocknetem Lehm und hatten konische Strohdächer. Von der ›Hauptstraße‹ bogen ›Seitenstraßen‹ ab, an denen die Hütten lagen, die alle mit kleinen Mauern umgeben waren und merkwürdigerweise Nummern trugen – genau wie die Straßen; rechts befanden sich die geraden Nummern und links die ungeraden.

»Es fehlen nur noch Briefkästen«, witzelte Uri, der sich schämte, so beeindruckt zu sein.

Insgesamt befanden sich wohl an die zweihundert Hütten innerhalb des von der hohen Mauer umgebenen Areals. Dazu kamen verschiedene größere, offensichtlich dem Gemeinwohl dienende Gebäude. In dem einen war eine Spinnerei untergebracht, in einem anderen eine Zuckerrohrmühle und in einem dritten eine große Werkstatt, in dem Steinmetze, Schreiner und Schmiede arbeiteten. Als die beiden Weißen vorbeigeführt wurden, unterbrachen natürlich alle ihre Arbeit und betrachteten neugierig das Schauspiel. Die Abordnung mit Rourke und Uri in der Mitte gelangte zu einer regelrechten Festung, die auf einem aufgeschütteten Hügel lag und von einer Steinmauer umgeben war; sie bestand aus drei großen Hütten mit einem Durchmesser von jeweils mindestens zwanzig Metern, zu denen man über eine Treppe gelangte, deren Stufen einfach in die Erde gestampft waren. Die beiden Weißen wurden in das zentrale Gebäude in einen großen runden Saal geführt, eine Art Rotunde, deren Pfeiler mit Tierfellen verkleidet waren. Auch auf dem Boden lagen überall Tierfelle. Erst beim näheren Hinsehen fiel Rourke auf, daß alle Felle sowie die Seitengänge der Rotunde auf eine zentral gelegene Estrade ausgerichtet waren, in deren Mitte sich ein aus Stein behauener Thron befand, der völlig mit Jaguarfellen bedeckt war. An den Pfeilern brannten, obwohl es taghell war, in besonderen Vorrichtungen Fackeln, die einen beißenden Geruch verbreiteten. Splitternackte Mädchen mit tadelloser Figur gingen mit Fackeln in dem Raum umher und reichten einigen Männern, die lange Indianerpfeifen rauchten, Feuer. Um ihre Knöchel trugen sie Kupferbänder, an denen Muscheln hingen. Es waren mehrere Dutzend Würdenträger anwesend, die alle in rotes Leinen gekleidet waren – das gleiche Rot benutzten die brasilianischen Indianer zum Färben ihrer Stoffe – und eine alte, korpulente Frau mit höchst arrogantem Gesicht umringten, der zwei weitere nackte Mädchen zur Hand gingen. Diese Mädchen waren sehr viel jünger als die Fackelträgerinnen und mit Papageienfedern geschmückt, deren schreiende Farben sich von ihrer matten Haut abhoben. In ihren Brustwarzen trugen sie Ringe. Für die Sicherheit sorgten beeindrukkend kräftige und gleichfalls praktisch nackte Wächter, die um ihre Handgelenke Armbänder aus Tierfellen trugen und mit einschneidigen, kurzen Säbeln sowie riesigen Keulen aus tropischem Hartholz bewaffnet waren. Um die Keulen noch gefährlicher zu machen, hatte man in ihre Oberfläche Steine eingelassen.

Rourke und Uricani wurden gebeten, auf einer geflochtenen Matte Platz zu nehmen. Sie mußten sich etwas mehr als zwei Stunden gedulden. Endlich bewegte sich etwas hinter den roten Baumwollvorhängen, die den Thron abschlossen. Die Vorhänge wurden geöffnet. Die Soldaten mit den riesigen Keulen bildeten eine Doppelreihe. Verschiedene Männer betraten den Raum, darunter der Träger eines Fliegenwedels aus Ibis-Federn, zwei nackte Männer, die gelbe, mit roten und blauen Rauten geschmückte Holzmasken trugen, dann vier ebenfalls nackte, schlanke und relativ große Mädchen mit Federschmuck und grazilen Büsten, deren birnenförmige Brüste ebenfalls mit Kupferringen, die durch die Brustwarzen gezogen waren, geschmückt waren, und endlich unter einem von vier Männern getragenen Baldachin Ihre Majestät Nganga.

Ein beeindruckender Neger, der mindestens so kräftig war wie seine stärksten Leibwachen und schneeweiße Haare sowie einen ebenso schneeweißen, gestutzten Bart trug. Rourke schätzte ihn auf achtzig bis hundert Jahre.

Er setzte sich auf seinen Thron. Ohne sich sonderlich zu beeilen, schaute er jeden seiner Untergebenen an, bevor seine lebhaften und autoritären Augen auf Rourke und Uricani verweilten.

»Seit sechzig oder siebzig Jahren habe ich keine Weißen mehr gesehen, und ich kann nicht behaupten, daß sie mir gefehlt haben.«

Sein Amerikanisch wies einen starken Akzent aus Alabama auf.

In Santarém hatte H. H. für zwei Reportagen recherchiert.

Die eine galt den Überlebenden oder vielmehr Nachkommen der zweihundertzwölf Weißen aus Mobile in Alabama, die nach dem Sieg der Nordstaaten im amerikanischen Bürgerkrieg nicht mehr in einem Land leben wollten, in dem die Sklaverei abgeschafft war, und deshalb ins Exil nach Brasilien gegangen waren, dem einzigen Land, in dem die Sklaverei noch erlaubt war. Sie nahmen ungefähr zwanzig Sklaven mit.

H. H. hatte vier Frauen und zwei Männer getroffen, die zu den zweihundertzwölf Emigranten zählten, und sie sowie ihre Nachkommen, die alle am Rio Tapajós lebten, interviewt. Sehr glücklich waren die Südstaatler im Urwald des Amazonas nicht geworden, und sie hatten auch bald ihre Identität aufgeben müssen: Die zweite, vor allem aber die dritte Generation sprach kaum mehr Englisch, sondern fast nur noch Portugiesisch.

Die zweite Reportage Rourkes war den Unternehmungen des amerikanischen Automobilbauers Henry Ford gewidmet, der ab 1926 in diesem Gebiet bedeutende Summen investiert hatte. Von der brasilianischen Regierung ermuntert, hatte Ford, um seinen Bedarf an Kautschuk zu sichern, den die Firma für die Reifenproduktion der Fahrzeuge brauchte, eine Million Hektar Land gepachtet und bis 1930 mehr als eineinhalb Millionen Kautschukbäume gepflanzt. Gleichzeitig wurde eine Stadt für dreitausend Einwohner mit Hafen, Krankenhaus, Elektrizitätswerk, fünfzig Kilometer Straßen, einer Eisenbahnlinie, einem Radiosender, einer Eisfabrik und anderen Einrichtungen aus dem Boden gestampft und auf den romantischen Namen Fordlandia getauft. Erst dann stellten die leitenden Herren fest, daß der Boden, auf dem sie die ungeheure Menge an Kautschukbäumen gepflanzt hatten, für die Maschinen, mit deren Hilfe man den Kautschuk gewinnen wollte, viel zu uneben war. So hatte man die Plantage einfach aufgegeben und ungefähr zwanzig Kilometer südlich von Santarém Fordlandia II gegründet. H. H. Rourke war hingefahren und hatte sich gründlich umgeschaut. Die Ingenieure hatten ihm die Projekte erklärt, an denen noch gebaut wurde, darunter das Kino, die Tennis- und Golfplätze, verschiedene Schwimmbäder, Kindergärten, ein Krankenhaus, ein Theater, ein Flugplatz und so weiter. Seine Reportage triefte vor Spott und brachte Karl Killinger einen Prozeß ein, was von Rourke vielleicht sogar beabsichtigt worden war. Doch auch dieser zweite Versuch mißlang; am 1. Januar 1946 übertrug Ford die gesamte Anlage mit allen Gebäuden für den Spottpreis von zweihundertfünfzigtausend Dollar der brasilianischen Regierung. Gekostet hatte sie zwischen fünfzehn und zwanzig Millionen.

Ursprünglich hatte Rourke vorgesehen, nach dem Besuch in Santerém nach Belém oder Rio zurückzukehren, doch er hielt sich dann doch länger am Ufer des Rio Tapajós auf, denn man hatte ihm von der Stadt aus Steinen erzählt. Und von Jubal und seinen Brüdern. Die meisten allerdings waren davon überzeugt, daß es sich um eine Legende handelte, ganz im Gegensatz zu Euclides Preto, der sich vier Jahre zuvor mit den so beeindruckenden, federgeschmückten Kriegern in der Sierra do Cachimbo geschlagen hatte und sich nur ungern daran erinnerte. Seine drei Begleiter waren von den Speeren tödlich verletzt worden, während er selbst nur dank der Schnelligkeit seiner Beine und der herrschenden Dunkelheit mit dem Leben davongekommen war.

»Eure Majestät, ich möchte nicht den Eindruck erwecken, respektlos zu sein, doch ich würde gerne wissen, mit wem ich es zu tun habe: mit Silas, Nero oder Jubal.«

»Vor siebzig Jahren war ich König Jubal. Doch wenn Sie mich mit diesem Namen anreden, werde ich meinen Leibwächtern befehlen, Ihnen den Schädel einzuschlagen.«

»Majestät, ich werde Sie so anreden, wie Sie es wünschen. Und mit dem Schädel einschlagen können Sie sich ruhig noch ein wenig Zeit lassen.«

H. H. und der König lächelten sich zu. Rourke war nicht nur über den Südstaatenakzent überrascht, den der König über mehr als siebzig Jahre hinweg beibehalten hatte, sondern auch über dessen stark ausgeprägten Sinn für Humor. Ihre Majestät hatte H. H. Rourke eine Privataudienz eingeräumt. Sie lagen in Hängematten nebeneinander; zwei junge nackte Mädchen schaukelten sie sanft und fächelten ihnen Luft zu.

»Sie können mich Nganga nennen. Aber nur, wenn wir allein sind.«

»Ausgezeichnet«, meinte H. H.. »Können Sie mir jetzt Ihre Geschichte erzählen?«

»Zu welchem Zweck? Ich werde gerne noch etwas warten, bevor ich meinen Leibwächtern den Befehl gebe, Ihnen den Kopf einzuschlagen, doch es kann sich höchstens um zwei, drei Tage handeln. Nehmen Sie etwa an, ich scherze?«

»Nein.«

»Glauben Sie, Sie und Ihr Freund hätten eine Chance, die Stadt der Steine lebend zu verlassen?«

»Sicher nicht aufgrund unserer schnellen Beine«, meinte Rourke realistisch. »Trotzdem hätte ich Ihre Geschichte gerne gehört.«

»In welchem Jahr befinden wir uns eigentlich?«

»1936.«

»Kennen Sie Alabama?«

»Ich kenne Lousiana und Mississippi, die beiden benachbarten Staaten.«

»Hat man dort die Sklaverei wirklich abgeschafft?«

»Auf dem Papier schon. Aber es ist immer noch besser, ein Weißer zu sein...«

H. H. berichtete über die Universität Tuskegee, an der nur Schwarze zugelassen werden. Doch zuerst mußte er erklären, was eine Universität ist. Er sprach von Musikern wie W. C. Handy, einem der Väter des Jazz, vor allem des Blues. Anschließend erwähnte er dann Jesse Owens, den vierfachen Weltrekordler, der in einigen Wochen die Vereinigten Staaten bei einem internationalen Wettkampf in der deutschen Stadt Berlin, die auf der anderen Seite des Atlantik lag, vertreten würde. Er wußte nicht, wo Jesse Owens auf die Welt gekommen war, wahrscheinlich nicht in Alabama, aber er fand das auch gar nicht so wichtig... Ja, die Weißen würden Owens applaudieren. Vor allem, wenn er gewinnt. Sie würden stolz auf ihn sein. Zumindest für eine gewisse Zeit.

Nganga beobachtete ihn.

»Vielleicht lügen Sie nicht«, meinte er dann.

Mit geschlossenen Augen rauchte Rourke eine Zigarette. Er wartete, bis Jubal Carter seine Geschichte erzählte, vom Anfang bis zum Ende. Carter war natürlich nicht sein richtiger Name. Er hatte keinen richtigen Namen. Carter war der Name der Familie in Nobile, der er gehörte: Jonathan und Emmy Carter und deren Kinder Amelie, Liza und Jonathan Junior. Er war ungefähr vierzehn Jahre alt, als sie Silas, Nero und ihn mit nach Brasilien nahmen. Er erinnerte sich an das Schiff, zuerst auf dem

Meer und dann auf dem Fluß, der noch größer war als der Mississippi, erinnerte sich an Santarém und an die ›Plantage‹ des Herrn, Jonathan Carter. Was für eine armselige Plantage: eine Hütte, nichts anderes. Und die Herrin, Madam Emmy, starb sehr schnell. Er hatte ein erstes Mal versucht zu fliehen, allein, doch *o capitano do mato,* der mit der Verfolgung fliehender Sklaven beauftragt war, hatte ihn mit seinen Reitern, die alle in Leder gekleidet waren, verfolgt und aufgegriffen; man hatte ihm alle Fingernägel ausgerissen, seinen Anus mit einem glühenden Eisen verbrannt, ihn in die *canga,* in das Halseisen gespannt und ihm neunzig Peitschenhiebe verabreicht. Silas und Nero, seine größeren Brüder, hatten eines Nachts *o capitano do mato* abgepaßt, als dieser im Morgengrauen von einer Hure nach Hause kam. Sie hatten ihn an den Füßen an einem Baum aufgehängt, genau über einem Ameisenhaufen, und ihm den Bauch so vorsichtig aufgeschlitzt, daß die Eingeweide heraustraten und sich der Darm ausrollte, bis er wie eine Girlande genau über dem Ameisenhaufen baumelte und ihn fast berührte. Seine Brüder waren die ganze Zeit bei dem Capitano geblieben und hatten ihn bewacht, bis die roten Ameisen mit ihrem Festessen zu Ende waren und nur noch ein Haufen weißer Knochen übrig war. Dann flohen sie alle zusammen.

»Ich war erst sechzehn Jahre alt, aber ich war bereits sehr stark; Silas aber war noch stärker als ich.«

Sie hatten sich aus Balsa-Hölzern ein Floß gebaut, wie es ihnen die Indianer beigebracht hatten. Von den Indianern hatten sie auch gelernt, das Floß auf dem Fluß zu steuern, was gar nicht so einfach war. Monate später kamen sie dann hier an, wo sie heute noch leben.

»Woher kommt der Name Nganga? Und der der Stadt der Steine?«

Rourke hatte erst eine Zeitlang die Stille im Raum wirken lassen, bevor er seine Frage gestellt hatte. Etwas Merkwürdiges hatte sich ereignet: Je weiter Nganga-Jubal in seiner Geschichte zurückgegangen war, desto stärker hatte sich der Ton in seiner Stimme verändert. Sein Blick hatte sich nach innen gewandt, und die frühere Leidenschaft war wieder zum Vorschein gekommen, den anfänglichen Humor überdekkend...

Ein gewisser Nganga Zimba hatte wirklich in Brasilien zu Beginn des 17. Jahrhunderts gelebt; es handelte sich um einen aus Westafrika importierten Sklaven. Er hatte im Jahre 1630 die Flucht gewagt und mehrere tausend Leidensgefährten mitgerissen. Dieser Nganga hatte versucht, ein einzig aus Schwarzen bestehendes Königreich zu gründen...

»Er hat sein Ziel nicht erreicht«, berichtete Nganga-Jubal. »Doch er wurde nicht vergessen. Er hatte sich einen Palast aus Steinen errichten lassen, den Zimbabwe Bawe.«

»Und Sie wollten seine Geschichte wieder zum Leben erwecken«, meinte Rourke.

»Ich wollte nur frei sein.«

Von den vier Frauen, die Jubal und seine Brüder bei ihrer Flucht mitnahmen, überlebte nur eine. Und drei Kinder. So hatte Silas kurzerhand einen Überfall auf eine kleine Plantage durchgeführt und zwei Frauen sowie zwei Männer, *excravos*, Sklaven, geraubt. Später hatte er dann noch eine andere Plantage überfallen. Er, Jubal, der damals noch nicht König war, hatte es seinem Bruder gleichgetan. Schon bald raubten sie vor allem die Kinder von Sklaven, fast immer Mädchen, und kaum mehr Erwachsene. So wuchs ihr Dorf nach und nach. Sie hatten dann angefangen, die Stadt der Steine zu bauen. Wie Nganga Zimba drei Jahrhunderte früher. Männer und Frauen, die wie er aus Alabama stammten, stießen heimlich zu ihnen; den aus Mobile emigrierten weißen Herren ging es immer schlechter. Silas hatte beschlossen, die Rolle des Nganga Zimba zu übernehmen und König zu werden. Damals war die Außenmauer der Stadt der Steine bereits fertig. Innerhalb der Festung wohnten ungefähr einhundert Schwarze.

»Wann war das?«

»Vor mehr als fünfzig Jahren, vielleicht sogar sechzig Jahren. Ich war ungefähr fünfundzwanzig Jahre alt.«

»Um 1875. Und Sie sprachen immer weiter Englisch.«

»Ich bin in Alabama geboren.«

»Wie viele der Einwohner der Stadt der Steine sind Ihre Kinder, Enkel und Urenkel?«

Und Ur-Ur-Urenkel, korrigierte König Nganga. Was sich Rourke eigentlich einbilde? Trotz seines Alters war er noch zeugungsfähig. In den vergangenen Monaten hatte er drei Söhne bekommen.

»Die Hälfte der Einwohner der Stadt der Steine stammt direkt von mir ab. Und Sie, Rourke, haben Sie Kinder und Enkel?«

»Ich habe nur einen Sohn. Und ich habe keine Stadt gebaut. Wann ist Ihr Bruder gestorben?«

Vor ungefähr mehr als fünfzig Jahren. Es hatte eine kleine Diskussion zwischen Jubal und seinem älteren Bruder gegeben. Als Silas erfahren hatte, daß auch in Brasilien die Sklaverei abgeschafft worden war, hatte er nach Santarém gehen, die Existenz sowie die Lage der Stadt der Steine bekanntmachen, sich als König anerkennen lassen und mit dem König von Brasilien einen Vertrag schließen wollen.

»Und Sie waren damit nicht einverstanden gewesen.«

Nicht so sehr. Jubal, der damals noch nicht Nganga Zimba war, meinte, es sei für alle am besten, wenn die Existenz der Stadt der Steine so lange wie möglich unbekannt bliebe.

»Wir haben uns ein wenig geprügelt, und er ist ein wenig gestorben.«

»So daß Sie zu Nganga Zimba dem Zweiten wurden.«

»Richtig«, antwortete Nganga II. und lachte. »Aus dem gleichen Grund werde ich Ihrem Freund und Ihnen den Schädel einschlagen lassen. Es ist sehr interessant, sich mit Ihnen zu unterhalten, doch ich kann Sie unmöglich wieder fortlassen, denn Sie werden überall herumerzählen, daß es die Stadt der Steine wirklich gibt.«

»Ich muß Sie also davon überzeugen, daß Sie mich gefahrlos ziehen lassen können.«

»Das wird Ihnen sicher sehr schwerfallen«, meinte der König der Stadt der Steine.

»Ich finde, ein Versuch lohnt die Mühe.«

»An Ihrer Stelle würde ich sicher das gleiche denken. Ich würde mir das Gehirn zermartern, um Mittel und Wege zu finden, mich zu überzeugen.«

»Ich kenne ein Mittel.«

»Da bin ich aber neugierig. Darf ich erfahren, an welches Mittel Sie denken?«

»Sie können lesen.«

Die Bibel war in Leder gebunden, doch ein Dreiviertel Jahrhundert im warmen und vor allem feuchten Dschungel des Amazonas hatte beträchtliche Spuren hinterlassen. Vor allem der Einband war leicht angefressen. Auf der stark vergilbten Titelseite konnte man erstaunlicherweise noch die Namen aller Angehörigen von drei Generationen Carter erkennen. Die amerikanischen Pioniere hatten die Angewohnheit, alle Geburten und Todesfälle in ihren Familienbibeln zu vermerken, die so als Ersatz für das Standesamt dienten.

»Sie können lesen, aber nicht schreiben. Das heißt, nicht richtig schreiben.«

»An wen hätte ich schon schreiben sollen? Es wird mir leid tun, wenn ich den Befehl zu geben habe, Ihnen den Kopf einzuschlagen, denn ich hätte mich mit Ihnen durchaus anfreunden können. Sind Sie sicher, daß Sie nicht hier bleiben wollen? Wenn Sie mir versprechen, in der Stadt der Steine zu bleiben, muß ich Ihnen nicht mehr den Schädel einschlagen lassen.«

»Ich bleibe nirgendwo, sondern ziehe immer weiter, auf diese Weise lebe ich nun einmal. Trotzdem, vielen Dank für die Einladung. Können Sie meine Handschrift lesen?«

H. H. reichte König Nganga die erste der elf Seiten, die er mit seiner kleinen und sehr regelmäßigen Handschrift bereits vollgeschrieben hatte. Der König der Stadt der Steine antwortete nach einer Weile, ja, er könne die Schrift durchaus entziffern. Langsam, denn die Buchstaben waren nicht mit denen der Bibel identisch, aber er konnte sie trotzdem entziffern. Er las den Text zweimal; beim ersten Mal bewegten sich nur seine Lippen, während er beim zweitenmal, als er mit der Handschrift vertrauter war, laut las.

Und sich plötzlich unterbrach:

»Sie schreiben, ich sei sehr einsam.«

»Ich schreibe nur das, was ich für wahr halte«, antwortete H. H. »Ich erfinde oder ändere nie etwas. Ich glaube, daß Sie trotz Ihrer dreihundert Nachfahren, von denen keiner lesen kann, sehr einsam sind.«

»Vielleicht hätte ich es ihnen beibringen sollen. Doch das ist schwierig, wenn man nicht schreiben kann. Glauben Sie, daß ich sehr einsam bin, weil keiner von ihnen lesen kann?«

»Das ist nicht der Hauptgrund. Viel wichtiger ist, daß Sie sehr viel intelligenter sind als alle anderen.«

»Und das reicht aus, um einsam zu sein?«

»Sie kennen die Antwort besser als ich. Ich möchte Ihnen einen Vorschlag machen: Lassen Sie mich so lange leben, daß ich meine Reportage abschließen kann. Ich werde Ihnen nach und nach die fertigen Seiten zum Lesen geben.«

»Eine recht geschickte Art, den Augenblick hinauszuzögern, an dem man Ihnen den Schädel einschlagen wird.«

»Noch habe ich nichts Besseres gefunden«, meinte H. H. lächelnd.

Er brauchte drei Tage, um seine Reportage abzuschließen. Natürlich hätte er schneller mit der Arbeit fertig werden können, doch er kam nur langsam voran, da er jeden Buchstaben sauber ausschrieb. Außerdem glich er sich dem Rhythmus des Lesenden an, auf dessen Gesicht er die Wirkungen seiner Reportage ablesen konnte.

»Rourke, mir ist etwas Merkwürdiges widerfahren: Ich habe geweint, als ich meine eigene Geschichte las. Ich erinnere mich nicht daran, jemals geweint zu haben.«

»Habe ich Ihre Geschichte genau so aufgeschrieben, wie sie sich abgespielt hat?«

»Ja. Ganz genau. Und Sie haben ausgezeichnet erklärt, warum ich meinen Bruder habe töten müssen.«

»Hat diese Stelle Sie zum Weinen gebracht?«

»Diese und die andere, an der Sie von der Freiheit sprechen.«

»Ich habe nur das festgehalten, was Sie mir erzählt haben. Oder was Sie denken.«

»Ich glaube, Sie haben aber auch von sich sehr viel in die Geschichte hineingelegt.«

»Liegt das nicht daran, daß wir in vielen Dingen übereinstimmen?«

»Das ist möglich«, meinte der König. »Halten Sie sich eigentlich für einen freien Menschen?«

»Ja und nein.«

»Lieben Sie jemanden?«

»Mehrere Menschen. Viele sogar.«

»Dann sind Sie nicht völlig frei. Auch ich bin es nicht. Aufgrund der vielen Menschen, die von mir abhängen. Glauben Sie wirklich, daß sie nach meinem Tod die Stadt der Steine verlassen oder sich gegenseitig umbringen werden?«

»Was meinen Sie?«

König Nganga antwortete nicht sofort; das heißt, er gab gar keine Antwort. Denn Rourke kannte sie. Sie kamen von dem Hügel zurück, auf den sie gestiegen waren, um einen Überblick über das Reich des Herrn der Stadt der Steine zu gewinnen. Der König hatte sich nicht gescheut, sich die letzten und steilsten hundert Meter von seinen Leibwächtern tragen zu lassen.

»Rourke, man könnte fast annehmen, Sie hätten die Art, in der Sie meine Geschichte geschrieben haben, nur gewählt, um mit dem Leben davonzukommen.«

»Glauben Sie das wirklich?«

»Nein.«

»Denn sonst wäre ich bereits tot, nicht wahr?«

»Seit mindestens zwei oder drei Tagen. Was soll mit dem geschehen, was Sie geschrieben haben? Machen Sie einen Vorschlag.«

»Es gibt nur eine Lösung: Sie behalten alle Seiten, und wenn Sie spüren, daß Sie sterben werden, dann schicken Sie jemand mit dem ganzen Paket nach Santarém und beauftragen ihn, das Paket mit der Post an mich zu schicken.«

»Ich halte Sie durchaus für fähig, meine Geschichte ein zweitesmal zu schreiben, wenn ich Sie laufen lasse.«

»Das ist richtig«, räumte H. H. ein. »Sie müßten mich inzwischen so gut kennen, daß Sie wissen, ob ich es auch tue. Sie entscheiden, denn schließlich sind Sie der König.«

H. H. Rourke und Constantin Uricani verließen die Stadt der Steine, ohne daß ihnen jemand den Schädel eingeschlagen hätte.

»Ich hoffe, dir fällt auf, daß ich dir keinen Vorwurf mache«, meinte Uri.

»Um so besser.«

»Aber ich frage mich, warum ich diesem Typen meine Filme habe aushändigen müssen. Wer beweist eigentlich, daß wir sie eines Tages wieder bekommen? Glaubst du wirklich, daß diese nackten Riesen bis nach Santarém laufen, um dort ein Paket aufzugeben? Per Einschreiben?«

»Ja.«

»Vertraust du eigentlich diesem *König?*«

»So wie er mir vertraut.«

Sie hatten Euclides Preto samt Pirogge vorgefunden, obwohl sie länger als eine Woche ausgeblieben waren. Aus einem guten Grund: Der Mischling hatte nicht umkehren können, da er von vier dieser Zulu-Riesen scharf bewacht wurde und entsetzliche Ängste auszustehen hatte.

Sie fuhren den Rio Tapajós hinunter, was sehr viel schneller ging als die Reise flußaufwärts. Von Santarém aus fuhren sie nach Manos, wo Rourke auf eine Geschichte stieß, die ganz nach seinem Herzen war: Ein ehemaliger Kautschukkönig hatte seine geliebte verstorbene Gattin kurz nach deren Tod, den er, wie es sich gehörte, den Behörden gemeldet hatte, mit Latex einbalsamiert, so daß ihre sterbliche Hülle erhalten blieb. Jeden Abend dinierte er in ihrer Gesellschaft!

Ein Wasserflugzeug brachte Rourke und Uricani nach Belém.

Dort erfuhren sie, daß in Spanien vor fünf Wochen der Bürgerkrieg ausgebrochen war.

Kapitel 18

Mrs. Adler, aber das ändert nichts

Nick DiSalvo hatte vor drei Wochen Irena van Gavern geheiratet, nicht in New York selbst, sondern in Newport, Rhode Island, wo die Familie der jungen Braut seit zwei Generationen bereits einen prächtigen Feriensitz am Meer besaß, selbstverständlich mit Privathafen. Nick hatte, ohne daß er etwas davon geahnt hätte, eine Frau mit einem recht attraktiven Erbe geheiratet. Die Überraschung war gelungen. Natürlich hatte Nick gewußt, daß man bei den van Gaverns nicht mit jedem Cent rechnen mußte – Irena hatte immerhin, wie Kate, das sehr distinguierte Mädchen-College von Vassar besucht –, aber daß die Familie wirklich reich war, das hätte er nie vermutet.

»Du hättest mich warnen können!«

»Jetzt reiß keine Witze. Hättest du mich geheiratet, wenn du über meine wahren Verhältnisse Bescheid gewußt hättest? Siehst du!«

Irena war keine wirkliche Schönheit; ihr Charme beruhte auf ihrer natürlichen Fröhlichkeit und ihrem völlig unaffektierten Verhalten. Während der zwei Jahre, die sie beim *Day* gearbeitet hatte, hatte sie es nie für notwendig gefunden, einen ihrer Kollegen davon zu informieren, daß sie angesichts der Beziehungen ihrer Familie jederzeit in einer sehr viel angeseheneren Zeitung hätte arbeiten und selbstverständlich auf jedes Gehalt hätte verzichten können. Ihre Liebe zum Journalismus stand außerhalb jeden Zweifels. Ab dem Tag, an dem sie von Kate eingestellt worden war, war sie immer bereit gewesen, alle ihr übertragenen Arbeiten zu erledigen und zu jeder Stunde für jeden Mitarbeiter einzuspringen. Während der Kampf zwischen dem *Day* und den *Morning News* seinem Höhepunkt zustrebte, hatte sie sich als eines der verläßlichsten Elemente der Redaktion herausgestellt, ohne sich je über die Mehrarbeit zu beklagen, die laufend von ihr verlangt wurde. Erst jetzt schätzte Nick die Bereitschaft der jungen Frau, sich für die Zeitung aufzuopfern, obwohl sie nicht einmal ihr Lebensunterhalt hätte verdienen müssen, richtig ein! Dabei war sie als Journalistin eigentlich gar nicht sehr bedeutend; nur ihr Humor bewahrte ihre Artikel davor, ausgesprochen fade zu wirken, obwohl man in ihrer journalistischen Handschrift vergebens ihren Charme und ihre Fröhlichkeit suchte. Erstaunlicherweise kommt es in diesem Beruf häufiger vor, daß zwischen Stil und Persönlichkeit eine große Diskrepanz besteht.

Kate wohnte in Begleitung ihres Mannes Bernard Adler, den sie zwei

Monate zuvor geheiratet hatte, der Hochzeit bei. Nick hatte Adler zuvor bereits mehrmals getroffen und sich eingestehen müssen, daß Kates – damals noch zukünftiger – Gatte sympathisch wirkte. Er war groß und schlank und hatte silberne, einstmals blonde Haare, ein glattes, faltenloses Gesicht und war insgesamt das, was man einen stattlichen Mann nennen konnte. Vor allem aber war er überdurchschnittlich intelligent. Die Liebe zu seiner jungen Frau hatte etwas Rührendes an sich. Kate hatte Nick anvertraut:

»Ich habe ihm nichts verheimlicht. Weder meine Verbindung mit dir, noch mit dem anderen...«

Der *andere,* das war natürlich Rourke.

Die Adlers gehörten seit drei Generationen zu den begüterten Familien der Vereinigten Staaten. Sie besaßen Eisenbahnlinien, Kupfer- und Zinnminen. Adler interessierte sich sehr schnell für den *Day.* Er war, und das wurde von niemand bestritten, ein ausgezeichneter Geschäftsmann, der es auch ohne das Vermögen seiner Familie zu etwas gebracht hätte. Sein Einfluß auf Kate war sehr positiv: Es gelang ihm, sie zur Ruhe zu bringen. Nick mußte seine Vorurteile bald aufgeben. Er hatte in Kates zweiter Hochzeit zuerst nichts anderes als eine Wiederholung der ersten mit Douglas Caterham gesehen: ein strategisch bedinges Manöver in der Schlacht gegen ihren Vater. Indem sie Bernard Adler heiratete, habe sie einen geschickten Schachzug getan, ihrem Vater einen Mann gleichen Alters gegenübergestellt, der ihm zudem finanziell das Wasser reichen konnte, und sich einen wertvollen Verbündeten geschaffen.

All diese Überlegungen hatten Nick DiSalvo Adler gegenüber nicht gerade freundlich gestimmt.

»Im besten Fall ist er ein Idiot«, sagte er zu Irena.

Die anderer Ansicht war. Sie kannte Adler.

»Ich kenne ihn, du nicht. Bei Caterham, dem ich mehrmals begegnet bin, hast du recht: Douglas war und ist ein ausgemachter Kretin. Nett und blöd. Doch bei Bernard Adler liegst du schief. Wenn der das Risiko eingeht, Kate die Große zu heiraten, dann weiß er, auf was er sich einläßt. Nick DiSalvo, bist du etwa eifersüchtig? Was glaubst du eigentlich? Meinst du wirklich, ich hätte nicht gewußt, was zwischen Kate und dir los war? Du bist wirklich erfrischend naiv! Ich habe geduldig gewartet, bis zwischen Kate und dir alles aus war, bevor ich dich geangelt habe. Was ich damit meine? Daß du mich heiratest, was denn sonst? Daran hast du noch gar nicht gedacht? Sieh an, sieh an...«

Nick hatte tatsächlich nie um Irenas Hand angehalten; er wurde geheiratet!

Die Hochzeitsreise von Kate und Bernard Adler dauerte gerade fünf Tage; sie führte auf die Ranch der Adlers in Arizona. Als sie zurückkamen, wurde allen Mitarbeitern des *Day* klar, daß Bernard Adler die feste

Absicht hatte, sich um die finanziellen Dinge des *Day* zu kümmern, und Kate ihn gewähren lassen wollte.

Relativ schnell hatte er alle kaufmännischen und verwaltungstechnischen Arbeiten übernommen, um die sich bisher Kate gekümmert hatte, mit dem Ergebnis, daß sie sich wieder stärker um redaktionelle Angelegenheiten kümmerte, denn Müßiggang war bei Kate völlig ausgeschlossen.

Die beiden kurz hintereinander erfolgten Hochzeiten von Kate und Bernard einerseits sowie Nick und Irena andererseits hatten innerhalb des *Day* neue Konstellationen geschaffen, deren Konsequenzen Nick natürlich nicht entgehen konnten.

Zwei Tage nach seiner Hochzeit wollte er das Problem bereits regeln und fuhr extra zu diesem Zweck von Rhode Island nach Queens.

Kate saß mitten im größten Getümmel an dem langen Redaktionstisch; der *Day* hatte in der letzten Zeit wieder einmal seinen Mitarbeiterstamm erweitert. Kate hatte jungen Anfängern eine Chance gegeben, diesmal aber auch ältere Journalisten eingestellt, die bereits zehn bis fünfzehn Jahre Erfahrung in dem schwierigen Beruf hatten. Die Auflage war inzwischen bei achtzigtausend Exemplaren angelangt, und der Umfang betrug während der Woche sechsunddreißig und sonntags sechzig Seiten.

Kate schaute zu Nick, kaum daß dieser die Redaktion betreten hatte, lächelte ihn an, las den Artikel fertig, an dem sie gerade gearbeitet hatte, gab einige Instruktionen und stand dann auf, um zu ihm zu gehen.

»Führ mich zum Mittagessen aus!«

Auf diese Weise konnten sie ungestört miteinander sprechen. Inzwischen war es September geworden. Fast drei Jahre – es fehlten nur wenige Tage – war es nun her, daß Kate wieder in seinem Leben aufgetaucht war. Er führte sie in ein italienisches Restaurant.

»Wo hast du Irena gelassen?«

In Rhode Island. Wo er so schnell wie möglich wieder hinwollte, erklärte er.

»Eine merkwürdige Idee, seine Flitterwochen zu unterbrechen, nur um sich zu vergewissern, daß die geliebte Zeitung unterdessen nicht abgebrannt ist«, spottete Kate. »Ein Telefonanruf hätte dafür eigentlich ausgreicht. Hast du Angst, daß dir jemand deinen Posten als Chefredakteur wegnimmt?«

»Ja.«

»Wer? Ich?«

»Ja.«

Sie aß schwarze Oliven, die man ihnen zu ihrem Rotwein serviert hatte. Und schüttelte den Kopf: »Nick, ich werde dich nie im Leben vor die Tür setzen. Das weißt du ganz genau.«

»Sicher. Nur, ich gehe von mir aus.«

Er hatte diesen Satz ausgesprochen, ohne sich vorher eigentlich im klaren gewesen zu sein, ob er ihn aussprechen sollte oder nicht. Irena hatte jede Diskussion über die Frage, ob er in der Redaktion des *Day* bleiben sollte oder nicht, abgelehnt. Jetzt fiel ihm auf, daß er richtiggehend erleichtert war. Eine Kate, die sich selbst überlassen gewesen wäre und zudem mit ihrem Vater gestritten hätte, hätte er sicher nicht verlassen; doch Bernard Adlers Präsenz, seine Art, mit der er seine junge Frau von vielen Problemen entlastet und Verantwortung übernommen hatte, und nicht zuletzt die Tatsache, daß Adler große Summen investierte – der *Day* hatte keine Geldprobleme mehr –, all dies trug dazu bei, daß Nick sich frei fühlte.

»Und zwar nicht in drei oder sechs Monaten, Kate, sondern ab sofort.«

Bestürzt schaute sie ihn an.

»Damit habe ich nicht gerechnet«, sagte sie nach langem Schweigen.

»Ich bin mir sicher, daß du dir diese Möglichkeit schon einmal hast durch den Kopf gehen lassen.«

Sie schüttelte den Kopf: nein, wirklich nicht. »Ganz kann ich es immer noch nicht glauben. Ich werfe dir natürlich nichts vor. Es ist erstaunlich, daß du mich nicht schon früher hast fallenlassen.«

»Ich lasse dich nicht fallen.«

»Du hast recht. Bitte entschuldige.«

(Sie griff über den Tisch nach seiner Hand.)

»Nick, der *Day* gehört dir fast genauso wie mir.«

»Red keinen Unsinn.«

»Du verläßt uns in dem Augenblick, in dem sich unser Erfolg abzeichnet.«

»Du hast bereits Erfolg.«

Sie tat so, als hätte sie seinen letzten Satz nicht gehört, und schilderte die großen Projekte, die sie in Angriff nehmen wollte. Kate hatte nichts anderes vor, als die Auflage zu verfünffachen und auch die Einnahmen aus dem Anzeigengeschäft erheblich zu vergrößern. Jetzt endlich konnte sie dem *Day* das Gesicht geben, von dem sie seit Jahren träumte. Sie begann, in Queens und auf Long Island langsam eine Monopolstellung einzunehmen. Doch damit wollte sie sich nicht zufriedengeben. Sie hatte genaue Ideen über eine spätere Ausdehnung des Verbreitungsgebietes in die Bronx und nach Yonkers hinein. Und dann mit dem ›Rezept‹, das sie innerhalb der vergangenen drei Jahre mit dem *Day* entwickelt hatte, in den anderen amerikanischen Großstädten Zeitungen gründen, denn sie war sich sicher, daß diese Formel in ganz Amerika erfolgversprechend war.

»Und ausgerechnet jetzt verläßt du uns, Nick! In dem Moment, in dem wir endlich die Früchte unserer Arbeit ernten. Übrigens, da wir gerade von Früchten sprechen, was ist denn das da?«

»Dein Nachtisch«, erklärte Nick. »Auf der Basis von Quark, Kastaniencreme und Früchten. Ich bin mir sicher, daß er dir schmecken wird.«

Sie schaute ihn fragend an: »Und die anderen Gänge?«

»Die haben wir bereits gegessen.«

Kate hatte wirklich eine Vorspeise und eine große Portion Osso Bucco vertilgt, ohne daß es ihr klar geworden wäre. Wenn sie von ihrer Zeitung sprach, vergaß sie alles um sich herum. Sie lachten. Nick brachte sie in die Birmingham Street zurück. Sie stieg nicht sofort aus:

»Nick, ist deine Entscheidung endgültig?«

»Ja.«

»Ich werde mich verwaist fühlen.«

»Ernenne Danny Clifton zu deinem Stellvertreter.«

»Ich werde ihn zum Chefredakteur der Tagesschicht ernennen. Und Tommy Ribson zu dem der Nachtschicht. Shirley wird Danny helfen. Einverstanden?«

»Ja, wenn du Joe Angeli zur rechten Hand von Tommy Ribson ernennst.«

Sie war einverstanden und schwieg dann, ohne Anstalten zu machen, auszusteigen. Auch er rührte sich nicht. Mitarbeiter des *Day* kamen vorbei, lächelten ihnen zu und winkten kurz mit der Hand. Ein Lastwagen lieferte gerade Papierrollen für die Druckerei.

»Sprechen wir über die finanzielle Seite«, brach sie endlich das Schweigen. »Die fünfzigtausend Dollar, die ich zu deinen Gunsten auf ein Sperrkonto eingezahlt habe, stehen dir immer noch zur Verfügung. Nein, behaupte bitte nicht, du wolltest kein Geld. Du hast es dir reichlich verdient. Hundertmal. Bitte.«

»Gut.«

»Banal, unsere Abschiedsszene. Ich werde darin langsam zur Expertin. Bernard ist in Washington, und mein Sohn ist vor zehn Tagen nach Europa abgereist, zu seiner Großmutter. Keine Angst, ich werde nicht in Selbstmitleid zerfließen.«

»Das ist auch gar nicht deine Art.«

»Wirklich nicht. Ich wollte meine verdammte Zeitung, wie ein gewisser Herr einmal bemerkte. Und ich habe sie. Nick, hast du keine Ratschläge für mich parat? Auch keinen einprägsamen Satz, um die Besonderheit der Situation zu unterstreichen?«

Er atmete tief durch, denn seine Kehle hatte sich plötzlich zusammengeschnürt. Dann stieg er aus, ging um den Wagen herum und öffnete Kates Tür.

»Küß Irena in meinem Auftrag.«

»Versprochen.«

Irena machte ihm eine Szene. Sie meinte, man könne durchaus nach Europa fahren und sich die amüsanten Städte – Paris, Venedig und wie sie alle hießen – auf dem alten Kontinent anschauen, auch wenn die DiSalvos eben einmal ihren italienischen Stolz unterdrücken und die Tatsache akzeptieren müßten, daß die van Gavers eben reicher wären und für die Reisekosten aufkämen. Nick lachte und zog die Reservierung für eine Kabine 1. Klasse auf der *Normandie* aus der Tasche. (Der französische Dampfer hatte erst sechzehn Monate zuvor seine Jungfernfahrt hinter sich gebracht.) Da er schon in New York gewesen war, hatte er gleich in der Redaktion der *New York Times* vorbeigeschaut; man war jederzeit bereit, ihn wieder einzustellen, und zwar in der Nachtschicht als Ressortleiter für Lokales, eine bedeutende Beförderung. Nick war so überrascht gewesen, daß er unverblümt fragte, ob der Einfluß der Familie van Gaver mitgeholfen habe. Man hatte ihn nur schief angeschaut, denn diese Frage zu stellen, hieß nichts anderes, als die Ehrbarkeit des Besitzers der Zeitung, Arthur Hays Sulzberger, sowie dessen Vorfahren und Nachkommen und jedes einzelnen seiner Mitarbeiter zu bezweifeln. Nick hatte seine Frage nicht wiederholt. Er sollte am 15. Dezember seinen Dienst antreten.

Irena und er schifften sich an einem kalten Herbstmorgen nach Europa ein. Nick verließ zum ersten Mal in seinem Leben die Vereinigten Staaten. Es sollte gleichzeitig seine letzte Auslands-Reise sein, denn seine Karriere verlief ausschließlich in New York, und seine Ferien verbrachte er immer in Newport.

Erst am dritten Tag stellten sie fest, daß sich auch Karl Killinger an Bord der *Normandie* aufhielt.

»Sie haben sie verlassen, Nick.«

»Soll das ein Vorwurf sein?«

Karl Killinger war alt geworden. Seine Wangen waren eingefallen, und er bewegte sich nur langsam vorwärts, vorsichtig jede Anstrengung vermeidend. Er erklärte, die Ärzte hätten ihm jede körperliche Anstrengung verboten. Während der ersten beiden Tage der Überfahrt war er in seiner Kabine geblieben. Er lächelte; seinen energiegeladenen Augen merkte man die gesundheitlichen Schwierigkeiten nicht an.

»Das ist natürlich kein Vorwurf; hätten Sie während unseres Kampfes das sinkende Schiff verlassen, dann wäre ich Ihnen sicher sehr böse gewesen. Doch jetzt hat das alles keine Bedeutung mehr. Adler ersetzt Sie hervorragend.«

Nick DiSalvo war völlig verblüfft; plötzlich erinnerte er sich daran, Karl Killinger bei Kates zweiter Hochzeit nicht gesehen zu haben. Er hätte beinahe den Besitzer der *Morning News* gefragt, ob er eigentlich seinem Schwiegersohn jemals begegnet sei. Die beiden Männer, die über die gleichen Mittel verfügten, gehörten einer Generation an. Je länger DiSalvo über Killingers Bemerkung nachdachte, desto ungereimter erschien sie ihm: Wie konnte Vater Killinger die Heirat seiner Tochter mit der Einstellung eines neuen Chefredakteurs gleichsetzen? Er musterte den Zeitungszaren, der ihm in dem vornehm und teuer ausgestatteten Rauchsalon 1. Klasse gegenübersaß, leicht entsetzt.

»Es ist wirklich nicht zu fassen: Er hat mir wörtlich gesagt, er wäre böse auf mich gewesen, hätte ich den *Day* verlassen, während er mit allen Mitteln auf den Untergang der Zeitung hinarbeitete! Diese Killingers sind völlig übergeschnappt, der eine wie die andere!«

Nick hatte Irena von dem kurzen Gespräch in dem Rauchsalon berichtet. Sie lachte schallend. Ganz offensichtlich genoß sie ihre Hochzeitsreise. Sie fand die *Normandie* aufregend schön, bewunderte die schmiedeeisernen Aufzüge, die Bilder von Jouve, die Wandleuchten von Lalique und die monumentale Treppe, die in den neunzig Meter langen und neun Meter hohen Speisesaal führte. Sie fand Nick in dessen Abendanzug unwiderstehlich und fühlte sich selbst in ihrem Kleid von Rober Piguet mit den nackten Schultern und dem tiefausgeschnittenen Rücken sehr verführerisch, zumal sie die bewundernden Blicke vieler Herren auf sich spürte, die nur allzu gerne gewußt hätten, wie ihr Körper unterhalb des Kreuzes, das sie noch begutachten konnten, wohl aussah. So ganz nebenbei hoffte sie, noch vor dem Ende der Nacht von einem gewissen DiSalvo vergewaltigt zu werden.

»Nick, was meinst du, könnten wir endlich einmal von etwas anderem reden als von den Killingers?«

Mimi Rourke verbrachte den Sommer des Jahres 1936 wie die vorhergegangenen: Ende Juni verließ sie Paris und bezog im *Hôtel de Paris* in Monte Carlo ihre Stamm-Suite. Sie war nicht überrascht, als sie feststellte, daß ihre Anwesenheit in Monte Carlo vom beruflichen Standpunkt aus gesehen völlig unnötig war. Julie Bénédict brauchte sie wirklich nicht, um das Geschäft zu leiten; in letzter Zeit hatte sie in ihrem Pariser Geschäft in der Rue du Faubourg Saint-Honoré, wo sie ebenfalls eine ausgezeichnete Direktorin eingesetzt hatte, das gleiche feststellen müssen:

›Man braucht mich wirklich nicht. Die normalen Auswirkungen, wenn ein Geschäft zu gut organisiert ist. Führe ich mit Rourke für ein oder zwei Jahre nach Australien, würde das niemand auffallen ...‹

Sie langweilte sich in Monte Carlo entsetzlich, als Kates Brief eintraf.

›In einigen Tagen werde ich wieder heiraten, einen Mann namens Bernard Adler. Rourke weiß Bescheid; er hat mich besucht. Wie Sie sich sicher vorstellen können, verlief unsere Begegnung nicht gerade glücklich. Mimi, ich schätze Sie über alle Maßen; Sie sind der einzige Mensch auf der Welt, zu dem ich ginge, wenn ich weinen müßte und Trost suchte. Das Leben ist zu albern, und ich bin es noch mehr. Ich heirate Bernard nicht nur, weil er reich ist und bereit, mir beim Aufbau meiner Zeitung zu helfen; er ist wirklich sehr freundlich, und ich werde alles daransetzen, um nicht zu unerträglich zu sein. Sie spüren sicher, daß ich entsetzlich deprimiert bin. Aber ich werde damit, wie immer, fertig werden. Ich schreibe Ihnen auch wegen Daniel: Rourke und ich sind uns einig, daß er – und selbstverständlich auch Sie – ihn so oft und so lange zu sich nehmen, wie Sie es wünschen. Als ich mit meinem Sohn allein lebte, war dies für mich etwas anderes, doch jetzt, wo ich mit einem Mann zusammen bin, der nicht sein Vater ist... Und ich lege sehr viel Wert darauf, daß Daniel weiß und spürt, wer sein Vater ist, und Rourke als seinen Vater liebt...‹

Drei Wochen später traf Daniel, von zwei Chinesinnen und einem Mann, der sich als Privatdetektiv entpuppte, den Kate mit der Sicherheit ihres Sohnes beauftragt hatte, in Le Havre ein. Den Privatdetektiv schickte Mimi postwendend in die Staaten zurück, doch die beiden a-ma behielt sie selbstverständlich und beschloß, nach einem Abstecher in Monte Carlo mit der kleinen Familie nach Pau zu fahren und in der *Allées de Morlaas* zu wohnen. Am 10. August machten sie es sich in dem geräumigen Haus gemütlich, und Mimi spielte gerührt mit ihrem Enkel die Spiele, die sie fünfundzwanzig Jahre zuvor mit H. H. gespielt hatte, von dem drei Briefe aus dem Amazonas-Gebiet eintrafen. Nur im ersten erwähnte er kurz die Begegnung mit Kate.

›Mama, es ist nicht zu fassen und völlig idiotisch, aber ich schaffe es einfach nicht, auf sie zu verzichten und mir auch nur einen einzigen Augenblick vorzustellen, ich könne definitiv nicht mit ihr zusammenleben.‹

In den letzten September-Tagen traf ein zweites Paket mit Briefen von Rourke ein. Im letzten schrieb er, er habe für dieses Jahr seine Arbeit in Brasilien abgeschlossen und sei dabei, nach Frankreich zurückzukehren.

Über Spanien.

Auf einem Atlas erklärte sie ihrem Enkel, der inzwischen Französisch sprach, als ob dies seine Muttersprache sei, welchen Weg sein Vater einschlug, die Schiffsreise von Brasilien bis nach Spanien und dann den Weg durch Spanien bis nach Pau.

»Warum kommt er nicht sofort hierher?«

»Weil es in Spanien einen Krieg gibt.«

Das war genau die Antwort, die sie besser vermieden hätte. Denn sie mußte jetzt erklären, warum Spanien Spanien war und warum man dort Spanisch und nicht Französisch, Englisch oder Chinesisch sprach und warum sie selbst kein einziges Wort Chinesisch sprach und warum Papa und Mama Chinesisch sprachen und warum in Spanien Krieg war. (Um die Sache zu vereinfachen, erklärte Mimi den spanischen Bürgerkrieg mit einem Streit um eine Paella, was natürlich zur Folge hatte, daß sie erklären mußte, was eine Paella war.) Und warum Papa sich denn dermaßen für Kriege interessierte und ob das immer so gewesen sei, auch als er noch so klein war wie Daniel...

Mimi geriet ins Träumen, zumal ihr Enkel in immer stärkerem Maße ihrem Sohn glich. Sie erzählte Daniel alles, was ihr aus dieser Zeit einfiel, und war dabei so in ihre Vergangenheit vertieft, daß Julie Bénédict, die am Nachmittag eintraf, nachdem sie in Monte Carlo das Geschäft für den Winter zugesperrt hatte, eine Stunde zuhörte, ohne daß Mimi ihre Anwesenheit bemerkt hätte.

Mimi trug Daniel schließlich in sein Zimmer im ersten Stock und legte ihn ins Bett; sie wartete, bis er eingeschlafen war, und ging dann wieder zu Julie hinunter. Sie setzten sich vor den Kamin, in dem ein helles Feuer loderte – es war inzwischen Ende Oktober und kühl geworden, auch wenn tagsüber in der Regel die Sonne schien – und tranken ein Gläschen Benedictine. Sie wußten, daß Rourke in absehbarer Zeit an die Tür klopfen würde. Vor neun Wochen war er wohl in Lissabon eingetroffen, wenn er wirklich sofort aus Brasilien abgereist war. Und von dort aus war es nicht sehr weit. Eigentlich hätte er bereits da sein müssen. Mimi und Julie hatten sich sicher schon Gedanken gemacht und gefragt, ob er vielleicht in diesem Land jenseits der Pyrenäen, in dem man sich bis aufs Blut bekämpfte, einen Unfall gehabt hatte, ohne diese Frage allerdings offen auszusprechen. Sie wurden sich im Lauf der Jahre immer ähnlicher, vor allem in ihrem Verhalten Rourke gegenüber; sie liebten ihn beide, ohne je darüber zu sprechen. Julie hatte auf die Zeit, die sie mit Rourke im vergangenen Jahr in der *Allées de Morlaas* verbracht hatte, nie auch nur angespielt und kein Wort über ihre Liebe, ihre Hoffnungen und die Pläne, die sie machte, obwohl sie wußte, daß sie eigentlich keine machen durfte, verloren.

Während des vergangenen Jahres hatte sich ihre Position in Mimis Unternehmen entscheidend verbessert: Sie war inzwischen Direktorin des Gesamtunternehmens, das fast achtzig Personen beschäftigte.

Niemand bezweifelte, daß die junge Schweizerin das Unternehmen eines Tages erben würde, auch wenn natürlich nichts offiziell festgehalten war.

Sie warteten an diesem Abend und an den anderen. Tagsüber machten sie mit dem Jungen große Ausflüge, zu Fuß oder im Auto, und amüsierten sich damit, immer neue Gerichte zu erfinden.

Inzwischen war es November geworden, und Mimi mußte nach Paris zurückkehren. Sie bestand darauf, daß Julie mit Daniel und den beiden Chinesinnen noch in Pau blieb. Natürlich hoffte Mimi, Rourke träfe noch während Julies Aufenthalt ein, so daß die beiden zum zweiten Mal einige Tage miteinander verbringen könnten, doch die beiden Frauen sprachen nicht darüber. Es war auch zu offensichtlich. Sie vereinbarten, Julie solle noch eine Woche in Pau bleiben und dann ebenfalls nach Paris zurückkehren.

Außer, H. H. tauche inzwischen auf.

Chat-Huant holte Mimi an der Gare d'Austerlitz ab. Er meinte, er hätte Paris beinahe für einige Tage verlassen, um Mimis Einladung folgend nach Pau zu fahren; seit zwanzig Jahren bereits wollte er Mimis ständig wiederholte Einladung annehmen.

»Im nächsten Jahr«, schloß er seine kurze Begrüßungsrede ab, nicht ohne schnell noch ein ›vielleicht‹ hinzuzusetzen.

Er fragte, ob Karl Killinger in der *Allées de Morlaas* vorbeigeschaut habe.

»Nein? Merkwürdig. Er hat mich besucht und mich gefragt, wo er seinen Enkel sehen könne. Ich habe ihm mit Ihrer Erlaubnis die Adresse gegeben.«

Chat-Huant hatte unterdessen Nick DiSalvo und seine Frau kennengelernt.

»Aufgrund meines angeborenen Snobismus interessierte ich mich natürlich für die junge Dame, die zu einer der reichsten amerikanischen Familien gehört. Und, raten Sie, worauf ich gestoßen bin: Ihr DiSalvo ist Kates ehemaliger Chefredakteur DiSalvo – er hat, falls Sie das noch nicht wissen sollten, in der Zwischenzeit die Redaktion verlassen –, und die charmante Irena hat ebenfalls für den *Day* gearbeitet. Die Welt ist klein, nicht wahr?«

»Wie interessant«, meinte Mimi, der es trotz aller Bemühungen nicht gelingen wollte, auch nur eine Spur von Interesse zu heucheln.

Sie konnte vor Chat-Huant nicht einmal die Tatsache verbergen, daß sie sich Sorgen machte. Das widersprach ihrer Natur in hohem Maße, so daß ihr alter Freund schon eine Katastrophe befürchtete.

»Ist ihm etwas zugestoßen?«

Sie zuckte nur mit den Schultern; natürlich war ihm nichts zugestoßen, weder in Spanien noch woanders. Sie machte sich aus einem anderen Grund Sorgen…

Zum ersten und einzigen Mal in ihrem Leben offenbarte sich Mimi, langsam und ruhig redend, genau wie ihr Sohn, ohne sich zu überhasten, auch als sie auf die wesentlichen Dinge zu sprechen kam. Sie meinte, normalerweise sei die Beziehung zwischen H. H. und Kate beendet. Normalerweise. Nur, ihre Beziehung *verlief in keinem Punkt normal*. Ein Blick auf die Briefe, die sie schrieben, bewies, daß sie genau das Gegenteil von dem unternahmen, was sie sagten. So hatte Kate diesen Millionär geheiratet – wie hieß er gleich wieder?

»Bernard Adler«, sprang Chat-Huant ein, »sie hat ihn geheiratet, aber es steht fest, daß sie nur Rourke im Kopf hat.«

»Und auf Rourke trifft genau das gleiche zu, Miau-Miau. Auf dem Weg von Spanien nach Paris wird er in Pau vorbeischauen. Und dort auf Julie stoßen. Ich behaupte nicht, daß ich Julie Bénédict seinetwegen eingestellt habe. Wirklich nicht. Ich habe sie eingestellt, weil sie eine ausgezeichnete Kraft ist. Nachdem sie kaum sechs Wochen bei mir gearbeitet hatte, wußte ich schon, daß sie eines Tages meine Nachfolgerin werden wird. Und auch werden will. Ich habe sie nicht in ihren Bergen gesucht; sie ist von sich aus gekommen.«

»Und Sie meinten, sie passe eigentlich ganz gut zu Rourke«, meinte Chat-Huant so liebevoll wie möglich.

»Ich bin davon immer mehr überzeugt.«

»Und Julie? Ich kenne sie kaum.«

»Sie ist in Rourke völlig verschossen. Die ganze Welt ist in meinen Sohn verliebt.«

Mimi lächelte. Und nickte dann mit dem Kopf, bevor sie weiterredete: »Nicht nur verliebt, sondern auch fest entschlossen. So wie ich es in ihrem Alter ebenfalls war.«

Sie aß mit Chat-Huant, den sie seit drei Monaten nicht mehr gesehen hatte, im *Le grand Véfour* an der Ecke zum Palais Royal, einem Stammlokal des Chat-Huant, der nur ein paar Schritte von dem Restaurant entfernt wohnte. Sie hatte abgenommen, und ihr Gesicht war, obwohl es ja bereits tiefer Herbst war, immer noch leicht gebräunt. Wie üblich trug sie kaum Schmuck, dafür aber ein wunderbares Kleid, das ein junger Modeschöpfer entworfen hatte, dem sie ein Jahr später helfen sollte, seine eigene Firma zu gründen, Cristobal Balenciaga.

»Das stimmt schon«, meinte sie dann versonnen auf eine Frage, die weder Chat-Huant noch sie selbst gestellt hatte, die aber in der Luft lag, »ich hätte nichts dagegen, bald eine ganz normale Großmutter zu werden, mit einer richtigen Schwiegertochter, die nicht am anderen Ende der Welt lebt und sich auf Dinge versteift, von denen ich nichts verstehe.«

»Ich liebe Kate sehr«, warf Chat-Huant vorsichtig ein.

»Sie müssen sie wirklich nicht verteidigen«, meinte Mimi. »Ich liebe Kate ebenfalls grenzenlos. Genau das ist ja unser Problem: Wir lieben Kate Killinger, und zwar nicht nur wir, sondern auch Rourke.«

Sie hob ihr Champagnerglas, in dem sich eine Spezialabfüllung des Chat-Huant befand: ein Brihant-Sault aus dem Jahre 1893.

»Er wird aus Spanien kommen und als erstes nach Pau fahren, Miau-Miau, ohne zu wissen, ob ich dort bin oder nicht. Er wird seinen Sohn finden… und Julie. Er wird sich entscheiden müssen.«

Sie trank ein wenig Champagner, der trotz seiner dreiundvierzig Jahre sehr spritzig war.

»Wie wird er sich wohl entscheiden?« fragte Chat-Huant.

Sie antwortete nicht sofort, verriet aber dann doch, was ihrer Ansicht nach ihr Sohn tun würde.

Sie stimmten überein, daß dies von allen Möglichkeiten die am wenigsten unwahrscheinliche war.

Es war gegen vier Uhr nachmittags. Die kleine Gruppe kam von einem Spaziergang zurück und näherte sich der *Allées de Morlaas*. Eine der jungen a-ma rannte mit Apriltiger um die Wette. Die zweite hielt sich ungefähr zwanzig Meter hinter den beiden Wettläufern auf, gefolgt von Julie Bénédict. Vormittags hatte es geregnet, und am Himmel hingen immer noch tiefe Wolken. Es war kalt, und der Geruch verfaulender Lorbeerblätter hing in der Luft.

Apriltiger alias Daniel K. Rourke blieb plötzlich stehen, wurde von der Chinesin überholt, erstarrte zu einer Salzsäule, musterte den Mann vor ihm und erkannte ihn. Er stieß ein Freudengeheul aus, lief zu seinem Vater und warf sich in dessen weit ausgebreiteten Arme.

Sie gingen ins Haus. Daniel thronte auf der Schulter seines Vaters, der wie immer einen Trenchcoat anhatte; dieser hier schien besonders viel mitgemacht zu haben. Unter dem Mantel trug H. H. Rourke einen braunen Flanellanzug mit völlig ausgebeulten Knien. Die beiden Chinesinnen hielten sich im Hintergrund, während Julie aufgerückt war. Monsieur Darrieusec, der Hausmeister, hatte das große Tor weit aufgemacht. Sie gingen ins Haus. Julie verschwand sofort in ihrem Zimmer. Sie wollte Vater und Sohn nach der langen Trennung erst einmal allein lassen. Gegen sieben klopfte Rourke an die Tür ihres Zimmers:

»Komm bitte zum Abendesen herunter.«

Sie lag auf ihrem Bett und las. Ohne sich zu rühren, musterte sie H. H.

Dieser nickte kurz mit dem Kopf und sagte: »Gut, sprechen wir gleich darüber.«

»Ich finde das besser«, meinte sie. »Dann weiß ich zumindest, woran ich bin.«

Er lehnte sich gegen den Türrahmen, steckte die Daumen in den Gürtel seines Trenchcoats, nachdem er sich seinen Filzhut tief ins Gesicht gezogen und eine Zigarette angezündet hatte.

»Das, was ich befürchtet habe, ist eingetreten«, sagte er mit seiner ruhigen, ausgeglichenen Stimme. »Ich bin keineswegs geheilt von ihr. Ganz im Gegenteil. Sie hat inzwischen geheiratet, aber das ändert nichts. Julie, es tut mir leid...«

Sie markierte die Stelle, an der sie in ihrem Buch angelangt war, mit einem Lesezeichen und legte es dann auf ihren Nachttisch. Anschließend setzte sie sich auf und richtete mit einer mechanischen Geste ihre Haare.

»Rourke, soll ich verschwinden? In einer Stunde geht ein Zug nach Paris. Ich bin mir sicher, daß mich Monsieur Darrieusec an den Bahnhof bringen wird, wenn ich ihn darum bitte.«

Er fragte, wie lange er seinen Sohn wohl noch bei sich haben könne. Julie erklärte, Daniel sollte – so habe Mimi ihr gesagt – am besten den Dampfer nehmen, der am 10. Dezember in Le Havre losfuhr, um Weihnachten bei seiner Mutter zu verbringen.

Rourke schwieg. Julie ebenfalls. H. H. suchte nach einem Aschenbecher; seine Zigarette hatte er inzwischen fast vollständig aufgeraucht. Sie deutete auf einen Kerzenständer auf dem Kamin, der sich zur Not als Aschenbecher eignete.

»Ich möchte eigentlich nicht, daß du den Zug nach Paris nimmst«, sagte er endlich. »Aber ich kann dir kaum etwas bieten...«

Er fügte hinzu, er wolle bis zum 5. Dezember in der *Allées de Morlaas* bleiben, also gut zwei Wochen, und dann mit Daniel nach Paris fahren und die restlichen Tage bis zur Abfahrt des Dampfers in Le Havre mit seiner Mutter verbringen...

Dann wollte er wieder nach Spanien zurück, um weitere Reportagen zu schreiben.

»Küß mich«, sagte Julie.

Sie schloß die Augen, als er sie in seine Arme nahm. Außer Atem verschränkte sie ihre Arme in seinem Nacken und zog ihn an sich. Eine der a-ma trällerte irgendwo im Haus. Rourke Junior rannte durch den Korridor.

Plötzlich löste sich Julie.

»Gehen wir zum Essen, Rourke. Dein Sohn geht normalerweise früh schlafen.«